DAS BUCH

Ein Sprengstoffanschlag auf die Kapelle eines katholischen Ordens und ein verfehlter Schuß auf eine Nonne: die Tat eines einzelnen Fanatikers, oder steckt mehr dahinter? Margaret Chisholm, Agentin des FBI, und Nicholas Denton, Chef einer CIA-Sonderorganisation, heften sich auf die Spuren des eiskalten Profikillers Sepsis. Er droht, den Petersdom in die Luft zu sprengen, und versucht, Schwester Marianne, eine Nonne, die mit der Restaurierung der Vatikanischen Basilika betraut ist, umzubringen. Aber in wessen Auftrag? Je tiefer die beiden Ermittler in den Fall einsteigen, desto mehr scheinen sie sich in ihren eigenen Netzen zu verstricken.

DER AUTOR

Gonzalo Lira hat vor kurzem sein Studium in Dartmouth abgeschlossen. *Gegenspieler* ist sein erster Roman. Er lebt und arbeitet in Los Angeles, wo er derzeit an der Fortsetzung dieses Thrillers schreibt.

Gonzalo Lira

GEGENSPIELER

Roman

Aus dem Amerikanischen von
Michaela Grabinger

Ullstein

Ullstein Buchverlage GmbH & Co. KG, Berlin
© 2000 für die deutsche Ausgabe by
Ullstein Buchverlage GmbH & Co. KG, Berlin
© 1998 für die deutsche Ausgabe by Econ Verlag, München
© 1998 by Gonzalo Lira
Titel der amerikanischen Originalausgabe: Counterparts
(Putnam, New York)
Übersetzung: Michaela Grabinger
Umschlagkonzept: Lohmüller Werbeagentur GmbH, Berlin
Umschlaggestaltung: Init GmbH, Bielefeld
Titelabbildung: IFA, Düsseldorf
Druck und Bindearbeiten: Ebner Ulm
Printed in Germany
ISBN 3-548-24875-6

Für Amalia Nitu

Vielleicht müssen philosophische Argumente so stark sein, daß sie im Gehirn einen Nachhall auslösen: Wer nicht bereit ist, die jeweilige Schlußfolgerung zu akzeptieren, muß sterben. Das wäre mal ein schlagendes Argument!

Robert Nozick
Philosophical Explanations

Teil 1
Triptychon

1

Mehr als nur ein neues Gefühl

Margaret Chisholm war FBI-Sonderagentin. Sah aber nicht danach aus. Während sie sich zwischen den langsameren Wagen durchschlängelte und wie eine Irre zum Robert-F.-Kennedy-Stadion raste, verriet nur das magnetische Rotlicht auf dem Dach ihres silberfarbenen Minibusses, daß es sich bei ihr um keine x-beliebige ausgelaugte, gestreßte Hausfrau aus irgendeinem in Maryland gelegenen Vorort Washingtons handelte, die an diesem Sonntagnachmittag noch ein paar Lebensmittel einkaufen wollte oder auf dem Weg zu einer Grillparty in der Nachbarschaft war. Hier ging es weder um Besorgungen noch um ein Picknick. Hier ging es um Krisenbewältigung.

Riveras nachdrücklichem, leicht verzweifelten Befehl gehorchend, hatte sie sich von Robbys Fußballspiel losgerissen. Robby (Robert Everett in den seltenen Situationen, in denen sie sauer auf ihn war) spielte im rechten Mittelfeld seiner Schulmannschaft, den Tigers. Margaret trug noch ihr »Go, Tigers, GO!«-Sweatshirt mit dem kleinen Tiger, der auf hellblauem Hintergrund, fröhlich-arrogant grinsend einen Fußball kickte. Die elf-, zwölfjährigen Teammitglieder, Robby eingeschlossen, haßten das kitschige Sweatshirt, doch ihre Eltern trugen es mit geradezu religiösem Ernst bei jedem Spiel.

Margaret bog vom Capital Beltway ab und überschritt bei der Ausfahrt auf den Freeway die erlaubte Höchstgeschwindigkeit um das Doppelte. Sie warf einen Blick auf ihre Armbanduhr. Die erste Halbzeit war inzwischen vorbei. Vor Beginn der zweiten konnte sie unmöglich zurück sein. Wenn sie Glück hatte, würde sie gerade noch die letzten Spielminuten miterleben.

Sie bemühte sich, an die Tigers und das Spiel zu denken, und hoffte auf einen Sieg. Doch je näher sie dem Stadion kam, um so mehr verblaßten Robby, die Tigers und selbst Rivera in ihren Gedanken, und die unmittelbar bevorstehende Aufgabe riß sie wie ein gefährlicher Sog mit sich. Und als sie um die Ecke bog und das Stadion vor sich sah, hoffte sie nur noch, daß sich ihr keine Gelegenheit bieten würde, heute einen Menschen umzubringen.

Obwohl die Wagenfenster geschlossen waren und zwischen ihr und dem Stadion noch fast ein Kilometer lag, hörte sie bereits das Zuschauergebrüll. Die näher rückende Präsenz der gewaltigen Menschenmasse saugte den Sauerstoff weg und machte die Luft in der Fahrerkabine des Minibusses so drückend, daß Chisholm sie wie einen Handschuh um ihren ganzen Körper fühlte, nahtlos, wie Wasser. Ob es an der Menschenmenge lag oder an Chisholms gespannter Erwartung, jedenfalls überkam es sie wieder, während das Stadion am Horizont wuchs, das altbekannte Gefühl, es brach über sie herein und wusch ihr die Gedanken sauber. Mann, wie sie dieses verdammte Gefühl haßte! Sie passierte das Tor, stellte den Minibus im hinteren Stadionbereich ab und stieg aus.

Sherylynn Price, eine FBI-Beamtin des Special-Weapons-and-Tactics-Kommandos, sah den silberfarbenen Minibus mit der auf Holz getrimmten Seitenverkleidung als erste. Wie die anderen SWAT-Officers, die für die Sicherheit im Stadion zuständig waren, hatte Price nicht allzuviel zu tun und ging, wie ihre sechs, sieben Kollegen, in kaum verhohlener Verzweiflung auf und ab. Da war es klar, daß sie sich sofort auf den Neuankömmling stürzte, als sie den Minibus stehenbleiben, eine Frau mit langen, roten Locken herausspringen und sich unter dem gelb-schwarz-gestreiften Absperrband hindurch ducken sah. Die grimmige Miene der Rothaarigen hätte sie zwar fast wieder davon abgebracht, doch ihre Verzweiflung ließ sie ihr Zaudern vergessen.

»Hey, Sie können da nicht rein, gehen Sie weg da!« rief Price mit vorgehaltenem Sturmgewehr. Sie hielt die finster dreinblickende Rothaarige für eine der ersten Reporterinnen aus dem Rudel, das das FBI minütlich erwartete. Das rote Blinklicht auf dem Dach des Minibusses hatte Price nicht registriert. »Treten Sie hinter die Absperrung!«

Die Rothaarige zückte ihre Dienstmarke und bedachte Price mit einem abgrundtief fiesen Blick. »Chisholm, FBI. Ab sofort habe ich hier das Kommando. Wo ist der für die Stadionsicherheit zuständige Officer?«

»Wer hat Sie dazu ermächtigt?«

»Der Stellvertretende Direktor Rivera.«

»Ach so. Ja, klar. Entschuldigen Sie bitte, Ma'am. Für die Stadionsicherheit ist Officer Dexter verantwortlich – hier durch, bitte.«

»Ist Ihr Gewehr gesichert?« fragte Chisholm und marschierte auf den schattigen Bereich unterhalb der Sitzreihen los.

»Jawohl, Ma'am«, log Price, richtete ihr Sturmgewehr nach oben und folgte ihr.

»Sie lügen«, sagte Chisholm, das Gesicht abgewandt. Waffensicherheit – sie nahm sich vor, der Leitung der FBI-SWAT-Abteilung ein Memo zukommen zu lassen. Nicht auszudenken, wenn ein SWAT-Officer jemandem den Weg wies und ihn dabei versehentlich erschoß. Nicht auszudenken.

Die anderen Mitglieder des SWAT-Teams folgten Chisholm mit den Blicken, während sie sich, Price im Schlepptau, in die tiefer gelegenen Regionen des Stadions begab. Unter dem Rückenteil ihres »Go, Tigers, GO!«-Sweatshirts waren deutlich die Umrisse eines riesigen Revolvers zu sehen.

Drinnen strömte streifiges Licht zwischen den Stadionpfeilern durch. Dexter, der für die Stadionsicherheit zuständige Officer, ein großer, dünner Mann mit einem kleinen grauen Schnurrbart, vernahm gerade einen vor ihm Knienden und war in die Hocke gegangen, um auf dessen Augenhöhe zu sein.

Der kniende Mann, dessen Arme hinter dem Rücken mit Handschellen gefesselt waren, hatte verfilztes, farbloses Haar, trug eine Brille und grinste auf eine dümmlich-gleichmütige Art, strahlte jedoch eine gewisse Selbstsicherheit aus. Sieben merklich nervöse SWAT-Officers, drei Frauen, vier Männer, stapften um den Blödmann herum. Alle trugen die üblichen einteiligen schwarzen, von den kugelsicheren Westen ausgebeulten Overalls.

Die Szenerie vermittelte den Eindruck, als hätte der schwerbewaffnete Trupp den Täter im Griff. Doch schon beim ersten Blick auf das aufgeregte Hin und Her wurde Chisholm klar, daß die Situation, der hervorragenden Ausrüstung und dem düsteren, seidig glänzenden Outfit der Leute zum Trotz, in Wirklichkeit völlig außer Kontrolle war.

»Ich habe gewonnen, verstehen Sie?« sagte der Verrückte gelassen und setzte ein verträumtes Lächeln auf. »Ich habe gewonnen. Und Sie können nicht das geringste daran ändern.«

Dexter versuchte Ruhe zu bewahren. »Mister, ich weiß zwar nicht, was Ihnen das bringt, aber all die vielen unschuldigen Menschen da draußen werden sterben!«

»Niemand ist unschuldig. Schön wird das sein, wenn es soweit ist, wenn die vielen Leichen durch die Luft fliegen. Ob die wohl landesweit in den Nachrichten darüber berichten …?«

Chisholm trat zu Dexter und stellte sich vor. »Chisholm, Büro Rivera. Ab sofort habe ich hier das Kommando.«

Dexter hatte die angekündigte FBI-Sonderagentin herbeigesehnt wie ein Rettungsfloß, doch die Frau, die jetzt vor ihm stand, versetzte ihn nicht gerade in Begeisterung. Sollte das etwa die abgefeimte, ständig die Muskeln spielen lassende Menschenfresserin sein, die Rivera als die »große fiese Maggie« bezeichnet hatte? Die da ja wohl kaum! Die da war nur eine müde, zwar durchtrainierte, aber nicht mehr junge Frau in einem dämlichen Sweatshirt. Sie sah aus wie die Vorsitzende des Ortsverbandes der Lehrer- und Elternvereinigung; Dexter dachte, daß die Geschichten, die er über die berüchtigte Kampfhündin des Stellvertretenden Direktors Rivera gehört hatte, genau das und nichts anderes waren – Geschichten.

»Was haben Sie bisher?«

»Wir haben hier einen verärgerten Chemotechniker ohne Vorstrafen. Mehr als ein paar Strafzettel hat der bisher nicht kassiert. Vor ein paar Tagen ist er gefeuert worden, und weil seine Kollegen große Redskins-Fans sind, hat er beschlossen, im RFK-Stadion Bomben zu legen und das Ding in die Luft zu jagen. Unsere Suchtrupps sind schon unterwegs, aber das Stadion ist groß, und ich kann nicht ...«

»Wie viele Minuten noch?«

»Er sagt, die Bomben gehen am Ende der ersten Halbzeit hoch. Das ist in achteinhalb Minuten, und die Zeit reicht weder, um die Bomben zu finden, noch um das Stadion zu evakuieren – das hier ist einfach ein *riesiges* Stadion ...«

Seit der Katastrophe von Oklahoma City neigte das FBI bei jeder Bombendrohung, mit der es konfrontiert wurde, zur Überreaktion, was die Agenten mit der Zeit zermürbte. Chisholm hatte schon so oft blinden Alarm erlebt, daß sie, fast beiläufig, leicht überdrüssig und einfach nicht davon überzeugt, daß es diesmal kritisch werden würde, fragte: »Woher wissen Sie, daß er es ernst meint?«

»Der Mann ist Chemotechniker!« Dexter brüllte fast. »Der hat doch den entsprechenden Zugang zu allen möglichen Materialien«, fügte er hinzu, als wäre sie begriffsstutzig.

»Was ist mit dem Stadionschutz?«

»Die haben total gepennt.«

Plötzlich schaltete sich der Irre ein. Chisholm und Dexter richteten ihre Blicke auf ihn. »Ich habe gewonnen«, sagte er, wie um seinem bisherigen Geschwafel den Schlußpunkt zu setzen, ja fast, als wollte er sich von ihnen allen verabschieden. Dann wandte er den Blick ab und fiel in Schweigen. Dexter beschloß, es noch einmal zu versuchen. »Ein Stadion in die Luft zu sprengen ist ein schweres Verbrechen. Schon allein die Androhung ist ein Verbrechen! Wenn Sie mit uns kooperieren, ließe sich vielleicht etwas für Sie aushandeln ...«

Chisholm sah sich den Verdächtigen genau an, während Dexter weiterschwafelte. Sie versuchte ihn einzuschätzen. Log er oder log er nicht? Sie richtete den Blick auf sein rechtes Auge. Es zuckte leicht. Das sind die Nerven, dachte sie. Der Verrückte lächelte nur noch vor sich hin, als gäbe es nichts mehr zu sagen, aber er war nervös. Allerdings nicht wegen der Aufmerksamkeit, die Dexter und seine Leute ihm zukommen ließen. Wenn er deswegen nervös gewesen wäre, hätte er auf Dexters Gequassel reagiert. Chisholm konnte sich nur einen Grund vorstellen, warum der Kerl nervös war: Er hatte Angst, mit seinen Bomben könnte etwas schiefgehen. Seine diesbezügliche Unsicherheit, seine Zweifel ließen sein Auge zucken.

Jetzt wußte sie, daß es dem Verrückten ernst war. Kein Mensch ist nervös, wenn er in einer solchen Situation nur so tut, als ob.

»Hey!« sagte sie. »Der Kerl meint es ernst. Wäre also an der Zeit, mal ein ernstes Wörtchen mit ihm zu reden!«

Dexter sah Chisholm an und verlor kurz die Beherrschung. »Was soll ich denn *noch* tun, verdammte Scheiße?«

Alle Blicke ruhten auf ihr. Dexter und der Trupp SWAT-Officers sahen sie zornig mit diesem »Zeig's uns doch, wenn du's besser kannst«-Blick an, den sie so haßte. Doch der panische Glanz in den Augen verriet ihr, daß sie, all ihrer Verachtung zum Trotz, hofften, sie werde die Initiative übernehmen.

Chisholm ignorierte Dexter und seine Leute und wandte sich dem Verrückten zu.

»Okay, Sie sagen mir jetzt, wo die Bomben sind!«

»Tut mir leid, aber das geht nicht.«

Chisholm senkte den Kopf. Sie war müde und hatte die Geduld schon vor Jahren verloren. Am liebsten hätte sie den Kerl einfach abgeknallt und es darauf ankommen lassen.

»Ziemlich viele unschuldige Menschen werden sterben«, sagte sie ganz ruhig. Sie spürte die wachsende Verzweiflung der sie umstehenden SWAT-Officers und versuchte, sich von dieser Stimmung nicht anstecken zu lassen. »Sagen Sie mir doch einfach, wo die Bomben sind, ja? Sind denn überhaupt Bomben da?«

»O ja!« antwortete der Mann, selig lächelnd, aber wieder mit dem nervösen Augenzucken.

»*Tun* Sie doch endlich was, verdammt noch mal!« fuhr Dexter sie an und vergaß für einen Augenblick, daß Chisholm in der FBI-Hierarchie weit über ihm stand. Er war wütend und reagierte sich an dem Verrückten ab, indem er ihn mit noch eindringlicheren Bitten traktierte, ohne ihn jedoch anzurühren. Im Hoover Building und der National Police Academy in Quantico hieß es, Chisholm sei ein knallhartes Weib, mit dem man sich besser nicht anlegte, die Krisenfeuerwehr, die in jeder Krise feuere. Und jetzt stand sie da und griff zur selben Taktik, für deren Anwendung sie ihn eben noch zur Schnecke gemacht hatte. Von wegen Dirty Harriet – im Grunde war die doch nur eine Sesselfurzerin mit einem Ruf, den sie nicht verdient hatte.

Chisholm ignorierte Dexter und alle anderen. Sie versuchte zu entscheiden, was als nächstes zu tun sei, und ließ den Blick durch den Raum wandern. Dann sah sie die Axt.

Kaum nachvollziehbar, warum sie da hing – das gesamte Stadion war aus Beton. Sollte man vielleicht im Brandfall auf den Beton einhauen? Chisholm glaubte das nicht, doch wie ein Surfer, der auf einer Welle paddelt, die sich gleich zu einer hohen, gefährlichen Woge auswachsen würde, ging sie langsam, aber mit festem Schritt auf die Feueraxt zu. Anfangs wirkte es noch ein wenig zögerlich, doch dann wußte sie plötzlich genau, was sie wollte und was sie tun würde.

Das SWAT-Team war ganz auf den Verrückten konzentriert. Nachdem Chisholm erklärt hatte, daß er ernst zu nehmen sei, war die Verzweiflung der Team-Mitglieder noch größer geworden. Sie bombardierten ihn mit Fragen und höhnischen Bemerkungen, um ihn zum Reden zu bringen.

»Also, Mister, wenn es wirklich stimmt, daß Sie mehrere

Bomben gelegt haben, dann können Sie uns doch auch sagen, wo sie sind, oder?«

»Na los, du Scheißkerl, wo hast du sie plaziert?«

»Halt den Mund, Kelly! Oder haben Sie das mit der Bombendrohung vielleicht nur deshalb gemacht, weil Sie wollten, daß Ihr Foto in die Abendnachrichten kommt? Jetzt sagen Sie's schon! Es ließe sich bestimmt einiges für Sie tun.«

»Wenn du nicht sofort damit rausrückst, knall' ich dich ab!« schrie ein weiblicher SWAT-Officer und lud das Sturmgewehr mit furchterregender Entschlossenheit durch.

Doch weder sie noch Dexter, noch sonst einer von ihnen würde irgendwen abknallen. Das war es ja gerade – niemand traute sich, und das wußte der Verrückte. Er lächelte weiter selig vor sich hin; sein rechtes Auge zuckte noch immer.

Chisholm stand da und starrte die Axt an, und die Welle in ihr wurde größer und größer. Für diese Sache würde Rivera ihr den Kopf abreißen. Garantiert. Ein guter Chef, er ließ sie an der langen Leine und knüpfte sie hin und wieder daran auf, wenn sie ihm Probleme bereitete. Andererseits hatte er bei seinem Anruf vom Autotelefon ausdrücklich gesagt, er wolle, daß die Angelegenheit bereinigt werde. »Regeln Sie das, bringen Sie die Sache in Ordnung, schaffen Sie uns dieses Problem vom Hals! Sie sind Maggie, die Krisenfeuerwehr. Feuern Sie diese Krise weg!«

Chisholm hatte einen sehr großen Revolver, einen 45er mit extra langem Lauf. Daß er so schwer war, war ihr wichtig. Die Waffensicherheit hatte Chisholm bereits zu Beginn ihrer FBI-Laufbahn, gleich nach dem Jurastudium, zu schaffen gemacht. Immer wenn sie leichtere Waffen bei sich trug, hatte sie Angst, sie könnte vergessen, daß sie mit einer echten Schußwaffe hantierte, und diese idiotische Angst störte ihre Konzentration. Mit ihrem langen, schweren Revolver dagegen, der von einem Ende zum anderen knapp dreißig Zentimeter maß, vergaß sie nie, daß sie eine Waffe in der Hand hielt. Sie packte den Revolver am Lauf und zerschmetterte mit einem wuchtigen Kolbenhieb das Glas, hinter dem die Feueraxt hing.

Niemand sah, wie Chisholm die Scheibe einschlug, doch alle hörten es und wandten sich zu ihr um. Mit einem Hieb zerbrach sie das Glas, mit drei weiteren Hieben schlug sie es weg.

Es war dünnes Glas, das in kleine, harmlose stumpfe Würfelchen zerfiel, an denen man sich nicht schneiden konnte. Beim FBI hieß es manchmal, Chisholm werde eingesetzt, wenn Rivera die Axt an größere Probleme legen wolle. Heute war das buchstäblich so. Vier Jahre lang war sie überallhin gegangen, wo Rivera sie haben wollte, hatte getan, was er ihr auftrug, und war es zufrieden gewesen. Höher hinaufarbeiten konnte sie sich in ihrem Job nicht mehr, das wußten alle. Vielleicht würde sie in nicht allzu ferner Zukunft in Quantico unterrichten, wenn sie Glück hatte; weiter würde sie nicht mehr kommen. Aber jetzt ... Jetzt zählten nur ihre Alltagsaufgaben. Sie steckte ihren Revolver weg und zog die Feueraxt aus der Halterung an der Wand.

»Nehmen Sie ihm die Handschellen ab«, sagte sie, während sie sich zu den anderen umdrehte. »Nehmen Sie ihm die Handschellen ab und halten Sie seine Hand flach am Boden fest.«

Dexter und die sieben anderen SWAT-Officers gafften Chisholm an. Der Verrückte runzelte die Stirn, was noch die intelligenteste Reaktion war, und richtete den Blick unverwandt auf die sich nähernde Chisholm. Sie bemerkte das alles nicht. Sie sah nur, daß das Auge des Verrückten plötzlich nicht mehr zuckte. Und sie dachte an nichts anderes als an Finger.

»Handschellen abnehmen, habe ich gesagt«, wiederholte sie leicht gereizt.

»Wie stellen Sie sich das vor, Agentin Chisholm?« fragte Dexter, alles andere als erfreut darüber, daß der Geist, den er gerufen hatte, der Flasche plötzlich entwichen war.

»Officer Dexter, ich habe die Vollmacht des Stellvertretenden Direktors Rivera. Nehmen Sie dem Mann die Handschellen ab!«

Zunächst tat er es nicht, sondern schwieg nur und hoffte,

die kleine Schreibtischagentin mit seiner Größe und seinem Blick einzuschüchtern. Doch es mißlang, denn sie sah ihn nicht an. Sie blickte nur auf das starre Auge des Verrückten. Dexter kniete sich hin und nahm ihm die Handschellen ab.

»Und jetzt?«

»Spreizen Sie die Finger seiner rechten Hand auf dem Boden.«

»Was soll das werden?«

»Wenn Sie meine Autorität noch einmal in Frage stellen, knöpfe ich Sie mir am Montag morgen vor. Wollen Sie unbedingt nach South Dakota und bis zum Ruhestand in Fällen von Viehverstümmelung ermitteln? Spreizen Sie seine Finger auf dem Boden!«

Dexter gab nach und tat wie befohlen. Was immer Chisholm vorhatte, sie würde es auf ihre Kappe nehmen müssen.

Chisholm hob, den Blick auf den Verrückten geheftet, mit beiden Händen die Feueraxt. Sie fühlte sich gut an. Sie war schwer, aber nicht zu schwer. Chisholm schwang sie mit beiden Armen herum und spürte, wie das Gewicht ihre Muskeln angenehm dehnte. Sie hatte schon jede Menge Holz gehackt, an vielen Winterwochenenden in Maryland, als Robby dafür noch zu klein gewesen war. Sie brauchte die Axt nur anzufassen, um zu wissen, daß der Griff bei einem schlecht ausgeführten Hieb nicht brechen würde. Sie ging ein paar Schritte nach links und blieb rechts von dem Verrückten stehen, dessen Handgelenk Dexter gegen den Boden drückte.

Als Dexter die Hand des Mannes mit der Innenfläche auf dem Boden aufliegend fixiert hatte, hob er den Blick. *Mein Gott, sie tut es wirklich*, dachte er idiotischerweise, als ihm klar wurde, daß das, was Chisholm mit dem Zerbrechen der Scheibe stillschweigend angekündigt hatte, keine leere Drohung war. *Die Frau ist komplett durchgedreht!*

Der Verrückte, dem inzwischen bewußt geworden war, was gleich passieren würde, bemühte sich, Chisholms Blick durch seine Hornbrille hindurch zu erwidern, doch die Rothaarige mit den braunen Augen sah ihn auch jetzt völlig ausdruckslos an. Weder Angst sprach aus diesen Augen noch Besorgtheit, noch Zaudern. Das Unheimliche war, daß dort gar nichts war, nur große Pupillen, schwarze Löcher, durch und durch gleichgültig. Nichts, wodurch man mit ihr hätte in Kontakt kommen können.

»Das können Sie nicht machen, damit verletzen Sie meine Rechte!« winselte er. Endlich verlor er die Fassung.

Hin- und hergerissen zwischen der Vorfreude auf das baldige Ende seiner Verzweiflung und abgrundtiefer Angst sagte Dexter: »Ich glaube, er hat recht, Ma'am.«

»Ach, wirklich?«

Das Entscheidende beim Holzhacken ist, daß man nicht auf das Scheit zielt, sondern auf die Basis des Hackklotzes. Nachdem Chisholm den Blick von dem Verrückten abgewandt hatte, zielte sie automatisch auf einen Punkt einen halben Meter unterhalb des Betonfußbodens, unterhalb der Finger, die sie gleich abhacken würde. Die Nägel waren merkwürdigerweise maniküt und tadellos sauber. Pianistenhände. Und während sie ausholte und die Axt über den Kopf hob, ermahnte sie sich, die Arme auch ja durchzustrecken wie beim Drive auf dem Golfplatz – je gestreckter die Arme, um so größer der Schwung, um so mehr freiwerdende Kraft. Sie holte aus. Die Muskeln an ihren Schulterblättern knacksten und traten unter ihrem »Go, Tigers, GO!«-Sweatshirt hervor. Der Verrückte blickte hilflos in die Augen des kickenden Tigers.

Sie schwang die Axt.

Es klang grauenhaft. Wie wenn eine Kniescheibe gegen eine Schreibtischkante prallt. Aus dem Mund des Verrückten drang ein Schrei, ein Kopfton, der so rasch und durchdringend anschwoll, daß er fast Überschallgeschwindigkeit erreichte und den Ächzer, der sich Chisholms Brust entrang, und das Aufstöhnen von Dexter und seinen Leuten übertönte.

Alle diese Laute gingen unter im Gebrüll der ahnungslosen Menge über ihnen, in einem Gebrüll, das in diesem Augenblick losdonnerte – offenbar hatte ein bestimmter

Spielzug dem Publikum im Stadion große Freude und den Fernsehzuschauern daheim das Vergnügen zahlreicher Zeitlupenwiederholungen bereitet.

Dexter und die anderen SWAT-Officers konnten den Blick nicht von den abgehackten Fingern wenden. Die Finger *bewegten* sich noch den Bruchteil einer Sekunde lang, erst dann blieben sie reglos liegen. Dexter schoß der Gedanke durch den Kopf, daß er so etwas noch nie gesehen hatte. *Würmer*, dachte er.

Chisholm stützte sich auf den Griff der Axt, deren Schneide noch auf dem Betonfußboden lag und die Finger voneinander trennte, und schob ihr lächelndes Gesicht direkt in den Schrei des Mannes hinein.

»Sagen Sie mir jetzt, wo die Bomben sind, oder soll ich mir Ihren verschrumpelten Winzpimmel vornehmen? Wo sind die Bomben, was für Zünder haben sie? Entweder sagen Sie mir das jetzt sofort, oder Sie singen von heute an Sopran.«

Zum ersten Mal, seit er seine Finger verloren hatte, richtete der Verrückte – noch immer brüllend vor Schmerz und Fassungslosigkeit – den Blick auf die Frau, die mit ihm sprach. Sie war ganz ruhig. Sie war *glücklich*. Das hier machte ihr Freude. Ihre Haut war glatt, seidig, ohne Sommersprossen; nur ganz wenige Krähenfüße, selbst wenn sie lächelte. Ein einzelner Tropfen von seinem Blut war auf ihre linke Wange gespritzt – der einzige Makel ihrer weichen Haut. Auf den ersten Blick hätte man den Tropfen für ein Schönheitspflästerchen halten können.

»Kommt jetzt die andere Hand dran oder das Pimmelchen? Mir ist es egal, mir macht das Spaß.«

»Nein bitte bitte *biiiiitteee*...«

»Dexter, nehmen Sie seine andere Hand.«

Dexter tat nichts dergleichen, sondern glotzte nur, starr vor Angst, auf die abgehackten Finger.

»Dexter, wachen Sie auf, bewußtlos kann ich Sie nicht brauchen.«

»Die-die-die linke Hand?« stammelte er.

»Ja, die linke Hand. Fassen Sie sich, Dexter.« Ihr Lächeln

wurde noch seliger. Mitten auf der Woge, ganz allein in der Luft schwebend – alle Entscheidungen getroffen, die Konsequenzen in so ferner Zukunft, als existierten sie nicht, nur ein ewiges, endloses Jetzt. Wenn sie doch nur ihr ganzes Leben so leben könnte, immer im Jetzt, immer in der Luft schwebend!

In den Schrei des Verrückten hinein, ohne auf das Gebrüll zu reagieren, sagte sie: »Das mit dem Schwanzabschneiden war nur Spaß, dafür bräuchte ich ein Messer. Nehmen wir uns seine linke Hand vor, vielleicht kriegen wir dann was aus ihm raus. Wenn es mit den Fingern der linken Hand nicht klappt, sollten wir uns an seine Zehen machen. Was denken Sie, Dexter? Genau das wollten Sie doch, oder?«

Dexter dachte überhaupt nichts. Es stimmte, daß er genau das gewollt hatte, doch jetzt, da es geschah, konnte er es nicht fassen. Noch während die Axt niedersauste, hatte er nicht wirklich geglaubt, daß sie es tun würde – er hatte damit gerechnet, daß sie »versehentlich« danebentreffen und dem Irren nur Angst einjagen würde. Er hatte erwartet, hübsche Funken zu sehen, wenn die Klinge auf den blanken Beton aufträfe. Hatte er aber nicht. Es hätte Funken geben müssen, doch es waren keine zu sehen gewesen, weil das Blut aus den Fingern die Reibung verhinderte. Nur Blut hatte Dexter gesehen, viel Blut. Er hatte Angst, und deshalb dachte er überhaupt nichts. Er sah Chisholm an.

»Was?« sagte er.

»Ich sagte – ach, vergessen Sie's, halten Sie einfach seine linke Hand, ja? Legen Sie sie flach auf den Boden und gehen Sie mir aus dem Weg, ich hacke jetzt noch mal.« Chisholm schleifte die Klinge über den Betonboden. Dann hob sie die Axt ein zweites Mal.

Sie war nicht ungeduldig. Jetzt, da die Sache in Schwung gekommen war, interessierte sie sich nur noch am Rande dafür, wo die Bomben lagen. Einzig der Anblick von Dexter und seinen sieben Hohlköpfen erinnerte sie noch daran. Aber Chisholm wußte ungeachtet der Anwesenheit dieser Leute, wer sie war und was sie tat. Und es gefiel ihr verdammt gut.

Dexter preßte die linke Hand des Verrückten auf den Boden.

»Nein nein nein, ich sag's Ihnen, ich sag's Ihnen, sie sind an den Rückseiten des zwölften, dreizehnten, siebten, achten und äh-äh-äh – ersten Pfeilers, in zwei Metern Höhe, ja ja, im Schatten der Pfeiler sind sie versteckt.«

Dexter ließ die Hand des Verrückten los, um seine Suchteams anzufunken. Der Verrückte, der zwar durchgedreht, aber nicht dumm war, zog seine linke Hand zurück, bevor Chisholm ihm noch mehr Finger abhacken konnte. In diesem Augenblick kam alles in ihr hoch – eine Wut, so schneidend und unbändig, daß ihr schlecht wurde.

»Suchteams vier, fünf, sieben und acht – die Rückseiten der Stützpfeiler in etwa zwei Metern Höhe absuchen, und zwar Pfeiler Nummer zwölf, dreizehn, sieben, acht und eins, *jetzt sofort!«* Dexter drehte sich um und warf einen Blick auf Chisholm. Was er sah, war schlimmer als die Fingerabhackerei.

Es war schiere Wut. Die Vorort-Hausfrau mit dem albernen Sweatshirt war so außer sich, daß sie buchstäblich kein Wort herausbrachte. Sie starrte auf den leeren Fleck, wo die linke Hand des Verrückten hätte sein sollen, wo sie aber nichts als blanken Beton und Blut und Fingerspitzen sah. Es gab keine Finger mehr zum Abhacken. Und als sie den Blick zu Dexter hob, schoß dem nur ein einziger Gedanke durch den Kopf: *Es wäre ihr allen Ernstes lieber gewesen, dem Kerl auch noch die anderen Finger abzuhacken, als die Bomben zu finden.*

»Ich bin unter Umständen noch nicht fertig mit ihm«, sagte sie. »Er lügt wahrscheinlich. Sie müssen die Hand noch mal festhalten.«

»Das kann ich nicht machen, Agentin Chisholm«, erwiderte Dexter entsetzt, wirklich entsetzt. Die Möglichkeit, daß das RFK-Stadion in einem Feuerball explodierte, erschien ihm jetzt weniger schrecklich, als dieser Frau unterstellt zu sein. Er führte den rechten Arm verstohlen zum Rücken und überprüfte, ob sein Sturmgewehr noch da war, ohne den Blick von Chisholms Augen zu wenden.

»Chef«, ertönte eine kreischende Stimme blechern aus dem

Funkgerät, »wir haben sie alle gefunden. Alles in Ordnung.«

Den Blick weiterhin auf Chisholm gerichtet, griff Dexter nach dem Gerät und sprach hinein.

»Alle Sprengladungen?«

»Jede einzelne, genau da, wo Sie gesagt haben. Wir überprüfen jetzt noch die anderen Pfeiler, aber bisher haben wir keine weiteren Sprengladungen gefunden.«

»Gut, machen Sie weiter. Ende.« Er sah Chisholm an.

Da stand nur eine ganz gewöhnliche Frau, den Blick auf nichts Bestimmtes gerichtet. Sie ließ die Axt fallen, als hätte sie sich das Ding gerade mal flüchtig angesehen.

»Na wunderbar. Dann ist die Sauerei hier ja beendet.« Sie musterte sich von der Brust bis zu den Füßen, betastete ihr Gesicht und verschmierte den einen Blutstropfen auf der Wange wie Tagescreme. Ihre eine Wange war jetzt einen Hauch rötlicher als die andere. Sie sah sich um.

Nie wieder würde sie mit diesen SWAT-Officers reden können. Wenn sie sie irgendwo wiedersähe, im Hoover Building, beispielsweise, oder in Quantico, würden sie einen höflichen Gruß vor sich hin murmeln und ihr schnell aus dem Weg huschen wie verängstigte Mäuse.

»Vier fehlende Finger gegen das Leben zahlreicher Unbeteiligter«, sagte sie, an niemanden speziell gerichtet. Doch sie hatte keine große Lust, ihre Handlungen zu rechtfertigen. Früher hatte sie immer versucht, das, was sie getan hatte, zu erklären, aber das war lange her, diese Mühe machte sie sich nicht mehr. Schließlich setzte Rivera sie doch gerade wegen ihrer Fähigkeit, knallharte, schwierige Entscheidungen zu treffen, in derartigen Fällen ein. Sollten die sie doch verachten, soviel sie wollten! Sollten sie sich von der Sache distanzieren! Aber eine Chisholm brauchte hin und wieder jedes SWAT-Team.

Sie wandte sich von dem immer noch schreienden Irren ab und trat den Rückweg zu ihrem Minibus an. Alle starrten ihr nach. Plötzlich blieb sie stehen und drehte sich um. Sie ließ den Blick über die Leute schweifen, und ihr wurde bewußt, wie gern sie ihnen die Fresse eingeschlagen hätte –

jedem einzelnen. Diese Fressen drückten alle dasselbe aus, nämlich daß die Initiative immer noch bei Chisholm lag. Und sie ergriff sie, verzog das Gesicht zu einem höhnischen Grinsen und sagte mit lauter Stimme, damit alle es verstanden: »Vergessen Sie die Fingerspitzen nicht. Ohne die können ihm keine Abdrücke abgenommen werden.«

Die Fressen fielen in sich zusammen wie eingedrückte Eierschalen. Chisholm verließ die dunkle Unterseite des Stadions.

Die Heimfahrt verlief zum größten Teil ereignislos. Margaret wußte, daß sie es unmöglich bis zum Ende von Robbys Fußballmatch schaffen würde.

Sie schaute gern zu, wenn Robby und seine Freunde kickten, und genau darauf kam es an. Sie genoß es, sie in ihren hellblau-weißen Trikots spielen zu sehen und sie nach dem Match zu einem Fast-food-Lokal zu fahren. Manche Mütter wollten unbedingt zur Gang gehören, doch Margaret war wesentlich klüger. Sie ließ Robby und seine Freunde so tun, als würden sie sie nicht kennen. Sie behielt sie heimlich aus einer gewissen Entfernung im Auge und achtete darauf, daß sie ihr Blickfeld nie verließen.

Sie tauschten merkwürdige, geheimnisvolle Handschläge aus. Sie hörten sich verzückt und total konzentriert gräßlich klingende, hirnvernebelnde Musik an. Margaret entging kein Detail, keine Nuance ihrer ständig wechselnden Bündnisse: Wer wem gerade am nächsten stand.

Robby, Kriegsbemalung aus Blutstreifen im Gesicht, mit amputierten Gliedmaßen, sterbend auf einem grünen Fußballfeld, das Blut ihres Sohnes färbt das Gras rot, sein Gehirn schimmert grau-gelb in der Nachmittagssonne.

Die Vision überkam sie mit solcher Plötzlichkeit, daß sie den Minibus anhielt, ausstieg und sich übergab. Sie hatte heute noch nicht viel gegessen und würgte nur widerlich gelbbraune Galle hervor, die auf den Straßenrand spritzte, während sie sich am rechten Seitenspiegel des Minibusses festhielt. Autos mit nichtsahnenden Insassen fuhren vorbei; die Windstöße, die sie verursachten, kühlten ihr das Gesicht.

Ein Wagen blieb vor ihrem Minibus stehen, ein weißes Kabrio, ein zweisitziger Flitzer. Ein Mann mittleren Alters stieg aus und ging auf Margaret zu.

»Alles in Ordnung?« fragte er, ehrlich besorgt.

Margaret hob den Blick. Was sollte sie diesem Fremden sagen? Daß sie zufrieden war, weil sie einem armen Schwein die Finger abgehackt hatte? Oder daß ihr deswegen speiübel war? »Ja, mir ist nur ein bißchen schlecht.«

»Soll ich irgendwen anrufen oder so? Ich habe ein Autotelefon.«

»Nein, vielen Dank. Ich habe auch ein Handy.«

»Na gut. Und es ist auch wirklich alles in Ordnung mit Ihnen, ja?«

»Ja. Aber trotzdem vielen Dank.«

Der Mann ging zu seinem Kabrio zurück, winkte ihr beim Einsteigen zu und fuhr weg. Margaret senkte den Kopf, als der Wagen davonbrauste, und versuchte sich zu fassen. Schon nach kurzer Zeit war sie ruhig genug, um weiterfahren zu können.

Beide, Margaret und Robby, waren extrem pingelig, und bei ihnen daheim in Silver Springs, Maryland, sah es stets tipptopp aus. Trotzdem verbrachte Margaret den ganzen Nachmittag damit, alles noch ein bißchen perfekter zu machen: Sie wusch Wäsche, spülte angestaubtes Geschirr aus den Küchenschränken, stutzte bei Einbruch der Dämmerung sogar noch ein paar Hecken, obwohl das strenggenommen zu Robbys Aufgaben zählte. Sie verlor sich gern in der Monotonie der Alltagspflichten.

Es war ein einstöckiges Haus. Oben befanden sich drei Zimmer: Margarets, Robbys und ein Gästezimmer, das eigentlich nie betreten wurde und schon seit langem zum Fernsehzimmer umfunktioniert werden sollte. Vorerst aber sahen Margaret und ihr Sohn immer in der Küche fern, während sie gemeinsam zu Abend aßen.

Robby war ein lieber, intelligenter Junge, und daher ähnelte die Beziehung zwischen den beiden weniger der eines

Elternteils und eines Kindes als vielmehr der zweier Hausgenossen. Robby machte seine Schulaufgaben und erledigte seine Haushaltspflichten, ohne daß Margaret ihn dazu anhalten mußte. Er sagte ihr immer, wo er war. Er schien nie Probleme zu haben, und diese bei ihrem Sohn bereits mit zwölf Jahren aufkeimende Selbstdisziplin machte Margaret manchmal nervös.

Robby hatte auf dem Anrufbeantworter eine Nachricht hinterlassen und erklärt, er sei mit seinen Freunden nach dem Fußballmatch in die Einkaufspassage gegangen. Um sieben werde er zu Hause sein.

Es war zehn nach sieben. Margaret packte die Angst. Sie war um kurz nach vier Uhr nach Hause gekommen und hatte das dringende Bedürfnis gehabt, mit jemandem zu reden, mit irgend jemandem. Nicht einfach nur zu reden, sondern ein Gespräch zu führen. Ein Gespräch über ... über alles mögliche. Doch da niemand daheim gewesen war, hatte sie nichts weiter tun können, als Haushaltsdinge zu erledigen, was sie zwar ein wenig beruhigte, wodurch ihr Bedürfnis, sich über das Geschehene und ihre Gedanken darüber auszusprechen, jedoch nur aufgeschoben wurde. Jetzt, da alles getan war, blieb ihr nichts weiter, als zu warten und über diesen Sonntagnachmittag nachzudenken.

Sie wünschte sich so sehr, Robby wäre da und sie könnte ihn an sich drücken.

Reflexartig schaltete sie den Fernseher in der Küche ein und erwischte ausgerechnet eine Nachrichtenmeldung über einen Verrückten, der in Oregon drei Jungen im Teenageralter vergewaltigt und erwürgt hatte. Sie schaltete wieder aus und dachte bei sich, daß die Zensur von gewissen Nachrichten dem Seelenfrieden der Eltern zuliebe eingeführt werden sollte. Das gespülte Geschirr hatte sie auch schon abgetrocknet, und es war bereits zu dunkel, um hinauszugehen und nachzuschauen, ob noch etwas im Garten zu tun sei. Sie machte eine Dose Coca-Cola auf und ging im Geist alle in Frage kommenden Pädophilen Marylands durch.

Grausame, widerliche Bilder versuchten sich in ihrer Phantasie festzusetzen, aber es gelang ihr, sie in Schach zu halten. Doch dann kamen weniger unwirkliche Bilder, Bilder des vergangenen Nachmittags. Über sie zu sprechen hätte ihnen Einhalt geboten, doch es gab niemandem, dem sie davon erzählen konnte, zumindest nicht, bis Robby heimkam. Sie streifte durchs Haus, ging Patrouille, als könnten die geistigen Bilder lebendig und eine tödliche Gefahr werden; dabei behielt sie die Dunkelheit draußen scharf im Auge, sah zu, wie sie sich auf die Fenster des Hauses senkte wie ein böser, widerlicher Nachtmahr. Es war zwanzig nach sieben. Robby war immer noch nicht da.

Er kam allein, ließ die Haustür hinter sich knallend ins Schloß fallen, in den Händen eine Papiertüte mit CDs und Fantasy-Büchern, wofür er sein ganzes Taschengeld ausgab.

»Hiya Mom«, sagte er freundlich. Margaret stürzte sich sofort auf ihn.

»Robert Everett, wo bist du gewesen?« schrie sie, von der Küche ins Wohnzimmer stürmend, und sah Robby wütend an, der dastand und den Blick seiner ausgerasteten Mutter erwiderte.

Er verdrehte die Augen zur Decke. »In der Einkaufspassage war ich! Der Dad von Mitch hat uns hingefahren und uns ein bißchen zu spät abgeholt.«

Er hatte seinen Wachstumsschub noch vor sich und war relativ klein mit seinen einsfünfundvierzig, was Margaret leicht beunruhigte, obwohl es sich jetzt als eher günstig erwies: Sie packte ihn an den Schultern und beugte sich zu ihm hinunter.

»Weißt du, was für Sorgen ich mir um dich gemacht habe? Du hättest doch anrufen können! In den Nachrichten haben sie eine Meldung über einen – einen – einen *ganz bösen* Mann in Oregon gebracht, der ...«

»Ach ja, genau«, unterbrach Robby sie fasziniert. »Der Typ, der die kleinen Kinder vergewaltigt und erwürgt hat – grausig, was?«

Margaret zog ihn kurz an sich und schob ihn wieder weg.

»Das nächste Mal rufst du an und sagst Bescheid, daß es etwas später wird, ist das klar?«

Er verdrehte wieder die Augen, und einen Moment lang hatte sie gute Lust, ihm eine zu knallen. »Ach, Mom«, sagte er, hielt plötzlich mitten im Achselzucken inne und hob, überrascht, daß er nichts roch, den Blick. »Was gibt's zum Abendessen?«

Das Abendessen hatte sie völlig vergessen. Sie gingen in die Küche, wo Robby den Kühlschrank plünderte und dicke Batzen Frischkäse auf Stangenselleriestückchen verteilte, damit sie schon mal etwas essen konnten, während Margaret Schweinekoteletts und braunen Reis zubereitete.

Robby hockte auf dem Küchentisch, sah sich die neuerworbenen CDs an und blätterte durch seine Fantasybücher, ließ sich ganz in ihren Bann schlagen, sprach fast verträumt darüber. Er war so dünn und klein und … zerbrechlich. Zerbrechliche, schmale Schultern, ein zerbrechlicher, dürrer Hals, eine winzige Brust mit Grübchen, eine Brust, die Margaret noch immer mit einer einzigen gespreizten Hand hätte bedecken können. Ein kleiner Junge, viel zu zerbrechlich, um einem anderen Menschen helfen zu können.

Nein, nicht zerbrechlich, dachte sie. *Einfach klein, winzig klein. Ein Kind eben. Gott sei Dank. Gott helfe mir.*

Behutsam nahm sie alle Bilder des vergangenen Nachmittags und packte sie sorgfältig fort, fort aus dem Blickfeld ihres Sohnes. Sie schämte sich dessen, was sie von ihm gewollt hatte.

Dann erzählte jeder dem anderen ein bißchen von seinem vergangenen Tag. Margaret speiste Rob mit einer massiv redigierten Version der Dinge ab, die sie getan hatte, und hielt ihren Bericht so pauschal und undetailliert, daß er bei Rob zum einen Ohr hinein und zum anderen wieder hinausging. Ihr Sohn setzte ihr seinerseits eine gleichermaßen redigierte Version dessen vor, was er getan hatte. In der Einkaufspassage hatten seine Freunde und er angeblich einen lustigen Film über einen dicken Mann und seinen wieseligen Kumpel angesehen. In Wirklichkeit waren sie zwar tatsächlich in das

Cineplex-Kino gegangen, hatten sich dann aber in einen gänzlich anderen Film geschlichen, einen Film über eine hinreißende Psychopathin, die sehr anschaulich mit ihren Verehrern und Geschäftspartnern schlief, ehe sie sie ermordete, was der Film in ziemlich schaurigen Details gezeigt hatte. Es war echt toll gewesen.

»Und wie ist das Spiel gegen die Buffaloes ausgegangen?« fragte Margaret. Die Buffaloes waren das gegnerische Team der Tigers gewesen. Die Frage fegte das Phantasiebild der sexy Psychopathin auf der Stelle aus Robbys Kopf und brachte ihn zurück in eine Realität, die ihm nicht besonders gefiel – in eine Realität, in der er einer permanent verlierenden Mannschaft angehörte.

»Wir haben verloren«, sagte er kurz angebunden, den Blick auf das Stück Boden zwischen seinen baumelnden Füßen gerichtet. Margaret legte ihm den Arm um die Schultern und wagte es nicht, nach dem Endergebnis zu fragen oder irgend etwas zu sagen, was er möglicherweise als »Bemutterung« empfand. Sie wartete einfach … und wartete … und wartete. Und als Lohn für ihre Mühe zeigte er ihr, daß er traurig war.

Und sie? Sie ließ es zu, daß er sie brauchte, und weder erbat noch verlangte sie im Gegenzug irgend etwas von ihm.

2

Der Mann mit dem Haifischlächeln

Es war eine nette Dinnerparty. Denton amüsierte sich glänzend.

Am Tisch saßen neun Personen, wenn man Denton mitzählte, der als einziger allein erschienen und allem Anschein nach der jüngste der anwesenden Männer war. Als Hintergrundmusik waren Highlights aus *Idomeneo* zu hören, besonders markant die »Tanzmusik«; Denton fand das Stück etwas abgeschmackt, doch es paßte gut zu den ausgelassenen, lebhaften Gesprächen der Gäste.

An einem Tischende saß Keith Lehrer, Dentons Chef, am anderen, unmittelbar links von Denton, Mrs. Lehrer, eine gepflegte Frau in den Sechzigern. Sie unterhielt sich mit Denton über seinen neuesten Roman, ohne zu verbergen, daß sie ein bißchen in ihren Tischherrn vernarrt war.

»Er gefällt mir unglaublich gut, besonders die vielen Betrügereien und Doppelspiele. Ist es denn in Wirklichkeit auch so, Nicky?«

Denton lächelte. Er war schlank, hatte hellbraunes Haar, sanfte blaue Augen und eine helle Haut, doch was sein düsteres Lächeln verbarg, war beim besten Willen nicht zu erkennen – ein Haifischlächeln war es, das ebenmäßige Zähne zum Vorschein brachte, scharfe Zähne. Menschen, die dieses Lächeln einmal flüchtig gesehen hatten, behielten Denton mehrere Nuancen dunkler in Erinnerung, als er tatsächlich war, und hätten bedenkenlos geschworen, er habe dunkelbraune Augen und dunkelbraunes Haar, ganz bestimmt, hundertprozentig – ach nein, doch nicht. Das lag einzig an seinem Lächeln. Nicholas Denton wandte sich, ebendieses Lächeln auf den Lippen, an Mrs. Lehrer und sagte: »Ich bin nur ein bescheidener Langley-Bürokrat, Mrs. Lehrer. Ich wünschte, mein Leben wäre so aufregend wie das, was ich beschreibe!«

»Ach, jetzt nehmen Sie mich aber auf den Arm!« flirtete sie ungeniert.

»Flirten Sie schon wieder mit meiner Frau?« rief Lehrer über den Tisch hinweg und lächelte Denton zu, der schlagfertig erwiderte:

»Sir, sie sagt, sie will mit mir durchbrennen, aber ich erkläre ihr nun bereits seit Monaten, daß ich ihrer nicht würdig bin!«

Alles lachte über den blöden, faden Witz. Etwas an Denton, sein derber Humor hinter der aalglatten Fassade, ließ selbst eine banale Bemerkung so lustig klingen, als wäre die Welt an sich ein einziger monströser Witz. Diese Eigenschaft machte ihn zu einem gerngesehenen, beliebten Mitglied der Cocktail-Society von Georgetown, in der er sich häufig zeigte.

Amalia Bersi, eine Mitarbeiterin von Denton, öffnete die Tür des Eßzimmers und trat ein. Die kleine, unscheinbare junge Frau, die konservativ und unauffällig gekleidet war, wurde kaum bemerkt, als sie auf Denton zuging und ihm etwas ins Ohr flüsterte. Denton lächelte entschuldigend in die Runde, verließ den Raum und begab sich, dicht gefolgt von Amalia Bersi, in eine ein Stück entfernt befindliche Diele.

Lehrers Haus war Denton bestens vertraut; schließlich war er seit fast zwei Jahren dessen Stellvertreter. Amalia begleitete ihn nicht durch das Haus, um ihm den Weg zu weisen, sondern um dafür zu sorgen, daß niemand in Hörweite war, sobald er zum Hörer griff. Als sie die Diele, in der das Telefon stand, erreicht hatten, verzog sie sich diskret und ließ ihren Chef allein.

»Denton am Apparat... Ja. Ja, ich verstehe. Ja. Ja. Pech. Gut, hören Sie zu: Betreffs Frage A, geben Sie ihr eine fünfzehnprozentige Gehaltserhöhung und eine Prämie gleich dazu, sagen wir fünfzehntausend. Loben Sie sie, was das Zeug hält, das ist ihr Lebenselixier – gehen Sie in die vollen! Betreffs Frage B lautet der Auftrag Rotkehlchen... Nicht mal eine Todesanzeige in der *Winnetka Sentinel*... Das ist mir egal, entweder tun Sie es, oder ich setze Amalia auf Ihre Leute an. Das beeindruckt mich nicht im geringsten... Verstehe. Ja, davon bin ich überzeugt... *Selbstverständlich* ist dieser Apparat sicher – schließlich bin ich derjenige, der ihn abhören läßt... Ausgezeichnet. Auf Wiederhören.«

Er hängte ein und zog sofort ein kleines schwarzes Buch aus der Innentasche seines Jacketts. Das Büchlein war Denton das Liebste, was er besaß. Dorthinein schrieb er alle interessanten Ausdrücke, die er im Laufe des Tages hörte oder die ihm selbst einfielen, Sätze und Formulierungen, die er dann für seine Romane verwendete. Er schlug das Buch auf und schrieb, die Wörter lautlos mit den Lippen formend: »Nicht mal eine Todesanzeige in der *Winnetka Sentinel*.« Das hatte was.

Er drehte sich um und ging zurück zum Eßzimmer. Amalia Bersi fiel rechts hinter ihm in Gleichschritt und blieb, als Denton in den Raum trat, an der Tür zurück.

Während er sich, den anderen zulächelnd, wieder setzte, überlegte er, wie nach dem Mordanschlag, den er gerade angeordnet hatte, vorzugehen sei. Die Sache betraf ihn zwar nicht direkt, aber Denton war es wichtig, immer vorbereitet zu sein, und er begann schon mal über eine plausible Reaktion auf die Ermordung nachzudenken, als Mrs. Lehrer sich ihm zuwandte, um den kleinen Flirt fortzusetzen.

»Hecken Sie gerade irgendwelche geheimen Missionen aus?« fragte sie neckisch.

»Das weniger«, antwortete Denton lachend. »Ich mußte mich nur um ein kleines Personalproblem kümmern.«

Er lächelte sein Haifischlächeln in die Runde. Das Leben war schön.

Denton war ehemaliges Mitglied einer von Mitte der achtziger bis in die frühen neunziger Jahre bestehenden Gruppe von CIA-Männern und -Frauen, Tiggermanns Hündchen genannt, allerdings nicht weil sie süß und knuddelig waren. Roman »Tiggy« Tiggermann, inzwischen von der Bildfläche verschwunden, war ein altgedienter CIAler gewesen, der gelegentlich als Ombudsmann fungierte. Er hatte einen Spitzbauch, besaß einen unglaublich schlechten Kleidergeschmack, und höfliche Menschen fanden ihn ein wenig zu redselig. Hinter den altmodischen eckigen Brillengläsern verbarg sich ein Affengesicht, und die Augen quollen ein bißchen aus den Höhlen. Obendrein hatte er die scheußliche Angewohnheit, die wenigen Haare, die er noch besaß, quer über die Glatze zu legen, als würde sich auch nur ein einziger Mensch davon täuschen lassen. Im Laufe seiner ersten siebzehn Jahre bei der Central Intelligence Agency hatte er sich den Ruf erworben, hochintelligent, aber unglaublich phlegmatisch zu sein, weshalb er von allen als ein Nobody betrachtet, ignoriert und mit dem Posten des Ombudsmanns abgespeist wurde, auf dem er die Jahre bis zu seiner Pensionierung absitzen sollte.

Doch 1985, im Alter von achtundvierzig Jahren, wachte Tiggermann plötzlich auf.

Der erste Hinweis darauf, daß Tiggy Tiggermann aufgewacht war, zeigte sich in Gestalt einer Operation, die schon bald darauf unter dem Namen *Frühjahrsputz* legendär wurde. Der *Frühjahrsputz* führte zu zahlreichen Verhaftungen, zum totalen Chaos innerhalb des Mossad und des GRU, des militärischen Geheimdienstes der UdSSR, und hatte nicht nur zur Folge, daß der Geheimdienstausschuß des Senats der CIA mehr als einen Gefallen schuldete, sondern auch, daß an dem Platz, wo Tiggy Tiggermann immer geparkt hatte, ein neuer Mann seinen Wagen abstellte.

Nach dem Israeli-Coup benutzte Tiggermann den Posten des CIA-Ombudsmanns, um innerhalb der Agency seinen eigenen kleinen Laden aufzubauen. Zu den Leuten, die Anfang '85 darum baten, sich dieser ganz speziellen Wichteltruppe anschließen zu dürfen, gehörte ein junger Analytiker, der erst zwei Jahre zuvor von Dartmouth gekommen war: Nicholas Andrew Denton III.

Bei ihrem ersten Zusammentreffen schenkte Tiggy Denton sein Affenlächeln und beugte sich auf seinem Stuhl vor, als wäre er derjenige, der etwas von dem ruhigen, beherrschten jungen Mann wollte. Doch was Tiggy sagte, klang nicht nach einer flehentlichen Bitte: »Seit drei Wochen setzen Sie mir jeden verdammten Tag zehnmal zu. Jetzt kriegen Sie Ihre Chance. Nutzen Sie sie und sagen Sie mir, was Sie können! Andernfalls hören Sie auf, mir meine Zeit zu stehlen.«

Denton, der damals vierundzwanzig Jahre alt war, bekam ausnahmsweise Angst vor der eigenen Courage wie andere Sterbliche auch; es sollte das letzte Mal in seinem Leben sein. Doch obschon er sich fast in die Hosen machte, behielt er die Nerven. Er lehnte sich zurück und zündete sich eine Zigarette an, obwohl Tiggermann ihm ausdrücklich gesagt hatte, daß er in seinem Büro nicht rauchen solle.

»Entweder Sie nehmen mich in Ihr Team auf, oder Sie müssen auf meine Mitarbeit in der Agency verzichten.«

»Na los, kündigen Sie, ist mir völlig egal«, erwiderte Tiggy lachend, wobei er hastig gestikulierte, was ihn unsicher wirken ließ, in Wahrheit jedoch seine große Waffe in seiner neuen Rolle war. »Ich bin nur ein einsamer Ombudsmann, der ein bißchen Gesellschaft braucht.«

»Ich kann analysieren …«

»Analytiker habe ich«, unterbrach ihn Tiggy lachend.

»Ich kann planen …«

»Planer habe ich. Überraschen Sie mich, Junge! Welche Fähigkeiten besitzen Sie, die ich *wirklich* brauchen kann? Aus welchem Grund sollte ich Sie nehmen?«

Denton schwieg, dachte nach, kam auf nichts. Doch dann verzog sich sein Mund wie von selbst zu einem Lächeln, öffnete sich und sprach das einzige aus, was Tiggy wirklich hören wollte: »Ich kann Leute so fertigmachen, daß sie nie wieder den Versuch unternehmen, mir in die Quere zu kommen.«

»Sie sind eingestellt.«

Und er machte sie fertig, geriet bis zum Hals in den *Früh-jahrsputz* und überlebte ihn. Danach führten Tiggy und seine Hündchen ihre Privatagency innerhalb der Agency, die Hündchen mußten sich ausschließlich vor Tiggermann verantworten und führten Operationen durch, die so heimlich abgewickelt wurden, daß nur Leute mit Röntgenblick mitbekamen, was los war. Im Grunde aber funktionierte Tiggys kleiner Laden ganz simpel. Wichtig war nur, daß das Geld in den richtigen Spalten auftauchte. Und da Tiggy der Ombudsmann war, tauchte das Geld stets in den richtigen Spalten auf.

»Bin ich meinen Job los, Tiggy?« fragte Paula Baker eines Tages im Jahr 1988. Mit ihren dreiundzwanzig Jahren war sie das jüngste Teammitglied, das zudem über den mit Abstand größten Sex-Appeal verfügte, eine maisgenährte Buchhalterin aus Wisconsin, die einzige, die die finanziellen Machenschaften ihres Chefs zumindest einigermaßen nachvollziehen konnte. »Ich habe gerade zusammen mit meinem letzten Gehaltsscheck eine Abfindung bekommen.«

»Aber nein!« sagte Tiggy lachend, drückte Paula einen Schmatz auf die Stirn und gluckte über ihr wie eine Muttergans. »In drei Monaten werden Sie wieder eingestellt. Ich mußte nur ein paar Zahlen in Ordnung bringen.«

»Ach so!« sagte Paula fröhlich und beruhigt. Drei Monate später war sie tatsächlich auf dem Papier wiedereingestellt und arbeitete offiziell für einen Mann namens Ron McDonald. Tiggy war nicht nur aufgewacht, sondern hatte auch einen merkwürdigen Humor entwickelt, den alle seine Hündchen nach Kräften zu imitieren suchten.

Tiggermann sah zwar aus wie ein müder, alter Klepper und residierte weiter in den alles andere als schicken Kellerbüros mit denselben billigen Möbeln wie vor seinem Erwachen (er war ziemlich sentimental), aber von dem Augenblick an, als er aufgewacht war, spielte die Musik dort, wollten alle schlauen jungen Agenten dieser Generation nur noch zu ihm – wen interessierte jetzt noch die Rußland-Abteilung! Denn 1987 hatte ihnen Tiggy erklärt, der Ostblock werde in einem

Finanzdesaster untergehen, und zwei Jahre lang operierten sämtliche Hündchen auf der Grundlage der Annahme, daß genau das passieren werde. Als das Jahr 1989 zu Ende ging, galten Tiggy und seine Hündchen als hellseherisch begabt und erhielten direkten Zugang zu George Bush, dem alten CIA-Hasen, der Qualitätsarbeit zu schätzen wußte.

Die Presse wies damals auf die ganz untypische Entschlossenheit hin, die der sonst so zögerliche Präsident Bush in bezug auf Saddam Husseins Invasion Kuwaits im August 1990 an den Tag gelegt habe. In den oberen Etagen in Langley, der CIA-Zentrale, wußte man es besser und verdrehte die Augen in Richtung Keller, wo die lächelnde Buddhafigur Tiggy hauste, umgeben von ihren Hündchen. Als Tiggy einen seiner Jungs, Kenneth Whipple, als Idealbesetzung für die Nahost-Abteilung »vorschlug« und ihn zum jüngsten Abteilungsleiter in der Geschichte der CIA machte, widersprach niemand. Das konnte sich keiner leisten, denn Tiggy kümmerte sich um seine Hündchen, und die Hündchen hielten zusammen. Wenn man sich mit einem von ihnen anlegte, hatte man automatisch alle am Hals.

1991 konnte der Direktor der CIA sich persönlich davon überzeugen.

»Tiggermann«, sagte er im Sommer dieses Jahres zu dem Alten, »ich denke, es ist Zeit, daß Sie sich aus dem Job als Ombudsmann zurückziehen.« *Und daß Sie, nebenbei bemerkt, aufhören, so viel Macht auszuüben,* lautete die unterschwellige Anweisung. Es machte alle nervös, daß Tiggy nicht nur das Ohr des Präsidenten hatte, sondern sich auch noch mit einem Haufen Grünschnäbel umgab, von denen niemand so recht wußte, was sie eigentlich trieben. Deshalb setzte der Direktor Tiggy unter Druck.

Tiggy reagierte nicht, sondern ließ seine Hündchen machen.

»Denen ist klar, daß Sie noch relativ jung sind und möglicherweise noch zehn, fünfzehn Jahre bleiben«, sagte Denton. »Ihr Fehler, Tiggy – Sie hätten das kommen sehen müssen, bevor es offiziell wurde. Jetzt müssen wir zu unschönen Mitteln greifen.« Nur Denton konnte es wagen, Tiggermann so etwas ins Gesicht zu sagen.

»Schon möglich, Nick. Aber ich will, daß ihr die Sache in die Hand nehmt«, erklärte er ihnen bei der Morgenbesprechung am Mittwoch. »Lösungsvorschläge interessieren mich nicht – beseitigt das Problem und fertig.«

Tiggy verließ das Büro an diesem Tag früh. Er war wirklich neugierig darauf, wie die Hündchen die Sache angehen würden, denn auf diese Weise konnte er in Erfahrung bringen, was sie zustande brachten, wenn sie auf sich gestellt waren.

Die Hündchen ließen sich, auf den jeweiligen individuellen Stärken aufbauend, einiges einfallen. Ken Whipple war Feuer und Flamme für Psychospielchen. Arthur Atmajian war ganz scharf darauf, das Büro des Direktors zu verwanzen, aber das hielten alle anderen für albern. Paula Baker schlug eine umfassende Finanzmanipulation vor, die den anderen allerdings viel zu kompliziert erschien. Da sie ganz unter sich waren, wurden zur großen Erheiterung aller die Ideen nach zehn Minuten zunehmend verrückt.

»Fahren wir doch einfach mit dem Alten ins Rotlichtviertel und fotografieren ihn dabei, wie er arschgefickt wird!«

»So ein Quatsch! Fälschen wir einen Brief, in dem er seine Mitgliedschaft im Golfclub kündigt!«

»Buh!«

»Ich schlage vor, wir drohen ihm damit, seine Bälger in öffentliche Schulen zu schicken!«

»*Genau!*«

Sie waren wie kleine Kinder. Sie hatten einen Heidenspaß. Doch nach einer Stunde Herumblödeln reichte es ihnen, und sie beschlossen, sich den alten Trottel ernsthaft vorzunehmen.

Denton fiel etwas Gutes ein. Er hatte die Idee, den Direktor der Central Intelligence Agency zu erpressen.

Das war an sich nichts Ungewöhnliches. Denton war der Erpressungsspezialist in Tiggermanns Abteilung geworden. Aber *wie* er den Direktor der CIA erpressen wollte, darauf konnte wohl nur Denton kommen. Es war verrückt, und es war absolut idiotensicher.

Sie mußten einen Tag abwarten, an dem es keine wichtigen Nachrichtenmeldungen gab. Dieser Mittwochabend war ungünstig, denn in Minnesota hatte sich ein kleines Flugzeugunglück ereignet, und sämtliche Nachrichten waren voll davon. Am Donnerstag und Freitag wurde viel über Bosnien berichtet. Am Samstag starb irgendein Schauspieler. Doch am Sonntag vormittag herrschte völlige Nachrichtenflaute. Sie beschlossen, ans Werk zu gehen, und beteten, daß sich vor neunzehn Uhr Ostküstenzeit – Redaktionsschluß – nichts allzu Berichtenswertes ereignen würde.

Denton rief einen Reporter der *Washington Post* an, und zwar in perfekter Verschwörermanier. Er benutzte, als er sich gegen Mittag bei dem Mann meldete, einen Stimmverzerrer. Ob man sich in der Georgetown Gallery treffen könne? Klar, sagte der Reporter.

In der Einkaufspassage gab sich Denton mit Sonnenbrille und Ohrhörer wie der Prototyp eines Geheimagenten. Der Sender-Empfänger funktionierte überhaupt nicht, machte aber, wie Denton wußte, unheimlich was her. Er spielte so perfekt den Nervösen, daß der Reporter seinen Kasettenrecorder nicht nur einmal, sondern zweimal fallen ließ. Während sie durch das Einkaufsgetümmel gingen, wirkten sie dermaßen auffällig, daß sie sich Dentons Überzeugung nach hundertprozentig verraten hätten, wenn es eine echte Geheimdienst-Operation gewesen wäre. So aber hielten sich die meisten anderen Hündchen unauffällig in der Nähe von Denton und dem Reporter und amüsierten sich köstlich über die Darbietung.

Zuerst beglaubigte Denton seine CIA-Zugehörigkeit, indem er seinen türkisgrünen Parkausweis vorzeigte, den nur höhere Beamte mit überdachten Parkplätzen erhielten. Dann erzählte er dem Reporter, der Direktor wolle den Ombudsmann rausekeln, weil Tiggermann in der Buchführung des Direktors angeblich Unregelmäßigkeiten entdeckt habe. Denton hielt dem Reporter mehrere eigens hergestellte, absolut echt aussehende Dokumente unter die Nase, ohne sie ihm jedoch auszuhändigen, und ließ den Blick dabei unablässig durch die Einkaufspassage schweifen wie ein verängstigtes Kaninchen. Er sagte dem Reporter, er sei überzeugt, verfolgt zu werden, und möglicherweise stünden mehrere Menschenleben auf dem Spiel. Seine Familie werde offen bedroht, man habe Anrufe erhalten, und immer wenn er seine Kinder abhole, stehe am Straßenrand ein dunkler Wagen im Leerlauf...

Plötzlich sprang Paula Baker, ebenfalls mit Sonnenbrille getarnt und ohne jede Vorwarnung, hinter einem Pfeiler hervor und schoß mehrere Fotos von Denton und dem Reporter.

»Warum hast du nicht gleich auch noch *Huh!* geschrien?« beschwerte Denton sich hinterher.

»Ich war nahe dran, Mensch, war ich nahe dran!« sagte sie und lehnte sich lässig auf ihrem Stuhl zurück, so daß sich ihre perfekt geformten Brüste leicht unter der Bluse bewegten. Mann, Paula Jones war einfach unglaublich sexy!

Als sie aus ihrer Deckung hervorgesprungen war, hatte Denton die Beine in die Hand genommen, als wären sämtliche Höllenhunde hinter ihm her. Zuvor aber hatte er noch rasch etwas von »Auslandskonten« gemurmelt. Dann lief auch der Reporter weg, und Arthur Atmajian und einige seiner Gartenzwerge hatten ihren Spaß daran, ihm auf dem Weg zurück zur Redaktion der *Post* auf den Fersen zu bleiben.

»Dieser Vollidiot hat ständig Umwege genommen und versucht, mich abzuschütteln. Je länger er brauchte, um in sein Redaktionsbüro zu kommen, um so mehr Gelegenheiten hätte ich gehabt, ihn mir zu schnappen, wenn ich es darauf angelegt hätte. Nicht zu fassen, wie blöd der ist!«

Im Verlauf der folgenden zwei Stunden wurden die meisten der offiziell nach wie vor für Tiggermann arbeitenden Hündchen von dem *Post*-Reporter unter ihrer Privatnummer angerufen. Alle lehnten eine Stellungnahme ab, färbten ihr »Kein Kommentar« allerdings so, daß dem Reporter signalisiert wurde, die Fakten seien korrekt. Und dann hatten sie auch noch Glück, und es gab an diesem Tag für die Medien weiter nichts Außerordentliches zu berichten.

Am nächsten Morgen, einem Montag, bot sich ein ungewöhnliches Bild in den Büros in Langley. Die Arbeit stand still, alles klebte an den Bildschirmen, zog sich CNN rein und las dabei wieder und wieder die Berichte auf den Titelseiten der *Post* und der *New York Times*.

»Die *Post und* die *Times*? Warum bauen Sie nicht gleich einen Medienzirkus vor dem Eingang auf?« sagte Tiggy am nächsten Tag. Er bemühte sich, wütend auf Denton zu sein, schaffte es aber nicht.

»Was soll ich machen?« erwiderte Denton lässig, zog an seiner Zigarette und zielte mit verbranntem Mikrowellen-Popcorn quer durch den Raum auf die offenen Münder von Wenger und Caruthers. »Mit der *Post*-Geschichte hatten wir gerechnet. Was die *Times*- und die CNN-Berichterstattung betrifft, so hatten wir einfach Glück, das ist alles.«

Drei Wochen lang mußte der Direktor immer wieder vor dem Geheimdienstausschuß des Senats erscheinen, um den Verdacht zu zerstreuen, der Ombudsmann und seine Mitarbeiter würden aus irgendeinem Grund unter Druck gesetzt. Der Direktor konnte gar nicht oft genug wiederholen, wie prima alles laufe mit Ombudsmann Tiggermann. Ihn durch einen anderen ersetzen? Das solle wohl ein Witz sein! Und Tiggermann seinerseits schwor Stein und Bein, daß er, der Ombudsmann, in der Buchführung des Direktors auf keinerlei Unregelmäßigkeiten gestoßen sei – das dieser Erklärung hinzugefügte »noch nicht« kam leise und sehr subtil, war aber durchaus vernehmbar.

»Kinder«, sagte Tiggy bei der nächsten Mittwochmorgen-Besprechung zu allen, »ihr wart sehr, sehr unartig!« Sie feierten mit einer Flasche Apple-Zapple, die irgendwer für eine besondere Gelegenheit aufgehoben hatte.

Denton aber hatte der von ihm kreierten Operation den letzten Schliff gegeben, indem er dem Direktor noch ein kleines »Du kannst uns alle mal!« hinterherschickte.

Bei seinem Treffen mit dem *Post*-Reporter hatte Denton

von »Sonderzahlungen« gesprochen, von denen in den nach-
folgenden Presseberichten nicht die Rede gewesen war, die
jedoch im zwölften und dreizehnten Absatz der an diesem
Montag erschienenen *Post*-Story erwähnt wurden. Für
Außenstehende klang das alles sehr verwirrend, doch für den
Direktor und seine Mitarbeiter war es ein klares Signal –
»Sonderzahlungen« war die Bezeichnung für Tätigkeiten, die
in den Büchern nicht auftauchten, Tätigkeiten, die im Grunde illegal waren, da sie nicht der Überprüfung durch den
Geheimdienstausschuß des Senats unterlagen. Sonderzahlungen – das bedeutete vom Direktor selbst überwachte
Arbeit. Nur ganz wenige in der Agency hatten von Sonderzahlungen auch nur *gehört*. Daß über sie gesprochen worden
war, hieß eindeutig, daß jemand mit hervorragendem Infor-
mationsstand der *Post* gegenüber geplaudert hatte. Es machte allen, die davon wußten, klar: »Wir haben unsere Möglichkeiten, also hört auf, uns anzumachen, es sei denn, ihr
wollt aufs Ganze gehen.« Und der Direktor entschloß sich
klugerweise zu einem Rückzieher, was die Hündchen im Kellergeschoß veranlaßte, sich vor Freude gegenseitig mit verbranntem Popcorn zu bewerfen.

In den wilden achtziger Jahren hatten sie viel Spaß, sie
konnten mit großem Geld und großen Plänen herumspielen.
Doch letztlich war es die Zeit selbst, die der Keller-Abtei-
lung den Garaus machte. Ende 1992 erlitt Tiggermann einen
schweren Schlaganfall und mußte in den Ruhestand treten,
was er allerdings erst tat, nachdem es ihm gelungen war, für
die meisten seiner Hündchen ein warmes Plätzchen zu finden. Die übrigen Angehörigen der Agency hatten mittlerweile Angst vor Tiggy, da sie ihn im Grunde nicht verstanden, und stießen, als er den Schlaganfall erlitten hatte und
die Agency verließ, nach außen hin Besorgtheit heuchelnd,
einen kollektiven Seufzer der Erleichterung aus.

Wie alle bürokratischen Institutionen basierte auch die CIA
auf Beständigkeit – man war entweder ein Arschloch oder
ein Heiliger oder aalglatt oder grob oder sonst etwas. Die
Leute verstanden nie – waren nicht fähig zu verstehen –, wie

einer der Ihren sich plötzlich und ohne ersichtlichen Grund total verändern konnte, so wie Tiggy es 1985 getan hatte.

»Ich kapiere es ja selbst nicht«, sagte Tiggy zu Paula Baker und Phyllis Strathmore, als sie ihren im Sterben liegenden Mentor besuchten. »Eines Tages betrat ich Langley, und plötzlich war es, als sähe ich alles viel klarer als zuvor.«

»Hm«, sagte Phyllis, eines der wenigen Hündchen, die die Agency verlassen hatten. Sie war von Kopf bis Fuß in Wall-Street-Banker-Grau gewandet, geschminkt, trug eine Zwei-hundert-Dollar-Frisur und war offenbar auf dem besten Weg, Multimillionärin zu werden. Sanft und ohne großes Aufheben wischte sie den Speichel weg, der aus Tiggys gelähmtem Mundwinkel troff. Sie hätte Tiggy auch anrufen können; die Fahrt von New York zu Tiggys Wohnung in Maryland kostete sie einen Tag. Doch sie war gekommen, wie alle, außer Arthur Atmajian. Arthur, das Hündchen, das zu jedermanns Leidwesen inzwischen ein Allzweck-Killer geworden war, brachte es nicht über sich, Tiggermann zu besuchen, was Tiggy und alle anderen verstehen konnten: Mörder sind in dieser Hinsicht manchmal komisch.

»Wir hatten damals wahnsinnig viel Spaß miteinander«, sagte Phyllis plötzlich nachdenklich zu Tiggy.

»Wir beide allerdings nicht«, neckte Tiggermann sie zotig, was Phyllis so überraschte, daß sie in Tränen ausbrach.

Zwischen den Jahren, an einem Tag in der Woche von Weihnachten '93 bis Neujahr '94, wurde Tiggy, noch keine siebenundfünfzig Jahre alt, zu Grabe getragen. Doch er hatte die Agency verändert, auch wenn die Agency selbst es nicht wußte.

Die schiere Existenz der Hündchen, das war es – eine Agency innerhalb der Agency, aus den begabtesten jungen Agenten bestehend. Im Kellergeschoß hatte es lautstarke Auseinandersetzungen, kleine Bündnisse und Fehden gegeben wie anderswo in der Agency auch. Strathmore und Denton, beispielsweise, hatten fast das ganze Jahr 1987 über versucht, einander auszustechen. Doch gegenüber Außenstehenden traten die Hündchen stets geschlossen auf. Es war eine bizarre Beziehung, Bruderschaft, Ehe und Teufelspakt in einem. Schließlich waren sie von Tiggy *erwählt* worden, das war der Punkt: von Tiggy erwählt, als sie alle noch jung und ziemlich unerfahren gewesen waren. Wenn Denton sich jetzt mit Phyllis oder Whipple unterhielt, sah er in ihnen weder die Teilhaberin einer Wall-Street-Investment-Bank noch den Leiter der Nahost-Abteilung, sondern zwei arbeitswütige Freaks, und sie sahen in ihm dasselbe, und genau deshalb waren sie Freunde: Sie hatten keine Angst voreinander.

Als aus den achtziger Jahren die neunziger Jahre wurden und die Hündchen ihrer eigenen Wege zu gehen begannen, landeten alle außer Denton in hochkarätigen Führungspositionen. Strathmore verließ die Agency ganz, Jayne Caruthers übernahm die Westeuropa-Außenstellen, Wenger ging perverserweise in den Außeneinsatz, tarnte sich als AP-Reporter, war aber in Wirklichkeit der Führungsagent so ziemlich jedes osteuropäischen Spions. Paula Baker wurde erstaunlicherweise Leiterin der Abteilung Finanzierung von Geheimoperationen, und Atmajian unterstanden die meisten Killer des Direktorats für besondere Operationen. Kurz gesagt, alle Hündchen machten außerhalb des Kellergeschosses Furore. Alle, außer Denton.

»Ich? Ich habe beschlossen, den Schattenweg einzuschlagen«, sagte er in einer Bar, und alle fuhren vor Schreck zusammen. Der Spezialist für Erpressungen lächelte sein Lächeln, lehnte sämtliche Führungsjobs, die man ihm anbot, ab, steuerte schnurstracks auf den »Schattenweg« zu, und kein Mensch verstand, wieso.

Der Schattenweg war das Reich der kleinen, nur beratenden Mitarbeiter, das Reich von Männern und Frauen, die nicht genug Talent, Eigeninitiative oder Motivation besaßen, um in den Jobs erfolgreich zu sein, in die alle anderen Hündchen übergewechselt waren. Die Arbeit bestand darin, zu beraten, Daten zu analysieren, sich um den gigantischen, von den Führungsleuten produzierten Papierkram zu kümmern und im Hintergrund zu bleiben, im Schatten der eigentlichen Geheimdienstarbeit. Niemand, der einmal die schiere Macht

einer leitenden Position gekostet hatte, betrat freiwillig den
Schattenweg – niemand außer Nicholas Denton, Tiggys
Thronfolger, das einzige Hündchen, das sich hingezogen fühl-
te zu dieser merkwürdigen Welt aus Papier.

»Er weiß, was er tut«, sagte Tiggy zu Paula Baker, die wie
alle Frauen im Kellergeschoß total in Denton verknallt war.
»Nehmen Sie's mir nicht übel, aber Nicky ist der Schlaueste
von euch allen«, erklärte er ihr im Herbst vor seinem Tod.

Baker, der nicht daran lag, sich mit ihrem Daddy, der Tiggermann insgeheim für sie war, zu streiten, glaubte, was er
sagte. Aber im Laufe der Monate und schließlich Jahre begannen sie und die anderen Hündchen sich dann doch zu fragen, was Denton eigentlich machte.

Bei mieser Bezahlung und schlechten Arbeitsbedingungen
verfügte man obendrein über keinerlei eigentliche Macht.
Und da bekannt war, daß Denton dereinst zu den Hündchen
gehört hatte, war es natürlich jedem ein Rätsel, warum ein
angeblich so fähiger Agent im verborgenen arbeitete. Denton wurde mit der Zeit immer geckenhafter, interessierte sich
mehr für sein Aussehen als für Ergebnisse, was der Menta-
lität eines Hündchens völlig widersprach. Die anderen Hündchen reagierten darauf besorgt und frustriert, denn Denton
schuf sich auf diese Weise innerhalb der Agency den Ruf, ein
Leichtgewicht zu sein, vor dem man sich nicht zu fürchten
brauchte. Irgendwann begannen die Leute zu vergessen, daß
er einmal Tiggermanns Goldjunge gewesen war.

»Du hängst doch nur rum«, sagte Arthur Atmajian eines
Tages zu ihm, nachdem er ihn »zufällig« in einem Gang in
Langley getroffen hatte. Bei Arthur geschah immer alles
»zufällig«.

Dentons völlig zusammenhanglose Erwiderung darauf –
»Hast du meinen neuesten Roman gelesen?« – versetzte
Atmajian in Wut. Arthur hatte sich, genau wie alle anderen
Hündchen, offen schockiert darüber gezeigt, daß Denton sei-
ne Zeit mit dem hobbymäßigen Verfassen von Romanen ver-
geudete. Nicht die Tatsache an sich war bedenklich – Kenny
Whipple von der Nahost-Abteilung hatte eine gut bespro-

chene Gedichtsammlung veröffentlicht, was dazu führte, daß die Hündchen zwar boshaft über ihn spotteten, insgeheim jedoch sehr stolz auf ihn waren. Aber Kenny mischte eben auch die Nahost-Abteilung auf wie ein Chefkoch, der lässig ein Omelett zubereitet. Denton dagegen kleidete sich teuer und vertrödelte seine Zeit auf Cocktail- und Dinnerpartys.

»Vergiß deinen Scheiß-Roman! Deine Karriere geht den Bach runter! Du wirst noch 'ne komplette Null, verdammt noch mal!«

Denton lenkte das Gespräch zurück auf seine Probleme mit der Veröffentlichung des nächsten Romans, ohne auf Atmajians Wutausbruch zu reagieren. Als sie auseinandergingen, war Arthur zu der Einsicht gelangt, daß Denton ein aufgeblasener Stutzer war, der nicht im mindesten hielt, was er während seiner Arbeit unter Tiggy versprochen hatte. Atmajian und die anderen Hündchen schnitten Denton daraufhin zwar nicht gerade, schenkten ihm Anfang der neunziger Jahre jedoch nicht mehr besonders viel Aufmerksamkeit.

Dann tauchte eines Tages Carl Roper auf, und Denton verwandelte sich vor aller Augen.

Carl Roper wurde zum Leiter der North American Counter Intelligence, der Spionageabwehr, ernannt und war zuständig für die Aufdeckung und, wenn möglich, Übernahme ausländischer Agenten auf US-amerikanischem und kanadischem Territorium.

»Erst mache ich sie mundtot, dann mache ich sie mausetot«, hatte er Denton gegenüber schon ziemlich bald nach seiner Einstellung erklärt, denn Roper gehörte zu den Leuten, die Agententätigkeit naiverweise für etwas halten, bei dem klar zwischen Gut und Böse unterschieden werden kann. »Ich bin nicht der Typ, der in seinem Bereich ausländische Agenten duldet.«

Außerdem war er ein Arschloch und stand zu Recht in dem Ruf, schlampig zu arbeiten. Als Denton Roper nachzulaufen begann, weil er hoffte, einen Job von ihm zu bekommen, waren die Hündchen nahe dran, ihn völlig abzuschreiben.

»Denton bringt es einfach zu nichts«, sagte Makepeace Oates beim Mittagessen zu Paula Baker. »Wer für jemanden arbeitet, der so dumm und blutrünstig ist wie Roper, will ein Schreibtischhengst ohne Verantwortung und ohne Macht sein« – was von nun an Konsens war. Arthur, das Killer-Hündchen und Dentons bester Freund, war der einzige, der dies nicht verwinden konnte. Sosehr er auch an Denton hing, er machte ihm klar, daß er nichts mehr mit ihm zu tun haben wollte, nicht einmal mehr privat. Alle anderen vermerkten Denton unter »ferner liefen«; für sie war er der Verlierer des Rennens.

Und Denton ... nun, Denton amüsierte sich darüber.

Selbstverständlich nahm Carl Roper Denton und fuhr fort, die North American Counter Intelligence herunterzuwirtschaften und alle Aufmerksamkeit auf sich zu lenken. Doch bei jeder Schlappe, die Roper verursachte, knüpfte Denton neue Kontakte und erfuhr immer mal wieder von üblen Machenschaften. Paula Baker bekam als erste eine Ahnung von dem, was vor sich ging, als Denton eines Tages unangemeldet in ihrem Büro auftauchte.

»Ich muß gleich zu einer Besprechung des Finanzprüfungsausschusses«, teilte sie ihm kühl mit. Sie hatte zwar nichts gegen privaten Umgang mit Denton, war jedoch nicht gewillt, ihre Arbeitszeit an ihn zu vergeuden.

»Das dürfte dich interessieren«, sagte Denton, schloß die Tür von Paulas Büro und erzählte ihr, daß das für Lateinamerika zuständige Pendant zu Ropers Einheit – eine Einheit, die weit außerhalb von Dentons Verantwortungsbereich lag – benutzt werde, um Gelder für eine unabhängige, geheime, von Estland aus operierende Einheit abzuzweigen, für eine Einheit, von der Paula Baker hätte wissen müssen, von der sie jedoch noch nie etwas gehört hatte.

Das war im Sommer '95, knapp drei Jahre, nachdem Denton den Schattenweg eingeschlagen hatte, und jetzt begann er langsam, die Ernte einzufahren. Er hielt Paula Baker einen kleinen Vortrag über die Lateinamerika-Einheit und über Paulas eigene Finanzgruppe, der so gespickt war mit beiläufig dahingesagten Details und Insider-Informationen, daß Paula einen Augenblick lang glaubte, sie befinde sich in einer ganz besonders surrealen Episode von *The Twilight Zone* – Nicky Denton, der eitle König der Cocktail-Gesellschaft von Georgetown, wußte offenbar mehr über die Arbeitsweise ihrer eigenen Einheit als sie selbst.

»Woher hast du diese Infos?« fragte sie ihn, mehr als nur ein bißchen erschrocken.

»Papiere, Papiere, Papiere, Paula. Der Schattenweg besteht aus Papieren.«

Papiere. Im Grunde ging es immer nur um Papiere, denn in der CIA wird alles aufgeschrieben und mit Datumsstempel versehen. Der Schattenweg heißt so, weil das Papier einen Schatten wirft, dem man nicht entkommt. Das Problem ist nur, daß der Schattenweg aus so vielen Papieren besteht, daß es praktisch unmöglich ist, etwas Nützliches herauszuziehen. Drei Jahre hatte es gedauert, dann hatte es Denton geschafft, die Kontrolle zu übernehmen, indem er Ropers Nachlässigkeit als perfekte Deckung benutzte. Da er von Roper kaum beaufsichtigt wurde, hatte Denton auf dem Schattenweg dahinfahren können, ohne je Angst haben zu müssen, von Polizisten an den Straßenrand gewunken zu werden.

»Was ist, wenn sie dich erwischen?« fragte die verblüffte Paula Baker, der allmählich klar wurde, welche Macht man auf dem Schattenweg anhäufen konnte.

»Vorerst läßt sich alles zu Roper zurückführen. Und wenn ich tatsächlich erwischt werden sollte – na, wenn schon! Ich habe ja schließlich keine Führungsposition inne – ich gehöre zu den nur beratenden Mitarbeitern. Es ist ja gerade meine *Aufgabe*, den Schattenweg auf und ab zu fahren. Ist schließlich nicht *meine* Schuld, wenn ich dabei auf Pikantes stoße.«

In Langley gibt es so viele heikle Dokumente, daß ihre Beseitigung streng geregelt ist. Sie werden unter Bewachung an einen zentralen Sammelpunkt gebracht, wo man sie zuerst in den Reißwolf steckt und dann Papierbrei daraus macht, der recycelt wird (schließlich ist die CIA eine durch und durch grüne Institution...). Im November '95 rief Denton

den ihm mittlerweile gänzlich entfremdeten Arthur Atmajian an und überredete ihn, etwas zu tun, das einem Sakrileg
gleichkam, sofern es so etwas in der CIA gab: Er überredete
ihn, ein geheimes Verbindungssystem einzurichten, das die
zur Beseitigung anstehenden Papiere umleiten und daraus ein
Schattenarchiv aufbauen sollte, und zwar in einem Bürogebäude in Alexandria, in dem Denton bereits buchstäblich
tonnenweise Dokumente deponiert hatte, peinlich genau
geordnet und katalogisiert.

»Du bist wieder da!« rief Arthur erfreut, als das Umlei-
tungssystem stand und der Informationsfluß einsetzte.

»Ich war nie weg!« erwiderte Denton lachend.

»Du bist Gott«, behauptete Arthur auf für ihn typische
Weise. Paula Baker hatte den Verdacht, daß Arthur sich mehr
über Dentons Rückkehr als über die von ihm so kaltblütig
durchgezogene Operation freute.

Der Plan, die Papiere umzuleiten, war die erste Geheim-
sache, die Denton sich seit seiner drei Jahre zurückliegenden
Tätigkeit unter Tiggy ausgedacht hatte. Doch er betrachtete
sie nie als Geheimoperation. Für ihn war das Schattenarchiv
ein gigantisches Forschungsprojekt, das ehrgeizigste allerdings, das je durchgeführt worden war, denn sämtliche
Geheimnisse Langleys fanden ihren Weg zu Dentons Büro in
Alexandria und landeten schließlich auf Mikrofilm.

Im Schattenarchiv ging es um reine Information, um den
heiligen Schlamm, der die Blinden sehend machte. Mit Information erhielt man Einblicke in das, was draußen in der weiten Welt vor sich ging, doch gleichzeitig waren Informationen nur unsichere kleine Gucklöcher, die immer wieder
verstopft wurden. Das Schattenarchiv aber war kein einzel-
nes, unsicheres Fenster oder eine Fensterreihe, sondern ein
Panoramafenster, durch das man nicht nur dies und jenes sah,
sondern *alles*, alles zusammen auf einmal. Die Macht des
Schattenarchivs bestand darin, daß es als Fenster zu realem,
vollständigem Wissen fungierte. Und Wissen ist, wie es so
schön heißt, Macht.

Finanziert wurde die Operation mit Geld, das eigentlich

an die für Lateinamerika zuständige Einheit weitergeleitet werden sollte, was Paula Baker verhinderte. Deshalb hatte Denton die Sache überhaupt zur Sprache gebracht – er brauchte Geheimgelder, um sein Forschungsprojekt zu finanzieren. Das Schattenarchiv entwickelte sich zu einem Stützpfeiler seiner Machtbasis, vor allem in Anbetracht der Tatsache, daß nur Baker und Atmajian von dessen Existenz wußten. Arthur und Paula erhielten selbstverständlich dafür, daß sie das Schattenarchiv schützten, direkten Zugriff auf die sich ansammelnden Informationen.

»Kann man die Leute, die das Schattenarchiv aufbauen, ausfindig machen?« fragte Paula Baker Atmajian, als sie sich zum ersten Mal über die Logistik von Dentons Forschungsprojekt unterhielten.

»Läßt sich das Geld, das du umleitest, zurückverfolgen?«

»Ein bißchen mehr Vertrauen, wenn ich bitten darf!«

»Eben.«

Ein geheimes Doppelblind-System – ein System, dessen Mitarbeiter weder wissen, was sie tun, noch für wen – wurde Anfang '96 eingerichtet, um die aus dem Zentralarchiv in Langley stammenden Dokumente systematisch zu analysieren und Kopien für das Schattenarchiv herzustellen. Mitte 1996 waren siebenundzwanzig Leute damit beschäftigt, das Schattenarchiv zu führen; sie waren durch eine Art Klapptür-System miteinander verbunden – keine zwei Leute in dieser Einheit wußten, was zwei beliebige andere taten.

Doch das Schattenarchiv, so wichtig es sein mochte, war für Denton nur einer von zwei Pfeilern, auf die er sich stützte. Der andere war schiere Unverfrorenheit.

Mitte der neunziger Jahre hatte Roper so viele Leute gegen sich aufgebracht, daß seine Tage gezählt waren, was er allerdings nicht wahrhaben wollte. Und er bemerkte auch nicht, daß einer seiner Untergebenen dabei war, sich auf sehr scharfsinnige Weise einen Namen zu machen.

Zu denjenigen, denen Denton auffiel, zählte Ropers Chef, der Stellvertretende CIA-Direktor für Gegenspionage, Keith Lehrer.

Lehrer gehörte Tiggermanns Generation an und hatte, wie fast alle anderen auch, Tiggy als harmlosen Routinebeamten abgetan; schließlich hatte Tiggermann auf dem Schattenweg gearbeitet. Als Tiggy dann aufwachte, befand sich Lehrer zu seinem Glück gerade in England und brachte daher keine Hündchen gegen sich auf, als Tiggy die Schrauben in Langley fester anzuziehen begann und, als Ombudsmann getarnt, seine Position stärkte, indem er mit der »wuchernden Korruption« innerhalb der CIA aufräumte. Als Lehrer wieder in Virginia auftauchte, hatte Tiggy seinen eigenen kleinen Laden eingerichtet und besaß bereits weit mehr Macht als der auf konventionelle Weise die Karriereleiter hochkletternde Lehrer.

Doch Lehrer war zuverlässig, und als er Denton anrief, wußte Denton, woran er war.

»Wenn Roper weg ist, setzt man Ihnen wahrscheinlich einen anderen vor die Nase, dem Sie dann unterstehen«, begann Lehrer und hielt Denton damit clever das eine vor Augen, was sich möglicherweise ändern würde, nämlich Dentons Freiheit.

»Es macht mir nichts aus, jemandem zu unterstehen«, erwiderte Denton. Die beiden saßen in ihren jeweiligen Büros an einem jeweils abhörsicheren Apparat.

»Wie wäre es denn mit ein bißchen mehr eigenem Spielraum?« hakte Lehrer nach, als sie sich zu einem zweiten Gespräch trafen, das in einem anonymen Steakhouse in Potomac stattfand, nicht weit von Dentons Privatadresse entfernt.

»Spielraum?« fragte Denton mit Unschuldsblick. »Ich habe jede Menge Spielraum, wozu bräuchte ich mehr?« Er sah dermaßen harmlos drein, daß Lehrer kurzzeitig dachte, Denton brauche tatsächlich keinen zusätzlichen Spielraum. Die Gespräche hörten auf.

Das Schattenarchiv brummte mittlerweile wie ein gut eingestellter Motor und lieferte Woche für Woche Informationen. Denton fand, daß es an der Zeit sei, Roper loszuwerden und sich die von ihm gewünschte Stellung zu sichern. Dafür konnte er Lehrer benutzen, doch er mußte die Sache behutsam angehen, sonst würde die Wirkung verpuffen. Er beschloß, das Schließfach zu konsultieren.

Das Schließfach befand sich in einer Bank am Dupont Circle und beinhaltete, in einer Schutztasche mit Magnetverschluß, ein Apple Macintosh PowerBook, das buchstäblich Millionen Seiten mit Informationen speichern konnte. Drei Menschen wußten von der Existenz des Schließfachs – Denton, Atmajian und Paula Baker –, und sie gingen alle drei sehr vorsichtig damit um, denn es enthielt die im Schattenarchiv angehäufte Information in destillierter Form, wahrhaft radioaktives Material.

Einige dieser Geheiminformationen erwiesen sich bei Betrachtung des größeren Zusammenhangs als banal, andere als welterschütternd, geeignet, Regierungen zu stürzen. All diesen Informationen gemein aber war ihre Tauglichkeit als Erpressungsmaterial – Dentons Warenlager.

Denton konsultierte den Macintosh-Computer, *Moonshine*, um sich Anregungen dafür zu holen, wie er Roper loswerden könnte, und das, was er fand, war perfekt. Es war perfekt, weil es darum ging, nur eine Einzelperson mit Dreck zu bewerfen, und es war perfekt, weil die Information nicht zu ihrem Ursprung zurückverfolgt werden konnte. Nicht einmal ein Seitenblick würde auf Denton fallen. Es würde lange dauern, aber es würde hundertprozentig funktionieren.

Denton rief Lehrer von der Bank aus an. »Roper ist, wie Sie wissen, immer noch mein Chef, deshalb waren unsere Gespräche meiner Ansicht nach zwar sehr interessant, aber rein akademisch.«

»Ich verstehe«, sagte Lehrer.

»Aber selbst wenn Roper abtritt, würde ich seinen Posten nicht wollen. Mein Job gefällt mir. Ich hätte nichts dagegen, für den Rest meiner beruflichen Laufbahn einen Job zu haben wie den jetzigen, einen ähnlichen zumindest, einen analogen, wenn Sie so wollen.«

»Ich verstehe ...«

»Ich muß jetzt Schluß machen.«

Lehrer fand Denton, während er den Hörer auflegte, ein

bißchen sonderbar, dachte aber nicht weiter darüber nach. Offenbar hatte er sich in dem Mann geirrt – er war wirklich ein Leichtgewicht mit diesem blöden schwarzen Notizbuch, das er ständig zückte, um sich interessante Ausdrücke und Sätze zu notieren, die er gehört hatte, und mit seinem ständigen Geschwafel über Romane. Ein guter Gast bei Dinnerpartys, aber kein Mensch, den man ernst zu nehmen brauchte. Lehrer fand seine Romane nicht einmal gut. Er dachte nicht mehr an Denton.

Sechs Wochen später, an einem Freitagabend, packte Lehrer in seinem Büro zusammen und wollte sich gerade auf den Heimweg machen, öffnete aber vorher noch ein Päckchen, das ihm per Hauspost geliefert worden war. Es war eine Videokassette ohne Beschriftung. Er schob sie in seinen Büro-Videorecorder und drückte auf Play. Was er auf dem Bildschirm sah, jagte ihm Schauder über den Rücken.

Ein graubärtiger Schwarzer saß in Anzug und Krawatte da – Ed Bradley, der Racheengel der CIA-Public-Relations-Abteilung. *Ach, du Scheiße!* dachte Lehrer. *Schon wieder ein von* 60 Minutes *aufgedeckter Skandal.* Und genau das war es auch, mit allem Drum und Dran, darunter Interviews mit »CIA-Agenten«, Leuten, die in Wahrheit jedoch nicht bedeutender waren als in der Welt außerhalb der CIA irgendwelche Büroboten.

In der Reportage ging es detailliert darum, daß die Franzosen, ausgerechnet die Franzosen, Agenten in Seattle sitzen hatten, die bei Boeing an der Entwicklung irgendwelcher Radargeräte arbeiteten. Der *60 Minutes*-Bericht behandelte diese banale Tatsache allerdings, als handele es sich um Atombomben-Geheimnisse, und schaffte es glatt, Roper mit Namen und Foto zu verunglimpfen, indem behauptet wurde, der Leiter der Nordamerikanischen Gegenspionage habe wiederholte Warnungen ignoriert, aus denen hervorgegangen sei, daß die Radarleute in Seattle ein Sicherheitsrisiko darstellten. Lehrer wappnete sich schon für den Schlag, den *er* abbekommen würde. Schließlich arbeitete Roper für *ihn*.

Doch dann lag plötzlich Musik in der Luft.

»Das Bemerkenswerte an der Sache ist«, schwafelte Bradley, ganz den Unparteiischen mimend, weiter, »daß Carl Ropers Vorgesetzte in Langley nichts von dieser vorsätzlichen Unkenntnis der gegen die französischen Spione existierenden Beweise wußten.«

Lehrer wurde es schwindelig. In atemloser Spannung sah er sich den Rest der Aufzeichnung an, die sich wie ein Shakespeare-Drama vor seinen Augen abspulte, und erkannte, daß sich alle Vorwürfe einzig gegen Roper richteten. Er war so entzückt, daß er das Band noch einmal abspielte und nicht einmal das fünf-, sechsmal klingelnde Telefon hörte. Schließlich griff er doch zum Hörer.

»Ja?«

»Gefällt Ihnen das Band?« Die Stimme klang fröhlich und sarkastisch.

Es war Denton. Roper würde von Glück sprechen können, wenn es ihm am Montagmorgen gelänge, auch nur den Eingang von Langley zu passieren. Nach der landesweiten Ausstrahlung der Sendung am Sonntagabend würde der darauf folgende Skandal Ropers Karriere abrupt wie ein niedersausendes Fallbeil beenden. Und jetzt war Denton am Apparat...

Denton, dem es irgendwie gelungen war, Ropers Ende zu fabrizieren. Eine unglaubliche Unverfrorenheit, die nationale Presse derart zu manipulieren, obendrein mit der Erwartung, ungestraft davonzukommen! Und das Furchterregende daran war: Lehrer wußte, daß Denton tatsächlich ungestraft davonkommen würde. Doch er ließ sich nichts anmerken.

Ruhig, mit ein wenig gelangweilt klingender Stimme sagte er: »Ich wollte gerade gehen, aber ich kann noch etwas bleiben, wenn Sie reden wollen.«

»Danke, aber heute geht es nicht mehr. Wie wäre es mit Montag abend?«

»Ausgezeichnet, ausgezeichnet.«

»Gut, bis dann also. Auf Wiederhören. Ach, ich wollte Ihnen noch sagen – das mit Ihrem Namen ist ja witzig.«

»Wie bitte?«

»*Keith Lehrer.* Sie tragen denselben Namen wie ein berühmter Philosoph. Er schrieb ein sehr einflußreiches Buch über Erkenntnistheorie, der Titel lautet *Wissen.* Der Philosoph Keith Lehrer ist ein bekannter Skeptiker. Finden Sie das nicht witzig?«

»Nun ja …«

»Wir sehen uns am Montag. Auf Wiederhören.«

Denton legte auf, ehe Lehrer etwas erwidern konnte. Eine Woche später übernahm er die Stelle des Ersten Assistenten von Keith Lehrer, die gleiche Position, die er unter Roper innegehabt hatte, allerdings zwei Sprossen höher. Denton war jetzt Assistent des Vize-Direktors der Central Intelligence Agency – nur noch zwei Posten von der Leitung der Agency entfernt. Es war die Stelle, auf die er es die ganze Zeit abgesehen gehabt hatte.

Das lag zwei Jahre zurück. Jetzt saßen Lehrer und Denton in Lehrers Arbeitszimmer beisammen, rauchten und dachten über den vergangenen Abend nach. Das Arbeitszimmer war klein und gemütlich. Dem klobigen Schreibtisch gegenüber befand sich ein gleichermaßen klobiger Kamin, die einzige Lichtquelle im Raum. Vor dem Feuer standen die zwei Ohrensessel, in denen die beiden Männer saßen und lange schweigend in die Flammen starrten.

»Interessante Leute heute abend«, sagte Denton. Er hatte sich ihre Namen bereits auf Karteikarten notiert, die er stets bei sich trug, gefolgt von einer kurzen Zusammenfassung ihrer Persönlichkeitsmerkmale und ihrer beruflichen Tätigkeit.

»Ja …«, sagte Lehrer träumerisch, laut denkend. »Sepsis …?«

»Was ist mit ihm?«

»Wie weit sind Sie gekommen?«

Denton drängte nicht darauf, zu erfahren, warum Lehrer das fragte, denn er wußte inzwischen, daß Lehrer immer zuerst fragte und dann erklärte. »Er ist im Land. Das ist ganz sicher. Passierte vor drei Tagen die kanadische Grenze. Irgendwas ist da im Gange. Ich denke, daß wir kurz- bis mittelfristig etwas herausfinden werden. Im Augenblick wissen wir jedoch nicht genau, was los ist.«

»Finden Sie's raus.«

»Bin schon dabei.«

Denton erhob sich, um eine andere CD aufzulegen. Bei der im Hintergrund spielenden Musik handelte es sich um die von Karajan dirigierte *Peer Gynt*-Suite Edvard Griegs, ein Stück, das Denton zwar liebte, das jedoch seiner Ansicht nach für dieses Gespräch völlig unpassend war. Da Lehrer keinen Sinn für klassische Musik hatte, war Denton dazu übergegangen, seinem Chef zum Geburtstag und zu Weihnachten Klassik-CDs zu schenken, damit er, Denton, bei seinen Besuchen dort etwas Anständiges zu hören bekam. Jetzt zahlte es sich aus: Er wählte Debussys *Nocturnes* unter der musikalischen Leitung von Solti, diesem wunderbaren Dirigenten, der gefühlvoll, aber nie übertrieben respektvoll war.

»Wollen Sie, daß er einfach eliminiert wird, oder sollen wir ihn umdrehen?«

»Ich bin mir nicht sicher«, sagte Lehrer nach einer kurzen Pause, was Denton als Aufforderung zu verstehen hatte, Vorschläge zu machen.

»Ihn umzudrehen wäre teuer, aber durchführbar. Schließlich ist er ein käuflicher Killer.«

»Ein käuflicher Bomber«, erwiderte Lehrer nachdenklich. Der Ausdruck faszinierte Denton sofort. Er zückte sein kleines schwarzes Notizbuch und schrieb ihn auf.

»Ja ... ja, ein interessanter Ausdruck – ein käuflicher Bomber. Gefällt mir.« Er steckte das Notizbuch in seinen Huntsman-Anzug zurück und starrte wieder ins Feuer. »Wenn er sich in den Vereinigten Staaten aufhält, wird er einen Grund dafür haben, und ich bezweifle, daß sein Vorhaben uns gefällt. Ich denke, es wäre das beste, ihn von der Bildfläche verschwinden zu lassen.«

»Nicht so hastig! Finden Sie's erst mal raus, dann können wir immer noch entscheiden ... Der Direktor setzt mir wieder wegen der *Jet-set-Terroristen* zu, wegen Leuten wie Carlos«, sagte Lehrer, den Blick auf Denton richtend.

»Ja, ja, der König der Profikiller. Ich habe gehört, daß der Kerl, der vor einigen Jahren festgenommen wurde, gar nicht der echte Carlos war und daß der echte immer noch auf freiem Fuß ist.«

»Carlos? Ja, der Mann der damals verhaftet wurde, war nur ein Sündenbock. Der echte Carlos ist im Ruhestand. Aber Sepsis ist noch aktiv. Der Direktor will dem Geheimdienstausschuß des Senats etwas Knalliges präsentieren.«

»Knallig zu sein kann man Sepsis ja nun wahrlich nicht absprechen«, bemerkte Denton trocken.

»Ja ... Aber Sepsis ist nützlich. Er ist noch nicht am Ende. Finden Sie erst mal raus, was er vorhat, dann entscheiden wir, ob wir ihn umdrehen oder eliminieren.«

»In Ordnung.«

In diesem Moment endete der erste Satz des Debussy-Stücks, und es folgten die schwungvolleren »Fêtes«. Denton empfand das als sehr symbolträchtig.

3

Ein schönes, freudenreiches Leben

Sie überlebte, weil sie zu spät kam.

Schwester Marianne gehörte dem Opus Dei an, einem strengen katholischen Orden, dessen Nonnen in genau vorgeschriebenen Grenzen des Erlaubten lebten. Es entsprach nicht jedermanns Geschmack. Es war ein schwieriges Leben, das auf Ordnung und festen Strukturen basierte, ein geradezu totalitäres Leben in Anbetracht der an die Nonnen gestellten Forderungen. Bestimmte Bücher waren verboten, bestimmte Handlungen, über die andere Katholiken nicht einmal die Stirn gerunzelt hätten, strikt untersagt.

Doch wie viele berufstätige Frauen ihres Alters (sie war sechsunddreißig) befaßte sich Schwester Marianne nicht mit den Beschränkungen ihres Daseins, sondern zog Befriedigung daraus, alles zu tun, was die Freiheit dieses Lebens ihr gestattete. Denn sie *war* frei. Den meisten wären die Einschränkungen ihres religiösen Lebens nicht lebbar erschienen, doch sie erfuhr alle Freuden, alle Lebenslust ausschließlich innerhalb der Grenzen dieser Existenz, und was sie an diesem Morgen tat, stellte keine Ausnahme dar.

Die chronische Schlaflosigkeit hatte sie wieder früh aus dem Bett gescheucht. Sie hatte versucht, das Beste daraus zu machen, und war gut sechs Kilometer gejoggt, aber nur im leichten Laufschritt, um nicht schon vor Tagesanbruch erschöpft zu sein. Während des Duschens und Ankleidens hatte sie ihre ausgeprägte Konzentrationsfähigkeit auf die

Planung des bevorstehenden Vormittags verwandt. Jetzt war es kurz vor fünf; die Frühmesse begann um sieben. In den zwei Stunden, die ihr noch blieben, wollte sie sich Gedanken über ihre Studenten machen und niederschreiben, Privatpost beantworten, bestimmte Punkte in ihrem Vorlesungsmanuskript ausarbeiten und sich, wenn sie dann noch Zeit hatte – aber wirklich nur, wenn sie dann noch Zeit hatte –, das Vergnügen gönnen, an den Vorbereitungen ihres Projekts weiterzuarbeiten.

Angezogen und bereit für den Tag, ging sie in ihr Büro im Hauptgebäude des Klosters. Die Stille war herrlich. Als sie im morgendlichen Dunkel durch den Korridor schritt, hätte man sie für eine Pendlerin halten können – eine fromme in diesem Fall. Ihr Habit war gestärkt und gebügelt, um ihren Hals hing ein dezentes Kreuz, in der linken Hand hielt sie eine ausgebeulte Aktentasche, in der rechten balancierte sie auf dem Becher mit ihrem Frühstückstee geschickt einen Bagel. Zur Kommunion würde sie heute morgen nicht gehen können; sie hatte seit zwei Tagen nicht gebeichtet.

In letzter Zeit empfand sie beim Beichten immer nur gerade so viel Reue, wie sie glaubte aufwenden zu müssen, um Vergebung zu erlangen.

»Vergeben Sie mir, Pater, denn ich habe gesündigt. Meine letzte Beichte liegt schon drei Tage zurück.«

»Welche Sünden haben Sie zu beichten?«

»Ich habe schlechte Gedanken gegen Schwester Elizabeth und Schwester Danielle gehegt. Ich war zu streng mit einer Studentin. Ich war aufbrausend. Das zurückliegende Semester war sehr anstrengend. Doch es geht bald zu Ende – dem Himmel sei Dank.«

»Und ...?«

»Und ich habe den Namen des Herrn unnötig im Munde geführt«, gestand Marianne verlegen. »Zweimal.«

»Marianne, darüber haben wir doch bereits mehrmals gesprochen. Diese schreckliche Angewohnheit müssen Sie unbedingt ablegen. Das ist nicht nur eine schlimme Angewohnheit, sondern eine Sünde.«

»Ich weiß, Pater, ich weiß. Aber alte Gewohnheiten sind hartnäckig. Geraucht habe ich nicht.«

»Müssen wir uns damit zufriedengeben? Denken Sie darüber nach, Marianne... Wie steht es mit dem Beten?«

»Ich habe für mein Kind gebetet, für die armen Menschen in dem Haus in Atlanta, das niedergebrannt ist, und für die Soldaten in dem Hubschrauber. Das muß so furchtbar traurig für die Familienangehörigen sein...«

So liefen ihre Beichten ab, und das war es dann auch schon. Ihre Schuldbekenntnisse, ihr zölibatäres Leben, ihre Armut, ihr Gehorsam, ihre Bescheidenheit erschienen ihr als ein kleiner Preis, den sie zu entrichten hatte für ihre Heiterkeit und das Zugehörigkeitsgefühl, das sie hier empfand, hier in ihrem Kloster in New Hampshire, wo sie lebte wie die Made im Speck. Keines der Opfer, die sie erbringen mußte, erschien ihr wie ein Opfer. In letzter Zeit kam es häufiger vor als früher, daß sie sich nach der Beichte nicht von ihren Sünden befreit, sondern unwohl fühlte, sich schämte, weil sie so viel bekam und so wenig dafür geben mußte.

Sie hatte ihr Büro erreicht und öffnete die Tür, die selbstverständlich nicht abgeschlossen war.

Zwei Büros zu unterhalten war schwierig. Sie hatte eines in Carpenter Hall, wo sie nach Möglichkeit nur das deponierte, was mit ihren Studenten zusammenhing. Ihr Klosterbüro sollte ausschließlich ihrer Forschungstätigkeit vorbehalten sein. Doch diese Trennung ließ sich nicht durchhalten – ihr Büro im College quoll über von Forschungsmaterial, und der Schreibtisch in ihrem Klosterbüro ächzte unter der Last der blauen Prüfungshefte ihrer Studenten und der darin enthaltenen tiefgründigen Gedanken. Und immer wenn sie in dem einen Büro war, brauchte sie Dinge, die sich im anderen befanden.

Sie stellte die Aktentasche auf den Schreibtisch und überdachte noch einmal den vor ihr liegenden Tag. Messe bis 7.30 Uhr, um 8.00 Uhr Abfahrt nach Hanover, bis 8.45 würde sie ihre E-Mail und die auf postalischem Weg eingetroffenen Briefe durchgehen können. Die Vorlesung würde bis 9.50

dauern, sie würde also bis 10.00 mit ihren Studenten sprechen, bis 10.15 eine Pause machen und den restlichen Vormittag hindurch ihren Einführungskurs vorbereiten. Dann stand ein freudiges Ereignis an: Marlene Heck vom Institut für Geschichte sollte sie im Büro abholen, und dann würden sie beide und Marlenes Mann im EBA's oder im Sweet Tomato in Lebanon zu Mittag essen. Während sie ihre Aktentasche öffnete und die an diesem Vormittag anstehende Arbeit zurechtlegte, beschloß sie, sich etwas zu gönnen und sich für das Mittagessen mit Marlene und Kevin eine ganze Stunde zu genehmigen.

Um 1.40 Uhr mußte sie wieder in ihrem Büro in Carpenter Hall sein. Vor Beginn ihres Seminars für die Abschlußsemester um 14.50 mußte sie noch die Bemerkungen über ihre Studenten fertigschreiben. Um 16.15 würde ihre Sprechstunde beginnen, die wahrscheinlich bis 18.00 dauern würde, wenn der arme Dugan wieder auftauchte, womit sie fest rechnete. Aber Dugan hin oder her, sie würde auf jeden Fall um 18.15 Uhr zum Kloster zurückfahren. Die kleine Marianne, ihre Lieblingsnichte – allerdings auch ihre einzige Nichte –, feierte tags darauf ihren fünften Geburtstag, und die große Marianne war wild entschlossen, sie in Kyoto anzurufen und ihr als erste zu gratulieren. Ihr Geschenk, eine Malibu-Dream-Girl-Barbie-Puppe, die die kleine Marianne sich ziemlich unverblümt gewünscht hatte, war bereits per Post unterwegs.

Schwester Marianne setzte sich an den Schreibtisch, auf dem die Papiere inzwischen säuberlich in der Reihenfolge ihrer zu erfolgenden Bearbeitung arrangiert waren. Sie nahm einen gelben Schreibblock aus einer unteren Schublade, schlug die ersten beiden Seiten nach hinten, ohne sie zu beschreiben, und begann mit den Bemerkungen für ihre Studenten, wobei sie für jeden Studenten ein neues Blatt benutzte. Die ganze Nacht hatte sie über ihre kurz vor dem Abschluß stehenden Studenten nachgedacht und gab sich jetzt alle Mühe, ihre Gedanken prägnant zu Papier zu bringen. Wenn sie Glück hatte, waren ein paar Hinweise dabei, die ihnen weiterhalfen. Sie betete, daß es so sein möge.

Zuerst kam sie nur langsam voran, aber dann übernahm ihre Hand die Führung, und sie schrieb mühelos. Es war, als hätten sich ihre Gedanken über Nacht zu logischen Ketten aneinandergereiht. Doch dann war der arme Dugan an der Reihe.

Dugan machte ihr große Sorgen. Er war zu einsam, fand Marianne, und arbeitete zuviel für das Seminar. Sie hätte es lieber gesehen, wenn er sein letztes College-Jahr ein bißchen genossen und sich weniger angestrengt hätte. Jedesmal wenn er in ihre Sprechstunde kam, hatte sie das merkwürdige Gefühl, eher mit einem Kollegen zu reden als mit einem Studenten, und das beunruhigte sie. Was für ein Leben mochte dieser Junge führen? Und noch nervöser machte sie, daß Dugan ein hervorragender Student war, der es sich wahrlich hätte leisten können, auch mal etwas anderes zu tun. Aber er tat es nicht, sondern opferte seinem Studium viele andere Dinge, die für ihn vielleicht wichtiger gewesen wären. Marianne fand, daß er noch nicht alt genug sei, um seine Entfaltungsmöglichkeiten derart einzuschränken, indem er sich ganz auf die Kunstgeschichte spezialisierte und alles andere ignorierte. Es bereitete ihr Sorgen, doch sie wußte nicht, was sie dagegen unternehmen sollte.

Ehe sie den Gedanken zurückdrängen konnte, schoß es ihr durch den Kopf, daß Dugan im Grunde einfach mal einen Fick brauchte. Sie verwarf die Idee sofort, war jedoch versucht, sie in ihrer Beurteilung zu erwähnen: »Dugan – Sie brauchen einen Fick.« Sie lachte laut auf.

Ein weiterer Problemfall war eine junge Frau, die im gleichen Seminar saß, Jenny Packair. Schwester Marianne hatte den Eindruck, daß an ihren Hausarbeiten etwas faul war.

»Soll das heißen, daß sie schummelt?« hatte Marlene Marianne gefragt, als sie das Thema zum ersten Mal ansprach.

»Nein, nein, sie schummelt nicht. Aber ihre Seminararbeiten beinhalten Gedanken, die sehr nach Edmund Gettier klingen …«

»Klingt der Stil dieser Seminararbeiten auch sehr nach Edmund?«

»Na ja, bis zu einem gewissen Grad vielleicht schon, aber ich bin mir nicht sicher ...«

Edmund Gettier, ihr Doktorvater, eine Koryphäe auf seinem Gebiet, las eine der Seminararbeiten, die Marianne ihm geschickt hatte, und rief sie noch am selben Abend an. »Das Mädchen schreibt ab! Sie hat einige meiner besten Ideen geklaut! Das erinnert mich an meine Dozentur '71 in Hamburg«, sagte er aufstöhnend und erzählte ausführlich von damals, als er diverse Lehraufträge in Europa hatte, bis er Anfang der achtziger Jahre schließlich einen Lehrstuhl in Harvard bekam. »Wenn Sie ihr nicht sofort das Handwerk legen, wird sie immer weiter abkupfern. Tun Sie was dagegen!«

Doch Marianne konnte nicht. In den zwei Wochen, die seit ihrer Entdeckung dieser ... nun ja, Veruntreuung geistigen Eigentums vergangen waren, hatte sie immer wieder versucht, das Problem auf angemessene Weise zu lösen. Doch je mehr sie betete, um so schwächer wurde ihr Wille. Es setzte ihr schrecklich zu.

Da sie der Lösung des Packair-Problems auch jetzt keinen Schritt näher kam, begann sie, wie ein Junkie auf der Suche nach dem nächsten Schuß begehrliche Blicke auf ihren Computer zu werfen. Er summte leise vor sich hin, und über den Bildschirm schwebten kleine geflügelte Toaster. Schließlich konnte sie nicht länger widerstehen. Sie legte die Studentenbewertungen zur Seite und wandte sich ihrem Forschungsprojekt zu, das bald beginnen sollte.

Sie besaß bereits bergeweise säuberlich geordnete Notizen. Da waren die Forschungsergebnisse früherer Restaurierungsversuche, da waren die Raumberechnungen, die Edmund im letzten Februar durchgeführt hatte. In einem eigenen Ordner war ein von ihr erstellter Arbeitsplan für die achtzehn Monate gespeichert, in denen sie an dem Projekt arbeiten würde. Jede Woche war genau durchgeplant; kleine Pfeile deuteten auf das, was sie und ihr Team zu tun hätten, wenn sie in Verzug gerieten oder schneller als geplant vorankämen. Sie wußte, daß sie eigentlich Briefe schreiben sollte. Doch der Geist ist willig; das Fleisch ist schwach. Schwester Marianne begann, an ihren Forschungsnotizen zu arbeiten.

Kurz vor sechs Uhr war es, als sie sich ihrem Projekt widmete. Als Schwester Rose plötzlich ins Büro trat, war es zehn nach sieben.

»Marianne!«

»Was ist?« fragte sie so schuldbewußt, als hätte man sie mit einer Spritze in der Hand und einem Gürtel um den Arm erwischt. Sie wurde knallrot.

»Du kommst schon *wieder* zu spät!« sagte Schwester Rose und eilte sofort davon; sie war selbst bereits spät dran für die Morgenmesse.

Ich *komme zu spät, weil ich zerstreut bin.* Du *kommst zu spät, weil du so lange schläfst,* dachte sie, doch dem boshaften Gedanken folgten die Schuldgefühle auf dem Fuß. Noch etwas, das ich heute abend beichten kann, dachte sie, während sie hastig ihre Datei abspeicherte. Dann begann sie, ihr Manuskript für die Vormittagsvorlesung auszudrucken.

Während der Drucker, einen leichten Ozongeruch ausströmend, langsam die Vorlesung ausdruckte, packte Schwester Marianne ihren Aktenkoffer. Dann ging sie zum Drucker, der am Fenster stand, und beugte sich über das Gerät, wie um es mit reiner Willenskraft dazu zu bringen, schneller zu drucken, was es aber nicht tat. Seufzend hob sie den Blick.

Durch das Fenster sah sie Schwester Rose in die fünfzig Meter entfernte Klosterkirche laufen. Genau in dem Augenblick, als Schwester Rose durch den Haupteingang trat, tauchte am Lieferanteneingang ein Mann in einem Overall der Rohrreinigungsfirma Roto-Rooter auf, ein dünner, dunkelhaariger junger Mann mit einem Allerweltsgesicht – ein äußerst merkwürdiger Anblick um sieben Uhr morgens. Doch Schwester Marianne dachte sich nichts weiter dabei, denn im vergangenen Winter waren fast jeden Tag Roto-Rooter-Männer aus diesem Eingang gekommen und an Mariannes Fenster vorbeigegangen, um zu versuchen, »das Undurchschraubbare zu durchschrauben«, wie sich einer der an dem Warmwasserbereiter arbeitenden Männer so unvergeßlich ausgedrückt hatte. Marianne winkte dem jungen Mann zu, der jetzt keine zehn Meter von ihrem Bürofenster entfernt war, doch er sah sie nicht. Das Sonnenlicht, das sich im Fenster spiegelte, machte Marianne von außen unsichtbar.

Sie wollte gerade das Fenster öffnen und dem jungen Mann etwas zurufen, als der Drucker sie durch einen Piepston wissen ließ, daß er fertig war. Sie nahm die bedruckten Blätter, klopfte die Kanten gerade und stapelte die Seiten ordentlich aufeinander. Dabei ließ sie den Blick auf der Suche nach einem Schnellhefter über den Schreibtisch wandern. Als sie wieder aufsah, war der junge Mann im Roto-Rooter-Overall weg. Sie legte ihren Aktenkoffer auf das Fenstersims und packte ihre Notizen hinein. Sie beeilte sich; ihr war klar, daß sie zu spät zur Messe kommen würde, und es war ihr unangenehm, daß das schon zum zweitenmal in dieser Woche passierte. Sie ließ die Schlösser des Aktenkoffers zuschnappen, und dann explodierte die Kirche.

Auf die Explosion folgte eine Implosion. Feuer war nicht zu sehen, aber durch die Wucht der Explosion war das farbige Glas der Kirchenfenster zerborsten, und die leeren Öffnungen spieen grauschwarze Trümmer aus. Das Dach, ein Schindeldach, erhob sich in die Luft und schien dort einen Moment zu verharren, zu schweben, als müßte es erst noch entscheiden, was es als nächstes tun sollte.

Die Kirche bestand aus Stein und Mörtel, stabilem Material, doch das Dach und die Fenster waren nicht so widerstandsfähig. Und als die Explosion erfolgte und das Dach in die Luft ging, flogen Leichen, schwarzgekleidete, blutdurchtränkte Nonnenleichen, aus den Fenstern und aus dem Dach, als wäre die Kirche ein Topf, der plötzlich überkochte. In den Mauern dagegen entstanden nicht einmal Risse.

Die Leichen landeten auf dem die Kirche umgebenden Rasen, brennende, verstümmelte, zerfetzte, zerstörte tote Körper. Schwester Marianne sah verständnislos, mit völlig leerem Bewußtsein zu, sah zu, wie das Dach sich senkte und in die Kirche stürzte. Dann konnte sie plötzlich wieder denken.

Sie ließ alles stehen und liegen und rannte aus ihrem Büro. Sie rannte durch die Gänge des Klosters, stürzte zum Haupteingang hinaus, lief quer über den Rasen zur Ruine der Kirche und riß sich, als sie bei ihren brennenden Schwestern anlangte, den schwarzen Schleier und das schwarze Oberkleid vom Leib. Mit dem Oberkleid, das groß wie eine Decke war, versuchte sie die Flammen zu ersticken, die einige der vor der Kirche liegenden Nonnen verbrannten, doch sie erkannte nicht, welche schon tot waren und welche noch nicht.

Merkwürdigerweise war es ganz still. Keine Schreie, kein Krachen, kein Knirschen. Einzig das Geräusch eines großen zerplatzenden Ballons und dann, als das Dach in sich zusammenfiel, das Knistern eines gigantischen Blatts Papier, das zwischen zwei riesigen Händen zusammengeknüllt wird. Keinerlei Geräusche, die man bei einer Explosion erwarten würde.

Und der Anblick der Explosion erschien ihr merkwürdigerweise normal, als hätte sie es nicht anders erwartet. An mehreren Stellen brannte das Gras, und der einst gepflegte Rasen, der die Kirche umgab, war im Umkreis von zehn Metern völlig verkohlt. Auch die Kirche selbst, deren robuste Mauern zwar noch standen, die ansonsten aber völlig zerstört war, bot einen ganz normalen Anblick, weil sie Marianne an Gebäude erinnerte, wie sie sie in Kriegen oder nach schrecklichen Ausschreitungen gesehen hatte. Und selbst die Leichen hatten nichts Überraschendes. Auch sie hatte Marianne schon unzählige Male gesehen, im Fernsehen, in Filmen, auf flüchtig betrachteten Fotos. Der Anblick entsprach so sehr dem Klischee, daß er völlig normal wirkte.

Schockierend war nur, wie sich alles anfühlte. Während sie hierhin und dorthin lief, spürte Marianne, daß ihre Füße durch die dicken Schuhsohlen hindurch versengt wurden. Die Luft war feucht, aber kalt, und auf die Kirche wehte ein starker Zug zu, als wäre sie ein schwarzes Loch, das alle Luft der Welt aufsöge. Und die Leichen der Nonnen, die Schwester Marianne berührte, fühlten sich an wie warmes Wachs.

Sie schlug auf die Flammen der brennenden Nonnen ein, und ihr war, als würden ihre Hände in den Leichen versinken, als saugten die Leichen ihre Arme ein, um sie ihr auszureißen.

Sobald sie die Flammen, die an einer Nonne hochzüngelten, gelöscht hatte, ging sie sofort zur nächsten, versuchte, alle vor dem Feuertod zu retten, und wenn es nur die Wärme und Weichheit von Wachs gewesen wäre, wäre es schon schlimm genug gewesen. Doch es war noch schlimmer. Einige Leichen waren hart und steif und starr. Und *diese* Leichen … diese Leichen zerbröckelten.

Schwester Marianne wandte den Blick von der Leiche ab, deren Flammen sie gerade zu ersticken versuchte, von der Leiche Schwester Danielles, die grauenhaft schwelte und jeden Augenblick erneut in Brand zu geraten drohte. Marianne schloß die Augen, und als sie sie wieder öffnete, sah sie keine zwei Meter entfernt die Taille, die Genitalien und die Beine einer nackten Nonne, deren Kleider die Explosion ihr vom Leib gerissen hatte. Der Oberkörper fehlte.

Barmherzig schwanden die letzten Reste von Schwester Mariannes Bewußtsein. Sie funktionierte noch, doch Gott war gut und erlaubte ihr nicht länger, etwas wahrzunehmen.

Roto-Rooter-Mann mit Waffe. Sirenen. Sirenen heulten. Und Steaks gab es auch. Irgendwo brutzelten Steaks. Und dann kamen Männer und Frauen in schmutzigen gelben Mänteln und Helmen: sie blieben stehen und deckten etwas zu und räumten es weg, und dann leuchteten grelle Scheinwerfer auf, und dann ertönten Geräusche, es wurde dunkel und still, und dann war nichts mehr, nichts mehr.

An dem Morgen, als die Klosterkirche explodierte, saß Chisholm an ihrem Schreibtisch. Zufällig arbeitete sie gerade an einem Projekt namens *Erzengel*.

Der Name hatte keinerlei Bedeutung. FBI-Ermittlungen erhalten immer willkürlich gewählte Bezeichnungen, um den Ermittlungsbereich zu verschleiern, den Agenten aber dennoch die Zuordnung zu erleichtern. Seit sie von Rivera zur »Krisenfeuerwehr« ernannt worden war, hatte Chisholms Einheit siebenundzwanzig Ermittlungen begonnen, von *Aufmerksamkeit* (illegale Einwanderer, die Grenzpatrouillen in New Mexico bestachen) bis *Zoobesuch* (unlautere Benutzung von Fotokopiergeräten im Hoover Building – oh-oh!). Doch der siebenundzwanzigste Fall, *Erzengel*, war etwas ganz Besonderes.

»Sanders!« rief Chisholm, die gerade einige vor ihr auf der gläsernen Tischplatte liegende Befragungsprotokolle durchblätterte. »Bringen Sie mir den Vernehmungsbericht von Robert Hughes!« Als Sanders nicht erschien, blickte sie auf.

»Sanders? Sanders!«

Howie Sanders stand mit mehreren Chisholm-Agenten vor dem an der Wand befestigten Fernseher. Der kleine Scheißer – oder besser, der massige Scheißer in seiner billigen Anzughose und dem weißen Hemd, den Dienstrevolver im Schulterhalfter – hatte sie nicht gehört, weil er, wie alle anderen auch, völlig im Bann der Fernsehbilder stand.

»Verdammt, Sanders, kommen Sie endlich her!«

Sanders drehte sich um, sah den Blick seiner Chefin und wurde leicht nervös. Er schlenderte zu Margaret Chisholm hinüber und sagte: »Sie werden nicht glauben, was gerade passiert ist, Maggie – in New Hampshire ist ein Nonnenkloster in die Luft gejagt worden.«

»Wer war's?« fragte sie ohne großes Interesse.

»Weiß der Teufel. Warum legt es jemand darauf an, Nonnen umzubringen?«

»Ich weiß nicht, warum irgendwer Schleiereulen kaltgemacht hat, dafür weiß ich um so besser, warum ich gleich einen meiner Stellvertreter kaltmachen werde – wegen *Erzengel*. Sie wissen schon, das ist der kleine Fall, an dem wir nun schon seit zwei Monaten arbeiten, der kleine Fall, bei dem wir keine Ergebnisse vorzuweisen haben, weil meine Agenten viel zu sehr mit Fernsehen beschäftigt sind!« Sie hatte die Stimme leicht gehoben und den Blick auf die dicht beieinanderstehenden Agenten gerichtet, die noch immer auf den

Bildschirm starrten. Sie taten zwar so, als hätten sie sie nicht gehört, machten sich dann aber doch wieder auf den Weg zu ihren Schreibtischen. Schlechte Moral, dachte Margaret. Ist nicht gut, wenn ein Fall keine Ergebnisse bringt.

»Aber Maggie ...«

»*Erzengel*, Sanders. *Erzengel*. Und zwar noch heute.«

Howie Sanders machte sich schlurfend auf die Suche nach dem Bericht über die Vernehmung von Robert Hughes. In Sachen *Erzengel* waren sie in den letzten drei Wochen keinen Schritt weitergekommen, und die Nerven lagen blank. Da sie keinerlei Spuren hatte, ging Chisholm Rivera nach Möglichkeit aus dem Weg, denn Rivera war nicht zufrieden mit dem, was man ihm vorsetzte, nämlich nichts. *Jeden Tag kann die Axt jetzt niedersausen.* Das Bild erinnerte sie an das vergangene Wochenende; sie schob es schnell weg und rackerte sich weiter mit den Protokollen und Außendienstberichten ab. Doch zuvor warf sie noch einen flüchtigen Blick auf den Fernseher.

Es war eine CNN-Live-Berichterstattung. Nach einem Schwenk hielt der Kameramann auf eine in der Ferne auf dem Trittbrett eines Feuerwehrautos sitzende Frau mit kurzem kastanienbraunem Haar. Sie trug eine Art Unterrock oder Nachthemd. Zu diesen Bildern sprach ohne Unterlaß ein Reporter aus dem Off. Die Feuerwehrleute versuchten, den Kameramann zu verscheuchen, doch der drängte sich weiter vor. Die Frau im weißen Nachthemd wirkte völlig abwesend. Dann wurden andere Bilder gezeigt, deren Aufnahme schon einige Zeit zurücklag.

»... war der erste am Schauplatz des Unglücks. Ihm bot sich ein, wie Sie sehen, schockierender Anblick, und ...«

Im Hintergrund sah man deutlich die zerstörte Kirche. Im Vordergrund lagen schwarze Haufen, verbrannte Leichen, und die Frau in dem weißen Nachthemd lief mit einem großen schwarzen Umhang umher und erinnerte bizarrerweise an einen Matador. Doch sie stachelte kein Tier an, sondern versuchte mit Hilfe des schwarzen Umhangs die aus den verkohlten Leichen züngelnden Flammen zu ersticken. Einige Leichen brannten lichterloh, andere schwelten nur.

Zu diesem Zeitpunkt wußte Schwester Marianne nicht, daß sie das tat. Die Aufnahmen zeigten, daß sie sich auch der Kamera nicht bewußt war, die sie filmte. Doch der Kameramann, wegen eines Tomaten-Festes aus der New Yorker Sendezentrale nach New Hampshire gekommen, war ebenso erfreut über diese Aufnahmen wie sein Produzent. Keinem von beiden kam die Idee, der Nonne zu helfen. Der Produzent dachte bereits über den Aspekt der »menschlichen Tragödie« nach, der in der Story steckte. Der Kameramann hoffte, noch genug Filmmaterial zu haben, um alles in den Kasten zu kriegen.

»...kaum vorstellbare menschliche Tragödie. Auf dem ganzen Gelände dieses friedlichen Klosters in New Hampshire liegen tote Nonnen...«

Während der Kameramann weiter draufhielt, trafen die ersten Feuerwehrleute mit einem großen Löschwagen ein; zwei weitere Löschfahrzeuge näherten sich in hohem Tempo auf einer Straße, die hinter dem Klostergelände einen Bogen beschrieb. Zwei Feuerwehrleute aus dem ersten Wagen, ein Mann und eine Frau, packten Schwester Marianne und führten sie von den Leichen weg, während ihre Kollegen sich daran machten, die noch lodernden Flammen zu löschen und den verbrannten Nonnen zu helfen. Doch im Grunde war das ganz sinnlos, was die schockiert und resigniert wirkenden Feuerwehrleute auch wußten. Die Kamera filmte immer weiter.

Dann erschien live ein Reporter, hinter dessen Schulter man die ausgebombte Kirche sah. Die Kamera schwenkte noch einmal auf Marianne. Ihr näherten sich jetzt drei Personen, ein höherer Beamter der Polizei von New Hampshire und zwei Zivilpolizisten, und nahmen der Kamera die Sicht auf die Nonne.

Marianne war völlig apathisch. Stück für Stück kehrte ihre Wahrnehmungsfähigkeit wieder, ganz langsam, wie eine Badewanne, in der das Wasser steigt, füllte sich ihr Bewußtsein zuerst mit Sinneseindrücken, dann mit grauenhafter Gewißheit. Sie hob den Kopf und sah eine Frau und einen Mann,

Colby und McKenna, die vor ihr niederknieten; der Beamte der Polizei von New Hampshire blieb hinter ihnen stehen.

»Schwester?« sagte die Frau. »Ich bin Georgina Colby vom FBI. Wir müßten Ihnen ein paar Fragen stellen.«

»Was?« Marianne hatte die Worte deutlich vernommen, doch sie ergaben nicht den geringsten Sinn.

McKenna warf Colby einen kurzen Blick zu und sah dann weg. Die Nonne erinnerte ihn zu schmerzlich an seine Mutter Clara, die an Alzheimer litt.

Colby hakte nach. »Wir müssen Ihnen einige Fragen stellen. Es wäre wohl am besten, wenn wir Ihnen etwas zum Anziehen holen würden. Haben Sie Kleider hier?«

»Ja, in meiner Zelle«, sagte Marianne benommen. Ehe Colby begriff, was die Schwester meinte, dachte sie einen Augenblick lang, *Ist sie eine Nonne oder eine Verbrecherin?*

»Gut, wir holen sie. Am besten zeigen Sie uns, wo sie sind. Wo befindet sich Ihre Zelle?«

Schwester Marianne erhob sich und warf einen Blick auf die Kirche. Dann begann sie am ganzen Körper zu zittern. Das sahen die Kameras allerdings nicht. Ausnahmsweise war der Beamte der Polizei von New Hampshire einmal froh, übergewichtig zu sein. Er war so dick, daß er die Sicht auf Schwester Marianne versperrte.

Edmund Gettier erreichte den Ort des Geschehens als erster. Auf dem allmorgendlichen Fußweg zu seinem Büro in Cambridge hatte er sein Kopfhörer-Radio wie immer auf die Nachrichten eingestellt und den Sonderbericht über die Zerstörung eines Opus-Dei-Klosters in New Hampshire gehört. Er wußte, daß es Mariannes Konvent war, denn in ganz New England gab es nördlich von Massachusetts kein anderes Opus-Dei-Kloster. Er eilte zum nächsten Geldautomaten, holte so viel Geld, wie er bekommen konnte, winkte ein Taxi herbei und sagte mit seinem eigentümlichen, abgehackt klingenden Akzent zu dem Fahrer: »Ich wette fünfzig Dollar, daß Sie es nicht schaffen, mich in weniger als zehn Minuten zum Flughafen von Logan zu bringen.«

»Topp, die Wette gilt.«

Er bekam kaum mit, daß er die Wette verlor, so sehr war er auf die Nachrichten konzentriert, die er hörte. Der Flug nach Lebanon, wo sich der dem Kloster nächstliegende Flughafen befand, dauerte gerade mal fünfunddreißig Minuten – zehn Minuten weniger als sonst, wahrscheinlich ein neuer Rekord –, aber den ganzen Flug hindurch stellte er sein Kopfhörer-Radio auf immer neue Sender ein, um noch mehr zu erfahren, und schenkte dem, was er hörte, weit mehr Aufmerksamkeit als dem Flug und dem verrückten Fahrstil des Taxifahrers, der ihn vom Flughafen in Lebanon zur Polizeistation von Lyme brachte.

Um acht Uhr dreißig, genau eine Stunde, nachdem er von der Katastrophe erfahren hatte, nahm er sein Kopfhörer-Radio ab, steckte es in die Tasche und betrat das Polizeirevier von Lyme. Drinnen wimmelte es von Presseleuten.

Die Polizeistation von Lyme war dieses Interesse nicht gewohnt, schließlich war es nur ein Kleinstadt-Revier. Vor dem Tresen im Eingangsbereich bedrängten Reporter – sowohl Lokalreporter als auch Journalisten der landesweit ausstrahlenden Sender – den dort sitzenden Sergeant in der Hoffnung, ihm etwas Zitierbares zu entlocken, *irgend etwas* Zitierbares. Zunächst war der Sergeant durchaus willens gewesen, höflich und hilfsbereit zu sein, mittlerweile jedoch hatte er die Reporter gründlich satt. Darum, nett behandelt zu werden, schien es denen überhaupt nicht zu gehen, sie wollten Zitate, Storys, Dinge, aus denen sich etwas machen ließ. Zu Edmund Gettiers Erleichterung waren keine Kameraleute da, nur Reporter mit Kasettenrecordern schwirrten umher, stürzten sich immer wieder auf den Sergeant (der anderes zu tun hatte) und wuselten aufgeregt durch den Eingangsbereich, wohl wissend, daß sich die wirklich berichtenswerten Dinge am Ort der Explosion abspielten.

Über das Bombenattentat würde garantiert landesweit berichtet werden – wenn es denn ein Bombenattentat war. Für den Fall, daß es sich nicht so verhielt, planten die Produzenten bereits, von der Ironie zu sprechen, die darin liege, daß der Zorn Gottes ausgerechnet eine Kirche voller Nonnen getroffen habe – ein wahrlich makabrer Spott. Und für den Fall, daß man mit dem »Zorn Gottes« operieren mußte, brauchten die Produzenten so viele »Human interest«-Geschichten wie nur möglich, um die Sache zumindest über einige Nachrichtensendungen strecken zu können. Daher die vielen Reporter im Polizeirevier von Lyme.

Der Professor bahnte sich einen Weg durch das Journalistenrudel und trat vor den Sergeant, der ihn allerdings nicht beachtete. »Ich bin Edmund Gettier«, teilte er dem Mann in abgehacktem, vornehm klingenden Englisch mit.

»Sie sehen nicht gerade aus wie der Papst, und selbst wenn Sie wie der Papst aussähen, ich würde Sie trotzdem nicht reinlassen«, erwiderte der Sergeant wesentlich aggressiver, als er sich je zugetraut hätte.

»Ich bin der Vater einer der Nonnen«, sagte Gettier. Das war ein großer Fehler, denn plötzlich wandte sich ihm der Sergeant sehr aufmerksam zu und mit ihm alle Reporter. Sie kreisten ihn ein wie ein frisches Stück Fleisch.

»Von welcher?«

»Scheiße, ich brauche eine Kamera, schnell!«

»Was empfinden Sie jetzt, da Sie noch nicht wissen, ob Ihre Tochter noch lebt?«

»Glauben Sie, daß Ihre Tochter von einer Bombe getötet wurde?«

»Können Sie irgend etwas zu dem Bombenanschlag sagen?«

»Halten Sie es für möglich, daß eine Gruppierung, die für das Recht auf Abtreibung eintritt, für das Bombenattentat auf das Kloster Ihrer Tochter verantwortlich ist?«

»Halten Sie es für eine reaktionäre anti-katholische Aktion?«

Während der Sergeant ihn, die Reporter fortscheuchend, in den hinteren Bereich der Polizeistation führte, ging Gettier dieser Ausdruck immer wieder durch den Kopf: »reaktionäre Aktion«. *Was soll das denn heißen?* dachte er flüchtig, viel zu überrascht von dem, was er gerade miterlebt hatte, um logisch denken zu können.

Die Tür, die vom Eingangsbereich nach hinten führte, öffnete sich auf Knopfdruck, und Gettier und der Sergeant betraten einen langen, weißen Gang. Die beiden erinnerten einen der Reporter an das Komikerteam Abbott and Costello – der Typ mit dem europäischen Akzent ein großgewachsener, eleganter Mann mit Fliege, der bewaffnete Sergeant klein, dick, mit einem Watschelgang. Die Tür schloß sich hinter den beiden.

»Ich geh' jede Wette ein, daß die Sache mit den Kirchenbrandstiftungen im Süden zu tun hat!«

Damit trösteten sich die Reporter und beruhigten einander.

Der Sergeant führte Gettier den Gang entlang bis vor die Tür eines Vernehmungsraums und bat ihn zu warten. Gleich darauf kam Colby heraus und stellte sich vor.

»Sie sind der Vater einer der Nonnen, ja?«

»Eine Notlüge«, gab Gettier zu. »Ich bin ein Kollege von einer der Nonnen, von Schwester Marianne. Wir arbeiten sehr eng zusammen, haben gemeinsam Bücher verfaßt. Geht es ihr gut? Aus den Nachrichten war nicht zu erfahren, ob es Überlebende gibt.«

»Ihr Name ...?«

»Edmund Gettier. Geht es ihr gut?« fragte er noch einmal, drängender, nachdrücklicher.

»Würden Sie sich bitte ausweisen?«

»Selbstverständlich.« Gettier zog seinen Bibliotheksausweis hervor, der seine Identität als Harvard-Professor belegte und das einzige Dokument mit Foto war, das er an diesem Vormittag bei sich trug, da er keinen Führerschein besaß. Colby sah sich den Ausweis mit prüfendem Blick an und gab ihn widerwillig zurück.

»Entschuldigen Sie, bitte, aber sehr viele Reporter haben versucht, sich hier Zutritt zu verschaffen«, erklärte sie, und Gettier stieß einen tiefen Seufzer der Erleichterung aus.

Er atmete durch und sagte: »Kann ich Marianne sehen?«

»Woher wußten Sie, daß ihr nichts passiert ist?«

Gettier sah stirnrunzelnd auf Agentin Colby hinunter. »Sie

verhalten sich mir gegenüber nicht so, als wäre ihr etwas Schlimmes zugestoßen.«

»Gute Beobachtungsgabe. Ja, es ist alles in Ordnung mit ihr. Sie kam zu spät und war bei Beginn der Frühmesse noch nicht in der Kirche. Dort geschah die Explosion nämlich.«

»Der Warmwasserbereiter, oder?«

»Wie bitte?«

»Der Warmwasserbereiter. Den gesamten letzten Winter über gab es Probleme mit dem Warmwasserbereiter, die nie ganz gelöst wurden.«

»Ja, ja, der Warmwasserbereiter«, sagte Colby – und plötzlich wußte sie, wie sie der Presse Herr werden konnte. »Möchten Sie mit der Schwester sprechen?«

»Ja, unbedingt.«

Colby öffnete Gettier die Tür und sah, daß die Nonne den Besucher sofort erkannte. Daraufhin schloß sie die Tür wieder, ließ die beiden allein und machte sich auf den Weg zu den Reportern, um sie über den vorläufigen Kenntnisstand zu unterrichten: Ursache der Katastrophe sei offenbar keine Bombe, sondern ein defekter Warmwasserbereiter.

Als Gettier und Schwester Marianne allein waren, umarmte er sie – trug sie, wie ihm gleich darauf klar wurde; die Beine hatten unter ihr nachgegeben.

Um elf Uhr hatte sie sich alles vom Herzen geredet. Das Privileg und der Fluch einer umfassenden Bildung – Wörter waren wie eine Kiste mit Werkzeugen, derer man sich bedienen sollte, um jeden Augenblick, jede Empfindung, jeden Sinneseindruck, jedes Gefühl wieder zusammenzuschrauben, bis die Maschine repariert war, wieder lief und ihre quälenden, monotonen Pflichten erfüllen konnte. Zunächst bewirkten die Wörter das auch – sie wiederholten und rekapitulierten die Explosion immer wieder. Doch wie ein Schraubenzieher-Set eine tickende Uhr oder ein Drehmomentenschlüssel einen laufenden Motor, konnte Sprache, konnten Wörter die Maschine auch zum Stillstand bringen und auseinandernehmen, sie funktionsuntüchtig oder ungefährlich machen. Und genau das tat Marianne: Sie setzte alle Wörter aus ihrer Werkzeugkiste ein, hantierte wie unter einem Zwang an der bösen Maschine herum, hörte erst auf, als sämtliche Bestandteile vor ihr auf der Werkbank lagen, und die Wörter gingen ihr erst aus, als die Maschine endlich stillstand, zumindest fürs erste.

Edmund Gettier hörte die ganze Zeit zu. Er wußte nicht, was er sonst tun sollte. Er saß da und hörte zu und tätschelte ihr die Schulter. Er war alt genug, um sich nicht schuldig zu fühlen, weil er nichts weiter tat, alt genug, um zu wissen, daß er gar nichts anderes tun *konnte*. Er ließ sie reden und genoß seine Erleichterung darüber, daß ihr nichts passiert war. Marianne redete, bis alles gesagt war.

Gegen elf kam Colby herein und bat, Gettier kurz sprechen zu dürfen. Gettier streichelte Marianne die Hand, lächelte ihr traurig zu und verließ den Raum.

»Ich bin gleich wieder da«, sagte er noch. Marianne nickte nur; sie war zu müde, um etwas zu erwidern. Trish, eine uniformierte Polizistin, betrat den Vernehmungsraum und ließ sich auf einem Stuhl nieder, ein Stück entfernt von dem Sofa, auf dem Marianne saß. Marianne wurde vage bewußt, daß die Polizistin gekommen war, um zu verhindern, daß sie sich möglicherweise etwas antat. Sie brachte nicht die Energie auf, das amüsant zu finden, sondern starrte nur aus dem Fenster, betrachtete die grünen, von wenigen Bäumen bestandenen, menschenleeren Hügel.

Gettier und Colby gingen durch den Korridor und betraten einen anderen, kargeren Vernehmungsraum für Verdächtige und Kriminelle. Sie setzten sich einander gegenüber an einen kleinen Tisch. Colby holte einen Stenoblock und einen kleinen tragbaren Kassettenrecorder hervor.

»Das ist fürs Protokoll«, sagte sie, schaltete den Kassettenrecorder an und stellte ihn auf den Tisch. »Ich möchte Ihnen einige Fragen über Schwester Marianne und das Kloster stellen. Laut Vorschrift muß ich Ihnen sagen, daß dabei ein Anwalt anwesend sein darf.«

»Das ist nicht nötig.«

»Gott sei Dank! Manche Leute glauben nämlich, nur weil man ihnen ein paar Fragen stellt, würde man sie irgendeiner Sache beschuldigen«, erklärte sie grinsend, sichtlich darum bemüht, das Eis zu brechen. Als Gettier darauf nicht einging, wurde sie wieder ernst.

»Also, die Befragung ist ab jetzt offiziell. Bitte nennen Sie Ihren Namen und Ihre Beziehung zu der Zeugin.«

»Mein Name lautet Edmund Gettier. Ich bin Professor für Kunstgeschichte an der Harvard University, wo Schwester Marianne bei mir studierte. Sie lehrt jetzt in Dartmouth«, berichtete er in leicht überheblichem, sehr kühlem Tonfall. Aber Colby sollte den Kerl ja auch nicht sympathisch finden, sondern nur ausquetschen.

»Aber Sie stehen noch in Kontakt miteinander?«

»Selbstverständlich.« In diesem Moment betrat McKenna, Colbys Kollege, den Raum und blieb neben der Tür stehen.

»Der richtige Name von Schwester Marianne lautet Faith Crenshaw, stimmt das?«

»Jawohl.«

»Sie stehen ihr also nahe, ja?«

»Daß ich ihren Namen kenne, muß noch lange nicht bedeuten, daß ich ihr ›nahestehe‹. Aber es stimmt.«

Colby beugte sich vor und bedeutete ihm mit einer Handbewegung fortzufahren. »Es stimmt …?«

»Was stimmt?« fragte Gettier mit ernster Miene.

Colby runzelte die Stirn. »Sie sind Ausländer, was?« sagte sie in der Hoffnung, die mangelhafte Kommunikation habe sprachliche Gründe. Doch so war es nicht.

»Richtig«, sagte Gettier abweisend. Colby seufzte. Sie hatte geglaubt, es würde ein einfaches Gespräch werden, doch jetzt, da sie etwas von Gettier wollte, statt umgekehrt, wurde ihr klar, daß er ihr nichts sagen würde, solange sie nicht ausdrücklich danach fragte. Solche Zeugen haßte sie.

»Seit wann kennen Sie Schwester Marianne, und unter welchen Umständen haben Sie sie kennengelernt?« Sie leierte die Frage lustlos herunter.

»Ich lernte sie vor fünfzehn Jahren kennen, kurz nachdem sie ihr Gelübde abgelegt hatte und Nonne geworden war und kurz nachdem ich begonnen hatte, in Harvard zu lehren. Ich betreute ihre Dissertation über die Architektur der Renaissance.«

McKenna ging zu einem Stuhl gegenüber vor Gettier und sagte, während er sich setzte: »Wissen Sie etwas über ihre Vergangenheit?«

»Einiges«, antwortete Gettier wenig auskunftsfreudig.

»Nämlich?«

Gettier seufzte herablassend. »Ihre Angehörigen leben in New York – eine bekannte Bankiersfamilie, soweit ich weiß. Sie hat einen älteren Bruder, der verheiratet ist und in Japan lebt.«

»Und in bezug auf ihre Arbeit?« fragte Colby.

»Sie genießt großen Respekt auf ihrem Fachgebiet. Letztes Jahr hat sie sogar einiges Aufsehen erregt.«

Das war möglicherweise eine Spur. »Inwiefern?« fragte McKenna.

Gettier quittierte McKennas Interesse mit einem Lächeln und warf ihm einen flüchtigen Blick zu. »In rein beruflicher Hinsicht. Sie veröffentlichte ein sehr umstrittenes Buch über Renaissance-Bauwerke.«

»Ach so.«

Colby unterdrückte ein Grinsen, schrieb weiter auf ihren Notizblock und fragte, ohne Gettier anzusehen: »Was wissen Sie über ihren Orden? Sie ist Mitglied von Opus Dei, oder?«

»Was kaum verwundert«, erwiderte Gettier im gönnerhaften Tonfall des geborenen Dozenten, »da es sich um ein Opus-Dei-Kloster handelt.«

Colbys Lächeln schwand. Ein unglaublicher Unsympath, dieser Gettier. »Wissen Sie etwas über den Orden?«

»Nur sehr wenig. Wenn ich es mir überlege, haben Marianne und ich noch nie über ihren Orden gesprochen.«

»Die sollen ja ziemlich umstritten sein«, mischte McKenna sich wieder ein. »Können Sie sich einen Grund vorstellen, warum jemand diesem Orden Schaden zufügen will?«

»Ich dachte, es sei der Warmwasserbereiter«, sagte Gettier, McKenna aufmerksam musternd. Colby hätte ihren Kollegen erwürgen können. Als er auch noch nachhakte, krümmte sie sich innerlich.

»Aber mal angenommen, es war eine bewußt geplante Explosion – haben Sie eine Ahnung, wer dahinterstecken könnte?«

Gettier richtete seinen hochmütigen, abweisenden Blick auf McKenna und wartete, um des Effekts willen, eine Weile mit der Antwort: »Nein, ich habe keine Ahnung. Soweit ich weiß, hat der Zorn Gottes diesen Orden völlig grundlos getroffen.«

In dem behaglich eingerichteten Vernehmungszimmer stand Marianne auf und ging ein bißchen umher. Trish, die Polizeibeamtin, beobachtete sie ohne Unterlaß, aber verstohlen. Sie war eine kräftige, dralle Frau, und falls diese Nonne etwas vorhatte … Nein, sie hatte nichts vor.

Marianne ging gedankenversunken auf und ab, berührte hin und wieder einen Gegenstand und wandte ihre Aufmerksamkeit schließlich dem Fenster zu. Sie legte die Hand flach auf die Scheibe und blickte hinaus auf die Hügel in der Ferne.

Sie sah etwas, weit weg und nur sehr undeutlich. Doch sie hatte scharfe Augen. Etwa hundert, hundertzehn Meter entfernt sah sie das Gesicht jenes unbekannten jungen Mannes über den Hügelkamm lugen, des Mannes im Roto-Rooter-Overall, den sie schon in der Früh bemerkt hatte. Er sah direkt zu ihr. Er blickte sie durch ein Zielfernrohr an.

Die Kugeln zerschlugen die Scheibe. Winzigkleine Glassplitter sprangen ab und prasselten auf Schwester Marianne nieder. Die kräftige Trish schnellte von ihrem Stuhl hoch, stürzte sich auf die Nonne und riß sie zu Boden. Sie tat es mit solcher Wucht, daß sie Marianne fast eine Rippe brach.

Glasscherben prasselten in den Raum, doch Trish wußte, daß die Nonne und sie unterhalb der Flugbahn der Geschosse und damit in Sicherheit waren. Sie zog ihr Walkie-Talkie hervor, und während sie Hilfe herbeirief, suchte sie Marianne automatisch nach Einschüssen ab. Daß Glas zerbarst, war Trish klar gewesen. Daß auch kugelsicheres Glas zerbersten konnte, hatte sie nicht gewußt.

Teil 2
Joint-venture

4

Operation Gegenspieler

Sie sahen sie sich auf Video an, die Zeugin mit dem unangreifbaren Leumund.

Rivera und Chisholm saßen allein in einem mittelgroßen Konferenzraum an einem ovalen Tisch, der zwölf Personen Platz bot.

Groß, dick, Bewohner des Reichs der billigen Anzüge aus Baumwollgemisch und der noch billigeren gemusterten Krawatten, saß Mario Rivera am Kopfende des Tisches und ähnelte weit mehr einem schäbigen Bostoner Schmalspurpolitiker als einem Stellvertretenden FBI-Direktor. Mit seinen pummeligen, teigigen Händen spielte er unablässig an einer schwarzen Fernbedienung herum, den Blick auf den in einem Wandschrank stehenden Fernseher geheftet, auf dessen Bildschirm die Videoaufnahmen zu sehen waren.

»Das ist Fall G«, knurrte er, ohne Chisholm anzublicken. »Den übernehmen wir.«

Chisholm reagierte nicht. Sie saß, im dezenten Kostüm, zurückgelehnt auf dem Stuhl rechts von Rivera und sah nur hin und wieder zum Bildschirm. Schließlich wandte sie den Blick ganz ab und richtete ihn auf den flauschigen hellbraunen Teppichboden. Ihr war schlecht von dem Video.

Weder Rivera noch Chisholm fanden die Aufnahmen besonders vertrauenswürdig. Alles außerhalb des Suchers, die Motive, die Erklärungen, die Wahrheit, die allein ihr Endergebnis in dem Video zum Ausdruck brachte, all das lag im

85

verborgenen und war daher nicht bekannt. Doch sie sahen es sich trotzdem an, blickten durch dieses Fenster und versuchten herauszufinden, was sich rechts und links des Rahmens abspielte. Diese Aufnahmen würden niemals landesweit im Fernsehen gezeigt werden, sie würden viel zuviel Anstoß erregen.

»Zweiundzwanzig tote Nonnen. Fehlte nicht viel, und es wären dreiundzwanzig gewesen«, sagte Rivera, der wie hypnotisiert auf den Bildschirm starrte. »Die einzige Überlebende ist eine gewisse Schwester Marianne, und die entging dann im örtlichen Polizeirevier nur knapp ihrer Ermordung. Wenn die kein schußsicheres Glas gehabt hätten, wäre sie jetzt auch tot.«

»Kann man das jetzt mal ausschalten?«

Rivera warf Chisholm einen kurzen Blick zu und schaltete dann aus Versehen den Fernseher statt den Videorecorder aus, erzielte damit aber die gleiche Wirkung. Als der Bildschirm schlagartig schwarz wurde, konnte Chisholm so tun, als hätte sie sich das, was gerade zu sehen gewesen war, nur eingebildet.

»Wir haben zwei Agenten am Tatort, Colby und McKenna. Diese Schwester Marianne behauptet, sie habe einen Mann in einem Roto-Rooter-Overall gesehen, der kurz vor der Explosion aus der Kirche gekommen sei. Es sei derselbe Mann gewesen, der auf sie geschossen habe. Wir haben in Burlington einen Zeichner, der spricht gerade mit ihr. Die Laborberichte sind gestern nachmittag eingetroffen, und jetzt aufgepaßt: ganz ordinäre Quecksilber-Schalter und ein billiger drahtloser Zünder, aber ein Zellstoffgehäuse.«

Chisholm pfiff, den Blick ins Leere gerichtet, geistesabwesend durch die Zähne. Sie wußte, daß sie heute nacht schreckliche Alpträume von ihrem Sohn haben würde.

»Genau«, sagte Rivera. »Ganz üble Burschen. Bestens finanzierte üble Burschen. Interpol hat uns Vergleichsmaterial zur Verfügung gestellt, und wir konnten das Zeug Sepsis zuordnen.«

Das reichte, um sie die Videobilder fürs erste vergessen zu

lassen. Zum ersten Mal, seit das Band angelaufen war, sah sie Rivera an, und alles, was sie noch über Sepsis wußte, schoß ihr gleichzeitig durch den Kopf.

Er war der neue Carlos, ein eiskalter Profi-Killer. Vor sechs oder sieben Jahren war er aufgetaucht, einer, der praktisch nicht zu fassen war, denn es gab keine Fotos von ihm, keine zu ihm führenden Spuren und schon gar keine Informanten, mit deren Hilfe man seiner hätte habhaft werden können.

In Polizeiserien und Nachrichtensendungen werden die Bullen immer als schlau und gerissen dargestellt. Aber das ist nur Fernsehen. Normale Polizeiarbeit, egal auf welcher Ebene, egal in welcher Situation, basiert wesentlich mehr auf den Hinweisen von Informanten als auf ausgefuchster Detektivarbeit, denn es gibt nun mal, sei es aus moralischen, praktischen oder psychologischen Gründen, nur sehr wenige Menschen auf der Welt, die einen Mord ganz allein planen und durchführen können und nicht gefaßt werden. In den meisten Fällen weiß außer dem Mörder selbst noch jemand, wer es war, und dieser Jemand redet irgendwann zuviel.

Wer allerdings in der Lage ist, ganz ohne Komplizen einen Mord zu begehen, braucht natürlich nicht zu befürchten, von irgendwem verpfiffen zu werden. Das ist das Problem bei Serienmördern: Sie töten solo, und die total Durchgeknallten wissen nicht mal, daß sie es tun. Es dauert Jahre, bis die Polizei sie faßt, und zwar nicht, weil die Bullen dumm sind, sondern weil es niemanden gibt, der diese Täter verrät.

Ein Auftragskiller, der ohne Komplizen und, abgesehen vom Geld, ohne Motiv töten kann, ist von unschätzbarem Wert und so gut wie nicht faßbar. Niemand kann ihn denunzieren, und weil er es für Geld macht, hat er kein Motiv und daher auch keine Verbindung zur Zielperson. Solange er nicht erbärmlich schlampig vorgeht und keine Pechsträhne hat, gibt es keine Beweise für seine Schuld.

Ein solcher Mann war Sepsis alias Gaston Fremont alias Guillermo Covarubillas alias Helmut Vollmann alias ein halbes Dutzend anderer Namen. Sepsis, der neue Carlos, mordete sauber, fast chirurgisch und zumeist ohne zusätzlichen

Schaden anzurichten, und wenn, dann war es wenigstens kein großer. Und im Gegensatz zu Carlos hatte Sepsis nicht einmal den Hauch einer politischen Motivation – er tötete ausschließlich des Geldes wegen.

Seinen Namen hatte er zu Beginn seiner Karriere nach der Durchführung mehrerer Autobomben-Anschläge erhalten, bei denen er im Auftrag eines bolivianischen Drogenbosses ein halbes Dutzend Schweizer Bankbeamter getötet hatte. Ein hoher Zürcher Polizeibeamter hatte damals gesagt, die Wagen seien geborsten »wie platzende Blutzellen«.

In den ersten drei Jahren seiner Tätigkeit als Auftragskiller hatte Sepsis ausschließlich Bomben eingesetzt und alles in die Luft gejagt. Doch dann wurde er plötzlich hochmütig und verlegte sich auf raffiniertere Tötungsweisen: Einen IRA-Informanten ermordete er so, daß es aussah, als hätten es die Briten getan, einen ehemaligen Stasi-Angehörigen erdrosselte er in dessen Gefängniszelle, einen kanadischen Politiker erschoß er mit einem einzigen spektakulären Schuß am hellichten Tag, und innerhalb von sechs Tagen brachte er die gesamte Familie eines CIA-Informanten in Ägypten um und erwürgte dabei sogar das drei Monate alte Baby des Mannes – alles, ohne dem Informanten selbst auch nur ein Haar zu krümmen.

Sepsis war mit ganzem Herzen Mörder. Und das Verrückteste an ihm war, daß er angeblich gerade mal vierundzwanzig Jahre zählte, was, wenn es der Wahrheit entsprach (und dieses *Wenn* mußte man dick unterstreichen), bedeutete, daß er viel zu jung war, um mehr als nur äußerst oberflächliche, harmlose Papierspuren hinterlassen zu haben. Darüber hinaus bedeutete es, daß die naheliegende Frage, wo er eine so umfassende Ausbildung erfahren hatte, unbeantwortet bleiben mußte.

»Kommt Ihnen der Name Sepsis bekannt vor?«

»Bekannt genug, um zu wissen, daß ich mit dem Fall lieber nichts zu tun haben will.«

»Tut mir leid, aber ich möchte, daß Sie sich um ihn kümmern.«

Chisholm verdrehte die Augen. »Ich arbeite an Erzengel.«

»Vergessen Sie Erzengel!« blaffte Rivera sie an. »Daran arbeiten Sie schon seit zwei Monaten, und bis jetzt haben Sie nichts, aber auch gar nichts. Mir ist aufgefallen, daß Sie mir in letzter Zeit aus dem Weg gehen; ich weiß, daß Sie nicht weiterkommen. Erzengel ist eine sehr unsichere Sache – das hier dagegen ist wichtig, Maggie. Dieses Arschloch Sepsis hat alle diese Nonnen ins Jenseits befördert. Ich will, daß dem Kerl das Handwerk gelegt wird.«

»Mario, ich habe alle Hände voll zu tun. Ich kann nicht noch eine Riesen-Ermittlung anleiern. Nehmen Sie Willis. Oder Jakobson.«

»*Sie* sind meine Krisenfeuerwehr, Maggie. Legen Sie Erzengel auf Eis und schaffen Sie uns diese Sepsis-Krise vom Hals!«

Sie seufzte. Es war klar, daß sie nachgeben würde. »Wie wichtig ist Ihnen die Sache, Mario? Ich meine, wie weit kann ich gehen?«

Er lehnte sich grinsend zurück. »Wenn Sie den Dreckskerl kriegen, dürfen Sie ihm die Finger abhacken, und ich werde Ihren süßen Arsch küssen, anstatt Sie zusammenzuscheißen. Reicht das?«

»Das reicht«, erwiderte sie und fand sich damit ab, daß ihr Erzengel entzogen wurde.

»Sie werden allerdings nicht allein ermitteln«, fügte Rivera kleinlaut hinzu und wappnete sich innerlich bereits gegen den Wutanfall, den Margaret Chisholm gleich hinlegen würde.

»Was?«

»Die CIA ist mit von der Partie«, erklärte er, während er zum Telefonhörer griff und ihn ans Ohr führte.

»CIA? CIA! Die Sache findet auf amerikanischem Boden statt! Die CIA ist ausschließlich fürs Ausland zuständig, das hier ist ganz allein *meine* Operation!« geiferte sie, während Rivera den Hörer auflegte, aufstand und, erbärmlich schlecht vorgebend, er höre nicht, was er da hörte, zur Tür des Konferenzraums stapfte. Rivera wußte, daß Margaret sich gerade erst warmmachte. Genau aus diesem Grund hatte er seinen nächsten Termin für unmittelbar nach der Besprechung mit ihr angesetzt.

»Nichts da, kommt nicht in die Tüte!« schimpfte sie weiter, während Rivera die Tür öffnete. »Ich *weigere* mich, diese Ermittlung mit irgendwelchen CIA-Idioten durchzuführen, die ich dann ständig am Hals habe!«

Rivera ließ seine beiden Gäste, seinen nächsten Termin, eintreten und sagte, zu Chisholm gewandt: »Margaret, darf ich Ihnen vorstellen: Keith Lehrer und Nicholas Denton, CIA.«

»Es ist doch immer wieder schön, wenn einem so viel Wertschätzung entgegengebracht wird«, sagte Denton, während er den Raum betrat, und ließ amüsiert sein Haifischlächeln aufblitzen.

Rivera ging zum Kopfende des Konferenztisches, bedeutete Lehrer und Denton mit einer Handbewegung, Margaret gegenüber, links von ihm selbst, Platz zu nehmen, und stellte alle einander vor. »Agentin Margaret Chisholm – Vize-Direktor Keith Lehrer und sein Leitender Mitarbeiter Nicholas Denton.«

Chisholm hatte nicht die geringste Lust aufs Händeschütteln, ignorierte die ihr zum Gruß entgegengestreckte Hand von Denton und sagte nur: »Sehr erfreut.« Denton lächelte und setzte sich, wobei er die Krawatte an den Bauch drückte. Lehrer ignorierte Chisholm völlig.

»Agentin Chisholm wird die Ermittlungen im Auftrag des FBI durchführen«, sagte Rivera zu Lehrer und Denton. Dann warf er Chisholm einen kurzen Blick zu und konnte es sich nicht verkneifen, verschmitzt in die Runde zu grinsen. »Sie ist unsere Allzweckwaffe und nur mir und dem Direktor verantwortlich. Sie genießt unser hundertprozentiges Vertrauen bei dieser Ermittlung«, fügte er ernst hinzu, und nur weil er es wirklich so meinte, stand Chisholm trotz der Witzelei mit der »Allzweckwaffe« nicht sofort auf und verließ den Raum.

Lehrer fand diese Chisholm schon jetzt unsympathisch, deshalb sagte er das, was im Grunde ihr galt, zu Denton gewandt: »Vize-Direktor Rivera und ich haben über die Sep-

sis-Sache gesprochen, und uns wurde klar, daß wir von ent-
gegengesetzten Enden her an ein und demselben Fall arbeiteten.«

»Ach nee!« warf Chisholm in einem derart arroganten Ton
ein, daß Rivera nicht wußte, ob es sarkastisch gemeint war
oder nicht. Nur Chisholm konnte etwas so aussprechen. Denton und Lehrer verstanden es allerdings sofort. Jetzt schaltete Denton sich ein.

»Wir versuchen seit etwa einem Jahr, Sepsis aufzuspüren,
bisher ohne Erfolg. Wir wußten, daß er sich im Land aufhielt, aber nicht, warum. Jetzt wissen wir es.«

Chisholm sah Rivera kurz an und beugte sich ein wenig
vor. »Sie glauben, er ist den ganzen weiten Weg von woher
auch immer nur gekommen, um...«

»Aus Rom«, sagte Denton gefällig. »In den letzten vier
Monaten saß er in Rom und hat, soweit wir wissen, nicht viel
unternommen.«

»Also, aus Rom. Und Sie glauben, er ist hierhergeflogen,
nur um ein paar Nonnen zu töten?«

»Es handelt sich nicht um irgendwelche Nonnen«, erwiderte Denton in perfektem Diplomatenton, »sondern um
äußerst wichtige Nonnen. Sie gehörten dem Opus Dei an,
einem konservativen katholischen Orden mit unglaublichen
politischen Verbindungen. Der Hauptsitz von Opus Dei ist
in Spanien. Der Bombenanschlag hat zwar möglicherweise
rein politische Gründe, doch es stellt sich die Frage, warum
Sepsis dann in die Vereinigten Staaten kam, obwohl es in
Europa mehr als genug Opus-Dei-Klöster gibt.«

»Gute Überlegung«, sagte Chisholm, wieder in diesem Tonfall, der nicht neutral und auch nicht eindeutig sarkastisch
war, aber immer noch ironisch genug, um beleidigend zu sein.
Denton mochte sie auf Anhieb, obwohl Lehrer und Rivera
geradezu herbeiwünschten, daß Chisholm diesen Ton noch
eine Nuance deutlicher werden ließ, damit sie einen Grund
hatten, sie zur Schnecke zu machen. Lehrer richtete das Wort
zum erstenmal direkt an sie.

»Das ist sowieso alles völlig unwichtig. Wen er tötet, warum er tötet – das kann uns alles egal sein. Uns liegt daran, die Akte Sepsis zu schließen, um es mal so auszudrücken. Und zwar für immer. Und um zwischen unseren beiden Institutionen Brücken zu bauen, dachte ich, es wäre gut, die Angelegenheit in einer Art Joint-venture zu untersuchen.«

Chisholm starrte die beiden CIA-Männer an wie einen ekligen Haufen Müll. »Wie *Joint* soll's denn werden? Ich habe vor drei Jahren mit einigen CIA-Leuten zusammengearbeitet, und für die war *Joint* die Marihuanazigarette, bei der sie mich nicht mitrauchen lassen wollten.«

»Mr. Denton wird als Verbindungsmann zum FBI fungieren.«

»Ach so. *Wir* sollen also die ganze Dreckarbeit machen und durch den Schlamm robben, und unser lieber Denton sieht uns dabei zu, ja? Super.«

Denton spürte, daß Lehrer jeden Augenblick der Kragen platzen würde, weil diese mickrige kleine FBI-Agentin ihm so pampig kam, und schaltete sich erneut ein. »Agentin Chisholm, wir wollen hier doch keinen Revierkampf anzetteln. Wir wollen Sepsis zur Strecke bringen. Wenn Sie ihn ausschalten, ist uns das recht. Wenn ihn ein Lastwagen überfährt und ihn ausschaltet, ist uns das ebenfalls recht.«

Lehrer platzte zwar nicht der Kragen, aber er ließ den Absolventen einer Elite-Uni jetzt dermaßen arrogant raushängen, daß allein sein Tonfall genauso beleidigend wirkte wie Chisholms bissig hervorgebrachte Sticheleien.

»So wie Sie die engste Mitarbeiterin von Vize-Direktor Rivera sind, ist Mr. Denton meine rechte Hand. Er hat uneingeschränkte Handlungsvollmacht und kann über alle Mittel disponieren, welche der CIA zur Verfügung stehen. Mario?«

»Ist ja echt cool«, sagte Chisholm und näherte sich damit noch ein Stück mehr der Grenze zur Insubordination. Denton, dem das Diplomatenlächeln nicht von den Lippen wich, schlug innerlich Räder, so freute er sich darauf, mit einer verrückten Nummer wie dieser Chisholm zusammenzuarbeiten. Es war genauso wie damals mit Roper – sie war garantiert schludrig genug, um ihn in Ruhe machen zu lassen.

Rivera und Lehrer musterten Chisholm und wußten nicht, was sie sagen sollten. Denton aber zückte sein schwarzes Notizbüchlein und blätterte es durch, als wäre alles in bester Ordnung.

»Wir haben es also mit einem ganz üblen Killer zu tun, der darauf aus ist, ausgerechnet eine Nonne umzubringen. Das steht an allererster Stelle«, murmelte er vor sich hin, während er die säuberlich beschriebenen Seiten des Notizbuchs umblätterte. »Wie soll die Ermittlung denn heißen?«

»Wir haben dem Fall gerade einen Buchstaben zugewiesen und ihn Fall G genannt«, sagte Rivera.

»Fall G? Hm. Bei Sepsis handelt es sich um einen ziemlich raffinierten Gegenspieler. Ich denke, das wäre ein guter Name für diese Operation – Gegenspieler«, sagte er zu den drei anderen. »Was halten Sie davon?«

Chisholm schnaubte verächtlich und warf Rivera einen Blick zu, den er ignorierte. »Gefällt mir«, sagte er.

»Gut.« Mehr traute Denton sich nicht zu sagen; er hatte Angst, sein Mund könnte sich sonst zu einem so breiten Grinsen verziehen, daß ihm die obere Hälfte des Kopfes abfiele. »Ich fahre nach Langley und trage das Material zusammen, das wir über Sepsis haben, damit Sie es gleich mal durchgehen können. Am wichtigsten ist mir im Augenblick allerdings, daß wir uns die Nonne vornehmen und herausfinden, was sie weiß.«

»Sie kommt übermorgen per Flugzeug aus Burlington«, erklärte Rivera. »Wir bringen sie hierher und können die Ermittlung Gegenspieler dann von hier aus durchführen. Einverstanden?« fragte er Lehrer.

»Einverstanden.«

Alle erhoben sich. Lehrer gab Rivera die Hand, bedachte Chisholm dagegen nicht einmal mit einem Blick. »Wir bleiben in Kontakt, Mario.«

Rivera brachte die beiden CIA-Männer zur Tür. Dann wandte er sich Chisholm zu. Am liebsten hätte er ihr gründlich den Kopf gewaschen, doch er wußte nur zu gut, daß die CIA Maggies Verachtung verdiente.

»Gegenspieler!« sagte Chisholm zynisch. »Fragt sich, wer hier wessen Gegenspieler ist! Wenn die CIA so scharf darauf ist, bei dieser Sache mitzumischen, hätten Sie den Fall besser *Gegenwind* nennen sollen. Oder wie wär's mit *Gegen die ist kein Kraut gewachsen*?«

Rivera hob hilflos die Hände. »Maggie ...«

Margaret Chisholm plumpste auf ihren Stuhl. »Ich *hasse* diese Arschlöcher!«

Rivera seufzte. Dann schlenderte er zu ihr hinüber, massierte ihr die Schultern und sagte: »Also, gehen Sie runter in Ihr Büro und wickeln Sie Erzengel ab ...«

»Was!?«

»Wickeln Sie Erzengel *vorübergehend* ab. Ihre Mitarbeiter müssen sich von jetzt an ganz auf die Operation Gegenspieler konzentrieren.«

»Ich brauche eine feste Mannschaft. Es müssen mehrere Vernehmungen durchgeführt werden. Das könnte Sanders erledigen, während ich Gegenspieler, dieses Joint-venture, auf die Beine stelle.«

Rivera seufzte noch einmal und hörte auf, ihr die Schultern zu massieren. »Margaret ... Maggie, Sie müssen meine Lage verstehen. Die CIA will diesen Kerl unbedingt drankriegen. Er hat sie einfach zu oft blamiert, und Leute wie Lehrer und Denton können es nun mal nicht ausstehen, blamiert zu werden. Es wurde bereits ziemlich starker Druck auf mich ausgeübt, damit ich meine besten Leute auf diese Sepsis-Scheiße ansetze. Früher oder später kriegt die Presse raus, daß das kein vermurkster Warmwasserbereiter war. Und wenn sie's rausgekriegt haben und wir nicht mit Ergebnissen aufwarten können, stehen wir da wie Trottel. Finden Sie diesen Sepsis und gebieten Sie ihm Einhalt! Dann können Sie nach Herzenslust mit Erzengel weitermachen.«

»Haben Sie sich mal überlegt, was passiert, falls dieser Sepsis das Land verläßt? Der ist doch garantiert schon über alle Berge.«

»Wenn wir sicher wissen, daß er weg ist, ist es ein reines CIA-Problem, falls die den Fall dann noch weiterverfolgen wollen. Dann reichen wir unseren Bericht bei Interpol ein, und dann sollen die Europäer oder die CIA oder wer immer dazu Lust hat, sich zu Sepsis durchwühlen. Aber solange wir nicht mit hundertprozentiger Sicherheit wissen, daß er das Land verlassen hat, gehen wir davon aus, daß er noch hier ist und sich damit in unserem Zuständigkeitsbereich aufhält.«

Chisholm verschränkte die Arme vor der Brust und bedachte Rivera mit eisigem Schweigen. Sie ließ ihn so lange zappeln, bis sie annehmen konnte, er werde ihr ihren Willen lassen. »Wenn ich bei Gegenspieler mitarbeite, darf ich Erzengel weiterführen, ja?«

Rivera brummte wie ein Bär, ging zur Tür und sagte über die Schulter hinweg: »Sie lassen nie locker, was?«

»Also?« Sie stand auf und drehte sich zu ihm um.

»Okay, okay, okay, tun Sie mit Erzengel, was Sie nicht lassen können, aber Gegenspieler wird von Ihnen *persönlich* und *exklusiv* durchgeführt! Sie haben Zeit bis morgen mittag – danach kümmern Sie sich nur noch um Gegenspieler.« Er verließ den Konferenzraum.

Lehrer und Denton fuhren in einem Dienstwagen nach Langley zurück. Denton saß am Steuer. Sie unterhielten sich über die Besprechung. Doch Denton war mit den Gedanken ganz woanders. Er dachte darüber nach, an was Lehrer wohl gerade dachte.

Als Leiter der Spionageabwehr entschied Lehrer darüber, welche Operationen und/oder Pläne unter der offiziellen (und inoffiziellen) Kontrolle der Gegenspionage-Zentrale der CIA durchgeführt wurden. Dann holte sich Denton die Liste mit den genehmigten Fällen und verteilte sie an die Abteilungsleiter – Nordamerika (dafür war einst Roper zuständig gewesen), Mittel- und Südamerika, Naher Osten, Europa und so weiter. Daß Denton selbst einen Fall übernahm, war nicht vorgesehen. Und doch sah er sich jetzt plötzlich persönlich in einen Fall involviert, in dem er mit einer möglicherweise gestörten FBI-Agentin zusammenarbeiten sollte.

Er sprach mit Arthur Atmajian darüber. Wenn überhaupt

jemand, dann würde Arthur sich einen Reim darauf machen können. Arthur gefiel die Sache nicht.

»Das ist übel«, sagte er am nächsten Abend zu Denton, nachdem Gegenspieler gerade mal einen Tag lief, am Vorabend des Tages, an dem Chisholm und Denton Kontakt mit der Nonne aufnehmen sollten.

»Was soll das heißen, ›übel‹?« fragte Denton. Die beiden saßen inmitten von Klempnerwerkzeug und Ersatzteilen im Keller, während Atmajians acht Kinder mit Dutzenden von Freunden durchs Haus tobten. Arthur strich sich nachdenklich den Bart.

»Ich meine übel im Sinne von ungut. Der Vize-Direktor der CIA weist seinem Leitenden Mitarbeiter einen bestimmten Fall zu und erwartet, daß dieser seine gesamte Zeit darauf verwendet. Wenn ich es nicht besser wüßte, würde ich sagen, du bist auf dem Weg nach unten, wenn nicht sogar bereits so gut wie draußen«, erklärte Arthur, sah Denton ernst an und kippte die Hälfte seines Drinks.

Denton dachte darüber nach. »Na gut, aber er hat mir bei der Besprechung mit den FBI-Leuten eindeutig den Rücken gestärkt.«

»Das ist ja gerade das Merkwürdige!« ereiferte sich Arthur. »Er stärkt dir den Rücken, was ausschließt, daß er dich fallenlassen will. Ein Test kann es auch nicht sein. Eine Operation, deren Ende so wenig absehbar ist wie dieses, kann Monate, sogar Jahre dauern. Lehrer hat irgendwas vor, und es ist bestimmt nichts Gutes. Ach, übrigens, dein neuer Roman gefällt mir sehr, aber warum hast du diesen armenischen Agenten als so dick geschildert?«

»Weil du nun mal dick bist, Arthur«, antwortete Denton lachend und schlug ihm auf den Rücken.

»Bin ich nicht«, protestierte Arthur halbherzig und begann wütend mit irgendeinem Installationsgerät herumzuspielen, von dem Denton nichts verstand oder nichts verstehen wollte. Denton war sicher, daß, wenn alles nur ein kleines bißchen anders gekommen wäre, wenn sein Freund nicht so intelligent gewesen wäre, Arthur sich damit zufriedengegeben hätte, seinen Lebensunterhalt mit dem Reparieren von Toiletten zu verdienen. Mehr als in Langley hätte er damit auf jeden Fall verdient. Das erinnerte ihn an etwas.

»Kauf noch vor Ende der Woche Zenith- und Motorola-Aktien«, sagte er.

Atmajian nickte. »Hast du das aus dem …«, sagte er ausdruckslos. Den Namen des Schattenarchivs in Alexandria wagte er nicht einmal zu flüstern.

»Nein, Phyllis Strathmore und ich haben heute morgen miteinander geplaudert. Sie hat mir den Tip gegeben.«

»Legal?«

»Natürlich.«

»Gut. Das Finanzamt will nämlich eine Buchprüfung bei mir durchführen. Die sind wirklich schlimmer als meine Einheit.«

»Was soll ich deiner Meinung nach tun?«

»In bezug auf diesen ›Joint-venture‹-Schwachsinn?«

»Ja.«

»Halt deinen Arsch aus der Schußlinie, Kumpel.«

Sie unterhielten sich noch eine Weile darüber, kamen aber zu keinem intelligenteren Ergebnis.

Gegenspieler war an diesem ersten Tag recht gut angelaufen. Es war zwar nicht zu übersehen gewesen, daß Chisholm Denton nicht ausstehen konnte, aber damit konnte er leben, vor allem in Anbetracht der Tatsache, daß Chisholm sehr viel Zeit damit verbrachte, ihre anderen Fälle abzuwickeln, was sie wahrscheinlich tat, um ihn nicht sehen zu müssen. Doch was die Leitung der Operation betraf, würde es nicht so laufen, wie er es wollte. Das hatte Chisholm deutlich gemacht.

»Wer sind denn die beiden da?« hatte sie gefragt.

»Amalia Bersi und Matthew Wilson, Mitarbeiter von mir«, hatte Denton erwidert.

Chisholm hatte insbesondere Wilson von Kopf bis Fuß gemustert, einen sechsundzwanzigjährigen Riesen mit dem Gesicht eines Massenmörders; er sah aus, als würde er berufsmäßig töten, was ihm ausgesprochen gut gefiel. Dann sah Chisholm Denton an und sagte völlig unbeeindruckt, mit dem Daumen auf Wilson und Bersi weisend: »Der Killer muß weg. Und der doofe Teenie da auch gleich dazu.«

Bersi und Wilson blickten Denton überrascht an.

»Das hier ist eine FBI-Ermittlung und kein CIA-Projekt. Wir arbeiten ausschließlich mit FBI-Leuten. *Sie*, Agent Denton, halten sich gefälligst im Hintergrund!«

»Ich bin kein Agent, ich bin nur ein Bürokrat.«

»Was auch immer. Sorgen Sie dafür, daß die beiden verschwinden.«

Denton schickte Amalia und Wilson wieder weg; sie hatten sowieso andere CIA-Aufgaben zu erfüllen, es war also kein großer Verlust. Insgeheim amüsierte er sich über Chisholms Forderung.

Doch ein paar Stunden später amüsierte er sich nicht mehr.

»Welche Aufgaben erfüllt diese Mordmaschine eigentlich für Sie?« fragte sie ihn, während sie Berichte durchsahen und Chisholms FBI-Leute anwiesen, Informationen zu beschaffen.

»Wilson? Dies und jenes«, sagte Denton freundlich.

»Wilson?« fragte Chisholm gedankenverloren. Sie sah Denton dabei nicht einmal an. »Der Gorilla weiß doch wahrscheinlich nicht mal, wo an einer Schußwaffe die Kugel rauskommt. Ich rede von dieser Bersi.«

Zum Glück zuckte Denton nicht zusammen, sondern fuhr mit dem fort, was er gerade tat, doch insgeheim war er tief erschüttert. Amalia Bersi war eines seiner bestgehüteten Geheimnisse. Alle in der CIA hielten sie für seine Geliebte – er hatte viel Mühe darauf verwandt, die Leute das glauben zu machen, um zu kaschieren, was sie in Wirklichkeit für ihn tat. »Wieso halten Sie ausgerechnet Amalia Bersi für einen Killer oder, besser, für eine Killerin?«

Chisholm unterbrach ihre Tätigkeit und sah Denton eindringlich und ein wenig herablassend an. »Versuchen Sie nicht, einen Gauner übers Ohr zu hauen! Was stellen Sie denn so alles an mit Ihrem persönlichen Killer? Oder, besser, mit Ihrer persönlichen Killerin, wenn Sie unbedingt so politisch korrekt sein müssen. Ich weiß nicht viel über eure Arbeitsweise, aber ich weiß, daß Killer bei euch in einem eigenen kleinen Zwinger gehalten werden. Einer wie Sie, ein reiner Bürokrat mit Beraterfunktion, ist jedenfalls nicht befugt, sich einen zu halten.«

Denton brachte einen recht guten desinteressierten Blick zustande und ließ das Thema fallen.

»Wie ist denn die FBI-Frau, mit der du zusammenarbeitest?« fragte Paula Baker am Morgen nach seinem Gespräch mit Arthur bei einem aus einer Birne und Kaffee bestehenden Frühstück.

»Sie ist verrückt.«

»Na suuuper«, sagte Paula grinsend.

»Und sie ist wesentlich schlauer, als ich dachte. Sie hat Bersi sofort durchschaut.«

»Oje, oje. Glaubst du das oder weißt du das?«

»Ich weiß es. Diese Chisholm hat mich ganz unverblümt gefragt, was eine Killerin unter meinen Mitarbeitern zu suchen habe …« Denton aß seine Birne auf, ging lässig um Paulas Schreibtisch herum, warf das Kerngehäuse in den Abfallbehälter neben Paula, hockte sich auf ihren Schreibtisch und setzte sein charmantestes Lächeln auf. »Tust du mir einen Gefallen?«

»Was, Cowboy, du willst es gleich hier und jetzt machen? Ich bin doch verheiratet!« flirtete sie ungeniert drauflos.

»Paula!« jaulte Denton züchtig auf, und sie mußte lachen.

»Okay, keine Sorge, wird erledigt«, sagte sie und machte sich grinsend eine Notiz. »C-H-I-S-H-O-L-M, ja? Ich kann dir bis morgen früh erste Informationen liefern und bis übermorgen solche, für die du ewig in meiner Schuld stehen wirst.«

»Ohne daß jemand davon erfährt?«

»Dürfte schwierig werden, aber ich versuch's. Finanzielle oder private Auskünfte oder beides?«

»Von allem soviel du kriegen kannst, aber mach dir nicht zuviel Arbeit – wenn du nur irgend etwas rausbekommst, reicht mir das schon. Danke«, fügte er hinzu und tat so, als bemerke er nicht, daß Paula sich mit erwartungsvollem

99

Lächeln in ihren Stuhl zurückgelehnt hatte und ihn, mit den Fingern auf die Schreibtischplatte trommelnd, ansah.

»Hm?« fragte er unschuldig lächelnd.

»Im Austausch für ...?«

»Im Austausch für was?« Er gab sich geschlagen.

Paula Baker durchstöberte ihren Schreibtisch und sagte: »Besorg mir Informationen über ... Wie heißt es gleich? ... Ach, ja, da ist es: Lampenlicht. Eine Operation der Nordamerika-Spionageabwehr.«

Denton schrieb es in seinen Terminkalender. *Margaret Chisholm*, schoß es ihm durch den Kopf. *Die hätte Tiggy bestimmt gern in seinem Keller gehabt.*

Schwester Marianne betete.

Sie stand in einem Flugzeughangar, allein, umgeben von den Särgen ihrer Mitschwestern, die bald in ihre Heimatorte gebracht werden sollten. Alle Lampen in dem Hangar brannten, doch obwohl die Türen geschlossen waren, damit die Nacht draußen blieb, drang die Dunkelheit herein.

Fünfzehn Stunden zuvor waren sie alle zum Gottesdienst gegangen. Jetzt würden diese Nonnen heimgehen. Es waren so viele Särge, daß in dem Hangar kein Platz mehr für die Flugzeuge blieb; sie standen draußen auf dem Rollfeld und sahen aus wie freundliche Wale und Delphine, bereit, die Nonnen nach Hause zu bringen.

Alle Nonnen hatten unterrichtet. Sie hatten in Dartmouth gelehrt, an einigen der Seven Sisters, den renommiertesten Frauen-Colleges, und an beiden Phillips-Internaten. Eine von ihnen, Schwester Danielle, hatte sogar in den umliegenden Gefängnissen unterrichtet. Und da sie so im stillen gelehrt hatten, hätte ihnen vielleicht auch die Art und Weise dieses Aufbruchs gefallen – nachts, allein, in Erwartung der Flugzeuge, die sie unbemerkt davontragen würden. Für die Lebenden wäre dieser unfeierliche Abschied wohl ziemlich unbefriedigend gewesen, doch außer Schwester Marianne lebte keine mehr; nur sie noch konnte trauern, und ihr machte es nichts aus.

Schwester Marianne betete. Sie wußte nicht, was sie sonst hätte tun sollen. Doch sie betete nicht gegen die Trauer an, sondern gegen die Verbitterung.

Edmund Gettier kam von hinten auf sie zu, blieb ein paar Schritte von ihr entfernt stehen, betrachtete sie, liebte sie auf seine sonderbare, distanzierte Art. Er war müde.

Nachdem auf Schwester Marianne geschossen worden war, hatte Gettier sie von allen Leuten, die etwas von ihr wollten, abgeschirmt, was wesentlich anstrengender gewesen war als erwartet.

»Wir wollen sie ja nicht *verhören*«, hatte der dicke, ungepflegt wirkende Agent McKenna Gettier gegenüber erklärt, als sie draußen vor dem fensterlosen Vernehmungsraum standen, in dem Marianne sich ausruhte. Er hatte sogar versucht, ihn mit Hilfe seines massigen Körpers einzuschüchtern. »Wir wollen ihr nur ein paar Fragen stellen, das ist alles.«

»Ich wüßte wirklich nicht, wie Schwester Marianne Ihnen weiterhelfen könnte«, sagte Gettier in strengem Ton zu McKenna und Colby. Diesen McKenna verachtete er geradezu; schon leichtes Übergewicht stieß bei Edmund Gettier auf Mißbilligung, aus Prinzip. »Zuerst muß sie mitansehen, wie ihre Mitschwestern getötet werden, dann wird sie selbst um ein Haar getötet. Ich glaube, daß eher *Sie* hier ein paar Fragen beantworten sollten und nicht Schwester Marianne!«

»Professor Gettier, Sir, wir verstehen sehr gut, daß ...«

»Ach, wirklich?« Gettier zog die Augenbrauen hoch, wie nur er es konnte – ein Gesichtsausdruck, der selbst die eingebildetsten seiner Doktoranden in Cambridge zermürbte: arrogant, pedantisch und so überlegen, daß man sich dabei nur dumm und beschissen fühlen konnte. »Sie verstehen ja so *vieles*, nicht wahr? Sie verstehen alles so gut, daß Sie jetzt sogar eine Nonne tyrannisieren, ja?«

»Professor Gettier«, sagte Colby. Sie fühlte sich verarscht und hatte eine Stinkwut. »Wenn Sie die Tür nicht sofort freigeben, damit ich mit Schwester Marianne reden kann, lasse ich Sie mit Gewalt entfernen und zeige Sie wegen Behinderung einer FBI-Agentin an der Amtsausführung an.«

»Gut«, sagte Gettier, trat zur Seite und gab die Tür mit einer sarkastisch gemeinten, theatralischen Handbewegung frei. »Dann gehe ich aber hinaus zu den wartenden Reportern und sage ihnen, daß die Polizei hier keineswegs einem Fotografen hinterhergejagt ist, der versucht hatte, Aufnahmen zu machen. Ich werde ihnen die Wahrheit sagen: Daß es einem Killer um ein Haar gelungen wäre, hier in diesem Polizeirevier eine Nonne zu töten. Und daß dieser Killer entwischen konnte, obwohl das Polizeirevier von Polizisten und FBI-Agenten nur so wimmelte.«

Colby und McKenna warfen sich einen Blick zu. McKenna seufzte und kehrte Gettier den Rücken zu, doch Colby hatte mehr Geduld. »Wollen Sie hier, in diesem beschaulichen Neu-England-Städtchen, eine Panik auslösen?« fragte sie, an Gettiers Vernunft appellierend. »Flüchtiger Killer in der Gegend‹ – wollen Sie, daß jeder Einwohner von New Hampshire sein Gewehr hervorholt und aus Versehen jeden vorbeikommenden Fremden erschießt und auf jeden Schatten feuert, weil er ihn für einen flüchtigen Killer hält?«

»Lassen Sie sie in Ruhe, sie hat Ihnen alles gesagt, was sie weiß«, erwiderte Gettier. »Lassen Sie sie wenigstens ein bißchen schlafen.«

Sie ließen sie etwa eine Stunde lang in Frieden. Dann kamen sie wieder, stellten ihr in nur leichter Abwandlung dieselben Fragen wie zuvor und erhielten annähernd dieselben Antworten.

Das Problem bestand darin, daß die örtliche Polizei sowie Colby und McKenna völlig überfordert waren, und das wußten sie auch. Autodiebstähle, amateurhaft betriebener Waffenschmuggel, Festnahmen wegen Besitzes kleinerer Drogenmengen, damit kannten sie sich aus. An jedem anderen Tag und bei jedem anderen Fall hätten sie Gettier gnadenlos zur Schnecke gemacht. Jetzt aber, da Bombenspezialisten aus Quantico eingeflogen wurden, da aus Hochleistungsgewehren geschossen wurde und sie mit Vertretern der nationalen

Presse umgehen mußten, wuchs Colby und McKenna alles über den Kopf, während sie herumsaßen und auf Anweisungen von ganz oben warteten. Und so erlaubten sie Gettier, die Nonne abzuschirmen; sie hatten viel zuviel Angst, etwas falsch zu machen.

Doch Schwester Marianne schlief gar nicht. Selbst in ihren glücklichsten, entspanntesten Zeiten hatte sie unter Schlaflosigkeit gelitten. Es fiel ihr schwer, einzuschlafen, und sie wachte stets früh auf und konnte dann nicht mehr weiterschlafen. Jetzt, nach allem, was passiert war, schritt sie in dem fensterlosen Vernehmungsraum auf und ab wie ein Soldat. Sie hatten sie in diesen Raum gebracht, weil er sich fast in der Mitte der Polizeistation von Lyme befand, aber dennoch Platz für ein Feldbett bot. Sie ging so lange auf und ab, bis ihr schwindlig wurde.

»Wie wär's mit Mittagessen?« fragte Edmund Gettier, als er, ein Tablett mit zwei Portionen in den Händen, eintrat. Sie stellten das Tablett auf den Verhörtisch und setzten sich einander gegenüber. Gettier begann ihr einen Vortrag zu halten.

»Gestern abend habe ich mir *Hudson Hawk – Der Meisterdieb* angesehen. Hervorragend! Das ist der erste Film überhaupt mit einer wahrhaft pynchonesk zu nennenden Atmosphäre.« Während sie aßen, fuchtelte er immer wieder mit den Händen herum, um die komplizierten Einzelheiten seiner Analyse darzulegen.

Schwester Marianne lächelte ihn an. Sie verstand Bahnhof, seine Worte schlitterten durch ihr Bewußtsein wie Curlers übers Eis, trotzdem war sie ihm dankbar: Edmund Gettier wußte nicht, wie man Trost spendete; statt dessen dozierte er ohne Unterlaß über seine liebsten kleinen Ärgernisse und über seine heimlichen Hobbys.

»Wissen Sie, was Filme wie *Six Degrees of Separation* und *The Usual Suspects* für den Film an sich bedeutet?«

Schwester Marianne schüttelte lächelnd den Kopf, spielte kurz mit dem Gedanken, seine Grammatik zu korrigieren, ließ es dann aber bleiben.

»Es bedeutet, daß der Film sich endlich von der albernen

linearen Struktur löst. Ich sage Ihnen, wir leben in einem Goldenen Zeitalter des Films! Nehmen Sie, beispielsweise, *Twelve Monkeys* ...« Und dann legte er erst richtig los.

Nach dem Essen hatte Schwester Marianne wieder allein in dem Vernehmungsraum gesessen. Sie hatte versucht zu schlafen, aber die Verbitterung und die Schuldgefühle hatten ihr keine Ruhe gelassen. Die Schuldgefühle waren das Schlimmste gewesen. Schließlich hatte sie als einzige überlebt. Doch auch die Verbitterung war grauenhaft gewesen.

Und jetzt stand sie in dem Hangar, inmitten von Särgen. Edmund Gettier hüstelte höflich, um ihr seine Anwesenheit kundzutun. Lächelnd drehte sie sich um.

»Kommen Sie«, sagte er. »Wir gehen.«

Marianne nickte schweigend, rührte sich aber nicht vom Fleck. Edmund bot ihr seinen Arm; Marianne hakte sich unter. So blieben sie eine Zeitlang stehen.

»Endlich herrscht Ruhe«, sagte sie, hob den Blick zu ihm und ließ ihn dann über die Särge wandern.

»Wie?«

»Es war so ... so laut den ganzen Tag hindurch. Erst die Explosion, dann die Reporter. Das Gespräch mit Ihnen, die Gewehrschüsse. Und die vielen FBI-Agenten, die ständig redeten und herumliefen. Jetzt ist es endlich still.«

Gettier wußte nicht, was er sagen sollte, ja, ob er überhaupt etwas sagen sollte. Dann fielen ihm zu seiner großen Bestürzung die Vorträge ein, die er ihr beim Mittagessen gehalten hatte.

»Es tut mir leid, daß ich ...«

»Es braucht Ihnen nicht leid zu tun«, unterbrach sie ihn, als hätte sie seine Gedanken gelesen.

So standen sie da, bis ihm einfiel, weshalb er eigentlich gekommen war.

»Ihre Eltern haben angerufen, sie würden Sie gern besuchen. Ich glaube, sie werden sogar morgen vormittag bereits da sein.«

»Ich rufe sie an. Es gibt keinen Grund, herzukommen. Und Sie sollten nach Cambridge zurückfliegen.«

»Ich bleibe«, erwiderte Gettier. Marianne drückte ihm dankbar den Arm. Plötzlich fiel ihr ihre Arbeit ein.

»Was soll ich denn mit meinen Studenten machen? Ich muß doch ...«

»Um die brauchen Sie sich nicht zu sorgen, darum habe ich mich bereits gekümmert. Außerdem habe ich mit Kardinal Barberi gesprochen. Er möchte, daß Sie ihn heute abend anrufen. Und Erzbischof Neri hat angerufen. Auch bei ihm sollen Sie sich bitte melden.«

»Wie geht es Kardinal Barberi?«

»Er klang gut. Er sagte, er habe gerade eine Transfusion bekommen.« Gettier dachte an das Gespräch und begann zu grinsen. »Er bezeichnete sich als den ›ersten Vampir-Kardinal der Kirchengeschichte‹.«

Sie lachten beide leise. Dominic Kardinal Barberi, ein alter Mann von achtundsiebzig Jahren, hatte Leukämie und bekam im Abstand von einigen Wochen zahlreiche Bluttransfusionen, die ihn am Leben hielten.

Kardinal Barberi war der Leiter des Projekts und damit nominell Schwester Mariannes Chef. Aufgrund seiner schweren Erkrankung würde de facto allerdings Marianne die Leitung haben.

Hätte es das Projekt nicht gegeben, Kardinal Barberi hätte die Behandlung abgebrochen, dessen war er sicher. Er war ein alter Mann, er hatte sein Leben gelebt. Doch das Projekt hielt ihn ebensosehr am Leben wie das Blut. Als der Papst ihn vor fünf Jahren angewiesen hatte, alles in die Wege zu leiten, war er glücklich gewesen wie nie zuvor. Er hatte sich wie ein junger Priester auf dem Weg zu seiner ersten Gemeinde gefühlt. Und in letzter Zeit, da er die Tage bis zum Eintreffen seiner Lieblingsschülerin in Rom und dem Beginn des Projekts zählte – ja, es war nur mehr eine Frage von *Tagen* –, fühlte er sich sogar noch besser.

Als aber Erzbischof Neri zu ihm ins Vatikankrankenhaus kam und ihm die Nachricht von dem Bombenattentat in den Vereinigten Staaten überbrachte, empfand Kardinal Barberi zum erstenmal seit Jahren nackte Angst.

»Wir haben ein Problem«, erklärte der Opus-Dei-Bischof ohne Umschweife. »Auf das Kloster von Schwester Marianne wurde ein Bombenanschlag verübt. Alle Nonnen außer Schwester Marianne sind ums Leben gekommen.« Erzbischof Neri wandte den Blick ab, strich sein Jackett glatt und sehnte sich nach einer Zigarette.

»Welche Schwester Marianne?« fragte Barberi ein wenig verwirrt, während ihm Blut durch die Venen gepumpt wurde.

»*Unsere* Schwester Marianne«, sagte Alberto Neri ungeduldig. »Sie ist nicht tot«, wiederholte er. Dann ging er davon wie einer, dem man einen schweren Schlag versetzt hat. Barberi blickte ihm verwirrt und ängstlich nach. Der alte Kardinal saß in seinem Krankenbett, den Arm durch die angeschlossenen Schläuche stillgelegt, und sah zu, wie der Jüngere ging. Da wurde dem alten Mann bewußt, daß seiner Sammlung von Augenblicken soeben ein Stück hinzugefügt worden war, dem Mosaik von Augenblicken, die sein Leben formten.

Kardinal Barberi ängstigte das Bombenattentat; Erzbischof Neri und seine Opus-Dei-Leute in Rom aber versetzte es in helle Aufregung. Der Tod der Nonnen hatte mit einem Schlag zerstört, was Opus Dei in fast zwanzig Jahren beharrlicher, mühevoller Arbeit aufgebaut hatte. Erzbischof Neri fragte sich, wie der Schaden wiedergutzumachen sei. Doch noch während er darüber nachdachte, gewann ein anderer Charakterzug in ihm die Überhand, ein Charakterzug, der nicht in Einklang mit seiner christlichen Überzeugung stand und in einer rein politischen Betrachtungsweise der Dinge zum Ausdruck kam: Ihm wurde klar, daß Opus Dei im Grunde gar nichts besseres hatte passieren können als dieses Bombenattentat – Opus Dei als hilfloses Opfer. Er fand es schlimm, daß er das dachte, doch gleichzeitig begann er zu überlegen, wie dieser Vorteil auszunutzen sei.

Wer sich innerhalb des Spektrums katholischer Positionen ganz rechts ansiedeln möchte, sollte seine Zelte bei Opus Dei aufschlagen. Opus Dei, das Gotteswerk, wurde 1928 von dem spanischen Monsignor Escrivá de Balaguer gegründet. Escrivá soll demnächst heiliggesprochen werden, weil er die wohl konservativste, gebildetste und reichste Gruppierung innerhalb der katholischen Kirche ins Leben gerufen hat. Es ist eine kleine, unabhängige Schar, die aber überall in den Vereinigten Staaten vertreten ist.

Die Ziele, die Opus Dei in den Vereinigten Staaten verfolgt, sind aufgrund ihrer Fragwürdigkeit und der konspirativen Art und Weise, in der sie in Angriff genommen werden, ein gefundenes Fressen für jeden amerikanischen Paranoiker, der die Werte seines Landes bedroht sieht. Opus Dei geht es darum, die amerikanischen Katholiken in konservative Katholiken zu verwandeln – und es gelingt ihnen auch.

Der Katholizismus in den Vereinigten Staaten stellt nach Einschätzung Roms eines der größten Probleme überhaupt dar, denn es handelt sich dabei um eine potentiell häretische Gruppe, die mit Glacéhandschuhen angefaßt werden muß. Es ist nun einmal so, daß die wenigsten Katholiken außerhalb der Vereinigten Staaten Sympathie für die amerikanischen Katholiken aufbringen, ganz einfach deshalb, weil sie allmählich tatsächlich zu Häretikern werden, und die Kirche hat offenbar nur wenige Möglichkeiten, zu verhindern, daß es irgendwann zu einem Schisma kommt. Ein Beispiel dafür ist die Gruppierung »Katholiken für Entscheidungsfreiheit«.

»Katholiken für Entscheidungsfreiheit« sind amerikanische Katholiken, die sich für das Recht auf Abtreibung aussprechen. Sie treten damit für etwas ein, was den Überzeugungen der Kirche zuwiderläuft und ebenso häretisch ist, wie es »Katholiken für die Anbetung von Hähnen« wären.

Was soll die Kirche mit einem Land tun, das derart zum Ketzertum neigt wie die Vereinigten Staaten? Dagegen etwas zu unternehmen ist nun Aufgabe von Opus Dei, den neuen Soldaten Christi, den Stoßtrupps der konservativen Bewegung.

Opus Dei ist zwar klein, aber gut organisiert, und seine Mitglieder wissen, was machbar ist und was nicht. Unmöglich war es Opus Dei beispielsweise, die sogenannten Baby-Boomers zu bekehren, die geburtenstarke Generation der zwischen 1946 und 1959 geborenen Amerikaner, eine Generation, die sich durch allgemeinen Zynismus, ausgeprägte Hysterie und ungetrübte, auf prinzipieller Ignoranz basierende Arroganz auszeichnete. Aber die Generationen *danach* ... tja, das war etwas ganz anderes. Und so gründete Opus Dei überall in den Vereinigten Staaten kleine Klöster und kirchliche Begegnungsstätten, damit der wahre Glaube Verbreitung fände – allerdings nicht in Großstädten, sondern in der Nähe von College-Städten.

So war es auch zur Gründung des Klosters von Schwester Marianne gekommen. Opus-Klöster wie das ihre waren zuerst in New Jersey errichtet worden, in der Umgebung der Princeton University, dann natürlich auch in Washington, D.C., in unmittelbarer Nähe der Georgetown und der Catholic University. Daß Washington eine jesuitisch geprägte Stadt war, stellte nur eine kleine Unannehmlichkeit dar. Das Ziel dieser Begegnungsstätten war und ist es, junge, intelligente Katholiken zur traditionellen, konservativen Glaubenslehre zu bekehren, insbesondere zu dem obersten Grundsatz, der da lautet, daß Gnade durch Arbeit zu erlangen sei. Schließlich würden die Studenten dieser Eliteuniversitäten eines Tages das Sagen haben.

Klugerweise schickte Opus Dei nicht viele *Priester* nach Amerika. In den letzten zwanzig Jahren gingen die Vereinigten Staaten wieder einmal durch eine der periodisch auftretenden Erweckungsphasen, die das ganze Land mitreißen. Seit dem siebzehnten Jahrhundert werden die USA etwa alle siebzig Jahre von einem starken religiösen Impetus erfaßt, der unweigerlich in den Extremismus führt. Die Tragödie der Hexenverfolgungen in Salem ist ein Beispiel dafür, ein anderes das unsinnige »Temperance Movement«, die protestantische, vor allem von Frauen getragene Anti-Alkohol-Bewegung, die zur Prohibition führte. In der Erweckungsphase am Ende des zwanzigsten Jahrhunderts bezieht sich der Extremismus merkwürdigerweise vor allem auf Männer im allgemeinen und Priester im besonderen.

Anschuldigungen wegen sexuellen Mißbrauchs haben

geradezu verheerende Ausmaße angenommen und sich zu einer Hysterie entwickelt, in der es sogar möglich wurde, die Teufelsanbetung als eine von dessen wichtigsten Begleiterscheinungen zu bezeichnen. Angesehene Psychologen und Psychotherapeuten behaupten tatsächlich, in einem von vier Fällen sexuellen Mißbrauchs sei Teufelsanbetung im Spiel.

Aber Hysterie hin oder her, der derzeit amtierende Papst, Johannes Paul II., ist nicht gewillt, die amerikanischen Katholiken so weit abdriften zu lassen, daß sie zu Ketzern erklärt werden müssen, was viele Kardinäle hinter vorgehaltener Hand bereits vorgeschlagen haben. Deshalb befahl Johannes Paul Opus Dei, die amerikanischen Schäfchen zur Herde zurückzutreiben.

An diesem Punkt trat Erzbischof Neri auf den Plan.

»Schicken Sie keine Priester hin«, sagte der damals aufstrebende junge Priester seinen Vorgesetzten 1979, als ihn die Anweisungen von höchster Stelle erreicht hatten. »Schicken Sie Nonnen, *ausschließlich* Nonnen! Die kann niemand beschuldigen, Studenten zu vergewaltigen.«

Also schickten sie Nonnen hin, Nonnen wie Schwester Marianne. Bevor ihr befohlen wurde, nach Amerika zu gehen, hatte sie in Turin Studenten unterrichtet und war überzeugt gewesen, sie werde ihr restliches Leben in Italien verbringen. Sie hatte nicht einmal mehr damit gerechnet, auch nur besuchsweise in die Vereinigten Staaten zurückzukehren.

»Was halten Sie davon, in die Vereinigten Staaten zu gehen?« fragte Erzbischof Neri sie bei ihrem ersten Gespräch im Jahr 1993. Für ihn war es bereits beschlossene Sache, daß sie ging, das Gespräch war nur noch eine Formalität.

»Nicht viel«, antwortete sie. »Ich war seit meiner Doktorandenzeit nicht mehr dort. Meine Dissertation habe ich nicht mal dort abgeschlossen, sondern hier in Rom. Die Vereinigten Staaten … Es wäre viel zu schmerzlich für mich, wieder dort leben zu müssen.«

»Ich verstehe. Wenn es nach Ihnen ginge, würden Sie also nicht zurückkehren.«

»Nein.«

»Würden Sie zurückkehren, wenn man Sie dort bräuchte?«

»Ja«, sagte sie, ohne zu zögern, und stählte sich innerlich schon für das Opfer, das sie bringen mußte, für den Preis, den ihr das Leben abverlangte.

»Sie werden dort gebraucht.«

So fuhr sie, ängstlich zuerst, gefaßt auf eine schwierige, schuldbeladene Rückkehr nach Amerika. Doch so kam es nicht, ganz und gar nicht. Seit fünf Jahren war sie nicht mehr in den Vereinigten Staaten gewesen, aber in New Hampshire zu leben und zu arbeiten, war, als wäre man in einem völlig anderen Land, denn sie unterrichtete Studenten, die genauso naiv und unkritisch waren wie ihre Studenten in Turin. Es war ganz anders als ihr Leben damals in New York, ganz anders auch als ihre eigene Studienzeit. In Amerika zu lehren war überhaupt kein Opfer gewesen.

Bis jetzt. Jetzt erschienen ihr die Särge in dem Hangar wie um sie schwimmende Haie, stumme Vorwürfe. Das, dachte sie, war das Opfer, das sie bringen mußte für das Leben, das sie führte, und für den inneren Frieden, den sie besaß. Und selbst dieses Opfer war irgendwie unangemessen – unzureichend. Kein wirkliches Opfer. Schuld, Verbitterung und eine Trauer, die sie nicht auszudrücken vermochte, aber kein Opfer. Schließlich lebte sie noch.

»Gehen wir«, sagte sie zu Edmund Gettier und drückte aufmunternd seinen Arm.

»Es sind ein paar neue FBI-Agenten eingetroffen«, erzählte er ihr, ins Italienische überwechselnd. »Mit diesem Fettwanst McKenna brauchen Sie sich nicht mehr herumzuschlagen. Die neuen Agenten bringen uns in irgendein Hotel. Eher in ein *Motel*, glaube ich. Und dann bringen sie uns nach Burlington.«

»Sie brauchen nicht mitzukommen. Fliegen Sie zurück nach Cambridge.«

Edmund Gettier ignorierte den Vorschlag. »Sie wollen, daß wir in Kürze nach Washington fliegen.«

»Warum?«

»Das weiß ich nicht. Aber Erzbischof Neri bat mich, Ihnen zu sagen, Sie sollten alles tun, was diese Leute wollen.«

»Gut.«

Das Four Seasons in Georgetown hatte solche Gäste schon tausendmal gesehen: ein hochgebildeter, überaus erfolgreicher junger Geschäftsmann, dienstlich unterwegs. Der Mann wirkte auf so selbstverständliche Weise, fast schon klischeehaft elegant, daß niemand ihn bemerkte, als er durch die von gedämpftem Stimmengewirr erfüllte Lobby auf die Rezeption zuging. Aufmerksamkeit erregte allerdings seine Sprechweise: Er hatte nicht den harschen, herablassenden Ton des jungen Karrieristen, sondern sprach leise, gelassen, höflich, hauchte die Wörter fast.

»Irgendwelche Nachrichten für Zimmer zwölf-null-drei, bitte?«

Der Rezeptionist wußte nicht mehr, ob er ihn schon einmal gesehen hatte, aber der Mann wirkte so selbstsicher und geduldig, daß er keine Sekunde zögerte; er ließ nur kurz die Finger knacken und begann dann sofort den Computer zu befragen. Für Zimmer 1203 waren keine Nachrichten eingetroffen. Als er den Blick vom Monitor hob, war ihm, als hätte er dieses Gesicht noch nie gesehen, als wäre es ein Gesicht, an das man sich unmöglich erinnern könnte.

»Keine Nachrichten, Mr. Schlemel.«

Die Lippen des lässig gekleideten Mannes, den die Geheimdienste überall auf der Welt Sepsis nannten, umspielte ein feines Lächeln, als er auf die Aufzüge zuging, und der Rezeptionist vergaß sein Gesicht fast sofort, was nur recht und billig war – schließlich hatte Sepsis einem Schweizer Chirurgen 78 000 Dollar bezahlt, damit er, alle medizinischen Möglichkeiten nutzend, sein Gesicht so veränderte, daß es möglichst leicht zu vergessen war.

Das Geld für die Operation stammte aus seinem besten Coup, dem vier Jahre zurückliegenden Mord an dem föderalistisch eingestellten kanadischen Politiker. Für 250 000 Dollar hatten ihn Separatisten aus Quebec angeheuert, um diesen

Politiker auszuschalten. Der Mann hatte sich für den Verbleib der Provinz bei Kanada ausgesprochen und bedenklicherweise über Charisma verfügt, was unter Umständen zu seinem Erfolg geführt hätte. Also mußte der Mann weg. Es war ein schwieriger Schuß gewesen, Sepsis' ganzer Stolz, denn er hatte den Politiker auf tausend Meter Distanz vom Dach eines Bürogebäudes aus getötet.

Ich wußte, daß das Zielobjekt nur etwa viereinhalb Sekunden lang sichtbar sein würde, hatte Sepsis in sein Tagebuch geschrieben, auf italienisch, wie immer – in der Sprache der Beichte. *Eine zweite Gelegenheit würde es nicht geben, denn sein Troß sollte in dem Augenblick, in dem ich ihn treffen mußte, zwischen zwei Gebäuden auftauchen. Diese beiden Gebäude würden ihm Deckung bieten, falls ich danebenschösse. Andererseits würden sie mir Deckung bieten, falls ich träfe.*

Bis zu diesem Mord war Sepsis ein käuflicher Killer gewesen – besser: ein käuflicher Bomber, wie Keith Lehrer ihn so treffend genannt hatte. Sepsis hatte stets die Anordnungen seines Kontaktmannes befolgt und links und rechts alles niedergebombt, quasi im Vorübergehen, ohne über das, was er tat, nachzudenken. Sein Kontaktmann, sein wichtigster Informant, der Mann, der ihn zum Killer ausgebildet hatte, informierte ihn über die anstehenden Aufträge und machte »Vorschläge« in bezug auf die Art und Weise der Ausführung. Und immer waren es Bomben, immer nur Bomben, die alles zerfetzten, plump wie ein Vorschlaghammer.

Damals war es Sepsis allerdings auch egal, wie er seinen Job machte. Ihn interessierte nur, um wen es ging und wieviel dabei heraussprang.

Doch eines Vormittags, als er eine Straße in Montreal entlangschlenderte, unterwegs zu der Stelle, wo er die Bombe plazieren wollte, die den kanadischen Politiker töten sollte, blieb er plötzlich mitten auf dem Gehweg stehen und ließ die ahnungslosen Passanten an sich vorbeiziehen. Er stand da, ein Pfund Plastiksprengstoff buchstäblich unter den Arm geklemmt, und ihm wurden schlagartig zwei Dinge bewußt.

Zum einen, daß er seinen Mittelsmann nicht mehr brauchte – nachdem er drei Jahre lang seine Ziele mit Bomben erledigt hatte, verfügte er jetzt selbst über sämtliche Kontakte, die der Mann ihm bisher verschafft hatte, so daß dieser völlig überflüssig geworden war.

Zum anderen wurde Sepsis bewußt, daß er es satt hatte, ständig irgend etwas in die Luft zu jagen. Es mußte doch noch etwas anderes geben, als immer nur ein Pfund Semtex unter irgendeinem Auto zu befestigen.

Kaum waren ihm diese beiden Sachverhalte klargeworden, ließ er das Pfund Plastiksprengstoff fallen – in einen Abfallbehälter auf jenem Gehweg in Montreal – und mit dem Sprengstoff auch seinen Kontaktmann.

Er begann, ernsthaft über seine professionelle Laufbahn nachzudenken. Der kanadische Politiker sollte ein Neuanfang sein.

Jetzt, da er dieses Niveau als Killer erreicht hatte, war ihm nur noch die Vorgehensweise wichtig. Da es ihn nicht mehr interessierte, den Job einfach nur zu tun, sondern vielmehr, *wie* er ihn ausführte, begann er gründlich und zum erstenmal bewußt und eigenständig über die diversen Möglichkeiten nachzudenken.

Es gab viele Möglichkeiten. Eine Autobombe war natürlich das Simpelste, idiotensicher. Doch diese Methode kam für Sepsis jetzt nicht mehr in Frage. Statt dessen entschied er sich für einen Gewehrschuß, die schwierigste Tötungsart. Er entschied sich erst nach reiflicher Überlegung dafür, dachte durchaus an das, was dagegen sprach. Für einen Mann mit einem Gewehr ist es sehr schwierig, nicht aufzufallen, ganz zu schweigen davon, tatsächlich unbemerkt einen Menschen zu töten. Also ein Gewehrschuß.

Dann kam die Ortsfrage. Montreal war weder Riad noch St. Petersburg, noch Bangkok; Montreal war eine offene Stadt, eine freie, vor Leben pulsierende Stadt. Dort würde es eine Fülle von Möglichkeiten geben. In Ottawa dagegen, klein und provinziell, würde es schwierig sein – schwierig, die richtige Gelegenheit auszumachen, schwierig zu schießen, schwierig wegzukommen. Also Ottawa.

113

Blieb die Frage der Distanz. Auf einem abgelegenen Feld in Ontario übte er, bis er mit jedem zweiten Schuß ein bewegliches Ziel aus tausend Metern Entfernung traf. Tausend Meter also.

Der Tag in Ottawa begann mit Regen und Nebel, doch dann wurde der Himmel klar, heftige Böen rissen die tiefe Wolkendecke auf, und die am Nachmittag stattfindende Demonstration gegen die Abspaltung Quebecs nahm ihren Verlauf wie geplant. Gegen Mittag verließ Sepsis sein Hotelzimmer; er trug Anzug und Krawatte sowie einen schmalen Aktenkoffer aus Leder, in dem sich sein Gewehr und sein Mittagessen befanden. Er ging zu dem Gebäude, das er ausgesucht hatte, gelangte problemlos aufs Dach und bereitete alles sorgfältig vor. Dann aß er die in einer Thermosflasche mitgebrachte Pilzsuppe und las dabei in seiner französischen Ausgabe von Prousts *Auf der Suche nach der verlorenen Zeit*. Französisch war seine Muttersprache, und die Lektüre von Proust beruhigte ihn immer.

Um fünfzehn Uhr hatte er seine Position zwanzig Stock über dem Erdboden eingenommen und blickte durch das Zielfernrohr seines Gewehrs. Der Troß des Mannes näherte sich inmitten der anderen Demonstranten, eine glückliche Phase der kanadischen Politik, ein beliebter föderalistischer Politiker aus Quebec, ein neues Zeitalter kanadischer Einheit.

Sepsis beobachtete alles durch sein Zielfernrohr, wartete geduldig und dachte gründlich nach. Sein Zeitfenster maß knapp viereinhalb Sekunden; er mußte also fast sofort schießen, sobald er den Wagen des Politikers sah, denn die Kugel würde für die Überwindung der Distanz 2,34 Sekunden brauchen. Plötzlich wurde ihm zu seiner Freude und zu seinem Erstaunen bewußt, daß es auf der ganzen Welt vielleicht gerade mal fünf Männer gab, die den für diesen Mord geplanten Schuß hätten ausführen können.

Der Politiker tauchte zwischen den beiden tausend Meter entfernten Gebäuden auf. Es wehte ein kräftiger Wind, und die Distanz war erschreckend groß. Doch dann war der Mann tot. Sein offener Wagen fuhr weiter, als wäre nichts geschehen, und verschwand hinter dem zweiten Gebäude.

Sepsis lag reglos auf dem Dach, völlig benommen. Er wartete auf irgendwelche Geräusche, aber er war zu weit weg. Auch sehen konnte er nichts, die Gebäude versperrten ihm die Sicht auf das, was sich dahinter abspielte. Trotzdem wußte er genau, was dort los war.

Als er die Kugel losgeschickt hatte und ihr durch das Zielfernrohr nachsah, war ihm, als hätte ein kleines schwarzes Loch den Stoff der Wirklichkeit durchschlagen, als saugte ein kleines luftleeres Loch dort drüben in der Ferne ein Menschenleben in sich ein. Dieses Gefühl sagte ihm, daß er es geschafft hatte. Auf tausend Meter hatte er, bei starkem Wind und zwischen zwei Gebäuden hindurch, auf ein bewegtes Ziel geschossen. Es war ihm gelungen! Carlos hätte einen solchen Schuß niemals hinbekommen. *Aber ich!* Sepsis nahm das Gewehr auseinander und verstaute es in seinem Aktenkoffer. Dann band er sich die Krawatte um, brachte die Manschettenknöpfe an, schlüpfte in seine Anzugjacke und ging hinunter.

Auf dem Rückweg zum Hotel war er so verblüfft über seinen Erfolg, daß er nicht darauf achtete, wohin er ging, und sich verlief. Die Leute auf der Straße hatten die Nachricht vom Tod des Politikers erfahren und waren in heller Aufregung. Doch Sepsis lächelte nur scheu und kostete den Augenblick seines Triumphs aus.

Das Gefühl, eine unmögliche Aufgabe gemeistert zu haben, schrieb er am Abend nach dem Mord, *ist schwierig in Worte zu fassen. Es ist alles eine Frage der Nähe. Je näher man einem Ereignis ist, um so mehr erfährt man über das Ereignis und über die damit verbundenen Schwierigkeiten, und ein um so genaueres Gespür entwickelt man dafür. Ohne Wissen kein Gespür.*

Er hörte auf zu schreiben und griff nach dem Glas mit seinem Drink. Er war allein in seinem Hotelzimmer, hatte alle Lampen angeknipst, auch die im Bad, ging hin und her, betrachtete sich immer wieder im Spiegel und sah sich eine Nachrichtensendung nach der anderen an, die alle endlos über das Attentat auf den Politiker berichteten. Der auf dem Dach liegende Sepsis war natürlich nicht gefilmt worden, aber hin und wieder wünschte er sich, auch im Fernsehen gezeigt zu werden, obwohl er wußte, daß dies ein eitler, dummer Wunsch war.

Carlos wäre zu einem solchen Schuß nie in der Lage gewesen. Sepsis musterte sein Gesicht im Spiegel, reckte das Kinn nach rechts und nach links, prüfte seine Züge mit der gleichen Distanziertheit, mit der er seine Ziele betrachtete. Carlos hätte sich niemals solche Hindernisse in den Weg gelegt. Dazu war nur er fähig – Sepsis.

Nicht daß Carlos nicht die entsprechende Ausrüstung gehabt hätte. Gut, das Gewehr, das Sepsis benützt hatte, war in den sechziger und siebziger Jahren technisch noch nicht herstellbar gewesen, aber darum ging es nicht. Es ging um den Schwierigkeitsgrad. Jeder Idiot konnte aus sechzig Metern Entfernung auf ein bewegtes Ziel schießen, wie Carlos es in Dallas von dem grasbewachsenen Hügel aus getan hatte. Jeder Idiot konnte mit Hilfe von politisch hochmotivierten Leuten, die für ihre Sache zu sterben bereit waren, Kommandoüberfälle durchführen, so wie Carlos es früher gemacht hatte. Doch Carlos hatte nie die Nerven gehabt, unter fast unmöglichen Umständen zu töten, dem Mord Gegengewichte anzuhängen, wie man den Sattel eines Rennpferdes beschwert, und dennoch als erster durchs Ziel zu gehen. Carlos hatte es sich immer leichtgemacht, und als er das Alter zu spüren begann und seine Feinde immer stärker wurden, hatte er sich feige davongeschlichen.

Sepsis kannte Carlos' Lebensgeschichte gut, und er verachtete ihn. Carlos war der Großvater aller Profikiller, eine beinahe phantasmagorische Figur. Doch er war sehr real. Jeder hielt ihn für einen gewissen Ilych Ramírez Sánchez, aber Sepsis wußte genau, daß dies nicht sein richtiger Name, sondern nur ein Deckname war. Der wirkliche Carlos war auch nur zum Teil Südamerikaner – sein Vater war ein Deutscher aus Elsaß-Lothringen gewesen. Er war von den Russen ausgebildet worden, ja, das stimmte, aber 1960 hatte er sich dann auf eigene Füße gestellt, nachdem er den Glauben an den Marxismus verloren hatte, und war eine Art…nun ja, Sepsis wußte auch nicht genau, was, geworden. Aus dem, was er gehört hatte, schloß er, daß Carlos eine Art unpolitischer anarchistischer Revolutionär mit einem Faible für Linke geworden war. Deshalb hatte er auch so viele Aufträge für die Roten Brigaden, die japanische Rote Armee und all die anderen kleinen linken Terrorgruppen übernommen. Doch seine politischen Ansichten hatten ihn nicht daran gehindert, für die American Teamsters Union den Mord an Kennedy auszuführen und dann Jack Ruby, Jimmy Hoffas Freund, dazu zu bringen, Carlos' Sündenbock, Oswald, zu töten.

Anfang der achtziger Jahre hatte Carlos beschlossen, sich aus dem Geschäft zurückzuziehen, und war schlauerweise damit einverstanden gewesen, daß ein dummer, armer Venezolaner sich von nun an für den echten Carlos ausgab. Um diesen Pseudo-Carlos kümmerten sich zunächst die Syrer, verrieten ihn dann jedoch an die Franzosen. Der echte Carlos lebte jetzt glücklich und zufrieden an einem geheimen Ort und hielt sich für ungemein klug, weil er auf dem Höhepunkt seiner Karriere aufgehört hatte.

Doch Sepsis verachtete ihn. Mord war wie Golfspielen – wenn man schlechter wurde, dann nur aufgrund der inneren Einstellung. Carlos war zurück zum Clubhaus gegangen, obwohl er noch relativ jung war, weil er die Lust am Risiko verloren hatte. Die würde Sepsis nie verlieren.

Denton hätte für Sepsis' Tat vielleicht Hochachtung empfunden. Genau zu der Zeit, als dem kanadischen Politiker der Kopf weggeschossen wurde, wurde der Kopf von Carl Roper der Öffentlichkeit von der Magazinsendung *60 Minutes* auf einem Silbertablett serviert. Unterschiedliche Methoden, aber es gibt eben viele Möglichkeiten, Menschen zu zerstören. Mord war, Sepsis' Ansicht nach, die häßlichste. Und deshalb suchte er jetzt, mit vierundzwanzig Jahren, nach sechsjähriger Tätigkeit als Auftragskiller, eine Möglichkeit, Menschen zu eliminieren, ohne sie zu eliminieren – Meta-Mord.

George Wallace war das Lehrbuch-Beispiel dafür. 1972 hatte ein Möchtergern-Attentäter den rassistischen Politiker während des Präsidentschaftswahlkampfs zum Krüppel geschossen. Wallace wurde nicht getötet, er lebte noch lange weiter. Doch sobald er verküppelt war, hörte er auf, eine Rolle in der Politik zu spielen. Nach den Schüssen auf ihn war er so gut wie tot. *Das* verstand Sepsis unter Meta-Mord, so unbeabsichtigt es auch gewesen sein mochte. Der Mann war getötet worden, obwohl er weiterlebte.

Auf dem Weg zur nächsthöheren Ebene versuchte Sepsis nun, dieselbe Wirkung zu erzielen, allerdings ganz bewußt.

Etwas Vergleichbares hatte er bereits getan, er hatte die gesamte Familie eines ägyptischen CIA-Informanten getötet. Doch das war von seinen Auftraggebern ausdrücklich angeordnet worden, um potentielle Überläufer abzuschrecken. Sepsis hatte an jedem Tag ein anderes Familienmitglied umgebracht, ein logistisch überaus schwieriges Unterfangen.

Mit der Nonne aber war es etwas völlig anderes: Sie war die erste Sprosse auf seiner Leiter zur nächsthöheren Ebene.

Trotzdem hatte er zunächst vorgehabt, die Nonne in der Klosterkirche zu töten. Töten mußte er sie schließlich, und damals war er der Ansicht gewesen, aus der Art ihrer Tötung dürfe nicht ersichtlich werden, daß sie das eigentliche Ziel darstellte. Deshalb hatte er die ganze Kirche zerstört in der Hoffnung, nicht nur die Nonne zu töten, sondern obendrein seinem früheren Mittelsmann eine deutliche Botschaft zu übermitteln. Doch der Zufall hatte es nun mal gewollt, daß sie nicht in der Kirche war, als die Bombe hochging.

Als er sie lebend und unversehrt aus dem Klostergebäude laufen sah, hatte er den Kopf geschüttelt, war aus seinem Roto-Rooter-Lieferwagen gestiegen und hatte sein Gewehr gepackt, um sie zu erschießen. Von hinten links hatte er sich ihr genähert, war in ihrem toten Winkel stehengeblieben, hatte ruhig zugesehen, wie sie eine brennende Leiche zu löschen versuchte, und war innerlich bereit gewesen, sie zu töten. Kaum fünf Meter von ihr entfernt hatte er gestanden und wollte gerade das Gewehr heben, um sie zu erschießen, da hatte sie sich plötzlich mit fest geschlossenen Augen zu ihm umgedreht. Sepsis war sicher, daß sie, wenn sie die Augen öffnete, ihn direkt ansehen würde, und hob das Gewehr.

Doch ihr Blick richtete sich nicht auf ihn, sondern auf den nackten Unterleib einer verstümmelten Nonne und wurde plötzlich leer, als wäre alles, was sie zu einem Menschen machte, mit einemmal verschwunden.

In diesem Moment hatte Sepsis beschlossen, sie nicht zu töten. Fasziniert hatte er ihr zugesehen. Sie lief, seiner Gegenwart überhaupt nicht gewahr, um die Kirchenruine herum und versuchte, ihre Mitschwestern zu retten, doch ihre Augen blickten wie die einer Toten. Nach einigen Minuten hatte er näher kommende Sirenen gehört, war zu dem Roto-Rooter-Wagen zurückgegangen und davongefahren.

In seinem Zimmer im Hanover Inn dachte er über alles nach. Ihm wurde klar, daß es eigentlich keine Rolle spielte, ob die Leute wußten, daß sie das eigentliche Ziel darstellte; es würde seine Pläne so oder so weder durchkreuzen noch ändern. Und dann kam ihm die Idee, sie zu benutzen, um die nächsthöhere Ebene zu erreichen. Die Nonne zu töten, ohne sie zu töten.

Deshalb zielte er bewußt nicht auf ihren Kopf bei dem Schuß auf das Fenster, aus dem sie hinausblickte, als sie im Polizeirevier von Lyme stand und er sie im Visier hatte. Wäre es seine Absicht gewesen, sie zu töten, hätte er schließlich Hartkerngeschosse verwenden können; die hätten sich durch die Glasscheibe und in das Gehirn der Nonne gebohrt.

Nach den Schüssen aus dem Hinterhalt in Lyme war die Nonne so gut abgeschirmt worden, daß jeder andere es für unmöglich gehalten hätte, auch nur in ihre Nähe zu gelangen. Doch Sepsis war ihr sogar sehr nahe gekommen. Er war ihr mit seinem 78 000-Dollar-Gesicht und seinem akzentfreien amerikanischen Englisch (schließlich war er Internatsschüler in St. George's gewesen) überallhin gefolgt. Er war bei ihr gewesen, als sie in einen abgesperrten Hangar ging, um sich von ihren Mitschwestern zu verabschieden, die dort in den aufgereihten Särgen lagen, in so vielen Särgen, daß die

Reihen endlos wirkten. Und er war auch bei ihr gewesen, als sie in der FBI-Dienststelle in Burlington untergebracht und rund um die Uhr von Agenten bewacht wurde. Und er würde bei ihr sein, wenn sie übermorgen in Washington, D.C., eintraf.

Eine Autobombe hätte ausgereicht. So hätte es sein Kontaktmann gemacht, der konservative Tölpel. Carlos hätte ein Gewehr mit Zielfernrohr benützt, und das auf eine Distanz von vielleicht sechzig bis hundertfünfzig Metern, der Schlappschwanz.

Aber Sepsis war keiner von diesen beiden. Er wollte die nächsthöhere Ebene erreichen, das dritte Plateau, ein neues Ideal. Ihm ging es um Meta-Mord. Und er hatte auch schon einige Ideen.

5

Rangeleien

»Ich will, daß Phil Carter und seine Leute die Bewachung der Schleiereule übernehmen«, sagte Chisholm nach dem ersten Treffen mit Denton und Lehrer zu Rivera. »Ich will, daß die sie von Burlington hierher bringen.«

»Warum ausgerechnet Phil Carter?« fragte Rivera leicht verwundert.

»Weil wir dann keinen Rückstoß zu befürchten haben.«

Ein Agent vom Geleitschutz erzählt etwas über die Ereignisse, in die ein Zeuge verwickelt war – irgendeine halbgare Theorie oder Vermutung oder ein reines Gerücht, das mit der Wahrheit möglicherweise nicht das geringste zu tun hat. Der Zeuge kriegt das mit. Und wenn der Zeuge dann offiziell über das Geschehen verhört wird, präsentiert er dem Vernehmungsbeamten den von diesem Idioten stammenden Schwachsinn, als wäre es das Evangelium. Das nennt man »Rückstoß«. Junge Agenten, vor allem solche, die gelangweilt sind, weil man sie zum Bewachungsdienst eingeteilt hat, verursachen immer wieder solche »Rückstöße« – das ist so sicher wie Fürze nach dem Genuß eines Bohnengerichts. Deshalb wurde der Geleitschutz, der die Nonne von Burlington nach Washington bringen sollte, aus älteren, disziplinierteren, verschwiegeneren Agenten zusammengestellt, aus Agenten wie Phil Carter.

Er war genau der Richtige für diese Aufgabe. Er war ledig, um die Fünfzig, hatte keine Kinder und, das Wichtigste – das

FBI war sein Lebensinhalt. Männer wie Carter trifft man in Institutionen wie dem FBI oder den Streitkräften, der CIA oder dem Secret Service häufig an – Männer, die sich irgendwann einmal entschieden haben, ihr Leben dem Wohl der jeweiligen Institution zu opfern.

Von diesen Männern wird kaum gesprochen. Sie sind grau und anonym, hart und unattraktiv, nicht übermäßig intelligent und ohne erkennbaren Ehrgeiz. Sie wirken in jeder Hinsicht austauschbar. Aber es sind gute Leute, anständige Leute. Doch bei dem wilden Wettrennen an die Spitze werden sie so oft zur Seite gerempelt und ignoriert, daß sie irgendwann unsichtbar werden wie der Asphalt auf einem breiten, eine freie Landschaft durchziehenden Highway – unverzichtbar, aber unbeachtet. Ein derart mit sich selbst beschäftigter Mensch wie Margaret Chisholm registrierte diese Leute gar nicht. Und Leute von der Intelligenz und Ausstrahlung eines Nicholas Denton nahmen sie nur als Objekte wahr, auf deren Kosten man eine witzige Bemerkung machen oder über die man leicht verächtlich grinsen konnte.

Schwester Marianne dagegen nahm Carter und die Agenten seines Teams sehr wohl wahr. Es war ihr auch kaum möglich, sie nicht wahrzunehmen, denn sie waren Tag und Nacht um sie. Carter hatte die erste Nachtschicht übernommen und stand draußen vor ihrer Tür, während sie zu schlafen versuchte. Doch sie nahm ihn und seine Leute auf eine sehr menschliche Weise wahr, die Denton nie verstanden hätte und die Chisholm viel zu anstrengend gewesen wäre.

»Möchten Sie einen Stuhl?« fragte sie ihn in dieser ersten Nacht in dem Hotel in Washington, in dem sie untergebracht war, bis sie für Gegenspieler nicht mehr benötigt würde, und blickte zu Carter, diesem riesigen, grauen Koloß, hoch. »Sie können meine Tür doch nicht die ganze Nacht im Stehen bewachen«, sagte sie lächelnd. Dann runzelte sie fragend die Stirn. »Oder?«

»Nein, Ma'am«, knurrte Carter. Es war eine zweideutige Antwort.

Marianne blinzelte leicht verwirrt. Das Thema hätte damit

abgeschlossen sein können, doch sie nahm all ihren Mut zusammen und fragte nach: »Brauchen Sie keinen Stuhl, oder bleiben Sie nicht die ganze Nacht hier?«

»Ich brauche keinen Stuhl, Ma'am.«

Sie sah ihn skeptisch an und fragte sich, wie er bis zum Morgen wach bleiben wollte. Für sie, die unter Schlaflosigkeit litt, war es eine grauenhafte Vorstellung, so die Nacht zu verbringen. Sie ging in ihr Hotelzimmer und trug den Schreibtischstuhl hinaus auf den Gang.

»Sie sollten wenigstens sitzen, während Sie hier Wache schieben«, sagte sie. »Gute Nacht.«

Ein paar Minuten später kam sie wieder und begann, draußen auf und ab zu gehen.

»Warum setzen Sie sich denn nicht?«

Carter setzte sich. Marianne ging schweigend auf und ab, dachte nach, kehrte schließlich in ihr Zimmer zurück und versuchte zu schlafen. Carter stand wieder auf. Gegen zwei Uhr morgens kam Marianne wieder heraus, weil sie ein bißchen auf und ab gehen wollte. Ehe sie bemerkte, daß Carter gestanden hatte, setzte er sich blitzschnell hin.

»Ist doch viel besser, als die ganze Nacht zu stehen, nicht wahr?« sagte sie und lächelte ihn glücklich an.

»Ja, Ma'am«, antwortete Carter freundlich.

All die unscheinbaren Männer in Carters Team mochten sie sehr gern. Obwohl sie aus der Oberschicht stammte und zudem noch eine Nonne war, behandelten sie sie wie eine von ihnen. Als sie schließlich die relativ große Sicherheit, die das Hotel ihr bot, verlassen und zu ihrer ersten Befragung durch Chisholm und Denton ins Hoover Building fahren mußte, waren alle Leute von Carters Team bis an die Zähne bewaffnet und behüteten sie, als wäre sie ein wertvoller Edelstein oder ein über alles geliebtes Kind.

In den Büros im Hoover Building, von wo aus Chisholm und Denton Gegenspieler leiteten, lagen die Dinge etwas anders.

»Ist das alles?« hatte Denton witzelnd gefragt, als FBI-Sekretärinnen am ersten Tag der Operation vier Pappkartons mit Dokumenten anbrachten. »Ich dachte, Sie hätten echte Informationen und nicht nur ein paar Fetzen Papier.«

»Ha, ha, wie witzig«, sagte Chisholm. Denton lachte.

Nachdem sie das ganze Material zusammengestellt hatten, lasen sie zwei Tage lang jedes einzelne Blatt Papier, das in irgendeinem Zusammenhang mit den Mordversuchen an Schwester Marianne stand, und alles, was offiziell über Sepsis bekannt war.

»Die zwei Kartons mit dem Material über Sepsis kriegen Sie, die Kiste mit den Infos über die beiden Attentate und die hier über Sepsis nehme ich mir vor. Und morgen tauschen wir.«

»Jawohl, mein General!« sagte Denton und schlug die Hacken zusammen, daß es knallte.

Maggie Chisholm warf ihm einen vernichtenden Blick zu; dann machte sie sich an die Arbeit. In der ganzen Zeit, die sie gemeinsam dasaßen und das Material sichteten, sagte sie kein einziges Wort zu ihm und brachte damit deutlich zum Ausdruck, wie sehr sie die CIA verachtete.

In Schottenrock und weißer Bluse, den Rücken durchgedrückt, die Knöchel unter dem Stuhl gekreuzt, die Ellbogen rechts und links von der vor ihr liegenden Akte aufgestützt, das Gesicht parallel zur Tischplatte, die Hände an den Ohren – so saß Chisholm da und las. Stundenlang bewegte sie sich kaum.

Denton dagegen bewegte sich. Er bewegte sich sogar sehr viel. Einen Fuß hatte er meist auf den Tisch gelegt, der andere baumelte von der Armlehne seines Stuhls und beschrieb langsam Kreise, der Oberkörper war weit zurückgelehnt, während die Hände die Papiere und Aktendeckel unablässig hin und her schoben wie Spielkarten. Manchmal saß er auf dem Sofa, das hinten im Zimmer stand, die Füße auf dem kleinen, geschmackvollen Couchtisch. Er ging nichts von vorn bis hinten durch, sondern es sah eher so aus, als läse er einen Satz in einem Dokument, dann einen Satz in einem anderen. Er machte viele Denkpausen, in denen er rauchte.

Chisholm las und las. Manchmal zog sie einen neuen Stapel Unterlagen zu sich heran. Dann wußte Denton, daß sie doch noch nicht ins Koma gefallen war, und wandte sich wieder der Akte zu, die man über Schwester Marianne zusammengestellt hatte.

»Ah!« sagte er hocherfreut. »Garthwaite – Gene-Garthwaite-Gene-Garthwaite-Gene-Garthwaite.« Er wirkte richtig glücklich. Nach einer Weile nahm er sich ein anderes Blatt vor. Chisholm ignorierte ihn.

Am nächsten Tag traf Schwester Marianne zu ihrer ersten Befragung durch Chisholm und Denton ein.

»Faith Crenshaw?« sagte Chisholm und erhob sich von ihrem Stuhl am Konferenztisch, während Richard Greene und Howie Sanders, Chisholms mit den Vorarbeiten für Gegenspieler betraute Mitarbeiter, die Tonbandgeräte für die erste Runde der Befragung aufnahmebereit machten.

»Schwester Marianne, bitte«, erwiderte sie lächelnd und ging auf Margaret zu. Sie schüttelten einander, aus völlig unterschiedlichen Gründen, zaghaft die Hand.

»Also gut, Schwester Marianne. Ich bin Sonderagentin Chisholm, FBI. Das hier ist Mr. Denton, CIA. Wir bearbeiten den Fall ...«

Und dann übernahm Denton. Eben hatte er noch mit leicht gelockerter Krawatte, abgelegtem Jackett und lässig bis zu den Ellbogen hochgekrempelten Hemdsärmeln auf dem Sofa gesessen, doch jetzt stand er auf, begann seinen Charme sprühen zu lassen, und unterbrach Chisholm mit leiser, selbstbewußt klingender Stimme. »Nehmen Sie doch Platz, Schwester! Sie sind sicherlich erschöpft von den Ereignissen.«

Wie ein Zauberer stand er plötzlich bei Marianne, schüttelte ihre Hand, nahm sie am Ellbogen und führte sie zu einem Lehnstuhl neben dem Sofa. »Mein letztes längeres Gespräch mit einer Nonne fand statt, als ich vierzehn war. Schwester Alice schwor damals, ich würde dereinst in der Hölle schmoren wegen der vielen bösen Dinge, die ich getan hätte. Und um mir schon mal einen Vorgeschmack darauf zu geben, brummte sie mir einen einwöchigen Hausarrest und ein zusätzliches Ausgehverbot für ein Wochenende auf!« Er lachte über seine eigene Geschichte, wie um die Nonne zu zwingen, die kleine Episode ebenso lustig zu finden. Es gelang. »Ich bin Nicholas Denton.«

»Guten Tag, Mr. Denton«, sagte Schwester Marianne. Sie registrierte, daß Greene und Sanders die Aufnahmegeräte in großer Hektik vom Konferenztisch zum Couchtisch trugen, schaffte es jedoch nicht, den Blick von Dentons lächelndem Mund zu wenden.

»Passen Sie auf, was Sie in meiner Anwesenheit sagen!« flüsterte Denton der Nonne verschwörerisch zu, während sie in dem Lehnstuhl Platz nahm. »Ich arbeite für die CIA!« zischte er; dann lachte er schallend los.

Auch die Nonne begann zu lachen, und alle anderen Anwesenden – Chisholm, Sanders und Greene sowie Carter und seine Leute – waren sofort ausgeschlossen. Chisholm warf Carter und seinem Team einen wütenden Blick zu, und die Männer verschwanden.

»Dies hier ist meine FBI-Kollegin Margaret Chisholm«, sagte Denton. Er saß, zu Marianne vorgebeugt, auf dem Sofa. »Wir leiten die Ermittlungen in bezug auf die Vorfälle vom vergangenen Dienstag«, erklärte er, nahtlos in einen ernsten Tonfall wechselnd. »Ich weiß, daß diese Vorfälle Sie tief erschüttert haben, aber bitte verstehen Sie, daß Ihre Mithilfe bei unseren Ermittlungen von größter Wichtigkeit ist. Möchten Sie ein Glas Wasser? Tee? Kaffee?«

Marianne zögerte, und Denton machte zum Scherz ein böses Gesicht. »Na, nun kommen Sie schon! Sanders«, sagte er und schnippte andeutungsweise mit den Fingern, als wäre Sanders ein Kellner, »bringen Sie uns doch bitte einen Tee, ja?« Dann wandte er sich erneut an Marianne und fragte beflissen: »Und vielleicht auch etwas zu essen?«

»Nur Tee, wenn es keine Umstände macht.«

»Aber überhaupt nicht! Mit Milch oder Zitrone?«

Marianne zögerte. »Mit Milch.«

»Zwei Tassen Tee, Mr. Sanders«, sagte Denton und lehnte sich zurück. Margaret stand da, kam sich wie eine Idiotin vor und wußte nicht, ob sie sich setzen oder stehenbleiben sollte oder was, während Denton die Befragung ganz nach seinem Gutdünken durchzuziehen begann.

»Wie ich gehört habe, sind Sie Professorin«, sagte er so beiläufig, als wären die Nonne und er auf einer Cocktailparty.

»Ja, ich lehre Kunstgeschichte in Dartmouth. Mein Fachgebiet ist die Architektur.«

Denton richtete sich auf. »Wirklich? Ich war in Dartmouth. Habe '83 mein Studium dort abgeschlossen.«

»Wirklich?«

»Ja. Aber mein Hauptfach war Wirtschaft. Kunstgeschichtliche Seminare habe ich nie besucht – aber, warten Sie mal!« sagte er plötzlich. Sogar Chisholm richtete den Blick auf ihn. »Doch, ich war mal in einem Kunstgeschichte-Seminar, der Professor hieß ... Garth ... Garthput? Nein, so hieß er nicht ...« Denton klang und wirkte, als stünde er unmittelbar vor der Entdeckung der einheitlichen Feldgleichungen.

»Garthwaite?« warf Marianne ein.

Er schnalzte mit den Fingern; es klang wie ein Donnerschlag. »Garthwaite, ja, genau! Gene Garthwaite, so hieß er. Toller Prof, ganz toller Prof.«

»Er ist jetzt Leiter des Instituts für Kunstgeschichte«, sagte Marianne und fügte, fast ein wenig kleinmädchenhaft, hinzu: »Er ist mein Chef.«

»Tatsächlich? Ist ja witzig. Aber er ist doch nicht wirklich Ihr Chef, oder?«

»Nein. Aber ich habe keine feste Anstellung, deshalb ist er in gewisser Hinsicht doch mein Chef. Ich bin nur außerordentliche Professorin.«

»Aber Sie bekommen doch sicherlich bald eine feste Anstellung, oder?« sagte Denton und warf ihr einen so scharfen Blick zu, als wäre sie eine Falschspielerin, auf die man ein Auge haben mußte.

»Nun ja«, sagte sie bescheiden, »vielleicht, so Gott will ... Wer weiß?«

Chisholm reichte es. »Könnten wir ...«

»Gene Garthwaite«, sagte Denton und lehnte sich wieder

zurück. Er wirkte, als wäre ihm nicht einmal bewußt, daß Chisholm auch noch anwesend war. »Ich mochte ihn sehr.«

Marianne war nicht dumm. Sie spürte, daß Denton sie manipulierte, doch ihr war, als hätte er einen verborgenen Steuerknüppel, der direkt mit ihrem Herzen verbunden war. Sie versuchte, die Situation in den Griff zu bekommen, aber Denton drückte genau auf den richtigen Knopf und riß die Initiative erneut an sich.

»Lehren Sie denn gern?« fragte er beiläufig. »Es muß doch eigentlich langweilig sein, ständig diese vielen Seminararbeiten zu benoten und Vorlesungen zu erarbeiten, und nie hat man Zeit für eigene Forschungsprojekte ...«

»Ich liebe es über alles«, erklärte sie mit unverhohlener Ergriffenheit. »Ich halte pro Jahr vier Seminare ab, aber für meine Forschung bleibt mir noch genug Zeit. Viele Professoren lehren nur sehr ungern, aber für was ist man denn Hochschullehrer, wenn man nicht lehrt? Ja, also, äh, ich finde, die Lehre ist ein sehr wichtiger Bestandteil dieser Arbeit.« Ihre Stimme war zum Schluß kaum mehr hörbar, so verlegen war Marianne geworden, so töricht kam sie sich vor, als wäre sie wieder fünfzehn. Die Begeisterung, die ihre Arbeit in ihr hervorrief, war ihr peinlich.

Doch Denton durchschaute sie und nutzte ihre Schwäche aus, um seine Position zu festigen. »Da bin ich ganz Ihrer Ansicht!« sagte er leidenschaftlich, nahm ihr dadurch die Verlegenheit und, was noch viel wichtiger war, gewann sie gleichzeitig für sich. »Welchen Sinn hätte es denn, so viel zu wissen, wenn man dieses Wissen nicht weitergäbe!«

Schwester Marianne lächelte strahlend und nickte aufgeregt, entzückt über die Anteilnahme eines Menschen, der sie verstand. Und Denton dachte: Er schießt – er trifft!

»Auf was haben Sie sich spezialisiert?«

»Auf die Architektur der italienischen Renaissance.«

In diesem Moment trat Howie Sanders mit zwei teegefüllten Pappbechern ein. Er reichte sie Schwester Marianne und Nicholas Denton, und plötzlich lud sich die Atmosphäre irgendwie auf.

Es war, als wäre Denton, der seinen Tee mit einem Plastikstäbchen umrührte, von Magnetfeldern umgeben. Dabei tat er überhaupt nichts. Er rührte nur in seinem Tee und sah zu, wie die Flüssigkeit in dem Pappbecher kreiste. Aber allein aufgrund seiner Ausstrahlung erreichte er, daß sich alle Blicke auf ihn richteten.

Mit leiser, sanfter, unterschwellig aber hart klingender Stimme sagte er: »Schwester Marianne, dieser Anschlag war ... verabscheuungswürdig. Ein anderes Wort dafür gibt es nicht. Ihr Orden ist offensichtlich zum Ziel einiger extrem widerwärtiger Gestalten geworden. Warum, wissen wir nicht. Deshalb möchten wir, daß Sie, bis wir den Grund herausgefunden haben, in den nächsten Tagen hier in Washington bleiben. Das würde uns bei unseren Ermittlungen sehr helfen.«

»Natürlich. Ich helfe Ihnen gern.«

Denton schenkte ihr ein zuckersüßes Lächeln, das Mariannes bereits im Schwinden begriffenen Widerstand gegen seine Manipulation vollends dahinschmelzen ließ. »Danke. So, dann ...«

Jetzt reichte es Chisholm endgültig.

Noch immer stehend, sagte sie mit brüchiger, strenger Stimme: »Sie haben gesehen, wie ein Mann in einem Roto-Rooter-Overall unmittelbar vor der Explosion aus der Kirche kam, derselbe Mann, der auf Sie schoß, als Sie im Polizeirevier von Lyme waren, ist das richtig?«

»Ja«, antwortete Schwester Marianne, ihre Aufmerksamkeit erschrocken auf Margaret richtend.

»Könnten Sie diesen Mann identifizieren, wenn Sie ihn sähen?«

»Ja.«

»Sind Sie sicher?« hakte Chisholm nach. »Sagen Sie es nicht einfach, weil Sie meinen, es könnte uns helfen! Sind Sie sicher, daß Sie den Mann identifizieren könnten?«

»Ja, ich könnte ihn identifizieren.« Es klang fast verzweifelt.

»Wie sah er aus?« fragte Chisholm und fügte fast im Befehlston hinzu: »Lassen Sie sich Zeit, denken Sie gut nach.

Sagen Sie uns, was Sie *gesehen* haben, nicht was Sie *glauben*, gesehen zu haben.«

»Er war jung, Anfang Zwanzig, dünn, gepflegt, schwarzes Haar – nein, braunes Haar. Dunkelbraunes Haar.«

Na, das war doch endlich mal was! »Welche Nationalität?«

»Er sah nach keiner bestimmten Nationalität aus. Ein Durchschnittstyp.«

»Irgendwelche Merkmale, Narben, irgend etwas Auffälliges?«

»Nein. Er sah … irgendwie anonym aus.«

»Wieso behaupten Sie dann, Sie könnten ihn identifizieren?«

»Ich habe ein fotografisches Gedächtnis«, fuhr Schwester Marianne Chisholm reflexartig an, wie um sich gegen deren Angriff zu verteidigen, und Chishom schlug zu.

»Das glaube ich erst, wenn ich es sehe«, schnauzte sie ihrerseits Schwester Marianne an.

Denton verdrehte die Augen, während Chisholm die Nonne weiter einschüchterte.

Frauen waren für Denton in gewisser Hinsicht völlig unbekannte Wesen. Er mochte sie, und meistens verstand er sie auch, aber die Dynamik, die zwischen ihnen herrschte, fand er einfach nicht nachvollziehbar. Für ihn war das immer, als hörte er Ausländern zu, wie sie sich in ihrer merkwürdig klingenden Sprache unterhielten.

Doch daran dachte er jetzt nicht, während er hinter Chisholm den Konferenzraum verließ, nachdem sie eine fünfminütige Pause verkündet hatte. Ihn beschäftigte viel mehr, was Chisholm wußte.

»Ein ziemlich hart geführtes Verhör, finden Sie nicht auch?« sagte er, während sie vor ihm durch den Korridor ging. Er versuchte eine Möglichkeit zu finden, ihr das, was sie wußte, zu entlocken.

Doch Maggie Chisholm spielte nicht mit, sondern ignorierte ihn, wie sie ihn schon in den drei Tagen zuvor ignoriert hatte, und ging in die Damentoilette. Denton folgte ihr auf dem Fuß.

In der Toilette drehte Chisholm sich zu ihm um.

»Was haben Sie hier drin zu suchen?« fragte sie, doch Denton reagierte nicht darauf, sondern warf in jede Kabine einen kurzen Blick, um sicherzugehen, daß außer ihnen niemand da war.

»Ich weiß, warum Sie mich nicht mögen, ist ja nicht schwer zu erraten«, sagte er, während er die letzte Kabine überprüfte. »Warum Sie die Nonne nicht ausstehen können, weiß ich allerdings nicht. Es ist mir aber, ehrlich gesagt, ziemlich egal.«

Er drehte sich um und blickte Chisholm über den leeren, weißen Toilettenraum hinweg an. Chisholm sah ihm in die Augen. Denton wollte ihrem Blick standhalten, doch er hatte das Gefühl, als würde sie bis in sein Gehirn hineinsehen. So standen sie mehrere Sekunden lang da, dann gab Chisholm nach, schließlich mußte sie pinkeln. »Es stimmt nicht, daß ich die Schleiereule nicht ausstehen kann«, sagte sie, drehte sich um, ging in eine Kabine und schloß die Tür hinter sich.

Denton setzte sich auf den Rand des Waschtisches gegenüber den Kabinen und zündete sich eine Zigarette an. »Verstehe. Und warum dann dieses kleine Verhör vorhin? Aber, wie bereits gesagt, es ist mir ziemlich egal. Sie ist eine sehr wichtige Zeugin. In ihrem hübschen Köpfchen steckt nämlich das Bild von Sepsis. Und aus irgendeinem Grund will unser netter Mörder von nebenan dieses hübsche Köpfchen kaputtballern. Ihre Aufgabe wie auch die meine ist es, sie zu schützen und gleichzeitig Informationen aus ihr rauszuholen. Passen Sie auf, daß Sie die Sache nicht versieben, Chisholm! Quälen Sie sie nicht! Mir ist klar, daß Sie in dem Ruf stehen, Probleme eher, nun ja, mit der Brechstange zu lösen – um nicht zu sagen, mit der Axt...«

»Was soll das heißen?« unterbrach sie ihn. Durch die Kabinentür konnte sie ihn zwar nicht sehen, doch sie starrte auf die Stelle, von wo seine Stimme kam. Plötzlich wußte sie es. »Sie haben sich meine Personalakte angesehen, stimmt's, Sie Dreckskerl? Die ist vertraulich und strikt persönlich.«

Er schnurrte es herunter wie ein DJ, der Plattenwünsche entgegennimmt: »Ohio State '79, Stanford Law '82. Heirat '84, Scheidung '87, ein Sohn, Robert Everett, seit vier Jahren sind Sie die Krisenfeuerwehr für Mario Rivera – die Sache im Stadion haben Sie übrigens fein gemacht.«

»Arschloch.«

Und das Arschloch hatte auch noch die Nerven, in geheucheltem Bedauern mit der Zunge zu schnalzen. »Sie brauchen nicht die Beleidigte zu spielen, Margaret, Sie schnüffeln doch an meinen Hydranten, seit Sie erfahren haben, daß wir zusammenarbeiten werden, oder etwa nicht? Sie sind nicht sauer, weil ich so viel weiß, Sie sind sauer, weil Sie so wenig wissen.« Er inhalierte tief und war sehr zufrieden mit sich. Es hatte wirklich seine Vorteile, die Karten offen auf den Tisch zu legen.

So schnell gab Chisholm nicht klein bei. »Wenigstens lüge ich nicht jedesmal, wenn ich den Mund aufmache. ›Schwester Alice‹, meine Fresse – Sie sind ja nicht mal katholisch! Und ich gehe jede Wette ein, daß Sie auch nie in Dartmouth waren.«

»Witzigerweise eben doch, aber das spielt keine Rolle.« Er warf einen kurzen Blick auf seine Fingernägel, dachte nach und beschloß, sich mit dieser Frau nicht länger anzulegen. »Ich werde jetzt nicht an die guten Seiten Ihres Charakters appellieren, Margaret, sondern an Ihre Vernunft – je eher diese Ermittlung abgeschlossen ist, um so eher bin ich wieder fort von hier.«

»Ich werde Ihnen keine Träne nachweinen!« sagte sie, während sie ihre Strumpfhose hochzog und die Spülung betätigte.

»Haha«, sagte Denton, als Chisholm aus der Kabine kam. Sie ging zu einem Becken und begann sich die Hände zu waschen.

»Margaret: Die einzige Möglichkeit, diese Ermittlungen rasch abzuschließen, besteht darin, uns gegenseitig mit Informationen zu versorgen und einander nicht ständig niederzumachen.« Denton sah Chisholm eindringlich an; um sein

Gesicht waberte Rauch. »Sie wissen etwas. Und ich will wissen, was.«

Chisholm seifte ihre Hände endlos ein und grinste. »Wie kommen Sie darauf, daß ich etwas weiß?«

»Weil Ihnen die Hintergrundinformationen gleichgültig waren. Sie haben der Nonne Fragen über sie selbst gestellt, aber keine einzige über ihren Orden oder darüber, was die anderen dort so getan haben, nur Fragen über sie selbst. Was wissen Sie?«

Chisholm spülte den Schaum von den Händen, zog ein paar Papierhandtücher aus dem Spender und ließ die Frage im Raum stehen – für immer, wenn nötig. Es war so simpel – kaum zu fassen, daß Denton noch nicht darauf gekommen war.

»Also?« sagte er nach einer Weile.

Als ihre Hände trocken waren, warf sie die Papiertücher weg und richtete ihre ungeteilte, amüsierte Aufmerksamkeit auf Denton. »Das hier ist eine Art Degradierung für Sie, nicht wahr? Sie sind Lehrers bester Kumpel, normalerweise geben Sie Ermittlungen in Auftrag und führen sie nicht selbst durch. Warum sind Sie hier? Warum hat die CIA ein so großes Interesse an Sepsis?«

»Vielleicht bin ich ja innerhalb der Agency auf dem absteigenden Ast«, sagte er lässig.

»Sind Sie nicht«, erwiderte sie lapidar. »Lehrer hätte Ihnen niemals so viel Rückhalt gegeben, wenn Sie nicht nach wie vor sein Lieblingsköter wären.«

Denton wirkte beeindruckt. Er zückte sein schwarzes Büchlein und notierte den Ausdruck. »>Lieblingsköter‹ – das ist gut.« Als er zu Ende geschrieben hatte, drückte er die Zigarette im Waschbecken aus. Dann wandte er sich Chisholm mit allem Nachdruck zu, den er aufbringen konnte, und zum erstenmal schwand sein Lächeln.

»Was wissen Sie, Margaret?«

Chisholm fühlte sich von Denton bedrängt, doch sie behielt ihren amüsierten Gesichtsausdruck und ihr Lächeln bei. »Ihnen geht es gar nicht darum, Sepsis zu fassen, nicht wahr? Sie wollen ihn umdrehen. Darum geht es, oder? Sie wollen es ganz für sich, dieses nagelneue kleine Spielzeug.«

»Nein, das stimmt nicht«, sagte Denton, ein wenig besänftigt, aber weiterhin bereit, jederzeit erneut Druck auszuüben. Chisholm spürte förmlich, daß er hin und her überlegte, wie fest er die Daumenschrauben anziehen sollte, und fand es auf sehr bizarre Weise aufregend.

»Es wäre schön, wenn einer wie Sepsis in unserem Zelt wäre und rauspissen würde, anstatt draußen zu stehen und reinzupinkeln. Aber wir sind nicht daran interessiert, ihn umzudrehen. Wir wollen, daß er von der Bildfläche verschwindet, und das ist die Wahrheit. Also, was wissen Sie?«

Diesmal fing es ganz langsam an, doch dann ging es ordentlich zur Sache. »Treffen wir doch einfach ein Arrangement!« sagte sie, ihn immer noch belustigt angrinsend.

Dieses anzügliche Grinsen ließ ihn die Geduld denn doch verlieren. Er begann ihr massiv zuzusetzen. »Ich finde das nicht mehr witzig, Agentin Chisholm. Was wissen Sie? Los, raus jetzt mit der Sprache!«

»Wir treffen eine Vereinbarung, und dann sage ich Ihnen, was ich weiß. Vielleicht. Denn wenn ich wirklich etwas wüßte, bräuchte ich Ihnen das keineswegs zu sagen, nicht wahr?«

Sie hatte recht. Die Ermittlungen waren FBI-Sache; er hatte sich im Hintergrund zu halten. Das ging Denton durch den Kopf, während er Chisholm musterte und sich fragte, was er wohl aufbieten müßte, welche Art Information er bräuchte, um sie zu knacken. Er gab nach – fürs erste. »Ich verstehe. In Ordnung. Was für eine Vereinbarung schlagen Sie vor?«

»Ich leite diese Ermittlungen, und Sie tun, was man von der CIA erwartet, nämlich Informationen beibringen. Ich habe das letzte Wort in bezug auf alle Entscheidungen, und Sie lassen mich in Ruhe. Sie informieren mich laufend über alles. Und wenn ich über alles sage, meine ich über alles. Sie halten nichts zurück und machen keine Mätzchen.«

»In bezug auf Sepsis.«

»In bezug auf Sepsis und auf alles, was mit Gegenspieler zu tun hat. Einverstanden?«

Denton steckte sich die nächste Zigarette an und tat, als überlege er sich ihr Angebot; dabei wußten beide, daß er keine Wahl hatte. »Einverstanden«, sagte er schließlich. »Was wissen Sie über den Orden der Nonne, über dieses Opus Dei?«

Chisholm lachte ungeniert los. »Ihr CIA-Knaben seid also doch nicht so schlau. Ich weiß, daß in Langley alles über Opus Dei durchgekämmt wurde. Ihr denkt an mögliche terroristische Motive, an politische und religiöse, und ihr denkt an eine Kombination aus beidem, denkt euch die verwickeltsten Zusammenhänge aus, anstatt das Problem zur Abwechslung mal aus der richtigen Perspektive zu betrachten. Nicht das Kloster ist wichtig – es geht um die Schleiereule.«

»In drei Wochen werde ich gemeinsam mit Professor Gettier das Restaurierungsprojekt im Vatikan beginnen«, erklärte sie ihnen.

Die drei waren allein, saßen einander ohne Tonbandgeräte am Konferenztisch gegenüber. »Wir werden die innere Baustruktur des Petersdoms renovieren. Seit über zweihundert Jahren sind dort keine größeren Renovierungsmaßnahmen mehr durchgeführt worden. Natürliche Verschleißprozesse, die Touristenmassen und der saure Regen in Rom haben den Bau stark in Mitleidenschaft gezogen.«

Denton stellte als erster die naheliegende Frage. »Warum gerade Sie?«

Marianne sah ihn an, als wäre es die simpelste Frage der Welt. »Weil ich die führende Expertin für die Basilika bin.«

»Nur keine falsche Bescheidenheit, ja?« sagte Chisholm, die Nonne unverwandt anblickend.

Schwester Marianne erwiderte den Blick.

»Falsche Bescheidenheit ist eine Art Stolz, und Stolz ist eine Sünde, Agentin Chisholm. Meine Dissertation hatte die innere architektonische Struktur der Petersbasilika zum Thema. Ich habe den Plan für die Renovierungsarbeiten entwickelt, durch welche die Gewölbe und die wichtigsten

Stützpfeiler verstärkt werden sollen, ohne daß der Innenbau in seiner bestehenden Form verändert oder seine Statik in Zukunft gefährdet wird. Ich habe diesem Projekt einen großen Teil meines Lebens gewidmet... Dieses Projekt ist mein Leben.«

Denton lehnte sich zurück und sah Chisholm an. Er konnte nicht sagen, was er sagen wollte, doch ein paar Stunden später, als er mit Chisholm im Aufzug zur Tiefgarage des Hoover Building fuhr, legte er los.

»Das ist alles? Irgend so ein blödes Projekt zur Renovierung des Vatikans? Darum geht es hier?«

»Genau«, sagte Margaret Chisholm und band sich ihre Laufschuhe zu, während der Aufzug Denton und sie nach unten brachte. Sie hatte sich umgezogen und trug jetzt Sportsachen, ein graues Sweatshirt und eine schwarze, ausgebeulte Jogginghose, und über ihrer Schulter hingen ihre Handtasche und eine große, längliche Sporttasche. »Es geht um das Restaurierungsprojekt.«

Denton seufzte und fuhr sich mit der Hand durchs Haar. Dann sagte er im stillen »Leck mich!« zu dem Nichtraucher-Schild im Aufzug und zündete sich eine Zigarette an. »Sie sind dermaßen auf dem Holzweg, daß es nicht mehr lustig ist, Chisholm.«

Sie richtete sich auf und heftete den Blick auf die Etagenanzeige über der Aufzugtür. »Sepsis hat in den vergangenen vier Monaten von Rom aus operiert, das haben Sie mir selbst gesagt. Die Schleiereule...«

»Würden Sie bitte mal aufhören, sie ständig als ›Schleiereule‹ zu bezeichnen? Das ist so gefühllos.«

Chisholm sah ihn belustigt an und sagte: »Die Nonne also fliegt in drei Wochen nach Rom. Sepsis versucht mehrmals, sie umzulegen. Warum? Weil Sepsis sie nicht in Rom haben will. Warum will er sie nicht in Rom haben? Weil sie dort etwas tun würde, was er nicht will.«

»Was denn – den Vatikan restaurieren? Das ist doch albern!«

»Vielleicht gefällt ihm der Petersdom so, wie er ist. Oder

136

vielleicht will er sich selbst mal im Restaurieren versuchen.«

Wie auf ein Stichwort hin öffnete sich die Aufzugtür, und Chisholm ging, dicht gefolgt von Denton, hinaus.

»Sepsis will den Vatikan in die Luft jagen? Warum sollte er dazu die Nonne töten? Wie paßt das denn zusammen?«

»Weiß ich nicht. Oder sehe ich aus, als ob ich hellsehen könnte?«

»Nein, aber was Sie sagen, klingt ausgesprochen albern«, sagte er. Sie blieben vor Chisholms Minibus stehen. Margaret warf die Sporttasche auf die Rückbank, stieg vorn ein und kurbelte das Fenster an der Fahrerseite herunter, um das Gespräch mit Denton beenden zu können. Sie sah ihm offen in die Augen.

»Denton.«

»Ja, Margaret«, sagte er herablassend.

»Er hat nicht nur einmal versucht, sie zu töten, sondern zweimal. Beim ersten Mal wollte er möglicherweise auch irgendwelche anderen Nonnen umbringen. Vielleicht sollte es auch eine Art politische Aussage sein. Aber beim zweitenmal? Sepsis wollte sie und keine andere – es ging nur um sie, nicht um Opus Dei und auch nicht um irgendeine antikatholische Haltung. Das einzig Wichtige an ihr ist die Arbeit, die sie macht, beziehungsweise, in diesem Fall, die Arbeit, die sie machen *wird*. Er will sie wegen ihres Projekts töten. Wie das mit dem Vatikan zusammenhängt, weiß ich nicht. Aber unser Freund liebt es nun mal, Menschen und Gegenstände in die Luft zu jagen. Der Vatikan ist sein eigentliches Ziel.«

»Das ist absurd. Um das zu tun, braucht er der Nonne doch nicht das Licht auszublasen.«

Chisholm verzog das Gesicht in gespieltem Erstaunen und ließ den Motor an. »Das Licht ausblasen, das ist aber mal ein wirklich hübscher Ausdruck, Denton, stammt der aus Ihrem kleinen schwarzen Buch? Oder ist er derzeit bei euch in Langley angesagt? Haben Sie schon mal jemandem ›das Licht ausgeblasen‹?«

Denton konnte sich das Grinsen nicht verkneifen. Irgendwie gefiel ihm diese schwierige, verrückte Frau. »Ich blase

Menschen nicht das Licht aus, Margaret – das erledigen meine Leute für mich.«

Lachend fuhr sie aus der Parklücke und ließ Denton einfach stehen. Er sah ihr nach; seine Lippen umspielte ein Lächeln. Er wußte noch nicht, ob sie eine Feindin war oder nicht, aber allem Argwohn zum Trotz wurde sie ihm immer sympathischer. Andererseits hatte ihn die Tatsache, daß er Roper gemocht hatte, nicht daran gehindert, den Mann auszuschalten. Er drehte sich um und fuhr mit dem Aufzug wieder nach oben.

Wie alle mehrstöckigen Parkgaragen ist auch die Parkgarage im Keller des Hoover Building voller Biegungen und Schrägen mit so verrückten Winkeln, als wäre sie von chaotischen Riesenkindern entworfen worden. Die Parkgarage machte Margaret immer ein bißchen nervös – sie hatte jedesmal das Gefühl, sie würde abrutschen, wenn sie nicht ganz besonders vorsichtig fuhr. Deshalb war sie erleichtert, als sie es hinter sich hatte und aus der Garage auf die angenehm ebene Seventeenth Street hochfuhr. Sie winkte den bewaffneten Wachleuten an der Ausfahrt flüchtig zu und bog in Richtung Süden zur M Street West ab, die zur Sporthalle führte.

Um die Wahrheit zu sagen, und obwohl Margaret es nur äußerst ungern zugab – sie wurde mit zunehmendem Alter immer eitler. Noch mit Anfang Dreißig hatte sie sich kaum je geschminkt, wenn man von ein bißchen Wimperntusche absah (ihre Wimpern waren so hellrot, daß man sie kaum erkennen konnte). Jetzt, da sie auf die Vierzig zuging, benützte sie mehr Make-up als je zuvor – zwar immer noch wenig im Vergleich mit anderen Frauen ihres Alters, ganz zu schweigen von jüngeren, für ihre Verhältnisse aber sehr viel. Jetzt, auf dem Weg zur Sporthalle, suchte sie nach etwas, um sich die Schminke abzuwischen.

Daß sie Sport trieb, hatte jedoch nichts mit Eitelkeit zu tun. Rudern, Schwimmen, Laufen, Radfahren – das alles war so eingeschliffen, so langweilig und monoton, daß es ihr Bewußtsein dämpfte und ihr die Freiheit gab, dreimal pro

Woche einige Stunden lang an gar nichts denken zu müssen. Die ewig gleichen Bewegungen machten sie so empfindungslos, daß ihr Kopf geradezu danach gierte und immer etwa eine Stunde, bevor sie zur Sporthalle fuhr und er abschalten konnte, ganz besonders gut funktionierte.

»Hallo?« sagte sie in ihr Handy.

»Hi, Mom«, sagte Robby. Er klang normal und sehr gelangweilt – Gott sei Dank, denn das bedeutete, daß nichts Besonderes geschehen war und er auch nichts angestellt hatte.

»Du, schieb schon mal den Hackbraten in den Ofen... Nein, nein, nein, im Mikrowellenherd wird er ganz matschig und eklig. In den Ofen, und zwar bei hundertfünfzig Grad... Was genau heißt ›zum Lernen‹? Hat dieses Mädchen kein Zuhause? ... Also gut, meinetwegen, aber es wird weder Nintendo gespielt noch geknutscht, ist das klar? ... Ja natürlich. Bei den vielen Mädchen, die zum Lernen zu dir kommen, ist es ein wahres Wunder, daß du deinen High-School-Abschluß noch nicht hast... Ja, ja, ja, das habe ich schon oft genug gehört. In einer Stunde bin ich da«, log sie (es würden eher drei sein), »und dann möchte ich euch beide in Kleidern antreffen. Bye, Schatz.« Geistesabwesend hauchte sie mehrere Küsse ins Handy und schaltete es aus. In nur einer Stunde konnten zwölfjährige Hormone wohl keinen allzu großen Schaden anrichten, überlegte sie, während sie im Leerlauf an der Kreuzung M Street und Twenty-first stand. Auf der Querstraße herrschte dichter Verkehr. Mit dreizehn würde die Sache völlig anders aussehen.

In ihrer Handtasche fand sie ein altes Papiertaschentuch und richtete ihre Aufmerksamkeit auf ihr Make-up. Auf den ersten Blick wirkten ihre Augen leer, während sie konzentriert nachdachte, im Geiste alles mögliche abhakte und ihr Make-up abzuwischen begann. Was sie am Tag darauf erledigen mußte, wen sie anrufen mußte, was einzukaufen war, daß sie Briefmarken brauchte... Sie ging die Liste durch und entfernte gleichzeitig den größten Teil der Foundation. Doch sie spürte immer noch kleine Make-up-Flecken im Gesicht, griff nach dem Rückspiegel und drehte ihn zu sich.

Da sah sie sie.

Sie drehte den Spiegel, und für den Bruchteil einer Sekunde, bevor ihr Gesicht vor ihr auftauchte, hätte sie schwören können, etwas gesehen zu haben, was dort nicht hingehörte. Sie verstellte den Spiegel noch einmal, vollzog die gleiche bogenförmige Bewegung zurück und sah es klar und deutlich.

Sie waren links hinter ihr, in einer Art Lieferwagen, der sich in Margarets totem Winkel hielt. Es war kein richtiger Laster, aber auch kein richtiger Lieferwagen, eher wie ein UPS-Wagen, aber nicht braun, sondern grau und unlackiert, sehr unauffällig. Die Fensterscheiben waren getönt, so daß man nicht in das Innere des Wagens sehen konnte, doch aus dem Beifahrerfenster ragte der Lauf eines Sturmgewehrs. Er ragte nicht weit hinaus, nur zehn Zentimeter etwa, aber das reichte. Sie sollte im Vorbeifahren erschossen werden.

Sie hätte den Wagen nie bemerkt, wenn sie nicht zufällig den Spiegel verstellt hätte, um einen Blick auf ihr Gesicht zu werfen. Der Wagen, aus dem heraus sie erschossen werden sollte, befand sich hinter dem neben ihr stehenden Auto. Sie schaute flüchtig nach links, um herauszufinden, ob auch von dort Gefahr drohte.

In dem Wagen links neben ihr saß ein Pendler, der gerade mit einem Handy telefonierte, ein harmloser Mensch. Den Knoten seiner schwarz-gelb gestreiften Krawatte hatte er gelockert. So, wie er dasaß, war klar, daß er sie gar nicht wahrnahm; er wirkte ungehalten über das, was ihm gerade am Telefon mitgeteilt wurde. Sie schielte nach rechts. Auch dort befand sich ein Wagen mit einem harmlosen Allerweltstypen, einem Jungen im College-Alter, der sie ebenfalls nicht bemerkte. Er sang leise das Lied mit, das gerade im Radio gespielt wurde. Margaret blickte in den rechten Außenspiegel ihres Minibusses. Hinter ihr war niemand, denn die Ampel an der gut zweihundert Meter hinter ihr befindlichen Kreuzung stand noch auf Rot. Der Querverkehr war dort so dicht, daß es keinem Wagen gelungen war, in die Straße einzubiegen, auf der Margaret sich befand. Sehr gut.

Der graue Lieferwagen sollte also in ihrem toten Winkel heranfahren, sie abknallen und in die nächstmögliche linke Seitenstraße abbiegen. Kein schlechter Plan. Der Pendler mit dem Bienenschlips war vermutlich ein schneller Fahrer; immerhin saß er in einem zweitürigen Lexus. Mr. Bienenschlips würde also einen Kavaliersstart hinlegen, der Lieferwagen würde langsam nachrücken, an Chisholm vorbeifahren, eine ordentliche Salve auf sie abfeuern und sie töten, bevor sie wüßte, wie ihr geschah. Sauber.

Chisholms Ampel stand immer noch auf Rot, die des Querverkehrs auf Grün. Sie stopfte das Papiertaschentuch in ihre große Handtasche zurück, ohne den Blick vom Rückspiegel zu wenden. Dann sah sie nach links zu der Ampel hinüber, die den Querverkehr regelte.

Die Ampel stand noch auf Grün, doch das Fußgängerzeichen begann bereits zu blinken.

Der graue Lieferwagen hinter ihr rückte Zentimter um Zentimeter näher.

»Fahr langsam weiter, Babe«, murmelte sie vor sich hin. »Fahr langsam, aber fahr!«

Wie auf ihr Kommando hin rückte der graue Lieferwagen noch ein Stück heran. Die Fußgänger wurden von dem blinkenden Grünlicht zum Stehenbleiben verdonnert, und jetzt fuhr auch der Bienenschlips in dem Lexus langsam an. Der Collegestudent rechts von ihr drehte die Lautstärke seines Radios auf; ruhige, ernste Musik tönte aus den offenen Wagenfenstern.

Chisholm legte mit der rechten Hand den Gang ein, durchsuchte gleichzeitig mit der linken ihre Handtasche und behielt dabei die Ampeln im Blick, die jetzt umschalteten. Die für die Querstraße zuständige wurde gelb, die Fußgänger hatten jetzt Rot.

Ihre rechte Hand hielt das Lenkrad so fest umklammert, daß es aussah, als würden die Knöchel jeden Moment durch die Haut brechen, doch das bemerkte sie nicht, und auch das Pochen ihres Herzens nahm sie nicht wahr. Sie registrierte nur, daß die Straße – ihre Straße – jenseits des spärlicher werdenden Querverkehrs frei und offen vor ihr lag. O Mann, das würde übel werden …

Die auf Gelb stehende Ampel für den Querverkehr wurde rot.

Chisholms Ampel wurde grün.

Der Lexus schoß davon, doch das Reifenquietschen stammte nicht von Mr. Bienenschlips, sondern von Chisholms Minibus, der nicht etwa vorwärts, sondern rückwärts fuhr. Mit der linken Hand hielt sie ihre Waffe aus dem Fenster, und dann feuerte sie drei Schüsse auf die Beifahrerseite des grauen Lieferwagens ab. Gehirnmasse und Blut des Schützen bespritzten den Fahrer, und Chisholm fuhr weiter rückwärts und feuerte weiter aus dem Fenster auf den sich entfernenden grauen Lieferwagen …

Der Fahrer gab Gas, der Lieferwagen raste mit aufheulendem Motor davon, und Chisholm trat auf die Bremse und legte den Vorwärtsgang ein. Die Reifen des Minibusses drehten durch, und Chisholm blieb hinter dem bereits zwanzig Meter entfernten, über eine bessere Straßenlage verfügenden grauen Lieferwagen zurück. Erst nach mehreren Sekunden hatte ihr Minibus wieder Bodenhaftung und brauste dem Lieferwagen mit Traktorengedröhn hinterher, und obwohl es nur ein Minibus war, erwies sich der Motor als stark genug. Chisholm schaffte es, die Distanz zwischen sich und dem Lieferwagen rasch zu verringern.

Auf halber Strecke zur nächsten Querstraße bremste der Lieferwagen plötzlich stark ab.

Chisholms Minibus war gerade auf Touren gekommen, als der vor ihr fahrende Lieferwagen schlagartig stehenblieb. Sie trat auf die Bremse und schaltete gleichzeitig in den ersten Gang hinunter. Der Minibus stieß ein verärgertes Motorenwiehern aus; einen Augenblick lang glaubte Chisholm, er werde sich mit der Schnauze voran in die Straße bohren.

Hundertzwanzig Zentimeter vor dem Heck des Lieferwagens kam der Minibus zum Stehen. Die Ladetür flog auf, und drei Männer, Skinhead-Typen, standen direkt vor Chisholm – alle mit Sturmgewehren bewaffnet.

Kalaschnikows, schoß es Chisholm durch den Kopf. Sie waren so nahe, daß sie, noch während sie auf den Beifahrersitz ihres Wagens hechtete, das Waffenfabrikat erkannte, und schon wurde in die Fahrerkabine gefeuert, Teile der Polsterung, Glasscherben, braune Lederfetzen und Preßspanstücke flogen umher. Der beißende Korditgeruch war penetrant.

Wie durch ein Wunder lief der Motor des Minibusses noch, und Chisholm tat jetzt, auf der Seite liegend, das einzige, was ihr einfiel – sie trat aufs Gas und rammte das Heck des Lieferwagens!

Der Lieferwagen machte einen Satz nach vorn, sie rammte ihn noch einmal und richtete sich auf. Der Lieferwagen hatte kapiert, wollte die Auto-Scooter-Scheiße beenden und gab seinerseits Gas. Dabei verlor einer der Skinhead-Typen den Halt, fiel hinten aus dem Heck und landete nur ein, zwei Meter vor Chisholm auf der Straße. Und Chisholm fuhr ohne jede Rücksicht über den Mann hinweg und zerquetschte ihm den Kopf.

Die Windschutzscheibe des Minibusses war als solche nicht mehr vorhanden, war zerschossen und zerborsten, aber das Plastik, mit dem das Glas versetzt worden war, um daraus »Sicherheitsglas« zu machen, hielt alles zusammen, und Chisholm sah fast nichts. Sie hob den rechten Fuß über das Armaturenbrett und trat die Scheibe ein, während sie mit dem linken aufs Gaspedal stieg, und scheiß der Hund auf das Getriebe, das Laute von sich gab wie ein panischer Gaul. Die Windschutzscheibe verschwand, und Chisholm sah, daß sie zwanzig Meter hinter dem Lieferwagen war, dessen zwei rückwärtige Fahrgäste sich mühsam festhielten. Sie schaltete in den zweiten Gang, dann in den dritten und ließ den Motor etwas ruhiger laufen; der Minibus reagierte mit einem großen Satz nach vorn und mit einer wieder normalen Straßenlage, und sie preschte hinter dem Lieferwagen her, den sie, das wußte sie, einholen würde.

Sie drückte auf die Kurzwahltaste ihres Autotelefons, dachte nicht daran, daß sie den Lautsprecher hätte benutzen können, sondern preßte den Hörer mit der rechten Schulter ans Ohr und schrie in die Sprechmuschel, weil der Wind oder ihr Blut so laut rauschte, daß sie kaum etwas verstand.

»Zentrale, hier Chisholm fünf-fünf-sieben-sechs-Alpha-Tango-Zulu, fordere dringend Verstärkung an, und zwar sofort, Verfolgungsjagd mit hoher Geschwindigkeit in westlicher Richtung auf der M Street, Höhe Twenty-second im Nordwesten – Bleiben Sie dran!« brüllte sie und ließ den Hörer fallen, denn die Jungs hinten im Lieferwagen hatten ihre Standfestigkeit zurückgewonnen und richteten ihre Waffen erneut auf sie. Sie wich nicht aus, sondern attackierte sie mit ihrem Revolver ... Keine Patronen mehr, aber, Mann, tat das gut, als sie einen von ihnen in den Hals getroffen hatte und das Blut in hohem Bogen spritzte und das Arschloch ihr vor die Räder fiel und sie über die beschissene Leiche fuhr. Sie hatte keine Munition mehr, und der Schnell-Lader lag ganz unten in der Handtasche. Sie nahm das Telefon und sagte, während sie den Schnell-Lader suchte und wie der Teufel die M Street entlangraste ...

»Zentrale, sind Sie noch dran? Ein Lieferwagen, insgesamt fünf Zielpersonen, zwei liegen zermatscht auf der M Street, schicken Sie mal paar Leute von der Straßenreinigung hin. Jetzt ist noch der Fahrer da und einer hinten, und auf dem Beifahrersitz ist einer mit einem Gewehr, aber der ist tot. Zwei lebende Zielpersonen, ich wiederhole, zwei lebende Zielpersonen, ein Fahrer, einer hinten, und der Kerl hinten hat ein Maschinengewehr und der Fahrer auch, nehme ich an.«

... und was die Zentrale gesagt hatte oder gerade sagte, war sofort wieder weg, denn jetzt peitschte sie den Motor im dritten Gang hoch, bis er aufjaulte, schaltete in den vierten, und der Preis für die Quälerei war ein riesiger Satz nach vorn, der förmlich die Asphaltdecke aufriß, und Chisholm war überzeugt, sie lasse riesige Betonbrocken hinter sich zurück, überzeugt, aber viel zu sehr auf den Lieferwagen konzentriert, um sich umzusehen, und sie hoffte auf ...

Doch dann trickste er sie aus, bog an einer Ecke scharf nach links ab, fuhr in südlicher Richtung gegen den Verkehr auf der Twenty-fourth und bei Rot über die M Street. Chisholm legte eine Vollbremsung hin und wendete, Revolver und Schnell-Lader in der Hand, so rasch sie konnte. Der Minibus geriet ins Schleudern und schlitterte über die Kreuzung, erstaunlicherweise ohne auf ein anderes Fahrzeug oder einen Fußgänger zu prallen, aber als sie den Blick nach rechts wandte, sah sie, daß sie seitlich auf einen parkenden Krankenwagen zuschoß …

Der Minibus krachte in den Krankenwagen. Die ganze rechte Seitenverkleidung aus Holzimitat, Spuren silbernen Lacks und tiefrotes Blut von den beiden Kerlen, die sie überfahren hatte, blieben an dem zertrümmerten Krankenwagen hängen, aber Chisholm gab Gas, schrammte an dem Krankenwagen vorbei, streifte ein weiteres Auto, das dahinter parkte, und nahm die Verfolgung des Lieferwagens wieder auf.

Der in der Straßenmitte fahrende Lieferwagen drohte zu entkommen. Es kamen ihm nur wenige Fahrzeuge entgegen, aber doch genug, und diese wenigen wichen auf den Gehsteig aus. Der Motor von Chisholms Minibus heulte, und vorn drang Dampf aus einem Einschußloch in der Motorhaube, doch sie blieb dicht dran, ebenso ausschließlich auf die Verfolgung konzentriert wie der Lieferwagen.

Das Miststück kann Auto fahren – Sepsis, der Mann am Steuer, hetzte seinen Lieferwagen weiter, der jetzt, da zwei Fahrgäste fehlten, leichter war, doch er wußte, daß es auf das Gewicht nicht ankam, es war nun mal nur ein Lieferwagen, langsam und grundsolide, keine Chance zu entkommen.

Vor Sepsis tauchte ein Kreisverkehr auf, und er fuhr einfach hinein, und der Lieferwagen, Wunder über Wunder, krachte nicht mit einem anderen Auto zusammen, als er quer hindurchschoß. Noch ehe er die Mitte erreicht hatte, warf Sepsis einen Blick in den Rückspiegel.

Chisholm war ihm dicht auf den Fersen, doch sie hatte nicht so viel Glück wie er: Ihr Wagen wurde hinten von einem Auto erfaßt, das mit hoher Geschwindigkeit im Kreisverkehr gefahren und dessen Lenker nicht reaktionsschnell genug gewesen war, um dem Minibus auszuweichen. Trotzdem raste Chisholm weiter hinter Sepsis her; bei der Einfahrt in die Kreismitte hatte sie ihren Wagen bereits wieder im Griff, und Sepsis starrte erstaunt in den Spiegel und übersah, als er den Kreisverkehr auf der anderen Seite verließ, ein Auto, das ihm krachend vorn hineinfuhr. Der Lieferwagen drehte sich um neunzig Grad und blieb im rechten Winkel zu Chisholms heranpreschendem Minibus stehen.

Sie sah ihn und bremste so scharf, daß die Reifen das Gras in der Mitte des Kreisels ausrissen. Das Heck ihres Wagens geriet ins Schleudern, und sie drehte sich im Kreis, bis sie schließlich parallel zu dem gestoppten Lieferwagen, sechs Meter rechts davon, stehenblieb.

Der Motor des Lieferwagens gab seinen Geist auf. Sepsis schlug wütend auf das Lenkrad ein und versuchte den Motor wieder anzulassen, aber der war abgesoffen – so lange konnte er unmöglich warten. Er griff hinter den Fahrersitz, zog die Uzi hervor, die er für Notfälle wie diesen bei sich hatte, und schrie Gaston, dem einzigen Überlebenden seines Teams, auf französisch zu: »Steig aus und knall die verdammte Fotze ab!«

Der Motor des Minibusses lief noch. Chisholm saß in der Fahrerkabine, lud ihren Revolver mit dem Schnell-Lader und beobachtete, wie der Fahrer des Lieferwagens vergeblich versuchte, den Motor wieder anzulassen, und dann geschah gar nichts mehr. Und plötzlich wußte sie – Die kommen raus, die wollen mich in meinem Wagen umnieten, raus, raus, nichts wie raus, verdammte Scheiße, SOFORT RAUS HIER!

Sie griff blind in ihre Tasche – ein zweiter Schnell-Lader fiel ihr buchstäblich in die Hand, während sie schon aus der Fahrerseite stürzte. Sie ging neben dem Motorblock in die Hocke und hoffte, er werde als Deckung taugen. Gaston, groß, braungebrannt, brünett, verließ, halb verrückt vor Angst und Mordlust, den Lieferwagen durch die Hecktür und feuerte mit seiner Kalaschnikow blindwütig auf den Minibus, da er nicht wußte, wo die verdammte Fotze war, jagte eine Salve nach der anderen hinein. Jetzt stieg auch Sepsis aus. Er hatte ein volles Magazin in seiner Uzi, er war verzweifelt, aber nicht in Panik, und er beobachtete den Minibus, ohne zu schießen, während Gaston sämtliche Kugeln abfeuerte. Sie knallten auf den Motorblock und prallten ab.

Hinter dem Motorblock kauerte Chisholm, reglos, ohne zu schreien, ohne zu atmen, ohne Angst zu haben, während Gaston, das Gewehr auf Vollautomatik gestellt, schoß und sein Ächzen sich in das durchdringende, haßerfüllte Gebrüll eines Tiers verwandelte. Sie wußte, was sie tun würde, sobald eine Feuerpause eintrat, und dann trat sie ein – Gaston hatte keine Munition mehr.

Maggie hastete zum Heck des Minibusses, und als sie dahinter hervorkam, standen sie da, direkt vor ihr, und zielten auf die Fahrerkabine ihres Wagens. Gaston lud gerade nach. Er hatte nicht im Traum damit gerechnet, daß sie hinter dem Heck des Minibusses hervorkommen könnte, und sie lief auf das Heck des Lieferwagens zu und schoß, den Revolver in der linken Hand, im Laufen los, rasch hintereinander, aber bewußt zielend, und eine Kugel traf Gaston in den Kopf und riß ihn zu Boden, noch ehe Sepsis überhaupt mitgekriegt hatte, was passiert war. Instinktiv lief er zur Vorderseite des Lieferwagens. Zwischen Chisholm und ihm war jetzt nur das Fahrzeug.

Beim Knall der Schüsse waren die Autos im Kreisverkehr stehengeblieben, die Leute liefen in panischer Angst davon, ließen ihre Autos einfach stehen. Chisholm und Sepsis aber rührten sich nicht vom Fleck. Beide überlegten fieberhaft.

Die Zeit arbeitete für Chisholm, das war beiden klar. Sepsis würde also früher oder später weglaufen müssen. Denn wenn er blieb, mußte er sich mit Chisholms Verstärkung herumschlagen, seien es Polizisten oder FBI-Agenten.

Sepsis erlebte eine solche Situation nicht zum ersten Mal. Zwei Jahre zuvor, kurz vor seinem zweiundzwanzigsten Geburtstag, war er mit mehreren bewaffneten schwarzen

Südafrikanern konfrontiert gewesen, kommunistischen Terroristen. Er hatte nur eine Chance gehabt – er mußte cool bleiben und schnell sein und genau auf den Kopf zielen, und so hatte er sich damals auch rausgeboxt. Das hier würde allerdings schwieriger werden, denn abgesehen von dem Lieferwagen und dem Wrack des Minibusses gab es im Umkreis von gut zwanzig Metern keinerlei Deckung.

Sepsis hob unvermittelt die Uzi über den Kopf und feuerte durch die Windschutzscheibe des Lieferwagens. Die Kugeln traten aus dem Heck aus. Chisholm war bereits in der Hocke, doch als die Geschosse über ihren Kopf hinwegschwirrten, duckte sie sich noch ein bißchen tiefer.

Und dann rannte er los, rannte, ehe Chisholm etwas mitbekam. Er rannte in dieselbe Richtung, die er bereits mit dem Lieferwagen eingeschlagen hatte – nach Süden, auf dem Gehsteig der Twenty-fourth Street, und dann erst sah sie ihn: einen Mann, der mit den anderen Passanten weglief, aber so weit hinter ihnen, daß er es sein mußte. Sie rannte ihm nach, rannte hinter ihm her, erfüllt von dem Gedanken, daß er ihr nicht entkommen durfte.

Sepsis lief, warf einen Blick über die Schulter, raste über den Gehsteig, wich Telefon- und Strommasten und Bäumen aus und gab hin und wieder Schüsse auf die ihn verfolgende Chisholm ab.

Plötzlich tauchte vor ihm wie aus dem Nichts ein Streifenpolizist auf. Er hielt mit beiden Händen eine Pistole, stand breitbeinig da und schrie: »Halt!« Sepsis zog die Uzi blitzschnell dicht an die Brust, stützte sie mit der linken Hand, schoß den blöden Bullen auf der Stelle tot, sprang über die Leiche und lief weiter.

»Aus dem Weg, verdammte Scheiße!« brüllte Chisholm wie von Sinnen, während sie hinterherhetzte. Plötzlich bog Sepsis rechts ab und verschwand hinter einem Gebüsch. Aus Vorsicht verlangsamte sie ihr Tempo, doch dann sah sie, was es war – die U-Bahn-Station Foggy Bottom.

Der Eingang war gut zehn Meter von der Gehsteigkante zurückgesetzt, und als Chisholm an dem Gebüsch vorbeiging, das den Eingang teilweise verbarg, sah sie nur einen riesigen, endlos nach unten verlaufenden Schlund mit unglaublich langen, steilen Rolltreppen, auf denen Menschen hinabfuhren. Sepsis hatte bereits die halbe Strecke nach unten auf einer Rolltreppe zurückgelegt; sie sah, wie er im Runterlaufen die Leute aus dem Weg schob und stieß. Auch Chisholm lief jetzt hinunter, aber auf einer anderen Rolltreppe, auf der sich weniger Leute befanden, und im Laufen brüllte sie: »Ducken Sie sich, ducken, ducken!« Da drehte er sich zu ihr um, blieb auf der Rolltreppe stehen und schoß seelenruhig auf sie.

Sie hechtete nach vorn, fiel auf die harten Kanten der Rollstufen und schlitterte hinunter, genau wie in Quantico vor einer Million Jahren, während ihrer Ausbildung. Deshalb zwingen sie einen also, auf dem Bauch unter Stacheldraht durch den Schlamm zu robben, ging es ihr idiotischerweise durch den Kopf, als sie die Rolltreppe hinabkroch und die Kugeln dieses beschissenen Arschlochs Sepsis die Metallverkleidung der Rolltreppe durchlöcherten, allerdings hinter ihr, hinter ihr – vorn waren es nur noch vier Meter bis zum Fuß der Rolltreppe, sie würde es bis dorthin schaffen. Und dann mach' ich …

Sepsis hörte auf zu schießen, lief aber weiter die Rolltreppe hinunter; er konnte Chisholm nicht mehr sehen und wollte keine Patronen vergeuden. Die letzten Stufen sprang er hinab, und in dem Augenblick, als er unten ankam, begann Chisholm, die auf ihrer Rolltreppe in die Hocke gegangen war, zu feuern. Eine Kugel streifte den Kragen seines Polohemds.

Mein Hals … dachte er, während er das Feuer erwiderte … Aus.

Sepsis hatte keine Munition mehr.

Mit einer Wut, die so pechschwarz war wie die von Chisholm weißglühend, packte Sepsis die Uzi mit beiden Händen und knallte sie vor seinen Füßen auf den Boden. Dann drehte er sich um und lief in die U-Bahn-Station hinein.

Als Chisholm, die hinter der Rolltreppe in Deckung gegangen war, das sah, richtete sie sich auf und lief ebenfalls los, hinter Sepsis her in die dunkle U-Bahn-Station, wobei sie ohne Unterlaß die Leute anbrüllte, die in den dunklen, höhlenartigen Bahnhof strömten und ihr im Weg waren: »Weg da, weg da, FBI, LASSEN SIE MICH DURCH!«

Sepsis war höchstens viereinhalb Meter vor ihr, packte einen Fahrgast nach dem anderen und warf ihn Chisholm in den Weg. Er sprang über das Drehkreuz und verschwand auf einer zu den Gleisen hinabführenden Rolltreppe. Chisholm blieb ihm dicht auf den Fersen. Sie hatte noch fünf Patronen im Revolver, und sie würde ihn kriegen, ja, sie würde ihn kriegen!

Kurz nach ihm gelangte sie an den oberen Absatz der Rolltreppe und sah ihn unten, am Fuß der Treppe liegen. Er lag der Länge nach auf dem Rücken, zu Fall gebracht von U-Bahn-Passagieren, die einfach überall waren – doch Sepsis hielt eine Waffe in der Hand und richtete sie direkt auf Chisholms Gesicht.

In dem Moment, als er zu schießen begann, ließ sie sich fallen und landete auf der linken Körperseite, unterhalb seines Blickfelds, in Sicherheit.

Sepsis rappelte sich auf, sah sich um und traute buchstäblich seinen Augen nicht – vor ihm stand ein silbriger U-Bahn-Zug mit offenen Türen, geradezu als wartete er auf ihn, und über die Bahnhofslautsprecher sagte eine Stimme, eine Stimme, die so lächerlich klang, als gehörte sie einem gelangweilten, drittklassigen Gott: »Richtung Vienna: Bitte einsteigen!«

Und genau das tat Sepsis – er sprang in den Zug.

Chisholm war bereits auf dem Weg zum Gleisbereich, unverletzt, unerschrocken und unaufhaltsam nahm sie immer zwei Stufen auf einmal. Doch kaum war sie unten, sah sie einen Mann – Sepsis – fünf Meter vor ihr in die U-Bahn stürzen, und sofort darauf schlossen sich krachend die Türen, und der Zug setzte sich in Bewegung, fuhr davon, wurde schneller und schneller und verschwand.

Hatte sie ihn gesehen? Hatte sie sein Gesicht gesehen? Nein, nein, verdammt, sie hatte sein Gesicht nicht gesehen, und er war ihr entwischt. Um sie herum schrien und kreischten die Menschen auf dem Bahnsteig vor Schmerz und Angst, und plötzlich fiel Chisholm ein, daß sie sich melden mußte, daß sie in der Zentrale anrufen mußte, und am Bahnsteig war ein Telefon, und sie hob den Hörer ab und wählte automatisch die gebührenfreie Nummer der Zentrale, und dann sprudelte es nur so aus ihr heraus...

»Zentrale, hier Chisholm. Bin in der U-Bahn-Station Foggy Bottom. Er ist mir entwischt verdammt noch mal, er ist mir entkommen! Ich bin nicht verletzt, aber wir brauchen ein paar Krankenwagen, viele Leute hier sind angeschossen worden, o Scheiße, Scheiße, Scheiße! Und mein Auto ist nicht versichert!« brüllte sie.

Kochend vor Wut knallte sie den Hörer gegen das silberfarbene, schweigende Telefon, und noch mal und noch mal und noch mal. Dann ließ sie ihn fallen, trat einen Schritt zurück, hob den linken Arm, ihren Schießarm, richtete den Revolver auf das beschissene Scheiß-Telefon schoß und schoß...

Es war vorbei. Sie hatte keine Munition mehr. Die Leute waren davongestoben. Das Steißbein tat ihr weh, aber nicht schlimm. Beide Schienbeine waren geprellt, sie spürte sie. Der Nagel am Ringfinger der rechten Hand war bis zum Fleisch eingerissen. Ihr Busen fühlte sich irgendwie gequetscht an, ihr Sport-BH hatte sich unter den Brüsten zusammengerollt, das tat weh. Sie blickte an sich hinab, fest damit rechnend, irgendwo Blut zu sehen. Doch da war keines. Jetzt, da sie kein Ziel mehr hatte, machte das viele Adrenalin sie schwach und leicht. Jeden Augenblick würde sie abheben, davon war sie überzeugt. Doch dann überkam es sie, sog ihren Körper auf, preßte ihre Eingeweide zusammen, bis sie in Ohnmacht zu fallen glaubte. Doch sie fiel nicht in Ohnmacht.

Sie warf einen letzten Blick auf den schwarzen Tunnel, in dem die U-Bahn mit Sepsis verschwunden war. Sie spürte den zweiten Schnell-Lader in der Hosentasche. Er war geduldig, aber auch verlockend, wie eine Flasche Schnaps oder eine Heroinspritze. Doch sie hielt sich zurück und holte ihn nicht heraus. Margaret Chisholm tat es deshalb nicht, weil sie nicht wußte, wen sie dann erschossen hätte.

6

Der Informant und ein »Rückstoß«

Chisholm machte sich nicht die Mühe, Denton zu informieren. Das blieb Amalia Bersi überlassen, die ihn unter seiner Privatnummer erreichte, während er sich, eine bereits halb ausgelöffelte Avocado in der Hand, ein Fußballspiel der mexikanischen Liga ansah. Während sie ihm alles über die Verfolgungsjagd, die Schießerei sowie einige andere interessante Leckerbissen berichtete, aß er seelenruhig zu Ende.

»Und jetzt ist sie im Hoover Building, ja?«

»Nein, Sir, sie ist gerade fort. Morgen früh reicht sie ihren Bericht ein.«

»Wo wollte sie hin?«

»Nach Hause.«

Denton besaß ein schwarzes Mercedes-Kabrio, ein wunderbares Auto. Er hatte es mit dem Vorschuß für seinen dritten Roman finanziert. Das Buch hatte die Vorschußzahlung zwar nie eingespielt, doch den Mercedes hatte Denton trotzdem behalten dürfen. In dieser Nacht war er ihm von besonderem Nutzen, denn er brachte ihn in nur fünfundzwanzig Minuten nach Silver Springs am anderen Ende der Stadt. Auf sein Klingeln hin öffnete Chisholm selbst die Tür.

»Ach, Sie sind's«, sagte sie mit merkwürdig gepreßter Stimme. Sie ging ein paar Schritte zurück, trat vor einen kleinen, neben der Tür stehenden Tisch und ließ Denton herein.

»Warum haben Sie mich nicht angerufen?«

»Ich hatte anderes zu tun, Denton«, antwortete sie kühl.

Er sah, wie sie ihren Revolver verstohlen in der Schublade des Tischchens verschwinden ließ. Ohne Denton eines Blickes zu würdigen, ging sie ins Wohnzimmer. Denton folgte ihr.

Das Wohnzimmer war leer, doch Denton spürte, daß sich noch jemand im Haus aufhielt. »Ist noch wer da?«

»Sie kommen gleich«, sagte sie geheimnisvoll. Auf dem Sofa lagen ein offener Koffer und ein Stapel Kleidungsstücke frisch aus dem Trockner; als Chisholm ein T-Shirt nahm, um es zu falten, rutschte ein rosarotes Antistatik-Trocknertuch aus dem Stapel. Doch die Kleidungsstücke, die sie jetzt ordentlich im bereits fast fertig gepackten Koffer verstaute, waren die eines kleinen Jungen.

»Wer kommt?« fragte Denton.

»Sanders.«

»Ach so.«

Kurz darauf hüpfte ein etwa zwölfjähriger, mit Baseballmütze, rotem T-Shirt und Jeans bekleideter Junge die Treppe hinunter. Auf dem Rücken trug er einen fast überquellenden Rucksack.

»Hiya, ich bin Robby«, teilte er Denton mit gewinnendem Lächeln mit und hielt ihm die Hand hin wie ein Erwachsener.

»Hi, ich bin Nicholas Denton.« Das Kind war ihm auf Anhieb sympathisch. Er schüttelte dem Jungen die Hand und warf Chisholm einen kurzen Blick zu.

Chisholm stand reglos da und betrachtete ihren Sohn. Denton richtete den Blick wieder auf Robby. Chisholm strahlte plötzlich etwas aus, das Denton sofort erkannte: Mütterlichkeit. Merkwürdigerweise rührte ihn das.

»Sie sind bei der CIA, oder?« fragte der Junge, fasziniert vom Mythos des Nachrichtendienstes.

»Ja, ich bin bei der CIA.«

»Führen Sie Geheimoperationen aus und so?«

»Nein, nein, ich halte mich immer im Hintergrund, weißt du. Reiner Routinekram. Früher, als es die Russen noch gab, hat es viel mehr Spaß gemacht, aber heutzutage ist es ziemlich langweilig.«

»Kann ich mir vorstellen«, sagte Robby und verzog das Gesicht so, daß er aussah wie ein kleiner, nachdenklicher Erwachsener. »Ich habe alles gepackt, Mom«, teilte er Margaret mit, die sofort aus ihren Träumereien aufschrak und Robby streng ansah.

»Dein Nintendo-Spiel nimmst du aber nicht mit nach San Diego, oder?«

»Warum denn nicht?«

»Weil es dumm macht.«

»Stimmt doch gar nicht« sagte er und verdrehte die Augen. Denton stellte zu seiner Verblüffung fest, daß er es genauso machte wie seine Mutter.

Chisholm sah ihn skeptisch an, wie um ihn allein mit Hilfe dieses Blicks dazu zu bringen, daß er das Videospiel daheim ließ. Doch der Blick ging ins Leere. Robby wandte sich an Denton und setzte das Gespräch mit ihm fort, als hätte seine Mutter gar nichts gesagt.

»Und was tun Sie jetzt, wo die Russen weg sind?«

»Ach, dies und jenes, vor allem sorgen wir dafür, daß wir darüber Bescheid wissen, was sich anderswo tut. Die Welt ist ja ziemlich groß – da gibt's auch anderswo als in Rußland jede Menge Probleme.«

»Ja, klar«, sagte Robby. Der Blick seiner Mutter wurde nun doch unangenehm. »Mom!« sagte er schließlich verärgert und peinlich berührt.

»Okay. Dann muß sich eben dein Vater mit dieser albernen Sucht auseinandersetzen.« Es klingelte an der Tür. Margaret ging hin und sagte über die Schulter: »Aber das ist kein Urlaub! Du gehst dort vom ersten Tag an in die Schule!«

Vom Wohnzimmer aus konnten weder Robby noch Denton die Haustür und das Tischchen sehen. Denton war überzeugt, daß Chisholm die Waffe herausgeholt hatte, und jeden niederschießen würde, über dessen Erscheinen sie nicht erfreut war.

»Du fliegst also nach San Diego?« sagte er zu dem Jungen. »Warum das denn?«

»Weiß ich nicht. Meine Mom findet, daß ich mehr bei meinem Dad sein soll. Aber im Juni bin ich sowieso bei ihm, und bis dahin sind's nur noch ein paar Monate. Mom ist echt komisch.«

»Da hast du recht«, entfuhr es Denton. Dann fügte er hastig, aber beiläufig hinzu: »Alle Moms sind komisch. Ich bin siebenunddreißig, und meine Mom nervt mich immer noch! Sie sagt mir ständig, ich soll mich warm anziehen«, erzählte er mit gespielter Verzweiflung. Robby nickte mitfühlend. Denton war ein Leidensgenosse, ein narbenübersäter Veteran der Schürzenzipfelkriege.

Chisholm kam zurück, gefolgt von Sanders und dessen Partner Richard Greene. Agent Sanders kannte Robby gut; die beiden begrüßten sich mit einem spielerischen Schlagabtausch. »Wie geht's meinem kleinen Bruder, bist du soweit?«

»Kann losgehen«, sagte Robby. Chisholm hatte den Koffer fertiggepackt und den Reißverschluß zugezogen. Richard Greene nahm ihn.

»Ich bringe ihn schon mal ins Auto«, sagte er und schoß Sanders einen Blick zu. Sanders kapierte, und die beiden gingen hinaus, damit sich Robby und Margaret ungestört verabschieden konnten. Denton trat ein wenig zurück, doch er blieb. Chisholm sah Robby an.

»Also, wie gesagt, das sind noch keine Ferien. Du mußt das Schuljahr noch zu Ende machen.«

»Ich weiß, Mom.«

»Dein Dad holt dich am Flughafen ab, aber falls er doch nicht da sein sollte, wartest du am Terminal, ist das klar?«

»Ich weiß, Mom.«

»Du sprichst nicht mit fremden Leuten, klar?«

»Klar.«

»Wo ist dein Ticket?«

»Im Rucksack.«

»Bestimmt?«

»Ja, ganz bestimmt.«

»Zeig mal.«

Robby sah genervt zu ihr hoch, doch Margaret ließ sich

davon nicht beeindrucken, sondern erwiderte seinen Blick. Robby ließ den Rucksack seufzend zu Boden gleiten, öffnete die Außentasche und zog sein Flugticket heraus. »Da, bitte.«

»Okay. Hast du Geld?«

»Nö«, sagte er strahlend.

»Wieviel hast du?«

»Bloß'n Zwanziger.«

»Zwanzig Dollar? Das reicht völlig.« Robby senkte resigniert den Kopf; ihm war durchaus bewußt, daß Denton ihn und seine Mutter beobachtete. Und er wußte, was jetzt kommen würde.

Margaret konnte sich nicht zurückhalten. Sie drückte ihren Sohn fest an sich und küßte ihn auf die Wange. »Mmmm, ich hab' dich so lieb. Paß auf dich auf, und wenn du dort bist, rufe ich dich gleich an, ja?«

Der solchermaßen gedemütigte Robby winkte Denton halbherzig zu und ging zur Haustür hinaus. Margaret sah zu, wie er mit Sanders und Greene in den Wagen stieg und abfuhr. Dann schloß sie die Tür und wandte sich an Denton, dessen Anwesenheit ihr erst jetzt wieder bewußt wurde.

»Die Plagen des Mutterseins.«

»Ich kann's mir vorstellen«, sagte er.

»Was haben Sie eigentlich hier zu suchen?« Sie sah ihn fragend an.

»Eine Mitarbeiterin hat mich über Ihr kleines Abenteuer unterrichtet.«

»Es kam auch in den Abendnachrichten«, sagte sie, amüsiert, weil ihm eine Mitarbeiterin hatte sagen müssen, was passiert war. Denton verstand und ging nicht darauf ein.

»Amalia hat Informationen über die Kerle ausgegraben. Ich denke, das könnte Sie interessieren.«

»Was hat sie denn gefunden?« fragte sie geschäftsmäßig und ging in die Küche. Denton folgte ihr.

»Ich glaube, das wird Sie freuen«, sagte er, während sie den Kühlschrank öffnete. »Die vier bewaffneten Typen waren von Québecois Libre ...«

»Es waren fünf«, erklärte sie und bot Denton eine Dose Cola an.

»Nein, danke. Ich meinte die vier, die Sie getötet haben. Die sind alle mit falschen Papieren eingereist, und diese Papiere konnten zurückverfolgt werden nach – na, raten Sie mal! Nach Rom.«

»Die hatten Papiere bei sich? Idioten.«

»Nein, nein, sie hatten nichts bei sich, nicht einen Fetzen Papier. Doch bei einem fanden wir einen Motelzimmerschlüssel. Amalia Bersi ...«

»Ach, ja, Ihre Lieblingskillerin.« Chisholm lächelte Denton an und öffnete die Dose. »Ich dachte, wir hätten vereinbart, diese Operation nur mit FBI-Leuten durchzuführen.«

»Na ja, es war aber wesentlich einfacher ...«

»Vergessen Sie's.« Sie hob die Hand und senkte den Kopf. »Ich bin zu müde, um mich mit Ihnen herumzustreiten. Also, weiter, was haben Ihre Leute gefunden?«

Denton grinste. »Amalia fand heraus, zu welchem Motel der Schlüssel gehörte, und durchsuchte das Zimmer mit ihrem Team. Volltreffer! Vier Personaldokumente. Und jetzt passen Sie auf: Es waren gar keine echten Fälschungen, es waren offizielle, in Kanada ausgestellte Pässe. Aber dann hat Amalia ein bißchen nachgeforscht. Alle diese Dokumente waren hohl.«

Chisholm runzelte die Stirn und dachte nach. Hohle Papiere waren Personalausweise, Reisepässe und dergleichen, deren Echtheit nicht durch eine Geburtsurkunde bestätigt werden konnte. Nur schlechte Fälschungen waren hohl, und hohle Dokumente wurden meist leicht erkannt, denn in diesen Fällen war der Ausweis selbst gefälscht worden. Offiziell ausgestellte hohle Papiere waren dagegen sehr selten. Eigentlich hatte man so etwas überhaupt noch nie gehört.

»Äußerst merkwürdig«, sagte Chisholm nachdenklich. Dann fragte sie, plötzlich wieder geschäftsmäßig: »Und was ist mit dem fünften Kerl?«

»Tja, schade, daß Sie sein Gesicht nicht gesehen haben, aber ich glaube, das war Sepsis.«

Chisholm hielt die Cola-Dose an die Lippen und schwieg eine Weile. »Das glaube ich auch.« Sie trank einen Schluck. »Und ich sage Ihnen noch was – Sie wissen doch, dieses absurde Gerede, der Typ sei erst fünfundzwanzig oder so. Also, das stimmt.«

»Was stimmt?«

»Der ist das reinste *Baby*. Als es in den Berichten hieß, er sei ganz jung, hielt ich das für ausgemachten Schwachsinn. Aber der fünfte Typ, der war zwar jung, aber er brachte es voll. Intelligent, cool, der wußte ganz genau, was zu tun war. Es gibt nicht den geringsten Zweifel – der Fünfte war Sepsis, und dieser Fünfte war ganz jung. Und damit haben wir ein Riesenproblem.«

»Wieso?«

»Wo wurde er ausgebildet?« fragte sie und trommelte gedankenverloren mit dem Nagel ihres Zeigefingers auf die Cola-Dose. »Er operiert nun schon seit – na, sechs, sieben Jahren, oder? Wer hat ihm das beigebracht? In der Sowjetunion hat er es nicht gelernt, das ist schon mal sicher. Die Patrice-Lumumba-Universität wurde schon '88 oder '89 geschlossen, lang bevor der Kerl auf der Bildfläche erschien. Wenn wir nicht rausfinden, wer ihn ausgebildet hat, können wir ihn unmöglich jemals identifizieren. Wer sollte über ihn plaudern, wenn wir nicht mal wissen, wen wir ausquetschen sollen?«

»Meinen Sie, Sie würden ihn erkennen, wenn Sie ihn noch einmal sähen?«

Sie schüttelte kurz den Kopf. »Unmöglich, dazu ist alles viel zu schnell passiert. Dünn, dunkelhaarig, das ist alles. Selbst wenn er mir jetzt über den Weg laufen würde, würde ich ihn nicht erkennen.«

Denton sah Chisholm mit leerem Blick an und dachte nach. Dann wandte er ihr wieder seine Aufmerksamkeit zu. »Gut, lassen wir das fürs erste auf sich beruhen. Zurück zu den Québecois-Libre-Typen. Erinnern Sie sich an diesen kanadischen Politiker, den Sepsis vor ein paar Jahren erschoß?«

»Ja, ich erinnere mich. Ein Gewehrschuß in der Innenstadt von Ottawa, am hellichten Tag, direkt vor dem Premierminister. Der kleine Mann in meinem Ohr sagt mir, daß Sepsis den Knaben umgelegt hat.«

»*Mir* hat der kleine Mann noch was gesagt: Sepsis hat den Knaben nicht im Auftrag irgendwelcher Drogendealer umgelegt, wie es immer hieß, sondern im Auftrag von Québecois Libre. Für die hat er den kanadischen Politiker abgeknallt, und jetzt helfen die ihm, Sie abzuknallen. Quid pro quo. Ist ja heute sehr in Mode. Hat auch große Vorteile bezüglich der Sicherheitsaspekte. Wenn wir einen dieser Kerle erwischt hätten, hätte er nicht mal gewußt, warum er den Auftrag ausführte. Jetzt habe ich es mir anders überlegt – ich hätte doch gern eine Cola.«

Chisholm öffnete den Kühlschrank und holte eine Dose heraus. Denton ließ sich währenddessen alles noch einmal durch den Kopf gehen. Geistesabwesend benutzte er sein Taschentuch, um, den Blick nachdenklich auf Chisholm gerichtet, die Metallschlaufe an der Dose hochzuziehen.

»Stellt sich folgende Frage: Wollte er Sie wegen Gegenspieler ausschalten? Oder sind Sie noch mit einem anderen Fall betraut, dessentwegen man Sepsis dazu angeheuert haben könnte, Sie außer Gefecht zu setzen?«

»Nein, nein. Meine anderen Fälle sind reine Schreibtischarbeit. Da könnte ich möglicherweise verklagt werden, aber bestimmt nicht erschossen. Sepsis hat offenbar gedacht, ich wäre mit der Nonne unterwegs. Das ist zwar nur eine Mutmaßung, aber es ist die einzige, die einen Sinn ergibt.«

»Warum schicken Sie dann Ihren Sohn zu seinem Vater?«

»Nennen Sie es meinetwegen mütterliche Paranoia.« Sie trank, dachte nach und sagte verträumt: »Er muß einen phantastischen Informanten haben, einen Informanten, der uns nicht wohlgesinnt ist.«

Denton, der gerade dabei war zu trinken, heftete seinen Blick auf Chisholm. Er schluckte. »Wie meinen Sie das?«

»Sepsis wußte, daß die Nonne sich in ihrem Kloster

aufhielt. Gut, in Ordnung, das heißt noch gar nichts, das hätte jeder wissen können. Schließlich wohnt sie dort, oder?«

»Ja, klar.« Er versuchte, ihrem Gedankengang zu folgen, sah aber noch nicht recht, worauf sie hinauswollte.

»Dann versucht er sie noch am selben Tag in dem Polizeirevier umzunieten. Soweit auch in Ordnung. Vielleicht hatte ihm ein Ortsansässiger erzählt, wo sie sich aufhielt, oder er ist ihr zum Polizeirevier gefolgt. Ist auch völlig egal«, sagte sie mit einer wegwerfenden Handbewegung und hockte sich mit einem Satz auf den Küchentisch.

»Aber dann«, fuhr sie fort, »brachten wir sie aus New Hampshire hierher, und zwar unter strengsten Sicherheitsvorkehrungen. Insgesamt wußten nicht mehr als zwanzig Leute, daß sie sich hier in Washington, D.C., unter den Schutz des FBI begeben würde. Und nur exakt *fünf* Personen wußten, daß ich diesen Fall leiten würde: Sie, ich, mein Chef Rivera und Ihr Chef Lehrer. Und die Schleiereule selbst, natürlich. Bis heute vormittag wußte nicht mal Phil Carter, daß ich eine Operation Gegenspieler leite. Sepsis hat einen Informanten aus unseren Reihen.«

Sie trank die Dose aus und zielte damit auf den Mülleimer. Denton hob den Deckel hoch, und Chisholm warf.

»Drei Punkte«, sagte sie.

»Das war einfach, Sie standen praktisch schon auf der Freiwurflinie.«

»Dann versuchen Sie's doch auch mal!«

Denton grinste Chisholm lässig an. »Ein Informant, der Sepsis steckt, was läuft. Ich verstehe, was Sie meinen. Sie glauben, daß einer von uns fünfen seine Informationsquelle ist«, sagte er mit unbewegter Miene, um sie zu testen, doch Margaret lachte lauthals los.

»Wenn ich das allen Ernstes glauben würde, wäre ich paranoider, als mir guttäte.«

»Freut mich zu hören«, erwiderte er mit gespieltem Sarkasmus, doch der Gedanke ging ihm nicht mehr aus dem Kopf. »Dieser Informant, wenn er denn existieren sollte, hat also Sepsis wissen lassen, daß Sie die Nonne übernommen haben, und Sepsis ging davon aus, daß Sie die Dame vom Hoover Building zum Hotel fahren.«

»Als wir uns begegneten, fuhr ich gerade in die Richtung, in der das Hotel liegt. Er war garantiert der Meinung, die Nonne sei bei mir. Wahrscheinlich glaubte er, ich stünde ihm im Weg, und er müsse mich erledigen, um an die Nonne ranzukommen.«

Denton stand reglos da und dachte nach. »Erscheint mir sehr fraglich«, sagte er nach einer Weile.

»Warum?«

»Dann hätte er doch gleich eine Bombe in Ihr Auto oder besser noch in das von Phil Carter legen können. Schließlich kutschiert Carter sie die ganze Zeit herum.«

»Der Parkplatz des Hoover Building wird von bewaffneten Sicherheitsleuten bewacht, und im Hotel beobachten Carters Leute alles.«

»Ach so«, sagte Denton, doch er war immer noch nicht überzeugt. »Aber warum hätte er seine Zeit damit verschwenden sollen, Ihnen zu folgen, wenn er nicht sicher war, daß sich die Nonne bei Ihnen befand?«

»Vielleicht wollte er das erst mal überprüfen, erst mal rausfinden, ob sie bei mir war, und uns dann gegebenenfalls beide erschießen.«

»Klingt nicht sehr plausibel. Was, wenn er Ihnen genau zu der Zeit gefolgt ist, als Carter und seine Leute die Nonne ins Hotel brachten? Dann hätte er sie total verpaßt.«

»Wenn er nicht hinter der Nonne her war, warum hat er dann meinen Wagen beschossen? Glauben Sie etwa, Sepsis versucht jetzt, *mich* zu töten? Wieso denn?«

Denton überlegte. »Gute Frage.«

Sie standen in der Küche, dachten über alles nach und waren nicht besonders glücklich. Zu viele Puzzleteile fehlten, zu viele Fragezeichen hingen in der Luft. Denton zündete sich eine Zigarette an.

Chisholm zuckte zusammen und ließ den Blick über die Küche schweifen. Der Raum war jetzt, ohne Robby, groß und

kalt und leer. Sie sah Denton an und sagte: »Bis keine un-
mittelbare Gefahr mehr besteht, übernachte ich in meinem
Büro. Würden Sie mich hinfahren?« Sie grinste zynisch.
»Mein Wagen ist in der Werkstatt.«

Denton inhalierte tief und sagte lächelnd: »Klar.«

»Tirso Gaglio?« fragte der Beamte der Einreisebehörde am
Flughafen Leonardo da Vinci. »Willkommen daheim!« Er gab
dem jungen Mann, der vor ihm stand, den Paß zurück. Der
junge Mann lächelte schüchtern und ein wenig nervös, wie
es Menschen tun, die nichts zu verbergen haben.

»Danke«, sagte der junge Mann in perfektem Italienisch
mit Mailänder Akzent, weiter den Nervösen spielend.

Sepsis steckte die Papiere in die Innentasche seines Sportsakkos, hob den Koffer vom Boden auf und passierte die Sper-
re. Im Gehen zündete er sich eine Zigarette an.

Er trat hinaus in die Morgensonne. Rom war herrlich an
diesem Tag. Die Luft fühlte sich so an, daß er sofort wußte,
es würde ein schöner Tag werden, und dafür war Sepsis dankbar.

In Washington war es ihm nicht gut ergangen. Zwar hatte
die Verfolgungsjagd für Chisholm in der U-Bahn-Station ein
Ende gefunden, doch für Sepsis hatten die Schwierigkeiten
erst richtig begonnen, nachdem er in den Zug geflüchtet war.
Über und über mit dem Blut des Sturmgewehr-Schützen
bespritzt, hatte er nach Kräften versucht, möglichst wenig
aufzufallen. An der nächsten Station war er ausgestiegen,
hatte mit vorgehaltener Waffe einem Taxifahrer aus San Sal-
vador den Wagen gestohlen und war in einem fünfundvierzig Minuten dauernden Alptraum herumgekurvt, bis er
schließlich in einer leeren Hofeinfahrt im Schwarzenghetto
im Südosten der Stadt einen Wasserschlauch fand. Gesäu-
bert, aber ohne Hemd hatte er den Wagen stehenlassen und
war mit der U-Bahn zur Mall gefahren. Dort hatte er sich
an einem Souvenirkiosk ein T-Shirt mit der Aufschrift »Helft
unseren Kriegsgefangenen!« gekauft und war, um die Zeit
totzuschlagen und um sich zu beruhigen, zu Fuß auf der

Mall vom Lincoln Memorial zum Washington Monument und wieder zurück gegangen. Er mußte all seine Selbstdisziplin aufbieten, um sich nicht sofort aus dem Staub zu machen – in ein Flugzeug zu springen und einfach abzuhauen. Statt dessen war er an diesem Abend ins Kennedy Center gegangen und hatte sich eine Aufführung von Becketts *Endspiel* angesehen.

Jetzt saß er, bequem zurückgelehnt, in einem Taxi in Rom und fuhr zu seinem Hotel. Die Verfolgungsjagd in Washington gehörte bereits der Vergangenheit an. Sepsis versenkte sich in seine oft gedachten Gedanken über Beckett und freute sich über seine Gelassenheit. Becketts Stücke fand er überaus schön, seine Prosa dagegen trivial. Es verwunderte ihn immer wieder, daß offenbar noch niemandem die Ähnlichkeiten zwischen den Romanen Becketts und Dostojewskijs *Aufzeichnungen aus einem Totenhaus* aufgefallen waren. Dieser kleine Roman von Dostojewskij enthielt Sepsis' Überzeugung nach alles, was Beckett in seiner Prosa je zu erreichen versucht hatte. Die *Aufzeichnungen* bestanden aus zwei Teilen, und der erste war genauso gut, wenn nicht sogar besser als die späten Romane von Beckett wie *Der Namenlose* oder *Malone stirbt*. Teil eins der *Aufzeichnungen* erzielte die gleiche Wirkung wie diese Romane, allerdings sehr viel eleganter und gekonnter. Und Teil zwei war im selben Stil verfaßt wie Becketts frühe Romane, nur wesentlich interessanter und aufschlußreicher. Sepsis war zu dem Schluß gekommen, daß Beckett als Romanautor nur ein billiger Dostojewskij-Nachahmer war, während er seine Stücke nicht genug loben konnte.

Wie hat sie's bloß gemerkt, verdammte Scheiße? Die plötzlich in ihm aufkeimende Frage brachte seinen kleinen Gedankenzug sofort zum Entgleisen; schlagartig war er sauer. Sie waren in ihrem toten Winkel gewesen und hatten fest damit gerechnet, nicht von ihr entdeckt zu werden. Sepsis hatte selbst am Steuer gesessen und war ganz besonders vorsichtig gefahren, damit sie auch ja nicht zu früh etwas bemerkte. Aber dann hatte sie völlig unerwartet, als hätte sie die ganze

Zeit von seiner Anwesenheit und der seiner Leute gewußt, den Schützen erschossen. Ein wahres Wunder, daß er selbst nicht getroffen worden war; jede einzelne Kugel, die den Beifahrer erwischt hatte, hätte sich auch in seinen Körper bohren und ihn töten können. Zu knapp, zu knapp, zeitlich war das alles einfach zu knapp bemessen gewesen! Er hätte nie mehrere Aufträge gleichzeitig annehmen dürfen. Und nachdem er diese eine Gelegenheit verpaßt hatte, war auch keine Zeit mehr geblieben, es noch einmal zu versuchen – er hatte nach Rom zurückfliegen müssen, um mit den Vorbereitungen für den Petersdom zu beginnen.

Der Hinterkopf des Taxifahrers war nur eine Armlänge entfernt. Mit jeder Sekunde, in der er an dieses beschissene Miststück Chisholm dachte, wurde Sepsis wütender, wurde sein Wunsch, den Mann zu töten, stärker. Der Fahrer hatte bisher kein einziges Wort gesagt, doch plötzlich beschloß Sepsis, daß er ihn töten würde, sollte er auf die Idee kommen, ihn mit sinnlosem Gewäsch zu belästigen. Dann würde er seine rechte Hand flach auf die Stirn des Fahrers legen, mit der linken sein linkes Ohr packen und ruckartig daran ziehen.

Sepsis starrte auf die Schädelbasis des Fahrers, wie um den Mann aufzufordern, irgend etwas zu sagen, ihm einen Vorwand dafür zu liefern, daß er ihm das Genick brechen konnte. Doch der Fahrer blieb stumm – ein wahres Wunder, wenn man bedachte, daß es sich um einen Italiener handelte –, und diese Stummheit war genauso beleidigend wie alles, was er hätte sagen können. Sepsis zwang sich, den Blick vom Hinterkopf des Mannes abzuwenden, und sah aus dem Fenster, versuchte, wieder über Đostojewskij und Beckett nachzudenken, doch es gelang ihm nicht.

In der Ferne sah er den Petersdom. Es war, als wartete er auf ihn. Da schwand endlich die Erinnerung an dieses Weib, das er einfach nicht zu fassen bekommen hatte, und die Aufregung kehrte zurück, die Aufregung darüber, dem Ziel so nah zu sein, aber auch die schiere Angst vor dem Scheitern, jetzt, da sich die Nonne nicht mehr in der Nähe der Basilika aufhalten würde. Wäre das Ziel eine Bibliothek gewesen, er wäre vor dem Auftrag zurückgeschreckt. Doch mit Architektur konnte Sepsis nicht viel anfangen. Für ihn waren alte Gebäude gigantischer Krimskrams, sonst nichts.

Chisholm stand hinter ihr und nippte geduldig an ihrem Kaffee, während Schwester Marianne die Bilder durchging.

Am Tag nach der Schießerei waren sie mit Gegenspieler keinen Schritt weitergekommen. Chisholm hatte fast die ganze Zeit mit dem Tactical Supervisory Board des FBI gesprochen, einer Art Clearingstelle für Schießereien, und hatte jedes Detail der Verfolgungsjagd und des Feuergefechts berichtet, an das sie sich erinnern konnte. Über eine bestimmte Einzelheit war sie dabei immer wieder gestolpert.

»… und nachdem Sie die Zentrale angerufen hatten, haben Sie auf das Telefon geschossen«, hieß es in dem typischen herablassenden Tonfall. Es waren alles ältere Agenten, erfahrene Männer und Frauen, doch für Chisholm waren sie eine gesichtslose, entsetzlich schwerfällige Masse.

»Ja, ich habe auf das Telefon geschossen«, erklärte sie mit fester Stimme und einem »Na und?«-Blick. Wenn die sie abmahnen wollten, sollten sie's doch tun, Scheiß drauf. Deshalb brauchte sie noch lange keinen Kniefall vor ihnen zu machen.

»Und warum?«

»Ich war sauer. Wütend, besser gesagt. Der Dreckskerl war mir entwischt.«

»Sie hätten dabei versehentlich jemanden treffen können. Sie hätten einen Menschen töten können.«

»Nein, es war niemand in der Nähe. Ich bin eine ausgezeichnete Schützin. Es bestand nicht die geringste Gefahr.«

»Aber auch nicht die geringste Notwendigkeit«, warf eine ältere Frau ein.

Margaret zögerte. »Nein«, gab sie zu.

»Trotzdem haben Sie geschossen.«

»Ja.« *Na und?*

»Eine Frage sollte noch geklärt werden: Sie saßen in Ihrem

Wagen und verstellten zufällig den Rückspiegel. Warum haben Sie das getan?«

So ging es weiter, bis sie wieder bei den Schüssen auf das Telefon angekommen waren. Margaret wäre gern bereit gewesen, das blöde Telefon zu bezahlen, wenn ihr damit das Verhör erspart geblieben wäre. Die kapierten überhaupt nicht, wie es gewesen war, hatten keine Ahnung von der Aufregung, dem irrsinnigen Nervenkitzel. Die Kehrseite der Medaille bestand allerdings aus der Befragung und der unterschwelligen Angst davor, gefeuert zu werden. Was würde sie dann tun?

Doch dann sie ließen sie sie in Ruhe – zumindest fürs erste. Am nächsten Tag machte sie sich wieder an die Arbeit für Gegenspieler und kümmerte sich um die Schleiereule.

»Guten Morgen.« Marianne begrüßte Chisholm und schenkte Phil Carter und seinen Leuten zum Abschied ein Lächeln.

»Gehen wir«, sagte Chisholm und führte Schwester Marianne durch den Bauch des Hoover Building zu den Computern im Keller.

Unten, in dem großen weißen Raum, in dem ausschließlich Computer mit entsprechendem Zubehör standen, die direkten Zugriff auf das gesamte Wissen des FBI boten, plazierte Chisholm die Nonne vor einen Terminal. Der Computer hatte die Gesichter jedes Mannes zwischen zwanzig und dreißig parat, auf den einerseits die Beschreibung der Nonne paßte und der andererseits im vergangenen halben Jahr einen italienischen Paß beantragt und erhalten hatte – beides traf auf insgesamt fünfhundertzwölf Männer zu.

»Setzen Sie sich hier hin«, sagte Chisholm, bewußt eine gewisse körperliche Distanz zu der Nonne wahrend, und deutete auf den Joystick an der Tastatur des Computers. »Gehen Sie die Fotos mit dem Joystick durch. Wenn Sie ihn nach rechts schieben, kommt das nächste Bild, wenn Sie zurückgehen wollen, stellen Sie ihn nach links. Wenn Sie den Mann, den Sie gesehen haben, wiedererkennen, bleiben Sie bei dem entsprechenden Foto stehen. Machen Sie sich keine Sorgen, falls Sie alle Fotos durchgesehen haben, ohne daß er dabei war – wir haben noch mehr«, log sie. Die meisten Zeugen wurden nachlässig, wenn sie glaubten, daß die Verbrecherfotos ausgingen, und übersahen den mutmaßlichen Verdächtigen, wenn sein Bild zufällig erst gegen Ende erschien.

»Ich komme gleich wieder«, sagte sie und machte sich auf die Suche nach einer Tasse Kaffee. Schwester Marianne sah ihr mit müdem Blick nach.

»Wohin gehen Sie?« hörte sie sich hinter Chisholm herrufen.

»Ich hole mir nur einen Kaffee. Schauen Sie sich schon mal die ersten Fotos an«, antwortete Chisholm über die Schulter.

»Könnte ich bitte eine Tasse Tee haben?« fragte die Nonne. Chisholm erwiderte nichts, aber irgend etwas an ihrer Körperhaltung und ihrem Gang sagte Marianne, daß sie ihre Bitte vernommen hatte. Die Nonne begann sich die Fotos anzusehen.

Sie verstand nicht, warum es ihr so wichtig war, von dieser merkwürdigen, ungestümen Frau gemocht zu werden. Agentin Chisholm schien im Gegensatz zu ihr nicht darauf angewiesen zu sein, geliebt zu werden oder auch nur liebenswert zu sein, was Marianne völlig unverständlich fand. Agentin Chisholm fürchtete sich zwar nicht davor, gemocht zu werden, sie war keine Menschenfeindin, das spürte Marianne ganz deutlich. Aber es lag ihr auch nichts daran, in anderen Sympathie für sich hervorzurufen. Im Grunde war es ihr völlig egal.

Marianne ging die Bilder durch, betrachtete sie rasch, aber aufmerksam. Nach etwa einem Dutzend Fotos trat Agentin Chisholm hinter sie, stellte eine Tasse Tee neben die Tastatur und zog sich wieder zurück. Doch obwohl Marianne sie nicht sah, war sie sicher, daß sie direkt hinter ihr stand.

Sie wußte nicht, warum sie von ihr gemocht werden wollte, aber es war so. Sie hätte gern mit Edmund darüber gesprochen, aber der war schon nach Rom geflogen, um mit der Renovierungsphase zu beginnen, für die er zuständig war.

»Rufen Sie mich an, wenn Sie irgend etwas brauchen oder auch wenn Sie einfach nur reden wollen«, hatte er ihr noch gesagt, bevor er zum Flughafen fuhr.

»Ja, mache ich«, hatte sie erwidert und ihn umarmt.

»Versprechen Sie es mir!«

»Ich verspreche es«, hatte sie lachend gesagt, nicht weniger gerührt von der Liebe, die er ihr entgegenbrachte, als von der, die sie für ihn empfand. Doch während sie die Fotos betrachtete, wurde Marianne klar, daß sie Edmund nicht um Rat fragen würde. Er war ihr bester Freund, gewissermaßen eine Vaterfigur für sie, aber es gab Dinge, die er einfach nicht verstehen würde, zum Beispiel ihren Wunsch, Agentin Chisholm möge sie sympathisch finden. Edmund hatte Angst davor, Menschen zu mögen und von ihnen gemocht zu werden, das wußte sie. Marianne glaubte, daß es daran lag, daß er so lange als Professor ohne feste Anstellung von Universität zu Universität gezogen war – früher oder später hatten entweder seine Studenten ihr Studium abgeschlossen und ihn zurückgelassen, oder er selbst war an eine andere Universität gegangen. Wahrscheinlich war es einfacher, Menschen gar nicht erst nett zu finden und lieben zu lernen, als von ihnen verletzt zu werden, wenn sie einen verließen und ihr Leben allein weiterlebten. Warum er sie, Marianne, mochte und lieben gelernt hatte, darüber hatte Schwester Marianne noch nie nachgedacht.

Sie legte eine Pause ein, träumte ein wenig vor sich hin. Einige Augenblicke lang waren die Bilder völlig vergessen.

»Ja?« sagte Agentin Chisholm, und Marianne drehte sich zu ihr um. Agentin Chisholm stand, wie sie sich gedacht hatte, direkt hinter ihr, nur einige Schritte entfernt, an einen Schreibtisch gelehnt, und beobachtete sie mit müden braunen Augen. Und in diesen Augen lag nur eine müde, leere Gleichgültigkeit.

Bei ihr reichte es nicht, Smalltalk zu machen oder eine von den höflichen Floskeln zu äußern, auf die Agent Denton sofort angesprungen wäre und die er zum Anlaß für ein Gespräch genommen hätte. Agent Denton hätte gelächelt und einen Witz erzählt, um die Langeweile zu vertreiben. Doch er wäre dabei unehrlich gewesen, und unehrlich war Agentin Chisholm nie. Das war genau der Punkt, das Geheimnis ihrer Gleichgültigkeit: Agentin Chisholm konnte nicht lügen. Sie würde Marianne nie Sympathie entgegenbringen, sondern brachte ihr entweder Respekt entgegen oder aber Verachtung. Und so, wie es aussah, respektierte sie sie nicht. Das verriet die dumpfe Gleichgültigkeit ihres Blicks. Sie war von ihr gewogen und für zu leicht befunden worden, und das schmerzte Schwester Marianne wie eine brennende Wunde. Es schmerzte, weil sie den Verdacht hegte, daß Agentin Chisholm damit recht hatte.

»Nichts«, sagte die Nonne und wandte sich wieder den Bildern zu.

Chisholm starrte über die Schulter der Nonne hinweg auf den Monitor. Die Fotos kamen ihr mittlerweile alle gleich vor – anonyme Männer mit dunkelbraunem Haar, junge Männer nicht genau bestimmbaren Alters. Sie bezweifelte, daß sie auf etwas Nützliches stoßen würden, aber schludrig durfte man deswegen auch nicht werden. Manchmal tauchten Hinweise allein deshalb auf, weil man sorgfältig vorgegangen war. Sie beschloß, die Nonne alle Fotos noch mindestens zweimal durchsehen zu lassen, vielleicht sogar dreimal, bevor sie das Ganze abblies.

Dann kam Denton, stellte sich neben Chisholm und sah zu, wie die Nonne die Paßfotos betrachtete. »Hallo«, sagte er leise. »Und? Was hat die Spurensicherung gefunden?«

»Nichts. Sepsis hat offenbar Handschuhe getragen. Das war mir gar nicht aufgefallen.«

»Überhaupt keine Abdrücke?« flüsterte Denton verwundert.

»Nicht mal auf den verschossenen Patronenhülsen.«

»Und was ist mit den Québecois-Libre-Typen?«

»Die kanadischen Mounties forschen nach, aber da sie nichts im Archiv hatten, was sie uns sofort schicken konnten, bezweifle ich, daß sie überhaupt etwas Brauchbares über die Leute finden werden.«

»Was ist mit den Überwachungskameras im U-Bahnhof?«

»Total unscharf.«

»Na wunderbar.« Denton ließ den Blick über den Raum schweifen. Er war frustriert und nicht daran gewöhnt, Pech zu haben. »Was macht sie da eigentlich?«

»Sie sagten doch, die Québecois-Libre-Kerle hätten hohle Ausweispapiere besessen, die aber offiziell ausgestellt worden waren, oder?«

»Ja. Und?«

»Wenn die offiziell ausgestellte Dokumente hatten, hatte garantiert auch Sepsis so einen Ausweis.«

»Ich verstehe. Sie sind ein schlaues Mädchen, Margaret«, flüsterte Denton hocherfreut. Chisholm konnte sich das Grinsen nicht verkneifen.

»Interpol hat uns Fotos von allen Italienern zur Verfügung gestellt, die im letzten halben Jahr einen Reisepaß erhalten haben. Die Kanadier schicken uns ihre Fotos heute nachmittag, spätestens morgen früh.«

»Das müssen ja *Tausende* sein«, zischte er.

»Ja, Tausende, die einen Paß *beantragt* haben, aber es sind nur fünfhundertzwölf mit dem entsprechenden Alter und dem auf die Beschreibung passenden Aussehen. Die Kanadier lassen uns noch mal ungefähr zweihundert zukommen.«

Denton blickte, ohne näher zu treten, Marianne über die Schulter. Die Nonne betrachtete ein Foto nach dem anderen. Chisholm stand ruhig und geduldig da. Nachdem Schwester Marianne etwa ein weiteres Dutzend Bilder durchgesehen hatte, wandte Denton sich an Chisholm und sagte: »Diese Männer sehen alle wie Zwillinge aus. Ich halte das für reine Zeitverschwendung.«

»Das werden wir ja sehen«, sagte Chisholm. »Werden Sie nur nicht nervös. Das bringt nichts.«

Denton hätte liebend gern etwas Schlaues erwidert, zum Beispiel »Das sagen ausgerechnet Sie!«, und dann mit Zeigefinger und Daumen eine Waffe imitiert und so getan, als würde er auf Chisholm schießen. Ihre Reaktion hätte ihn brennend interessiert, war jedoch zu unberechenbar, deshalb hielt er sich zurück, wenn auch nur mit Mühe, und fragte sie statt dessen: »Was ist, wenn sie ihn nicht identifiziert?«

»Dann holen wir einen andern Zeichner und lassen ein zweites Phantombild anfertigen. Aber wenn es soweit kommt, können wir sie als Zeugin sowieso vergessen.«

Marianne hörte das Gespräch der beiden nicht. Sie zwang sich, nichts mehr zu denken, sondern nur die Fotos zu betrachten, das nächste auf den Monitor zu holen und es anzusehen, dann das nächste und das nächste. Plötzlich blieb ihr Blick an einem der Fotos hängen. Sie betrachtete es genauer. Sie starrte auf das Bild eines unbekannten jungen Mannes – eines unbekannten jungen Mannes mit einem Namen: Tirso Gaglio.

»Agentin Chisholm?«

»Interpol hat bestätigt, daß ein Mann namens Tirso Gaglio vor zwei Wochen von Rom nach Montreal geflogen ist«, erklärte Chisholm, ohne vorher auch nur guten Tag gesagt zu haben. »Es gibt zwar keine Belege für die Einreise Gaglios in die USA, aber vor zwei Tagen ist er auf einem Direktflug von Washington nach Rom zurückgekehrt. Er ist unser Mann. Ich wette zehn zu zwanzig Dollar, daß er dorthin zurückgeflogen ist, um sich zu überlegen, wie er den Vatikan in die Luft jagen kann.« Sie ließ den Blick über die drei mit ihr am Konferenztisch sitzenden Männer wandern.

Mario Rivera sah sie unverwandt an, die dicken Arme vor der breiten Brust verschränkt. Keith Lehrer saß zurückgelehnt da und starrte auf seine lederne Aktenmappe, die vor ihm auf dem Tisch lag. Und Denton, der neben ihm saß, machte sich Notizen.

»Warum glauben Sie, daß er den Vatikan in die Luft jagen will?« fragte Lehrer, ohne Chisholm anzusehen.

»Die Schleiereule ist ja nicht gerade eine Drogenschmugglerin«, antwortete sie trocken, den Blick auf Lehrer gerichtet, und zog eine Augenbraue hoch. »Sie ist College-Professorin in der Provinz und hat weder Kontakt zur Mafia noch zu irgendwelchen Kolumbianern, Arabern oder sonst irgendwem, der etwas Gefährlicheres als *Roget's Thesaurus* mit sich herumträgt. Sepsis ist dagegen schon seit längerem als Bombenleger bekannt. Sollten Sie eine bessere Erklärung dafür haben, daß er so scharf auf diese Nonne ist, möchte ich Sie bitten, sie mir freundlicherweise mitzuteilen.«

»Das ist eine ganz dumme Annahme«, schoß Lehrer zurück, wobei er allerdings Rivera ansah. »Sepsis eliminiert Menschen. Ich habe noch nie gehört, daß er schon mal versucht hätte, ein Gebäude zu töten. Sie, Agentin Chisholm, sollten diese Ermittlungen nicht durchführen auf der Grundlage eines …«

»Sie meinen, *wir* sollten diese Ermittlungen nicht durchführen.«

Lehrer zuckte mit keiner Wimper. »Wenn diese Ermittlungen auf der Grundlage eines von keinerlei Fakten gestützten Gefühls durchgeführt werden, übersehen wir möglicherweise andere, wesentlich wahrscheinlichere Motive.«

Rivera seufzte nachdenklich auf. »Ich stimme Mr. Lehrer zu, Maggie. Es ist eine interessante Möglichkeit, aber Sie sollten nicht alles auf diese eine Karte setzen. Sehen Sie sich Opus Dei an, sehen Sie sich die anderen Nonnen in dem Kloster an, forschen Sie nach, was die dort in New Hampshire so getrieben haben.«

»Sie sind der Chef«, sagte sie und machte sich Notizen. »Es läßt sich allerdings nicht leugnen, daß sie uns einen Riesenknüller geliefert hat. In keiner Kartei fand sich bisher Sepsis' Gesicht; wir haben es jetzt. Ich schlage vor, wir geben es an Interpol weiter.«

Lehrer zeigte sich unzufrieden mit der Entwicklung der Dinge. »Wie sicher sind Sie eigentlich, daß die Nonne eine korrekte Identifizierung vorgenommen hat? Vielleicht hat sie in ihrem Eifer, ein Ergebnis vorzuweisen …« Er ließ den Satz unvollendet. Sein Blick war weiter auf Rivera statt auf Chisholm gerichtet.

Chisholm schnaubte verächtlich. Diesen Einwand hatte sie erwartet. »Wir haben sie sämtliche Fotos daraufhin noch zweimal durchsehen lassen, und zwar in unterschiedlicher Reihenfolge und ohne Namen. Sie hat ihn in allen drei Durchgängen identifiziert. Und angesichts des überaus merkwürdigen Flugverhaltens dieses Tirso Gaglio würde ich sagen, er ist es.«

»Ich bin der gleichen Meinung«, sagte Mario Rivera. »Es handelt sich zweifellos um ein beglaubigtes Foto von Sepsis. Reichen Sie es an Interpol weiter. Und was die Nonne betrifft – welche Konsequenzen ergeben sich in bezug auf sie?«

Chisholm lehnte sich zurück, sah Rivera an und gab ihm ihre offizielle Empfehlung. »Ich schlage vor, wir schicken sie zurück nach New Hampshire, wo sie hingehört. Die Ermittlungen können dann in Rom weitergeführt werden.« Und zwar *ohne* uns, lautete ihre unausgesprochene, aber deutlich vernehmbare Folgerung, denn das FBI ist nur für inneramerikanische Angelegenheiten zuständig, für Angelegenheiten im Ausland nur dann, wenn ein amerikanischer Bürger unmittelbar persönlich betroffen ist.

»Wer sagt denn, daß man dort oben in New Hampshire nicht erneut versuchen wird, sie zu töten?« fragte Lehrer hartnäckig nach. Wenn die Sache jetzt als reines CIA-Projekt nach Rom verlagert würde, wäre er verantwortlich, wenn etwas schiefginge, obwohl er Leiter der Spionageabwehr war und die Sache theoretisch gar nicht in seinen Zuständigkeitsbereich fiel. Denn schließlich hatte Lehrer den Fall Sepsis in den Vereinigten Staaten ins Rollen gebracht. »Ich möchte sie hierbehalten, bis das alles vorbei ist. Hier ist sie sicherer.«

Chisholm sah Lehrer blinzelnd an. »Es überrascht mich, daß Sie so um ihre Sicherheit besorgt sind. Ich dachte immer, euch CIA-Leuten geht es nur darum, Ergebnisse zu produzieren.«

»Hören Sie auf, Maggie!« befahl Rivera halbherzig. Sie sagte genau das, was er am liebsten selbst gesagt hätte.

Lehrer sah Chisholm immer noch nicht an, sondern nahm seine lederne Aktenmappe in die Hand und betrachtete sie. »Ihre Leute können die Nonne besser schützen, wenn sie in Washington bleibt.«

»Es bringt nichts, die Schleiereule hierzubehalten«, insistierte Chisholm, die sich nicht einschüchtern ließ. »Sie hat den Kerl erkannt, diesen Gaglio, oder wie er auch immer heißen mag, und ist meiner Ansicht nach für uns von keinerlei Nutzen mehr. Und außerdem – *wenn* Gaglio Sepsis ist, befindet er sich im Augenblick in Rom, und die Nonne ist sicher. Es wäre also das beste, sie mit ein paar Babysittern zurück nach New Hampshire zu bringen. Dort kann ja die örtliche Polizei auf sie aufpassen.«

»Klingt gut«, meinte Rivera nach einer kurzen Pause. »Was eine Verlagerung der Ermittlungen nach Rom betrifft, so werden die Italiener wohl kaum begeistert sein, wenn Sie dort in großer Zahl auftauchen«, sagte er, den Ball stillschweigend der CIA zuwerfend.

Lehrer schlug die lederne Aktenmappe auf und überflog seine Notizen, ohne sie wirklich zu lesen. »Ich habe mit dem Leiter der italienischen Anti-Terror-Einheit gesprochen, einem gewissen Frederico Lorca. Er würde uns gestatten, Agentin Chisholm und Denton als Beobachter und Berater hinzuschicken. Die Festnahme selbst würde durch die Italiener vorgenommen werden.«

Rivera runzelte die Stirn; es gefiel ihm nicht. Er schielte zu Chisholm hinüber. Sie sah den Blick, ihr Signal, lehnte sich zurück, begann lässig mit ihrem Kugelschreiber zwischen den Fingern herumzuspielen, und blickte Lehrer kühl an. »Wenn sich die Italiener um die Festnahme kümmern, sehe ich keinerlei Sinn darin, nach Rom zu fliegen. Die Nonne wird in New Hamphire sein, Sepsis ist in Rom – da zu den dort Beteiligten kein amerikanischer Bürger zählt, ist das jetzt *Ihr* Problem, Mr. Lehrer, und nicht das des FBI.«

Zum ersten Mal sah Lehrer Chisholm an, warf jedoch, während er sprach, Rivera vielsagende Blicke zu. »Da irren Sie sich. In zwei Wochen fliegt die Nonne nämlich nach Rom, um ihr Restaurierungsprojekt durchzuführen, und damit wäre sie wieder *Ihr* Problem, *Miss* Chisholm. Ich habe mit Commissario Lorca gesprochen. Wenn die Nonne nach Rom fliegt, fungieren Sie als Verbindung zwischen uns und den Italienern, insbesondere zwischen uns und Lorcas Büro.«

»Als Verbindung? Wir haben doch überhaupt keine Informationen, die ich als Verbindungsfrau weitergeben könnte. Der Kerl kam hierher, startete drei Attacken gegen uns und flog wieder weg – mehr haben wir nicht für die Italiener, abgesehen von seinem Foto.«

»Sie wären dort in beratender Funktion tätig«, schob Lehrer nach.

»In beratender Funktion«, wiederholte Chisholm und nickte alles andere als begeistert. »Und warum soll dann Denton mitkommen?«

Lehrer grinste. »Sie beraten die Italiener, und Denton berät Sie.«

»Sehr witzig.«

»Maggie!« rutschte es Rivera heraus. Er versuchte sich neu zu orientieren, nachdem er erkannt hatte, daß es dem FBI nicht gelingen würde, das Problem der CIA zuzuschieben. Doch Lehrer ließ sich nicht aus der Fassung bringen, sondern legte es offenbar seinerseits darauf an, Chisholm zu provozieren.

»Wer soll die Nonne bewachen, wenn sie erst mal in Rom ist?«

»Die Italiener«, sagte Chisholm.

»Ich bitte Sie!« sagte Lehrer.

Chisholm schwieg eine Zeitlang, sah starr vor sich hin und zog damit alle Aufmerksamkeit auf sich. »Im Grunde läuft es doch darauf hinaus: Ich soll nach Rom fliegen und den Babysitter für die Schleiereule machen, und der liebe Denton hier fungiert als eigentlicher Verbindungsmann zwischen uns und den Italienern. Dabei bleibt die ganze Sache aber eine reine FBI-Operation, denn die CIA stellt weder mehr Personal noch mehr anderweitige Unterstützung zur Verfügung als bisher. Und wenn irgendwas schiefgeht, wird das FBI in der Luft zerrissen, während ihr von der CIA euch vor uns hinstellen und mit dem Finger auf uns zeigen könnt.« Keiner widersprach. Rivera war froh, daß wenigstens *einer* mal das Kind nicht nur beim Vor-, sondern auch beim Nachnamen nannte. Andererseits war Maggie natürlich schon ein bißchen zu weit gegangen.

»Das FBI wird auf jeden Fall beschissen, egal, was passiert, oder etwa nicht, Mr. Lehrer? Entschuldigen Sie – Vize-Direktor Lehrer. Warum haben Sie das eigentlich nicht von Anfang an gesagt? Warum müssen Sie unbedingt ständig diese Spielchen mit uns spielen? Warum müßt ihr CIA-Typen bloß immer so verdammt *hinterhältig* vorgehen?«

»Es geht uns nicht darum, *hinterhältig* zu sein, Agentin Chisholm. Uns geht es darum, die Sache zu beschleunigen«, sagte Lehrer und hielt Chisholms Blick mehr als nur stand.

»Die Sache beschleunigen? Mit Denton? Nichts für ungut, aber Denton ist ein reiner Bürokrat, das hat er mir selbst erklärt. Ich bezweifle, daß er überhaupt schon mal eine Waffe abgefeuert, geschweige denn eine *richtige* Ermittlung geleitet hat. Was kann er denn schon tun, außer sich bei den Italienern einzuschleimen, während ich die Schleiereule am Hals habe?«

Jetzt verlor Lehrer doch die Beherrschung. »Wenn die verdammte Nonne hier in Washington bliebe, hätten *Sie* dieses Problem nicht, ja?«

»Was hat denn das eine mit dem anderen zu tun?« schrie Chisholm ihn ihrerseits an. »Ich weiß nicht, wie Sie und Ihre Leute arbeiten, aber ich habe nicht den geringsten Grund, sie einzubehalten. Sie hat kein Verbrechen begangen, es wird nicht gegen sie ermittelt, und als Zeugin hat sie inzwischen ausgedient. Wir brauchen sie schlicht und einfach nicht mehr!«

»Wenn sie in Washington bleibt, heißt das, daß sie nicht nach Rom fliegt und wir uns ihretwegen nicht den Kopf zerbrechen müssen! Dann müßten sich die Italiener ganz allein um die verdammte Angelegenheit kümmern. Wir – wir alle hier – wären das Problem los, wenn die Nonne hier bliebe! Wenn Sie sie nach Rom fliegen lassen, entsteht die Notwendigkeit, jemanden von uns hinzuschicken, damit dieses Chaos in geordnete Bahnen gelenkt wird, Sie ...«

»Ach so, jetzt verstehe ich! Sie verstecken sich hinter den Rockschößen der Nonne, weil Sie nicht den Mumm haben, die Verantwortung für diese Situation zu übernehmen.«

»Für wen halten Sie sich eigentlich, Sie …«

»Sie versuchen, uns nach Rom mitzuschleifen, damit es eine FBI-Ermittlung wird. Und wenn Sie das nicht schaffen, wollen Sie wenigstens erreichen, daß wir die Nonne unrechtmäßig festhalten, während *Sie* die Rolle, die die CIA bei dieser Ermittlung spielt, unter den Teppich kehren und die Italiener mit dem Problem Sepsis allein lassen, ob die nun darauf vorbereitet sind oder nicht!«

»Das muß ich mir von Ihnen nicht bieten lassen, Sie lächerliche kleine Null …«

»Ihre Leute sind der absolute Abschaum der Menschheit, das gebe ich Ihnen schriftlich!«

»Das bringt uns doch nicht weiter.« Rivera hatte ein Einsehen und ging endlich dazwischen. Es hatte ihn erstaunt, wie schnell Lehrer und Maggie einander an die Kehle gesprungen waren. Maggie konnte er verstehen, aber Lehrer wagte er nicht einmal anzusehen, so peinlich fand er dessen Ausfall – so peinlich, als hätte er während einer Parade in die Hose gepinkelt, ohne es zu merken. Um selbst aus der Schußlinie zu kommen, sagte er zu Maggie: »Wir machen es wie folgt: Sie und Denton werden gemeinsam die Nonne bewachen *und* als Verbindungsleute zu den Italienern fungieren.«

»Unter wessen Kommando?« fragte Chisholm und warf Lehrer einen herausfordernden Blick zu. Endlich war das eigentliche Problem ausgesprochen.

Auch Rivera sah Lehrer aufmerksam an. Rivera war ein massiger Kerl, gut einsneunzig groß, und Chisholm konnte die Fiesheit in Person sein, doch Lehrer ließ den Blick mit unverminderter Selbstsicherheit hin und her wandern. Er wirkte wie ein Zuschauer bei einem Tennismatch. Die Stille wurde ohrenbetäubend, und Rivera erkannte, daß von Lehrer nichts kommen würde.

»Unter dem Kommando des FBI«, sagte Rivera schließlich. Chisholm knallte ihren Kugelschreiber mit voller Wucht auf den Tisch. Rivera wußte genau, wie sie sich jetzt fühlte. Mann, wie er diese Charakterschwachen *Idioten*-Arschlöcher haßte!

Er sagte, an Chisholm und Denton gerichtet: »Finden Sie Sepsis anhand der Tirso-Gaglio-Spur! Den Italienern stellen Sie nur die allernötigsten Informationen zur Verfügung, aber ich will nicht, daß Sie sich mit denen anlegen. Halten Sie keine Informationen zurück, weil Sie dann besonders schlau zu sein glauben. Das gilt für Sie beide. Verstanden? ... Die Besprechung ist beendet.«

Alle erhoben sich und verließen das Zimmer, die beiden CIA-Männer als erste. Als Denton an ihr vorbeiging, wurde Chisholm bewußt, daß er während der gesamten Besprechung kein einziges Wort gesagt hatte. Aber das beunruhigte sie nicht – sie beunruhigte, wie selbstgefällig er dreinschaute, sein triumphierendes, leicht zynisches Lächeln.

Doch ehe sie dazu kam, darüber nachzudenken, berührte Rivera sie am Ellbogen.

»In mein Büro!« befahl er mit vielsagendem Blick.

»Warum? Warum? *Warum?*« brüllte sie. Die beiden waren allein in seinem Büro. Rivera hatte sich an die andere Seite seines Schreibtisches gesetzt, wie um dahinter Schutz zu suchen.

»Es reicht!« brüllte er zurück. »Ich will nichts mehr davon hören! Schon diese Fingerabhackerei war total ...«

»Ich mußte mich enscheiden: Seine Finger oder das Stadion ...«

»Ach, und diese Verfolgungsjagd neulich? Die Verfolgungsjagd an sich war, wohlgemerkt, kein Problem, aber dann mußten Sie ja das Telefon kaputtschießen! Und die Nonne haben Sie ganz einfach mies behandelt ...«

»Ich habe die Nonne nicht anders behandelt als ...«

»Und wie Sie sich Lehrer gegenüber verhalten – er ist ein Arschloch, keine Frage, aber er ist auch Vize-Direktor der CIA, der *CIA*, und Sie haben ihn runtergeputzt wie einen Schuljungen!«

»Er hat es verdient«, fauchte sie.

»Ja, gut, er hat es verdient, aber Sie müssen mal abschalten, Maggie …

»Mir geht es blendend!«

»Nein!« sagte Rivera und zerstörte damit den Rhythmus des Streits. Sie starrten einander an; Chisholm senkte den Blick als erste. Sie begann in Riveras Büro herumzustreichen wie ein Panther im Käfig und zeigte nicht die geringste Neigung, Rivera anzusehen.

Er entschloß sich zu einem letzten Versuch, sie zur Vernunft zu bringen, und wenn es nicht funktionierte, sollte sie seinetwegen der Teufel holen. Er legte die Hände flach auf die Schreibtischplatte und betrachtete sie, während sie auf und ab ging. »Hören Sie mir zu, Maggie. Sie sind eine großartige Agentin. Ich kenne niemanden, der ein so gutes Gespür hat wie Sie. Sie sind durch und durch loyal, Sie sind geduldig, Sie erzielen Schuldsprüche, jeder respektiert Sie, jeder mag Sie …«

»Kein Mensch mag mich, Mario«, widersprach sie ruhig. »Alle haben Angst vor mir, das ist etwas völlig anderes.«

»Na ja, Sie können einem aber tatsächlich ganz schön Angst einjagen! Aber Sie sind ausgebrannt, Maggie. Sie brauchen 'ne Verschnaufpause. Rom wäre genau das Richtige für Sie. Sie beschützen die Nonne und überlassen die Italiener Denton. Es wird sterbenslangweilig sein, aber glauben Sie mir, Sie brauchen diese Zeit, um sich wieder einzukriegen.«

»Und was wird aus Erzengel?« fragte sie argwöhnisch. »Ich bin so nah dran, ich brauche nur noch ein paar Wochen.« Rivera war klug genug, um angesichts dieses Eingeständnisses der Schwäche nicht zu triumphieren.

»Erzengel ist Ihr großer weißer Wal«, sagte er leise. »Sie sind davon besessen, aber Sie haben nichts in der Hand. Sie sind ständig wütend …«

»Soll ich kündigen?« fragte sie, ohne Umschweife, knallhart. Rivera war völlig verblüfft.

Er sah ihr in die Augen. »Wenn ich das wollte, würden wir jetzt nicht miteinander reden. Das Tactical Supervisory Board wollte Sie feuern, und zwar fristlos. Sie sind noch immer hier

– weil *ich* Sie hierhaben will. Und ich will, daß Sie ein bißchen Urlaub machen.«

Sie sahen einander an. Schließlich seufzte Margaret und ließ die Schultern hängen. Es erinnerte Rivera daran, wie er als Junge in Wyoming einmal einen Bären beobachtet hatte, der sich aus einer Falle zu befreien versuchte. Der Bär hatte geseufzt und war zusammengesackt, dann hatte er es noch einmal versucht und noch einmal, bis er sich irgendwann buchstäblich zu Tode erschöpft hatte. Rivera ging um den Schreibtisch herum, blieb vor Margaret stehen, begann ihr die Schultern zu massieren und sah zu ihr hinab.

»Schauen Sie, Maggie, diese Sache in Rom ist geradezu perfekt für Sie. Fliegen Sie nach Rom, vögeln Sie mit irgendeinem italienischen Sexprotz – entspannen Sie sich. Um Sepsis soll Denton sich kümmern. Machen Sie sich's richtig schön. Gönnen Sie sich ein bißchen Ruhe, okay? Es ist schließlich nicht ehrenrührig, mal eine Verschnaufpause einzulegen. Da braucht man sich doch nicht zu schämen!«

Chisholm hob den Blick und sah ihren Chef an. Er lag völlig daneben, total daneben. Es hatte überhaupt nichts mit Scham zu tun. Das war ihr wirklich schnurzegal. Es war ganz anders, viel einfacher. Doch obwohl Rivera sich geirrt hatte, wußte Chisholm, daß sie in der Falle saß.

»Na gut. Meinetwegen«, murmelte sie und wandte den Blick ab.

Rivera lächelte traurig. »Braves Mädchen!«

Denton und Lehrer fuhren schweigend zurück nach Langley. Denton saß am Steuer seines Mercedes. Doch Lehrer, kaltblütig wie eh und je, schien die zwischen ihnen herrschende Spannung gar nicht wahrzunehmen und dachte offenbar schon gar nicht mehr an die Szene, die er eben gemacht hatte. Denton fand, daß diese Haltung eindeutig Vorteile mit sich brachte.

»Sie wollen also, daß ich nach Rom fliege«, sagte Denton nach einer Weile.

»Ja«, antwortete Lehrer knapp.

»Es dürfte schwierig werden, meine anderen Projekte von einem anderen Kontinent aus weiterzuführen«, dachte Denton laut nach.

»Sie schaffen das«, erwiderte Lehrer, und Denton geriet in Panik. *Was hat der Mann vor?*

Doch er sagte nichts, sondern fuhr schweigend weiter. Er hatte jede Menge Szenarios auf Lager, Fragen, Anspielungen, Phrasen, mit deren Hilfe er herausfinden könnte, was Lehrer wirklich dachte. Er hatte sogar die Möglichkeit, ganz offen zu sein – die Karten Chisholm gegenüber auf den Tisch zu legen, hatte sich als ein gelungenes Experiment und als sehr lehrreiche Erfahrung für Denton erwiesen. Das Problem war nur, daß Chisholm ein überaus direkter Mensch war, was man von Lehrer nicht behaupten konnte. Deshalb beschloß Denton, das Thema Rom unter den Tisch fallenzulassen und Lehrer auszutricksen.

»Keith«, sagte er, »wenn Sie mich loshaben wollen, sagen Sie es mir bitte. Spielen Sie keine beschissenen Spielchen mit mir.« Er klang gekränkt.

Lehrer sah ihn erstaunt an. »Aber ich will Sie doch gar nicht …«

»Wenn Sie sich schon mit dem Gedanken tragen, meinen Job einem anderen zu übertragen, könnten Sie mir gegenüber wenigstens ehrlich sein«, fuhr Denton fort und verlieh seiner Stimme einen kaum hörbaren verzweifelten Unterton. »Kommandieren Sie mich nicht für nichts und wieder nichts nach Rom ab, vor allem nicht mit einer Zicke wie dieser Chisholm.«

Denton blickte starr geradeaus auf die Straße, doch aus den Augenwinkeln sah er, daß Lehrer nachdachte; der Wortwechsel hatte ihn offenbar unvorbereitet getroffen. Nach einiger Zeit sagte Lehrer: »Sie werden keineswegs für nichts und wieder nichts nach Rom abkommandiert. Ich habe mich entschieden – ich will, daß Sie Sepsis umdrehen. Bringen Sie ihn auf unsere Seite.«

»Und wie, bitte schön, soll ich das anstellen?« fragte Denton mit einem verdrießlichen Seitenblick auf Lehrer.

»Das weiß ich nicht. Das ist Ihr Problem. Aber wir haben es nun mal mit Spionageabwehr zu tun, und deshalb will ich, daß Sie ihn rekrutieren. Geld ist kein Problem, überlassen Sie das mir. Sie sollen ihn nur rekrutieren.«

»Na gut«, sagte Denton, Erleichterung vortäuschend. »Und was soll ich mit dieser Chisholm machen?«

»Benutzen Sie sie, um an Sepsis ranzukommen. Aber seien Sie nicht dumm – kommen Sie Sepsis nicht in die Quere!«

»Nein, ganz bestimmt nicht«, versicherte Denton seinem Chef und trat aufs Gas.

Sepsis' Weg führte jedoch keineswegs zu Schwester Marianne – es stellte sich heraus, daß es genau umgekehrt war. Fürs erste aber paßte jetzt der große, alte, graue Phil Carter auf sie auf. Die Nonne, Carter und seine Leute hielten sich in einem Haus in Maryland auf, das dem FBI gehörte und für die Unterbringung von Zeugen eingerichtet war. Nachdem Schwester Marianne Tirso Gaglio identifiziert hatte, brachte Chisholm sie dorthin, und das Tauziehen über ihren weiteren Verbleib begann. Doch dieser Kampf tobte nicht nur zwischen dem FBI und der CIA. Auch Opus Dei mischte mit.

»Was möchten *Sie* denn machen?« fragte Erzbischof Neri während eines Telefongesprächs mit Schwester Marianne an diesem Abend. »Möchten Sie zurück nach New Hampshire?«

»Nein. Zu viele …«

»Ich weiß«, sagte Neri leise.

»Ich möchte nach Hause«, erklärte sie nach einer kurzen Pause.

»Nach New York?«

»Nein, nach Rom.« Irgendwie rührte ihn das. »Ich möchte an dem Projekt arbeiten«, fuhr sie fort. »Ich möchte etwas tun, das mich von dem endlosen Nachdenken befreit.«

»Das wird wahrscheinlich nicht gehen«, sagte Erzbischof Neri, doch er wußte, daß sie nach Rom kommen würde. Er brauchte sie in Rom, allen Einwänden Kardinal Barberis zum Trotz.

»Was ist, wenn ihr etwas zustößt?« hatte der Kardinal schwer atmend gefragt und zwischen den Sätzen, die Neri und er in der Wohnung des Kardinals an der Piazza Colomo austauschten, gierig Sauerstoff eingesogen. »Was ist, wenn dieses Ungeheuer ihr hier etwas antun will?«

»Wir hier können sie besser beschützen als die Amerikaner«, erwiderte Neri.

»Die CIA möchte sie behalten, bis sie den Attentäter gefaßt haben. Der leitende Mann, ein gewisser Lehrer, hat eine Stunde lang mit mir gesprochen. Er teilte mir mit, daß der Attentäter hier in Rom ist und daß es dumm wäre, sie hierherkommen zu lassen. Edmund Gettier könnte die Restaurierungsarbeiten anstelle unserer Tochter Marianne leiten.«

Neri war über das, was lief, gut genug informiert, um sein Wissen gegen den Kardinal verwenden zu können. »Gettier ist ein feiner Mensch, aber Sie haben mir selbst gesagt, daß er nicht mehr den Elan und die Leidenschaft besitzt, die notwendig sind, um die Restaurierungsarbeiten zu leiten.«

»Nun ja …« sagte der alte Kardinal zweifelnd, aber unfähig, auf seinen Vorschlag zurückzukommen, obwohl sich die Situation verändert hatte.

»Und außerdem stellt sich die Frage, ob wir wirklich wollen, daß ein radikaler Kommunist die Restaurierungsarbeiten in der Basilika leitet!« wandte Neri unvorsichtigerweise ein.

Kardinal Barberi machte ein finsteres Gesicht und richtete sich auf, denn Neri hatte ihm Zündstoff geliefert. »Alberto, Edmund war vor über dreißig Jahren ein Aktivist der Studentenrevolte. Und, nur zu Ihrer Information – er war kein *kommunistischer* Aktivist, er war *Anarchist*. Nun seien Sie doch nicht so nachtragend!«

»Ja, natürlich, ja, natürlich«, sagte Neri, hastig den Rückzug antretend. »Seine politischen Ansichten sind selbstverständlich nicht von Belang …«

»Dreißig Jahre alte politische Ansichten obendrein!« sagte der Kardinal.

»Ja, selbstverständlich, aber das Problem bleibt dennoch bestehen – er ist zu alt, hat nicht mehr den nötigen Schwung, während Marianne jung genug ist, um die Restaurierungsarbeiten zu leiten.«

»Nun ja«, sagte der Kardinal erneut, immer noch nicht restlos überzeugt.

»Ganz bestimmt«, erklärte Neri mit Nachdruck.

»Halten Sie das wirklich für eine gute Idee?« hakte der alte Mann ängstlich nach.

»Ja«, antwortete Neri, obwohl er sich keineswegs sicher war. »Wir können sie hier besser beschützen als die Amerikaner dort drüben. Und sie braucht uns.«

Die Bedenken des alten Kardinals begannen sich in einem Tic zu äußern, was bei alten Menschen häufig vorkommt. Er starrte stirnrunzelnd auf den Boden seiner Wohnung, auf einen Punkt neben Neris Füßen, und sein Kopf begann krampfartig zu zittern. »Ich stimme ihrem Kommen zu, wenn Sie mir garantieren können, daß diese Entscheidung für unsere Tochter Marianne das beste ist«, sagte er. »Wenn es einen *spirituellen* Grund für sie gibt, hierherzukommen, werde ich meine Erlaubnis erteilen.«

»Ich kann nicht mehr schlafen«, sagte Marianne jetzt am Telefon zu Neri. »Ich kann nicht mehr schlafen, und ich kann nicht mehr denken. Bitte schicken Sie mich nicht zurück nach New Hampshire! Wenn ich wegen der bestehenden Situation nicht nach Rom kann, schicken Sie mich anderswohin – überallhin, nur nicht nach New Hampshire!«

»Durch die Explosion wurde bestimmt Ihre gesamte Arbeit vernichtet«, sagte Erzbischof Neri leichthin, obwohl er genau wußte, daß das nicht stimmte.

»O nein«, widersprach Schwester Marianne überrascht. »Ich habe alle meine Aufzeichnungen bei mir. Ich bin sie sogar schon durchgegangen und habe bemerkt, daß die Schätzungen von Edmund und mir auf falschen Zugspannungszahlen basieren.«

»Ach?« sagte Neri. Fast eine Stunde lang berichtete die Nonne über Zugspannungsberechnungen und andere architektonische Probleme, die Erzbischof Neri nicht verstand und für die er sich auch nicht im geringsten interessierte. Er lauschte nicht dem Inhalt ihrer Worte, sondern ihrem Tonfall, und er hörte heraus, daß die langweiligen, ermüdenden Einzelheiten, die sie beschrieb, ihr Kraft und innere Ruhe gaben. Sie redete sich so warm, daß Neri förmlich hörte, wie sie das Bombenattentat vergaß, es überwand.

Doch das war es nicht, was Neri gänzlich davon überzeugte, daß Schwester Marianne nach Rom kommen mußte. Während er ihr zuhörte, ohne große Aufmerksamkeit auf sie zu verwenden, überzeugte ihn die einfache Wahl, die er hatte: Entweder überließ er die Leitung dieser wichtigen Restaurierungsarbeiten einem agnostischen, vielleicht sogar atheistischen Professor, oder aber er sorgte dafür, daß Schwester Marianne, eine einfache Nonne, Opus Dei enormes Prestige einbrachte.

»Gut, dann kommen Sie nach Rom«, unterbrach er ihren Redefluß schließlich. »Ich spreche mit Kardinal Barberi und hole seine Erlaubnis ein. Sie brauchen sich um nichts zu kümmern, konzentrieren Sie sich ganz auf Ihr Projekt. Die Arbeit wird Ihnen über alles hinweghelfen.«

Monsignor Escrivá de Balaguer wäre stolz auf ihn gewesen.

Denton, Chisholm und Schwester Marianne flogen an einem Mittwochnachmittag von der Air Force Base Andrews ab. Sie reisten in einem kleinen Düsenflugzeug der Army, einer Gulfstream, das normalerweise dazu benützt wurde, VIPs in Europa herumzufliegen. Seine Basis war Wiesbaden, doch man hatte es nach Amerika gebracht, um die Elektronik aufzurüsten. Auf dem Weg zurück nach Deutschland ließ sich problemlos ein Boxenstop in Rom einrichten, von wo aus die Maschine nach Wiesbaden weiterfliegen würde. Die drei Passagiere hatten das Flugzeug also ganz für sich.

Etwa zu der Zeit, als die Gulfstream Nova Scotia umflog, stieg Paula Baker, Leiterin der Abteilung Finanzierung von Geheimoperationen, in ihr Auto und fuhr nach Hause.

Sie wohnte weit weg, in einem Vorort von Baltimore, doch die endlose tägliche Fahrt machte ihr nichts aus. Im Gegenteil, die Monotonie des Fahrens entspannte sie. Meistens nutzte sie die Zeit, um sich über ihr Autotelefon um die verwaltungstechnischen Banalitäten zu kümmern, die ihr Job mit sich brachte, und hatte den Kleinkram fast immer schon weggeschafft, wenn sie morgens in ihrer Arbeitsstelle eintraf; und während der Heimfahrt am Abend plante sie bereits den nächsten Tag.

Sie wohnte in Baltimore, weil ihr Mann dort arbeitete. Er leitete eine kleine Werbefirma, die ständig am Rand der Pleite stand. Als Angestellter einer großen Firma hätte er drei- oder viermal mehr verdient. Und Paula Baker hätte zehnmal mehr Geld verdient, wenn sie Phyllis Strathmore in die Geldberge des Wall-Street-Banking gefolgt wäre. Doch keiner von beiden dachte auch nur im Traum daran, sich auf fettere Weiden zu begeben, denn die Tatsache, daß sie stets knapp bei Kasse waren, bewirkte, daß sie eine gute Ehe führten – ein merkwürdiges Aphrodisiakum, möglicherweise eine Kompensation für das bittere Wissen, daß sie nie eigene Kinder haben würden, ein Wissen, das, hätten sie Geld und die mit Geld zu erkaufende Zeit gehabt, wahrscheinlich quälend im Mittelpunkt ihres Denkens gestanden hätte.

Paula Baker verließ Washington und fuhr nach Maryland hinein. Selbst abends, zerzaust vom Tag im Büro, war sie sexy und schön wie ein Model, und während des Studiums hatte sie auch tatsächlich als Model gejobbt. Die Straße war fast leer. Paula wechselte auf die linke Spur und überholte die langsameren Autos.

Es geschah alles ganz schnell. Ein höhergelegter, monströs wirkender Halbtonnen-Kleinlaster folgte Paulas fünf Jahre altem Audi und begann, sie rechts zu überholen. Plötzlich fuhr er seitlich in ihren Wagen. Die Motorhaube krachte gegen die Mittel-Trennwand. Der Audi mit seinem Vorderradantrieb hatte nicht die geringste Chance. Trotz der Geschwindigkeit, die er draufhatte, fand der linke Vorderreifen Halt auf der Trennwand, der Wagen schoß daran hoch, wirbelte durch die Luft, überschlug sich und landete hinter der Trennwand auf der Gegenfahrbahn. Das Dach wurde

durch die Wucht des Aufpralls eingedrückt, Paula Bakers
Schädel zerquetscht, ihr Genick brach sofort. Unmittelbar
darauf rammte ein in südlicher Richtung fahrender Wagen
das Wrack frontal und ging, zusammen mit dem Audi, in
Flammen auf.

Der höhergelegte Halbtonner fuhr in die Dunkelheit hinein. Beckwith am Steuer war sehr, sehr zufrieden.

7

Die Ewige Stadt

Rom besteht, wie Washington, im Grunde aus zwei Städten: aus der Stadt der Denkmäler und aus der Stadt der Lebenden.

Die Denkmäler aus grauem und braunem Stein und Mörtel stehen herum wie Dealer in einem großen Park und warten schwerfällig und unruhig auf die nächsten Kunden; wenn sie schließlich da sind, bedenken sie sie mit einem boshaften Grinsen. Die Stadt der Lebenden sieht dagegen völlig anders aus – selbst morgens ist das Licht dort wie am Spätnachmittag, langsam und alt und mehr als nur ein bißchen müde. Vielleicht soll das Licht der lebendigen Stadt daran erinnern, wie weit sich Rom vom römischen Reich entfernt hat, und die jeden Tag scheinende Sonne brennt auch noch die wenigen Reste davon weg.

Als Chisholm erwachte und aus dem Flugzeugfenster blickte, erschien ihr dieses Morgenlicht merkwürdig – das quecksilbrige, gesprenkelte Sonnenlicht eines trägen Spätnachmittags. In Washington mochte es sonnig sein, es mochte schneien oder neblig oder dunkel sein, die Farbe des Lichts war immer intensiv: stahlfarbenes Morgengrauen, wie um daran zu erinnern, was für eine Stadt Washington ist: das Reich der Demokratie, noch einige Jahrzehnte von seinem Kulminationspunkt entfernt.

Denton und die Schleiereule waren bereits wach und wirkten ganz frisch. Die Schleiereule las ein Buch, Denton hielt sein Handy ans Ohr und telefonierte; beide vermittelten Margaret den Eindruck, als seien sie in ihrer eigenen kleinen Welt. Sie stand von ihrem Sitz auf, um sich frischzumachen.

»Guten Morgen«, sagte die Schleiereule zu ihr, klappte das Buch zu und ließ es in den Schoß sinken. »Sie haben tief geschlafen.« Margaret erwiderte nichts, sondern sah die Nonne nur an, die daraufhin zwar stockte, dann aber doch weitersprach. »In zwanzig Minuten sind wir da.« Sie nahm das Buch wieder zur Hand, warf jedoch keinen Blick darauf.

»Gut«, sagte Margaret.

Agentin Chisholm machte sich auf den Weg zur Toilette. Schwester Marianne nickte kurz und widmete sich wieder ihrem Buch, den *Selbstbetrachtungen* des Mark Aurel: *Dadurch, daß man sich nicht um das kümmert, was in der Seele eines anderen vor sich geht, wird man wohl nicht so leicht unglücklich; wer aber nicht mit aller Aufmerksamkeit den Bewegungen der eigenen Seele folgt, muß notwendig unglücklich werden.* Worte, nach denen man leben konnte. Marianne versuchte weiterzulesen, doch da sie immer wieder zu derselben Stelle zurückkehrte, schloß sie das Buch schließlich und versuchte sich auf das Projekt zu konzentrieren. Doch auch das gelang ihr nicht.

Denton telefonierte noch immer; er sprach wenig, hörte fast nur zu und wirkte dabei ziemlich gelangweilt. Gedankenlos zündete er sich eine Zigarette an, obwohl er während des ganzen Flugs aus Rücksicht auf Marianne nicht geraucht hatte. Sie überlegte, ob sie ihn bitten solle, die Zigarette auszudrücken, aber jetzt, so kurz vor der Landung, wäre das unhöflich gewesen. Sie zwang sich, ihre Aufmerksamkeit wieder auf die *Selbstbetrachtungen* zu richten.

»Ein scharfsinniger Mann, dieser Mark Aurel«, sagte Denton und legte sein Handy weg. »Ich sollte mir auch eine Ausgabe des Buches besorgen.«

»Ich lese es, wenn möglich, alle zwei, drei Jahre wieder«, erklärte Marianne, und die beiden begannen sich ein wenig über den toten Kaiser und seine Lebensweisheiten zu unterhalten.

Schwester Marianne merkte es nicht, aber Denton war mit den Gedanken ganz woanders. Er hatte gerade mit Kenny Whipple und Arthur Atmajian telefoniert und Kenntnis erhalten von dem schlimmsten Verlust, der ihn seit dem Tod von Tiggy getroffen hatte.

»Es ist etwas passiert, Nick«, hatte Ken Whipple gesagt. »Sitzt du? Paula Baker ist tot.«

»Wirklich?« Mehr zu sagen hatte Denton sich nicht zugestanden. Seine Bauchmuskeln verspannten sich und schnürten ihn ein wie ein zu enger Anschnallgurt; aus der Magengrube schoß saure Galle bis in den Mund hoch, er konnte sie schmecken. Er glaubte, einen Herzinfarkt zu erleiden. »Na, so was.« Er gab sich gelangweilt und tat, als hörte er nur mit halbem Ohr zu.

»Du kannst nicht sprechen, ja?«

»Nein, eigentlich nicht«, sagte Denton träge, in schleppendem Tonfall und warf einen Blick auf die neben ihm sitzende Schwester Marianne und die noch schlafende Chisholm auf der anderen Seite des Ganges. »Wie war das gleich noch mal?«

»Sie wurde ermordet, Nick«, krächzte Atmajian, heiser, aber gefaßt.

»Es war ein schlimmer Unfall auf dem Beltway«, warf Whipple ein. »Sie war auf dem Heimweg, verlor die Kontrolle über ihren Wagen und prallte gegen die Mittel-Trennwand.«

»Sie wurde umgebracht«, wiederholte Arthur krächzend.

»Das wissen wir nicht«, betonte Whipple, fügte dann aber hinzu: »Wir wissen es nicht sicher.«

»Ich stehe offenbar auf der Leitung«, sagte Denton kühl und so angeödet klingend, als würde er gleich gähnen. Sein Herz pochte zu schnell und zu heftig, die Schläge hallten in seinem Kopf wider, und ihm brach am ganzen Körper der Schweiß aus, obwohl es in der Flugzeugkabine eher kühl war. Er hob den Arm und schaltete mit ruhiger Hand das Gebläse über seinem Kopf an. Gleich darauf griff er mit derselben Hand nach seiner Tasse und trank ein paar Schlucke Kaffee.

In diesem Moment verkündete der Pilot, daß sie sich dem Flughafen Rom näherten, wenn Sie aus dem Fenster blicken, können Sie einige wunderbare Ruinen sehen …

»Den Dreckskerl, der Paula umgebracht hat, mache ich kalt«, drohte Atmajian hilflos. »Eigenhändig mache ich den kalt, mit meinen bloßen Händen!«

»Wieso glaubt ihr, daß es so war?« fragte Denton.

»Schleuderspuren, Lackreste, kleine Hinweise, die *möglicherweise* auf einen Mord hindeuten.«

»Möglicherweise – daß ich nicht lache! Es war Mord, und du …«

»Arthur«, sagte Denton sanft, um ihn zu beruhigen. »Bleibt die Frage, wer.«

Kenny seufzte laut auf. »Keine Ahnung. Könnte zufällig auch ein echter Unfall gewesen sein.«

»Zufälle gibt es nicht, Kenny. Ein Unfall geschieht *nie* zufällig.« Denton konnte Atmajians Logik nicht widersprechen.

Ken Whipple sprach weiter. »Also gut, dann war es eben kein Unfall. Frage: Warum sollte Paula Baker umgebracht werden? Wenn es Atmajian gewesen wäre, der Chef-Killer, okay. Wenn es Denton gewesen wäre, der leitende Mitarbeiter des Vize-Direktors der Spionageabwehr, okay. Wenn es Whipple gewesen wäre, Leiter der Nahost-Abteilung, okay. Aber ein Mord an Baker – das ergibt überhaupt keinen Sinn.«

Plötzlich wurde Denton bewußt, daß Ken Whipple Paulas Tod nicht verkraftete und deshalb so tat, als wäre das alles nicht geschehen, als handele es sich um eine Möglichkeit, die durchgespielt würde.

»Wer tritt Bakers Nachfolge an?« fragte Denton.

»Es gibt noch keinen sicheren Kandidaten. In der Abteilung Finanzierung von Geheimoperationen herrscht momentan das totale Chaos.«

»Ich schlage vor, wir machen diese Typen kalt, und zwar gnadenlos«, sagte Atmajian fast winselnd. Er klang so fix und fertig, daß Denton und Whipple erschraken. »Die erledigen wir alle miteinander.«

»Wen denn?« war alles, was Whipple sich zu sagen traute.

Die drei verfielen in hilfloses Schweigen. Denton trank seinen zu stark gesüßten Kaffee und dachte nach. Und plötzlich hatte er es – sie brauchten jemanden, dem sie vertrauen konnten, jemanden, der viel von Geld verstand.

»Ruft Phyllis Strathmore an«, sagte er und trank den letzten Schluck aus der Tasse. Whipple und Atmajian verstanden sofort, worauf Denton hinauswollte: *Wenn* es Mord gewesen war, dann wegen irgend etwas in der Abteilung Finanzierung von Geheimoperationen, etwas, das Paula Baker wußte oder in Erfahrung gebracht hatte, etwas, das mit Geld zu tun hatte. Die einzigen Leute, von denen anzunehmen war, daß sie sich Gedanken um die Finanzierung von Geheimoperationen machten – die einzigen Leute, denen das, was Paula Baker möglicherweise herausgefunden hatte, Kopfzerbrechen bereiten könnte –, arbeiteten allesamt im CIA-Hauptquartier in Langley. *Wenn* es Mord gewesen war, dann war es bei diesem Mord um Geld gegangen, und der Auftrag war aus der CIA gekommen. Und Phyllis Strathmore war die einzige, die sich gut genug mit Geld auskannte, um nachvollziehen zu können, was Paula Baker möglicherweise entdeckt hatte.

Whipple riß den Hörer an sich und schaltete den Lautsprecher ab. »Glaubst du das wirklich, Mann?« fragte er Denton im Flüsterton, hob erschüttert den Blick zu Arthur und wandte ihn gleich wieder ab. Atmajian hörte am zweiten Apparat in Whipples Büro zu, riß sich unablässig lockige schwarze Haare aus seinem Bart, um nicht vollends die Fassung zu verlieren, und zuckte dabei jedesmal zusammen, ohne daß es ihm bewußt wurde.

»Niemand sonst hätte einen Grund, sie auszumanövrieren«, sagte Denton. »Strathmore kann rausfinden, was Baker wußte oder entdeckt hat, sie hat das Zeug dazu.«

»Und wenn sie es nicht schafft?« fragte Whipple. »Wenn die Leute, die es waren, Strathmore kaltmachen?«

»Meiner Ansicht nach wird Strathmore einen leitenden Mitarbeiter aus Atmajians Einheit benötigen«, erklärte Denton in schleppendem Tonfall.

»Ich teile Phyllis ein ganzes *Kommando* zu! Es braucht bloß einer mit dem Gedanken zu spielen, ihr auch nur ein Haar zu krümmen, schon …«

»Wenn du meinst«, fiel Denton ihm ins Wort und bot all seine Kraft auf, um die gelangweilte Fassade aufrechtzuerhalten, während er aus den Augenwinkeln beobachtete, wie Chisholm aufstand und zur Toilette ging.

Whipple, Denton und Atmajian begannen mit den logistischen Überlegungen in Hinblick auf die Einstellung von Phyllis Strathmore; sie überlegten, wer gedrängt, wer überredet werden müßte, betriebspolitische Sachen, mit deren Hilfe die drei das Unvermeidliche aufschoben, bis es nichts mehr zu besprechen gab, außer dem, was keiner von ihnen anzupacken vermochte – das Begräbnis, durch das Paula Bakers Tod erst real werden würde.

»Ich kann da nicht hingehen«, sagte Arthur unverblümt. Er schämte sich seiner Feigheit, war aber eher bereit, sie einzugestehen als Denton oder Whipple. Denton erzählte wunder was, wie beschäftigt er in Rom sein werde, und Whipple faselte etwas von irgendwelchen saudischen Würdenträgern, die er treffen müsse. Paula Baker würde also allein zu Grabe getragen werden, ohne irgendwen aus ihrer Zeit in Tiggys Kellerbüros. Aber das würde ihr nichts ausmachen, rechtfertigte sich Denton stillschweigend. Schließlich war sie tot, es kümmerte sie nicht mehr.

Nach dem Gespräch mit Whipple und Atmajian wandte er sich an Schwester Marianne und unterhielt sich mit ihr über Mark Aurel, wobei er sich bemühte, einen normalen Eindruck zu machen. Seine Eingeweide preßten sich zusammen, machten seinen Kot breiig und heiß.

Vor einem Jahr hatte Denton in Langley Paula Baker in Begleitung eines älteren Paars getroffen, das die Provinzialität aus jeder Pore schwitzte. Es waren ihre Eltern, auf Besuch bei ihrer Tochter in Washington. Sie hatte sie Denton vorgestellt, und er hatte sie den alten Leuten gegenüber prompt in den höchsten Himmel gelobt und so hemmungslos mit ihr geflirtet, daß es schon in Blödelei überging. Und sie war verlegen geworden wie ein Teenager, hatte gelächelt und war rot geworden und hatte plötzlich gar nicht mehr sexy, sondern nur noch unbegreiflich schön ausgesehen.

Während er sich mit der Nonne unterhielt, tat er so, als habe er nicht mehr viel von Mark Aurels *Selbstbetrachtungen* im Kopf, dachte aber über eine Stelle nach, die seiner Ansicht nach sehr gut zu Paula Bakers Tod paßte. Nicht *Alles vergeht, wird rasch zum Märchen und sinkt schnell in den Strom der Vergessenheit*, und auch nicht das unzählige Male zitierte *Des menschlichen Lebens Zeit ist ein Augenblick, sein Wesen dem fließenden Wasser ähnlich*, sondern er dachte an eine rätselhafte Passage im fünften Buch: *Wie schändlich, wenn im Leben die Seele schon ermüdet, ohne daß noch der Leib müde ist*. Er wußte nicht, warum ihm ausgerechnet diese Stelle eingefallen war, doch sie erschien ihm sehr passend. Er gähnte, wobei er sich wie immer höflich die Hand vor den Mund hielt.

»Verzeihen Sie«, sagte er und lächelte Schwester Marianne ein wenig schläfrig an. Er dachte an die tote Paula Baker, während sich sein Gesicht der Nonne zuliebe zu einem Grinsen verzog. »Ich hätte mehr schlafen sollen.«

Am Ende des langen, riesigen, leeren Korridors im Flughafenterminal warteten Edmund Gettier, Kardinal Barberi und der leitende Kriminalbeamte Frederico Lorca von der italienischen Polizei, Anti-Terror-Einheit. Sie standen nur wenige Meter von der Öffnung des zum Flugzeug führenden, schlauchartigen Tunnels entfernt. Der Kardinal saß in seinem Rollstuhl und unterhielt sich mit Edmund Gettier. Aus den Gesprächsfetzen, die Lorca überhörte, schloß er, daß es um jemanden ging, der einen Nervenzusammenbruch erlitten hatte, denn ständig war von »Druck« und »Schwäche« die Rede. Der Kriminalbeamte war bereits zu der Ansicht gelangt, sie unterhielten sich über diese amerikanische Nonne, doch dann hörte er noch etwas.

»Und was meinten die?«

»Ich weiß es nicht, Eminenz. Aber wenn die Zugspannung zu groß ist, müssen wir die Katakombenpfeiler austauschen, anstatt sie nur zu verstärken.«

Architektur. Desinteressiert ließ Lorca seine Gedanken schweifen, strich Anzug und Krawatte glatt und wartete. Mit seinen einssechsundachtzig Metern war er ein großgewachsener Mann, und er wirkte wie eine dunklere, ein wenig härtere Ausgabe von Denton. Genau wie Denton, lächelte er ständig, doch im Gegensatz zu den meisten Italienern gab er sich sehr zurückhaltend und cool, gestikulierte wenig und hielt zu allen Menschen eine gewisse Distanz. Ein einschüchternder Polizeibeamter in einem Land der Anfasser und Grapscher.

Draußen wartete an einem gesicherten Eingang ein Trupp Polizisten in Zivil, um die Gruppe zu dem Haus zu fahren, das Lorca beschafft hatte. Bei der Begrüßung der Amerikaner hatte er jedoch allein sein wollen. Er hatte schon des öfteren mit Amerikanern zusammengearbeitet, vor allem mit CIA-Leuten, die an der Botschaft ihres Landes tätig waren, noch nie aber mit dem FBI, zumindest nicht persönlich. Das würde also eine Premiere für ihn sein. Er zündete sich eine Zigarette an und sah durchs Fenster zu, wie die Gulfstream zum Terminaltunnel rollte und mühelos andockte. Schweigend beobachteten die drei Männer das Manöver.

Schwester Marianne verließ das Flugzeug als erste und lief mit einem strahlenden Lächeln auf Edmund und Kardinal Barberi zu.

»Ahhhh!« Sie ließ ihren Koffer fallen und umarmte etwas unbeholfen den im Rollstuhl sitzenden Kardinal Barberi.

»Ach, Marianne, wie schön, Sie wiederzusehen!« sagte der Kardinal auf italienisch, während Marianne Edmund umarmte, und schielte zu Frederico Lorca hinüber, um die Nonne auf ihn aufmerksam zu machen. Lorca streckte ihr die Hand entgegen.

»Ich bin Frederico Lorca von der italienischen Polizei. Bitte!« Er deutet auf den langen, leeren Korridor. »Wir können uns später unterhalten. Lassen Sie Ihren Koffer hier, meine Leute kümmern sich darum.«

»Danke«, sagte Marianne.

Marianne, Gettier und Barberi machten sich auf den Weg

zum Ausgang. Gettier schob den Rollstuhl, und die drei unterhielten sich angeregt miteinander. Wenig später tauchten Denton und Chisholm auf, und Lorca stellte sich ihnen vor.

»Frederico Lorca, Anti-Terror-Brigade«, sagte er in nicht ganz akzentfreiem Englisch. »Herzlich willkommen in Italien!«

Die drei schüttelten einander die Hände und stellten sich gegenseitig vor. Dentons Händedruck war kurz und kräftig, der von Chisholm dagegen, zu Lorcas Überraschung, zaghaft, fast schüchtern. »Bitte lassen Sie Ihr Gepäck im Flugzeug; meine Leute bringen es dann durch den Zoll«, sagte Lorca.

»Ich habe eine Schußwaffe in meinem Koffer«, teilte Chisholm ihm mit.

»Das ist kein Problem«, erwiderte Lorca lässig und gab ihnen mit einer Handbewegung zu verstehen, sie sollten den anderen folgen. »Bitte!«

Sie gingen gemächlich hinter den anderen her, wahrten eine gewisse Distanz und unterhielten sich.

»Ich habe für alle eine Unterkunft an einem sicheren Ort organisiert. Meine Leute werden das Haus bewachen, bis die Bedrohung durch Sepsis beseitigt ist.«

»Hervorragend«, sagte Denton.

»Was nun Ihr Kommen hierher nach Italien betrifft …«

Chisholm, Denton und Lorca gingen jetzt ein wenig schneller, doch auch die drei vor ihnen hatten das Tempo erhöht.

»Aber nein, aber nein! Selbstverständlich hat Edmund die Katakomben nicht einmal *angefaßt*! Das ist allein Ihr Bereich!« versicherte Kardinal Barberi Marianne auf italienisch.

»Eigentlich hatte ich es ja vor«, neckte Gettier sie, »aber Kardinal Vampir wollte nichts davon wissen.« Marianne lachte.

»Sie haben schon mehr als genug auf Ihrem Teller!« sagte der Kardinal schnaubend. Er freute sich, Marianne so glücklich zu sehen. »Also: Edmund arbeitet im Erdgeschoß und Sie in den Katakomben.«

»Ich kann es kaum erwarten!« sagte Marianne.

Hinter ihnen, in sicherer Entfernung, sprach Lorca mit Chisholm über deren Theorie hinsichtlich Sepsis' eigentlichen Ziels. »Meine Vorgesetzten sind anderer Ansicht, aber ich glaube, daß Sie recht haben mit der Annahme, daß der Vatikan das Ziel von Sepsis darstellt. Meine Leute sind gerade dabei, sein derzeitiges Versteck ausfindig zu machen.«

»Wie denn?«

»Mit Hilfe des Fälschers. Wir haben den Mann noch nicht kontaktiert, aber wir haben seinen Laden unter – wie heißt das noch gleich bei Ihnen? – unter eine passive Überwachung gestellt.«

»Wie sind die Sicherheitsvorkehrungen in unserer Unterkunft?«

»Sehr streng«, versicherte Lorca. »Wir hatten dort bisher noch nie Probleme.«

»Gut. Was ist, wenn die Nonne in den Vatikan fährt?«

Lorca seufzte und zog an seiner Zigarette. »Das wird allerdings ein Problem sein. Die Kirchenbehörden genehmigen keine Eskorte innerhalb der Vatikanstadt, werden aber Schweizer Gardisten zur Verfügung stellen, damit die Sicherheit der Schwester innerhalb der Grenzen des Vatikans garantiert werden kann.«

»Ich habe mich kundig gemacht«, sagte Chisholm. »Die Grenzen der Vatikanstadt sind nichts weiter als weiße Striche auf der Straße. Bestehen Sie auf der Genehmigung für eine Begleitmannschaft!«

»Ich kann es versuchen, aber dieses Problem ist weit weniger groß, als es scheint. Der Bereich, in dem Schwester Marianne arbeiten wird, ist gesichert. Er befindet sich in einem vom restlichen Vatikan abgeschlossenen Teil.«

»Aber sie wird bei der Arbeit ganz allein sein, nicht wahr?« fragte Denton.

»Ja«, gab Lorca zu.

»Nehmen Sie es mir nicht übel, aber ich setze kein großes Vertrauen in die Fähigkeit der Schweizer Garde, die Schleier ... die Nonne zu bewachen«, sagte Chisholm. »Können Sie nicht ein paar von Ihren Leuten dorthin beordern?«

»Ich werde es versuchen, aber ich bezweifle, daß der Vatikan es italienischen Sicherheitskräften gestattet, die Vatikanstadt zu betreten – wir dürfen dort schon seit einigen hundert Jahren nicht hinein.«

»Und Amerikaner?« fragte Denton. Lorca verdrehte die Augen. »Dachte ich mir schon«, gab Denton kleinlaut zu. Paula Bakers Tod hatte ihn so erschüttert, daß er nicht mehr klar denken konnte.

»Wie wäre es mit einer Freundin der Schwester?« überlegte Chisholm laut.

Denton sah sie verdutzt an. »Sie?«

»Ja.«

Denton lachte lauthals los, doch Lorca hatte sofort verstanden.

»Eine Waffe werden Sie im Vatikan zwar nicht tragen dürfen ...

Chisholm lächelte Lorca zu. Die beiden kamen allmählich auf die gleiche Wellenlänge. »Wird man mich durchsuchen?«

»Nein, einer Leibesvisitation wird man Sie nicht unterziehen«, sagte er und wartete darauf, daß sie selbst herausfand, wo die Grenze lag.

»Dann werde ich ...«

Er schnitt ihr das Wort ab. »Die Androhung, eine Waffe in die Vatikanstadt einzuführen, stellt ein internationales Vergehen dar, weil der Vatikan eine ausländische Macht ist. Wenn Sie das aussprächen, müßte ich Sie festnehmen.«

Chisholm trat den Rückzug an. »Ich werde Schwester Marianne bei ihrer täglichen Arbeit begleiten.«

»Das ist akzeptabel«, sagte Lorca befriedigt. »Dabei werden Sie selbstverständlich das zur Ausübung Ihres Berufes notwendige Handwerkszeug bei sich haben, nicht wahr?« fragte er aufmunternd.

»Ich denke schon«, antwortete Chisholm prüfend.

»Sehr gut«, meinte Lorca. Die Vereinbarung stand. »Was die Transportfrage betrifft, so ...«

Die sechs Menschen gingen weiter durch den leeren Korridor.

Wenn man bedachte, daß er seinen rechten Arm nicht benutzen konnte, mußte man es schon als erstaunlich bezeichnen, daß er Fälscher war. Der Arm war weniger verkrüppelt als vielmehr verkümmert, so als sei er nie über die Größe eines Kinderarms hinausgewachsen. Die Finger waren vorhanden, das Ellbogengelenk, alles war da. Doch aus dem normal großen Schultergelenk ragte ein viel zu kleiner Arm, nicht größer als der eines eineinhalbjährigen Kindes; die Fingerspitzen reichten kaum bis zum Ellbogen seines normal gewachsenen linken Arms.

»Andolini!« rief der Fälscher mit harter, klarer Stimme in das Hinterzimmer des Ladens. Er staubte gerade die Verkaufstresen ab. »Feg den Gehsteig!« Andolini, ein hünenhafter Mann mit einer leichten geistigen Behinderung, trottete mit einem Besen herbei, der in seinen Händen wie ein Zweiglein wirkte.

Daß er keinen vollwertigen rechten Arm hatte, bedeutete kaum einen Nachteil für den Fälscher. Lorenzo konnte auch mit einem Arm mühelos Dokumente herstellen, so wie er mühelos Briefmarken fälschte, sein eigentliches Geschäft. Lorenzo Aquardiente besaß eine Briefmarken- und Münzhandlung, in der es herzlich wenig Münzen, dafür aber die besten gefälschten Briefmarken gab, die sein geschickter linker Arm herzustellen vermochte. Kein Kunde hatte je bemerkt, daß die Briefmarken gefälscht waren, und ebensowenig war je einem Menschen allein durch Befühlen und Anschauen klargeworden, daß die von Aquardiente geschaffenen Dokumente Fälschungen waren. Nur Maschinen konnten den Betrug erkennen, und selbst sie ließen sich täuschen.

Ein gefälschtes Dokument besteht aus zwei Teilen: Da ist zum einen das eigentliche, physisch vorhandene Dokument, und da ist zum anderen der Computereintrag, der die Rechtmäßigkeit des Dokuments bestätigt. Obwohl jedes noch so unwichtige offizielle Papier in irgendeinem Computer gespeichert ist, bilden bei der Herstellung von gültigen falschen Dokumenten paradoxerweise nach wie vor die eigentlichen, physisch vorhandenen Papiere das größere Problem. In einen Computer einzudringen und einen gültigen Code zu fälschen ist dagegen relativ einfach.

Um diese Seite der Gleichung kümmerte sich Aquardiente nicht. Er widmete sich ganz der Herstellung der Dokumente, wies ihnen willkürlich gewählte Nummern zu und überließ es seinen Kunden, in die Computer einzudringen. Seine Spezialität war die Herstellung von Geburtsurkunden sowie von Ausweisen, deren Gültigkeit bald ablief. Diese beiden Dokumente bildeten das Rückgrat einer jeden falschen Identität, mit ihrer Hilfe konnte man problemlos an Reisepässe, Führerscheine, Kreditkarten und sogar an neue Personalpapiere – allesamt rechtmäßig und ordnungsgemäß – herankommen.

An diesem Vormittag, an dem Aquardiente von keinem Kunden abgelenkt wurde, ging er ruhelos in seinem Laden umher, staubte die Briefmarkenvitrinen ab und wartete auf den neuen Auftrag. Nicht etwa der Auftrag selbst machte ihn so nervös und zappelig, sondern die Aussicht, den kleinen Idioten wiederzusehen.

Der kleine Idiot war Kurier eines Käufers von Dokumenten, der sich nie selbst in dem Laden blicken ließ. Aquardientes einziger Kontakt mit diesem Kunden bestand in einem gelegentlich stattfindenden Telefongespräch, dem kurz darauf das Erscheinen des jungen Tonio, des kleinen Idioten, folgte, der das Geld und die Aufträge brachte. Der Kunde wünschte nie die gleiche Art von Dokumenten, sondern forderte ohne erkennbares System immer eine Menge Papiere aus den merkwürdigsten Ländern an, weshalb Aquardiente, wenn er hin und wieder darüber nachdachte, den Verdacht hegte, daß der namenlose, unbekannte Kunde in Wahrheit ein Mittelsmann war. Es hätte Aquardiente ziemlich geärgert, um das zusätzliche Geld betrogen zu werden, wäre da nicht Tonio gewesen.

Denn Aquardiente begehrte den kleinen Idioten. Wenn der

mysteriöse Kunde Kontakt mit ihm aufnahm, verschwende-te er keinen Gedanken an die bevorstehende Arbeit, sondern dachte nur noch an Tonio. Er vergötterte den Jungen, und er wollte ihn besitzen – seinen Hals küssen, seine Arschbacken kneten, seine herrlichen jungen Eier streicheln, seinen Schwanz an seinem Gesicht reiben und das wunderbare Ding dann in den Mund nehmen. Es war nicht übertrieben zu sagen, daß er den Jungen bis zur Raserei begehrte.

Der Junge war nicht besonders hübsch, dafür aber hilflos und dumm; er brauchte einen starken Mann, der ihn führte, seine vollen Hinterbacken öffnete und ihn wie einen Mann nahm. Aquardiente konnte sich nicht einmal an das genaue Aussehen von Tonio erinnern, er hatte eines dieser Aller-weltsgesichter, an die man sich schnell gewöhnt und die man rasch wieder vergißt. Doch die *Vorstellung* von ihm war Aquardiente ständig präsent. In den zurückliegenden sechs Jahren hatte er miterlebt, wie Tonio sich von einem acht-zehnjährigen Bürschchen zu einem vierundzwanzigjährigen, vollerblühten Mann entwickelt hatte. Und es gefiel ihm, daß der kleine Idiot so dumm war. Bei klugen Jungs bestand die Gefahr, daß sie zu selbständig wurden.

Aquardiente dachte an den kleinen Idioten und konnte sich kaum mehr auf etwas anderes konzentrieren. Ihn gelü-stete so sehr nach ihm, daß er Bauchschmerzen bekam. Plötz-lich merkte er, daß er eine Erektion hatte. Peinlich berührt ging er ins Hinterzimmer und band sich eine Schürze um, aber so, daß sie um den Bauch herum locker saß, lose über seinen nicht zu bändigenden Ständer fiel und ihn verbarg. Seine Sehnsucht nach dem Jungen überwältigte ihn schier.

Da klingelten die Türglöckchen, und wie von den Göttern gerufen, kam der kleine Idiot herein und schrie mit seiner schrillen, jungen Stimme: »Signore? Signore?«

Aquardiente stürzte aus dem Hinterzimmer und trat in den Verkaufsraum. »Tonio!« rief er dem frischen, appetitli-chen jungen Mann zu, in dessen Schädel sich, wie Aquar-diente wohl wußte, nicht eine funktionierende Gehirnzelle befand. »Wie geht's denn so, he?« fragte er, während er zu ihm eilte. An der Türschwelle legte er seinen guten Arm um den Jungen und streichelte seine Schulter.

Sepsis wußte, wie sehr es Aquardiente nach ihm gelüstete. Es gibt einen subtilen, aber bedeutsamen Unterschied zwischen kumpelhaftem Rückenklopfen und regelrechten Liebkosungen. Unaufdringlichkeit war Aquardientes Sache nicht. Bei Sepsis' zweitem Besuch in dem Laden hatte der verkrüppelte alte Fälscher ihm zwischen die Beine gefaßt, ohne selbst recht zu merken, daß er es tat. Jetzt stellte er sich hinter Sepsis, rieb seinen steifen Penis an dessen Hintern und bugsierte ihn auf diese Weise in Richtung Hinterzimmer. »Du warst so lang nicht mehr da! Wie geht es dir?« flüsterte er Tonio geil ins Ohr.

»Gut, Signor Aquardiente, gut, he-he«, antwortete der Junge, die Fassade wahrend, innerlich jedoch tief aufseufzend. Was für ein *perverser Dreckskerl*, dachte er auf englisch.

»Mein Chef hat gesagt, ich soll Ihnen etwas geben«, sprach er auf italienisch weiter. Er hielt die Augenlider halb geschlossen und verstärkte den Eindruck der Schwachsinnigkeit zusätzlich durch ein flaues Grinsen.

»Ja, gut, aber hast nicht auch *du* mal was für mich?« Aquardiente plusterte sich auf und schubste Sepsis ins Hinterzimmer, wobei er weiterhin versuchte, seinen steifen Schwanz an Sepsis' Arsch zu reiben.

»Ich habe das Geld dabei, ich habe das Geld dabei«, verkündete Sepsis. Er verstellte sich, um seinen Ekel zu verbergen. Aquardiente zog den Vorhang vor, der das Hinterzimmer von dem kurzen, zum Verkaufsraum führenden Gang trennte, senkte im Vorbeigehen den gesunden Arm und begrapschte Sepsis' Hintern. Nur mit Mühe konnte Sepsis verhindern, daß er zusammenzuckte. Eines Tages würde er dem verdammten Krüppel den gesunden Arm abreißen und *ihm* in den Arsch rammen. Doch im Augenblick brauchte er den Mann noch.

»Ich habe das Geld dabei, aber ich muß es zählen«, sagte er, setzte sich an einen Arbeitstisch und schaffte auf diese Weise eine Barriere zwischen sich und dem Fälscher. »Ich muß es erst zählen«, wiederholte er. Er holte ein Stück Papier aus der Tasche, tat, als begutachte er es sorgfältig, und begann dann umständlich das Geld zu zählen, wobei er die Finger immer wieder mit der Zunge befeuchtete, was Aquardientes Phantasie in Wallung brachte.

Sepsis und der Fälscher kannten sich schon lange, seit dem Beginn von Sepsis' Killer-Karriere. Der Fälscher versorgte ihn mit allen möglichen obskuren, aber nützlichen Dokumenten, das war der Punkt. Zwar hatte Sepsis allein in Italien vier Software-Designer an der Hand, die in die Computer eindringen und den Dokumenten einen Hintergrund verleihen konnten, doch einen zweiten Fälscher mit den Fähigkeiten Aquardientes hatte er bisher nicht finden können. Diese Abhängigkeit von einer einzigen Quelle machte ihn wütend. Aber auch Carlos war es so ergangen, und er hatte sich schließlich damit abgefunden. Doch im Gegensatz zu Carlos, der sich stets als eigentlicher Käufer zu erkennen gegeben hatte, war Sepsis einen Schritt weiter gegangen – Sepsis hatte einen »Chef« erfunden, den angeblich wahren Käufer der Dokumente, was wesentlich schlauer war als Carlos' Vorgehensweise, denn Carlos hatte sich jedesmal stark exponiert, wenn er bei Aquardiente kaufte.

Diesmal zahlte Sepsis 14 000 Dollar für sieben Dokumente. Er hatte das Geld bereits gezählt, bevor er sich auf den Weg zu Aquardiente gemacht hatte, doch für den verkrüppelten alten Fälscher wahrte er sorgsam den Schein seiner geistigen Minderbemitteltheit. Andolini, der Leibwächter des Fälschers, hatte ihn auf diese Idee gebracht. Als Sepsis den Laden zum ersten Mal betreten hatte, wurde ihm in einem erstaunlich jugendlichen Alter klar, daß es im Kontakt mit Verkäufern wie Aquardiente wesentlich günstiger war, dumm zu wirken als überdurchschnittlich intelligent. Er zählte also die Scheine, zog einen zweiten Zettel hervor und gab Aquardiente das Geldbündel.

»Das ist von meinem Chef«, sagte er lächelnd und ertappte Aquardiente dabei, wie er sich mit der Zunge über die Lippen fuhr. Der Fälscher nahm das Geld und warf einen Blick auf den Zettel. Angefordert wurden sieben EU-Pässe für annähernd gleichaltrige Männer Mitte Zwanzig, alle mit südländischem Aussehen. Ein leichter Auftrag. Aquardiente lächelte Sepsis an. Nicht im Traum wäre er darauf gekommen, daß einer der Pässe für den kleinen Idioten bestimmt war.

»Tonio, sag deinem Chef, die Sachen sind heute in einer Woche fertig.«

»Okay.« Sepsis sprach das englische Wort wie alle Italiener mit starkem Akzent aus.

»Heute in einer Woche, nachmittags um fünf, wenn ich den Laden schließe, kommst du wieder, dann können wir uns ein bißchen unterhalten, eh?« Der Fälscher half Sepsis vom Stuhl hoch, wobei er dessen Oberschenkel flüchtig streifte und bei der Gelegenheit gleich ein bißchen drückte.

»Okay«, sagte Sepsis und fand sich damit ab, daß Aquardiente ernsthafte Annäherungsversuche machen würde, sobald der Laden geschlossen wäre. Doch da er sich um sieben mit den Männern aus Valladolid treffen sollte, würde er es wohl oder übel über sich ergehen lassen müssen.

Aquardiente hielt den Vorhang hoch und ließ Sepsis als ersten in den Gang hinaus. Dann er legte seine Hand auf Sepsis' Kreuz und führte ihn lächelnd zur Ladentür. Zwei frühmorgendliche Kunden, ein Pärchen, hatten sich bereits in das Geschäft verirrt und sahen sich die Briefmarken in den Vitrinen an, während Andolini diskret im Hintergrund blieb und sie beobachtete. Es waren zwar eigentlich viel zu viele Menschen anwesend, als daß er es hätte wagen können, Tonios Arschbacke mit der Hand zu umfassen, aber ganz konnte er sich doch nicht zurückhalten und kniff den Jungen wenigstens. Als Tonio vor Schreck zusammenzuckte und zu Aquardiente hinsah, zwinkerte der ihm zu. Die Augen des kleinen Idioten blitzten auf, es lag etwas Hartes, Grausames in ihnen, etwas, das Aquardiente Herzklopfen machte, etwas Wildes. Tonio winkte Andolini blöde grinsend zu, während er rasch den Laden verließ. Andolini lächelte und winkte seinem Leidensgenossen ebenso blöde zu. Aquardiente verachtete Schwachsinnige. Sie waren so einfach zu mißbrauchen.

Draußen auf dem Gehsteig tat Sepsis weiterhin so, als wäre er Tonio, dachte aber bereits darüber nach, was als nächstes zu tun sei. Der Auftrag hatte ihm 400 000 Dollar eingebracht, und mit den Reisekosten, dem Honorar für die Männer von Québecois Libre, den Kosten für die Ausweise und für die Bombe in New Hampshire sowie jetzt für die Männer aus Valladolid hatte Sepsis fast 170 000 Dollar ausgegeben, was ihn nicht gerade erfreute. Mit immer noch herabhängenden Lidern und schiefem Mund beschloß er, sich für den Fall, daß die Männer aus Valladolid nicht ausreichten, nicht weiter mit Meta-Mord herumzuschlagen, sondern die Nonne ohne Umschweife zu töten. Der erzwungene Umgang mit Aquardiente ging ihm auf die Nerven, und daß der Auftrag noch immer nicht erledigt war, raubte ihm seinen Seelenfrieden.

Unterdessen war die passive Überwachung, die Frederico Lorca auf den Fälscher angesetzt hatte, angelaufen. Die Beobachter befanden sich auf der gegenüberliegenden Straßenseite; sie hatten die Briefmarkenhandlung von einem Fenster im zweiten Stock aus im Blick, und es war ihnen gelungen, drei Aufnahmen von Sepsis zu machen – eine von hinten, beim Betreten des Ladens, eine beim Hinausgehen und eine von vorn, auf der man ihn mit hängender Unterlippe auf dem Bürgersteig gehen sah.

»Wann werden wir abgelöst?« fragte Buttazoni. Er überprüfte gerade die Belichtungszeit der Kamera, behielt die Fälscherwerkstatt dabei jedoch im Blick, um keine eintretenden oder herauskommenden Kunden zu verpassen.

»Woher soll ich das wissen?« sagte Cabrillo, sein Kollege, der, den Kopf auf die Faust gestützt, in einem Sessel saß. Sie waren die ganze Nacht über auf Beobachtungsposten gewesen. Jetzt warteten sie auf das Morgenteam und machten mit einer Infrarotkamera Fotos von den Leuten, die an dem Laden vorbeigingen, von Liebespärchen und potentiellen, unschlüssigen Dieben. »Ich hasse diese Scheiß-Aufträge«, fauchte Cabrillo.

Buttazoni zuckte mit den Achseln. Er hatte gerade bemerkt, daß auf seinem Film nur noch eine Aufnahme war. Hastig schoß er ein Foto von dem mürrischen Cabrillo, spulte den Film zurück und nahm ihn aus der Kamera. Gerade als er eine neue Rolle einlegte, näherte sich wieder jemand dem Laden und machte Anstalten hineinzugehen. Auch von ihm gelang Buttazoni ein guter Schnappschuß. Wenigstens würden sie die vielen Fotos nicht selbst durchsehen müssen.

Das bewachte Haus, das die italienische Polizei ihnen zur Verfügung stellte, war im Grunde kein Haus, fand Denton, sondern eine Villa, ein großer Kasten, der so auf einem Hügel stand, daß es aussah, als blicke er auf die luxuriösen, stillen, vornehmen Häuser der unmittelbaren Umgebung herab. Im Gegensatz zu anderen römischen Villen war das Haus auf allen Seiten von einem großen Garten umgeben. Das Grundstück war dreieckig, von drei Straßen gesäumt und mit einem dreieinhalb Meter hohen schwarzen Eisenzaun eingefriedet.

Sie fuhren den Hügel hoch und bogen in die Einfahrt ein. Draußen auf dem Gehsteig hielten zwei uniformierte *carabinieri* lässig Wache; sie öffneten das Tor für die beiden Wagen, in denen die Gäste vom Flughafen hergebracht worden waren, und schlossen es hinter ihnen. Nachdem Denton vor der Haustür aus dem Wagen gestiegen war, blickte er sich rasch um. Er wurde beobachtet, das wußte er genau, doch er sah niemanden.

»Sind die beiden am Tor die einzigen Wachposten hier?« fragte er Lorca.

Chisholm schnaubte verächtlich, ohne Denton anzusehen, doch Lorca schenkte ihm ein mildes Lächeln und sagte: »Nein.«

Die Fahrer der Wagen trugen, unterstützt von mehreren uralten Dienern, das Gepäck hinein. Marianne konnte kaum mit ansehen, wie sie sich mit den Koffern abschleppten, doch sie war klug genug, die alten Menschen nicht zu demütigen, indem sie anbot, ihnen zu helfen. Sie betrat das Haus mit Gettier und Barberi; Denton folgte den dreien, in Gedanken noch immer bei Paula Baker. Deshalb gelang es Lorca, ihn zu überrumpeln.

»Ich muß jetzt gehen«, sagte er und hielt Denton die Hand hin. »Es hat mich sehr gefreut, Sie kennenzulernen«, fügte er mit strahlendem Lächeln hinzu.

»Ganz meinerseits«, erwiderte Denton. Plötzlich merkte er, daß Chisholm keinerlei Anstalten machte, mit den anderen in die Villa zu gehen. Jedenfalls noch nicht. Eigentlich war es vorauszusehen gewesen, denn schon am Flughafen war ihm aufgefallen, daß es zwischen den beiden gefunkt hatte. Denton versuchte das Beste daraus zu machen, schüttelte Lorca die Hand und trat hinter den drei anderen ins Haus.

Lorca und Chisholm blieben draußen neben den Autos stehen. Endlich waren sie allein.

»Ich wende für die Sicherheit der Nonne in diesem Haus sehr viele Leute auf«, sagte Lorca und zündete sich eine Zigarette an. »Ich tue das nur sehr ungern.«

»Mir würde das auch nicht passen«, erklärte Chisholm. »In dem Haus dort drüben« – sie deutete flüchtig auf einen kleinen Bungalow, der durch Bäume und Gebüsch verdeckt und kaum zu sehen war – »sind Ihre Leute, oder? Kameras, Beobachter und so weiter, nicht wahr?«

»Ja, aber es sind nicht meine Leute«, sagte Lorca und freute sich darüber, daß Denton nichts bemerkt hatte. »Der alte Dienstbotentrakt. Es sind Angehörige des Justizministeriums. Es ist ihre Villa. Sie haben sie mir überlassen, damit ich die Nonne schützen kann.«

»Sie ist sehr schön, sehr geschmackvoll«, sagte Chisholm versonnen, während sie die Villa bewunderte.

Lorca lächelte und verneigte sich kurz. »Das Haus war bis Ende des Kriegs der Palazzo eines Faschisten. Jetzt benutzen wir es, um Mafia-Zeugen und dergleichen zu bewachen. Ohne Genehmigung kommt hier niemand rein. Ich wende aber trotzdem viele Leute auf, um Ihre Nonne zu schützen. Ihr Bericht über das, was in Amerika vorgefallen ist, war nicht … nicht besonders lang«, sagte er höflich.

Chisholm grinste und begann zu lachen. »Wir haben Ihnen

immerhin den Namen und das Foto des berühmtesten lebenden Profi-Killers geliefert. ›Nicht besonders lang‹?«

»Agentin Chisholm …«

»Margaret.«

»Margaret.« Er ließ sich ihren Namen genüßlich auf der Zunge zergehen. »Sie wissen genau, daß der Name inzwischen Vergangenheit ist und das Foto nur geringfügigen Wert besitzt. Sie haben uns den Hinweis auf den Fälscher geliefert, und wir haben die entsprechenden Ermittlungen eingeleitet. Aber hätten Sie nicht noch etwas für mich?«

Sie lehnte sich an den Kofferraum des Wagens und kreuzte die Knöchel. »Commissario Lorca …«

›Frederico.« Er sah sie lächelnd an. Die beiden waren einander äußerst sympathisch.

»Freddy«, korrigierte sie ihn, klatschte in die Hände und rieb sie langsam gegeneinander. »Mehr haben wir nicht.«

»Und was schlagen Sie jetzt vor?«

»Ich würde sagen, Sie statten Ihrem Freund, dem Fälscher, mal einen Besuch ab.«

»Das wäre eine ziemlich … aggressive Vorgehensweise, finden Sie nicht? Meine Vorgesetzten sind der Ansicht, ich sollte mich eher – wie sagt man? – zurückhalten.«

Chisholm zuckte mit den Achseln. Sie lächelte, dachte nach und fand es abscheulich, daß die von Lorca in Aussicht gestellte Möglichkeit einer Razzia bei dem Fälscher sie so erregte, doch sie konnte nichts dagegen tun.

»Manchmal muß man eben ein paar Hürden nehmen, um etwas durchzuboxen«, sagte sie, sich rettungslos in den Metaphern verheddernd, aber was machte das schon – Lorca brachte sie wieder zurück ins Spiel.

»Nun, ich habe Anweisung, mit meinen amerikanischen Kollegen zusammenzuarbeiten. Wenn Sie also vorschlagen …«

»Ja, ich schlage es vor«, sagte sie mit ernster Miene. Wer ordentlich bezahlt, soll kriegen, was er haben will, verdammt noch mal.

Doch Lorca hatte noch etwas im Sinn. »Soweit ich weiß,

hat Mr. Denton im Grunde keine Erfahrung im Außeneinsatz. Als Beschützer der Nonne ist er nicht zu gebrauchen.«
»Ja, ich weiß. Das ist meine Aufgabe hier in Rom.«
»Ich denke, daß ich morgen über einen freien Mann ver-
fügen werde, den ich mit der Bewachung der Nonne beauf-
tragen kann. Und Sie könnten dann ja vielleicht, wenn Sie
dies wünschen und nicht zu müde sind, meine Kontaktauf-
nahme mit dem Fälscher ›observieren‹, hm?«
Chisholms Lippen umspielte ein gieriges kleines Lächeln.

Die beiden *carabinieri*, die draußen vor der Villa lässig Wache
standen, waren nicht ganz so lässig, wie sie wirkten. Die amerikanische Touristin, die den Hügel hinaufschlenderte, hatte
scharfe Augen; sie sah sofort die sehr diskret angebrachten
Funk-Ohrhörer im Ohr.
Die beiden *carabinieri* unterhielten sich miteinander, klar,
und sie machten den gleichen Eindruck wie alle uniformierten, wacheschiebenden Polizisten, nämlich einen gelangweilten und resignierten. Doch sie sahen einander nie an, sondern ließen den Blick ständig über die Straße und die dem
Eingangstor gegenüber befindlichen Häuser schweifen. Dieser Eingang war wirklich perfekt; er lag am tiefsten Punkt des
Grundstücks; wenn sie mit ein paar Schritten die Straße
überquerten – und das taten die beiden Wachposten pausenlos –, hatten sie sowohl das gesamte Grundstück im Blick
als auch jeden sich nähernden Menschen.
Auch sie hatten sie natürlich entdeckt, als sie den Hügel
zur Villa hochstieg. Abgesehen davon, daß das die Aufgabe
der beiden war, handelte es sich bei ihr obendrein um eine
attraktive Frau mit der sonnigen, typisch amerikanischen
Ausstrahlung, die auf jeden Italiener angenehm exotisch
wirkt. Überrascht wurden sie allerdings von ihrer Kamera,
die sie plötzlich hervorzog, wenn auch ganz unbefangen, wie
eine Touristin, und damit die hübschen Häuser der Umgebung aufzunehmen begann. Sie wußte, daß sie den Film nicht
würde behalten dürfen, aber der Film war nicht wichtig.
Wichtig war, daß sie ein Gefühl für das Terrain bekam.

»Hey!« rief einer der Wachposten auf italienisch und fuchtelte verärgert mit der Hand herum, als sie mit dem Fotografieren begann. »Was machen Sie da?«

»Äh, was?« fragte sie auf englisch den sich nähernden Polizisten. Der andere Wachposten wurde, wie sie bemerkte, plötzlich sehr zackig und vorsichtig und sah weder sie noch seinen Kollegen an, sondern behielt die Straße im Blick, weil er klugerweise nicht ausschloß, daß die Fotografiererei ein Ablenkungsmanöver war.

»Was machen Sie da? Hier lesen!« sagte der sich ihr nähernde *carabiniere* wiederum auf italienisch und deutete auf ein diskret angebrachtes Schild mit einer rot durchgekreuzten Kamera auf weißem Grund.

»*Non parle italiano*«, erwiderte sie mit dem dicksten amerikanischen Akzent, den sie zustande brachte, und gab sich dem *carabiniere* gegenüber sehr nervös und vorsichtig. Die Anspannung des Mannes ließ sichtlich nach. Offenbar war das wirklich nur eine Touristin.

»Sie dürfen, äh, keine Fotos machen, Lady«, erklärte er in miserablem Schulenglisch.

»Warum denn nicht?« fragte sie, wie nicht anders zu erwarten von einer dummen Touristin – gekränkt, als hätte man sie eines Grundrechts beraubt.

»Äh, Vorschrift, Vorschrift«, sagte der *carabiniere*, schnappte ihr die Kamera weg und zog den Film heraus, bevor sie dagegen protestieren konnte.

»Hey, das ist mein Film!« schrie sie, als es bereits viel zu spät war, und griff nach ihrer Kamera.

»Äh, Sperrgebiet, äh?« sagte der *carabiniere*, als sie die Kamera und den ruinierten Film wieder an sich nahm. Er fuchtelte mit den Armen durch die Luft und ließ die Finger knacken. »Sperrgebiet, ja? Gehen Sie, gehen Sie!«

»Und was ist mit meinem Film? Der ist jetzt kaputt!«

»Entschuldigung.« Er verneigte sich leicht, trat einen Schritt zurück und sagte lächelnd: »Gehen Sie, ja? Kein Foto, da Schild!«

Der *carabiniere* ging zu seinem Kollegen zurück und stellte sich lässig neben ihn. Sie sah ihm nach, scheinbar gekränkt und noch immer tief getroffen. Die beiden taten, als ignorierten sie sie, behielten in Wahrheit jedoch sowohl sie als auch die Straße im Blick. Echte Profis, dachte sie und zweifelte keine Sekunde daran, daß sich zusätzliche Beobachter in Rufweite befanden.

Sie stieg den Hügel weiter hoch, entfernte sich von den *carabinieri* und nahm das Grundstück der Villa mit derselben Beiläufigkeit in Augenschein, mit der die beiden Polizisten sie beobachteten. Oben angekommen, durchstreifte sie die Gegend weiter, allerdings ohne den dort stehenden, ebenso schönen Häusern auch nur die geringste Aufmerksamkeit zu schenken. Beckwith dachte bereits darüber nach, wie sie in die bewachte Villa eindringen könnte. Denn Beckwith wußte, daß sie das tun würde, so oder so.

In der Villa unterhielt sich Marianne mit Kardinal Barberi und Edmund Gettier. Stundenlang sprach sie über das Projekt und darüber, wie glücklich sie sei, die beiden wiederzusehen. Sie sprach, um die Leere des Hauses zu füllen. Doch am frühen Nachmittag wurde sie sehr müde und begann zu gähnen, und der alte Edmund Gettier und der noch ältere Kardinal Barberi verabschiedeten sich von ihr und ließen sie ihren Jetlag ausschlafen.

Sie fuhren gemeinsam in einer der Polizei-Limousinen zur Wohnung des Kardinals an der Piazza Colomo.

Die Piazza Colomo war eine Fußgängerzone. Die sie säumenden Straßen waren Ende der siebziger Jahre, als der Verkehr in Rom zusammenzubrechen drohte, für Kraftfahrzeuge gesperrt worden. Der Chauffeur hielt an der Südwestecke des Platzes, vor den dicken Eisenpollern, die den Autos die Zufahrt versperrten. Er half Gettier, den Rollstuhl des Kardinals auseinanderzuklappen, hob den federleichten Mann aus dem Auto und setzte ihn hinein.

»Soll ich Sie schieben?« fragte er ihn, doch Gettier hatte sich bereits hinter den Rollstuhl gestellt.

»Das mache ich schon, danke.«

Der Chauffeur setzte sich wieder ans Steuer und fuhr davon. Die beiden Männer begannen die Piazza zu überqueren. Es war ein großer, quadratischer Platz mit einer Seitenlänge von hundertfünfzig Metern, an den Ecken abgerundet und von den Fassaden alter Häuser umgeben. Gettier schob den Kardinal ganz langsam und vorsichtig; das Kopfsteinpflaster sah zwar hübsch aus, war für einen Rollstuhlfahrer aber mörderisch.

Schweigend überquerten sie das erste Drittel des Platzes, umgeben von vielen Passanten, die ihrer eigenen Wege gingen; die Nachmittagssonne sprenkelte zart den Boden, und über das Pflaster wanderte langsam ein kantiger Schatten.

»Ich kann den Beginn der Restaurierungsarbeiten kaum erwarten«, sagte der Kardinal wie zu sich selbst. »Marianne sah müde aus – lassen Sie sie morgen noch nicht loslegen, sie braucht ein bißchen Ruhe. Es genügt, wenn sie am Montag anfängt. Wir haben keine Eile.«

»Ja, in Ordnung«, erwiderte Gettier zerstreut, in seine eigenen Gedanken versunken.

Sie gingen weiter; keiner von beiden sprach. Barberi lauschte in die Stille hinein.

»Sie sind dagegen, daß sie hier ist«, sagte der Kardinal nach einer Weile.

»Ja«, gab Gettier zu und verlangsamte seine Schritte noch mehr, um sich besser unterhalten zu können. »Bei dem Gedanken, daß sie hier in Rom ist, bekomme ich eine Gänsehaut. Dieser Mörder hält sich in Italien auf, zumindest behaupten das die Amerikaner. Und wenn das stimmt, warum ist sie dann hierhergekommen, fast als würde sie ihn suchen? Warum hat man sie nicht überredet, in Amerika zu bleiben?«

»Es ist eine komplizierte Sache«, erwiderte Barberi ausweichend.

»Das stimmt nicht, und das wissen Sie auch. Es ist durchaus möglich, daß Marianne früher oder später zu Schaden kommt.«

»Das vermag niemand zu sagen«, gab der Kardinal zurück,

drehte den Kopf zu Gettier herum und sah ihm in die Augen.
»Die Polizei und die Amerikaner beschützen sie, und nichts
wird passieren.«

Gettier ließ nicht locker. »Ich könnte die Restaurierung
auch allein bewerkstelligen, es würde mir nichts ausmachen.«

»Ja, ich weiß ...«

»Sie wissen, daß es mir nicht darum geht, ihr das, was ihr
zusteht, zu nehmen. Ich habe es nicht mehr nötig, mir eine
professionelle Reputation zu schaffen, aber ihr Aufenthalt
hier ist gefährlich – besser gesagt: dumm.«

»Sie *muß* aber hier sein, um ...«

»Wer bestand darauf, Marianne die Leitung der Restaurierungsarbeiten zu übertragen?« unterbrach Gettier ihn schulmeisterlich.

Barberi tat ihm den Gefallen und sagte: »Sie selbst, Professor. Aber ...«

»Haben Sie den Eindruck, es *störe* mich, daß Marianne sich
durch diese Restaurierung einen Namen machen wird? Daß
ich mich deswegen bedroht fühle? Ich bin begeistert!«

»Ich weiß.«

»Dann schicken Sie sie zurück nach Amerika!«

»Neri hält es für das beste, daß sie die Arbeiten durch-
führt.«

»Neri will nur das Beste für Opus Dei, möglichst viel Prestige ...«

»Durchaus möglich«, unterbrach ihn Barberi, plötzlich sehr
ernst. »Aber vielleicht hat es auch etwas mit Marianne zu
tun. Wissen Sie, was mit ihr geschähe, wenn sie in Amerika
bliebe? Sie würde zerbrechen.«

Gettier dachte an die Szene in dem Hangar zurück und
erwiderte nichts. Barberi ließ nicht locker, obwohl er allmählich müde wurde. »Die Arbeit an der Basilika wird ihr
neue Lebensfreude schenken, das wissen Sie genau.« Dagegen konnte Gettier zwar nichts einwenden, doch er gab noch
immer nicht auf.

»Marianne könnte mich von Amerika aus beraten und
nominell weiterhin die Leiterin der Restaurierung bleiben.

De Plannisoles könnte mir assistieren, und Sie könnten uns beratend zur Seite stehen wie jetzt auch.«

»Ich kann nicht jeden Tag in den Vatikan fahren und nachsehen, wie Sie vorankommen«, erwiderte der Kardinal, ohne auf Edmund Gettiers Worte näher einzugehen. »Ich bin zu alt, zu krank, zu gebrechlich, zu … morsch, genau wie diese Häuser hier.« Lachend machte er eine Armbewegung zu den umliegenden Gebäuden hin, die starr und müde dastanden wie ein Trupp aus der Schlacht zurückgekehrter Soldaten.

Gettier blieb stehen, ging um den Rollstuhl herum und stellte sich vor Kardinal Barberi hin. »Wenn ihr etwas zustößt, bin ich dafür verantwortlich, denn in bezug auf das Projekt kann ich sie ersetzen, während sie als Mensch nicht ersetzbar ist. Wenn es diesem … diesem Mörder gelingt, zuzuschlagen, kann Marianne nicht ersetzt werden.«

»Ich weiß. Aber ich glaube, wenn sie in Amerika geblieben wäre, würde sie sterben«, schloß Barberi das Thema mit Entschiedenheit ab. Gettier wußte, daß weitere Einwände sinnlos waren.

Er schob den Rollstuhl weiter. Keiner der beiden Männer sprach noch ein Wort, bis sie sich vor der Wohnung des Kardinals im Erdgeschoß eines der Häuser an der Piazza voneinander verabschiedeten. Schwester Aurora, Barberis Haushälterin und Pflegerin, lud Professor Gettier zum Abendessen ein, doch er lehnte kategorisch, fast barsch ab. Mit den Gedanken war er bereits ganz woanders. Barberi wollte noch etwas sagen, doch er war zu erschöpft, um Gettier trösten zu können. Als Gettier ging, zeigte sein Gesichtsausdruck, daß er voller Angst und böser Vorahnungen war. Die Angst ließ ihn fast jung aussehen, fand Barberi. Während Schwester Aurora die Wohnungstür schloß, sprach der Kardinal ein stilles Gebet für Edmund.

Edmund Gettier überquerte erneut die Piazza Colomo und gelangte zu der Ecke, an der die Limousine den Kardinal und ihn abgesetzt hatte. Dort stand ein Münztelefon; als er es sah, beschloß er spontan, ein wenig Dampf abzulassen.

Er wußte nicht, ob er ihn überhaupt auftreiben würde,

aber die Dame von der Auskunft war sehr hilfsbereit, und nach einer Minute schon sprach er mit ihm, dem Feind.

»Alberto Neri am Apparat«, sagte der Dreckskerl.

»Hier spricht Professor Edmund Gettier.«

»Ah, Herr Professor ...«

»Ich hoffe, daß Sie in der Hölle schmoren werden, Sie Schwein. Einen alten Mann so zu täuschen ...«

»Verzeihung, wovon sprechen Sie?«

»Sie wissen genau, wovon ich spreche. So zu tun, als wäre Marianne wegen ihres ›spirituellen Wohlergehens‹ hier! Wenn ihr etwas zustößt, mache ich Sie persönlich dafür verantwortlich!«

»Mein lieber Professor ...«

Gettier hängte den Hörer ein. Viel besser ging es ihm jetzt nicht. Angesichts der leeren, sinnlosen Drohungen, die er gerade ausgestoßen hatte, kam er sich erst recht töricht vor. Was sollte er denn im Fall des Falles schon tun – den Mann umbringen vielleicht? Er konnte nur hoffen, daß der Anruf wenigstens einen Bruchteil des von ihm Beabsichtigten bewirkt hatte.

Gettier winkte ein Taxi heran und fuhr zu seiner Wohnung.

8

Nacht in der Stadt

Nacht. Sepsis war auf einer Party reicher, degenerierter Leute, die denkbar beste Tarnung für ihn.

Überall in dem großen Haus, einem Neo-Rococo-Palazzo aus dem neunzehnten Jahrhundert, tanzten die Menschen zu harter, wummernder Musik durch das von blauen und neongrünen Lichtern erhellte Dunkel. Die Partygäste, alle ungefähr in seinem Alter, bewegten sich zu dem Rhythmus, der ihre Stimmung widerspiegelte, während sie miteinander sprachen und tranken und rauchten und einander musterten. Dreiundzwanzig Zentimeter hohe Stöckel bohrten sich in den Parkettboden, Hände mit brennenden Zigaretten fuchtelten im Gespräch gefährlich durch die Luft und ließen rote Lichtspuren in der Dunkelheit zurück. Durch diese Szenerie glitt Sepsis, losgelöst von allen anderen, und betrachtete die Leute mit demselben Blick, mit dem er Gebäude ansah – oder Zielpersonen.

Er wurde überhaupt nicht beachtet. Die Männer sahen wesentlich besser aus als er, trugen elegante Anzüge und das Haar mit Pomade zurückgekämmt, hatten aristokratische, hochmütige Gesichter und reagierten nur auf andere Männer, die ebenso redselig waren und dieselbe Ausstrahlung hatten wie sie. Und die Frauen waren so vollkommen, daß man sich schon von weitem in sie verlieben konnte. Wie wandelnde Statuen, mit der Unergründlichkeit lebloser Gegenstände, ließen sie sich nur dann dazu herab, ihn wahrzunehmen, wenn er sie wahrzunehmen geruhte. Sie sprachen nur auf die grausamen Männer an; für sie waren sie bereit, ihren Slip mitten auf der Tanzfläche auszuziehen, wenn es sein mußte, und in der Ecke eines von der Eingangshalle abgehenden Zimmers, in dem getanzt wurde, vögelte eine atemberaubend schöne, dunkle, feurige Frau sogar mit einem dieser grausam wirkenden jungen Männer. Sepsis war auf der Suche nach einem Telefon über das Paar gestolpert, doch die beiden waren so miteinander beschäftigt gewesen, daß sie nicht einmal den Blick zu ihm hoben.

Es waren grausame Männer und wunderschöne Frauen, doch Sepsis dienten sie nur als Tarnung. Wer käme schon auf die Idee, bei einer Eurotrash-Party nach einem schüchternen, belesenen, ernsten Berufskiller zu suchen?

Sepsis streifte auf der Suche nach einem Telefon durchs Haus und begegnete Giancarlo. Der legte sofort den Arm um die Schulter und machte eine ausladende Handbewegung.

»Na, wie gefällt dir meine Soirée, alter Freund?«

Sepsis lächelte Giancarlo an. Er mocht ihn. »C'*est bon*«, erklärte er trocken.

»Mehr hast du dazu nicht zu sagen?« fuhr Giancarlo ihn, den Beleidigten spielend, an. »Ich gehe jede Wette ein, daß du im langweiligen alten Paris noch nie eine so starke Party erlebt hast.«

Sepsis fiel darauf keine geistreiche Erwiderung ein. Giancarlo ließ ihn los und war fast augenblicklich im Menschengewimmel verschwunden.

Sepsis und Giancarlo kannten sich schon sehr lange. Einige Jahre zuvor war Sepsis durch das kroatische Bürgerkriegsgebiet gefahren und dem jungen Italiener Giancarlo Bustamante begegnet, der mit einigen Freunden dorthin gekommen war, um auf Menschenjagd zu gehen.

Die Kroaten boten reichen Europäern an, sie durch das Kriegsgebiet zu führen, damit sie Menschen töten konnten. Meist bestand das Wild aus Flüchtlingen, da Flüchtlinge nun einmal nicht zurückschießen. So trat in irgendeinem ausgebombten Städtchen oder Dorf morgens eine Gruppe

Europäer auf die Straße, suchte sich ein hübsches Fleckchen auf dem Dach eines Hauses und erschoß jemanden. Die Gebühr betrug etwa dreitausend Dollar pro Kopf, aber meistens wurden die Kroaten auf ein Zehntel des Preises heruntergehandelt. Noch besser war es, eine Pauschalsumme von tausend US-Dollar für eine beliebige Anzahl von Abschüssen zu zahlen. Am besten fuhr man mit den Kroaten, denn die betranken sich nur und grölten albern herum, während die Jagdgesellschaft auf ein Opfer wartete. Die Serben hingegen wurden meist gewalttätig, wenn sie besoffen waren; eine Gruppe Franzosen war auf einer Safari von ihren serbischen Führern umgebracht worden. Serbische Moslems dagegen nahmen das Geld und stellten im Laufe des Tages meist immer weitere Forderungen. Bei den Kroaten aber boten tausend Dollar und ein paar Flaschen Scotch die Garantie für einen erfolgreichen Safari-Tag.

Sepsis war nicht dort gewesen, um jemanden zu töten. Er hatte nur einmal einen Krieg aus der Nähe erleben und vielleicht ein paar Fotos machen wollen, das war alles. Giancarlo und Sepsis hatten sich sofort angefreundet, wobei der Italiener natürlich keine Ahnung hatte, womit Sepsis sein Geld verdiente. Er nahm an, Sepsis mache das gleiche wie er selbst, nämlich von seinen reichen Eltern leben. Und in gewisser Hinsicht lag Giancarlo damit gar nicht so falsch. Und immer wenn Sepsis in Rom war, wohnte er bei Giancarlo und dessen Freunden und gab sich als Franzose aus reichem Haus aus. Tagsüber fuhr er in der Stadt herum, kümmerte sich um die banalen Einzelheiten seiner eigentlichen Beschäftigung – Auftragsmorde – und konnte sicher sein, dabei nie jemandem aus diesen Kreisen zu begegnen, denn wie oft überschreiten die Bewohner von Metropolen die Grenzen der ihrer sozialen Schicht vorbehaltenen Viertel? Nur sehr selten, wenn überhaupt je. Wenn man in eine völlig andere Gegend ging, war es fast so, als stattete man einem anderen Planeten einen Besuch ab.

Die Suche nach einem Telefon führte Sepsis in den ersten Stock. Dort war es genauso voll wie unten, nur waren hier

Drogen im Spiel. Männer und Frauen mit unstetem Blick und nicht ganz so teuren Kleidern verkauften, zwischen den Zähnen hervorflüsternd, in den Gängen ihre Ware.

Sepsis nahm keine Drogen. Er trank auch nicht. Doch selbst in stocknüchternem Zustand besuchte er solche Partys gern, ließ sie vor sich ablaufen, hielt sich im Hintergrund, beobachtete alles und schlenderte von einem Grüppchen zum nächsten, sobald er den Eindruck hatte, daß man auf ihn aufmerksam wurde.

Doch an diesem Abend war es anders. An diesem Abend war Sepsis deprimiert und lustlos, einfach nicht in Stimmung für eine Partynacht. Am liebsten hätte er sich mit einem Stapel Bücher in irgendein Hotelbett verkrochen und bis Tagesanbruch gelesen, sich vielleicht endlich mal wieder den neuen Updike vorgenommen, den er in letzter Zeit vernachlässigt hatte. Er fand, daß Updikes Stil und sein eigener einander sehr ähnelten – elegant und fast immer auch präzise, chaotisch nur dann, wenn die Situation es erforderte.

Doch Sepsis hatte zu arbeiten an diesem Abend. Er suchte ein Telefon, weil er mit seinem Kontaktmann sprechen mußte. Er durchstreifte also das Haus, wich einer Frau aus – einem höchstens siebzehnjährigen Mädchen, genauer gesagt –, die ihm in einem Gang kreischend entgegenkam. Sie zerrte hysterisch an ihren Kleidern und rannte immer wieder gegen die Wand. Offenbar war sie auf einem schlechten Trip.

Im ersten Stock war es zu voll, doch im zweiten hielten sich kaum Leute auf. Rasch hatte Sepsis ein kleines Zimmer gefunden, in dem ein Telefon stand. Er ließ die Tür offen, damit er mitbekam, falls sich jemand näherte, wählte und begrüßte seinen Gesprächspartner mit einem knappen »Ja« auf englisch. Am anderen Ende der Leitung erfolgte die Antwort flüsternd und ebenfalls auf englisch.

»Sie ist unversehrt in Rom eingetroffen.«

»Ja, ich weiß«, erwiderte Sepsis arrogant und überflog die Titel auf dem Bücherregal über dem Telefon. »Ich bin schon dabei, mir die Leute zu organisieren, die ich für die Sache brauche.«

Die Stimme am anderen Ende der Leitung überschlug sich vor Wut: »Wir haben eine *Vereinbarung* getroffen! Sie wird nicht getötet...«

»Sie brauchen mir nicht zu erklären, was wir vereinbart haben«, fuhr Sepsis in einem Tonfall dazwischen, der noch eine Nuance grausamer klang als jeder andere auf dieser Party. »Ich habe mit Ihnen nur vereinbart, daß ich auf Ihre Marotten *wenn möglich* Rücksicht nehme. *Wenn möglich.*«

»Wenn Sie nicht tun, um was ich Sie gebeten habe, helfe ich Ihnen nicht.«

»Wenn Sie mir nicht helfen, mache ich Sie fertig!« gab Sepsis lässig zurück. Er meinte es ernst. Er lauschte in die Stille hinein, während der Informant überlegte, was darauf zu erwidern sei.

»Es gibt eine gute Nachricht«, lockte die Informationsquelle, um Besänftigung bemüht. Mit Sepsis legte man sich besser nicht an.

»So?« Ein bestimmtes Buch stach Sepsis ins Auge; es war Ecos *L'Isola del Giorno Prima.* Der Rücken hatte keine Längsfurchen, das Buch war nie gelesen worden. Er zog es aus dem Regal und blätterte ein wenig darin herum, stolz darauf, gleichzeitig italienisch lesen und englisch sprechen zu können.

»Die andere Zielperson befindet sich ebenfalls in Rom«, fuhr der Informant fort.

»Aha.«

»Mit *dieser* Zielperson können Sie so ›direkt‹ verfahren, wie Sie wünschen.«

»Ich mache, was ich will«, erklärte Sepsis verächtlich.

Der Kontaktmann explodierte. »Ich habe diesem Wahnsinn nur zugestimmt, sofern die Sache zu *meinen* Bedingungen ausgeführt wird...«

»Es ist *mein* Spiel«, fauchte Sepsis gnadenlos. Endlich hatte er die Oberhand gewonnen – ein wunderbares Gefühl. »Jetzt bestimme ich, wo's langgeht, das ist *mein* Job. Das habe ich Ihnen von Anfang an gesagt. Wenn Sie meine Anweisungen nicht befolgen, erledige ich Sie auf der Stelle. Vergessen

Sie nicht – Sie sind nur einen Anruf von der Entlarvung entfernt.«

Wieder verlor der Informant fast die Beherrschung. Ein scharfes Zischen drang durch den Hörer. Er plusterte sich offenbar auf, um eine gewaltige Schimpfkanonade loszulassen. Doch plötzlich ertönte etwas, das wie ein Schluckauf klang, fast so, als wäre der Informant erwürgt worden; dann herrschte Stille. Sepsis lächelte. Endlich hatte seine Informationsquelle kapiert. Jetzt leitete Sepsis die Show, endlich.

»Dies ist mein Spiel, und Sie sagen mir sofort, wo sie sind«, befahl Sepsis und hob lächelnd den Blick. Der traf auf etwas wahrhaft Außergewöhnliches.

In der Tür des kleinen Zimmers stand eine Frau, für die er freudig einen Menschen getötet hätte. Sie hatte ihn überrascht. Die gedankliche Beschäftigung mit Ecos *L'Isola del Giorno Prima* und die Schärfe der Diskussion mit dem Informanten hatten dazu geführt, daß er unachtsam geworden war. Groß, schlank, aber mit einer weiblichen Figur und in einem Kleid, das wie auf ihren Körper gemalt wirkte, stand sie da und betrachtete Sepsis. Ihr Gesicht konnte er nicht sehen, nur ihre Umrisse vor dem Licht im Gang ausmachen, doch er war sicher, daß sie ihn einladend anlächelte. Nur um sich dieses Lächeln anzuschauen, trat er aus dem Licht, das vom Gang hereinfiel, in den Schatten. Die Frau wandte sich ihm zu. Das Licht im Gang fiel auf ihre glänzenden schwarzen Pumps, die unglaublich sexy wirkten, und auf die funkelnden dunklen Augen mit dem Schlafzimmerblick. Sie wankte kaum merklich, war nur ein bißchen bekifft, doch das Lächeln lag noch immer auf ihrem Mund, und allein der Anblick dieses Lächelns und ihrer Augen brachte Sepsis in eine sexuell aufgeladene, katzenhafte Stimmung, machte ihn so richtig heiß, während sein Gesprächspartner am anderen Ende der Leitung ohne Unterlaß weiterschwafelte.

»Sie hält sich in einem bewachten, völlig sicheren Haus auf, in das Sie nicht mal mit einem Stoßtrupp reinkämen ...«

Ohne jede Schärfe, ganz beiläufig korrigierte Sepsis diese

Aussage, während er weiter die schöne Frau in der Tür anstarrte. »Nein. Völlig sicher vielleicht, wenn es um eine Bombe ginge, aber darüber bin ich längst hinaus. Uneinnehmbare Häuser existieren für mich nicht. Besorgen Sie mir die Adresse. Und einen Lageplan. Und die tägliche Fahrroute.« Die hinreißende Frau, eine Italienerin mit schwarzem Haar, ging auf ihn zu. Ihr Gang, die wiegenden Bewegungen ihres Körpers, schufen ein unendliches Kaleidoskop verlockender Kurven und herrlicher Kontraste von Licht und Schatten.

»Sie wissen, was Sie zu tun haben, ja?« sagte der Kontaktmann, immer noch darum bemüht, die Wogen zu glätten.

»Sie brauchen mir meinen Job nicht zu erklären. Besorgen Sie die Informationen, die ich benötige. Ich melde mich wieder.«

Den Bruchteil einer Sekunde lang stockte die Stimme am anderen Ende der Leitung, dann war sie wieder zu vernehmen. »Verstanden.« Sepsis hängte ein, den Blick auf die umwerfende Frau geheftet. Dann lächelte er.

Kardinal Barberi in seiner dunklen Wohnung schlief so tief, wie nur alte Menschen und Kinder schlafen können. Er würde bald sterben, das wußte er. Die Restaurierungsarbeiten an der Basilika würden ihn vielleicht noch eine Weile am Leben halten, doch früher oder später war damit zu rechnen, daß die Kräfte seines alten Körpers versiegten.

Er sträubte sich nicht gegen den Tod, den er sich, fast ein wenig heidnisch, als ein eigenständiges Wesen vorstellte. Doch es ärgerte ihn, daß er das Endergebnis seiner Anstrengungen nicht mehr würde erleben können. Terence Kardinal Park war es in dieser Hinsicht besser ergangen. Er war Barberis Vorgänger im Kulturausschuß gewesen und hatte die Genugtuung gehabt, erst kurz nach der Beendigung der Restaurierungsarbeiten an der Sixtinischen Kapelle zu sterben. Welch ein Glückspilz! Barberi hoffte, wenigstens die unter Schwester Mariannes Leitung erfolgende Verstärkung der Stützpfeiler und Mauern in den Katakomben zu erleben.

Doch bis zum Abschluß der vollständigen Restaurierung der gesamten Basilika würden mindestens fünfzehn Jahre vergehen. Kardinal Barberi drehte sich im Schlaf um.

Erzbischof Neri schlief nicht so gut. Seit der drei Wochen zurückliegenden Explosion im Kloster hatte er seine Kontaktleute in Amerika gedrängt, herauszufinden, was dort eigentlich geschehen war, doch vergeblich. Warum das Bombenattentat auf das Kloster ausgeführt worden war, warum man auf Schwester Marianne geschossen hatte – keine Antworten. Und jetzt dieses Schweigen. Opus Dei hatte Kontakte zu den Arabern, vor allem zu den Sunniten in Saudi-Arabien, die sonst stets bestens informiert waren über das, was bei den Schiiten los war, aber sie hatten sich nicht mehr bei ihm gemeldet. Das hatte zwar augenscheinlich nichts zu bedeuten, doch Neri wußte es besser: Wenn Araber behaupten, sie wüßten nichts, dann wissen sie etwas. Wenn Araber nicht reagieren, liegt das einzig daran, daß es ihnen peinlich ist, zugeben zu müssen, daß sie keine Ahnung von den aktuellen Vorgängen haben.

Ohne das Licht anzuschalten, stand Neri auf und begann Hampelmann-Übungen zu machen, um müde zu werden und einschlafen zu können. Dieses Schweigen störte ihn am allermeisten.

»Wie streng sind Ihre Sicherheitsvorkehrungen?« hatte er Frederico Lorca gefragt.

»In dem Haus ist sie völlig unangreifbar, und die meiste übrige Zeit wird die amerikanische FBI-Agentin bei ihr sein.«

»Warum erledigen das nicht Ihre Leute?« Neri hatte vorwurfsvoll geklungen.

»Erzbischof, Sie müssen verstehen, daß ich wegen so etwas nicht auf meine Leute verzichten kann, und außerdem ist es ja ganz überflüssig, da die FBI-Agentin sie begleiten wird.«

»Was ist, wenn wieder ein Angriff auf sie unternommen wird? Immerhin wurde ja bereits in einer amerikanischen Polizeidienststelle auf sie geschossen.«

»Das ist mir durchaus bewußt. Aber wir suchen nach Sepsis, so gut wir können. Entweder versuchen meine Leute, ihn aufzustöbern, oder ich schütze die Nonne. Wenn die Nonne in Amerika wäre, hätten wir diese Probleme nicht.«

»Wir brauchen sie hier«, hatte Neri entgegnet.

Und genau das war das grundlegende Risiko, das Neri einging. In Wahrheit wurde Schwester Marianne für die Restaurierungsarbeiten in Rom *nicht* gebraucht. Edmund Gettier hätte, wie Kardinal Barberi ihm gesagt hatte, die Arbeiten ebensogut ausführen können.

»Allein die Vorstellung, daß dieser grauenhafte Mann Marianne etwas antun könnte … Ich würde noch früher sterben, als ich es ohnehin tun werde, wenn ihr etwas Schreckliches zustieße«, hatte Barberi zu ihm gesagt. »Deshalb habe ich mich zu der Entscheidung durchgerungen, daß sie in Amerika bleiben soll. Gettier kann die Arbeiten durchführen. Es wird zwar länger dauern, aber er ist ein kluger Mann …«

»Tun Sie das nicht.« Neri hatte beschlossen, es zu riskieren. »Wenn sie in Amerika bleibt, wird ihre Seele Schaden nehmen.«

Barberi hatte den Blick zu Neri gehoben, die mächtigen Augenbrauen fast bis zum Haaransatz hochgezogen. »Was soll das heißen?«

Obwohl Neri sich dabei schmutzig, unrein vorgekommen war, hatte er die Zähne zusammengebissen und die spirituelle Karte ausgespielt. »Wenn sie in Amerika bliebe, nachdem all ihre Mitschwestern getötet wurden – bei allem Respekt, ich bitte Sie, sich auszumalen, was das bewirken würde. Sie hätte dort viel zuviel Zeit und würde immer nur über das eine nachgrübeln.«

»Ich verstehe …«, hatte der Kardinal betrübt gesagt.

Erzbischof Neri konnte von Glück sprechen, daß Kardinal Barberi in politischer Hinsicht so naiv war. Er verstand nicht, was Schwester Marianne für Opus Dei darstellte, verstand nicht, welches Prestige es bedeutete, daß eine kleine Nonne ein so wichtiges Restaurierungsprojekt leitete. Doch Neri war nicht völlig gewissenlos. Genau wie Gettier – und wie im Grunde jeder – nahm er an, daß der Killer früher oder später erneut einen Anschlag auf die Nonne planen und dann möglicherweise sein Ziel erreichen würde. Sehr wahrscheinlich sogar. Er beendete seine Hampelmann-Übungen und begann mit Liegestützen.

Barberi war ein hervorragender Kardinal, fand Neri. Gut, gottesfürchtig, großzügig, bescheiden, in jeder Hinsicht bewundernswert. Doch Neri haßte ihn auch ein wenig, weil er seine Machenschaften nicht durchschaute und ihm nicht Einhalt gebot. Gettiers leere Drohung hatte in ihm Verachtung ausgelöst, sie beunruhigte ihn in Hinblick auf die praktische Ausführung nicht im mindesten. Doch Neri wußte, daß er etwas ähnliches wie diesen dummen Anruf unternommen hätte, wenn das Leben *seiner* Schülerin auf dem Spiel stünde.

Mitten in einem Liegestütz hielt Neri inne, weil ihm bewußt wurde, daß ja tatsächlich das Leben *seiner* Schülerin auf dem Spiel stand. Schließlich kannte er Schwester Marianne schon länger, als Gettier sie kannte. Und trotzdem setzte er ihr Leben aufs Spiel.

Jetzt kamen die Zweifel. Er beendet seine Gymnastik und kniete sich neben das Bett, um zu beten. Doch auch das Gebet linderte nicht seine Zweifel an dem, was er da tat, sondern machte sie noch quälender und realer.

Nacht. Gegen halb drei Uhr morgens wachte Schwester Marianne auf. In ihrem Kopf wirbelten die Gedanken und ließen sich, wie so oft, nicht vertreiben.

Seit dem Bombenanschlag sah sie nachts, aber auch tagsüber, sofern sie nicht arbeitete, ununterbrochen das Gesicht des unbekannten Mannes vor sich. Und sie empfand dabei eine Verbitterung, die sie irgendwann zermürben würde.

Sie wollte vergeben. Vom Kopf her, von ihrem intellektuellen Bewußtsein her wollte sie dem jungen, unbekannten Mann die Zerstörung vergeben, mit der er ihr Leben überzogen hatte, wollte ihm vergeben, daß so viele Menschen durch ihn zu Tode gekommen waren, wollte ihm all den Schmerz vergeben, den sie seinetwegen empfand. Sie wollte vergeben und keinen Groll mehr hegen.

Doch ihr Herz haßte ihn. Oh, wie sie ihn haßte!

Sie drehte sich auf den Rücken und begann das Vaterunser zu beten. Mit aller Kraft konzentrierte sie sich auf die Worte und ihre Bedeutung. Doch das Gebet war durchzogen von Splittern des Hasses und der Verbitterung, die immer wieder scharf hervordrangen. Als sie zu Ende gebetet hatte, atmete sie ganz bewußt, um ihren Herzschlag zu beruhigen. Doch es wurde nicht besser.

Um endlich einzuschlafen, begann sie Primzahlen herzusagen, verlor aber bei 61 die Geduld. Sie stand auf und schlich sich, nur mit einem Nachthemd bekleidet, hinunter ins Erdgeschoß der Villa.

Sie war sehr leise. Von draußen drangen kaum Straßengeräusche ins Haus; eigentlich überhaupt kein Geräusch. Und es war Neumond in dieser Nacht, so daß sie nichts sehen konnte und sich ihren Weg ertasten mußte, den Grundriß der Villa vor Augen. In der Küche suchte sie mit der Hand nach dem Lichtschalter und fand ihn schließlich. Die Lampe erhellte den Raum.

»Großer Gott!« rief sie erschrocken. Dann flog ihre Hand zum Mund, und sie sagte zwischen den Fingern hindurch: »O nein!«

Am Küchentisch saß im Nachthemd Agentin Chisholm und starrte auf ein halbleeres Glas Milch. Sie hob den Blick zu Marianne. Die plötzliche Helle schien ihr nichts auszumachen, sie blinzelte nicht einmal.

»Alles in Ordnung?« fragte sie.

Marianne war zu frustriert, um zu antworten. »O nein!« murmelte sie noch einmal, wütend, weil sie den Namen des Herrn schon wieder unnötig im Munde geführt hatte.

»Ist alles in Ordnung mit Ihnen?« fragte Agentin Chisholm noch einmal, diesmal mit einem leicht gereizten Unterton. Marianne sah sie an.

»Ja, ja, alles in Ordnung. Aber Sie haben mich erschreckt, und ich …« Sie verstummte und seufzte tief auf. »Ich habe…« Sie unterbrach sich. In Anwesenheit dieser Frau kam sie sich dumm vor, denn Agentin Chisholm spürte sicherlich, daß es ihr, Marianne, in Wahrheit gar nicht so ernst damit war. »Diese üble Angewohnheit von mir ... Ach, es ist nichts. Ich – ahhh!«

Agentin Chisholm runzelte die Stirn angesichts dieses merkwürdigen Verhaltens, ging aber nicht darauf ein, sondern trank einen Schluck Milch, stellte das Glas wieder auf den Tisch und starrte es, die Hände im Schoß, weiter an. Marianne stand da und betrachtete sie. Die Stille zwischen ihnen war förmlich mit Händen zu greifen.

»Ich hole mir nur rasch etwas zu trinken und gehe wieder«, verkündete Marianne kleinlaut.

Agentin Chisholm reagierte nicht. Marianne ging zum Küchenschrank und nahm ein Glas heraus.

Nachdem sie sich Saft eingeschenkt hatte, wandte sie sich an Agentin Chisholm, um ihr gute Nacht zu wünschen. Zumindest hatte sie das vor. Doch statt dessen sagte sie: »Sie mögen mich nicht besonders, oder, Agentin Chisholm?«

Das war wirklich das letzte, was sowohl Chisholm als auch Marianne erwartet hatte. Margaret hob den Blick zu der Nonne und blinzelte sie an. In der Stille, die jetzt eintrat, ging der Kühlschrankgenerator an und begann beruhigend zu brummen.

»Doch, doch, ich mag Sie. Wie kommen Sie darauf?«

Die Schleiereule musterte sie, das Saftglas in beiden Händen haltend, den Kopf leicht gebeugt, den Blick unverwandt auf Chisholms Augen gerichtet. Es war kein strenger Blick, aber ein wissender.

»Tja, also, nein, ich ... Ich mag Sie nicht besonders.«

»Warum nicht? Habe ich irgend etwas Kränkendes gesagt oder getan?«

Chisholm erwiderte ihren Blick eine Weile, doch sie war zu müde, um sich zu rechtfertigen, und sah wieder weg. »Nein, nein, nichts dergleichen. Es ist nur ... Ihre Religiosität. Ihre Inbrunst. Ich kann Sie ansehen, wann ich will, Sie sind nie *Sie*. Sie sind Ihre Religion. Sie sind eine wandelnde Reklame für die katholische Kirche.«

Marianne lächelte. »Ich kann Sie ansehen, wann ich will,

ich sehe jedesmal eine wandelnde Reklame für das FBI. Deswegen mag ich Sie aber nicht mehr oder weniger gern«, sagte sie und setzte sich auf den Stuhl rechts von Agentin Chisholm.

»Ich habe einfach das Gefühl, daß Sie mich jedesmal, wenn Sie mich ansehen, auch irgendwie taxieren, daß Sie alles, was ich mache, beurteilen, egal, ob Sie es mich tun sehen oder nicht. Ich habe vieles getan, auf das ich nicht gerade stolz bin, und jedesmal, wenn ich Sie ansehe, erinnern Sie mich an diese Dinge. Sie wirken so rein – ich hasse diese Reinheit von Ihnen, weil ich selbst so … besudelt bin mit dem, was ich getan habe.«

Marianne sah sie erstaunt an. Dann brach sie in schallendes Gelächter aus. Margaret wurde wütend.

»Was ist daran so lustig? Was ist daran lustig, verdammt noch mal?«

Marianne hörte abrupt auf zu lachen. Sie wirkte ein wenig verlegen. Ziemlich verlegen sogar. Sie hatte plötzlich richtig Angst.

»Entschuldigung, aber was Sie da eben gesagt haben, fand ich sehr lustig.«

Chisholm wandte den Blick ab. Es war, als würde eine Tür mit solcher Entschiedenheit geschlossen, daß Marianne überzeugt war, sie werde sich nie wieder öffnen.

»Ich bitte Sie«, sagte Marianne und legte ihre Hand auf Chisholms Unterarm. Die Geste brachte Chisholm dazu, Marianne wieder anzusehen, und wieder jagte sie der Nonne mit ihrem Blick Angst ein. Doch Marianne hielt dem Blick stand, schaute sogar noch eine Sekunde länger zurück; dann legte sie ihre gefalteten Hände auf den Tisch, betrachtete sie einen Moment und heftete den Blick dann ruhig auf Agentin Chisholm.

»Agentin Chisholm, wissen Sie, warum ich Nonne wurde? Ich wachte eines Morgens in meiner Wohnung auf. Ich war damals neunzehn, noch nicht ganz zwanzig. Ich war fix und fertig vom Heroin. Meine Vagina war wund. Aus meinem Anus floß Blut. In meinem Bett lagen zwei Männer. Ich konnte mich nicht daran erinnern, wie ich sie abgeschleppt hatte, doch an die vergangene Nacht konnte ich mich erinnern. Ich sah ihr Grinsen vor mir, und ich fühlte mich ... tot. Wie eine lebende Tote. Als verfaulte meine Seele, als zersetzte sie sich. Ich wollte mich umbringen, aber ich war so benebelt, daß ich nicht wußte, wie ich das anstellen sollte. Da beschloß ich, spazierenzugehen. Ich ging hinaus auf die Straße. Es war wunderschön, einfach wunderschön dort draußen. Und ich dachte, wie konnte ich so tief sinken? Meine Familie war reich, ich war intelligent und hübsch. Ich hatte die besten Schulen besucht, die beste Erziehung genossen. Alles war perfekt gewesen. Und trotzdem stand ich nun da auf der Straße. Es war früh am Morgen, und es war kalt. Da ging ich in eine Kirche. Wirklich eine witzige Vorstellung: Ich friere, ich stehe unter Drogen, ich möchte sterben – ich versuche ausgerechnet in einer Kirche damit klarzukommen. Ich wollte allein sein und setzte mich in einen Beichtstuhl. Ich dachte, er sei leer, doch es saß ein Priester darin, der die Beichte abnahm. Ich war damals nicht einmal katholisch, aber ich war so hinüber und so durcheinander, daß ich alles beichtete. Ich beichtete, daß ich mit Männern und Frauen geschlafen hatte. Ich beichtete, daß ich Drogen genommen hatte. Ich beichtete, daß ich meine Verwandten und Freunde belogen hatte, daß ich sie immer wieder betrogen und ihnen weh getan hatte. Ich beichtete alles. Und danach ging es mir irgendwie besser. Ich verließ die Kirche, und in diese bestimmte Kirche bin ich zwar danach nie wieder gegangen, aber vier Jahre später wurde ich Nonne. Seit zwölf Jahren bin ich jetzt Nonne. Und es gab bisher nicht *einen* Tag, an dem ich mich nicht für den am meisten ... besudelten Menschen gehalten habe, den ich kenne. Deshalb habe ich so gelacht.« Wieder legte sie ihre Hand auf Chisholms Arm und sah sie an, um herauszufinden, ob sie verstanden worden war. »Sie halten mich für rein und unberührt. Aber Sie kennen mich nicht. Sie kennen mich überhaupt nicht. Deshalb habe ich gelacht. Ich wollte Sie nicht kränken. Ich habe über das Bild gelacht, das Sie sich von mir gemacht haben, aber ich wollte Sie nicht herabsetzen.«

Schwester Marianne nahm ihre Hand von Chisholms Arm und trank, den Blick ins Leere gerichtet, einen Schluck Saft. Margaret sah Marianne reglos an, bis die Nonne ein wenig verlegen wurde.

»Sagen Sie doch etwas«, bat sie und rüttelte Margaret damit auf wie ein Hypnotiseur, der seine Vorführung beendet.

»Tja, äh … ich … na ja, klar … ja. Sie haben recht. Ich kenne Sie überhaupt nicht.«

Marianne betrachtete das Saftglas und wollte gerade noch einmal trinken, als ihr plötzlich etwas einfiel: »Ich beurteile Sie nicht, falls Ihnen das Sorgen bereitet. Ich *kann* Sie gar nicht beurteilen. Das kann nur Gott. Und selbst wenn ich nicht an Gott glaubte, so bin ich viel zu sehr damit beschäftigt, mich selbst zu verurteilen, als daß ich die Zeit dafür hätte, Sie zu beurteilen.« Sie führte das Glas zum Mund.

Margaret wußte nicht, was sie erwidern sollte, und stellte die erste Frage, die ihr in den Sinn kam: »Könnten Sie je in Ihr altes Leben zurückkehren?«

Schwester Marianne floß bei dieser Frage fast der Saft aus dem Mund. Sie schluckte hastig und sagte lachend: »Ach, du lieber Himmel, nein! Und selbst wenn ich könnte, ich würde es nicht wollen!«

»Nein, Sie haben mich falsch verstanden«, sagte Chisholm ungeduldig. »Ich meine, können Sie sich vorstellen, keine Nonne mehr zu sein?«

Marianne dachte über die Frage nach, bevor sie antwortete. Wieder tauchten Zweifel in ihr auf, doch dann sagte sie mit fester Stimme: »Nein. Und auch das würde ich nicht wollen. Ich habe zwar viel aufgegeben, aber … gewonnen habe ich eigentlich nichts dadurch, indem ich Nonne wurde – ich habe ein Armutsgelübde abgelegt. Aber … ich weiß nicht. Es ist schwer zu erklären. Ich weiß nur, daß das, was ich tue, das Leben, das ich führe – es ist einsam, es ist sehr schwierig, wir sitzen nicht nur den ganzen Tag herum und beten –, daß das Gottes Wille ist. Ich weiß, daß das meine Bestimmung hier auf Erden ist. Ich weiß es einfach.« Es entsprach der Wahrheit, zumindest der letzte Teil ihrer Erklärung.

»Aber wollen Sie denn nicht ein bißchen mehr?« hakte Agentin Chisholm nach.

Sie weiß es, dachte Marianne. *Aus irgendeinem Grund kennt sie die Wahrheit.* Marianne wunderte sich immer wieder darüber, wie ein Mensch für eine Strafverfolgungsbehörde arbeiten konnte, wie man vorgeben konnte, in dieser Welt die Wahrheit zu suchen, wie man die Arroganz besitzen konnte, auch noch zu glauben, man habe sie gefunden. Doch nach dieser Frage hörte Marianne auf, sich zu wundern. *Sie weiß es* – nur dieser eine Gedanke ging ihr durch den Kopf.

»Nein«, antwortete sie. »Mehr will ich nicht.«

Margaret spürte, daß sie log, und wandte langsam den Kopf ab, ohne den Blick von der Nonne zu wenden. Der Blick sollte ihr die Wahrheit entreißen, und Marianne konnte Agentin Chisholm nicht länger ansehen, solange diese Lüge zwischen ihnen war.

»Bevor das alles geschah«, fügte sie hastig hinzu und machte eine Handbewegung, die auf das Bombenattentat und auf den Mordversuch an ihr hinwies, »hatte ich durchaus Bedürfnisse, Gefühle, Sehnsucht nach einem aufregenderen Leben. Das quälte mich, denn es lenkte mich ab von dem, was ich tat. Aber jetzt … jetzt ist das vorbei, glauben Sie mir. Sind Sie glücklich mit Ihrem Leben, Agentin Chisholm?«

»Ich heiße Margaret.«

»Margaret.«

»Ich weiß nicht. Ich habe einen Sohn …«

»Ach, wirklich?« Marianne war ehrlich überrascht. »Wie alt ist er denn?«

»Zwölf. Es macht mir Sorgen, daß ich nur wenig Zeit für ihn habe, daß meine Arbeit mich davon abhält, mich mehr mit ihm zu beschäftigen.«

»Haben Sie ein Glück!« sagte Marianne und trank von ihrem Saft.

Margaret sah sie an. »Ich habe kein Glück. Wenn ich Glück habe, schaffe ich es ein-, zweimal in der Woche, mit ihm zu Abend zu essen.« Sie schwieg kurz. »Und was meine Arbeit betrifft, bin ich mir auch nicht mehr so sicher. Sie gefällt mir zu gut.«

Margaret blickte nachdenklich auf ihren Schoß. Marianne betrachtete sie unverwandt. »Wie meinen Sie das?« fragte sie schließlich fast flüsternd.

Margaret richtete den Blick auf Marianne. »Als ich neulich diese Männer durch Washington verfolgte – das hat mir Spaß gemacht. Und dann war da noch dieser Vorfall im Stadion. Sogar das hat mir Spaß gemacht. Echten Spaß. Sie mögen so viel Aufregendes erlebt haben, daß es für Ihr ganzes restliches Leben reicht, aber ich kann nicht genug davon kriegen. Gott helfe mir, ich habe so richtig Geschmack daran gefunden, und das macht mir wahnsinnig angst.«

»Ich liebe meine Arbeit auch zu sehr, und ich glaube auch, daß sie mal mein Ruin sein wird«, murmelte Marianne vor sich hin, doch Margaret war so in ihre eigenen Gedanken versunken, daß sie Mariannes Worte gar nicht richtig wahrgenommen hatte.

»Fast immer, wenn etwas nicht so läuft, wie ich will, will ich es einfach nur zerstören, oder zumindest irgend etwas zerstören, irgend etwas. Etwas zerstören, damit es mir wieder besser geht.« Sie sah die Nonne an. »Wenn ich allein bin, wünsche ich mir nichts sehnlicher, als rauszugehen und etwas zu zerstören. Und ich bin immer allein.«

»Haben Sie denn gar niemanden?«

»Nein, nur meinen Sohn.«

»Haben Sie schon mal mit ihm darüber geredet, daß …«

»Nein.« Margaret sah die Nonne eindringlich an, dann wurde ihr Blick wieder weich. »Er braucht mich. Nein, andersherum. Es wäre … es wäre geradezu obszön, wenn ich mich auf ihn stützen würde. Daß andere das täten, ist für mich kein Grund, es zu tun.« Sie trank einen Schluck Milch, fiel in Schweigen, überließ sich der spätnächtlichen Stimmung.

Marianne lächelte. »Es wird sich etwas ergeben, da bin ich ganz sicher. Sie finden bestimmt einen netten Mann, der Sie liebt.«

Margaret mußte über die Zuversicht in Mariannes Stimme fast lachen. »Woher wollen ausgerechnet Sie das wissen? Sie sind doch Nonne.«

Marianne warf ihr einen kurzen Blick zu. »Aber eine mit einschlägigen Erfahrungen!« sagte sie, und die beiden lachten.

»Wie wäre es mit Agent Denton?« dachte Marianne laut nach. »Er ist sehr attraktiv.«

Margaret ging fast in die Luft. »Agent Denton? Jetzt kennen aber *Sie mich* nicht!«

»Er hat einen sehr schönen Körper, einen knackigen Arsch.«

Chisholm fuhr zusammen und starrte Marianne an. Die Nonne warf ihr einen schelmischen Blick zu, und die beiden prusteten los.

Etwa um die Zeit, als zwischen Schwester Marianne und Agentin Chisholm die Diskussion über die Knackigkeit seines Arsches stattfand (die, wenn er sie hätte hören können, ihm ungeheuer geschmeichelt hätte), machte Nicholas Denton, gerade mal ein Stockwerk entfernt, seinerseits erstaunliche Entdeckungen in bezug auf das, was seine Leute, wenn es darauf ankam und er unbedingt etwas Bestimmtes herausfinden mußte, zu tun in der Lage waren oder auch nicht.

Er lag im Bett, bedeckt von einem Leintuch, einen Haufen Papiere um sich herum, drei Kissen im Rücken und rauchte eine Zigarette. Er erinnerte ein bißchen an jene Mandarin-Matriarchinnen, die sich so gut wie nie in die Welt hinauswagten, und wenn, dann nur in einer seidenbespannten Sänfte. Er sprach gerade in ein Telefon, dessen Sprech- und Hörmuschel von einer schwarzen Plastikvorrichtung bedeckt waren. Diese Vorrichtung, ein tragbarer Stimmverzerrer, war eine der Vergünstigungen, die man als leitender CIA-Mitarbeiter besaß – man durfte alle möglichen interessanten Spielzeuge benutzen, die zwar im Grunde völlig unnötig waren, einem aber das Gefühl gaben, cool zu sein.

»Ja, verstehe. Gut … Ja, aber vorher müssen Sie noch etwas für mich tun. Ich brauche noch ein paar Hintergrundinformationen über Margaret Chisholm.«

»Wir haben doch schon beim erstenmal kaum was gefunden«, erwiderte Amalia Bersi am anderen Ende der Leitung. Sie saß an ihrem Schreibtisch in Langley und wollte gleich nach Hause fahren.

»Nein, ihr Privatleben interessiert mich nicht. Ich möchte wissen, an welchen Fällen sie gearbeitet hat und insbesondere, in welchen Fällen sie derzeit ermittelt.«

»Mr. Denton, Sir, es ist gar nicht so einfach, herauszukriegen, was eine FBI-Agentin so alles treibt.«

»Wie schwer kann das schon sein, Amalia? Ich will ja schließlich keine Protokolle des chinesischen Politbüros, sondern nur eine Liste mit Margaret Chisholms Fällen.«

»Mr. Denton, Mr. Wilson möchte Ihnen etwas sagen.«

»Schalten Sie auf Lautsprecher.«

»Hey, Chef, hören Sie, woran sie gerade arbeitet, können wir nur rausfinden, wenn wir in ihr Büro einbrechen und uns ihre Aufzeichnungen ansehen. Ich käme zwar in den FBI-Computer rein und könnte mir die Finanzunterlagen ansehen, aber daraus ließen sich nur der Name der jeweiligen Operation und der Kostenaufwand ersehen. Worum es bei der jeweiligen Operation ginge, würden wir so nicht rauskriegen, und außerdem könnten wir erwischt werden.«

»*Sie* könnten erwischt werden.«

Wilson stutzte. »Na gut, ja, *ich* könnte erwischt werden.«

»Amalia, Wilson, wieviel kriegen Sie im Jahr?«

»Offiziell achtundzwanzigtausendsiebenhundertundzwölf Dollar, Sir. Unter der Hand kriegt jeder von uns zusätzlich dreiunddreißigtausendundsiebzehn Dollar.«

»Das war eine rhetorische Frage, Amalia. Da zahlt man euch so viel, und ihr seid nicht mal in der Lage, herauszufinden, was eine FBI-Agentin tut, ohne in ihr Büro einzubrechen!«

Darauf erwiderten Amalia Bersi und Matthew Wilson nichts.

Nach einigen Sekunden des Schweigens verlor Denton die Geduld. »Kriegen Sie gefälligst raus, was sie macht, und zwar so unauffällig wie möglich! Ich rufe übermorgen abend mit dem Verschlüsselungscode Romeo an. Ach, und noch etwas: Gehen Sie bei Ihrer Recherche nicht den Weg über Lehrers Leute, sondern benutzen Sie unser eigenes Informationsnetz.«

Niemand erwiderte etwas. Die Stille – und das, was sie besagte – dehnte sich quälend. Schließlich hielt Wilson es nicht länger aus. »Wir sollen Mr. Lehrer darüber im dunkeln lassen?«

»Ja, und zwar vollständig«, erklärte Denton. »Keine Papierspur, keine Telefonate – dieses Gespräch hier bleibt unter uns, ist das klar?«

»Jawohl, Sir.«

»Schon kapiert.«

»In Ordnung. Gute Nacht. Wir sprechen uns übermorgen abend wieder.«

Denton legte auf, nahm den Stimmverzerrer ab und warf ihn in seinen Aktenkoffer, der neben ihm auf dem Bett lag. Er lehnte sich zurück, drückte seine Zigarette aus und dachte nach.

Amalia Bersi begann sofort, eine Liste mit Kontaktleuten zusammenzustellen, Quellen, die möglicherweise Zugang zu den von Denton gewünschten Informationen hatten. Matthew Wilson machte sich dagegen nicht gleich daran, in das FBI-Computersystem einzudringen, sondern versuchte zunächst, in die wesentlich strikter verbotene Zone von Amalia Bersis Aufmerksamkeit zu gelangen.

»Äh, Amalia, äh, wie wär's mit einer Tasse Kaffee nach der Arbeit?« fragte der massige, muskulöse, tölpelhafte Wilson und bedachte sie zum x-ten Mal mit seinem furchteinflößenden, traurigen Lächeln.

»Ich kann nicht, Mr. Wilson, ich habe zuviel zu tun. Danke.«

»Sie könnten mich doch zur Abwechslung auch mal Matt nennen«, sagte er unsicher grinsend. »Und warum nennen Sie Nick nie Nick?«

»Das hielte ich für unangemessen, Mr. Wilson«, teilte sie ihm mit und wandte sich wieder ihrer Arbeit zu.

Es war einfach nichts zu machen. Wilson schlich sich davon, um ein bißchen mit den FBI-Computern herumzuspielen und zu schauen, was dort zu finden war. Er konnte absolut nicht verstehen, warum er dermaßen auf Amalia Bersi abfuhr. Wahrscheinlich stimmte es eben doch, dachte er wie der Fuchs, dem die Trauben plötzlich zu sauer werden – sie war bestimmt eng mit Nicky Denton befreundet, eine andere Erklärung gab es nicht.

Doch Amalia Bersi war mit niemandem eng befreundet. In ihrer Wohnung, einer reinen Zweckunterkunft unweit von Langley, lebte sie allein, ohne Haustiere, ohne Freunde, auch nach vier Jahren immer noch tief erschüttert von der Vergewaltigung, deren Opfer sie geworden war.

Sie war nicht weit vom CIA-Hauptquartier entfernt vergewaltigt worden. Damals war sie noch eine kleine dumme Analytikerin in Dentons Abteilung gewesen, drei Stufen unter ihm, damals, als er noch für Roper arbeitete.

Wie alle Anfängerpositionen war auch Amalia Bersis Stelle ein reiner Ausbeuterjob, ein Posten, in dem permanent ausgesiebt wurde. Die meisten College-Abgänger erwarteten sich von ihrer Arbeit in Langely nichts weiter als eine mehrjährige Anstellung, die sich später in ihrem Lebenslauf gut ausnehmen würde, etwas, mit dem sie auf Partys angeben konnten. Amalia aber wollte in der CIA Karriere machen. Die Arbeit für einen Nachrichtendienst unterschied sich ziemlich stark vom Mistschaufeln auf einer Rinderfarm in Minnesota. Deshalb arbeitete das schlaue Kind, es rackerte sich richtig ab, ging nie vor Mitternacht nach Hause und versuchte, irgendeinen Höherstehenden auf sich aufmerksam zu machen.

Eines Nachts platzte etwa zweieinhalb Kilometer von Langley entfernt ein Reifen an ihrem Wagen. Sie stieg aus und wechselte ihn im strömenden Regen. Ein anderes Auto hielt, der Fahrer bot ihr seine Hilfe an. Doch der Mann half ihr nicht, sondern zerrte sie auf einen freien Acker neben der Straße.

Amalia war klein, in ihren höchsten Stöckelschuhen kam

sie gerade auf Einszweiundsechzig. Und sie hatte nicht viel Kraft. Darauf hatte der Mann offenbar gesetzt, und es kostete ihn keine große Mühe, sich an ihr zu vergehen. Sie schrie um Hilfe, doch die Fahrer der vorbeibrausenden Autos bekamen nichts mit. Er hielt ihre Handgelenke mit einer Hand zusammen und drehte sie ihr schmerzhaft auf den Rücken. Es gab kein Entkommen für sie.

Sie schrie. Sie wand sich. Sie rief um Hilfe. Sie weinte über das Unrecht, das ihr geschah. Es half ihr alles nichts, sie wurde vergewaltigt.

Als es vorbei war, Sekunden, Ewigkeiten später, hatte sie kein Gefühl mehr in den Armen, weil sie nicht mehr durchblutet waren. Doch mit ihren Beinen war alles in Ordnung. Sie trat den Vergewaltiger zwischen die Beine, so daß er hinfiel und einen Abhang hinunterrollte, immer weiter von der Straße weg. Er bekam keine Luft mehr, hustete und konnte sich nicht mehr bewegen.

Anstatt zu ihrem Wagen zu laufen und zur Polizei zu fahren, wartete Amalia. Sie wartete und dachte nach. Dann ging sie zu ihrem Auto. Mit bleischweren, tauben Armen hob sie den Wagenheber auf, ging zu dem Vergewaltiger, der sich, immer noch hustend, die Hände zwischen den Beinen, am Boden wälzte und aufzustehen versuchte. Und dann tat sie es.

Sie hatte immer noch nicht viel Gefühl in den Armen, doch ihre Kraft reichte aus, um ihm den Wagenheber über den Schädel zu schlagen. Der Vergewaltiger sackte zu Boden, versuchte sich aber wieder hochzurappeln. Da schlug Amalia noch einmal zu. Und noch einmal. Und noch einmal. Sie schlug so lange auf ihn ein, bis sein Gesicht völlig zerschmettert war. Dann schlug sie ihn auf die Brust, in den Unterleib, auf die Arme, die Beine, überallhin. Sie schlug auf ihn ein, bis sie völlig erschöpft war.

Schließlich ging sie zu ihrem Wagen zurück, setzte sich hinein und überlegte, was sie jetzt tun sollte. Sie fuhr nach Hause.

In ihrer Wohnung glaubte sie für einen kurzen Moment, es sei nur ein Traum gewesen, doch dann sah sie das Blut auf ihren Kleidern, an ihren Händen, in ihrem Gesicht. Sie wußte immer noch nicht, was sie tun sollte. Deshalb rief sie ihren Abteilungsleiter an, den sympathischsten von allen CIA-Leuten, die im College Nachwuchs angeworben hatten, Nicholas Denton.

Denton nahm die Sache in die Hand. Das drängendste Problem waren die Leiche und der Wagen. Aber dafür gab es schließlich Arthur Atmajian. Arthurs Leute wiesen ihre Kontaktleute aus Delaware an, die Leiche und den Wagen des Vergewaltigers verschwinden zu lassen.

Und dann stellte Denton Amalia als sein Mädchen für alles ein, um sie besser im Blick zu haben. Und brachte die CIA dazu, ihr die besten Therapeuten zu bezahlen.

Doch Denton machte sie auch zu einer Profi-Killerin.

»Wir haben da was gefunden, Nicky«, berichtete ihm Arthur vierzehn Tage nach dem »Vorfall«, wie sie es nannten. »Ich habe mir die vertraulichen Notizen der Therapeuten angesehen. Die Kleine bereut es nicht im mindesten, den Kerl getötet zu haben. Sie ist wegen irgendwas ganz anderem verkorkst, wegen etwas, das sie den Therapeuten nicht erzählen will. Aber daß sie den Kerl kaltgemacht hat, geht ihr voll am Arsch vorbei. Weißt du, wie selten so was ist?«

In diesem Augenblick kam Denton die Idee: seine eigene, private Killerin.

»Bilde sie aus«, befahl er Atmajian, »aber sie gehört mir. Schließlich habe ich sie rekrutiert.«

So wurde Amalia Bersi, ehemaliges Rinderfarm-Mädchen aus Minnesota, die private Profi-Killerin des leitenden Mitarbeiters des Vize-Direktors der Central Intelligence Agency.

Amalia Bersi hatte in mancher Hinsicht sehr viel Glück. Glück, aber auch Pech. Im Gegensatz zu den meisten Menschen – zu fast allen Menschen eigentlich – konnte sie auf ein ganz bestimmtes Ereignis in ihrem Leben deuten und mit absoluter Gewißheit sagen, daß dieser eine Augenblick der Dreh- und Angelpunkt gewesen war. Alles, was dann kam, war nur ein Nachbeben dieses einen Vorfalls. Die meisten anderen Menschen, Denton und Chisholm, beispielsweise, ja sogar Marianne, verfügten über einen ganzen Sack voller Ereignisse und Erinnerungen, die ihre gegenwärtigen Handlungen, manchmal auf sehr verwirrende Weise, nuancierten und beeinflußten. Der Glückspilz Amalia dagegen hatte diesen einen großen Moment.

Doch es bedeutete auch ein Unglück für sie. Die Vergewaltigung beherrschte ihr Leben so sehr, daß weder Liebe noch Haß, weder anderes Leid noch Freude hoffen durften, dieses Ereignis je zu überschatten. Es machte ihr Leben flach, engte es auf einen einzigen Strahl ein und reduzierte sie auf eine Art lebender Maschine.

Natürlich tat sie auch andere Dinge, sie verbrachte ihre Tage nicht damit, pausenlos Menschen umzubringen. Unter Denton hatte sie nur fünf Menschen getötet. Doch die Auftragsmorde waren der Hauptgrund, weshalb Denton sie für unverzichtbar erachtete. Als das Amalia schließlich klargeworden war, störte es sie nicht mehr besonders. Sie war so weit gegangen, daß nur der Tod noch Eindruck auf sie machen konnte.

Ihr letzter Auftrag lag erst drei Wochen zurück, ein Kontaktmann, der Denton hatte austricksen und ein doppeltes Spiel treiben wollen. Amalia Bersi hatte ihn auf Dentons Anordnung hin in einem Parkhaus erdrosselt und den Auftrag erstklassig ausgeführt. Deshalb war sie jetzt auch ruhig genug, um bis in die frühen Morgenstunden zu arbeiten und Kontaktleute zu suchen, die möglicherweise finden würden, wonach Denton suchte. Doch es war, wie erwartet, nicht einfach, Informationen aus dem FBI herauszuholen. Auch Matthew Wilson fand die FBI-Computer schwerer zu knakken, als er gedacht hatte.

Denton in seinem Bett in Rom steckte sich die letzte Zigarette des Tages an. Amalia wußte, was sie tat, und Wilson auch. Wenn die beiden sagten, die einzige Möglichkeit, herauszufinden, woran Chisholm arbeitete, bestehe darin, in ihr Büro einzubrechen, war Denton durchaus geneigt, ihnen zu glauben. Aber es ärgerte ihn, daß es so plump ablaufen mußte; bei so etwas bestand immer die Gefahr, ertappt zu werden. Kurz vor dem Abflug nach Rom hatte er Moonshine zu Rate gezogen in der vagen Hoffnung, das Schattenarchiv habe in der Zwischenzeit vielleicht etwas Interessantes über Chisholm aufgetrieben, doch nicht einmal ihr Name war in dem Computer im Schließfach gespeichert. Amalia, Wilson und Paula Baker hatten zwar ein paar Hintergrundinformationen über sie zusammengekratzt, aber nicht annähernd soviel, wie Denton sich gewünscht hätte und er Chisholm gegenüber bei dem Gespräch in der Toilette angedeutet hatte.

Wir müssen einen Maulwurf im Hoover Building plazieren, beschloß Denton schließlich. Er haßte es, im dunkeln zu tappen.

Er rauchte seine Zigarette zu Ende, stopfte die Papiere in seinen Aktenkoffer (im Grunde seines Herzens war er ein Schlamper) und knipste das Licht aus. Amalia eignete sich dafür nicht, überlegte er. Sie war zu nützlich, als daß man sie bei einem solchen Job verschleißen durfte. Wilson kam nicht in Frage; das FBI suchte aktiv nach ihm, er eignete sich also noch weniger, und außerdem brauchte Denton ihn. Es mußte ein Neuling sein, ein loyaler Mitarbeiter, der aber weder zu intelligent noch zu nützlich war. Lächelnd glitt Denton in den Schlaf, während er im Geist eine Liste mit jungen CIA-Leuten erstellte, die ihm treu ergeben waren und sich perfekt dafür eigneten, das FBI langfristig zu infiltrieren.

Nacht. In dem Zimmer der Frau war alles schwarz. Die Decke war schwarz, die Vorhänge waren schwarz, selbst das Licht, das durch das offene Fenster eindrang, war schwarz. Doch dieses Schwarz hatte viele Nuancen. Sepsis lag inmitten des zerwühlten Bettzeugs zwischen den Beinen der hinter ihm sitzenden Frau von der Party. Sie waren in ihrer Wohnung, und obwohl von draußen eine leichte Brise hereinwehte, war die Luft erfüllt vom schweren, leicht stechenden Geruch nach Sex – ein Geruch, von dem Sepsis wußte, daß er das wirkungsvollste Aphrodisiakum der Welt war.

»Das war schön«, sagte sie verträumt; schläfrig, aber wach.
»Freut mich.«

Sie lagen schweigend da. Sepsis sah sich um, nahm jede Bewegung, jede Veränderung seiner Umgebung bewußt wahr. Doch je mehr Zeit verging, um so mehr drängte sich sein Ego wieder in den Vordergrund, und er fragte sich, was eigentlich so schön daran gewesen sei.

»Was hat dir am besten gefallen?« fragte er sie nach einer Weile.

»Das zweite Mal. Beim dritten Mal hat es weh getan – du bist ja gebaut wie ein Hengst.«

»Wirklich?« sagte er beiläufig, insgeheim aber hocherfreut über das Kompliment.

Er hatte schon seit einem halben Jahr mit keiner Frau mehr geschlafen. Nicht weil er keinen Sex gewollt, sondern weil sich einfach keine Gelegenheit dazu ergeben hatte. Und weil eine deutsche Tramperin in Wien ihm eine Abfuhr erteilt und es vorgezogen hatte, mit ihrem Reisegefährten zu schlafen, wodurch sein sexuelles Selbstbewußtsein ernsthaft untergraben worden war. Diese Abfuhr hatte er fast als einen persönlichen Affront empfunden. Doch jetzt war er sicher, in nächster Zeit wieder häufiger Sex zu haben.

Er hatte gelernt, daß Sex zu immer mehr Sex führte, und war zu der Überzeugung gelangt, daß es an dem Geruch von Sex lag, dem keine Frau widerstehen konnte. Immer wenn er sich sexuell betätigt hatte, drängelten sich die Frauen hinterher geradezu danach, mit ihm zu schlafen. Wenn er dagegen mehrere Wochen lang keinen Sex gehabt hatte, fanden ihn die Frauen plötzlich nicht mehr sexuell attraktiv. Sepsis glaubte nicht, daß es an seinem Auftreten lag; sein Auftreten war immer gleich. Also war er zu der Ansicht gelangt, daß es mit dem unterschwelligen Sex-Geruch zusammenhing, den er ausströmte und auf den die Frauen unweigerlich ansprachen, so wie für Frauen nur bereits »vergebene« Männer wirklich attraktiv waren – das Verlangen nach dem, was andere attraktiv fanden. Sepsis' Meinung nach zeugte dies von schlechtem Urteilsvermögen

Er drehte sich um und betrachtete die Frau neben sich. Ihren Namen hatte er vergessen, dafür waren ihm andere, wesentlich wichtigere Einzelheiten durchaus in Erinnerung geblieben.

»Als wir uns das erste Mal sahen, als ich telefonierte ... hast du da etwas gehört?«

Die Frau sah ihn merkwürdig, irgendwie erschrocken an. »Was?«

Sepsis durfte kein Risiko eingehen. Er packte die Frau am Hals und würgte sie, wobei er ihr mit den Ellbogen die Hände vom Gesicht fernhielt.

Ihre Wangen blähten sich, die Augäpfel traten aus den Höhlen. Sie begann um sich zu schlagen, stieß ihre Knie in ihn, doch Sepsis hatte darauf geachtet, daß sich sein Körper nicht frontal zu ihrem befand, und hob das linke Bein an, um die Leistengegend zu schützen. Sie rammte ihm das Knie in den Oberschenkel und versuchte ihm das Gesicht zu zerkratzen. Doch ihre Hände kamen nicht bis dorthin, und nach einiger Zeit verlor sie wegen des Sauerstoffmangels das Bewußtsein.

Reglos, mit weit aufgerissenen Augen, lag sie da, doch Sepsis würgte sie noch, nachdem sich ihr Darm längst entleert hatte, drückte geduldig weiter, um sicherzugehen, daß sie tot war. In Irland hatte er einen Mann ertränkt und mit dem Gesicht nach unten im Rinnstein liegen lassen, doch der Mann hatte das Bewußtsein erstaunlicherweise wiedererlangt, und Sepsis hatte ihn noch einmal eintauchen müssen. Ein zweites Mal würde ihm das nicht passieren. Deshalb drückte er jetzt geduldig weiter, ohne auf den Krampf zu achten, der seine rechte Hand wie mit Nadelstichen befiel. Obwohl er mit der Frau geschlafen hatte, trug er immer noch seine Armbanduhr, eine Schweizer Armee-Sportuhr, die nie richtig saß. Steckte der Dorn in dem Loch, in dem er sich gerade befand, saß das Armband zu locker; steckte er den Dorn ein Loch weiter, war es zu eng. Doch da es jetzt locker saß, konnte er das Handgelenk ein wenig schütteln, ohne loszulassen, und auf den fluoreszierenden Minutenzeiger starren, bis fünfzehn Minuten vergangen waren.

Nur gut, daß niemand auf der Party sie zusammen hatte

weggehen sehen. Andererseits war das kein Zufall gewesen. Sepsis hatte dafür gesorgt, daß sie von niemandem gesehen wurden, denn bereits beim Weggehen hatte er gewußt, daß er die Frau würde töten müssen, weil sie sein Telefongespräch mitangehört hatte. Ihr Pech, daß das Eco-Buch seine Aufmerksamkeit erregt hatte. Hätte er es nicht durchgeblättert, hätte er sie näher kommen hören und wäre am Telefon etwas weniger deutlich gewesen.

Als sie mit Sicherheit tot war, setzte er sich im Bett auf und zog vorsichtig das Kondom ab, das er übergestreift hatte; es war jedesmal wieder schmerzhaft. Dann hob er die beiden anderen gebrauchten Kondome vom Boden neben dem Bett auf, verknotete sie und überprüfte, ob er auch kein Sperma zurückgelassen hatte, indem er mit der flachen Hand über den Teppich strich. Er ging ins Bad. Fußspuren konnte er keine hinterlassen, da er noch seine Socken trug – die einzige Kleidung, abgesehen von seiner Uhr. Er warf die Kondome ins Klo, riß ein Stück Toilettenpapier ab, bedeckte den Spülknopf damit und betätigte die Spülung. Dann pinkelte er. Dann spülte er seine Pisse weg. Dann spülte er nach. Und dann spülte er, um ganz sicherzugehen, noch einmal, damit auch die kleinsten Sperma- und Urinreste weg waren.

Er wußte nicht genau, ob man ihm über eine Urin- oder Spermaprobe auf die Spur kommen könnte; er bezweifelte es sehr, wie er auch bezweifelte, daß die Frau etwas Wichtiges gehört hatte, als er telefonierte. Ihn störte aber schon allein der *Gedanke*, sich möglicherweise zu entlarven, indem er nicht vorsichtig genug war. Sepsis war im Gegensatz zu manch anderen Auftragskillern in allem sehr sauber und ordentlich. Er verließ sich nie auf den blinden Zufall.

Er ging ins Schlafzimmer zurück. Selbst in den Augenblicken höchster Leidenschaft, wie manche es zu nennen pflegen, hatte Sepsis ganz bewußt registriert, was er berührte oder streifte, während er die Frau vögelte. Und so ging er jetzt mit dem kleinen Fetzen Toilettenpapier zu genau drei Stellen, an denen er möglicherweise Fingerabdrücke hinterlassen hatte. Er wischte gründlich darüber und sorgte dafür, daß nicht die kleinste Spur von ihm zurückblieb.

Als er fertig war, zog er sich an, wobei er darauf achtete, daß sein nackter Penis nicht mit dem Bettzeug in Berührung kam; selbst nach dem Pinkeln konnten sich noch kleinste Mengen Sperma an der Eichel befinden.

Angekleidet und zum Gehen bereit, machte er eine abschließende Runde durch die Wohnung, nachdem er die Handschuhe aus seiner Manteltasche geholt und übergestreift hatte. Die Wohnung war eigentlich recht hübsch. Er konnte nichts Ungewöhnliches entdecken, abgesehen von dem unangenehmen Geruch, den der Kot der Frau verströmte. Das Schlafzimmer verfügte über einen kleinen Vorraum, der ihn mit einer Doppeltür von der übrigen Wohnung trennte. Da der Gestank bestimmt auffallen würde, suchte und fand Sepsis unter der Küchenspüle ein Raumspray und besprühte systematisch jedes Zimmer, vor allem aber das Schlafzimmer der Toten. Dann schloß er die Türen zwischen dem Zimmer und der übrigen Wohnung.

In der eigentlichen Eingangsdiele sprühte er im Abstand von etwa zwei Metern von der Wohnungstür. Dann ging er zufrieden hinaus und zog die Tür fest hinter sich zu. Er überlegte, ob er auch im Treppenhaus sprühen sollte, entschied sich aber dagegen, da der Aufzug kam. Er stieg ein. Durch den Geruch des Sprays würde man möglicherweise überhaupt erst auf die Idee kommen, daß etwas nicht stimmte. Er ließ die Spraydose in seine Manteltasche gleiten und verließ, im Erdgeschoß angelangt, lässig, dem schlafenden Nachtportier nur einen kurzen Blick zuwerfend, das Haus. Der Portier saß noch genauso da wie ein paar Stunden zuvor, als Sepsis und die Frau das Haus betreten und leise über die schlafende, massige Gestalt gekichert hatten. Gut, daß der Portier so faul war, dachte Sepsis. Zu dieser nächtlichen Stunde kurz vor Tagesanbruch wäre es verdammt schwierig gewesen, noch eine Leiche zu beseitigen.

9

Tote und andere Sehenswürdigkeiten

Aquardientes Arbeitstag lief immer mehr oder weniger gleich ab. Nachdem er den Laden morgens geöffnet hatte, wischte er über die Tresen und ordnete die Briefmarken, während der schwachsinnige Andolini den Gehsteig vor der Tür kehrte. Wenn keine Ausweis-Kunden kamen (er empfing sie immer nur morgens und immer nur einen pro Tag), ging er in sein Hinterzimmer, setzte sich an die Arbeit und überließ Andolini die echten Kunden.

Briefmarkensammler sind überall auf der Welt gleich, nämlich unschlüssig wie alte Jungfern, aber ebenso unfähig, der Ware zu widerstehen, wie Teenagermädchen dem Sex. Sie betreten ein Geschäft, sehen, was sie haben wollen, geilen sich eine Weile daran auf, schieben die Erfüllung ihres Begehrens durch das gleiche Gefasel auf wie besagtes Teenagermädchen, gehen unverrichteter Dinge, nur um ein paar Tage später wiederzukehren, das Stück erneut aufzuführen und der Versuchung schließlich zu erliegen, ähnlich wie nervöse Jungfrauen, ganz abrupt.

Aquardiente kümmerte sich nicht um sie, sondern arbeitete in seinem Hinterzimmer, bis einer dieser Briefmarkenkunden sich endlich dazu durchrang, etwas zu kaufen. Dort in dem Hinterzimmer, das nur der Vorhang und der kurze Gang vom Verkaufsraum des Ladens trennten, arbeitete er vormittags an Ausweispapieren und nachmittags an Briefmarken. Diese Routine behielt er unter der Woche eisern bei;

246

an den Wochenenden aber gönnte er sich die Beschäftigung mit seinem einzigen, albernen Hobby, der Fälschung von Erstausgaben berühmter Bücher. Diese Bücher verkaufte er nicht. Er las sie auch nicht; Bücher langweilten ihn. Doch er liebte nun einmal das Fälschen von Büchern mit Hilfe seiner kleinen Handpresse aus dem neunzehnten Jahrhundert, die bei ihm zu Hause stand.

An diesem Vormittag fälschte er fleißig die sieben Ausweise, die Tonios Chef im voraus bezahlt hatte. Sie bereiteten ihm nicht das geringste Problem, auch wenn es sich in diesem Fall um Dokumente handelte, deren Gültigkeitsdauer noch nicht abgelaufen war.

Aquardiente war ein kluger Fälscher. Wenn er Personalausweise und Reisepässe fälschte, so fälschte er gewöhnlich keine *gültigen* Dokumente, sondern solche, deren Gültigkeitsdauer bereits abgelaufen war.

Zunächst mußte der Käufer eines gefälschten Ausweises, abgesehen davon, daß er die gesamte Summe im voraus zu bezahlen hatte, eine ungefähre Beschreibung der Person abgeben; ein Foto war normalerweise nicht nötig. Dann fotografierte Aquardiente irgend jemanden, dessen Gesicht annähernd auf diese Beschreibung paßte, und verwendete es für den Ausweis, den er fälschte. Es machte nichts, wenn die abgebildete Person dem Menschen, für den der Ausweis gedacht war, nicht ähnelte, denn der Ausweis, den Aquardiente mit so viel Sorgfalt herstellte, war nicht der, der dann Verwendung fand. Den Ausweis, den der Käufer schließlich benutzte, würde er von den Behörden erhalten.

Sobald er dieses gefälschte, abgelaufene Papier in Händen hielt, ging der Kunde wie folgt vor: Er begab sich zu der entsprechenden Behörde und sagte: »Ich brauche einen neuen Paß« – oder einen neuen Personalausweis oder was auch immer –, »der, den ich habe, ist, wie Sie sehen, abgelaufen.« Der Beamte warf einen Blick auf das Dokument und sah, daß das Foto dem vor ihm stehenden Mann nur sehr entfernt ähnelte, aber er machte sich keine großen Gedanken darüber. Haar- und Augenfarbe stimmten überein, das Alter paßte, die

Größe kam hin. Vielleicht hatte der Mann zugenommen oder abgenommen, vielleicht sogar ziemlich viel – Menschen verändern sich nun mal, vor allem wenn ein Ausweis schon vier, fünf oder gar zehn Jahre alt ist. Wichtig war nur, daß der Mann auf dem Foto in dem alten (gefälschten) Ausweis in etwa dem Mann glich, der einen neuen Ausweis haben wollte, und daß der Computer Entwarnung gab. Dann stellte die Behörde ein neues, völlig legales Personalpapier aus, und der Käufer konnte loslegen und ganz sicher sein, daß der von ihm benützte Ausweis legal war, denn er *war* ja legal – die Behörde hatte ihn selbst ausgestellt. Fälschungen wie die von Aquardiente hergestellten konnte man im Normalfall erst erkennen, wenn alles gelaufen war.

Deshalb statteten Lorca und Chisholm dem Fälscher einen Besuch ab. In geschmackvoller, legerer Kleidung und mit dunklen Sonnenbrillen flanierten sie an diesem schönen, sonnigen Vormittag Arm in Arm den Gehsteig entlang. Beide trugen locker fallende Sportjacken über den Schulterhälftern. Ein Pärchen mittleren Alters auf einem Vormittagsspaziergang.

»Diese Straße erinnert mich sehr an Georgetown«, sagte sie zu Lorca, während sie an den Auslagen der Geschäfte vorbeigingen. Chisholm blieb vor einem Laden mit Kinderkleidung stehen und zeigte sich schockiert über die Anzahl der Nullen auf den Preisschildern. Erst nach einigen Sekunden wurde ihr bewußt, daß die Preise in Lire angegeben waren.

»Ich war noch nie in Washington. Ich war in New York anläßlich einer Konferenz. Hat mir gut gefallen.«

»Washington ist schöner. Erinnern Sie mich daran, daß ich meinem Sohn etwas kaufe«, sagte sie gedankenverloren, während sie ihren Spaziergang fortsetzten. »Wird der Laden von Ihren Leuten überwacht?«

»Ja«, antwortete Lorca. »Zwei meiner Männer beobachten das Geschäft des Fälschers Tag und Nacht.« Er sah auf seine Armbanduhr. »Im Augenblick haben Buttazoni und Cabrillo Wachdienst. Ich stelle Ihnen die beiden später vor.«

»Ja, gern.«

Sie schlenderten schweigend weiter und passierten die Briefmarkenhandlung scheinbar ohne einen Blick hineinzuwerfen. Doch sie hatten sehr wohl gesehen, daß drinnen ein Kunde mit Aquardiente feilschte.

»Das ist der Fälscher? Der Mann mit dem verkrüppelten Arm?«

»Ja, ein hervorragender Fälscher.«

»Warum haben Sie ihn sich nicht schon längst geschnappt?«

»Wir haben erst vor fünf Monaten durch einen unserer Mafia-Informanten von ihm erfahren.«

»Ich dachte, die halten sich alle an die *omertà*«, sagte Chisholm und lächelte Lorca an.

»Nein, das Gesetz des Schweigens wird ständig gebrochen. Einer dieser Vogellocker...«

Chisholm prustete los und barg ihr Gesicht an seiner Schulter; Lorca wartete geduldig lächelnd auf ihre Erklärung.

»Lockvögel«, sagte sie, »Lockvögel.«

»Ja, also, einer ihrer Lockvögel hat uns von ihm berichtet. Wir haben ihn in Ruhe gelassen, bis wir ihn für eine besonderere Gelegenheit brauchten. Und das hier ist eine besondere Gelegenheit.«

»Gut durchdacht«, sagte sie. »Er ist nicht allein, oder?«

»Nein, da ist noch ein Mann, der für ihn arbeitet, Andolini. Ein Riese, aber geistig leicht behindert. Er läßt seine Muskeln eher spielen, als daß er sie wirklich einsetzt.«

»Gut.«

»Der Fälscher spricht Englisch. Wollen Sie ihn vernehmen, und ich markiere den bösen Bullen? Es wäre mir eine Ehre, da Sie mein Gast sind. Um Andolini kümmere ich mich.«

»Ja, das würde mir Spaß machen. Gehen wir zurück.«

Sie drehten um, gingen zur Briefmarkenhandlung und sahen sich, bevor sie eintraten, flüchtig das Schaufenster an.

Drinnen war es kühl und düster. Chisholm und Lorca setzten ihre Sonnenbrillen ab, hielten aber weiter Händchen und betrachteten beiläufig die Vitrinen mit den Briefmarken. Aquardiente sprach noch immer mit dem Kunden, einem

Greis, der Anzug und Krawatte trug, obwohl er wahrscheinlich schon seit zwanzig Jahren nicht mehr in einem Büro
gearbeitet hatte. Andolini war nirgends zu sehen, doch nachdem sie den Gang entdeckt hatte, der vom Verkaufsraum
nach hinten führte, mutmaßte Chisholm, daß er sich im Hinterzimmer aufhielt. Sie trat ein paar Schritte von Lorca weg,
um die andere Hälfte des Ladens abzusichern, und sah sich
eine Vitrine an.

Normalerweise beendete Aquardiente um diese Zeit das
vormittägliche Ausweisfälschen im Hinterzimmer und
schloß den Laden über Mittag. Doch Don Constantino, der
Alte, den er gerade bediente, pflegte das, was ihm gefiel, auf
der Stelle zu kaufen, und war dumm genug, nicht zu merken, daß er gefälschte Briefmarken erwarb, der Idiot! Aquardiente warf einen verächtlichen Blick auf das Ehepaar, das
den Laden gerade betreten hatte. Die beiden sahen reich aus,
aber sie waren keine Briefmarkensammler, sondern nur Touristen, das sah er auf den ersten Blick. Mit denen würde er
sich gar nicht abgeben.

Der Alte zahlte endlich und wandte sich zum Gehen. Als
er an Chisholm vorbeikam, leicht den Kopf neigte und ihr
ein galantes Lächeln schenkte, das sie erwiderte, war dies ihr
Einsatz.

»Hallo, Mr. Fälscher«, sagte sie auf englisch, während Lorca hinter Don Constantino die Tür schloß, absperrte und den
Rolladen herunterließ.

»*Non capisco.*« Der Fälscher lächelte sie nervös an. Auf dem
Tresen neben der Registrierkasse stand eine Glocke, wie an
einer Hotelrezeption. Der Fälscher betätigte sie genau dreimal.

Sofort stürmte Andolini aus dem hinteren Teil des Ladens
herein und wollte sich auf Chisholm stürzen. Als er aber sah,
daß sie eine Frau war und daß sich auch noch ein Mann im
Laden befand, wechselte er abrupt die Richtung und schoß
auf Lorca zu.

Andolini hatte nicht die geringste Chance. Er war zwar
mindestens zehn Zentimeter größer und vierzig Pfund

schwerer, doch Lorca hatte Kraft und war sehr wendig. Im letzten Augenblick trat er zur Seite, stieß dem anrückenden Trottel das Knie in den Magen und nahm ihm den Atem. Er tat Lorca direkt ein wenig leid, aber nicht so sehr, als daß er ihn geschont hätte. Ohne zu zögern, nahm er ein Schock-gerät aus der Tasche seines Sportsakkos und versetzte Ando-lini in tiefste Bewußtlosigkeit.

»Keine Bewegung!« befahl er dem Fälscher auf englisch und richtete eine Pistole auf ihn, die er wie mit Zauberhand hervorgezogen hatte.

Chisholm sah Aquardiente mit einem fast übertrieben ein-schüchternden Blick an. »War ein langer Tag, was? Keine Lust mehr auf Kunden, eh? Oder war das Ihr Hausgorilla?«

»Diebe!« bluffte Aquardiente auf englisch. »Diebe! Sie berauben einen armen, hart arbeitenden Mann!« Er machte einen Schritt zum Tresen, bis sein Bauch daran stieß, und ließ die Hand in der Versenkung verschwinden.

»Die Hand hoch, daß ich sie sehen kann. Heben Sie die ...«

Langsam wie eine alte Dame und mit derselben Offen-sichtlichkeit griff Aquardiente nach der Waffe, die unter der Registrierkasse lag. Dafür erntete er einen Karateschlag von Chisholm an der Stelle, wo sein Hals und die Schulter sei-nes gesunden Arms ineinander übergingen. Der Arm war sofort gelähmt und fühlte sich plötzlich an, als hätte man ihn in einen Nadelhaufen gesteckt. Verdutzt stierte Aquardiente die aggressive rothaarige Frau an und fragte krächzend. »Was soll das?«

Chisholm stieß ganz ohne Eile ihre ausgestreckten, steifen Finger nach vorn und bohrte sie Aquardiente über der Bauch-wölbung, unterhalb des Brustbeins in den Leib. Der Fälscher ging sofort hinter dem Tresen zu Boden.

»Ich hatte Ihnen doch befohlen, die Hand zu heben, damit ich sie sehen kann«, sagte sie ganz ruhig.

Sie ging um den Tresen herum und nahm die Waffe an sich, nach der Aquardiente gegriffen hatte. Es war eine ziem-lich billige Automatik-Waffe, das europäische Pendant zu einer kleinen Saturday Night Special. Und obendrein war sie gar nicht zu gebrauchen; nur mit aller Kraft gelang es Chisholm, eine Patrone in die Kammer zu schieben. Dann entsicherte sie die Waffe und kniete sich neben den ausgestreckt daliegenden Fälscher auf den Boden.

Sie betrachtete ihn und schnalzte in gespieltem Bedauern mit der Zunge. »Weißt du, was, Liebling?« fragte sie Lorca, ohne den Blick von Aquardiente zu wenden.

»Was denn, mein Schatz?« sagte Lorca, während er nachsah, ob sich noch jemand im Laden befand.

»Ich kann einfach nicht verstehen, warum die Bösen sich immer erst eine Waffe holen müssen, anstatt gleich zu schießen, wenn sie die Gelegenheit dazu haben. Wahrscheinlich müssen sie immer erst zeigen, wie entschlossen sie sind, bevor sie losballern, meinst du nicht auch?« Chisholm war eine miese Schauspielerin, aber Lorca war keinen Deut besser.

»Ich bin doch immer einer Meinung mit dir, Liebste«, erwiderte er, wobei er sich auf das Schauspielern konzentrierte, wie ein Darsteller in einem Ed-Wood-Film. Er war noch immer dabei, den Laden zu überprüfen, und sah weder Chisholm noch den Fälscher an.

»Also, *Mr.* Aquardiente«, sagte Chisholm, »ich stelle Ihnen jetzt ein paar Fragen, und Sie werden sie mir beantworten. Einverstanden?«

Aquardiente bekam endlich wieder Luft. »Ich weiß nichts. Ich verkaufe Briefmarken, ich verkaufe doch nur Briefmarken!«

»Liebling? Was würde passieren, wenn wir allen Kunden von Mr. Aquardiente erzählten, daß er in Wirklichkeit ein Interpol-Informant ist?«

»Oje, das wäre sehr, sehr schlimm für ihn, mein Schatz«, meinte Lorca, der ständig in Bewegung war, um kein stehendes Ziel abzugeben. »Alle diese bösen Verbrecher würden dann versuchen, Mr. Aquardiente auf bestialische Weise umzubringen, auch wenn es gar nicht wahr wäre.«

»Tja, es ist schrecklich, wenn solche Lügen verbreitet werden«, sagte Chisholm und richtete die Pistole auf die Stelle zwischen Aquardientes Augen. Einen Moment lang schielte er auf den Lauf der Waffe; es sah beinahe lustig aus. Margaret Chisholm drehte sich mit widerlicher Langsamkeit der Magen um, ihr wurde übel. Doch sie ließ nicht locker und hielt die Waffe auf Aquardientes Stirn gerichtet, während sein Blick auf sie geheftet blieb.

»Gehen Sie! Gehen Sie!« schrie er angstvoll. Er lag noch immer reglos da, Schultern und Hinterkopf an der Wand, der übrige Körper flach auf dem Boden. »*Gehen Sie, ich habe nichts Böses getan!*«

Chisholm holte mit der freien linken Hand aus und schlug Aquardiente mit voller Wucht ins Gesicht. »Halt's Maul!« knurrte sie voller Wut nicht nur über Aquardientes Verhalten, sondern auch über ihr eigenes

»Ich weiß nichts, gar nichts«, murmelte der Fälscher. Er war völlig fertig und begann zu weinen. Ein Bild des Jammers. Chisholm hatte weiter nichts getan, als ihn ein paarmal zu schlagen und mit leeren Drohungen zu ängstigen, und schon war er eingeknickt. »Ich weiß doch *niiiiichts* ... Was *wooollen* Sie denn?« jaulte er.

»Auskünfte.« Sie griff mit der linken Hand in ihre Tasche und zog ein kleines Foto von Sepsis hervor, dasjenige, das Schwester Marianne in Washington anhand der gespeicherten italienischen Pässe identifiziert hatte. »Sehen Sie diesen Mann?«

»Www...«

»*Sehen Sie diesen Mann?*« blaffte sie ihn in einer furchterregenden Lautstärke an.

»*Ja, ja, ja!*« schrie er zurück.

»Haben Sie ihn schon mal gesehen? *Ja oder nein?*«

»*Nein!*«

»Dann werden Sie ihn demnächst sehen«, teilte Chisholm ihm in plötzlich wieder ruhigem Tonfall mit. »Und *wenn* Sie ihn sehen, werden Sie uns sofort verständigen.«

Der Fälscher starrte sie an. Er war so erschrocken, daß er keinen Ton herausbrachte; sein Mund ging lautlos auf und zu.

Ihr war selbst nicht klar, warum sie es tat. Vielleicht, weil er so mit dem Mund schnappte, wer weiß? Auf jeden Fall nahm sie die Pistole von der Stirn des verkrüppelten Fälschers und steckte ihm den Lauf in den Mund. Seine Augen wurden kreisrund, er bebte vor Angst. Die Pistole hatte einen leichten Ölgeschmack. Chisholm schob sie ihm so tief hinein, daß er fast würgen mußte – daß er gewürgt hätte, wäre der Reflex nicht durch die Angst gehemmt worden. Sie packte ihn mit der freien Hand am Hinterkopf und brachte ihr Gesicht ganz nah an seines, ihren Mund so nah an sein Auge, daß seine Wimpern, als er blinzelte, ihre Lippen streiften.

»Ich blas' dir den Schädel weg«, flüsterte sie ihm fast heiter zu; ihre Stimme klang geradezu verführerisch. »Ich knall' dich ab. Tu, was ich dir sage, dann hast du die Chance, weiterzuleben.«

Sie löste sich, ohne den Blick abzuwenden, von Aquardiente, dem noch immer der Lauf der Pistole im Mund stak wie ein Stahllutscher oder ein Schwanz. Sie lächelte Aquardiente an, ohne daß es ihr bewußt wurde; sie war durch und durch glücklich, doch sie nahm ihre Freude nicht im geringsten wahr.

»Wenn der Mann auf dem Foto in deinen Laden kommt«, sagte sie leise, »läßt du die Rolläden runter. Ganz runter. Das ist dein Zeichen. Wenn du sie auch nur ein kleines bißchen runterläßt, und wir kommen und finden ihn nicht, knöpfe ich mir dich vor. Und das wird dann nicht so angenehm wie das hier.«

So rasch, daß er es kaum mitbekam, zog sie die Waffe aus seinem Mund und küßte ihn auf die Lippen, verschlang ihn mit ihrer Zunge und ihren Zähnen, stand auf und trat zurück. Sie warf einen Blick zu dem sichtlich verdutzten Lorca hinüber, dann sah sie wieder den Fälscher an.

Der Mann war völlig gebrochen. In seinen Augen herrschte nur mehr Leere. Aber nicht nur in den Augen; die Leere schien seinen ganzen Körper befallen zu haben, so als hätte der verkrüppelte Fälscher sich unmerklich in eine Leiche verwandelt. In gewisser Hinsicht war der Mann tot – ein Meta-

Mord, wie er Sepsis vorschwebte. Chisholm wandte den Blick wieder ab und sagte: »Also: Die Rolläden runter, wenn der Mann auf dem Foto in den Laden kommt!«

»Ich habe den Mann nie gesehen«, erwiderte der völlig demoralisierte Fälscher.

»Du *wirst* ihn sehen.« Chisholm warf ihm das Foto auf den Schoß. »Das kannst du als Andenken behalten.«

Sie steckte die billige Automatikwaffe in die Tasche und ging an Lorcas Arm zur Tür, ohne noch einen Blick zurückzuwerfen.

Schweigend spazierten sie gemeinsam zur nächsten Straßenecke; keinem war nach Reden zumute. Doch plötzlich konnte Frederico Lorca sich nicht länger zurückhalten, nahm Chisholms Hand und schwang sie vor und zurück, während sie weiterschlenderten, so daß sie aussahen wie ein glücklich verheiratetes Paar oder wie Liebende, die um eines vormittäglichen Rendezvous willen blaumachten.

»Ich muß sagen, Ihre Vorstellung hat mich tief beeindruckt. Die Pistole im Mund, und dann der Kuß! Ah, Sie waren furchterregend wie ein Todesengel!«

»O Gott, wie ich diesen Job hasse«, war alles, was sie darauf erwiderte. Sie war erschöpft und hatte grauenhafte Kopfschmerzen.

»He, wieso denn?« fragte er erstaunt, während sie an anderen Passanten vorbeigingen. »Ich fand Ihre Darbietung exzellent!«

»Kann sein«, sagte sie ohne Überzeugung. Sie schlenderten weiter durch das Spätnachmittagslicht eines römischen Vormittags.

Während Chisholm schwer mit dem Knüpfen neuer Freundschaften beschäftigt war, kümmerte Schwester Marianne sich um alte Freunde: Gleich an ihrem ersten Morgen in Rom suchte sie die Restaurierungsstätte auf.

Es war nicht geplant, daß sie schon an diesem Freitag dort erschien, man erwartete sie erst am Montag morgen. Doch da sich ihre Ungeduld nicht bezwingen ließ, überredete sie einen Chauffeur des Justizministeriums, sie zum Petersdom zu fahren. Denton trottete mit, halbherzig vorgebend, er erfülle seinen Teil der Aufgabe und beschütze die Nonne.

Der Vatikan ist ein Stadtstaat inmitten von Rom. Ein fünfzig Zentimeter breiter Farbbalken trennt die Vatikanstadt von Rom – eine Grenze, welche die Touristen und Straßenverkäufer, die Priester und Nonnen ständig überschreiten, ohne es überhaupt zu merken. In den Bauch der Basilika zu gelangen, wo Marianne und Edmund in Zukunft ihre Tage verbringen würden, gestaltete sich allerdings etwas komplizierter. Dafür genügte es nicht, über eine weiße Linie zu spazieren und die Schweizer Garden in ihrer farbenprächtigen Uniform freundlich anzulächeln. In die Basilika zu gelangen war ein großangelegtes Unternehmen.

Der Haupteingang der Basilika befindet sich natürlich am Petersplatz, doch dort traten Schwester Marianne und Denton nicht ein. Statt dessen umfuhr Quintilio, der Chauffeur des Justizministeriums, den linken Flügel des Platzes, bis sie zu einer versteckten Ecke kamen, an der sich ein dickes, hohes, grün lackiertes Metalltor befand, dessen Oberkante nach außen gerichtete Dornen krönten. Das grüne Tor, das einen hinter der Basilika liegenden kleinen Hof abschottete, wirkte unglaublich dürftig; auf den ersten Blick konnte man es für einen Lieferanteneingang halten. In einem weißgestrichenen Wachhäuschen saß ein Schweizer Gardist, der eine unauffällige moderne Uniform trug. Als der Mann aus dem Häuschen trat, um das sich nähernde Auto abzufertigen, sah Denton, daß er nicht nur mit einer Uzi bewaffnet war, sondern daß sein »hölzernes« Wachhäuschen in Wirklichkeit aus massivem Beton bestand.

»Ich bitte dafür um Entschuldigung«, sagte Marianne verlegen.

»Ist schon in Ordnung«, erwiderte Denton und berichtete ihr, während er den Wachmann beiläufig beobachtete, von den strengen Sicherheitsvorschriften in Langley.

Der Wachmann sprach, die Uzi im Anschlag, auf italienisch mit Quintilio, überprüfte dessen Ausweis und sagte etwas in ein Funkgerät. Dann trat er befriedigt zurück und winkte den Wagen durch.

Leise summend öffnete sich das grüne Tor. Dahinter tauchten zwei wegen ihrer kugelsicheren Westen sehr massig wirkende Schweizer Gardisten mit leichten Sturmgewehren auf. Sie ließen den Wagen zwischen sich passieren und sahen ihm argwöhnisch nach, als er in den Hof einfuhr. Denton warf einen Blick aus dem Fenster; das Tor war gut und gern zehn Zentimeter dick, dick genug, um jeden Selbstmordbombenattentäter abzuhalten.

Der Wagen blieb im Hof stehen; hinter ihm schloß sich das grüne Tor.

»Es ist mir sehr peinlich«, erklärte Marianne noch einmal, »aber bitte steigen Sie erst aus, wenn die Gardisten ihr Einverständnis dazu gegeben haben. Und machen Sie bitte beim Aussteigen keine abrupten Bewegungen.«

Denton warf ihr einen »Ist-schon-okay«-Blick zu. Hier ging es wesentlich strenger zu als in Langley oder sonst irgendwo. Er sah sich um.

Der Hof war klein und eng, er bot gerade mal zwei, drei Autos Platz. Abgesehen von dem grünen Tor umgab ihn die glatte, fensterlose, graubraune Seitenmauer der Basilika. An der anderen Seite des Hofes, der die ungefähre Form eines Ovals hatte, befand sich eine braune, an der Außenseite grifflose Tür. Da das große grüne Tor sich hinter ihnen inzwischen geschlossen hatte, waren sie jetzt effektiv gefangen.

Die beiden Schweizer Gardisten kamen langsam herbei, stellten sich in etwa drei Metern Entfernung beiderseits des Wagens auf und warteten, daß die Insassen ausstiegen. Sie machten keine Anstalten, die Wagentüren zu öffnen, geschweige denn, den Insassen beim Aussteigen zu helfen.

»Wir können«, sagte Schwester Marianne zu Denton, und sie stiegen aus. Schwester Marianne gab einem der Schweizer Gardisten einen Ausweis; der Mann überprüfte ihn. Der andere hielt sich weiterhin etwas abseits von Marianne, Denton und Quintilio. Keiner von beiden sagte etwas.

»Muß ich mich auch ausweisen?« fragte Denton, plötzlich nervös.

»Nein, keine Sorge, ich bin die Leiterin des Restaurierungsprojekts, ich darf zwei Gäste mitbringen, die sich nicht ausweisen müssen«, erklärte sie ein wenig zu nachdrücklich, wie um sich selbst davon überzeugen zu müssen. Daran merkte Denton, daß auch sie nervös war.

Wortlos und leicht mißtrauisch dreinblickend, reichte der Gardist Marianne den Ausweis und gab mit einer Handbewegung den Weg zu der braunen Tür frei. Denton und sie gingen los, Quintilio blieb beim Auto. Noch bevor sie an der Tür angelangt waren, öffnete sie sich mit einem lauten Summton.

Sie traten in einen kleinen weißen Vorraum. Hinter ihnen fiel die Tür zu und verriegelte sich automatisch. Der Vorraum war völlig leer, abgesehen von einem in einer Wand eingelassenen Fenster mit schußsicherem Glas. Neben dem Fenster befanden sich ein Lautsprecher und eine Zahlentastatur, und dahinter saß ein einsamer Wachmann an einer Computerkonsole. Dieser Mann kannte Schwester Marianne noch vom vergangenen Jahr her; er lächelte sie an, und sie unterhielten sich über den Wandlautsprecher auf italienisch, wie um mit Hilfe der banalen Plauderei die Peinlichkeit zu übertönen, die darin bestand, daß er ihren Ausweis noch einmal am Computer überprüfen und nachsehen mußte, ob sie wirklich zutrittsberechtigt war. Es war peinlich, keine Frage, aber so lauteten nun mal die Vorschriften: Absolut niemand hatte Zutritt, ehe seine Identität überprüft war – nicht einmal der Papst selbst, denn Doppelgänger hatten bereits versucht, sich Eintritt zu verschaffen.

»Bitte geben Sie Ihren Zutrittscode ein«, sagte der Wachmann auf italienisch. Marianne drückte mehrere Tasten auf dem Keypad an der Wand. Denton war klar, daß die Nonne nicht nur einfach einen Zutrittscode besaß, sondern höchstwahrscheinlich auch eine kleine Variante des Codes, die den Sicherheitsdienst alarmieren würde, wenn sie als Geisel genommen und gezwungen wäre, jemanden hineinzuschmuggeln.

Als die Identität bestätigt war, entriegelte der Wachmann per Knopfdruck eine Tür ohne Klinke, die in einer Wand des Vorraums eingelassen und fast nicht zu sehen gewesen war. Ein weiterer Wachmann, der dahinter gestanden hatte, öffnete sie und ließ die beiden ein.

Als sie die Basilika betraten, seufzte Marianne vor Erleichterung kaum hörbar auf; Denton war es nicht entgangen.

»Ob es wohl genauso schwierig ist, Einlaß in den Himmel zu finden?« sagte Denton.

Marianne lachte. »Bei uns wird Sicherheit großgeschrieben.«

Denton ließ sich sein Erstaunen über ihre Wahl des Pronomens nicht anmerken. »Das läßt sich nicht übersehen.«

»Wir sind dazu gezwungen«, fuhr sie fort. »Wir wollen nicht, daß ihm etwas zustößt.« Sie deutete aufs Dach und folgte ihrem Finger mit einem kurzen Blick.

»Gott?« fragte Denton verwirrt.

»Ach was!« Sie lachte. »Dem Papst.«

»Ach so ...«

Sie führte ihn durch Gänge und riesige, endlose Räume, in denen trotz der vormittäglichen Stunde Dunkelheit und Stille herrschten.

»Arbeitet hier jemand?« fragte Denton nach einer Weile, erstaunt, keinen Menschen zu sehen.

»Selbstverständlich, aber oben. Diese Räume hier sind ausschließlich für Prozessionen und große Zeremonien. Sie sollten mal sonntags hier sein!«

Als sie sich dem Arbeitsbereich näherten, hörte Denton Geräusche, die von einer gedämpften, disziplinierten Betriebsamkeit kündeten. Auch die Nonne vernahm sie und beschleunigte ihre Schritte.

»Kommen Sie!« Sie packte ihn am Handgelenk. »Ich muß Ihnen alle vorstellen.«

»Sagen Sie ihnen nicht, was ich mache!« bat er hastig. Sie blieb stehen und sah ihn verständnislos an.

»Warum denn nicht, um alles in der Welt?« fragte sie naiv. Ihr war es völlig egal, was die Leute dachten.

»Wir von der CIA haben nicht gerade eine riesige Fangemeinde«, erklärte er grinsend.

»Ach so. Na gut.« Sie ging weiter, und Denton trottete mit.

Sie bogen um eine Ecke. Vor ihnen stand in einem weiten, offenen Raum über einen Arbeitstisch gebeugt Edmund Gettier. Um ihn herum kletterten Arbeiter und Ingenieure, durch ihre Kleidung nicht voneinander zu unterscheiden, auf Gerüsten herum, die die Wände bedeckten und die dicken Kolonnaden umgaben.

Abgesehen von Edmund waren alle Arbeiter und Ingenieure jung – Schwester Marianne war sogar die älteste –, und all diese Leute arbeiteten geduldig vor sich hin, um den Vatikan zu restaurieren. Von außen hätte sich kein einziger der kamerabewehrten Touristen vorstellen können, daß drinnen, von innen heraus, eine von Grund auf neue Kirche entstand, denn diese jungen Leute schufen gänzlich unsichtbar ein neues Bauwerk, das sie insgeheim als das ihre bezeichnen konnten.

Ein junger Mann mit Bart und Brille, vom Typ her Ingenieur, sah die Nonne als erster, als sie sich mit Denton näherte. »Marianne!« rief er. Alle Blicke richteten sich auf sie und Denton. Die Arbeit kam fast völlig zum Erliegen, die Leute eilten auf Marianne zu und begrüßten sie.

Denton hielt sich abseits und beobachtete die Szene. Er empfand ein bißchen albernen Neid gegenüber der Nonne. Keinen wirklichen Neid, eher Sehnsucht. Der Anblick der von ihren Freunden umgebenen Nonne ließ die ein wenig wehmütige Erinnerung an seine Zeit im Keller von Langley aufkommen.

Sie machte Denton mit allen bekannt, vermied es aber, seiner Bitte entsprechend, zu erwähnen, welchen Beruf er ausübte. Da sie ihn als einen guten Bekannten vorstellte, war er allen an der Baustelle willkommen.

»Hier befinden Sie sich im Reich König Edmunds«, erklärte der bärtige Ingenieur lachend.

»Kommen Sie«, sagte Marianne, »jetzt gehen wir in *mein* Reich!«

In Begleitung von Gettier und Bob Rijke, dem Ingenieur, durchquerten sie das Erdgeschoß, bis sie vor einer breiten, unauffälligen Treppe anlangten, die hinter mehreren Säulen versteckt lag und sich gut drei Meter in einer sanften Spirale nach unten wand.

»Diese Treppe war vermauert«, mutmaßte Denton beim Anblick der zerbrochenen Ziegelsteine und der Mörtelbrocken am oberen Ende der Treppe.

»Ja«, sagte Rijke, ein Niederländer, der ziemlich gut englisch sprach, aber einen merkwürdigen Akzent hatte, der ihn wie einen New Yorker klingen ließ. »Das hier ist der Bereich, dessen Restaurierung man bis auf den Sankt Nimmerleinstag aufgeschoben hatte.« Er deutete nach unten. »Immer wenn die Kirche Geld zur Verfügung hatte, um die Basilika in Ordnung zu bringen, verwendete sie es auf das Erdgeschoß, die Kuppel und die Fassade. Erst jetzt, wo es unglaublich teuer werden wird, haben sie das Geld, um auch das Fundament zu renovieren.«

Am Fuß der Treppe angekommen, befanden sie sich in einer dunklen Katakombe, die von starken, an behelfsmäßigen Vorrichtungen befestigten, fluoreszierenden Lampen erhellt wurde. Überall standen transportable Stahlträger, die die niedrige Decke stützten.

»Das sind die Katakomben«, sagte Schwester Marianne stolz und ging vorsichtig zwischen den Stahlträgern hindurch weiter. Vor ihnen, verborgen von der Dunkelheit, die das fluoreszierende Licht zu verschlucken schien, hörte Denton Arbeiter auf etwas Metallisches hämmern.

»Wer liegt denn hier begraben?« fragte er spöttisch, während sie sich einen Weg durch das Labyrinth bahnten.

»Das wissen wir nicht genau«, antwortete die Nonne ernst. »Einige Gräber stammen aus dem zwölften Jahrhundert. Aber es existieren keine Aufzeichnungen mehr darüber.«

»Gespenster gibt es hier aber nicht, oder?« fragte er mit gespielter Nervosität. Rijke und die Nonne mußten lachen, und Gettier schmunzelte über das Gelächter der beiden.

Die Arbeiter errichteten gerade ein Gerüst, das die Kolonnaden umgab, ein Gerüst ähnlich dem, das oben im Erdgeschoß stand. Doch da die Decke der Katakomben wesentlich niedriger war als die im Erdgeschoß, war auch das Gerüst hier weniger hoch und weder so kompliziert noch so stabil wie oben.

»Gibt es einen Raum zwischen den Katakomben und dem Erdgeschoß?« fragte Denton die Nonne.

»Sehr gut!« rief Gettier, ohne einen etwas gönnerhaften Ton vermeiden zu können, obwohl die Bemerkung als Kompliment gedacht war.

»Ja«, antwortete Schwester Marianne. »Direkt über uns befindet sich eine Grabstelle für Kirchenmänner, auch einige Päpste liegen dort. Edmunds Arbeit, die erste Phase des Projekts, besteht in der Verstärkung der Pfeiler, die das Hauptdach stützen. Mein Projekt, die Katakomben hier, Phase zwei, beginnt am Montag. Phase drei wird dann die Öffnung der mittleren Ebene und die Verstärkung der Pfeiler dort umfassen.«

»Das ist zwar *mein* Projekt«, sagte Bob Rijke, »aber *sie* ist der Boß.« Er umarmte Marianne spontan. Da er etwa zehn Zentimeter kleiner war als sie, sah es ein bißchen komisch aus.

Sie gingen weiter durch die Katakomben, die endlos zu sein schienen, obwohl Denton sie zuerst für recht klein gehalten hatte. Die Nonne, Gettier und Rijke erklärten ihm Verschiedenes, achteten aber darauf, nicht an die Kolonnaden zu stoßen, die teilweise bereits bröckelten. Einmal schoß Denton die Frage durch den Kopf, wohin sie wohl gingen, denn die dunklen Katakomben nahmen kein Ende. Doch dann tauchte vor ihnen plötzlich eine weitere Treppe auf, die genauso aussah wie die etwa zweihundertfünfzig Meter hinter ihnen liegende; sie stiegen sie hoch.

»Wie groß ist der Raum dort unten?« fragte Denton verwundert, als sie wieder im Erdgeschoß waren.

»So groß wie die gesamte Basilika«, antwortete Gettier. Marianne nickte strahlend.

»Und das alles gehört mir!« sagte sie gierig, und alle lachten.

Am folgenden Montag fuhr Chisholm die Nonne zur Arbeit, und es schliff sich eine alltäglich wiederkehrende Routine ein.

Maggie Chisholm hatte nicht die Absicht, zuzulassen, daß sich hier in Rom etwas ähnliches wie das Debakel der Verfolgungsjagd in Washington ereignete. Deshalb entwarf sie sorgsam verschiedene Fahrrouten zum Petersdom und hatte ein wachsames Auge auf jeden, der ihnen unterwegs folgte. Da die Villa so weit von der Basilika entfernt lag, war es leicht, jeden Tag eine andere Strecke zu fahren. Trotzdem schrieb sich Chisholm jedesmal genau auf, durch welche Straßen sie gefahren waren, damit sie sich nicht versehentlich wiederholten.

Morgens gegen acht brachen Chisholm und Marianne zum Vatikan auf. Gettier kam meist zu Fuß von seiner Wohnung aus dorthin. Auch Denton fuhr gegen acht los und begann seine Aufgaben als »Verbindungsmann« zu erfüllen, was immer das auch heißen mochte. Chisholm hatte den Verdacht, daß seine diesbezüglichen »Pflichten« darin bestanden, mit dem Chargé d'affaires in der Botschaft herumzulungern.

Im Vatikan verrichteten Marianne und die Arbeiter und Ingenieure ihres Teams ihre Arbeit in den Katakomben, während Chisholm im Grunde einfach nur dabei war, den geladenen Revolver im Halfter unter der Sportjacke, die sie immer trug; sie folgte Marianne überallhin und überprüfte unermüdlich die Restaurierungsstätte.

»Warum gehen Sie mir nach?« hatte die Nonne am ersten Tag ihre Verfolgerin verdutzt gefragt, als sie nach oben ging, um Limonade für ihr Team zu holen.

»Genau deswegen bin ich hier, Marianne. Es ist meine Pflicht, auf Sie aufzupassen.«

Marianne lachte. »Was soll denn hier unten passieren?«

Sie hatte nicht ganz unrecht. In Anbetracht der im Vatikan geltenden Sicherheitsbestimmungen hielt selbst Chisholm es für reine Zeitverschwendung, nach Sepsis Ausschau zu halten, den sie sowieso nicht erkennen würde. Der Fälscher hatte sein Signal noch nicht gegeben, und die passive

Bewachung hatte bisher keine Ergebnisse gebracht. Von den Hunderten von Fotos, die die Bewacher geknipst hatten, kamen vier verschiedene Männer, die den Laden betreten hatten, als Sepsis in Frage, doch eine genaue Identifizierung war wegen der Lichtverhältnisse und des Aufnahmewinkels unmöglich gewesen. Die von den passiven Beschattern aufgenommenen Bilder hatten sich als fast ebenso unbrauchbar erwiesen wie das Foto, das die Nonne identifiziert hatte – der Dreckskerl hatte so ein Allerweltsgesicht, daß er praktisch jedermann sein konnte. Doch ihre Gewissenhaftigkeit konnte Chisholm nicht einfach ablegen; sie folgte der Nonne weiterhin pflichtbewußt überallhin und hielt die Augen offen.

Am schwierigsten war es in den Mittagspausen.

»Margaret«, rief die Nonne beispielsweise einmal, als alle an ihrem Arbeitstisch saßen, der in den Pausen auch als Eßtisch diente, »das hier ist Umberto Penola. Er hat früher in New Jersey gelebt.«

»Ach, wirklich?« sagte sie und lächelte dem schlaksigen italienischen Ingenieur zu, der ihr Lächeln freudig erwiderte und sich mit ihr über New Jersey zu unterhalten begann. Chisholm haßte New Jersey.

Die Nonne gab sich redliche Mühe. Sie versuchte, Chisholm mit einzubeziehen, doch alle wußten, daß das unmöglich war. Während die Nonne und die anderen in den Katakomben arbeiteten, hatte Chisholm nichts zu tun; sie konnte nur warten und zusehen und fühlte sich ausgeschlossen von dieser sauberen, wohlgeordneten kleinen Welt, zu der sie nun einmal nicht gehörte. Und nach einiger Zeit begann sie sich zu fragen, ob sie überhaupt dazugehören wollte.

Sepsis war spät dran, doch er beeilte sich trotzdem nicht. Wer sich beeilt, fällt auf. Statt dessen stapfte er gemächlich zu Aquardientes Briefmarkenhandlung in dem sicheren Wissen, von dem perversen Dreckskerl erneut belästigt zu werden.

Doch nicht das bereitete ihm Sorgen. Sorgen bereitete ihm die unausgewogene Zusammensetzung seiner Zielpersonen.

Seit er den Auftrag angenommen hatte, beunruhigte ihn

die Überzahl an Frauen auf seiner Liste der Zielpersonen. Er hatte alle Nonnen in der Klosterkirche getötet, dann Chisholm umzubringen versucht, schließlich die Frau ermordet, die er auf Giancarlos Party aufgerissen hatte – alles Frauen. Sepsis vergaß nur, daß in der Klosterkirche auch ein Priester gewesen war, als die Bombe hochging.

Die Vorstellung, daß irgendwo irgendein Kriminologe zu dem Schluß kommen könnte, Sepsis sei ein Frauenhasser, machte ihm ernsthaft zu schaffen. Es war natürlich völlig ausgeschlossen, daß jemals herauskam, daß er die Frau von der Party kaltgemacht hatte, und das war auch gut so, denn auf diese Weise wurde der falsche Eindruck der Misogynie wenigstens nicht noch verstärkt. Doch er überlegte, daß, wenn er endlich Chisholm und vielleicht auch die Nonne getötet haben würde (er hatte sich noch nicht endgültig entschieden), die Geheimdienste dem Fall in Zukunft den Beinamen »die Frauenmord-Serie« oder etwas ähnlich Entsetzliches verpassen würden, und das bekümmerte ihn wirklich.

Während er dahinschlenderte, sorgsam darauf bedacht, den schwachsinnigen Tonio zu mimen, gingen mehrere atemberaubende Frauen an ihm vorbei. Leider mußte er vorgeben, sie nicht zu sehen, und idiotisch grinsend weiterstapfen. Er fand, daß er das ganz ausgezeichnet machte, und merkte nicht, daß all die atemberaubenden Frauen, die ihm begegneten, sich fragten, warum er sie nicht ansah. Geistig zurückgebliebene Menschen besitzen eine vollkommene Unschuld, die es ihnen erlaubt, vorbeigehende Frauen ganz ungeniert zu betrachten. Der ist bestimmt schwul, dachten sie, oder so beschränkt und töricht, daß er kein sexuelles Begehren kennt.

Er langte vor Aquardientes bereits geschlossenem Laden an, ging hinein und winkte Andolini zu, der an der Registrierkasse stand und gewissenhaft die Tageseinnahmen zählte.

»Hallo, Tonio«, sagte Andolini breit grinsend und winkte ihm mit einer so übertriebenen Geste zu, als befände sich zwischen ihnen eine große Distanz; dabei standen sie nur einen Meter voneinander entfernt.

»Hallo, Signor Andolini«, sagte Sepsis ebenso freundlich, um zu demonstrieren, wie sehr er den Tölpel mochte. »Wo ist Signor Aquardiente?« Normalerweise wartete der perverse Sack bereits, Hand am Schwanz, auf ihn.

»Er ist hinten – ich sag' ihm, daß du da bist.« Doch dann zögerte Andolini, warf einen kurzen Blick auf das Geld und sah Sepsis an, der sofort wußte, was in ihm vorging. »Aber nichts von dem Geld nehmen!« befahl er und drohte wie ein Lehrer streng mit dem Finger, was ziemlich grotesk aussah. »Wenn du was nimmst, verprügle ich dich.«

»Ich nehm' das Geld nicht!« erwiderte Sepsis, den Gekränkten spielend. »Ich versprech's dir!«

»Na gut.« Andolini trat in den kleinen Gang, hielt inne, drehte sich unvermittelt um, sah nach, ob Sepsis das Geld auch wirklich nicht anrührte, und sagte breit grinsend: »Ich hab' gewußt, daß du das Geld nicht stiehlst. Aber in letzter Zeit waren hier Diebe.«

»Ich bin aber kein Dieb!« beteuerte Sepsis in seiner Rolle als Tonio. Plötzlich kam ihm ein Gedanke. Er fragte: »Sind Diebe hier eingebrochen?«

»Ja, vor eins, zwei, drei, vier, fünf Tagen, ja, vor fünf Tagen. Die sind gekommen und haben Signor Aquardiente Geld gestohlen. Und mich haben sie verprügelt.«

»Na, so was! Was waren das für welche?« fragte er mit Unschuldsmiene.

»Ein Mann und eine Frau. Die haben eigentlich ganz nett ausgesehen. Aber die waren nicht nett. Das waren Diebe.«

»Na, so was!« wiederholte Sepsis als Tonio.

»Die haben mich in den Bauch gehauen, und dann haben sie mich ganz schläfrig gemacht. Ich hol' jetzt Signor Aquardiente.«

Andolini ging ins Hinterzimmer. Sofort schloß Sepsis die Eingangstür ab und ließ alle Rolläden herunter. Dann folgte er Andolini.

Von der gegenüberliegenden Straßenseite aus sahen Buttazoni und Cabrillo, wie die Rolläden heruntergingen, warteten aber noch ab, ob Aquardiente sie nicht bloß deshalb herabgelassen hatte, weil es Zeit war, den Laden zu schließen.

»Wenn der Typ in drei Minuten nicht wieder draußen ist, ist er der, den wir suchen«, meinte Buttazoni. Cabrillo schwieg. Er war damit beschäftigt, sein Pistolenhalfter anzulegen.

Sepsis betrat das Hinterzimmer genau in dem Moment, als Andolini dem Fälscher Tonios Eintreffen mitteilte.

»Oh, da ist er ja!« rief Andolini. Schon beim Betreten des Hinterzimmers wußte Sepsis, daß es Probleme geben würde.

Der Fälscher wirkte nervös und zerstreut, so als beschäftige ihn etwas. Doch seine Nervosität bezog sich nicht auf Sepsis' Kommen, und das ließ Sepsis stutzen.

»Mein Chef schickt mich – nach Ladenschluß, genau wie Sie gesagt haben.«

»Gut, Tonio – äh, wie geht's dir denn? Laß uns allein, ja?« sagte er zu Andolini, der daraufhin zu den Tageseinnahmen zurückwatschelte. »Also, wie geht es dir?« fragte er noch einmal, während er einen kleinen Stapel mit Gummibändern zusammengehaltener Ausweise aus einem Wandschrank nahm.

»Gut«, antwortete Sepsis, beunruhigt, weil Aquardiente ihn nicht belästigte. Sepsis war selbstverständlich bewaffnet, und er beschloß, die Waffe zu ziehen, falls sich der perverse Kerl nicht bald an ihn heranmachte.

»Schön, schön«, murmelte der Fälscher, hielt die Ausweise in der gesunden Hand und zählte sie mit der verkümmerten. Dann gab er Sepsis den ganzen Packen. Sepsis zählte nun seinerseits bewußt langsam und umständlich nach und überlegte dabei, was vorgefallen sein könnte.

»Sind Sie beraubt worden?« fragte er ganz ruhig, während er zählte. Dabei vergaß er allerdings, daß selbst eine leichte geistige Behinderung es dem Betroffenen unmöglich macht, zwei Dinge gleichzeitig zu tun.

»Ach, nicht weiter schlimm, nicht der Rede wert«, erwiderte Aquardiente nervös. Plötzlich heiterte sich seine Miene auf, er erhob sich von seinem Hocker und legte den gesun-

den Arm um Sepsis' Schulter. Sepsis lächelte, als er fertigge-
zählt hatte, ein wenig schüchtern zu ihm hoch und versuchte sich vorzustellen, was »Tonio« als nächstes sagen würde.

Aquardientes Atem roch nach Alkohol, und seine Augen
waren leicht wäßrig. Doch was immer ihn so deprimierte, es
hielt ihn nicht davon ab, sich an Sepsis' Schenkel zu reiben.
Er lächelte jetzt bereits wesentlich natürlicher, war schon
trunken vor Begierde. »Schön, daß du da bist. Ich habe mich
auf dich gefreut.«

Er senkte den gesunden Arm und packte Sepsis' Hintern.
Doch diesmal machte er sich sofort am Anus zu schaffen und
versuchte, durch den Jeansstoff hindurch einen Finger einzuführen. Sepsis vergaß sich einen Moment lang, seine Augen
blitzten den Bruchteil einer Sekunde auf. Aquardiente gefiel
die Wildheit dieses Blickes, doch es erinnerte ihn auch an
etwas – an das Foto. An das Foto, das die Frau ihm gegeben
hatte.

»Hören Sie auf, mich anzu…«, setzte Sepsis an, doch dann
bemerkte er Aquardientes Reaktion. In diesem Augenblick
wußte er, daß der Fälscher aufgeflogen war.

Sepsis stieß Aquardiente weg, zog seine Pistole mit dem
Schalldämpfer heraus und jagte ihm an Ort und Stelle zwei
Kugeln in den Kopf, über jede Augenbraue eine. Sepsis verwendete .22-Kaliber-Hartkerngeschosse und einen langläufi-
gen Schalldämpfer; die beiden Schüsse waren nicht lauter als
ein leises Hüsteln. Noch bevor Aquardiente am Boden lag,
dachte Sepsis nicht mehr an ihn, sondern an den nächsten
Schritt.

Cabrillo und Buttazoni, die sich noch auf der anderen
Straßenseite befanden, warteten kaum zwei Minuten ab, dann
beschlossen sie, den Laden zu überprüfen. Gehört hatten sie
nichts. Auch nichts gesehen. Trotzdem entsicherten sie ihre
Waffen und liefen die Treppe des Mietshauses hinunter.

Sepsis stand zähneknirschend im Hinterzimmer. Dann rief
er mit Tonios dünner, schriller Stimme: »Signor Andolini?« Es
klang erschrocken, verzweifelt. »Da ist was mit Signor Aqua-
diente passiert!«

Andolini eilte genau in dem Augenblick in den Gang, der zum Hinterzimmer führte, als Buttazoni und Cabrillo auf die Straße traten.

»Was ist passiert?« rief Andolini. Er betrat das Hinterzimmer und sah Aquardiente mit dem Gesicht in einer Blutlache liegen. »Was ist *passiert*?« schrie er entsetzt. Sepsis richtete seine Waffe auf die Stirn des Mannes und blies ihm den Schädel weg.

Buttazoni und Cabrillo bahnten sich im Zickzack einen Weg zwischen den schrill hupenden Autos hindurch.

Sepsis warf einen Blick auf die beiden Leichen, dann auf seine Pistole, die einzige Waffe, die er bei sich trug. Er hatte noch sieben Kugeln und nur mehr ein volles Magazin in der Gesäßtasche, und beschloß, abzuhauen, und zwar sofort.

Er steckte die Ausweise ein, deretwegen er gekommen war, und trat hinaus in den Gang. Dort befand sich selbstverständlich eine Hintertür; der Verkaufsraum lag vor ihm. Sollte er durch die Hintertür oder durch den Ladeneingang abhauen? Ihm fiel ein, daß die enge Gasse hinter dem Laden sicherlich mit Autos und Fußgängern verstopft war, und er beschloß, vorn hinauszugehen.

Buttazoni und Cabrillo standen vor dem Laden und rüttelten völlig sinnlos an der abgeschlossenen Tür.

Als Sepsis durch die Rolläden hindurch die Schatten der Zivilpolizisten sah, schoß er, ohne zu zögern, je zweimal auf sie, drehte sich um und rannte zur Hintertür.

Buttazoni bekam eine Kugel in die Schulter ab und eine zweite in den Hals. Die Kugel bohrte sich durch seinen Kehlkopf, verletzte sein Rückgrat und trat im Nacken aus. Doch sie flog noch weiter, traf die Fahrerin eines vorbeifahrenden Wagens, bohrte sich durch ihre linke Schläfe und blieb in ihrem Gehirn stecken. Die Frau verlor die Kontrolle über den Wagen und prallte auf ein entgegenkommendes Auto. Da war Buttazoni bereits tot.

Cabrillo war in die Brust getroffen worden, zweieinhalb Zentimeter über der linken Brustwarze, sowie in den Bauch. Die Wucht der Geschosse riß ihn zu Boden, wo er mit dem

Hintern auftraf; sein rechter Arm war gelähmt. Aber er war Linkshänder und ballerte in dem Augenblick, als die tote Frau am Steuer in das entgegenkommende Auto fuhr, einfach in den Laden hinein, obwohl er wegen der herabgelassenen Rolläden nicht das geringste sehen konnte.

Sepsis hatte Glück. Keine der Kugeln, die Cabrillo abfeuerte, streifte ihn auch nur; allerdings bewirkten sie, daß er in heilloser Panik aus der Hintertür lief. Wäre dort jemand gewesen, er hätte nicht mehr lange zu leben gehabt; doch als Sepsis aus der Tür stürzte und die schmale Gasse entlangrannte, war niemand da. Er lief zur nächsten Ecke, blieb abrupt stehen, holte tief Luft und bog um die Ecke. Er schlenderte dahin, als wäre nichts passiert, während die anderen Passanten wie Kühe umhertrabten, die eine Schlachtung miterlebt hatten, aber nicht wußten, was sie tun oder wie sie überhaupt reagieren sollten.

Draußen vor der Briefmarkenhandlung begann Cabrillo zu husten; dann verlor er das Bewußtsein und brach auf dem Gehsteig zusammen. Das Blut, mit dem sich sein rechter Lungenflügel füllte, nahm ihm die Luft zum Atmen. Noch am Tatort selbst würde man seinen Tod feststellen. Allerdings bemerkte ihn zunächst kaum jemand. Alle Blicke waren auf den spektakulären Unfall gerichtet, alles ging auf die demolierten Wagen zu, die den Verkehr in beiden Richtungen blockierten.

Sepsis kam völlig problemlos davon. Er war ein wenig mitgenommen, doch weiter nicht beeinträchtigt. Als er einen Blick zurück warf, sah er ein unglaubliches Chaos: Auf der Straße standen die Autos mit laufendem Motor, ihre Insassen stiegen aus, um zu sehen, was passiert war. Sepsis ging davon; es interessierte ihn zwar, was da los war, aber so brennend dann auch wieder nicht.

Niemand trat ihm in den Weg. Seine Waffe steckte unter seiner lose fallenden Jacke hinten im Hosenbund, aber er behielt die Hände in den Gesäßtaschen, um schnell ziehen zu können. Doch im Grunde bestand kein Anlaß zur Sorge. Sie hatten ihn nicht erwartet, das war gut. Wenn sie gewußt hätten, daß er dort sein würde, hätten sie Leute in dem Gäßchen postiert, wesentlich mehr Leute draußen vor dem Eingang eingesetzt und wahrscheinlich sogar ein Begrüßungskomittee ins Hinterzimmer abkommandiert. Gut, sie hatten ihn also nicht erwartet.

Sepsis stieg in einen Bus und hörte auf, Tonio zu spielen. Jetzt konnte ihn niemand mehr bezichtigen, ein Frauenhasser zu sein. Allerdings bestand nun, da er einen geistig Behinderten und einen verkrüppelten Homosexuellen getötet hatte, die Gefahr, daß man ihn für einen Schwulenhasser oder einen Nazi hielt. Ärgerlich.

»Verdammt!« Chisholm starrte auf Aquardientes Leiche.

Die Sanitäter hatten Andolinis Leiche gerade auf einer Trage aus dem Hinterzimmer weggebracht und Lorca und Chisholm mit dem toten Fälscher allein gelassen. Schweigend standen die beiden da und dachten nach.

»Er hat sie nicht einfach getötet«, sagte sie, den Blick auf Aquardiente geheftet. »Er hat sie hingerichtet. Er wußte, daß wir dagewesen waren.«

»Kommen Sie«, sagte Lorca. Der Notarzt war mit zwei Sanitätern zurückgekehrt, und der Raum bot nicht genug Platz für fünf Menschen und eine Leiche. »Wir müssen miteinander reden.«

Sie verließen den Laden und gingen denselben Gehsteig entlang, auf dem sie weniger als eine Woche zuvor schon einmal dahingeschlendert waren und die Schaufenster betrachtet hatten, unauffällige Passanten. Die Gegend um den Tatort war abgesperrt worden, doch da die Pressegeier ihr Aas bereits bekommen hatten, kehrte allmählich die Normalität zurück.

»Wir haben ein Riesenproblem, Margaret. Der Fälscher ist tot, und damit haben wir die Fährte verloren.«

»Ich weiß«, sagte sie erschöpft. Die Bewachung der Nonne begann sie zu zermürben.

»Ich habe mir folgendes überlegt: Wenn ich Sepsis wäre, was würde ich tun, wenn ich die Nonne töten wollte?«

»Sie dort kaltmachen, wo sie sich mit Sicherheit aufhält«, antwortete Chisholm, Fredericos Gedanken aussprechend.

»Sie ›kaltmachen‹, genau. Und zwar wo?«

»Im Petersdom. Oder in …«

»In der Villa. Margaret, ich halte es für denkbar, daß Sepsis versuchen wird, in die Villa einzudringen.«

»Allein?«

»Möglicherweise, aber es ist eher unwahrscheinlich. Allerdings deutet in dem Laden des Fälschers nichts darauf hin, daß Sepsis mehr als einen Ausweis abholen wollte.«

»Eine Person allein könnte es durchaus schaffen, in die Villa einzudringen, nachts. Schwierig, aber nicht unmöglich.«

Sie blieben vor einem Herrenbekleidungsgeschäft stehen und starrten in die Auslage, ohne etwas zu sehen. »Was ich Ihnen jetzt sage, ist streng vertraulich und nur meine persönliche Meinung«, erklärte Lorca. »Meine Vorgesetzten sind anderer Ansicht. Sagen Sie mir, was Sie denken! In Ihrem Bericht aus Washington hieß es, Ihrer Einschätzung nach sei Schwester Marianne wegen ihrer Arbeit im Vatikan zur Zielperson geworden, richtig?«

»Ja. Und?«

»Schwester Marianne ist im Vatikan, streng bewacht von der Schweizer Garde und von Ihnen. In der Villa dagegen befinden sich nur fünf Leute, zwei davon am Eingang, wo sie bei einem geballten Angriff mühelos getötet werden könnten.«

»Ich verstehe«, sagte Chisholm. Ihr wurde mulmig zumute. »Ein massiver Angriff auf die Villa also.«

»Ja. Meine Vorgesetzten stimmen mir diesbezüglich nicht zu, weil Mitgliedern der Mafia, Zeugen, noch nie ein Haar gekrümmt worden ist, während sie sich in der Villa aufhielten. Die Villa hat in dieser Hinsicht eine makellose Geschichte. Aber Sepsis ist ein überaus waghalsiger Killer und verfügt über außergewöhnliche Entschlossenheit. Eine fast schon psychotische Entschlossenheit.«

»Ich stimme Ihnen absolut zu«, sagte Chisholm in Erinnerung an den Anschlag auf sich selbst. Sie wandten sich von dem Schaufenster ab und gingen weiter. »Können Sie die Bewachung der Villa verstärken?«

»Genau das ist das Problem – ich habe es bereits versucht, aber es geht nicht. Die Villa gehört dem Justizministerium, und die wollen nicht noch mehr Leute abkommandieren, um das Haus zu bewachen, solange die Operation nicht ihnen untersteht.«

»Typisch.«

»Haben Sie in Amerika auch solche Probleme?«

»Na klar«, sagte sie verwundert. »Dachten Sie, wir kämen alle wunderbar miteinander aus?«

»Ja«, gab Lorca offen zu. »Ihr Amerikaner wirkt immer so gut organisiert, da erstaunt es mich schon, daß auch ihr derartige Probleme mit der jeweiligen Zuständigkeit habt.«

»Na, da können Sie mal sehen ...« Sie gingen schweigend weiter. Margaret grübelte noch eine Weile über das Problem nach, doch dann kehrten ihre Gedanken notgedrungen zu dem toten Fälscher zurück. »Ich finde es furchtbar, wenn so etwas passiert, wenn Menschen einfach so abgeknallt werden«, sagte sie. Sie meinte Aquardiente, doch Lorca verstand sie falsch.

»Ja, Buttazoni und Cabrillo waren hervorragende Leute. Nicht übermäßig intelligent, aber tapfer und verläßlich. Ich werde den Mann, der das getan hat, mit dem größten Vergnügen töten«, erklärte er mit erschreckender Gelassenheit.

»Können Sie Leute in die Villa abkommandieren?«

»Ja. Meine Vorgesetzten werden nicht gerade glücklich darüber sein, aber ich denke, es wird gehen. Allerdings nur drei, höchstens vier zusätzliche. So, und jetzt frage ich Sie ganz offiziell: Sind Sie auch der Meinung, daß Sepsis möglicherweise versuchen wird, die Villa anzugreifen?«

»Ja, ich halte das für sehr wahrscheinlich, und wir sollten darauf vorbereitet sein.« Damit hatte sie ihm die Munition in die Hand gegeben, die er brauchte, um mit seinen Vorgesetzten verhandeln zu können.

»Gut, danke. Ich denke mir nun folgendes: Wenn Sepsis Ausweise für sich selbst benötigte, wäre das verständlich. Seine Tirso-Gaglio-Papiere benutzt er offenbar nicht mehr.«

»Nein, zumindest nicht auf Reisen.«

»Das heißt, er hat bereits Ausweise. Warum kauft er dann zusätzliche?«

»Für andere Personen.« Chisholm hatte kapiert. »Er besorgt Ausweise für andere Personen, für Leute, die er möglicherweise braucht, Männer, mit deren Hilfe er einen Anschlag auf die Villa plant – ich verstehe.« Sie führte den Gedankengang weiter. »Diese Leute sind noch nicht im Land.«

»Genau. Sobald diese Männer hier sind, wird er etwas unternehmen. Die erste theoretische Möglichkeit wäre, daß er den Vatikan direkt attackiert. Das ist unmöglich und wäre völlig sinnlos. Die zweite Möglichkeit besteht darin, daß er einen erneuten Anschlag auf Schwester Marianne verübt, während Sie sie in den Vatikan oder von dort zurück bringen. Aber Sie fahren doch unterschiedliche Strecken, nicht wahr?«

»Ja. Daß er noch einmal etwas ähnliches wie in Washington versucht, bezweifle ich.«

»Vielleicht versucht er es gerade weil es damals nicht geklappt hat.«

»Auch wieder wahr.«

»Die dritte Möglichkeit ist, daß er die Villa direkt angreift. Deshalb bin ich der Ansicht, daß wir die Schwester an einem anderen Ort unterbringen sollten.«

Im Gehen ergriff Margaret plötzlich Frederico Lorcas Arm und brachte ihre Lippen nah an sein Ohr; es war eine sehr intime Geste. Die beiden sahen aus wie ein glückliches, sorgloses Pärchen. Doch in ihrer Stimme hörte Lorca echte Angst.

»Frederico, ich muß Ihnen etwas sehr Wichtiges sagen. Es bleibt aber unter uns. Ich habe da einen Verdacht, über den ich nachdenke, seit die Sache ins Rollen kam. Ich glaube, daß irgend jemand Sepsis Informationen gibt, jemand aus unseren Reihen. Nehmen Sie nur mal den Fälscher – Sepsis *wußte*, daß der Mann aufgeflogen war. Es ist doch unmöglich, daß er es einfach nur gemutmaßt und ihn für den Fall des Falles umgebracht hat. Er *wußte* es. Irgendwer muß es ihm mitgeteilt haben.«

»Ich verstehe«, sagte Lorca, verdutzt blinzelnd. »Die Schwester aus der Villa auszuquartieren würde also nichts bringen.«

»Nein.« Sie hielt den Kopf starr nach vorn gerichtet, ließ den Blick aber unablässig schweifen.

»Wer?« fragte Lorca nach einer Weile.

Die Antwort wollte ihr nicht über die Lippen. »Das kann ich noch nicht sagen.« Doch sie war ganz nah dran, den Namen des Mannes zu nennen, den sie zu verdächtigen begonnen hatte: Denton.

10

Meta-Mord und stinknormaler Tod

Er war auf dem besten Weg, den Auftrag zu vermasseln. Und obendrein hatten sich die kleinen Teufel des Selbstzweifels über ihn hergemacht. Scheiße.

Nachdem er den Fälscher und dessen Leibwächter getötet hatte, mußte Sepsis noch am selben Abend die Männer aus Valladolid am Hafen abholen. Er fuhr mit dem Bus, auf den er aufgesprungen war, quer durch die Stadt, fuhr mit drei verschiedenen Taxis wieder zurück und stieg ein paar Ecken vor dem Haus aus, das er als Unterkunft organisiert hatte. Es befand sich in einem Arbeiterviertel und entsprach ganz und gar nicht dem, was er gewohnt war. In der engen Gasse hinter dem Haus hatte er einen Kleinbus abgestellt, mit dem er die Männer abholen wollte. Die ganze Fahrt hindurch fluchte er ohne Unterlaß.

Es waren sechs Männer aus Valladolid, baskische Separatisten mit jeder Menge Erfahrung. Genau wie die Québecois-Libre-Männer, die in Washington eingesetzt worden waren, hatten die Männer aus Valladolid keine Ahnung, um was es ging; sie wußten nur, daß ihre Vorgesetzten ihnen befohlen hatten, Sepsis bei einer Sache zu helfen, über die er sie informieren würde, sobald sie in Rom wären.

Sie kamen natürlich alle illegal nach Italien, auf dem Schiff eines baskischen Sympathisanten. Sepsis sollte ihre Ausweise bereits beschafft haben und sie ihnen geben, wenn er sie am Hafen abholte, so war es vereinbart worden. Doch jetzt, da der Fälscher tot war, wagte er es nicht, die sieben Ausweise, die er gekauft hatte, auch zu verwenden.

Das Abholen der Männer am Hafen klappte problemlos.

»Ist alles glattgegangen?« fragte er sie auf spanisch mit karibischem Akzent, während er sie zu ihrer Unterkunft fuhr.

»Kein Problem«, antwortete Gallardo, der Anführer der sechs, der nur zwei Jahre älter als Sepsis war. Er hatte einen starken baskischen Akzent und besaß ebensowenig wie die anderen – und wie die Männer von Québecois Libre – eine eigene Meinung, außer daß ihre Heimat ein eigenständiger Staat werden müsse. Jenseits dieser Überzeugung existierte für Gallardo und seine Männer keine Zukunft.

»Wir haben ein großes Problem. Ihr könnt nicht aus dem Haus, während ihr hier seid.«

»Was?«

»Das ist vielleicht 'ne Scheiße, Mann!«

»Verdammter Mist, ich will zurück!«

»Ruhe!« befahl Gallardo und brachte die fünf jüngeren Männer sofort zum Schweigen. »Wo liegt das Problem?«

»Wir haben zwar Ausweise, EU-Ausweise, aber wir wissen nicht, ob sie unbedenklich sind«, sagte Sepsis.

»Was ist passiert? Mein Chef hat mir gesagt, ihr hättet jemanden für die Papiere.«

»Hatten wir auch, aber der ist aufgeflogen.«

»Scheiße«, sagte Gallardo.

»Das Haus ist kein Problem. Es ist nett eingerichtet, gemütlich und sauber.«

»Aber wir können nicht raus«, meinte Gallardo.

»Aber ihr könnt nicht raus«, bestätigte Sepsis.

»Wie lange?«

»Mein Chef gibt mir Bescheid, dann können wir die Zielperson in Angriff nehmen.«

Gallardo seufzte. Er war erfahren genug, um zu wissen, daß so etwas vorkommen konnte. »Also, dann warten wir eben ab.«

Doch die Warterei war unglaublich zermürbend. Das Haus, das Sepsis gemietet hatte, gehörte einer Witwe, die ihre

Mieteinnahmen nicht versteuern wollte, was Sepsis nur recht war. Sie vermietete ihm das ganze Haus, und er bezahlte bar und nahm sogar in Kauf, daß die Alte ihn über den Tisch zog und ihm das Anderthalbfache dessen abnahm, was sie normalerweise bekommen hätte. Aber dafür ließ die alte Dame, Signora Sylvia, ihn auch in Ruhe und meldete die Vermietung nicht den Behörden. Das Haus war also sicher. Das Problem bestand, wie gesagt, darin, daß keiner der sechs Männer es verlassen durfte.

»Stellen wir uns mal vor, ihr geht raus auf die Straße – ihr könnt doch kein Italienisch, oder?« sagte Sepsis zu ihnen. »Ein Bulle sieht euch komisch an – und dann? Dann fliegt ihr auf. Ein solches Risiko einzugehen, erlaubt mein Chef mir nicht.«

Die sechs Männer aus Valladolid schimpften und stöhnten, doch sie wußten, daß er recht hatte, auch wenn dieses Wissen die Sache nicht einfacher machte.

»Wer ist eigentlich dein Chef?« wollte Gallardo wissen.

Sepsis sah ihn an. »Wenn du willst, kannst du ihn Carlos nennen.«

»Ja, klar«, sagte Gallardo.

Carlos hätte es niemals zugelassen, daß eine Operation so außer Kontrolle geriet wie diese hier, und das machte Sepsis wütend. Und das Ganze war auch noch ausschließlich seine Schuld – er hätte zwischen dem Abholen der gefälschten Dokumente und dem Eintreffen der Männer aus Valladolid mehr Spielraum einplanen müssen. Nur wegen seiner verdammten Eile war es zu dieser beschissenen Situation gekommen. Tagsüber lief er durch die Stadt, besorgte, was er brauchte – Waffen, Straßenkarten –, maß Entfernungen aus und berechnete die zur Verfügung stehende Fluchtzeit – alles Dinge, die er eigentlich den sechs Männern aus Valladolid hatte auftragen wollen, die er jetzt jedoch selbst erledigen mußte. Scheiße, es war seine eigene Schuld.

Und dabei hörte er ständig seinen ehemaligen Mittelsmann, den Mann, der ihn zum Killer ausgebildet hatte, sagen, wie »idiotensicher« eine Bombe doch gewesen wäre. Einfach alles wegbomben, in die Luft jagen, bis nichts mehr da war.

Es trieb ihn zur Weißglut. Er fragte sich, ob auch Carlos so einen inneren Aufseher, einen Abrichter gehabt hatte, der ihm ständig im Kopf saß und ihm sagte, wie beschissen er alles machte. Wahrscheinlich schon.

Die Männer aus Valladolid konnten nicht viel mehr tun, als sich Fernsehsendungen anzusehen, und die waren auch noch auf italienisch. Sepsis mußte einen Kabelanschluß organisieren, denn über Kabel waren mehrere spanischsprachige Sender zu empfangen. Die Männer hätten vielleicht trotzdem revoltiert, doch zum Glück wurden jede Menge Fußballspiele übertragen, es war mitten in der Saison. Und noch besser war, daß das Kabel drei spanischsprachige Kanäle ins Haus brachte, auf denen ununterbrochen Seifenopern liefen, die den Terroristen die Zeit verkürzten. Während Sepsis also unterwegs war und die für den Anschlag nötigen Vorbereitungen traf, sahen sich die baskischen Separatisten die Spiele an, in denen Mailand unaufhaltsam auf die Meisterschaft zusteuerte, und schalteten dann auf die Betrügereien der Doña Isaura in *La Madrastra – Die Stiefmutter* um.

Schon nach kurzer Zeit hatte sich eine gewisse Routine entwickelt: Jeden Morgen kam Sepsis vorbei und brachte Lebensmittel, Zigaretten und eine Tagesration Marihuana. Klugerweise brachte er ihnen keinen Alkohol – in angetrunkenem Zustand wären sie aufeinander losgegangen, während das Gras nur bewirkte, daß sie über die Fernsehsendungen kicherten und lachten.

Abends lieferte er weitere Lebensmittel und ließ die Männer ein Abendessen kochen, das er mit ihnen einnahm, um einschätzen zu können, wie es um ihre Moral stand. Dann fuhr er zurück zum Haus von Giancarlo Bustamante, wo er übernachtete.

»Wie lange denn noch?« fragten sie jedesmal. Mit jedem Tag verloren sie mehr von ihrem Biß.

»Bald«, antwortete er immer wieder. Zuerst waren sie gesprächig und freuten sich darüber, in dem Haus herumgammeln zu können, doch am vierten Tag wurden sie unruhig, und am sechsten waren sie deprimiert und gingen sich gegenseitig auf die Nerven.

Jeden Abend nach dem Essen schoß Sepsis auf der Fahrt zurück zu Giancarlo Bustamantes Haus der immer gleiche Gedanke durch den Kopf: Was machte er da eigentlich?

Es war keine Frage des Scheiterns. So schlimm war es auch wieder nicht, wenn man scheiterte. Mit einem Mißerfolg konnte Sepsis leben, so wie Carlos mit Mißerfolgen hatte leben können – man brauchte nur an den Vorfall auf dem El-Al-Flug zurückzudenken, eine geplante Flugzeugentführung 1975, die entsetzlich schiefgelaufen war. Carlos hatte sich nur knapp aus diesem Schlamassel retten können. Auch Sepsis war einmal gescheitert. Am Anfang seiner Karriere, mit neunzehn, hatte er auf das Haus eines kolumbianischen Richters einen Anschlag mit einer Brandbombe durchgeführt, doch der Mann hatte überlebt.

Carlos' Mißerfolg war allerdings, genau wie der eine von Sepsis, nur kurz gewesen: Carlos war mit seiner Gefolgschaft palästinensischer Terroristen in das Flugzeug gestiegen und von einer israelischen Kommandoeinheit begrüßt worden – peng! Das gleiche war mit Sepsis' kolumbianischem Richter passiert: Er hatte das Haus in die Luft gejagt und – peng! – am nächsten Tag stand auf den Titelseiten aller Zeitungen, daß der Richter in dieser heißen Sommernacht in einer Hängematte im Garten geschlafen hatte.

Doch die Trümmer des Mißerfolgs eines anderen zu betrachten war nicht dasselbe, wie mitten in einem möglichen eigenen Mißerfolg zu stecken.

Nein, es war keine Frage des Scheiterns. Wenn er scheiterte, dann scheiterte er eben; wenn er es schaffte, um so besser. Es war der Selbstzweifel, der ihm so zusetzte. Die Zeit verging, und der Selbstzweifel nistete sich in seiner Phantasie ein und verführte ihn dazu, alle seine Methoden und Pläne zu hinterfragen und zu kritisieren und zu untergraben, als tage da eine Kommission mit einem Dutzend einander widersprechender, zankender Teufelchen, die darüber stritten, was zu tun und wie es zu bewerkstelligen sei. Sepsis fragte sich, ob Carlos je mit diesen Teufeln hatte kämpfen müssen. Er bezweifelte es. Sepsis glaubte nicht, daß Carlos genug Phantasie gehabt hatte, um über sich selbst nachzudenken. Carlos war im Grunde ein hirnloser Killer gewesen.

Er fuhr weiter und biß die Zähne zusammen, wie um die Teufel zu töten. Es hatte keinen Sinn, jetzt aufzuhören. Sepsis wußte, daß er schon viel zu weit gegangen war, um aufhören zu können.

Ohne daß es ihnen bewußt wurde, geriet ihr Alltag wie der aller zielstrebigen, fleißigen Menschen, fast unmerklich in eine durchorganisierte Routine, die nur dann Ausnahmen erfuhr, wenn Margaret Chisholm nervös wurde und Teile dieser Routine anders gestaltete, um nur ja kein vorhersehbares, angreifbares Muster entstehen zu lassen. Da aber nichts geschah, da der Fälscher tot war, da man alle in Frage kommenden Spuren ausgeschöpft hatte und kein Angriff von Sepsis auf die Nonne zu erkennen war, schwand bei allen das Bewußtsein der Gefahr, die er verkörperte.

Die Nonne arbeitete – und sie arbeitete viel. Denton und Chisholm staunten über ihren Fleiß. Schon um sechs Uhr morgens, wenn Chisholm zum Frühstück herunterkam, war sie auf und angekleidet, und sie arbeitete den ganzen Tag durch und selbst noch beim Abendessen, das Edmund Gettier und sie häufig im Haus von Kardinal Barberi an der Piazza Colomo einnahmen.

Der Kardinal wurde sichtlich schwächer. Er hing nun ständig an der Sauerstoff-Flasche, was das Haus nachgerade feuergefährlich machte. Wenn ihn während der Unterhaltung etwas zu sehr aufgeregt hatte, nickte er in der nächsten Gesprächspause ein.

Doch Edmund Gettier und Schwester Marianne konsultierten ihn weder aus Höflichkeit noch aus billigem Mitleid. Er wußte einfach mehr über die Baugeschichte der Basilika als jeder andere lebende Mensch. Deshalb aßen sie fast jeden Abend miteinander und besprachen dabei winzige, scheinbar unwichtige Details, die jedoch darüber entschieden, was getan werden mußte und wann.

Und tagsüber bewachte Margaret Chisholm die Nonne, das war so sicher wie das Amen in der Kirche. Nach einiger Zeit mochte sie sie sogar sehr gern, trotz der unglaublichen Langeweile dieses Babysitting-Jobs. Tag für Tag stand sie in den Katakomben herum, genau wie sie es in Washington vorhergesagt hatte, ohne jede Unterbrechung dieser Monotonie und gleichzeitig erfüllt von der Angst, sie könnte unterbrochen werden, was sie keineswegs glücklicher gemacht hätte.

Denton begleitete Chisholm, Gettier und die Nonne zunächst nicht, sondern kam seinen Verpflichtungen als »Verbindungsmann« nach – er war in Kontakt mit dem Chargé d'affaires in der Botschaft, stattete dem Chef der CIA-Außenstelle Besuche ab und hielt sich über die Fortschritte, die Lorca machte, auf dem laufenden. Doch als es nach einiger Zeit nichts mehr zu »verbinden« gab, wie Chisholm es so treffend genannt hatte, ertappte Denton sich immer öfter beim Däumchendrehen. Ihm war stinklangweilig, doch er bezähmte den Drang, ständig zu telefonieren.

Nein, nein, dachte er, ständiges Telefonieren wäre das sicherste Anzeichen dafür, daß seine Position nicht mehr die allerstärkste war. Die Leute in Langley würden sich irgendwann fragen, warum er die ganze Zeit anriefe, und sich Gedanken darüber machen, was er denn in Rom eigentlich tat, wenn er so viel Freizeit hatte, und vielleicht würden sie sogar denken, er sei nach Rom abgeschoben und aus dem Informationszirkel ausgestoßen worden. Deshalb rief Denton außer Amalia Bersi und Matthew Wilson niemanden an; die beiden allerdings nervte er maßlos. Und er verbrachte seine Zeit damit, Ideen für einen neuen Roman zu sammeln. Hin und wieder sah er sich die Restaurierungsarbeiten an, doch was er sah, langweilte ihn.

In den Katakomben kam, beispielsweise, ein Arbeiter mit einem Ziegelstein zu Schwester Marianne. Sie schaute ihn sich ganz genau an. Dann machte sie mit dem Bleistift ein Zeichen darauf und zeigte es dem Arbeiter. Dann quasselten sie eine halbe Stunde lang auf italienisch, und Denton verstand kein Wort. Dann machte sich der kleine Arbeiter wieder ans Werk und trug den Ziegelstein wie ein Kronjuwel vor sich her, während die Nonne ihm ein sonderbares Lächeln nachschickte. Äußerst merkwürdig.

Gettier war nicht gerade begeistert, wenn Denton sich auf »seiner«, der oberen Ebene, umguckte. Der Professor war eigentlich noch gar nicht besonders alt, vielleicht Anfang Sechzig, doch er hatte die griesgrämige Haltung eines vergreisten, bissigen alten Knackers angenommen, der keinerlei Geduld für Nichteingeweihte aufbringt. Außerdem dozierte er eher, als daß er sich unterhielt, was es Denton unmöglich machte, eine wie auch immer geartete Beziehung zu ihm herzustellen, die sich später einmal vielleicht als nützlich erweisen könnte. Darüber hinaus machte es Denton verrückt, daß er dem Mann entweder respektvoll und möglichst schweigsam zuhören mußte oder aber Gefahr lief, mit jeder Bemerkung Gettiers Gesicht unweigerlich in eine starre Maske der Mißbilligung zu verwandeln.

Denn Gettier mißbilligte alles, was andere sagten, egal, wie unbedeutend und trivial es war – es sei denn, er sprach mit der Nonne. Vom ersten Augenblick an war Denton klar gewesen, ohne daß es dazu eines größeren Einblicks bedurft hätte, daß Schwester Marianne der einzige Mensch war, den Gettier wirklich mochte. Auch sie belehrte er, aber das, was sie zu sagen hatte, hörte er sich stets aufmerksam an.

Denton erkannte, daß die Nonne nichts dazu getan hatte, um sich bei Gettier beliebt zu machen. Gettier hatte bewußt beschlossen, sie zu mögen, was Denton überhaupt nicht verstand. Denton hatte im Laufe der Zeit wider besseres Wissen für viele Menschen Sympathie entwickelt. Selbst Roper, sein früherer Chef in der Nordamerikanischen Spionageabwehr, war in seinen Augen ein überaus charmanter Bursche gewesen. Daß er Roper mochte, hatte ihn allerdings nicht davon abgehalten, ihn auf dem Silbertablett der Sendung *60 Minutes* abzuservieren. Doch das eine hatte mit dem anderen nichts zu tun. Wenn Denton jemanden mochte, so war das ein Reflex und keine bewußte Entscheidung. Für Gettier galt das offenbar nicht.

»Wollen Sie mich den ganzen Tag anstarren?« fragte Gettier eines Tages, über seinen papierübersäten Tisch im Erdgeschoß gebeugt. Er machte sich nicht einmal die Mühe, den Blick zu Denton zu heben.

»Ich sehe mich nur ein bißchen um«, erwiderte Denton, und seine Gedanken schweiften ab. Er überlegte, wie er den Knaben für sich einnehmen könnte, und dann überlegte er, warum er ihn überhaupt für sich einnehmen wollte.

Er stieg die Treppe zu den Katakomben hinunter, wo Marianne arbeitete, und stellte sich neben die geduldig wachende Chisholm.

»So ist das also, wenn man babysittet, hm?«

»Ein Mundvoll Gelächter, runtergespült mit einem Faß Affen«, sagte Chisholm beiläufig, immer wieder zu Marianne hinüberschauend, während sie den Blick über die Katakomben wandern ließ.

»Das ist gut«, sagte Denton, zückte sein kleines schwarzes Büchlein und notierte sich die Phrase. »Wirklich gut. Sie sollten schreiben.«

»Benutzen Sie Ihr kleines Buch tatsächlich?« fragte Chisholm, ohne Denton anzusehen.

»Selbstverständlich«, sagte er, doch dann kamen ihm Bedenken. »Na ja, in letzter Zeit nicht mehr so oft. Mir fällt einfach nichts für meinen nächsten Roman ein.«

»Was für Romane schreiben Sie denn?«

»Spionageromane.«

»Das soll wohl ein Witz sein«, sagte Chisholm und warf ihm einen kurzen Blick zu, um ihren Worten Nachdruck zu verleihen. Vielleicht aber auch, um zu sehen, ob er schmunzelte. Er schmunzelte nicht.

»Nein, wirklich, ich schreibe Spionageromane. Um des Geldes willen. Sie wissen ja, wie es bei der CIA ist – lange Arbeitszeit, mieses Gehalt, lächerliche Zusatzgratifikationen.«

»Ich brauche Sie nicht anzuschauen, um zu sehen, daß Sie grinsen«, erwiderte sie, und Denton lachte.

Er blickte sich um. Er hätte gern eine Zigarette geraucht, doch man hatte ihn vor offenem Feuer hier unten gewarnt. In diesem Augenblick tauchte Gettier zwischen den Stützträgern auf und steuerte auf Mariannes Arbeitstisch zu. Die beiden begannen sich in rasendem Italienisch zu unterhalten.

»Was ist los?« fragte Denton Chisholm beiläufig, den Blick auf Edmund und Marianne gerichtet, die alles andere als glücklich aussahen.

Margaret schüttelte den Kopf und zuckte mit den Schultern. Denton ging zur Nonne und zu Gettier hinüber.

»Ist irgendwas?«

Schwester Marianne sah Denton an, dann Margaret, dann wieder Denton. Sie seufzte. »Mr. Denton …«

»Nicholas, bitte«, sagte er lächelnd.

Sie erwiderte sein Lächeln, sagte jedoch an Margaret gewandt: »Wir müssen zu Kardinal Barberi fahren.«

»Jetzt?«

Marianne nickte und sah Edmund an, der bedauernd nickte. »Ja«, sagte sie zu Denton und Chisholm. »Es ist sowieso fast Mittag. Wir haben ein ernstes Problem, das wir mit dem Kardinal besprechen müssen.«

»Okay«, sagte Margaret.

Gettier und Schwester Marianne entließen alle in die Mittagspause. Sie rollten mehrere Pläne zusammen, nahmen einen Laptop mit und gingen zum Wagen.

Im Auto saßen Schwester Marianne und Margaret Chisholm vorn, während Edmund Gettier und Nicholas Denton auf der Rückbank Platz genommen hatten. Denton versuchte routiniert, den Professor in ein Gespräch zu verwickeln, ohne großen Erfolg allerdings. Die beiden Frauen dagegen plauderten angeregt miteinander.

»Na, wie finden Sie es denn?« fragte Marianne Margaret.

»Ich verstehe, ehrlich gesagt, kaum, was Sie da eigentlich machen«, gab Margaret zu.

»Im Grunde haben wir die Schwachstellen der Konstruktion analysiert und unser Modell mit dem aktuellen Zustand verglichen. Wissen Sie, es erstaunt mich immer wieder, wie sehr sich ein Modell von dem unterscheidet, was man dann an Ort und Stelle vorfindet. Und genau das ist im Augenblick unser Problem ... Der Kardinal wird wütend sein.«

»Warum denn?« fragte Margaret höflich, bereute die Frage jedoch schon, während sie sie noch aussprach.

»Ein bestimmter Stützpfeiler ist wesentlich, *wesentlich* schwächer, als wir ursprünglich gedacht hatten ...«, erklärte Marianne. Sie berauschte sich geradezu an der Komplexheit dessen, was sie tat, und erging sich endlos in den Einzelheiten ihrer Arbeit.

Als sie ihre Ausführungen einmal kurz unterbrach, warf Margaret ein wenig belustigt ein: »Das scheint Ihnen ja wirklich großen Spaß zu machen.«

»Und wie!« erwiderte Marianne aufgeregt und tätschelte den Laptop auf ihrem Schoß.

Sie parkten vor der Piazza Colomo, stiegen an der Südwestecke des Platzes aus und passierten die Poller, die den Autos die Zufahrt zur Fußgängerzone verwehrten. Der Platz war voller Menschen, die alle ebenfalls Mittagspause hatten. Sie gingen über das Kopfsteinpflaster. Vor ihnen stapften Schulkinder daher; die Kleinen hielten einander an den Händen, und an jedem Ende der Kinderkette ging eine Lehrerin. Es waren Erstkläßler, Fünf-, Sechsjährige, die sich auf einem Schulausflug über den Platz schlängelten.

Marianne ging ein Stück vor den anderen dreien. Als sie die Kinder auf dem ziemlich bevölkerten Platz entdeckte, winkte sie ihnen im Vorbeigehen zu. Die Mädchen kicherten, die Jungen reagierten eher schüchtern. Der letzte Junge in der Kinderprozession aber ließ die Hand der hinten gehenden Lehrerin los und machte spöttisch eine tiefe Verbeugung vor Marianne – ein kleiner Witzbold, der zeigen wollte, was er sich traute. Marianne verbeugte sich ebenfalls, gleichermaßen spöttisch – eine nicht ganz so kleine Witzboldin. Sie sah sofort, daß er ein guter Junge war – der Klassenclown vielleicht, aber ein guter Junge. Er war ein guter Junge, denn er lachte darüber, daß auch sie ihn verspottet hatte, war nicht beleidigt, sondern begann zu kichern und ihr zuzuwinken, als wäre *sie* der Clown. Marianne lachte dem glücklich im Sonnenlicht grinsenden Jungen zu. In diesem Augenblick explodierte sein Schädel.

Es ging so schnell, so unglaublich schnell. Jeder lebende, atmende Mensch strahlt etwas aus, etwas allen Menschen Gemeinsames. Diese Ausstrahlung, die Menschen von Gegenständen unterscheidet, ist immer zu spüren. Eine Steinplatte auf einem Verkaufstresen hat sie nicht. Eine Obstschale auch nicht. Nicht einmal Tiere haben sie. Einem toten Tier fehlt etwas, sicher, etwas, das dieser Ausstrahlung nahekommt, aber es ist nicht die Ausstrahlung eines Menschen. Die haben nur Menschen.

Egal, wie dunkel, wie still es ist, diese Ausstrahlung verrät immer die Anwesenheit eines Menschen. Das Sehvermögen ist beschränkt, das Gehör launenhaft, der Geruchssinn fehlerhaft, der Tastsinn in diesem Fall unbrauchbar. Doch die Fähigkeit, die Ausstrahlung lebender Menschen wahrzunehmen – dieser einfache Sinn ist der einzige, der ständig vorhanden ist, unfehlbar und immer wach.

Der Junge lächelte noch, als er schon tot war, getroffen von der Kugel aus dem Himmel, die über den Platz gesandt worden war wie ein Windstoß. Doch vor Schwester Mariannes Augen veränderte sich die wesenhafte, unleugbar vorhandene Ausstrahlung des kleinen Jungen.

Seine Seele hatte ihn verlassen. Seine Seele war es, was sich so schnell verflüchtigt hatte. Die lebende, atmende Menschenseele des Jungen: Sie hatte ihn verlassen. Marianne lächelte ihm noch zu, als er schon tödlich getroffen war, denn ihre Mimik kam mit der Geschwindigkeit der Ereignisse nicht mit.

Die Lehrerin am Ende der Prozession wurde als nächste getroffen, in den Rücken. Sie fiel mit dem Gesicht nach unten auf den Boden, während alle Leute auf der Piazza den Blick gen Himmel hoben. Manche schrien, andere waren starr vor Schreck.

Schwester Marianne stand reglos da, und um sie herum begannen die Menschen zu sterben.

Von den vieren reagierte Chisholm als erste. Sie lief los, griff im Laufen nach ihrer Waffe in der Handtasche, fragte sich nicht, woher die Schüsse kamen, sondern konzentrierte sich ganz auf die Nonne.

»*Laufen Sie!*« brüllte sie, packte Schwester Marianne und schubste sie vor sich her. Sie hatte bereits eine Stelle entdeckt, wo sie in Sicherheit sein würden.

Sie waren von der Südwestecke des Platzes gekommen und auf die Ostseite zugegangen, auf die Häuserreihe zu, in der sich die Wohnung von Kardinal Barberi befand. Von den beiden westlichen Ecken der Piazza waren sie bereits zu weit entfernt, die beiden östlichen waren ihnen wesentlich näher. Doch im nordöstlichen Teil des Platzes sah Chisholm Menschen, von Kugeln getroffen, zu Boden sinken. Einigen gelang es, der Schießerei auf dem Platz über die Kreuzung an der Ecke zu entkommen, sie drängten sich zwischen den starren Pollern hindurch, die die Autos von der Piazza fernhielten. Doch viele wurden getötet. Unglaubliche Mengen Blut strömten aus den Leichen; es war, als wären sie von Schrotkugeln getroffen worden.

An der Südostecke dagegen kamen die Menschen davon, ohne Schaden zu erleiden, und dorthin bugsierte Margaret die Nonne. Sie drehte sich hastig um und sah direkt hinter sich Denton und Gettier; Denton schob den Professor genauso vor sich her wie sie die Nonne. Chisholm warf einen Blick zur Südostecke, keine dreißig Meter entfernt, und lief darauf zu. Dort konnten die Menschen durch einen dreieinhalb Meter hohen, schmalen Torbogen, der aussah wie ein neogotischer Hauseingang, fliehen.

Der Lärm war unbeschreiblich, ohrenbetäubende Schüsse, so laut, daß man leicht herauszufinden vermeinte, aus welcher Richtung sie kamen. Doch es war alles andere als leicht. Als Chisholm zu den flachen Dächern der Gebäude rings um die Piazza hochsah, entdeckte sie weder einen Gewehrlauf, noch konnte sie sagen, woher die Schüsse kamen, denn jeder Knall wurde von den Mauern der Häuser um die Piazza mehrfach zurückgeworfen. Und überall hagelte es Kugeln.

Die Kugeln kamen von oben, von den Dächern. Auf den Dächern an der westlichen Seite der Piazza gaben vier der Männer aus Valladolid beharrlich einen Schuß nach dem anderen ab. Sie lagen auf dem Bauch, die Waffe fest im Griff, und schossen. Diese vier hatten die Schulkinder unter Beschuß genommen. Sie hatten die unschuldigen Fußgänger niedergemäht, die zur Nordostecke der Piazza gelaufen waren. Die Schuld dieser Menschen hatte darin bestanden, daß sie sich im nördlichen Teil der Piazza aufgehalten hatten. Die Männer aus Valladolid hatten Anordnung, jeden im nördlichen Bereich des Platzes zu töten, und genau das taten sie auch. Warum, wußten sie nicht.

Chisholm erkannte, daß der Torbogen in der Südostecke, wo offenbar niemand erschossen wurde, für sie erreichbar war. Sie lief mit der Nonne darauf zu und drehte sich, kaum fünfzehn Meter davon entfernt, noch einmal um. Denton und Gettier waren ein wenig zurückgefallen.

»*Schneller!*« brüllte sie. Sie wußte, daß es völlig überflüssig war, doch sie mußte es einfach tun. Dann rannte sie mit der Nonne weiter.

Jetzt wurden plötzlich die Leute an der Südwestecke getötet, der Ecke, von der sie gekommen waren und die nun hinter ihnen lag. In rascher Folge starben vier Menschen. Denton und Gettier liefen schneller, nach Osten, weg von dem Blutbad.

Die Schüsse auf die Südwestecke kamen von den Dächern im Norden. Dort waren Gallardo und der fünfte seiner Männer aus Valladolid postiert, auch sie flach auf dem Bauch liegend. Sie trugen Sportlerkleidung, sahen aus, als wären sie auf dem Weg ins Fitneßstudio gewesen, und sie töteten in aller Seelenruhe die Menschen in der Südwestecke. Die Schußlinie wanderte von Westen nach Osten, und die Kugeln trafen jeden, der sich hinter der Nonne, der rothaarigen Frau, dem blonden Mann und dem grauhaarigen Mann befand, die, wie auf Kommando, zum Torbogen in der Südostecke eilten.

»Zielpersonen nähern sich der Hauptschießposition«, sagte Gallardo in sein kleines Funkgerät hinein, das er sich um den Kopf geschnallt hatte. Die allerneueste Technologie, damit auch wirklich die richtigen Leute getötet wurden.

»In Ordnung«, sagte Sepsis. Auch er lag auf einem Dach, und zwar an der Südseite. Doch er nahm nicht die Leute auf der Piazza unter Beschuß; er hatte sein Gewehr auf die Stelle gerichtet, wo in wenigen Sekunden die Nonne und diese Chisholm erscheinen würden.

Die Piazza Colomo war in etwa quadratisch. An drei ihrer vier Ecken kreuzten sich jeweils zwei Straßen. An der vierten Ecke aber, der Südostecke, stand jener hohe, enge Torbogen, auf dessen anderer Seite ein schmales, Fußgängern vorbehaltenes Gäßchen begann, das in nordöstlich-südwestlicher Richtung verlief. Das Gäßchen und die Südseite der Piazza umgrenzten ein Haus mit dreieckigem Grundriß und einem ungewöhnlichen, abgestuften Dach. Dort lag Sepsis und zielte auf das Gäßchen, durch das die Menschen in panischem Entsetzen liefen, weg von der Schießerei auf der Piazza. Gleich würden auch die Zielpersonen – seine Zielpersonen – durch das schmale Gäßchen laufen und direkt auf ihn zukommen. Und Sepsis würde sich seine Opfer in Ruhe auswählen und sein Ideal des Meta-Mords verwirklichen.

Chisholm rannte, die Nonne antreibend, über die Piazza. Denton und Gettier waren dicht hinter ihnen. Nur noch wenige Meter trennten sie von der Öffnung des Torbogens, hinter der sie in Sicherheit sein würden.

Alicia war in Begleitung ihrer Freunde. Sie war sechs Jahre alt. Sie hatte gestanden, als plötzlich alle in Aufruhr gerieten. Ihr Kleid war mit bunten Blümchen bedruckt. Sie sah sich um, als alle losrannten. Sie bekam Angst, doch sie wußte nicht genau, warum.

Plötzlich fiel sie nach hinten und plumpste hart auf den Popo. Sie blieb benommen sitzen wie eine Dreijährige, die noch nicht ganz zurechtkommt mit dem Gehen. Den Blick aber hatte sie starr auf ihre Füße gerichtet. Sie sah sie stirnrunzelnd an. Der linke Fuß befand sich, wo er sein sollte, da, direkt vor ihr, doch der rechte war weiter weg, als es sich gehörte. Er war vom restlichen Körper abgetrennt. Alicia berührte ihre Oberschenkel und fuhr mit beiden Händen die Beine hinunter. Als sie zu ihren Knien kam, war das rechte nicht mehr da. Sie beugte sich vor und versuchte das abgetrennte Bein zu fassen.

»Sie betreten jetzt den Torbogen«, teilte Gallardo trocken mit, und Sepsis begann im Geist die Sekunden zu zählen. Bei seiner Erkundung der Umgebung hatte er berechnet, daß die Zielpersonen drei Sekunden brauchen würden, um den Torbogen zu durchqueren und in die Hauptschießposition zu gelangen.

Die vier erreichten den Torbogen. Sie waren die letzten, die sich in Sicherheit bringen konnten. Die Menschen hinter ihnen, auf der Piazza, wurden mit einem schier endlosen Sperrfeuer belegt. Der Torbogen war dreieinhalb Meter lang; am Ende bog der Durchgang in einer Diagonale scharf nach rechts ab – nie hatte Chisholm etwas Einladenderes gesehen. Sie hätte den Bogen in einer einzigen Sekunde durchquert, doch mitten im Durchgang blieb die Nonne abrupt stehen.

»Halt!« rief sie. In diesem Augenblick gelangten Denton und Gettier in den Torbogen.

»*Weiter – weiter – weiter!*« schrie Chisholm, packte sie am Arm und zog sie vorwärts.

»Nein«, sagte die Nonne, riß sich los, drehte sich um und blickte zurück auf die Piazza.

Sepsis hörte auf zu zählen, aber die Zielpersonen waren immer noch nicht da. Doch er bewies Geduld und begann die drei Sekunden, die er für die Durchquerung des uneinsehbaren Durchgangs veranschlagt hatte, noch einmal abzuzählen.

»Wir sehen sie nicht. Siehst du sie?«

»Ich weiß, ich weiß, sie sind im Durchgang.«

Schwester Marianne stand starr im Torbogen und blickte auf die Piazza hinaus, wo immer noch die Kugeln flogen und die Menschen starben.

Dies muß er sein. Dies ist der Augenblick. Sie hatte sich immer etwas vorgemacht. Sie hatte immer geglaubt, es würde eine allmählich anwachsende Rechnung sein, die sie für die Freude an dem Leben, das sie führte, zu begleichen hätte. Tagsüber zu lehren, abends zu forschen, auf eigene Kinder zu verzichten, eine Familie aufzugeben, deren Mitglieder sie bei vertrauten, liebevollen Namen gerufen hatten – sie hatte gehofft, der Verzicht auf das alles sei das wahre, eigentliche Opfer, das sie ihrem Leben zu bringen hätte. Doch all das war kein Opfer gewesen, das wußte sie jetzt. Ihr Dasein als Nonne, das anderen so schwierig erschien, war für Marianne ein Segen, ein Gewinn, ein hohes Gut. Deshalb war im Hintergrund ihres Lebens immer die Gewißheit – die Angst – das *Wissen* – gewesen, daß ihr eines Tages die wahre Rechnung präsentiert würde und sie das wahre Opfer für ihr vollkommenes Leben zu bringen hätte.

Jetzt war es soweit.

»Auf was warten Sie, laufen Sie, los, los, LOS!« kreischte Chisholm.

Marianne faßte einen Entschluß. Sie lief zurück auf die Piazza, in die Arena, um den Preis zu entrichten, den sie für das von ihr gelebte Leben schuldig war.

Denton, Gettier und Chisholm waren so schockiert, daß sie gar nicht daran dachten, Marianne zurückzuhalten, als sie aus dem Torbogen stürzte und auf die Piazza hinausrannte. Die Männer aus Valladolid sahen sie zurückkommen. Gallardo meldete sich bei Sepsis.

»Sie rennt zurück auf den Platz«, rief er erstaunt.

»Ich sehe sie.« Sepsis war bereits dabei, mit seinem Gewehr von der Stelle, von der aus er das schmale Gäßchen hinter dem Torbogen überblickt hatte, zur gegenüberliegenden Kante des Daches zu robben, um die über die Piazza laufende Nonne besser im Blick zu haben.

Auf der Piazza gelang es gerade ein paar Nachzüglern, sich in Sicherheit zu bringen, unversehrte Männer und Frauen, die unter Beschuß auf die sich an den Ecken der Piazza kreuzenden Straßen zurannten. Die Mutigeren unter ihnen – vielleicht aber auch die Ängstlicheren – drückten sich an die Türen der Wohnhäuser, von denen der Platz gesäumt war. Einige hämmerten an die Türen, versuchten verzweifelt, von den fremden Bewohnern Einlaß zu bekommen, um den Kugeln zu entgehen. Andere standen, blöd vor Angst, starr in den Hauseingängen und sahen zu, wie vor ihnen die Leute starben. Niemand dachte daran, den Verletzten und Sterbenden beizustehen. Jeder hatte nur seine eigene Rettung im Sinn. Bis auf Marianne.

»Wir können problemlos schießen«, sagte Gallardo seelenruhig.

»*Nicht* auf die Nonne schießen! Ich wiederhole: *Nicht* auf die Nonne schießen! Wenn ihr die rothaarige Frau seht, knallt sie sofort ab. Aber die Nonne überlaßt ihr mir!«

Auf der Piazza lagen etwa zwanzig Tote. Von den kleinen Schülern lebten noch einige; sie saßen weinend inmitten der Piazza, starr vor Angst. Ein einziger Erwachsener lebte noch, er war nur verletzt worden, ein Börsenmakler, der auf dem Weg zu einem späten Arbeitsmittagessen gewesen war. Alle anderen Erwachsenen waren tot. Doch die Männer aus Valladolid feuerten immer noch nach unten, immer wieder übertönten Schüsse die panischen Angst- und Schmerzensschreie der Unschuldigen.

Marianne lief quer über die Piazza. Ihre Sinneseindrücke waren chaotisch und widersprüchlich. Vor sich nahm sie ganz deutlich etwas Helles, Glänzendes wahr. Sie hatte keine Ahnung, auf was sie zulief; erst als sie es erreicht hatte, sah sie, daß dort ein kleines Mädchen saß, dessen eines Bein in einem blutigen Stumpf endete. Schwester Marianne kniete sich neben das Kind, mit dem Rücken zu Sepsis.

Reglos kniete sie da, fünfzig Meter von Sepsis entfernt. Durch sein Zielfernrohr sah er nur das Schwarz ihres Schleiers, der ihren Hinterkopf bedeckte. Es war unmöglich, nicht zu treffen. In der rechten unteren Ecke des Suchers tauchte jetzt die weiße, langfingrige Hand der Nonne auf und ergriff den Schleier. Sie drehte den Kopf zur Seite, so daß er ihr linkes Profil sah. Mit der rechten Hand zog sie den schwarzen Stoff so heftig weg, daß die Haarnadeln absprangen und das gestärkte weiße Haarband zu Boden fiel wie etwas, das nicht mehr gebraucht wurde.

Sepsis hatte keine Ahnung, was sie vorhatte, und sah ihr neugierig zu. Er versuchte, zu einer Entscheidung zu gelangen: Sollte er sie körperlich umbringen oder, was den größeren Reiz hatte, ihre Seele töten, einen Meta-Mord begehen? Derartige Entschlüsse zu fassen war ungemein aufregend.

Marianne packte zwei einander gegenüberliegende Zipfel ihres quadratischen Schleiers, zwirbelte ihn zusammen und flüsterte dem Mädchen dabei zu: »Schschsch ... schschsch ...« Sie empfand keine Angst. Nicht einmal Resignation.

Alicia hörte auf, nach ihrem amputierten Bein zu greifen, und hob den Blick zu der Nonne. Sie hatte noch nie eine Nonne gesehen, die ihren Schleier abgenommen hatte. Sie hob den Arm, um das Haar der Ordensfrau zu berühren, berührte aber statt dessen ihr Gesicht. Die Nonne sah sie lächelnd an, während sie ihren Schleier zwirbelte, als wollte sie gleich seilspringen.

»Was machst du da?« fragte Alicia sie. Ihr verletztes Bein hatte sie ganz vergessen, so sehr beruhigte sie die Gelassenheit der Nonne.

Marianne sagte nichts, lächelte das Mädchen nur an und betrachtete dann das amputierte Bein. Wegen des Schocks blutete es nicht so stark, wie es eigentlich hätte bluten müssen. Marianne legte den zusammengedrehten Schleier unter den Stumpf, etwa fünf Zentimeter über der verletzten Stelle, zog die Enden zusammen und verknotete sie mit einem einfachen Kreuzknoten, so fest sie konnte.

Alicia richtete den Blick wieder auf ihr verletztes Bein, versuchte wieder, es zu berührten, doch die Hände der Nonne hinderten sie daran.

Marianne nahm das federleichte Mädchen in beide Arme. Dann stand sie schwerfällig auf – es dauerte eine halbe Ewigkeit – und begann Richtung Torbogen zu laufen.

Alicia ließ sich widerstandslos von der Nonne tragen. Doch als sie über die Schulter der Frau hinweg ihr zurückbleibendes Bein betrachtete, überkam sie eine Traurigkeit, für die das Kind noch keinen Ausdruck hatte. »Wir haben mein Bein vergessen!« sagte sie. Sie wollte ihr Bein wiederhaben, doch zurückgehen wollte sie nicht. So hielt sie sich nur mit aller Kraft am Nacken der Schwester fest und sah zu, wie ihr Bein immer kleiner wurde und schließlich in der Ferne verschwand.

Sepsis beobachtete das alles durch sein Zielfernrohr. Er zielte auf eine Stelle hinter der Nonne, feuerte einen Schuß ab und sah, wie die Kugel auf den Pflastersteinen hinter ihr in einer weißen Rauchwolke aufprallte. Dann richtete er das Gewehr auf eine Stelle dreißig Zentimeter vor dem Kopf der Nonne und feuerte einen weiteren einzelnen Schuß ab, erneut bewußt danebenschießend. Beide Kugeln pfiffen so nah am Kopf der Nonne vorbei, daß Sepsis ganz sicher war, damit eine Reaktion hervorzurufen. Sie würde zusammenzucken, stolpern, das Kind fallen lassen oder vor Angst aufschreien. Doch sie tat nichts dergleichen. Sie lief weiter über den holperigen Platz, ohne Zögern, ohne Angst.

»Ach, Schwester«, sagte Sepsis lächelnd, während er sie durch das Zielfernrohr beobachtete und im Torbogen verschwinden sah. Er war geduldig. Er wußte, daß sie zurückkommen würde.

»Halt!« schrie Margaret, als Marianne bei ihr, Edmund und Denton anlangte. Margaret streckte die Arme aus, um die Nonne zu packen und im Schutz des Torbogens festzuhalten. Doch Marianne übergab ihr die kleine Alicia, die wie betäubt auf die Piazza hinaussah, wo ihr Bein lag.

»Halt!« rief Margaret Marianne nach, als die Nonne den Torbogen erneut verließ und auf den Platz rannte. Margaret setzte das Kind auf den Boden und trat einen Schritt aus dem Schutz des Torbogens, um Marianne zu folgen. Sofort schlugen um sie herum Kugeln ein, und sie sprang wieder zurück. Sie sah hastig an sich herab, wußte aber, daß sie nicht getroffen worden war. Dann hob sie den Blick und schaute Marianne nach.

Auch Sepsis sah zu, wie die Nonne zum zweitenmal aus der Deckung hervorkam und auf die Piazza lief. Doch diesmal überraschte ihn etwas. Sepsis empfand keine gönnerhafte Bewunderung mehr für sie. Durch seine Arme und Beine schoß plötzlich Angst. Den Bruchteil einer Sekunde lang wurde ihm schwindelig.

Die Nonne ließ sich nicht aufhalten. Weder durch Drohungen noch durch Leid und Qual, nicht einmal dadurch, daß sie auf scheinbar schicksalhafte Weise mit unglaublich viel Glück und nur um Haaresbreite dem Tod entronnen war – nichts konnte sie aufhalten. Ihren Körper konnte Sepsis töten, keine Frage. Doch so, wie er sie töten wollte, konnte er sie nicht töten. Durch einen Meta-Mord war sie nicht aufzuhalten. Er sah durch das Zielfernrohr, zielte direkt auf ihren Kopf, doch er war wie gelähmt.

Sepsis hatte Angst vor der Nonne.

Marianne wußte nicht, wohin sie gehen, wen sie retten sollte. Sie lief einfach zurück auf die Piazza. Sie sah nicht, wohin sie lief, stolperte über den Saum ihres Oberkleides, rutschte aus, fiel auf das Kopfsteinpflaster, rappelte sich fast sofort wieder hoch, den Blick zu Boden gerichtet. Nur der Instinkt sagte ihr, wohin sie gehen sollte, der Instinkt überblickte gewissermaßen den ganzen Platz und führte sie zu den noch lebenden Seelen, während sie die Körper der toten Seelen um sich herum nur wie dunkle Schemen wahrnahm.

Sie lief nach rechts, weg von Sepsis, auf das Gebäude zu, auf dessen Dach Gallardo und sein zweiter Mann lagen. Sepsis folgte ihr mit dem Blick. Seine Angst vor der Nonne lähmte ihn immer noch.

Die beiden Kinder vor ihr auf dem Boden sah sie nicht. Sie hörte sie auch nicht. Sie brüllten in wilder Panik, in hysterischer Angst, sechsjährige Kinder, fertiggemacht durch Menschenhand. Doch sie spürte etwas Grelles, Brennendes in sich, das sichere Wissen darum, daß diese Kinder dort waren, dort, einander vor Entsetzen umklammernd, kauerten. Sie umschlang mit je einem Arm ihre Taillen, ein kleiner Junge und ein kleines Mädchen, und lief zurück zum Torbogen.

Durch das Zielfernrohr sah Sepsis ihre ausgefransten, unmodisch geschnittenen, flatternden Haare. Langsam und nur widerwillig bewegte er das Fadenkreuz über sein Blickfeld, legte es über die Zielperson, die rennende Schwester Marianne. Unmöglich, nicht zu treffen. Und als die Schreie verstummten, der leichte Korditgeruch von einer Brise davongeweht wurde, als alles sich auf den einen Augenblick konzentrierte, in dem es geschehen mußte, traf Sepsis seine Entscheidung, doch er traf sie nicht in unerschütterlichem Selbstvertrauen, sondern in Furcht.

»Adieu, Schwester«, sagte er leise.

Er drückte ab. Er sah, wie die Kugel aus dem Gewehrlauf schoß, ein schwarzer Fleck, kleiner und kleiner werdend auf dem Flug nach unten, genau auf ihren Kopf zu. Dann verschwand ihr Kopf.

Etwas stimmte nicht. Es fehlte das Gefühl, das er nach dem Schuß auf den kanadischen Politiker gehabt hatte, der Eindruck, etwas zum Abschluß gebracht zu haben, ein auf ihn einstürzendes Vakuum, die ihn pfeifend mitreißende schwarze Leere des Raumes. Da war etwas, wo nichts hätte sein sollen; unten auf den Pflastersteinen sah er durch das Zielfernrohr eine kleine Rauchwolke aufsteigen. Er hob den Kopf und blickte mit bloßen Augen auf die Piazza hinunter.

Die Nonne lag ausgestreckt, mit dem Gesicht nach unten, auf dem Boden und umklammerte noch immer die beiden Kinder, die sich vor Schmerz und Entsetzen wanden, sich loszureißen versuchten und die Leiche der Nonne dadurch in Bewegung versetzten. Doch das war keine Leiche. Die Nonne erhob sich auf ein Knie und stieß sich, fast das Gleichgewicht verlierend, vom Boden ab, schnellte in die Höhe und rannte, rannte auf den schützenden Torbogen zu, lebte plötzlich wieder, atmete, lief, als hätte keine Kugel sie getroffen. Denn keine Kugel hatte sie getroffen.

Sie war ausgeglitten, das war alles. Sie war ausgeglitten. Das glatte Leder ihrer harten Schuhe war über die Pflastersteine gerutscht, und sie war hingefallen, und die Kugel war über ihren Kopf hinweggepfiffen. Ihr Gott hatte ein kleines Wunder geschehen lassen. Nicht, um sie zu retten, nein – um ihn zu ärgern.

»*Scheiße!*«

Schwarze Wut überkam ihn, erfüllte ihn, ein Haß, so fein und seidenweich wie überkochende Milch auf einer heißen Herdplatte, der jeden Gedanken, alles Bewußtsein aus seinem Kopf vertrieb. Es war die Wut auf einen grausamen Vater, der sich lustig macht über seinen Sohn, ihn mit Hohn und Spott überschüttet, ihn quält und verwirrt, nur um seinen Spaß zu haben. Sepsis führte das Auge wieder ans Zielfernrohr. Er zitterte vor Wut, vor Frustration und Angst, schwenkte die Linse hierhin und dorthin, brauchte ewig, bis er die Zielperson wiedergefunden hatte – die eine Zielperson, jawohl, dieses mickrige Ding da, das noch nie in seinem kurzen, erbärmlichen Leben eine Waffe in der Hand gehalten hatte – keine ernstzunehmende Bedrohung oder Macht, vor der man Respekt zu haben brauchte.

Marianne rannte. Den Torbogen dort vor sich, in dem Edmund kauerte und Margaret und Denton, sah sie kaum. Doch dann stürmte Denton heraus und lief ihr entgegen, raste zehn kurze Meter auf den Platz hinaus und packte eines der beiden Kinder, die Marianne trug.

»Schnell!« brüllte er ihr panisch zu und rannte, das vor Angst schreiende und um sich schlagende kleine Mädchen im Arm, zum Torbogen zurück.

Sie war weg. Sepsis sah sie nicht mehr. Die Schwester war im Torbogen verschwunden.

»Wir sehen sie nicht mehr«, krächzte die Stimme in seinem Kopfhörer.

»Ruhe, verdammt noch mal!« murmelte Sepsis, geduldig abwartend, daß sie noch einmal hervorkam. Doch plötzlich wurde seine Konzentration von näher kommenden Sirenen gestört.

Im Torbogen ließ Marianne das Kind fast aus den Armen fallen, so hastig machte sie kehrt, um wieder auf die Piazza zu laufen.

»Nein!« schrie Chisholm, packte sie mit aller Kraft und stieß sie an die harte Steinmauer.

Marianne zuckte vor Schmerz zusammen. Plötzlich nahm

sie ihre Umgebung wieder wahr. »Ich muß zurück, *sie sterben, ich muß zurück!*«

»Halt! Halt! Es ist genug!«

»*Die töten sie alle!*« schrie Marianne Margaret hysterisch an.

»Wenn Sie rausrennen und selbst sterben, helfen Sie niemandem«, erklärte Chisholm geduldig und drückte die Nonne an die Mauer.

Gettier, völlig außer sich vor Angst, ereiferte sich: »Die Polizei ist doch schon da, Sie haben wirklich genug getan!«

Es stimmte. Drei Panzerwagen der Polizei hielten an der Nordwestecke der Piazza. Auf den Platz selbst konnten sie wegen der Metallpoller nicht fahren, deshalb stürzten die Polizisten aus den Hecktüren. Schrille Sirenen und Hupen jaulten, Blaulicht zuckte.

Mit Maschinengewehren bewaffnet, geschützt durch schwarze kugelsichere Westen, die sie über den hellblauen Hemden trugen, liefen die Polizisten auf den Platz, richteten ihre Waffen auf die Dächer und versuchten die Heckenschützen dort oben zu entdecken. Auf der Piazza selbst befanden sich nur mehr die Toten und der eine überlebende Mann. Er kroch in seinem teuren Anzug ziellos über das Kopfsteinpflaster.

Sepsis sah die Polizisten, doch er wartete noch.

»Wir müssen weg.« Es war Gallardos Stimme in seinem Ohr.

»Noch nicht«, murmelte er.

»Die Polizei ist da«, drängte Gallardo.

»Na und?« Um der lässigen Bemerkung Nachdruck zu verleihen, schwenkte er seine Waffe herum und gab fünf Schüsse auf fünf verschiedene Polizisten ab, zielte auf die Köpfe und tötete sie alle. Die anderen Polizisten stoben auseinander und suchten Deckung an den Mauern der die Piazza umgebenden Häuser, brüllten einander in panischer Angst an, deuteten auf die Dächer.

»Sind ja nur Bullen«, sagte Sepsis leise, endlich beschwichtigt durch das Vakuum-Gefühl, das ihm der Tod der fünf Männer bereit hatte; beschwichtigt, aber noch nicht befriedigt. Erst der Tod der Nonne würde ihn befriedigen. Er nahm wieder die frühere Schießposition ein, richtete das Gewehr auf die Öffnung des Torbogens, wartete darauf, daß die Nonne noch einmal herauskäme, und sein von Angst gespeistes Verlangen wuchs rasend schnell und ganz von selbst.

Sie würde rauskommen. Er wußte es. Ihr Gesicht, ihr Gesichtsausdruck hatte verheißen, daß sie rauskommen würde. Genau dieses Versprechens wegen fürchtete er sie, und genau deswegen würde sie sterben müssen, Auftrag oder nicht.

Einer der Polizisten direkt unterhalb von Sepsis lud hektisch seinen Tränengaswerfer und feuerte auf das Dach eines an der gegenüberliegenden Seite der Piazza stehenden Hauses, zehn Meter von Gallardo und dessen Nebenmann entfernt.

»Die setzen Tränengas ein«, meldete Gallardo ruhig und beherrscht, als hätte er nicht tags zuvor bei der Fußballübertragung im Fernsehen gebrüllt, bis er heiser war; Sepsis warf über die Piazza hinweg einen Blick auf ihn, ohne das Visier von der Öffnung des Torbogens wegzuschwenken. Ein echter Profi, dachte er. Die Gaswolke erhob sich links von den Männern; der Wind trug sie fort von ihnen, sie machte ihnen nichts.

»Bleibt in Position«, sagte Sepsis.

Ein zweiter Tränengasbehälter landete auf dem Dach, traf fast Gallardo und Barahona, dessen Nebenmann. Ruhig, doch ohne zu zögern, legte Barahona sein Gewehr ab, ergriff den Tränengasbehälter und warf ihn zurück auf die Piazza.

»Scheiße«, sagte Sepsis. Es war schlau gewesen von Barahona, den Behälter runterzuwerfen; er stieß Rauch aus wie eine zuverlässige kleine Maschine und nahm den Polizisten unten die Sicht auf die Dächer. Doch er nahm auch Sepsis und den Männern aus Valladolid die Sicht, denn der Wind wehte nach rechts, nach Osten, auf den Torbogen zu und hüllte ihn in Rauch.

»Verflucht!« sagte Barahona leise, als der Platz sich mit Rauch füllte und ihm sein Fehler bewußt wurde.

Er würde nie herausfinden, ob er es aus Vorsicht oder aus

Angst vor der Nonne sagte. Sepsis schloß eine Sekunde lang die Augen und sagte in seinen Sender: »Rückzug!«

»Verflucht!« murmelte Barahona noch einmal.

»In exakt drei Stunden am Treffpunkt!«

Sepsis rollte sich vom Dach, sorgsam darauf bedacht, kein Ziel abzugeben, riß sich die Funk-Sprechkombination vom Kopf, nahm sein Gewehr auseinander und schob die Einzelteile zwischen die schmutzigen, verschwitzten Kleider in einer großen Sporttasche, die er mitgenommen hatte. Er warf einen Blick über die Piazza, ließ ihn über die Dächer schweifen, aber die Männer aus Valladolid waren schon weg. Gut.

Am liebsten wäre er zur Dachkante gegangen und hätte hinuntergeschaut, ob nicht die Nonne zu sehen wäre. Doch er war kein Idiot, er beherrschte sich und ging über das Dach zu der kleinen Tür, die ins Innere des Gebäudes führte. Er warf keinen Blick zurück, denn er wußte, daß er von dieser Stelle aus dort unten nichts sehen würde. »Das nächste Mal, Schwester«, murmelte er und griff nach dem Türknauf. Ihm war so sehr danach, irgend etwas, egal, was, kaputtzumachen – noch ein paar Polizisten zu töten, beispielsweise –, doch er schloß behutsam die Tür hinter sich, ging die Treppe hinunter und verließ das Haus.

Tränengas waberte in einer giftgelben Wolke durch den Torbogen und hüllte Margaret und Marianne ein, die noch immer dastanden, Marianne von Margaret an die Mauer gedrückt.

»Tränengas«, sagte Denton, bedeckte sein Gesicht mit einem Taschentuch und reichte Edmund Gettier ein weiteres.

»Keine Bewegung!« sagte Chisholm zu Denton und Gettier, ohne Marianne aus den Augen zu lassen. »Wenn Sie rausrennen, schießen die Polizisten wegen des Gases auf Sie.«

Marianne weinte, als hätte sie eine Niederlage erlitten. Sie wehrte sich nicht; Margaret hatte sie besiegt, Margaret und die Wahrheit, die ihr allmählich bewußt wurde. Auf der Piazza hatte sie keine Angst empfunden, kein Bedauern, keine

Trauer. Dieses Wissen ließ sie erkennen, daß es ihr noch immer bevorstand, den schrecklichen Preis für ihr Leben in ganzer Höhe zu entrichten.

Als die Polizei die Dächer der Gebäude an der Piazza absuchte, waren Sepsis und die Männer aus Valladolid längst verschwunden.

11

Ein reiner Bürokrat

»Da, genau da«, sagte Lorca, auf den Bildschirm deutend.

Margaret erhob sich von ihrem Stuhl, kniete sich vor den Fernseher hin und starrte das Bild an. Man sah vier Gewehrläufe, deren Enden verdickt waren, als hätte man Schalldämpfer aufgesetzt.

»Was sind das für Dinger?« fragte sie leise und deutete auf die verdickten Enden.

»Schalldämpfer?« mutmaßte Lorca mit einem kurzen Blick auf Denton.

»Nein, wir haben die Schüsse laut und deutlich gehört«, wandte Denton ein. »Die Panik entstand ja gerade durch den *Lärm* der Schüsse.«

»Ich glaube, das sind Verstärker«, sagte Margaret nach einer kurzen Pause. »Es waren doch 7.62er Patronen, oder? Ich gehe jede Wette ein, daß es sich bei diesen Dingern um Verstärker handelt. Mit so was klingen 7.62er wie 45er.«

Denton fragte, ohne zu überlegen: »Wozu denn?« Kaum war es ihm herausgerutscht, biß er sich auf die Unterlippe; dabei war es eine ziemlich harmlose Frage gewesen.

»Die Verstärker? Um die Leute zu erschrecken, um ihnen klarzumachen, daß auf sie geschossen wird«, sagte Chisholm gedankenverloren, den Blick auf den Bildschirm gerichtet. »Werden bei Krawallen sehr gern von der Polizei eingesetzt. Die jagen den Leuten eine Heidenangst ein.«

Das hatte Denton nicht gewußt. Er zündete sich eine Zigarette an. Eines der uralten Dienstmädchen in der Villa brachte belegte Brötchen, Kaffee und Tee; sie stellte das große Tablett auf den Tisch in dem Arbeitsraum, in dem sich nur die drei aufhielten. Überrascht merkte Margaret, daß sie großen Hunger hatte, obwohl es erst früher Nachmittag war. Schweigend nahmen sich Margaret, Denton und Frederico Lorca Kaffee beziehungsweise Tee und bedankten sich bei der alten Frau, die lächelnd davonhuschte.

Margaret kniete sich erneut vor dem Fernseher hin, wie hypnotisiert von dem Bild; es war auf dem gesamten Band die einzige scharfe Aufnahme von den Heckenschützen. Doch diese eine Aufnahme war aus einem Blickwinkel gemacht, der keine Identifizierung der vier Personen ermöglichte. »Was für Kugeln haben Sie gefunden?« fragte Margaret.

»Glaser«, antwortete Lorca leise.

Margaret sah ihn mit großen Augen an. »Sicherheitskugeln?«

»Ja.«

Margaret stieß einen langen, leisen Pfiff aus und wandte sich wieder dem Bildschirm zu. Glaser-Sicherheitskugeln sind Geschosse, die wie Radiergummis an Bleistiften aussehen und mit winzigen Kügelchen gefüllt sind, die in flüssigem Teflon schwimmen. Beim Aufprall explodieren sie und zerfetzen das Fleisch wie eine Ladung Schrotkugeln, nur auf einen wesentlich kleineren Bereich konzentriert. Man nennt sie Sicherheitskugeln, weil sie nicht abprallen und hochwertige kugelsichere Westen nicht durchschlagen können. Sie werden seit mehreren Jahren offiziell nicht mehr hergestellt, sind auf dem Schwarzmarkt jedoch für bis zu fünfzehn Dollar pro Stück zu haben. Glaser werden auch als »Massenkiller« bezeichnet, weil sie sich nur für die Tötung von Zivilisten eignen. »Kein Wunder«, sagte Chisholm, den Bildschirm anstarrend.

»Kein Wunder, was?« fragte Denton sofort, und wieder verfluchte er sich, weil er nicht über die Frage nachgedacht hatte, ehe er sie stellte.

Doch Margarets Antwort kam wie aus der Pistole geschos-

sen. »Kein Wunder, daß die Kugeln solchen Schaden ange-
richtet haben. Nur eine Glaser oder eine Kaliber-zwanzig-
Schrotflinte, die aus kürzester Distanz abgefeuert wird, kann
eine Gliedmaße amputieren.«

Sie richtete sich auf und setzte sich wieder an den Tisch.
»Wird dieses Band veröffentlicht?« fragte sie beiläufig und
nahm sich ein kleines, mit Putenfleisch und Käse belegtes
Brot, dessen Kruste abgeschnitten worden war.

»Vorerst nicht«, sagte Lorca. »Die Anwälte des Mannes
haben aber bereits Anträge gestellt, um uns zur Rückgabe des
Bandes zu zwingen.«

»Das hier ist nicht die einzige Kopie?« fragte Denton in
Form einer Aussage und so vorsichtig, als wäre er auf Minen-
suche.

»Nein, das Original und zwei weitere Kopien sind unter
Verschluß. Die vier da« – Lorca machte eine Handbewegung
zum Bildschirm – »befanden sich dort.« Er schwenkte seinen
Stuhl herum und deutete auf die Karte der Piazza Colomo.
»Helfen Sie mir mal bitte mit dem Tablett, ja?« bat er Mar-
garet, und sie schoben es gemeinsam zur Seite, um die ganze
Karte sehen zu können.

»Hier« – Lorca tippte auf eine Stelle – »haben wir zweihundertsiebenundfünfzig leere Patronenhülsen gefunden.
Und hier einhundertneun.« Er deutete auf die Südwestecke
der Piazza. »Und *hier* zwölf.«

»Die zwölf stammen bestimmt von Sepsis«, sagte Margaret und kaute, den Blick auf die Karte gerichtet, ihr Sandwich.

»Das glaube ich auch«, erwiderte Lorca. »Ich vermute folgendes: Die vier feuerten zweihundertsiebenundfünfzig
Kugeln ab. Auf dem Videoband ist diese Stelle nicht zu sehen,
aber ich denke, daß dort, wo die hundertneun Patronenhülsen lagen, zwei Männer waren. Sepsis befand sich offenbar
hier, darin sind wir uns doch alle einig, nicht wahr?« Denton
und Margaret nickten, ohne den Blick von der Karte zu wenden.

Lorca klopfte mit der flachen Hand zweimal auf den Tisch,

was Denton und Margaret so überraschte, daß sie ihn gleichzeitig ansahen. Er setzte sich wieder. »Wenn diese Vermutungen stimmen, verstehe ich die ganze Sache nicht.«

»Wieso?« fragte Denton.

»Dieser Sepsis – verstehen Sie mich bitte nicht falsch, ich bin froh, daß Sie beide noch leben, aber ehrlich gesagt, hätte er sowohl Sie beide als auch Schwester Margaret und Professor Gettier problemlos töten können. Sechs Männer, die für ihn arbeiten, und er selbst, einer der besten Schützen der Welt, und alle verwenden Glaser – sie hätten Sie alle mühelos töten können. Bitte nehmen Sie mir das nicht übel, aber ...«

Denton wollte etwas sagen, ließ es dann aber doch.

»Sein Ego«, warf Margaret ein. Sie hatte es sich aus den wenigen aufschlußreichen Informationen, die sie besaßen, zusammengereimt.

Wieder wollte Denton etwas sagen; es drängte ihn, ihr eine Bemerkung im Stil von »Was für ein Schwachsinn ist das nun schon wieder?« entgegenzuschleudern, doch bevor er es aussprach, fing er sich und brachte nur ein leises »Hm?« heraus.

»Frederico, erinnern Sie sich an den kanadischen Politiker vor zwei Jahren?« fragte Margaret.

»Moncrieff, ja, natürlich. Der Tausendmeterschuß – ja, genau ...« Er verstand. »Sie alle zu töten wäre zu einfach gewesen.«

»Richtig«, sagte Margaret und dachte kurz nach. »Es ergibt aber immer noch keinen rechten Sinn«, meinte sie schließlich, während sie sich das nächste Sandwich vornahm. »Als sie ...« – sie machte eine Handbewegung, die an einen Karateschlag erinnerte, »war sie lange im Schußfeld. Trotzdem hat er nicht geschossen. Er hätte es tun können, aber er hat es nicht getan.«

Die drei überlegten. Chisholm aß ihr zweites Sandwich auf. Dann ergriff sie die Initiative und sagte, an die anderen gewandt: »Okay, bis jetzt haben wir nur ein Gesicht und einen Namen. Der Fälscher ist tot. An den Patronenhülsen befanden sich keine Fingerabdrücke, oder?«

»Nein, keinerlei Abdrücke«, sagte Lorca und schüttelte bedauernd den Kopf.

»Wann sind die Ergebnisse der ballistischen Untersuchungen da?«

»In zwei Tagen. Sie beeilen sich.«

»Okay, aber ich wette, daß dabei nichts herauskommt. Wir kennen sein Gesicht, und wir wissen, daß er den Namen Tirso Gaglio benutzt hat. Vorschläge?«

Denton grinste Chisholm an. »Sie scheinen ja gleich mehrere auf Lager zu haben.« Kaum hatte er es gesagt, zuckte er über die Dummheit der Bemerkung zusammen.

Doch Chisholm nickte nur kurz. »Ja, stimmt. Wenn Sepsis mit dieser Gaglio-Identität hier in Italien irgend etwas unternommen hat, besteht durchaus die Chance, daß wir ihn auf diesem Wege aufspüren.«

»Wir haben bereits die Behördenarchive und -datenbanken durchkämmt«, teilte Lorca mit.

»Das glaube ich gern, aber wir müssen private Datenbanken überprüfen – Finanzierungsinstitute, Elektrizitätswerk, Telefongesellschaft, Gaswerk, Wasserwerk – was noch?«

»Autovermietungen, Busunternehmen … Alle Privatorganisationen also«, sagte Lorca zurückhaltend. »Es wird einige Zeit dauern, bis wir die nötigen Genehmigungen haben.«

»Was ist los?« fragte Margaret ihn und legte ihm die Hand auf den Arm.

Lorca stellte seine Kaffeetasse ab, zündete sich eine Zigarette an und betrachtete Margaret. »Es wird starker Druck auf uns ausgeübt, damit wir Sepsis und seine Komplizen festnehmen, politischer Druck. Ein paar tote Polizisten sind eine Sache – tote Schulkinder eine völlig andere.«

»Ist man an höherer Stelle sauer?« fragte sie.

»An höherer Stelle? Ja, man ist *wütend* an höherer Stelle, wütend, weil wir Sepsis im Laden des Fälschers nicht gefaßt haben, und auch wütend auf mich und meine Abteilung, weil wir etwas nicht verhindert haben, was nicht zu verhindern war. Aber das sind nur meine Vorgesetzten. Die neuen Politorgane erst – pah! Ich bin, ehrlich gesagt, froh, hier zu sein.«

»Im Auge des Sturms«, bemerkte Denton. Noch während er es sagte, fand er es blöd, doch es war ihm herausgerutscht.

»Wieviel weiß die Presse?« Margarets Ton war noch immer freundlich, was Denton wirklich überraschte.

Lorca zuckte mit den Achseln. »Nur sehr wenig, zum Glück. Der Mann, der die Videoaufnahmen gemacht hat, meinen Sie?« sagte er, mit dem Daumen auf das stehende Fernsehbild deutend. »Die Presse weiß von der Existenz des Videos, und sie wollen es natürlich haben. Sie wissen auch, daß eine Nonne in die Sache verwickelt ist. Der Vatikan hat mich aber gebeten, den Namen von Schwester Marianne nicht bekanntzugeben. Ich werde diese Bitte erfüllen, es sei denn, Sie halten es für besser, ihren Namen an die Öffentlichkeit zu bringen.«

»Nein, das ist nicht notwendig. Keine Presse – keine Probleme«, sagte Margaret nachdenklich. Eine Weile schwiegen die drei.

Denton kriegte den Spruch »Keine Presse – keine Probleme« nicht mehr aus dem Kopf, mußte ihn zwanghaft immer und immer wieder denken, was seine ganze Konzentration beanspruchte. Am liebsten hätte er nach seinem schwarzen Büchlein und seinem Stift gegriffen und gesagt: »›Keine Presse – keine Probleme‹ – Sie sind ja ein wahrer Quell von Bonmots, Margaret. Sie hätten Schriftstellerin werden sollen.« Am liebsten hätte er gefeixt und sich obendrein vielleicht noch eine geistreiche Bemerkung abgequält. Statt dessen zwang er sich zu einer ernsten Miene, hielt den Mund und zuckte nicht mit der Wimper.

Chisholm brach das Schweigen. »Wir müssen in die Offensive gehen«, sagte sie zu Lorca, sichtlich um ihn besorgt.

Wie auf ein Stichwort hin faßte Lorca sich wieder. »Ich will nicht, daß Schwester Marianne das Haus ohne bewaffnete Eskorte verläßt. Ich will, daß sie von Uniformierten umgeben ist, egal, wohin sie geht.«

»Gut. Im Vatikan kann ich sie schützen, das ist kein Problem. Hier haben wir unsere Wachhunde. Aber unterwegs…«

»Ich muß los«, sagte Lorca, stand auf und packte seine Sachen zusammen.

»Was?« Margaret ging auf ihn zu.

»Als Chef der römischen Anti-Terror-Einheit habe ich die Pflicht, den Angehörigen der Opfer mitzuteilen, was geschehen ist. Ich treffe mich in fünfzehn Minuten mit ihnen. Also.« Er lächelte, und sofort verflog die in der Luft liegende Spannung. Dann atmete er tief durch und sagte ernst: »Ich werde Leute anweisen, die Nonne jede Sekunde, in der sie sich außerhalb der Villa aufhält, zu begleiten. Außerdem werde ich nachsehen, ob der Name Gaglio in privaten Datenbanken auftaucht. Das wird zwar dauern, denn wir werden einige gerichtliche Verfügungen erwirken müssen, aber es läßt sich machen. Sonst noch etwas?«

Margaret stellte sich vor ihn und glättete seine Krawatte und das Revers seiner Anzugjacke. »Sie sehen großartig aus!« sagte sie. Sie meinte es ernst.

»Danke«, erwiderte Lorca leise. »Mr. Denton!« Er schüttelte Denton die Hand, wieder ganz konzentriert, ganz beherrscht. »Margaret.« Er küßte sie auf beide Wangen. Dann ging er.

Denton hätte beinahe gesagt: »Na, schon Freundschaft geschlossen?«, hielt sich aber zurück und hüstelte statt dessen hinter vorgehaltener Hand.

»Hmmm?« brummte Chisholm fragend.

»Ich muß packen«, erklärte Denton lässig; fast hätte er gelächelt, doch er verkniff es sich.

»Ach? Sie verlassen uns?« An ihrem Tonfall erkannte er, daß ihr das nicht das geringste ausmachen würde.

»Nein, ich fliege heute abend bloß kurz nach Washington.«

»Wozu?«

»Nur für einen Tag. Übermorgen abend bin ich wieder da.« Er drückte eine halbgerauchte Zigarette aus, die er sich ganz automatisch angezündet haben mußte, denn er konnte sich nicht mehr daran erinnern. Er sah Chisholm an, die ihn fragend musterte. »Ich habe außer Gegenspieler auch noch anderes zu tun, wissen Sie.«

»Ich möchte das nur geklärt wissen. Was machen Sie in Washington?«

Denton lächelte matt. »Ach, dies und das.«

Er verließ den Raum. Chisholm setzte sich an den Tisch vor das riesige Tablett, auf dem noch jede Menge guter Sachen zu essen lagen. Achselzuckend nahm sie sich ein drittes köstliches Sandwich, diesmal pürierte Avocado und Hühnchenfleisch, bestreut mit gehacktem grünem Pfeffer. Sie würde hier noch aus allen Nähten platzen.

Denton ging hinauf in sein Zimmer und zündete sich unterwegs schon wieder eine Zigarette an, obwohl er eigentlich gar keine Lust darauf hatte.

Nachdem er die Tür geschlossen hatte, holte er tief Luft, schloß die Augen und atmete aus. Er trat einen Schritt neben sich, betrachtete sich selbst aus einer imaginierten Distanz, und ihm wurde bewußt, daß die Sache mit Paula Baker und die Schießerei auf der Piazza ein Nervenbündel aus ihm gemacht hatten. Das mußte ein Ende haben.

Es war schon eine Weile her gewesen, daß man das letzte Mal auf ihn geschossen hatte. Eine ziemliche Weile sogar. Er hatte zwar Erschießungen, Tötungen angeordnet – und einige dieser Anordnungen lagen gar nicht allzulange zurück. Doch die von ihm befohlenen Eliminierungen hatten sich alle in sicherer Distanz zu ihm abgespielt. Über zehn Jahre war es her, daß er so etwas unmittelbar erlebt hatte, mittendrin gewesen war.

Er drückte die kaum angerauchte Zigarette wieder aus und ging ins Bad.

Nachdem er noch am Tatort vor Lorcas Leuten seine Aussage gemacht hatte und in die Villa zurückchauffiert worden war, hatte Denton sich kurz geduscht und bequeme Kleidung angelegt. Doch er mußte nachdenken, und deshalb wusch er sich das Gesicht.

Zuerst schrubbte er es, dann seifte er es ein, dann spülte er die Seife ab und starrte sein nasses Gesicht im Spiegel an; das Wasser troff vom Kinn ins Becken. Dann begann er sich plötzlich zu rasieren.

Er hatte Angst. Genau dieses Gefühl setzte ihm so zu, dachte er, während er den Bart einschäumte. Chisholm hatte geradezu ruhig gewirkt nach der Schießerei, ja, so ruhig hatte er sie überhaupt noch nie gesehen. Aber sie hatte eben große Erfahrung mit Außeneinsätzen, was er von sich nicht behaupten konnte.

Er ging jeden Tag Risiken ein, viele Risiken. Doch das waren die Risiken eines Schreibtischhengstes – das Schlimmste, was ihm passieren konnte, war, daß das Büro des Ombudsmannes ihm ein paar Haftbefehle strich und ihn für mehrere Jahrzehnte in ein gemütliches Bundesgefängnis schickte. Aber erschossen werden? Diese Gefahr hatte so gut wie nie bestanden, und er hatte auch nie daran gedacht, nicht einmal flüchtig.

Deshalb empfand er jetzt Angst, körperliche Angst – Angst vor körperlichem Schaden. Dieses eine Gefühl bewirkte, daß er sich nicht mehr im Griff hatte. Und das konnte er sich einfach nicht leisten.

Er hob den leeren Blick noch einmal zum Spiegel, führte den Rasierer übers Gesicht, begann zu überlegen, wie aus diesem Dilemma herauszukommen sei, wie er seine Gefühle überlisten könne. Er hatte da schon eine Ahnung.

Was Margaret Chisholm betraf, so lagen die Dinge komplizierter.

Schwester Marianne saß in der düsteren Küche; nur eine Deckenlampe brannte und tauchte den Raum in ein trübes, gelbliches Licht. Sie konnte nicht schlafen. Ihr Nachthemd war makellos weiß, doch wegen der draußen herrschenden Dunkelheit und des fahlen Lichts von oben wirkte es so alt und vergilbt, als wäre es jahrzehntelang eingemottet gewesen. Es war ganz still im Haus. Die Dunkelheit schien durch die Tür in die Küche zu kriechen, als wäre sie nicht die passive Abwesenheit von Licht, sondern eine Art eigenständiges Licht, das eigene Strahlen wirft.

»Wie geht es Ihnen?« fragte Margaret Chisholm, plötzlich aus dem Nichts auftauchend. Diesmal erschrak Schwester

Marianne nicht. Sie richtete den Blick wie in Zeitlupe auf Margaret, doch Chisholm sah sie nicht an. Sie sah in den Kühlschrank.

»Ist alles in Ordnung mit Ihnen?« fragte sie in einem Ton, der keinen Trost spendete, mit einer Betonung, die kaum als Frage kenntlich war.

»Ja, ich ...«

Es kam mit voller Wucht, ohne Vorwarnung. »Was *sollte* das?« schrie Chisholm und knallte die Kühlschranktür zu. »Was haben Sie sich dabei gedacht, verdammt noch mal?«

Marianne blinzelte nur. »Ich hätte doch nicht einfach ...«

»Doch, hätten Sie«, widersprach ihr Chisholm mit einem sich selbst bestätigenden Nicken, voller Angst und darauf angewiesen, daß die Wut aufwallte und die Angst erstickte. »Das hätten Sie sehr wohl.«

»Sie lagen im *Sterben*«, flüsterte Marianne.

Margaret lief wie ein Wiesel zur Nonne, packte sie an den dünnen Oberarmen und schüttelte sie. »Jetzt hören Sie mir mal zu! Von jetzt an retten Sie Ihre eigene Haut, egal, was passiert! Von jetzt an *rennen Sie weg*, und zwar in jedem Fall, ist das klar? Sonst landen Sie das nächste Mal nämlich auf einer Leichenbahre, okay?« Chisholm ließ sie los und wandte, die mögliche Reaktion der Nonne und ihr eigenes Versagen fürchtend, den Blick ab. »Von jetzt an tragen Sie eine Schußwaffe«, fügte sie hinzu, ohne Marianne anzusehen.

Bei diesem Wort wachte die Nonne auf; es sah aus, als erlangte sie ein schläfriges, teilnahmsloses Bewußtsein. »Ich bin nicht Ihre Untergebene, die Sie einfach herumkommandieren können ...«

»O doch, das sind Sie sehr wohl!« unterbrach Margaret sie wütend, drehte sich zu ihr um und dehnte jedes einzelne Wort, als spräche sie zu einem begriffsstutzigen Kind. »Sie sind mein Schützling, und alles, was in Zusammenhang mit Ihrer Sicherheit steht, geht mich etwas an. Sie werden eine Schußwaffe tragen, haben Sie verstanden?« Sie öffnete noch einmal den Kühlschrank, nahm die Milch heraus und trank zornig und ängstlich direkt aus der Packung.

Marianne sah ihr schweigend zu. Sie verstand Margaret Chisholm, allerdings nur zum Teil. »Es war nicht Ihre Schuld«, sagte sie stockend.

Chisholm lachte leise, ein wenig bitter, auf, stellte die Milch zurück und stierte mit leerem Blick in den Kühlschrank. »Doch, es war meine Schuld«, sagte sie, den Blick starr nach vorn gerichtet; erst als der Kühlschrank zu brummen begann, ließ ihre Anspannung nach. »Ich habe schon viel gesehen, aber so etwas noch nicht … Morgen, spätestens am Wochenende, zeige ich Ihnen, wie man mit einer Schußwaffe umgeht. Gute Nacht.« Sie schloß die Kühlschranktür und wandte sich zum Gehen.

»Margaret?« Die Nonne saß noch immer reglos da.«

Chisholm blieb stehen und sah sie an, wie gebannt von ihren tief in den Höhlen liegenden Augen.

»Als … Früher, in meinem alten Leben … Ich … ich war achtzehn und reich und dumm, und wichtig war mir nur, daß ich ein schönes Leben und meine Freiheit hatte. Und ich war … unvorsichtig. Verstehen Sie? Dieses Kind … wäre jetzt siebzehn. Es ist jetzt aber nicht siebzehn. Verstehen Sie mich? Es ist nicht so, daß ich … Wenn mich jemand töten will, so hoffe ich, daß es ihm nicht gelingt. Aber wenn jemand mein Leben wollte, und ich könnte das nur mit einer Waffe verhindern, dann … dann würde ich es nicht verhindern. Ich könnte nicht leben mit zwei – Meine Seele … meine Seele könnte das nicht. Ich *könnte* es einfach nicht.«

Margaret stand wie erstarrt da und sah sie an. Dieses Mitleid ertrug Marianne nicht, sie hatte es nicht verdient. Sie stand auf und wandte den Blick ab, nahm ihren unberührten Saft, goß ihn aus und spülte hastig das Glas.

»Das wußte ich nicht …«, sagte Margaret nach einer Weile, doch Marianne wich ihrem Blick weiterhin aus.

»Es ist spät. Ich bin müde. Ich habe viel zu tun morgen. Bis dann … Schlafen Sie gut«, murmelte sie und ging rasch aus der Küche, weg von Margaret. Es war, als gäbe es in dieser Nacht nur die Möglichkeit des Scheiterns.

Auf dem Flug zurück nach Washington, den er in einer normalen Verkehrsmaschine zurücklegte, schlief Denton wie ein Baby. In der Frühe kam er an. Amalia Bersi holte ihn vom Dulles Airport ab und fuhr ihn gleich nach Langley, wo er sich um die Dinge kümmerte, die ebenfalls zu seinem Job gehörten und sich seit seiner Abreise angehäuft hatten. Er schaute auch bei Phyllis Strathmore vorbei, die de facto, aber noch nicht offiziell Paula Bakers Nachfolgerin war.

»Ich habe alles durchgesehen, aber nichts Ungewöhnliches gefunden«, erzählte sie ihm beim Mittagessen, das die beiden allein im ehemaligen Büro von Paula Baker einnahmen. Denton war zuerst ein wenig schockiert gewesen, denn Phyllis hatte stark zugenommen. »Die Abteilung Finanzierung von Geheimoperationen scheint sauber zu sein.«

»Hast du gar nichts gefunden? Nicht mal etwas, das wenigstens ein *bißchen* merkwürdig aussieht?«

»Es geistert überschüssiges Geld herum, aber so ungewöhnlich ist das nun auch wieder nicht.«

»Nenn mir mal ein Beispiel!«

»Also, zum Beispiel: Ich bin auf Ausgaben für Handfeuerwaffen gestoßen – ich weiß noch nicht, was genau dahintersteckt, auf jeden Fall ist es nicht viel – dreihunderttausend pro Quartal. Und dann wäre da noch das Geld, das – äußerst diskret – aus der Lateinamerika-Abteilung abgezweigt wird, um irgend etwas drüben in Alexandria zu finanzieren.«

»Ach?« sagte Denton, gespannt, ob Strathmore herausgefunden hatte, wozu diese Ausgaben in Wahrheit dienten. »Was ist das denn?«

»Weiß ich noch nicht. Ein gleichbleibendes Zahlungsmuster, keine Erhöhungen in den letzten zwei Jahren ...«

»Ungefähr siebenhundertfünfzigtausend im Jahr?«

Phyllis wischte sich mit der Serviette über den Mund und trank einen Schluck Wasser, wobei sie Dentons Blick geflissentlich auswich. »Ist das was, was ich nicht wissen darf, Partner?«

»Über die Sache in Alexandria brauchst du dir keine Gedanken zu machen. Paula, Arthur und ich haben da vor ein paar Jahren was auf die Beine gestellt. Ich kann dir im Augenblick nicht sagen, was es ist, aber wenn ich aus Rom zurückkomme, werden Arthur und ich dich darüber aufklären, einverstanden?«

»Einverstanden.« Sie vertraute Denton und Atmajian; wahrscheinlich war sie der einzige Mensch auf der Welt, der das tat.

»Sonst noch was?«

»Die Finanzen der Asien-Abteilung sind ein einziges Chaos.« Sie zog eine Schnute.

»Viel Glück!« sagte er lachend.

Phyllis hörte auf zu essen, stützte die Ellbogen auf den Tisch und stieß ihre gefalteten Hände rhythmisch gegen das Kinn. »Eines, finde ich, solltet ihr bedenken, du und Arthur. Es ist durchaus möglich, daß Paulas Unfall wirklich ein Unfall war.«

Denton lehnte sich zurück und zündete sich eine Zigarette an. »Du weißt, was Arthur jetzt sagen würde, oder?«

»Ja, ja – Unfälle gibt's nicht. Aber es könnte trotzdem sein, daß dieser Unfall wirklich einer war. Es laufen derzeit nun mal keine größeren Unterschlagungen – Paulas Unterschlagungsermittlungen bezogen sich zum größten Teil auf die hemmungslose Benutzung der Frankiermaschine für den persönlichen Gebrauch. Es sieht ganz so aus, als wäre in letzter Zeit alles völlig korrekt gelaufen. Abgesehen von deinem kleinen Projekt in Alexandria ist nichts Faules im Gang.«

»Was hat Paula Baker dann eigentlich die ganze Zeit gemacht?«

»Da wäre noch die kleine Aufgabe der detaillierten Finanzplanung, wobei man nie sicher sein kann, wieviel einem der Senat pro Jahr für die verdeckten Operationen genehmigt. Paulas wichtigste Tätigkeit bestand darin, mit den Zahlen zu jonglieren, um einen ständigen Cash-flow zu gewährleisten.«

Denton gefiel nicht, was er da hörte. Ihm wurde bewußt, daß Arthurs Paranoia auf ihn abgefärbt hatte, doch er schaffte es nicht, sie abzuschütteln. Er kratzte sich an der Augenbraue und dachte nach.

Phyllis schlug einen weniger geschäftsmäßigen Ton an und fragte: »Wie geht's dir denn?« Sie spielte auf die Schießerei an, von der alle erfahren hatten. »Ich bin überrascht, dich hier zu sehen. Ich hatte erwartet, daß du dir Urlaub nimmst und dich ein bißchen erholst.«

»Den Bösen ist keine Pause vergönnt«, erwiderte er lächelnd. Er hatte sich wieder im Griff, war wieder ganz der alte Nicky. Tipptopp frisiert, rasiert, geduscht, parfümiert, die Krawatte mit dem Calvin-and-Hobbes-Motiv perfekt geknotet, leicht belustigter Blick – das war Nicholas Denton, nachdem er sich wieder aufgerichtet hatte; gemächlich segelte er dahin, und alles war wieder ganz normal. Diese Normalität machte Phyllis Strathmore angst, es war eine, wenn man die Umstände bedachte, in ihrer Gewöhnlichkeit geradezu übermenschliche Normalität. Doch sie hatte keine Gelegenheit, an Ort und Stelle darüber nachzudenken, denn Denton fragte sie noch mit dem gleichen Atemzug, aber ohne Hast: »Wie ist es denn, wenn man hier wieder mitmischen kann?«

»Es macht Spaß. Es macht sogar großen Spaß, Geheimgelder für Geheimmissionen zu verwalten. Weißt du, in Paulas Job hat man unglaublich viele Möglichkeiten, Geld abzuschöpfen, es ist ganz erstaunlich. Ich habe mir Paulas Privatkonten sehr genau angesehen. Du verdienst Geld mit deinen Romanen, Arthur mit den Aktientips, die ich ihm gebe, und Kenny hat sein Treuhandvermögen. Paula dagegen besaß kein Geld, auf das sie zurückgreifen konnte, abgesehen von ihrem Gehalt. Sie hat nicht einen Cent abgeschöpft, nicht einen einzigen! Entweder hat sie es wirklich nicht getan, oder sie ist dabei so clever vorgegangen, daß ich es nicht nachvollziehen kann.«

»Du klingst irgendwie enttäuscht.«

»Ach was, überhaupt nicht, aber mit weniger als 250 000 im Jahr komme ich nun mal nicht aus. Wieviel kriegst du denn inzwischen so?«

»Ich weiß nicht, so viel ist es nicht«, sagte er ausweichend.

»Na, komm schon!« Es war komisch, mit den zusätzlichen

Pfunden sah Phyllis aus wie eine vertrauenswürdige alte Tante, der man alle Geheimnisse erzählen konnte. Doch Denton ließ sich davon nicht täuschen, sondern sagte grinsend: »Versuchen wir uns jetzt wieder gegenseitig zu übertrumpfen, so wie früher?«

»Ein bißchen schon, glaube ich.« Sie lachte kurz und wurde dann wieder ernst. »Hey, kriege ich eine?« Sie nahm eine Zigarette aus seinem Päckchen. Er gab ihr Feuer. »Paula hat so gut wie nichts verdient – ungefähr so viel, wie ich im Jahr in New York an Trinkgeld ausgebe.«

»Sie hätte sofort einen Job in der Wall Street bekommen, wenn sie das gewollt hätte. Geld hat sie einfach nicht besonders interessiert«, sagte Denton lässig.

»Das«, erwiderte Phyllis, ihm in die Augen blickend, »ist eine sehr, sehr gefährliche Eigenschaft, Nicholas.«

Der Rest des Tages verlief für Denton ziemlich wenig aufregend, verglichen mit den Beobachtungen, die Phyllis ihm mitgeteilt hatte. Amalia und Wilson hatten die Stellung gehalten, im großen und ganzen alles im Griff gehabt und ihn bei jeder größeren Entscheidung, die anstand, angerufen. Trotzdem hatten sich einige Dinge angesammelt, und den restlichen Nachmittag und den frühen Abend verbrachte Denton damit, diese Dinge telefonisch in Ordnung zu bringen. Doch um halb acht fuhr er, obwohl noch einiges zu erledigen und mehrere Leute anzurufen gewesen wären, zum Abendessen nach Fairfax County.

Er hatte sich noch vor seinem Abflug aus Rom bei Keith Lehrer eingeladen. Dieses Abendessen war der eigentliche Grund, weshalb er überhaupt nach Washington zurückgeflogen war, und er wollte sich nicht verspäten.

Er fuhr mit dem Taxi zu Lehrers Haus; Amalia und Wilson sollten ihn später abholen. Er traf Lehrer allein an.

»Wo ist Mrs. Lehrer?« erkundigte er sich höflich.

»Ach, ich dachte mir, ein schönes, ruhiges Abendessen zu zweit wäre nett«, sagte Lehrer, und der Abend war eröffnet.

Das Essen selbst brachte gar nichts. Sie unterhielten sich ausschließlich über belanglose Büroangelegenheiten und ver-

mieden es geflissentlich, das Thema Rom oder die Schießerei anzusprechen. Schließlich zogen sie sich zum Rauchen
und Cognac-Trinken in Lehrers Arbeitszimmer zurück. Lehrer hatte die alberne Mode des Zigarrenrauchens übernommen, während Denton bei seinen Zigaretten blieb.

Eines mußte er ihm lassen – Lehrer besaß wirklich Geduld,
er war offenbar bereit, eher den ganzen Abend verstreichen
zu lassen, als auf das eigentliche Thema zu sprechen zu kommen. Deshalb beschloß Denton, die Initiative zu ergreifen.

»Die hätten uns beinahe erwischt«, sagte er. Beide starrten
ins Kaminfeuer. »Drei Zentimeter weiter, und sie hätten Chisholm getroffen, keine Frage.«

»Scheußliche Sache, ganz scheußlich«, sagte Lehrer. Bei
jedem Wort waberte Zigarrenrauch zwischen seinen Lippen
hervor. »Aber warum sind Sie zurückgeflogen und wollten
mich sprechen? Das war doch der eigentliche Grund, oder?«

Denton lächelte, stand auf, ging zur Stereoanlage und sah
die CDs durch. »Durch diese Schießerei ist mir einiges klargeworden«, sagte er, während er im stillen überlegte, welche
Musik er auflegen sollte, und sich gegen die *Brandenbur-
gischen Konzerte* entschied; sie waren entweder zu fröhlich
oder aber zu traurig, hatten keine Stimmungen dazwischen.
»Ich habe mich gefragt, warum keine Autobombe verwendet
wurde, warum keine Panzerabwehrrakete oder etwas ähnlich Idiotensicheres. Statt dessen ein geradzu chirurgischer
Anschlag, total ausgetüftelt. Auf einige Personen, auf die
Nonne und auf Chisholm, beispielsweise, wurde geschossen,
auf andere – darunter ich selbst – dagegen nicht. Ah! Genau
das habe ich gesucht!« Er legte die gute alte *Jupiter-Sinfonie*
auf und begann mit dem zweiten Satz. Dann wandte er sich
wieder Lehrer zu.

»Sie führen Sepsis, nicht wahr?«

»Es erstaunt mich, daß Sie so lange gebraucht haben, um
dahinterzukommen«, erwiderte Lehrer lapidar und betrachtete Denton mit amüsiertem Gesichtsausdruck.

Auch Denton amüsierte sich – über sich selbst. Lehrer hatte recht, er hätte es schon viel früher merken müssen.

»Meine hellseherischen Fähigkeiten sind eben nicht immer so ausgeprägt, wie ich es gern hätte. Seit wann?«

»Seit sechs Monaten vielleicht?« überlegte Lehrer laut.

»Genau das dachte ich mir – allerdings eher schon seit sieben Monaten«, erwiderte Denton, lehnte sich in dem Ohrensessel zurück und sah ins Feuer.

»Sie hatten einen Verdacht.«

»Ich bin Berufsbürokrat, Keith. Ich sehe den ganzen Tag nur Papiere, Papiere, Papiere. Früher oder später kommt mir alles unter die Augen. So beispielsweise auch einige leicht überhöhte Ausgaben für Spionageabwehr-Operationen, Zahlungen an Informanten, die eigentlich gar nicht existierten. Ich wußte, daß CIA-Gelder abgeleitet wurden, aber mir war nicht klar, wohin und zu welchem Zweck.«

»Jetzt wissen Sie es. Es hat lange gedauert, bis es mir gelang, Sepsis zu kaufen. Jetzt, da ich ihn gekauft habe, macht er genau das, was ihm befohlen wurde.«

»Mein eigentlicher Auftrag lautet also, nicht Sepsis, sondern Chisholm zu stoppen.«

»Exakt. Sepsis weiß von Ihnen. Er wird Ihnen kein Haar krümmen. Sie kümmern sich um Chisholm. Lassen Sie Sepsis seine Arbeit ungehindert erledigen.«

»Warum will er die Nonne auslöschen?«

»Das weiß ich nicht.«

Denton zog eine Braue hoch; Lehrer reagierte sofort darauf.

»Ich habe wirklich keine Ahnung, warum er es auf sie abgesehen hat. Aber er ist ein erwachsener Mensch und ich auch. Wenn er die Nonne unbedingt auslöschen will, soll er es tun.«

»Es ging also in dieser kleinen Szene mit Chisholm gar nicht um Zuständigkeitsfragen, sondern Sie wollten die Nonne aus Rom fernhalten. Warum?«

»Aus Gründen, die nur er selbst kennt, will Sepsis, daß die Nonne von der Bildfläche verschwindet. Wenn er das will und ich es ihm ermöglichen kann …«

»Aber das eigentliche Ziel ist der Vatikan«, stellte Denton fest.

»J-ja«, sagte Lehrer stockend.

Langsam wurde alles klar.

»Okay. Warum der Vatikan?«

Lehrer erhob sich aus seinem Sessel, warf den Zigarrenstummel ins Feuer, drehte sich zu Denton um und sagte, an den Kaminsims gelehnt: »Denken Sie mal an den Irak. Wir hätten dort die Macht ergreifen können. Eine halbe Million Soldaten hatten wir dort sitzen, bestens gerüstet. Doch dieser Schlappschwanz im Weißen Haus wollte ein braver Junge sein und zog wieder ab. Mit einer guten Begründung könnten wir innerhalb von wenigen Wochen wieder im Nahen Osten sein und auf den Ölvorräten sitzen. Nehmen wir an, wir jagen den Vatikan in die Luft. Nehmen wir an, wir haben Glück und töten den Papst. Das wäre eine ziemlich gute Begründung dafür, wieder mitzumischen.«

Denton hielt es für eine ziemlich schlaue, aber nicht ganz unproblematische Idee. Das größte Problem würde wohl die Kontrolle des ganzen Unternehmens sein. »Klingt gut, aber warum ausgerechnet der Vatikan?« fragte er, bereit, sich näher mit den Fragen der Kontrolle und Überwachung zu beschäftigen sowie mit dem Problem, das eine räumlich so weit entfernte Operation darstellte.

Lehrer verstand ihn völlig falsch. »Der Vatikan war nicht mein Vorschlag«, erklärte er zu Dentons maßlosem Erstaunen.

»Ach?« sagte Denton so beiläufig, als hätte er das Wetter kommentiert.

»Sepsis selbst hat dieses Ziel gewählt«, sagte Lehrer, lehnte sich zurück und zündete eine weitere Zigarre an. »Ich hatte lebende Zielobjekte vorgeschlagen. In ein paar Monaten findet ein Treffen der G-7-Staaten statt, ein riesiges Gipfeltreffen. Ich hielt diese Staatsmänner für perfekte Zielpersonen, doch Sepsis erklärte kategorisch, er könne unmöglich alle sieben kaltmachen – zu viel Bewegung, zu wenig Gelegenheiten. Ein festes Ziel dagegen … Er meinte, ein Anschlag auf den Vatikan werde dasselbe Ergebnis bringen.«

»Aha. Und Sie waren der gleichen Ansicht?«

»Ja, natürlich, nach einigem Nachdenken.« Er betrachtete

seine Zigarre und hob den Blick unvermittelt zu Denton. »Eine verdammt gute Idee von dem Jungen, einen Anschlag auf den Vatikan durchzuführen. Es würde die Menschen zwar auch erschüttern, wenn die politischen Führer der sieben größten Industrienationen getötet würden, aber *so* sehr nun auch wieder nicht, nicht mit derselben emotionalen Wucht wie ein Anschlag auf den Vatikan.«

»Sepsis ist also eingeweiht in diesen Plan«, konstatierte Denton.

Lehrer lachte auf. »Aber nein! Er weiß über alles Bescheid, was den Einsatz selbst betrifft, er weiß, daß er ein großes Ziel außerhalb der Vereinigten Staaten zu eliminieren hat, aber von den politischen Aspekten der Sache hat er keine Ahnung. Darum brauchen wir uns keine Sorgen zu machen.«

»Gut so«, sagte Denton. »Trotzdem habe ich Bedenken. Es ist schwierig, Operationen im weit entfernten Ausland zu überwachen, wesentlich schwieriger als Operationen in unserem eigenen Hinterhof. Wählen wir lieber ein Ziel im Inland! Das ganze World Trade Center dem Erdboden gleichmachen, anstatt nur die Garage in die Luft zu jagen oder, beispielsweise, die Freiheitsstatue sprengen.«

»Hatte ich alles in Erwägung gezogen.«

»Und?«

»Der neue Schlappschwanz im Weißen Haus, dieser korrupte Weiberheld, hat nicht den Mumm, die Sache allein durchzuziehen. Die Freiheitsstatue wird in die Luft gejagt – wirklich schade. Der Vatikan wird in die Luft gejagt – dann wird jede gottesfürchtige christliche Nation der Welt arabisches Blut sehen wollen. Diese Länder werden daraufhin um eine Invasion geradezu betteln – nein, sie werden sie fordern. Und wer könnte diese Invasion besser anführen als wir?«

»Schlau. Sehr schlau«, sagte Denton nickend. Die Idee faszinierte ihn, die Bandbreite ihrer möglichen Auswirkungen. Ein so groß angelegtes Unternehmen war kein Kinderspiel, doch Lehrer zog es offenbar ganz unbesorgt durch. »Sie kleckern nicht, Sie klotzen, das finde ich gut«, fügte er hinzu. Er war ehrlich erstaunt über Lehrers Cleverneß.

»Freut mich, daß es Ihnen gefällt«, erwiderte Lehrer lächelnd.

»Ich halte ein Inlandsziel trotzdem für einfacher«, gestand Denton nach einer Weile. Operationen, die nicht aus der Nähe überwacht werden konnten, bereiteten ihm Unbehagen.

»Überlegen Sie mal, Nicky. Ein Terroranschlag im Inland hätte die Überprüfung der Spionageabwehr durch zwanzig Kongreßausschüsse zur Folge, die alle über unsere ›Inkompetenz‹ zetern und nach Belieben bei uns herumschnüffeln würden. Und wenn wir Pech haben, kommen sie uns auf die Schliche, und dann gehen *wir* hoch.«

»Ich verstehe ...«

»Außerdem ist der Vatikan ein grenzüberschreitendes Symbol. Es dürfte Länder geben, denen es gefällt, wenn die Freiheitsstatue in die Luft gejagt wird – ›Nieder mit den amerikanischen Imperialisten!‹ und so weiter. Eine Sprengung des Vatikans dagegen würde niemand gutheißen.«

»Richtig ... Dennoch gefällt es mir nicht, daß die Operation so weit weg stattfindet. Und es gefällt mir auch nicht, daß wir sie einem angeheuerten Mann von außen übertragen.«

»Er wird nicht mehr lange ein Außenstehender sein – wir werden ihn längerfristig übernehmen.«

»Das ist gut, ganz ausgezeichnet!« Denton meinte es ehrlich. »Und wer soll ihn führen?«

Sie lächelten einander an. Beide kannten die Antwort auf diese Frage. Lehrer hätte ihm das alles nicht erzählt, wenn er nicht die Absicht gehabt hätte, Denton zu Sepsis' Führungsagenten zu machen.

»Sie selbstverständlich.«

Denton grinste. »Eine Beförderung ist immer schön.«

»Das Problem bei der Führung von Sepsis besteht darin, daß er zu eigenständig ist. Er sucht sich seine Zielobjekte am liebsten selbst aus und auch die Methoden, macht alles gern auf seine Art.«

»Das ist eher ungünstig«, meinte Denton und versuchte sich vorzustellen, wie es wäre, einen Mann wie Sepsis zu

führen. »Dürfte schwierig werden, einen freien Agenten einzuschüchtern, der es gewohnt ist, zu tun, was er will.«

»Aber er ist viel zu nützlich, als daß wir ihn uns entgehen
lassen dürfen. Was meinen Sie denn nun…?«

Denton zog gemächlich an seiner Zigarette und ließ sich
alles durch den Kopf gehen. »Ich denke, wir sollten ihm viel
Spielraum lassen. Wir sollten ihm die Ziele nennen, aber uns
nicht in die Einzelheiten mischen. Sollte er Mist bauen, wäre
das Geld das einzige, was ihn mit uns in Verbindung bräch-
te. Und ich gehe davon aus, daß sich in dieser Hinsicht keine Probleme ergeben werden.«

Lehrer nickte und konzentrierte sich wieder auf seine
Zigarre.

Die beiden rauchten schweigend und dachten nach. Denton spürte, daß Lehrer ihn prüfend betrachtete, doch es störte ihn nicht. Im Gegenteil, es freute ihn sogar, denn es bedeutete, daß Lehrer kein Risiko einging, nicht einmal in bezug
auf ihn. Ein vorsichtiger Mensch ist berechenbarer.

»Und was ist mit Chisholm?« fragte Denton schließlich. Er
war gerade dabei, sich zu überlegen, wie er die Situation in
Rom in den Griff bekommen könnte.

»Sie müssen sie aufhalten. Sie müssen verhindern, daß sie
ihr Ziel erreicht. Wenn sie Sepsis erwischt, können wir unseren Plan vergessen.« Lehrer stand auf und stocherte in den
Flammen herum, versuchte, ein bestimmtes Scheit wieder in
die Mitte des Feuers zu schieben. »Und wenn Sie schon mal
dabei sind, könnten Sie sie vielleicht auch ein bißchen in den
Schmutz ziehen, ja?«

Oho, jetzt wird's persönlich! Auch das gefiel Denton ganz
ausgezeichnet. »Wird gemacht«, sagte er lächelnd und zog
genüßlich an seiner Zigarette.

»Wir müssen darüber reden«, sagte Wilson.

»Nein, Mr. Wilson, das müssen wir nicht. Wir tun, was Mr.
Denton uns gesagt hat.«

Amalia Bersi und Matthew Wilson standen auf der kreis-
förmigen Kiesauffahrt vor Lehrers Haus und warteten auf

Denton. Das heißt, eigentlich wartete nur Amalia; Wilson schlich um den schwarzen Mercedes herum und sah ihn sich voller Bewunderung an, um nicht an das denken zu müssen, was Denton von ihnen wollte.

Von dem Augenblick an, als Denton ihnen mitgeteilt hatte, was sie in dieser Nacht tun würden, hatte die schiere Verrücktheit des Plans an Wilsons Nerven gezerrt und ihn halb wahnsinnig gemacht. Plötzlich blieb er stehen und drehte sich zu Amalia um. Er überragte das Persönchen wie ein Turm.

»Für solchen Nacht-und-Nebel-Schwachsinn bin ich nicht zuständig! Ich bin nur Hacker, was anderes mache ich nicht!«

»Würden Sie sich bitte beruhigen, Mr. Wilson?«

Wilson begann wieder auf und ab zu gehen. Amalias Gemütsruhe, die Dunkelheit, die verdammte Warterei und die Tatsache, daß das, was sie vorhatten, der helle Wahnsinn war, machten ihn total fertig. »Was soll das Theater?« fauchte er Amalia unvermittelt an, die ihn allerdings ignorierte und den Blick, geduldig wartend, auf Lehrers Haus gerichtet hielt. »Was soll das Theater?« wiederholte er noch eine Spur verzweifelter. Da Amalia auch jetzt nicht reagierte, begann er wieder auf und ab zu gehen.

Kurz darauf trat Denton aus dem Haus und schüttelte Lehrer an der Tür die Hand. Es war eine ziemlich kühle Nacht, deshalb winkte Lehrer Amalia und Wilson nur kurz zu, und die beiden winkten zurück, während Denton eilig auf sie zuschritt. Er klatschte in die Hände, grinste breit und sang leise vor sich hin: »*Eine wunderschöne Nacht wird das, eine wunderschöne Nacht…*«

»Wir fahren nach Hause, oder?«

»O nein!« sagte Denton bestens gelaunt. »Müßiggang ist aller Laster Anfang! Mann, bin ich gut drauf!«

Sie stiegen ein und fuhren los.

»Kinder, wir dürfen mit den größten Jungs im ganzen Block spielen. Mann, ist das cool!«

»Was soll das Theater, Nicky?« stieß Wilson hervor, während sie auf dem fast leeren Highway nach Washington fuhren. Ein total eingleisig denkender Mensch, dieser Wilson. »Warum machen wir das?«

»Beruhigen Sie sich, Matt, es wird schon nichts passieren«, erwiderte Denton, in Gedanken noch bei seinem Gespräch mit Lehrer. Er trommelte mit den Fingern im Rhythmus der Autoradiomusik auf das Lenkrad. Es war der Song *Right Hand Man* von Joan Osbourne, eine bluesige Rocknummer, die ihm gut gefiel. Denton mochte jede Art von Musik. »Nehmen Sie sich ein Beispiel an Amalia. Halten Sie den Mund und genießen Sie die Fahrt!« Während er das sagte, fiel ihm etwas ein. »Habt ihr alles dabei?« fragte er. »Die Ausweise und die Kamera?«

»Alles da, Sir«, sagte Amalia, klopfte auf ihre Handtasche, öffnete sie und holte die gefälschten FBI-Ausweise heraus, die die Abteilung Dokumente am Nachmittag für sie hergestellt hatte. Wilson riß die Augen auf, beugte sich über die Schultern von Amalia und Denton und betrachtete die Papiere. Dann explodierte er förmlich.

»Diese Ausweise sind ja total verrückt!«

»Schnauze, Matthew!«

Denton verdiente wirklich Bewunderung. Nur er hatte die Nerven für ein solches Unternehmen. Er parkte den schwarzen Mercedes in der Seventeenth Street selbst, direkt gegenüber vom J. Edgar Hoover Building. Es war fast zwei Uhr morgens, doch er ging auf Nummer Sicher und sah nach, ob er auch wirklich nichts in die Parkuhr werfen mußte, während er den Kofferraum öffnete und Wilson anwies, den darin liegenden Diplomatenkoffer herauszuholen; er wollte nicht ausgerechnet durch einen Strafzettel auffliegen. Dann überquerten sie, zwischen den vorbeifahrenden Autos hindurch, die Straße und betraten die FBI-Zentrale.

Die Eingangshalle war hell und leer wie eine Bank nach Schalterschluß. Ein einsamer uniformierter FBI-Wachmann saß auf einer Art Podest hinter einem Schreibtisch und las eine Zeitschrift, die er sinken ließ, als Denton, Amalia und Wilson auf ihn zugingen, ihre Ausweise zückten und sie ihm gaben, ohne dazu aufgefordert worden zu sein.

»Ich habe Sie hier noch nie gesehen«, sagte der Mann ein wenig argwöhnisch.

Denton lächelte. »Das liegt daran, daß wir normalerweise nicht hier arbeiten«, erklärte er, auf die Ausweise deutend. »Wir sind vom New Yorker Büro.«

»Ach ja, richtig«, sagte der Wachmann, sah sich die Ausweise genau an und betrachtete dann das Trio, um sicherzugehen, daß es sich um dieselben Personen handelte. Dann sagte er mit einem Achselzucken und ein bißchen verlegen: »Tut mir leid, aber ich brauche auch noch Ihre Führerscheine oder etwas ähnliches.«

»Kein Problem«, sagte Denton mit einer Bonhomie, auf die jeder Texaner stolz gewesen wäre, suchte in seiner Brieftasche und zog den gefälschten Führerschein hervor, den Amalia ihm zehn Minuten zuvor gegeben hatte. Er warf noch kurz einen Blick darauf, um zu sehen, ob es auch wirklich der gefälschte und nicht sein echter war, und reichte ihn dann dem Wachmann. Amalia und Wilson taten es ihm nach. Der Mann sah sich die drei Führerscheine sehr gründlich und sehr gemächlich an und verglich sie mit den in seinem Computer gespeicherten FBI-Daten über die drei Personen, die natürlich anstandslos passierten. Dafür hatte Wilson gesorgt.

»Sonderagent Kerr?« sagte er an Denton gerichtet, während er ihm die gefälschten Papiere zurückgab.

»Steht vor Ihnen«, erwiderte Denton grinsend.

»Agentin Dover?«

Amalia nickte.

»Agent Hunt?« Er sah Wilson an.

»Hier!« krächzte Wilson nervös, was den Wachmann schmunzeln ließ.

Er kam hinter seinem Schreibtisch hervor, stieg vom Podest und griff nach dem Schlüsselbund, der mit einer dünnen Kette an seinem Gürtel befestigt war.

»Entschuldigen Sie die Überprüfung«, sagte er verlegen, während er sie zum Aufzug begleitete. »Aber ich habe nun mal Anweisung, nach Mitternacht jeden zu überprüfen.«

Denton schnalzte mit der Zunge und runzelte wohlwollend die Stirn. Dann sagte er: »Dafür brauchen Sie sich nicht zu entschuldigen. Hier soll ja schließlich nicht jeder rein!«

Der Wachmann steckte einen Schlüssel in die Schalttafel der Aufzüge und setzte einen Fahrstuhl in Gang. Sie mußten eine Weile warten.

»Reichlich spät, was?« sagte der Wachmann, der eine Unterhaltung in Gang bringen wollte, weil ihm langweilig war. »Arbeitet ihr an der DEA-Sache?«

Der Aufzug kam. Amalia und Wilson betraten ihn, ohne einen Blick zurückzuwerfen, doch Denton antwortete dem Wachmann, während er den beiden anderen folgte. »Nein, wir arbeiten nicht an der DEA-Sache, sondern an etwas anderem.«

Dann drehte er sich halb um, hielt die Aufzugtür auf, ehe sie sich schließen konnte, und beugte sich lächelnd zu dem Wachmann vor. »In Wahrheit«, sagte er mit leiser, heiserer Stimme, als befürchte er, in der völlig leeren Eingangshalle von Unbefugten gehört zu werden, »sind wir CIA-Agenten und wollen hier in ein Büro einbrechen, um uns Informationen zu verschaffen, die wir brauchen.«

Amalia und Wilson zuckten innerlich zusammen und versuchten sich nichts anmerken zu lassen, doch der Wachmann brach in lautes Lachen aus.

»Hahaha, is' ja 'n Ding – CIA-Agenten, was?«

»Genau«, sagte Denton, frech grinsend.

»Kann ich Ihnen irgendwie helfen?«

»Nö, ich denke, wir kommen schon zurecht.«

»Na dann, viel Glück!« rief der Wachmann und winkte ihnen zu, während sich die Tür schloß.

»Danke!« sagte Denton, kurz bevor die Tür ganz zu war.

Kaum hatte sich der Aufzug in Bewegung gesetzt, stieß Wilson einen tiefen Seufzer aus. »Das ist echt zuviel für mich! Was Sie da gerade gemacht haben, ist einfach nicht zu fassen!«

»Ganz ruhig, ganz ruhig!« sagte Denton, den Blick auf das Etagendisplay gerichtet. »Die Wahrheit wird einem nie geglaubt.«

Wilson konnte sich nicht beruhigen, zumindest nicht, solange er sich hier im Hoover Building aufhielt. Wilson wurde unter seinem Hacker-Namen Slasher sogar vom FBI *gesucht*, weil er während des Studiums in Computer von Bundesbehörden eingedrungen war. Später hatte er sich in CIA-Computer eingeschlichen, und Denton war auf ihn aufmerksam geworden. Und mit Hilfe dieses Wissens hatte Denton ihn damals rekrutiert – er hatte ihn auf äußerst freundliche Art und Weise erpreßt und gezwungen, sein eigenes kleines Computergenie zu werden, ohne daß Wilson jemals bewußt geworden war, daß Denton da ein bißchen nachgeholfen hatte. Schließlich durfte er jetzt ganz offiziell für die Central Intelligence Agency hacken. Doch von einem *physischen* Einbruch in die FBI-Zentrale hatte in seinem Arbeitsvertrag mit Denton nichts gestanden.

»Rein und wieder schnellstmöglich raus, ja?«

»Ja, wenn es geht.«

»Und wenn wir nicht finden, was wir suchen?«

»Dann bleiben wir so lange, bis wir etwas gefunden haben«, sagte Denton cool.

Wilson sah aus, als würde er jeden Augenblick vor Angst implodieren und sich zischend auflösen. Denton sah ihn lächelnd an. »Also hören Sie mal – das hier müßte doch eigentlich der größte Kick Ihres Lebens sein!«

Wilson lächelte Denton matt an. Es war alles andere als der größte Kick seines Lebens, aber irgendwie bekam er den Mund nicht auf, um es zu sagen.

Die Fahrstuhltür öffnete sich, und die drei gingen den Korridor entlang, bis sie vor der Tür zu den Büros von Chisholm und ihrer Arbeitsgruppe standen. Sie hatte ein elektronisches Schloß, für das man eine Magnetstreifenkarte benötigte. Wilson machte sich sofort an die Arbeit, um nicht mehr daran denken zu müssen, wo sie sich befanden. Er öffnete seinen Diplomatenkoffer und zog eine Plastikkarte heraus, an der mehrere Kabel hingen, die an einen Laptop angeschlossen waren. Er schob die Karte in den Schlitz und gab mehrere Zahlen ein. Amalia blickte den Gang hinauf und hinunter, Denton gähnte; er hatte einen grauenhaften Jetlag.

Es dauerte keine zwanzig Sekunden, dann öffnete sich leise klickend die Tür. »Wir sind drin«, verkündete Wilson und verstaute seine Geräte wieder im Köfferchen.

»Ging ja flott«, sagte Denton.

»Zwanzig Jahre Fort Leavenworth können einen ganz schön motivieren.«

»Ja, ich weiß.« Denton ließ Amalia den Vortritt, aber nicht aus reiner Höflichkeit. Amalia Bersi hielt eine Polaroidkamera in den Händen. Während Denton und Wilson draußen warteten, machte sie ungefähr drei Minuten lang Aufnahmen. Denton zählte gelangweilt die Anzahl der Blitze, deren Licht durch den Türspalt nach außen drang. Als er bei einundzwanzig angekommen war, öffnete Amalia die Tür und ließ die beiden Männer herein.

Sie blieben nicht die ganze Nacht, doch die Durchsicht von Chisholms Akten dauerte länger, als sie erwartet hatten. Amalia kümmerte sich um die Sicherheit; sie streifte durch die Etage und überprüfte, ob sich dort außer ihnen niemand aufhielt. Wilson saß wie angewurzelt vor einem der Bürocomputer, an den er sein PowerBook angeschlossen hatte, und lud alle interessant wirkenden Daten herunter.

»Hey, was haben wir denn da alles?« plapperte er vor sich hin. »Fingierte Waffenkäufe, fingierte Aufträge, alles getürkt. Nur kleine Beträge, aber es kommt doch einiges zusammen. O Mann, sieh sich einer das an! Einkäufe im Gesamtwert von zweieinhalb Millionen von einer Firma namens Salavis. Einen Waffenhersteller namens Salavis gibt es überhaupt nicht. Total plump gemacht!«

»Nicht hochnäsig werden, Matthew«, sagte Denton, der inzwischen Dokumente las, die er gefunden hatte. Er saß an Chisholms Schreibtisch, hatte die Füße hochgelegt und ging Papiere durch. Wilson sprach pausenlos mit sich selbst, um sich zu beruhigen.

»Fleißiges Mädchen, diese Chisholm, sehr, sehr fleißig. Aber sie kommt auf keinen grünen Zweig. Ihre Aufzeichnungen besagen, daß die Hinweise, die sie hat, einen Dreck wert sind – Augenblick mal! Scheiße! Scheiße noch mal! Nicky, Sir? Sir, das sollten Sie sich sofort ansehen!«

Es war dieses »Nicky, Sir«, das Denton aufhorchen ließ, eine dumme Angewohnheit von Wilson, mit der er Probleme anzukündigen pflegte. Denton stand auf, trat hinter Wilson und blickte über dessen Schulter auf den Bildschirm.

»Was denn?«

»Das da«, sagte Wilson, mit dem Finger auf den Monitor deutend.

»›Robert L. Hughes, Waffenhändler.‹ Na und?«

»Robert L. Hughes ist ein Informant, Sir. Und zwar einer von uns.«

»Woher wissen Sie das?«

»Ich bin ein-, zweimal in unsere eigenen Computer eingedrungen.«

»Sind Sie sicher?« fragte Denton und musterte mit strengem Blick Wilsons Massenmörder-Visage, die um einiges verdatterter wirkte als sonst.

»Ja, ohne jeden Zweifel«, erwiderte Wilson, nervös, aber seiner Sache sicher.

Sie gingen Chisholms Aufzeichnungen durch und schnüffelten gemeinsam weitere fünfundvierzig Minuten lang herum, fanden aber nichts weiter Aufschlußreiches. Dann kam Amalia Bersi zurück, tippte auf ihre Armbanduhr und griff nach ihrer Handtasche. »Es wird Zeit, Sir. Es ist Viertel vor fünf.«

Denton klopfte Wilson auf die Schulter. »Hervorragend, junger Mann! Wir gehen jetzt.«

Denton trat an Chisholms Schreibtisch und begann, die Papiere, die er durchgesehen hatte, in die jeweiligen Aktenmappen zurückzustecken, während Wilson die Computer ausschaltete. »Morgen nehmen Sie sich frei, und dann sehen Sie sich mal genau an, was wir haben«, wies er die beiden an. »Ich fliege mit der Frühmaschine nach Rom zurück. Es wäre mir unangenehm, wenn Sie noch mal hierherkommen müßten, aber wenn Sie es für nötig halten, tun Sie es!«

»In Ordnung, Sir«, sagte Amalia und nahm die Polaroid-Fotos, die sie gemacht hatte. Sie breitete sie auf Chisholms Schreibtisch aus, betrachtete sie genau und ließ den Blick über den Raum wandern. Die Aufnahmen zeigten die Büroräume, und Amalia begann nun, Papiere, Stifte, Stühle und andere Gegenstände so zu verschieben, daß sie wieder genau da waren, wo sie sich ursprünglich befunden hatten.

Weil er es kaum erwarten konnte, aus dem Büro herauszukommen, stellte Wilson sich unglaublich ungeschickt an und brauchte ewig, um alles auszuschalten und seine Sachen wieder in dem Diplomatenkoffer zu verstauen. Denton dagegen rollte in aller Ruhe die Ärmel herunter und legte die Manschettenknöpfe an. Dann nahm er sein Jackett von der Lehne eines Stuhls, den Amalia gerade an seinen ursprünglichen Platz schob.

»Ich finde Außeneinsätze überaus unterhaltsam«, sagte er und spielte mit einer Zigarette herum, die er jedoch nicht anzuzünden wagte; der Geruch würde stundenlang in der Luft hängen und sie verraten. »Vielleicht sollte ich nach Europa ziehen und Außen-Agent werden. ›Agent Denton.‹ Klingt gar nicht schlecht.«

»Ich dachte, Sie *sind* Agent, Nicky«, sagte Wilson, während Amalia dem Büro den letzten Schliff gab. »Oder *waren* zumindest mal einer.«

Denton lächelte. »Nein, nein, Matthew, ich bin ein reiner Bürokrat.«

12

Chisholm baut Mist

Am Morgen nach dem mitternächtlichen Gespräch erwachten sowohl Chisholm als auch Schwester Marianne noch vor Tagesanbruch. Doch Margaret war als erste fertig und wartete am Fuß der großen Treppe auf die Nonne.

Das Gespräch in der Nacht zuvor – eigentlich mehr eine Beichte – ging Chisholm wieder durch den Kopf; einiges von dem, was sie gesagt hatte, war bereits vergessen, während anderes, durch ihre Erinnerung verzerrt oder ausgeweitet, in den Vordergrund rückte.

An ihren Ex-Mann, zur Zeit ihrer Ehe, konnte sie sich kaum erinnern. Sie waren zwei Jahre verheiratet gewesen, ein Fehler vom ersten Augenblick an. Die Gründe für diese Eheschließung waren Chisholm inzwischen so rätselhaft, als wäre die Verbindung vom Schicksal oder einer höheren Macht bestimmt worden. Fast unmittelbar nachdem beide ihre Ehe als einen einzigen großen Irrtum erkannt hatten, war Chisholm schwanger geworden. Eine grauenhafte Woche lang hatte sie ruhelos hin und her überlegt, ob sie eine Abtreibung vornehmen lassen solle oder nicht. Ihr Mann hatte das schlaue Argument angebracht, es sei schließlich ihr Körper und daher auch ihre Entscheidung – im Grunde das Eingeständnis seines Wunsches nach einer Abtreibung, formuliert in der feigen Sprache vorgeblicher Toleranz.

Sie hatte keine Ahnung, warum sie das Kind schließlich austrug. Sie erinnerte sich gut daran, wie sie eine Liste mit

Punkten erstellte, die für beziehungsweise gegen das Kind, Robert Everett, sprachen. Sie erinnerte sich daran, wie sie eine Liste mit bequem erreichbaren Abtreibungskliniken im Großraum Cleveland zusammenstellte, wo sie und ihr Mann in der Abteilung Bankraub arbeiteten. Viele Kliniken waren bis spät in der Nacht geöffnet, und in einigen hätte sie den Eingriff sogar während der Mittagspause vornehmen lassen können. Sie wußte sogar noch, daß sie sich damals darüber informierte, welche körperlichen Nebenwirkungen ein Abbruch im frühen Stadium der Schwangerschaft auf eine gesunde Frau wie sie hätte, so unbedeutend sie auch waren. Doch daran, wie sie sich schließlich gegen eine Abtreibung entschied, hatte sie keine Erinnerung mehr. Vielleicht wollte sie sich nicht mehr daran erinnern, dachte sie jetzt, während sie wartete. Wenn sie damals die falsche Entscheidung getroffen hätte, wäre sie jetzt wahrscheinlich tot, mutmaßte sie.

Marianne lief die Treppe hinunter. »Guten Morgen!« rief sie Margaret fröhlich zu, riß sie aus ihren Gedanken.

»Was Sie letzte Nacht gesagt haben, das ...«

»Ist das nicht ein wunderschöner Tag? Ach, es wird ein *herrlicher* Tag werden! Nein, nein, das schaffe ich schon«, sagte sie, als Chisholm nach einer der beiden Aktentaschen griff, die Marianne trug. »Aber danke.«

»Ja, das glaube ich auch«, sagte Margaret zerstreut.

»Haben Sie schon gefrühstückt?« fragte die Nonne freundlich und sah Chisholm an. Schwester Marianne war eine miserable Lügnerin. Sie lächelte Chisholm zu und wirkte glücklich, doch ihre Augen waren riesig und glänzten, ungefähr wie Seifenblasen – *genau* wie Seifenblasen: ein dünner Film, der das nächtliche Gespräch kaum zurückzuhalten vermochte, das unter dem kleinsten Druck hervorzubrechen drohte.

»Nein, ich habe noch nicht gefrühstückt«, sagte Chisholm. Marianne stellte die Aktentaschen ab und ging in die Küche. Natividad, der uralten Haushälterin und Köchin, die sich die Zeit mit dem Stricken eines Pullovers vertrieb, sagte sie, sie

solle sitzen bleiben, sie, Marianne, werde ein leichtes Frühstück zubereiten.

Als die drei Frauen gefrühstückt hatten, brachten Margaret und die übliche Polizeieskorte die Nonne zur Basilika, wo
Chisholm sie während ihrer Arbeit an den Pfeilern bewachte.

So vergingen dieser Tag und auch der nächste, und gewissen Themen wichen die beiden Frauen so geflissentlich aus
wie die Figuren in gewissen russischen Romanen.

Es wurde ihr zwar nicht bewußt, doch Margaret beobachtete Schwester Marianne ununterbrochen, sogar wenn sie
betete. Sie betete viel. Nach dem Mittagessen an der Arbeitsstelle, nach dem Abendessen in der Villa, und manchmal entschuldigte sie sich höflich ohne ersichtlichen Anlaß und stand
auf, um mit ihrem Gott zu sprechen. Margaret überlegte, ob
das der Grund war, daß sie überlebt hatte.

In der Nacht, in der Denton und Lehrer ihre kleine Unterhaltung miteinander hatten, machte Margaret einen Spaziergang durch das Viertel, in dem die Villa lag, und dachte
nach.

Als die Schießerei auf der Piazza begonnen hatte, als sie
die Nonne zu dem Torbogen schubste, war ihr einziger
Gedanke gewesen, auf das Dach zu klettern und Sepsis auszuschalten. Denn sie hatte vorgehabt, ihn in jedem Fall auszuschalten. Denton, Gettier und die Nonne waren nur Hindernisse für ihre animalische Wut gewesen, hatten sie davon
abgehalten, auf die Dächer zu klettern und die Schützen zu
töten – alle Schützen. Sie hatte sogar bereits eine schwin-
delerregende Vorfreude darauf empfunden.

Doch dann hatte die Nonne sie kleingekriegt. Nicht die
Mörder, nicht das große Sterben auf dem Platz oder die Angst
vor dem, was noch passieren könnte – nichts von alledem,
sondern die Nonne.

Als die Nonne hinauslief auf die Piazza, in einen sicheren,
grauenhaften Tod, war es Margaret gewesen, als hätte Schwester Marianne sie gepackt und ihr eine Ohrfeige verpaßt, weil
sie den Wunsch verspürt hatte, die Mörder zu töten, anstatt

die Unschuldigen zu retten, weil sie eine niedrige, schändliche Sucht nach Gewalt befriedigen wollte, die keinem anderen Zweck diente als ihrer endlosen Fortsetzung. Diese Ohrfeige in Gestalt des Beispiels, das die Nonne gab, hatte sie wirkungsvoller gelähmt als alle Killer der Welt. Und sie hatte sie beschämt. Deshalb war sie auch plötzlich so wütend auf Marianne geworden, als sie sie in der Küche angetroffen hatte.

Nach dem Spaziergang rief sie von dem Telefon in ihrem Zimmer aus Rivera an.

»Hi«, sagte sie leise, »wie geht's?«

»Ich habe den Bericht gelesen, den Sie gefaxt haben«, erwiderte er geschäftsmäßig. »Ist dem noch etwas hinzuzufügen?«

»Nein. Ich wollte nur mal anrufen und fragen, wie es so läuft.«

»Alles bestens, aber ich muß gleich los – ich rufe Sie morgen an. Solange es nichts Neues gibt, brauchen Sie mir nichts zu schicken – ich bin nur an echten Neuigkeiten interessiert, okay?«

»Okay.«

Rivera schlug plötzlich einen freundlicheren Ton an und konzentrierte sich auf Margaret. »Wie geht's meinem Mädchen? Alles in Ordnung?«

»Ja.« Sie lächelte.

»Halten Sie sich auch hübsch fern von allen Kugeln?«

»Im großen und ganzen, ja.«

»Dieser Lorca ist ein guter Mann. Sein Bericht über die Schießerei war wesentlich besser als Ihrer.«

»Sie kennen mich doch ...«

»Ja, allerdings ... Okay, ich muß jetzt wirklich los. Machen Sie's gut.«

»Okay.«

Chisholm hörte, wie Rivera auflegte, doch sie behielt den Hörer noch in der Hand und zählte die Stunden rückwärts, um auszurechnen, wie spät es jetzt in San Diego war – erst drei Uhr nachmittags. Robby war wahrscheinlich gerade aus der Schule gekommen. Sie wählte.

»Hallo?«

»Robby!« rief sie. Sie freute sich unglaublich darüber, mit ihm sprechen zu können.

»Hi, Mom«, sagte er unaufgeregt, in ganz normalem Tonfall, worüber sie sehr erleichtert war. »Wie geht's so?«

»Wie geht's dir denn so, Mäuschen?«

»Ganz gut, eigentlich. Die Schule ist hier leichter als in D.C.«

»Ja, klar.« Sie lachte über seine Arroganz. »Ich vermisse dich wahnsinnig – was machst du denn so?«

»Ach, nichts Besonderes, ich gammle so rum. Weißt du was? Ich hab' bei Imperial Dungeons fünfunddreißig Millionen erreicht, das war echt cool. Ich bin zur vierten Ebene gekommen und so. Aber dann hab' ich nicht an die Gorgons gedacht und bin gestorben.«

Margaret überlegte kurz, ob sie nicht jemanden aus dem FBI dazu bringen könnte, den Erfinder von Nintendo aufzuspüren und ihn der Verführung Jugendlicher und der Verschwörung anzuklagen.

»Ist was?« fragte Robby, als ihm klargeworden war, daß er gerade einen Fehler begangen hatte.

Margaret ging nicht weiter darauf ein, sondern sagte nur: »Ist schon gut.« Dann schwieg sie eine Weile, damit er merkte, wie sauer sie war.

Doch er brach das Schweigen mit einer Frage. »Mom? Ich habe mit Dad geredet, und würdest du mir erlauben, daß ich Weihnachten diesmal mit ihm feiere?«

»Ich dachte, er wollte an Weihnachten wieder in Washington sein«, sagte sie, verärgert über die Wendung, die Robby dem Gespräch gegeben hatte.

»Nö, er hat gesagt, daß das FBI ihn bis nächsten Sommer in San Diego behält. Bitte, Mom! Ich bin Weihnachten immer bei dir, aber diesmal will ich bei Dad sein!«

»An Weihnachten *und* an Thanksgiving?«

»Nein! Thanksgiving verbringe ich mit dir und Weihnachten mit ihm und mit Dana«, erklärte er zu ihrer großen Erleichterung.

»Ach so.« Eigentlich war es gar keine schlechte Idee. »Ja, klar, Mäuschen«, sagte sie großherzig. »Wie geht es denn deinem Vater? Sagt er nette Sachen über mich?«

Am nächsten Abend kehrten Marianne und Margaret spät, erst gegen einundzwanzig Uhr, in die Villa zurück. Beide waren todmüde, allerdings aus sehr unterschiedlichen Gründen. Marianne war zwar müde, aber nicht ausgelaugt, sondern einfach erschöpft von einem langen, harten Arbeitstag. Margaret dagegen war müde, weil sie den ganzen Tag über nachgedacht und Zweifel gehegt hatte. Die beiden Frauen wollten sofort in die Küche gehen, wurden unterwegs jedoch von Denton abgefangen, der ihnen aus dem von der Eingangshalle abgehenden Arbeitszimmer entgegenkam.

»Wie war der Flug?« fragte ihn Marianne.

»Wunderbar!« antwortete er strahlend. »Sie sehen aber ziemlich fertig aus!«

»Bin ich auch.« Sie lächelte müde. »Ich mache etwas zum Abendessen. Essen Sie mit uns?«

»Ich habe schon gegessen, aber ich würde mich gern zu Ihnen setzen. Einen Augenblick noch, bitte, ich muß kurz mit Margaret sprechen.«

Marianne nickte und ging in die Küche. Denton gab Chisholm mit einer Geste zu verstehen, daß sie ins Arbeitszimmer gehen solle. Ihm graute vor dem Gespräch mit ihr, doch sie überraschte ihn einmal mehr.

Kaum war die Tür zu, drehte sie sich zu ihm, sah ihm in die Augen und sagte: »Hören Sie, es tut mir leid, daß ich mich neulich nach der Schießerei so über Sie aufgeregt habe. Das war nicht richtig. Ich hatte vergessen, daß Sie keine Erfahrung im Außendienst haben, und ...«

»Vergessen Sie's. Ich war fix und fertig, Sie waren fix und fertig. Tun wir einfach so, als wäre nie etwas vorgefallen, okay?«

Sie atmete durch. »Okay.«

»Jetzt möchte ich etwas mit Ihnen besprechen.«

»Was denn?« Sie setzte sich auf das Sofa, während Denton

sich auf die Rückenlehne eines Sessels stützte, der dem Sofa gegenüberstand.

»Ich habe heute nachmittag nach meiner Rückkehr mit Lorca gesprochen. Er hat noch immer keine gerichtlichen Verfügungen für die Durchsicht der privaten Datenbanken – keine gute Nachricht. Es kann Wochen dauern –Wochen! –, bis er sie bekommt.«

»Scheiße«, sagte Margaret. »Was hat es mit dem politischem Druck auf sich, von dem er gesprochen hat?«

»Das ist eine inneritalienische Sache. Ich werde morgen mit dem Chargé d'affaires in der hiesigen Botschaft sprechen – vielleicht kann ich erreichen, daß wir selbst auch ein bißchen Druck ausüben. Ich habe allerdings in Langley mit einem Kollegen gesprochen, gestern – oder war es heute? Ich habe einen solchen Jetlag, ich weiß nicht mal, was für ein Tag heute ist.«

»Mittwoch.«

»Gott sei Dank. Also, dieser Kollege hat mir gesagt, daß die italienischen Gerichte bisher immer so herumkommandiert wurden, daß sie sich jetzt knallhart geben, wenn politischer Druck auf sie ausgeübt wird.«

»Na toll.«

Denton steckte sich eine Zigarette an und beugte sich, immer noch auf die Rückenlehne des Sessels gestützt, vor. »Margaret, wir müssen die ganze Sache noch einmal überdenken. Wir haben keinerlei Spuren. Und wenn mich mein Gefühl nicht trügt, weiß Sepsis, daß die Nonne hier ist. Früher oder später wird er uns ein Ding verpassen, und zwar höchstwahrscheinlich hier in der Villa.«

»Ja«, sagte Chisholm. Sie beobachtete Denton argwöhnisch und ließ ihrem gegen ihn gerichteten Verdacht freien Lauf. »Oder er versucht es auf dem Weg zwischen der Villa und dem Vatikan.«

»Ob hier oder auf dem Weg zum Vatikan macht keinen Unterschied«, erwiderte er. Es klang ganz natürlich, und Chisholm wußte plötzlich nicht, was sie denken sollte. Vielleicht wurde sie allmählich einfach zu paranoid. »Schicken wir sie doch einfach wieder zurück in die Staaten«, sagte er. »Wir müssen uns doch mal ehrlich fragen, was wir überhaupt in der Hand haben – nichts haben wir, nichts, was auf Sepsis hindeutet. Lorca hat mir mitgeteilt, daß die ballistischen Untersuchungen nichts erbracht haben und daß er keinen einzigen Hinweis auf die Herkunft der Glaser-Geschosse hat. Wenn die Nonne hier bleibt, wird Sepsis früher oder später eine Rotkehlchen-Aktion an ihr durchführen.«

»Seien Sie vorsichtig mit Ihrem CIA-Jargon«, riet ihm Margaret. Doch sie wußte, daß er recht hatte. »Es liegt nicht mehr in unserer Macht, Denton. Die Kirchenleute wollen sie hier haben, und sie selbst will auch bleiben. Dies ist ein freies Land.«

»Ja, ich weiß. Jammerschade«, sagte er mit gespieltem Ernst, doch dann grinste er Chisholm an, und sie mußte lachen.

»Wie war Ihr Aufenthalt in Washington? Was haben Sie dort eigentlich gemacht?«

»Ach, nichts Besonderes, Papierkram erledigt.« Denton warf einen Blick auf seine Armbanduhr und sah zum Fernseher hinüber. »Ich liebe Italien – kein Baseball, kein Basketball, kein Football, nur Fußball. In zwanzig Minuten spielt Mailand. Sehen Sie es sich mit mir an?«

»Nein, vielen Dank. Ich hasse Sport. Ich mache nach dem Abendbrot lieber noch einen Spaziergang.«

»Ganz wie Sie wollen.«

Margaret verließ die Villa, ging wie jeden Abend ziellos durch die Straßen und dachte über Denton nach. Sie kam zu dem Schluß, daß sie zu paranoid geworden war, und ließ sich, während sie die Straße entlangspazierte, noch einmal ihren Verdacht von der Existenz eines Informanten durch den Kopf gehen. Vielleicht war das ja doch ein Hirngespinst. Vielleicht wußte sie überhaupt nicht mehr, was zum Teufel sie eigentlich tat.

Am Mittwoch, dem Tag von Dentons Rückkehr, wanderte Chisholm drei Kilometer, am Donnerstag waren es acht. Am Freitag abend stieg sie, der Spaziergänge durch die immer gleiche Gegend überdrüssig, den Hügel hinunter. Sie wollte so lange gehen, bis sie nicht mehr konnte.

Das Gehen beruhigte sie. Sie ging nicht besonders schnell und kontrollierte ihr Tempo auch nicht bewußt. Sie ging einfach so, wie ihre Füße wollten, ohne ihnen etwas vorzuschreiben, und ließ ihre Gedanken ihre eigenen verdrehten kleinen Kreise machen, ziellos, aber ohne Schaden anrichten zu können, denn sie war ja allein.

Überraschend schnell hatte sie das Villenviertel hinter sich gelassen und ging durch eine dunkle, von gelblichen Steinmauern gesäumte Straße. Die Lichter der vor ihr liegenden Querstraße waren hell und bunt; viele Menschen, jeder mit seinem eigenen Schicksal, waren dort unterwegs.

Die nächtliche Stadt. Die nächtliche Stadt, die Ewige Stadt, nicht viel anders als irgendeine amerikanische Stadt oder irgendeine Stadt sonstwo auf der Welt. Die Neonschilder priesen große und kleine Läden, Restaurants und Bars an wie in den meisten anderen Städten auch, und es waren die immer gleichen Schilder: Sony, American Airlines, Xerox und so weiter. Selbst die angekündigten Filme waren dieselben wie die in jeder amerikanischen Stadt, bis hin zu den Abbildungen auf den Kinoplakaten; nur die Buchstaben befanden sich in einer anderen Reihenfolge, weil hier eine andere Sprache gesprochen wurde. Als Margaret sich die Plakate ansah, glaubte sie eine Sekunde lang, plötzlich nicht mehr lesen zu können; erst als sie sich ganz auf die Wörter konzentrierte, die die merkwürdige Buchstabierung ergab, wurde ihr bewußt, daß sie ja in einer fremden Stadt war.

Wirklich anders war eigentlich nur die Architektur. Ja, die Wahrzeichen – das Kolosseum, der Vatikan, die kleinen Statuen und Piazze, der ganze monolithische Krimskrams – waren anders und nur in Rom zu finden. Doch alles, was zur *lebenden* Stadt gehörte – die Geschäfte, die Kleidung der Leute, das Verblassen der Nachtsterne über den grellen Lichtern der Großstadt –, unterschied sich in nichts von Boston, New York oder Washington. Im Gegenteil – auf ihren Spaziergängen durch Rom wunderte sich Margaret immer wieder darüber, wie sehr sie alles an Georgetown erinnerte, wie gut sich die unterschwellige Fremdheit der Stadt unter der Patina amerikanischer Kultur verbarg, die wie ein Schleier oder ein Glanz über allem lag. Sie war sicher, daß die Geister Roms sich nicht daran störten. Immerhin hatten sie selbst einst den Rest der Welt mit ihrer eigenen Herrschaft überzogen.

Sie geriet in eine Passage ohne Überdachung, die voller Menschen und Geschäfte war und offenbar den ganzen Abend geöffnet hatte. Es war Freitagabend. Liebespaare, Ehepaare, Kinder und einzelne Flaneure waren unterwegs; manche hüpften dahin wie Korken, andere verloren sich im Menschengewimmel. An den Mauern der niedrigen Häuser waren Tische und Stühle aufgestellt; dort saßen die Menschen, unterhielten sich, aßen, tranken, rauchten. Die einzelnen Bereiche waren wie die Länder auf einer politischen Landkarte durch verschiedene Farben, Stühle, Tische und Sonnenschirme voneinander abgegrenzt. Kein einziger Schirm war mehr aufgespannt, die Leute konnten die klare Dunkelheit über ihren Köpfen genießen. Vor einem dieser Lokale stolperte Margaret fast über ein leeres Tischchen, dessen Durchmesser kaum sechzig Zentimeter betrug. Einem spontanen Entschluß folgend, setzte sie sich hin. Der Tisch stand nicht inmitten der anderen Tische, sondern am Rand, aber nicht so weit draußen, daß er den Strom der Passanten behinderte. Eine kleine, der Küste vorgelagerte Insel, eine Insel ganz für sie allein.

Sie ließ sich von dem ziemlich überforderten Kellner einen Harvey Wallbanger bringen, saß da und dachte nach. Wie Leuchtkäfer wirbelten die Gedanken in ihrem Kopf. Als sie den Cocktail halb getrunken hatte, trat aus dem Strom der Fußgänger eine blonde, sportliche Frau und eilte auf Margarets Tisch zu, als wäre er ihre Rettung. Die Frau war so eindeutig als Amerikanerin zu erkennen, als trüge sie ein Schild mit der entsprechenden Information um den Hals.

»Äh, *prego* ...«, sagte sie stockend in stark amerikanisch gefärbtem Italienisch.

Margaret fackelte nicht lange und unterbrach sie. »Ich spreche Englisch.«

Der Frau schien ein Stein vom Herzen zu fallen. »Gott sei Dank! Ich hatte gehofft, daß Sie Amerikanerin sind. Ich dachte eigentlich, Italien wäre voll von uns.«

»Nein, offenbar gibt es hier nur uns beide. Kann ich Ihnen helfen?«

»Ich suche das Ristorante San Marco«, sagte die Frau, den Blick auf einen Zettel gerichtet, von dem sie den Namen unbeholfen ablas. »Wissen Sie, wo es ist?«

»Nein, keine Ahnung. Vielleicht ist es sogar dieses Lokal hier, aber ich weiß es nicht, ich lebe nicht hier.«

»Ach, entschuldigen Sie, bitte, aber ich hielt Sie für eine Exil-Amerikanerin und dachte mir, Sie wüßten es vielleicht.«

»Nein, ich bin erst seit ein paar Wochen in Rom.«

»Sind Sie allein hier? Dürfte ich mich zu Ihnen setzen?« fragte die Blonde.

»Klar«, sagte Margaret. Sie war zwar müde, doch die Begegnung mit der Fremden munterte sie ein bißchen auf, vertrieb die trüben Gedanken und ließ die Hoffnung auf ein echtes Gespräch in ihr aufkommen.

»Ach, übrigens, ich heiße Cecilia, Cecilia Rubens«, sagte die Amerikanerin, griff nach einem Stuhl und streckte Margaret über das Tischchen hinweg die Hand hin.

»Margaret Chisholm.«

»Und was machen Sie hier in Italien?«

Margaret lächelte matt und spielte mit ihrem Glas herum. »Das ist eine komplizierte Frage. Vor allem arbeite ich hier. Und Sie?«

»Ich hatte einen Geschäftstermin in Paris. Und da ich noch ein bißchen Zeit hatte, beschloß ich, hier Urlaub zu machen. Die Italiener finde ich zwar toll, aber die Frauen – die wollen einen alle immer nur zu sich nach Hause einladen und mit Spaghetti vollstopfen. Kaum erfahren diese Frauen, völlig fremde Frauen, daß ich Amerikanerin bin, laden sie mich auch schon zu sich zum Essen ein. Sie sind wirklich süß. Die Männer allerdings laden einen ständig nach Hause ein, weil sie mit einem ins Bett wollen.«

Die blonde Frau lachte. Margaret grinste.

»Ich bin hier noch nicht sehr viel ausgegangen, mir ist das bisher noch nie passiert. Wie lange bleiben Sie denn?« erkundigte sie sich höflich.

»Nicht mehr sehr lange«, antwortete Beckwith lächelnd.

Hinter Frederico Lorca lag eine unglaublich frustrierende Woche, in der er versucht hatte, richterliche Verfügungen zu erwirken, die ihm die Überprüfung aller von ihm ausgewählten Datenbanken ermöglichen sollten.

Zuständig für den Fall war Richter Emiliano Brück, doch er war alles andere als eine große Hilfe, der verdammte *tedesco*. Brück stammte aus dem Norden Italiens, war also, zumindest was sein Rechtsverständnis betraf, praktisch ein Deutscher.

»Der Rückgriff auf richterliche Verfügungen bei jedem winzigen Verdacht, den ein Polizeibeamter hegt, ist nicht akzeptabel«, dozierte er in einem Ton, der Lorca vor Frustration fast aufheulen ließ. »Ich kann mich in Ihre Lage versetzen, aber versetzen Sie sich doch auch mal in meine!«

»Ich kann mich durchaus in Ihre Lage versetzen, aber ich bitte Sie nicht aus Jux und Tollerei um diese richterlichen Verfügungen«, erklärte Lorca dem Richter. »Wir haben keine Spuren, keine einzige. Dieser Verdacht ist so gut wie jeder andere, wahrscheinlich aber besser als die meisten.«

»Was ist mit den Namen, auf die Sie im Laden dieses Aquardiente gestoßen sind?«

»Die sind wertlos – der Killer benutzt sie bestimmt nicht mehr.«

»Aha, und das wissen Sie ganz genau, ja?«

»Nein, ich weiß es nicht. Nennen wir es eine intelligente Annahme.«

»Es ist aber kein sicheres Wissen, ja?«

Und so verbrachte Lorca, den Dienstag, den Mittwoch und den Donnerstag mit der Suche nach einem der sieben Namen, auf die sie in Aquardientes Laden gestoßen waren. Aber natürlich war keiner dieser Namen je benutzt worden.

»Sehen Sie«, sagte Brück am Freitag vormittag am Telefon,

»jetzt *wissen* Sie es. Jetzt gehen Sie nicht mehr auf der Grundlage einer bloßen Vermutung vor.«

Lorca überlegte kurz und sagte dann: »Wenn ich alle privaten Datenbanken überprüfen könnte, würde ich auch nicht auf der Grundlage einer bloßen Vermutung operieren.«

»Es gibt keinen Grund, weshalb Sie Einblick in diese Datenbanken nehmen sollten«, fauchte Brück. »Wenn Sie diese Forderung *begründen* könnten, tja, das wäre etwas ganz anderes.«

»Ich *glaube* ganz einfach, daß wir dort den Namen Gaglio finden werden.«

»Der Glaube allein reicht nicht aus. Sie brauchen den Glauben *und* eine Begründung dafür, erst dann können Sie herausfinden, ob es stimmt. Gerade Sie als Polizeibeamter sollten sich einmal mit Erkenntnistheorie beschäftigen, Commissario Lorca!«

Und in dem Stil ging es weiter. Wenn die richterlichen Verfügungen nur das Vorspiel für etwas unglaublich Schwieriges gewesen wären, hätte Frederico Lorca mehr Geduld aufgebracht und die Ruhe bewahrt. Doch es war nun einmal so, daß die benötigten Informationen quasi vor ihm lagen, von seinem Büro aus zugänglich waren.

Piero Roberto, ein junger Computerexperte, saß in einem kleinen Kabuff auf der anderen Seite des Korridors. Das Büro des Jungen war unglaublich einfach eingerichtet: Es standen nur ein Schreibtisch und ein Stuhl darin, ein Monitor und eine Tastatur. Das Wichtigste aber war das dicke, mit Klebeband am Boden verlegte Kabel. Über dieses eine Kabel hatte Piero Roberto Zugriff auf alle Computer-Datenbestände im ganzen Land sowie auf ziemlich viele in anderen europäischen Ländern, und zwar im Auftrag der Polizei. Lag die entsprechende richterliche Verfügung vor, drang er pflichtgemäß in irgendeinen Computer ein, kopierte die benötigten Informationen und gab sie dem Kriminalbeamten, der sie angefordert hatte. Lag die entsprechende richterliche Verfügung vor, so war das Ganze innerhalb einiger weniger Stunden erledigt. Doch Lorca hatte keine richterliche Verfügung, sondern war von Richter Brück wie ein Idiot belehrt worden – anders wußte dieser mittelmäßige Mensch sich offenbar keine Autorität zu verschaffen.

Tantalus bin ich, dachte Lorca, nachdem er den größten Teil des Freitags damit verbracht hatte, andere Richter anzurufen, die Brücks Entscheidung vielleicht aufheben würden. Während er im Büro umherging, fiel sein Blick immer wieder auf Piero Roberto. Er starrte den Jungen an, als wäre der eine Göttin, die er *jetzt sofort* besitzen mußte. Wenn der Fälscher noch am Leben gewesen wäre, hätte Lorca ihn auf der Stelle mit der Fälschung der richterlichen Verfügung beauftragt. Doch Aquardiente war tot, und Lorca mußte weiter andere Richter mit der Bitte bedrängen, Brücks Entscheidung außer zu Kraft setzen, wozu natürlich keiner bereit war.

An diesem Abend verlor Lorca endgültig die Geduld, nachdem ein unbedeutender Richter in Turin sich ebenfalls geweigert hatte, in den Fall einzugreifen und Brücks Verdikt aufzuheben. Lorca stand auf, ließ die Jalousien an den Bürofenstern herunter, setzte sich wieder an seinen Schreibtisch und dachte völlig reglos nach. Ohne richterliche Verfügung wären alle Beweismittel, die zu Sepsis' Verhaftung führten, unzulässig, und Sepsis würde ungeschoren davonkommen. Jetzt aber stellte sich die eigentlich wichtige Frage: Glaubte er wirklich, daß man Sepsis lebend fassen würde?

Lorca verließ sein Büro und begab sich in das Kabuff von Piero Roberto. Fast alle waren bereits nach Hause gegangen, das Wochenende stand vor der Tür. Der Junge wollte auch gerade aufbrechen, setzte sich aber, als er Lorca sah, sofort wieder hin.

»Sie müssen etwas für mich erledigen«, teilte Lorca ihm ohne Umschweife mit.

»Sie kriegen Ihre richterliche Verfügung«, erwiderte der junge Mann, der genau wußte, um was es ging.

Lorca ließ Roberto denken, was er wollte, gab jedoch, um den jungen Mann zu schützen, keine Erklärungen ab. »Sie müssen heute abend noch diese Listen ausdrucken.« Er reichte Piero Roberto eine mit der Hand geschriebene Liste von Datenbanken.

»Telefon, Gas, Strom, Wasser, Kreditkarten, Autovermietungen ...« Roberto pfiff leise durch die Zähne. »Das wird eine Weile dauern.«

»Ich brauche es sofort.«

»Das dauert mindestens bis Mitternacht«, jammerte Roberto, »und ich wollte mir heute mit Freunden das Mailand-Spiel ansehen. Ich mache es mor ...«

»Mailand hat schon am Mittwoch gespielt«, wandte Lorca ein.

»Sie spielen heute abend wieder. Können Sie sich überhaupt vorstellen, wie schwer es war, an die Karten ranzukommen?«

»Pech. Machen Sie sich an die Arbeit!« Lorcas schroffer Ton schüchterte den Jungen ein. Resigniert drehte er sich zu seinem Terminal und begann mit hängenden Schultern, die Liste durchzugehen.

Doch dann ging es verblüffend schnell – um zweiundzwanzig Uhr waren sämtliche Listen ausgedruckt. Als Lorca sich jede einzelne durchlas, schwand seine Zuversicht allerdings. Kein Telefonanschluß auf den Namen Gaglio, kein Wasseranschluß, kein Stromanschluß. Mit jeder Liste, die er durchging, schwand seine Hoffnung. Das hier war wirklich die allerletzte Chance gewesen.

Aus irgendeinem Grund hatte Roberto die Namen nicht in alphabetischer Reihenfolge angeordnet. Wahrscheinlich war er zu sehr darauf bedacht gewesen, wenigstens noch die zweite Halbzeit des Fußballspiels mitzubekommen. Deshalb ging Lorca jede Liste von vorn bis hinten gründlich durch, sah sich jede Seite sorgfältig an, denn es bestand die große Gefahr, daß er den Namen überlas. Als er die vorletzte Seite der Liste mit neuen Kunden des Kabelfernsehens umblätterte, stand er plötzlich da, als dritter Name von oben: Tirso Gaglio. Und gleich daneben die Adresse.

»Mein Gott«, flüsterte er, den Blick starr auf Namen und Adresse gerichtet. Hastig riß er die Seite ab, griff nach seinem Jackett und zog es sich ungelenk an, während er aus dem Büro zu seinem Wagen lief. Margaret würde begeistert sein.

Es war kurz nach elf Uhr nachts. Schwester Marianne lag bereits im Bett und hatte die Lampe ausgeschaltet. Sie betete.

Das Beten war für sie immer eine unsichere Angelegenheit. Meistens tat sie es auf die einfache Art, mit einer Art Mantra-Gebet, einem Gebet, das den Kopf klar machte und dazu beitrug, daß man sich Gott heimlich, still und leise nähern konnte; der Rosenkranz eignete sich dazu am besten. Diese Art des Betens, ohne nachzudenken und ohne sich zu konzentrieren, war, als käme man als ungeladener Gast zu einer von Gott veranstalteten Party, und er nähme einen unter Umständen, sofern man sich diskret und taktvoll verhielt, gar nicht als Individuum wahr, sondern nur als einen weiteren Bittsteller ohne besondere Merkmale beziehungsweise ohne auffällige Sünden.

Doch dann gab es noch die seltene, schwierige Art des Betens, das gedankenvolle Gebet – das Gebet, das man mit ganzem Herzen und größter Konzentration sprach. Ein solches Gebet war, als würde man an Gottes Haustür klopfen und ihm offen ins Gesicht sagen, daß man um Einlaß bitte. Es erforderte immer großen Mut. Es begann stets ganz einfach. Doch es führte immer zu Zweifeln, zu dem ungemilderten Gefühl der Absurdität angesichts eines unberührbaren, unsichtbaren, unwilligen Gottes, der sich menschlichem Leid gegenüber nicht allein aufgrund der Tatsache, daß es sich um Leid handelte, mitleidig zeigte, und dieser entsetzliche Zweifel im Gebet war die Prüfung des Glaubens. Marianne erstaunte es nicht im geringsten, daß Religionen, in denen mantrische Gebete eine große Rolle spielten, bei gebildeten Menschen beliebter waren als der Katholizismus. Die Menschen hatten zu viele Hemmungen, um ehrlich beten zu können, denn wer war schon in der Lage, Gott um eine Audienz zu bitten, ohne die Nerven zu verlieren?

Genau auf diese Art versuchte Marianne nun zu beten.

Doch in dieser Nacht gelang es ihr nicht, sosehr sie es auch versuchte. Sie hatte wie immer ihren abendlichen Rosenkranz gesprochen, diesmal allerdings nur als Auftakt zu dem schwierigeren, ehrlicheren Gebet, das ihr vorschwebte, ihr jedoch nicht gelang. Der nie ganz besiegte Glaubenszweifel kehrte wieder. Es war kein Zweifel an ihrem Glauben an Gott, sondern sie zweifelte an sich selbst und an dem Wert, den sie für Gott hatte.

Nach einiger Zeit gab sie den Gebetsversuch auf. Sie war unruhig und wollte mit jemandem reden. Sie setzte sich im Bett auf und knipste die Nachttischlampe an, um auf die Uhr zu sehen. Es war kurz nach halb zwölf. Sie stieg aus dem Bett, zog ihren Morgenmantel an und verließ ihr Zimmer.

Ihr Zimmer befand sich am Ende des Ganges im ersten Stock, im Nordflügel der Villa. Marianne ging durch den langen, breiten Korridor, bis sie bei der Treppe anlangte. Doch anstatt wieder in die Küche hinunterzugehen, schritt sie an der Treppe vorbei in den Südflügel, blieb vor Margarets Tür stehen, unter der ein Lichtschimmer hervordrang, und öffnete sie.

»Margaret, ich habe mir überlegt... O mein Gott!«

Im Radio lief Big-Band-Jazz, *Cotton Tail* oder etwas ähnliches mit vielen Blechblasinstrumenten, eine merkwürdige Begleitmusik zu dem, was Marianne sah. Am Fuß des ordentlich gemachten Bettes saß Margaret und küßte den Bauch einer blonden Frau, deren Bluse sie gerade aufzuknöpfen versuchte. Die Frau, Beckwith, lag mit geschlossenen Augen da, umklammerte mit beiden Händen Margarets Kopf und drückte ihn an ihren Bauch. Die beiden wandten sich ruckartig Margaret zu und erstarrten, und obwohl sie noch angekleidet waren, schien Margarets Eindringen in diese intime Szene sie so zu schockieren, als hätte sie ihnen eine körperliche Verletzung zugefügt.

»Ent-ent-entschuldigung, ich, ich, ich wußte nicht...«, stammelte Marianne, schloß hastig die Tür und ging weg.

»Scheiße«, sagte Margaret leise, stand rasch auf und rief: »Marianne! Warten Sie, Marianne!«

Auf halbem Weg zwischen Tür und Bett drehte Chisholm sich zu Beckwith um. »Das tut mir sehr leid, Cecilia, ich …«

Cecilia Rubens – Beckwith – tastete nach etwas in ihrer großen Handtasche, einem Lederbeutel, aus dem Chisholm plötzlich den Griff eine Pistole ragen sah.

Reflexartig machte Chisholm einen großen Schritt und stürzte sich auf den Arm der blonden Frau, wirbelte sie herum und schlug ihr die Waffe aus der Hand. Die Pistole schlitterte unters Bett, und keine der beiden Frauen dachte mehr an sie, denn Chisholm warf Beckwith jetzt mit solchem Schwung an die Wand neben dem Fenster, daß Beckwith den Boden unter den Füßen verlor.

Chisholms Revolver war in ihrer Handtasche auf dem Nachtschränkchen. Sie hechtete diagonal übers Bett, um an ihre Tasche heranzukommen; sie hätte es fast geschafft, aber Beckwith hatte sich schnell wieder hochgerappelt.

Sie sprang Chisholm von hinten an, umfing ihre Taille und zog sie von der Handtasche weg, denn ihr war klar, daß sich darin eine Waffe befinden mußte. Chisholm wand und krümmte sich, zog ein Bein an und trat Beckwith mit dem bloßen Fuß mitten ins Gesicht. Beckwith war benommen, doch sie ließ nicht los, sondern zog Chisholm quer übers Bett, weg von der Pistole.

Keine der beiden Frauen gab einen Laut von sich. *Cotton Tail*, dieses laute, scheppernde, fröhliche Musikstück, mündete in ein perlendes, in seiner Lässigkeit an einen nächtlichen Spaziergang erinnerndes Saxophonsolo. Chisholm verpaßte Beckwith mehrere Tritte und schaffte es fast, sich ihrem Griff zu entwinden, doch plötzlich ließ Beckwith sie los, griff nach ihrer eigenen, am Boden liegenden Handtasche und zückte ein Schnappmesser. Es war, als säße in dieser Tasche ein Kobold, der ihr das Gewünschte herausreichte. Sie versuchte, Chisholm in den Bauch zu stechen, traf jedoch nur die Luft.

Jetzt konnte es sich Chisholm nicht leisten, Beckwith den Rücken zuzukehren. Wieder stürzte sich die Killerin mit dem Messer auf sie und durchschnitt dabei einmal mehr in Höhe von Chisholms Bauch horizontal die Luft. Dann machte

Chisholm einen Schritt zuviel nach hinten, konnte zwar dem Messer ausweichen, stolperte jedoch über das Bett und fiel so, daß sie zum Sitzen kam. Beckwith stürzte sich, das Schnappmesser in der Faust, auf sie und versuchte jetzt, ihr Gesicht zu treffen.

Chisholm packte die Messerhand am Gelenk, fiel jedoch durch die Wucht des Aufpralls rücklings auf das Bett. Beckwith versuchte unter Einsatz ihres ganzen Körpergewichts, Chisholm das Messer ins Gesicht zu stoßen; die Spitze war nur noch wenige Zentimeter von Margarets Wangenknochen entfernt. Von beiden Frauen war kein Laut zu hören. Sie ächzten nicht, sie schrien nicht, und in ihren Augen lagen nur wilde Entschlossenheit und eine merkwürdige Geduld.

Die Messerspitze kam immer näher; dann verharrte sie in der Luft. Beckwith setzte all ihre Kraft ein, doch die reichte einfach nicht aus. Sie gab ein bißchen nach und rückte ein wenig von Chisholm ab, um ausholen zu können. Das war ein Fehler, denn Chisholm gelang es, das Knie zwischen sich und der Angreiferin anzuwinkeln und es in den Bauch zu rammen, den sie kurz zuvor geküßt hatte.

Beckwith wurde dadurch zur Seite geschleudert. Sie stöhnte vor Schmerz auf. Chisholm rutschte vom Bett und rannte darum herum zum Nachtschränkchen. Doch schon war Beckwith mit einem gewaltigen Satz zur selben Ecke des Bettes gehechtet und stieß das Messer durch die Luft; dann rollte sie herum, kam auf die Füße und schirmte die Handtasche ab. Sie versuchte, Chisholm in den Bauch zu stechen, traf jedoch nicht; durch den Schritt nach hinten aber, den Chisholm machte, um dem Messer auszuweichen, stand sie plötzlich mit dem Rücken zur Wand. Wieder stach Beckwith nach Chisholms Bauch.

Chisholm packte die Messerhand mit beiden Händen am Gelenk. Beckwith schlug mit der Handkante der anderen Hand seitlich gegen Chisholms Gesicht, doch Chisholm ließ die Hand mit dem Messer nicht los. Beckwith versuchte sich dem Griff zu entwinden, was ihr schließlich auch gelang. Sofort richtete sie das Messer wieder auf Chisholms Gesicht und warf sich auf sie. Die Wand verhinderte, daß Chisholm entkommen konnte, und wieder rückte die Messerspitze immer näher an ihr Gesicht heran.

Mit der linken hielt Chisholm die Hand fest, mit der Beckwith das Messer umklammerte, mit der rechten hatte sie Beckwith' linken Arm gepackt. Diesmal aber erwies Beckwith sich als stark genug, die Messerspitze kam Chisholms Gesicht bedrohlich nahe. Beide Frauen spürten, daß Chisholm im Begriff war zu verlieren.

Eine rasche Drehbewegung machte der Gefahr ein Ende. Chisholm setzte den rechten Fuß fest auf den Boden auf, ohne die Messerhand und den linken Arm von Beckwith loszulassen, machte einen Schritt nach vorn, drehte Beckwith herum, fast als tanzten sie miteinander, und schleuderte sie gegen die Wand. Und als sie an die Wand prallte und zwischen ihnen eine Lücke entstand, drückte Chisholm die Messerspitze plötzlich nicht mehr von ihrem Gesicht weg, sondern lenkte sie statt dessen nach unten, trat einen Schritt zurück, um der bogenförmig niedersausenden Klinge auszuweichen, lenkte Beckwith' Messer in Beckwith' Bauch und stieß es so weit hinein, wie es ging.

Auf Beckwith' Gesicht spiegelte sich ein tödliches Erstaunen wider, das Chisholm schon einige Male gesehen hatte. Sie blickte ihr in die Augen und lächelte wie eine böse Doppelgängerin. *Ja*, schien sie wortlos zu sagen, *du bist tot, und ich habe dich getötet.*

Beckwith' Handgelenk immer noch fest umklammernd, schlitzte sie der Feindin, das Messer waagrecht führend, den Bauch auf. Erst jetzt begann Beckwith zu schreien.

Erschrocken legte Chisholm ihr die Hand auf den Mund, doch sie schrie weiter.

»Hör auf zu schreien!« flüsterte sie vergeblich. »Hör auf zu schreien, du verdammtes Miststück!«

Und während *Cotton Tail* in ein kurzes, dumpfes Schlagzeug-Solo mündete, trat Chisholm einen Schritt zurück, holte aus und versetzte Beckwith einen zielgenauen Karateschlag auf den Kehlkopf.

Beckwith hörte auf zu schreien. Als ihr Kehlkopf brach, klang es, als spränge ein Holzkant entzwei, ein trockenes, abruptes Knacken, und er schwoll deutlich an unter der unverletzten Haut ihres Halses. Chisholm ließ sie los, ließ sie zu Boden fallen, wo sie liegenblieb, um qualvoll zu sterben.

Als Chisholm begriff, wie wenig sie wußte, ging sie neben Beckwith in die Knie und flüsterte auf die mit dem Tode ringende Frau ein: »Du darfst nicht sterben, verdammtes Mist-stück, du! Nicht sterben!«

Beckwith' Hände wanderten unschlüssig von ihrem Bauch zu ihrem Hals, ihre hübschen Züge verzerrten sich vor Schmerz und Angst. Das Blut verlieh ihrem Gesicht zuerst das tiefe Rot höchster Hysterie, dann färbte es der Sauer-stoffmangel blau, während sie schweigend um sich schlug.

»Wer hat dich hierhergeschickt? Wer? Woher kanntest du mich? Woher kanntest du mich, du verdammtes Luder?« flü-sterte Chisholm ohne Unterlaß, doch sie erhielt keine Ant-wort.

Obwohl Beckwith' Fingernägel kurz waren, riß sie sich tie-fe Furchen in den Hals, während sie nach Luft rang, doch nach einigen Sekunden verlor sie das Bewußtsein, und kurz darauf durchdrang der Geruch ihres Kots die Luft wie eine große Woge. Sie war tot.

»O Scheiße, Scheiße, Scheiße! Scheiße!« flüsterte Chis-holm, entsetzt über das Geschehen, dessen Konsequenzen ihr erst allmählich klarwurden.

Sie stand auf und sah sich um, sah das unerbittlich fließen-de, Lachen bildende Blut. Dann blickte sie an sich hinab. Ihre Hände waren mit Blut überzogen wie mit glänzenden Gum-mihandschuhen. Sie wischte sie automatisch an ihrer Jeans ab, drehte sich um, starrte Beckwith' Leiche an, wandte den Blick wieder ab. Der Radiomoderator quasselte in ihr unver-ständlichem Italienisch vor sich hin.

Sie war unverletzt, hatte keinen Kratzer abbekommen. Doch ihre Situation war wahrscheinlich schlimmer, als wenn sie gestorben wäre.

Spontan, ohne groß darüber nachzudenken, öffnete sie die

Tür, trat auf den langen Gang hinaus, schritt zur Tür von Dentons Zimmer und klopfte.

»Wer ist da?« fragte Denton freundlich. Die Tür dämpfte seine Stimme.

»Ich bin's.«

»Ach, Margaret, Sie haben ein grandioses Match verpaßt. Mailand hat hervorragend gespielt und ... Was ist denn mit Ihnen passiert?« fragte er, nachdem er die Tür geöffnet und das viele Blut gesehen hatte.

»Dreimal dürfen Sie raten. Sie ... Sie sind der einzige, der mir helfen kann. Kann ich Ihnen vertrauen?«

Denton reagierte ausnahmsweise einmal nicht mit einem Lächeln. »Es wird Ihnen wohl nichts anderes übrigbleiben.«

In dem Augenblick, als Denton aus seinem Zimmer trat, um Chisholm bei der Beseitigung der Leiche zu helfen, stieß Frederico Lorca auf den Namen Tirso Gaglio.

Das ist Manna direkt vom Himmel, dachte Denton, während er Beckwith' Leiche untersuchte.

Er kniete daneben und sah sie sich genau an. Er wollte sie nicht berühren, fühlte sich aber irgendwie zu ihr hingezogen. Chisholm war im Bad, wusch sich und versuchte, ihre Fassung wiederzugewinnen.

Immer noch kniend, sah Denton der Leiche in die aufgerissenen, toten Augen und flüsterte ihr zu, wie er es schon einmal getan hatte: »Wer hätte das gedacht – Beckwith ist wieder da!«

Er hatte sorgsam darauf geachtet, daß der Saum seines Bademantels nicht in eine Blutlache geriet. Jetzt lupfte er ihn ein wenig, richtete sich auf und trat einen Schritt zurück. Dann zündete er sich eine Zigarette an.

Bestes Manna direkt vom Himmel, schoß es ihm erneut durch den Kopf. Er bedeckte seinen Mund mit der Hand, während er die Leiche betrachtete. Doch es würde sich nur dann als Manna erweisen, wenn es ihm gelang, das Problem zu lösen, das die Beseitigung der Leiche darstellte.

Denton hatte die Engstirnigkeit des FBI in bezug auf

Homosexualität schon immer als eine Riesenironie empfunden angesichts der Tatsache, daß der Mann, der das Bureau aufgebaut hatte, schwul gewesen war und offen mit seinem Geliebten zusammengelebt hatte, einem gewissen Clyde Tolson oder so ähnlich – Denton wußte es nicht mehr genau, und um den korrekten Namen ging es ja auch gar nicht. Es ging darum, daß er die Leiche verschwinden lassen mußte, denn andernfalls wäre Chisholm geoutet und würde sofort gefeuert werden. Und wenn sie geoutet wäre, wenn alle über sie Bescheid wüßten, hätte er nichts mehr in der Hand, womit er sie in Schach halten konnte, oder? Er dachte noch gründlicher nach.

Chisholm stand im Bad und wußte, daß dies das Ende bedeutete. Mehr, als sich zusammenzureißen und Rivera und Lorca anzurufen, konnte sie jetzt nicht mehr tun. Verhaften würden sie sie wahrscheinlich nicht, schließlich hatte sie ja wirklich in Notwehr gehandelt. Aber man würde ihr die Operation Gegenspieler entziehen, weil sie gegen die Sicherheitsbestimmungen verstoßen hatte. Man würde sie auf einen unwichtigen Posten abschieben, wahrscheinlich in irgendeine Außenstelle weit weg von Washington. Und noch vor Ablauf eines Jahres würde man ihr nahelegen, den Dienst zu quittieren, oder sie mit irgendeiner Begründung feuern. Weil sie auf das Telefon geschossen hatte, das lag nahe.

Sie wusch sich noch einmal die Hände, trocknete sie ab, atmete tief, aber zittrig durch und sah an sich herab. Ihre Jeans war mit Blut besudelt, und auch ihre Bluse war befleckt. Die Wimperntusche war abgegangen, als sie sich das Gesicht gewaschen hatte, ihre Wimpern waren kaum mehr sichtbar. So war es also, das Ende. Sie betrachtete sich lange im Spiegel, lernte das Gesicht, das sie darin sah, auswendig. Dann verließ sie das Bad, um Denton gegenüberzutreten.

Kaum hatte sie den ersten Schritt in das Zimmer gesetzt, wurde ihr klar, daß es ihre Kraft übersteigen würde. Denton drehte sich zu ihr um, aber sie wich seinem Blick aus und sah auf die Leiche. Doch auch das überstieg ihre Kraft; wieder wandte sie den Blick ab, fand jedoch im ganzen Raum nichts, auf das sie ihn hätte heften können. Sie fühlte sich grauenhaft verletzlich und schwach, während sie Denton ein bißchen an ein in der Falle oder in einem Käfig sitzendes wildes Tier erinnerte.

»Ich bin geliefert«, sagte sie, den Blick ins Leere gerichtet.

»Ich würde das als eine völlig zutreffende Einschätzung der Situation bezeichnen, Margaret«, sagte er, zur Leiche gewandt, und nickte. Er nahm einen langen Zug von seiner Zigarette, ließ die Gedanken in rasender Geschwindigkeit passieren, ging jede Möglichkeit durch. Doch er fand keinen Ausweg. »Ich kann eine Leiche nicht einfach verschwinden lassen«, sagte er, ohne Chisholm anzusehen. »Für so etwas sind bei der CIA andere zuständig.« Dann suchte er Chisholms Blick und schenkte ihr ein bittersüßes Lächeln. »Um diese Dinge kümmern sich normalerweise unsere Kontaktleute von der Mafia.«

Chisholm lachte bitter auf und betrachtete das Gesicht der Leiche. Denton wurde wieder ernst, sein Lächeln verschwand, auch er sah die Tote an. Doch die gab keine Antworten.

»Irgendwer wird stillhalten und das hier auf seine Kappe nehmen müssen«, sagte er schließlich, den Blick wieder auf Chisholm gerichtet.

Sie machte einen verängstigten Eindruck. Aber sie wirkte auch irgendwie erleichtert, so als wären ihr erzwungenes Outing und ihre baldige, unausweichliche Entlassung nur zu ihrem Besten. Er begann laut nachzudenken, um doch noch auf eine Lösung zu kommen. Chisholm hörte kein Wort von dem, was er sagte.

»Sie wurde hierhergeschickt, um die Nonne zu töten, das scheint mir ziemlich eindeutig zu sein. Sepsis hatte es mit dem Anschlag auf der Piazza versucht, war gescheitert und wollte die Sache jetzt sozusagen etwas raffinierter angehen und sich auf dem Umweg über Sie an die Nonne ranmachen. Sie waren die Verbindung zu ihr und gleichzeitig das Hindernis. Es hätte genausogut ...«

Er hatte es. Es war ganz einfach, es hätte ihm gleich einfallen müssen. In plötzlicher Hochstimmung sagte er mit breitem Haifischgrinsen: »Packen Sie Ihre Sachen!« Er fühlte sich mit einem Mal pudelwohl, er wurde richtig ausgelassen.

»Was?« fragte sie, verwundert über seine gute Laune.

Ihm war eine geniale Idee gekommen. »Wir tauschen die Zimmer. Ich bin ausgegangen und habe mich nach einer Frau umgesehen, weil ich Sex wollte – die Sicherheitsbestimmungen und Vorsichtsmaßnahmen waren mir egal – ich bin schließlich nur ein Bürokrat. Habe statt mit dem großen Kopf mit meinem kleinen Köpfchen gedacht und diese Frau da abgeschleppt, die sich dann als Killerin entpuppte. Ich hatte Glück und konnte sie töten. Packen Sie Ihre Sachen!«

Chisholm schüttelte unablässig den Kopf, sie hatte große Zweifel an seiner Idee. Doch dann erkannte sie, daß sehr viel dafür sprach. »Sie sind verrückt, Denton ...«

»Denken Sie doch mal nach, Margaret«, sagte er und grinste wie ein Schuljunge. »Sie sind eine Agentin mit großer Erfahrung im Außendienst, und Sie sind unvorsichtig gewesen, sträflich unvorsichtig. Ich bin nur ein dummer Büroheini, der Glück gehabt hat. Sie, eine FBI-Agentin, hatten lesbischen Sex. Ich bin nur ein geiler CIA-Knabe, der auf einen schnellen Fick aus war. Ich erhalte eine Rüge, ein Augenzwinkern und ein beifälliges Nicken und erwerbe mir innerhalb der Agency den Ruf eines Killerinnen-Killers, gegen den ich, ehrlich gesagt, nicht das geringste einzuwenden habe. Sie dagegen werden aus dem FBI rausgeschmissen, und vielleicht nimmt man Ihnen sogar das Sorgerecht für Ihren Sohn. Denken Sie nach, Margaret! Ich hole jetzt meine Sachen, und Sie beginnen zu packen. Wenn wir fertig sind, rufe ich Lorca an und veranlasse, daß die Sauerei beseitigt wird.«

»Das funktioniert nie und nimmer!« erwiderte sie, schon halb überzeugt, doch noch immer nicht ganz darauf vertrauend, daß es wirklich durch eine simple Verdrehung der Wahrheit so einfach bewerkstelligt werden könne.

»Nur Feiglinge hegen Zweifel, Margaret«, sagte Denton

und sah ihr in die Augen. »Fangen Sie an zu packen!« Er wandte sich zum Gehen.

»Erzählen Sie Marianne nichts davon!« platzte es aus ihr heraus.

Denton blieb stehen und drehte sich zu ihr um. »Nein, ich erzähle ihr nichts.« Er rührte sich nicht vom Fleck, er spürte, daß Chisholm noch etwas sagen wollte.

Chisholm konnte sich lange nicht dazu durchringen. Sie war erleichtert, sie schämte sich, und sie hatte Angst, doch schließlich nahm sie all ihren Mut zusammen, sah Denton in die Augen und sagte: »Danke.«

Denton lächelte. »Ich pflege keine Gefälligkeiten zu erweisen, Margaret. Ich sammle Schulden.«

Als Frederico Lorca die Villa betrat, um die große Neuigkeit mitzuteilen, hatte Denton bereits alles perfekt arrangiert.

Teil 3
Fenster der Macht

13

Der Fenstersturz / Die Wahrheit

Am frühen Nachmittag des folgenden Tages, eines Samstags, erfolgte endlich die Razzia. Sie erfolgte in einem ruhigen Arbeiterviertel der Stadt. Lorca, Denton, Chisholm, sie alle sollten dabeisein. Es sollte eine Razzia sein, wie Chisholm noch keine erlebt hatte, und als alles vorbei war, wollte sie nie wieder eine erleben.

Die Straßen waren, bis auf ein paar Kinder und hin und wieder einen Fußgänger, leer. Deshalb hatte Lorca den Wagen nicht direkt vor dem Haus, sondern um die Ecke geparkt, weit genug weg, um innerhalb des Hauses keinen Argwohn zu erregen, doch so, daß sie vom Auto aus freien Blick auf die Haustür hatten. Chisholm und er saßen angespannt da, warteten und beobachteten.

Das Zielobjekt unterschied sich in nichts von den umliegenden Häusern – ein weiß getünchter Bungalow, mit einem kleinen Vorgarten, durch den vom Gehsteig bis zur Haustür ein Weg aus gewachsten, polierten roten Terrakottafliesen verlief. Zwischen dem Gehsteig und dem Grundstück des Zielobjekts stand ein hüfthoher Zaun, der sowohl der Dekoration diente als auch dem Zweck, zu verhindern, daß die Hunde der Gegend in den Vorgarten schissen, denn das Gärtchen war sehr gepflegt und üppig bewachsen. Einen Seiteneingang gab es nicht, da es sich um ein Reihenhaus handelte. In dem Haus selbst, das Chisholm und Lorca so konzentriert beobachteten, schien nichts Ungewöhnliches vorzugehen.

»Wie nennt man diese Art des Wartens in Ihrer Sprache?«

»Überwachung.«

»Über Wachung.«

»Nein, Überwachung, in einem Wort.«

»Überwachung. Wie überwach, zu wach?«

»Nein, damit hat es nichts zu tun.«

»Also, wenn wir mit der Überwachung fertig sind, sind wir überwach, ja?«

Lorca lachte, und Chisholm sah ihn gespielt finster an.

»O Mann, das war wirklich albern, Frederico, richtig blöd. Sie sind genauso blöd wie alle Italiener. Das hasse ich so an Italien – es ist voller blöder italienischer Männer.«

»Blöde Italiener? Soll ich Ihnen mal was über einen blöden Amerikaner erzählen, Margaret? Wie konnte die CIA nur einen dermaßen blöden Agenten anheuern wie diesen Denton? Der Mann, der ihn engagiert hat, muß ein totaler Trottel sein.«

»So blöd ist Denton nun auch wieder nicht.«

»In ein bewachtes Haus eine Killerin einzuschleusen ist der Gipfel der Blödheit.«

»Vielleicht hatte er sich einsam gefühlt.«

»Einsam? Wenn er einsam war, hätte ich ihn mit der Schwester meiner Frau bekanntmachen können. Die ist zwar häßlich, aber einem geschenkten Gaul schaut man eben nicht in den Mund.«

»Ins Maul.«

»Nennen Sie es, wie Sie wollen.«

»Ach, ich weiß nicht... Was ist denn mit ihr?«

»Wir haben nichts über sie gefunden. Ich habe Ihnen ja gesagt, daß ich mich gleich heute morgen darum kümmern würde. Die Killerin war wahrscheinlich eine Agentin von Sepsis. Es gibt in keiner Kartei Fotos oder Fingerabdrücke von ihr, ich habe bereits bei Interpol nachgefragt.«

»Nein, *stupido*, ich meine doch die Schwester Ihrer Frau!«

»Ach so. Die ist ein richtiger Trampel. Und dumm, genau wie Denton. Vielleicht würden sie zusammen glücklich werden... Ich hasse wachübern.«

»Überzuwachen. Nein, Sie hassen zu überwachen. Nein, Quatsch, Sie hassen Überwachungen.«

»Ganz wie Sie meinen.«

»Wie lange noch?«

Lorca sah auf seine Uhr. »Noch zwei Minuten. Vier Männer werden sich durch den Hintereingang Zutritt verschaffen; wir schließen uns den Müllmännern an. Zwei Männer sichern das Dach ab, also keine Verfolgungsjagd! Denken Sie daran, daß Sie und Agent Denton nur als Beobachter dabei sind, ja?«

Chisholm holte ihren Revolver hervor, sah nach, ob er geladen und entsichert war, und schob ihn wieder in das Halfter unter ihrer Jacke. »Jawohl.«

»Ziehen Sie nach Italien! Arbeiten Sie mit mir zusammen!«

»Ziehen Sie doch nach Amerika!«

»Es gibt viel zu viele dumme Amerikanerinnen für meinen Geschmack.«

Sie lachten, doch ihre Blicke blieben nach links, auf das Haus gerichtet.

Kurz darauf tauchten von rechts zwei Müllmänner auf, die Chisholm wegen ihrer orangeroten Overalls an Sträflinge daheim in Amerika erinnerten. Sie schoben ein Ölfaß vor sich her, das auf einen verbeulten, ziemlich lädiert wirkenden Handwagen geschweißt war. Aus dem Wagen ragten mehrere Stangen, die wie Besenstiele aussahen. Die Männer gingen an der Bordsteinkante entlang und näherten sich wie zufällig dem Haus. Wer sie sah, mußte glauben, sie machten sich einen ruhigen Nachmittag, kehrten hin und wieder ein bißchen und quatschten miteinander.

»Aufgepaßt!« sagte Chisholm, als die Müllmänner direkt vor dem Wagen, in dem Lorca und sie saßen, die Fahrbahn überquerten. Aus Lorcas Funkgerät ertönte lautes Rauschen, dann hörte man eine gedämpfte Stimme. Lorca antwortete mit einem kurzen italienischen Wortschwall. Ohne den Kopf zu dem Auto zu wenden, nickte einer der Müllmänner vor ihnen kaum merklich, als hätte er etwas gehört, dem er beipflichtete.

»Alle sind auf Position«, sagte Lorca. »Los jetzt!«

Lorca und Chisholm stiegen ohne Hast aus, überquerten die Straße, gelangten auf den Gehsteig gegenüber dem Haus und gingen parallel zu den beiden Müllmännern, aber ein Stück versetzt, weiter.

Die Müllmänner traten mitsamt ihrer rollenden Mülltonne in den Garten vor dem Nachbarhaus des Zielobjekts und luden die säuberlich aufeinandergestapelten Mülltüten in das Ölfaß. Dann drehten sie sich um und verließen den Vorgarten, wobei der Mann, der das Müllwägelchen schob, die herausragenden Besenstiele, die merkwürdige Krümmungen aufwiesen, ein bißchen umgruppierte. Es waren automatische Sturmgewehre.

Auf demselben Gehsteig, auf dem sich Lorca und Chisholm befanden, kam Denton aus etwa vierzig Metern Entfernung auf sie zu. Er war allein und noch dreißig Meter vom Haus entfernt. Arm in Arm überquerten Lorca und Chisholm die Straße in diagonaler Richtung und gingen auf das Haus zu, ohne Denton zu beachten. Die Müllmänner taten, als würden sie die Türklingel am Gartentor des Zielobjekts betätigen und den Vorgarten betreten, um den Müll mitzunehmen. Sie schoben ihre Mülltonne bis dicht vor die Haustür und zogen die Sturmgewehre heraus. Lorca und Chisholm, die hinter ihnen standen, griffen ebenfalls zu ihren Waffen.

Drinnen saßen die sechs Männer aus Valladolid um den Küchentisch und bereiteten sich ein frühes Abendessen zu. Ihre Waffen lagen überall im Haus verstreut herum, in ihren Zimmern, aber auch in der Küche und somit in Griffweite. Doch sie dachten nicht an Gewalt, sondern an ihr Essen. Sie unterhielten sich und stritten darüber, ob das, was sie kochen wollten (gegrillte Steaks mit sautierten Pilzen), gut schmekken werde oder nicht. Sepsis war nicht in der Küche. Er war auf dem Klo.

Mit heruntergelassener Hose saß er auf der Toilette, las die *International Herald Tribune* und blinzelte, weil ihm der Rauch aus seiner Zigarette in den Augen brannte. Er hatte bereits geschissen, doch er wollte noch nicht rausgehen, weil er keine Lust hatte, in den Streit verwickelt zu werden, den die Männer in der Küche ausfochten.

Seit der Schießerei auf der Piazza stritten sie sich ständig über das Essen. Gallardo war ein hervorragender Koch, doch Barahona meckerte an allem, was Gallardo sagte, herum und zankte sich über jede kleinste Kleinigkeit mit ihm – ob zuviel oder zuwenig von diesem oder jenem, zu heiß, zu kalt. Die beiden baskischen Terroristen, die einander ankeiften, weil jeder das Essen anders gekocht haben wollte, wären ein wahrlich merkwürdiger Anblick gewesen, hätte das Gezeter tatsächlich mit Fragen der Kochkunst zu tun gehabt; doch in Wahrheit ging es um das Problem, wer hier der Anführer war und wer in bezug auf die eigentliche Arbeit der Männer das Sagen hatte.

In den zurückliegenden Tagen, in denen die Männer aus Valladolid hier gewartet hatten, während er den Anschlag auf die Villa vorbereitete, hatte Sepsis daher die Gewohnheit angenommen, sich zu einem schönen, gemütlichen Schiß zurückzuziehen und sich von den kulinarischen Streitigkeiten der beiden Männer nicht stören zu lassen. Wenn das Gezänk vorbei und das Essen fertig war, machten sie sich auf die Suche nach ihm, und dann konnte er ein herrliches Mahl genießen.

Jetzt saß er da, las seelenruhig und hörte mit halbem Ohr dem Gebrüll aus der Küche zu.

Die Küche lag im hinteren Teil des Hauses und hatte eine Tür, die nach draußen führte, auf die schmale Gasse hinter den Häusern des Blocks. Doch ein paar Jahre zuvor war die Witwe, der das Haus gehörte, von Einbrechern heimgesucht worden und hatte die damals noch mit einem Fenster versehene Tür durch eine dicke Tür aus massivem Holz ersetzen lassen. Das war ungünstig für die Männer aus Valladolid, denn dadurch konnten sie die vier Polizisten aus Lorcas Abteilung nicht sehen, die draußen auf das Signal warteten.

Die beiden Müllmänner vor der Haustür hatten die Gewehre hervorgezogen und angelegt. Sie gaben über die an ihren Ärmeln befestigten Funkgeräte das Signal und läuteten höflich.

Barahona verließ die Küche und ging in Richtung Tür. Im Gehen brüllte er über die Schulter hinweg weiter. Daß er und kein anderer an die Tür ging, lag daran, daß er kurz davor stand, im Streit mit Gallardo zu unterliegen, und deshalb warf er auch keinen Blick durch das Guckloch. Wenn er es getan hätte, hätte er zwar nichts gesehen, denn die Müllmänner hatten ein Stück Klebeband darüber befestigt, doch das wäre bereits Hinweis genug darauf gewesen, daß etwas nicht stimmte. Doch er sah nun einmal nicht durchs Guckloch, sondern öffnete die Tür, wobei er den Kopf nach hinten gedreht hatte, um Gallardo etwas zuzurufen.

»Was?« sagte er, wandte den Kopf nach vorn und sah die beiden Müllmänner. »*Chucha!*« Im gleichen Augenblick traten die vier Polizisten die Hintertür ein.

Barahona an der Haustür brauchte seine Waffe nicht lange zu suchen – er hielt sie in der rechten Hand. Er hob sie, schoß dem einen Müllmann direkt ins Gesicht und brachte ihn im selben Moment um, in dem der Müllmann den Abzug seines Automatik-Sturmgewehrs betätigte und Barahona mit der letzten Handlung seines Lebens tötete.

Die vier Polizisten drangen mit vorgehaltenen Sturmgewehren in die Küche ein. Gallardo, der gerade eine große Pfanne mit sautierten Pilzen und Knoblauchzehen in der Hand hielt, schleuderte sie den vier Polizisten entgegen und griff nach seiner Uzi. Auch die anderen vier Männer aus Valladolid packten ihre auf dem Tisch liegenden Waffen, während die vier Polizisten, total angespannt und zusätzlich nervös wegen des durch die Luft fliegenden Knoblauchs, das Feuer eröffneten, Maschinengewehrsalven auf die Männer abgaben und sie, noch während sie am Tisch saßen, töteten.

Es war merkwürdig, daß die Polizisten den vier am Tisch sitzenden Männern so viel Aufmerksamkeit schenkten; der Grund waren wahrscheinlich die vielen Waffen, die dort lagen. Schade. Sie hätten sich statt dessen ein bißchen mehr mit Gallardo beschäftigen sollen, der am Herd stand. Denn von ihrer Position aus konnten sie nicht sehen, daß er die Hand auf die Küchentheke neben sich sinken ließ, die Uzi ergriff, losballerte, ohne zu zielen, und auf der Stelle drei von ihnen tötete.

Der vierte Polizist aber, der genauso unerfahren war und sich vor Angst ebenso in die Hose gemacht hatte wie seine jetzt toten Freunde, hatte eine Kugel in den Oberschenkel (nicht besorgniserregend) und eine in die Brust (unbedeutend, wegen der kugelsicheren Weste) abbekommen und war derart in Panik geraten, daß er sein Sturmgewehr auf Gallardo richtete, ihn in die Brust und in den Hals schoß und auf der Stelle tötete. Gallardo wurde mit solcher Wucht von den Kugeln getroffen, daß er nicht zu Boden sank, sondern auf den eingeschalteten Gasherd fiel.

Zwischen dem Augenblick, als die Polizisten Barahona ausgeschaltet hatten, und Gallardos Tod waren genau dreieinviertel Sekunden vergangen – weniger Zeit, als man braucht, um einmal zu niesen. Alles war so schnell vor sich gegangen, daß Lorca und Chisholm noch nicht einmal das Haus betreten hatten, als bereits alles vorbei war.

»*Hilfe, ich sterbe!*« schrie der einzige Überlebende des Küchenmassakers, der zwar nicht einmal annähernd in Gefahr war zu sterben, den das, was er sah und empfand, jedoch so sehr schockierte, daß er in gewisser Hinsicht tatsächlich mit dem Tod rang.

Der überlebende Müllmann stand im Eingangsflur. Er hörte den schreienden Polizisten zwar, dachte aber nicht daran, ohne Feuerschutz weiter in das Haus hineinzugehen. Lorca und Chisholm eilten ihm zu Hilfe. Zu dritt durchsuchten sie das Wohnzimmer, um sich zu vergewissern, daß sich niemand darin aufhielt.

In der Küche sah es übel aus; sie war über und über mit Blut besudelt, und es stank erbärmlich. Der auf dem Gasherd liegende Gallardo schmorte buchstäblich; das Blut aus seiner Kehle sickerte auf den Herd unter ihm, begann sofort zu köcheln und verkohlte zischend. Die drei Polizisten, alle durch Kopfschüsse getötet, die ihre kugelsicheren Westen nicht hatten verhindern können, lagen zusammengesunken auf dem Fußboden. Ihre Köpfe wiesen grausige Wunden auf, aus denen noch immer Blut strömte. Der angeschossene Polizist, einziger Überlebender des Desasters, lag halb sitzend auf dem Boden, brüllte hysterisch und ohne Unterlaß und starrte auf das, was sich seinen Blicken bot, völlig fertig angesichts der vielen Toten, die ihn umgaben.

Denton hatte den unglaublichen Tumult zwar draußen auf dem Gehsteig mitbekommen, war aber vor dem Haus stehengeblieben, um nicht selbst eine Kugel abzubekommen, zumal da er unbewaffnet war. Er starrte Lorca, Chisholm und dem Müllmann nach und hörte nur ein einziges Geräusch aus dem Inneren des Hauses, nämlich das hysterische Gebrüll des verletzten Polizisten, dessen Hilferufe auf keine Reaktion stießen. Das Blutbad hatte ihn so mitgenommen, daß er seinen Beruf danach nie wieder ausüben konnte, was er zu diesem Zeitpunkt allerdings noch nicht wußte.

Sepsis war im Badezimmer geblieben und hatte die Ruhe bewahrt. Als die Schießerei begann, zog er sorgfältig die Hose hoch, steckte das Päckchen Zigaretten ein, das zu seinen Füßen gelegen hatte, und vergewisserte sich, daß seine Waffe, ein Revolver Kaliber .32 mit Schalldämpfer und Hartkernmunition, geladen und entsichert war. Dann wartete er geduldig ab, denn er wagte es nicht, die Tür zu öffnen, ohne zu wissen, was draußen los war.

Lorca, Chisholm und der überlebende Müllmann standen im Wohnzimmer und beschlossen, erst den Rest des Hauses zu durchsuchen und dann vorsichtig in die Küche zu gehen. Diese Entscheidung fiel ohne jede Diskussion. Da er ein Sturmgewehr hatte, ging der Müllmann voraus.

An der gegenüberliegenden Seite des rechteckigen Wohnzimmers verlief ein Gang, der den Raum wie der Querstrich eines T schnitt. Links führte er zur Küche, aus dem die Schreie kamen, rechts zu drei Schlafzimmern, deren Türen offenstanden beziehungsweise angelehnt waren. Dazwischen befanden sich die Badezimmertür sowie zwei Schranktüren, alle geschlossen. Ohne Hast und sehr vorsichtig, mit Rückendeckung von Lorca und Chisholm, vergewisserte der Müllmann sich, daß die drei Schlafzimmer leer waren.

»In Ordnung«, sagte er. Aus den Geräuschen schloß Sepsis, daß die Schlafzimmer überprüft worden waren.

Sofort ließ er den Toilettendeckel runter, entriegelte die daneben befindliche Tür und drückte sich an die Wand gegenüber der Toilette. Im Spiegel über dem Waschbecken und in dem kleinen Rasierspiegel in der Duschkabine war die Tür des Badezimmers nicht zu sehen; wurde sie von außen geöffnet, konnte Sepsis also nicht entdeckt werden. Er begann zu warten.

Der Müllmann wandte sich, geschützt durch Lorca und Chisholm, von den drei Schlafzimmern ab und lenkte den Schritt in Richtung Küche. Als er an der Badezimmertür anlangte, drückte er die Klinke, stieß die Tür auf und steckte den Lauf des Sturmgewehrs hinein. Chisholm und Lorca standen dicht hinter ihm und richteten ihre Waffen ebenfalls auf das Badezimmer.

Sepsis drückte sich an die Wand, legte die freie Hand sanft an die sich öffnende Tür, verlangsamte ihren Schwung und stoppte sie. Dann sah er den Lauf des Sturmgewehrs hereinlugen. Er war nahe daran, durch die dünne Tür hindurchzuschießen und den Mann mit dem Sturmgewehr zu töten, hielt sich aber zurück, nachdem er sich klargemacht hatte, daß er nicht wußte, wer sonst noch dort draußen stand. Er wartete atemlos ab.

Langsam wurde das Sturmgewehr zurückgezogen. Das Gebrüll des überlebenden Polizisten übertönte zwar fast alles, doch Sepsis hörte trotzdem Schritte, die sich vom Badezimmer entfernten. Sofort machte er sich daran, die Tür vorsichtig zu schließen; einen Spaltbreit ließ er sie allerdings offen, um auf den Gang hinaussehen zu können.

Durch den Schlitz sah er einen Teil des Rückens von einem Menschen in einer orangeroten Müllmann-Montur und hörte zwischen den Schreien hindurch Leute miteinander reden.

»Ruhe!« rief Lorca dem verletzten Polizisten zu, als sie die Küche betraten. Lorca blickte ihn dabei nicht an, sondern sah sich, entsetzt über die Toten, in der Küche um. Der Müllmann und Chisholm prüften nach, ob alle wirklich tot waren, wobei sie unweigerlich in das Blut treten mußten, das inzwischen den gesamten Küchenboden bedeckte. Der verletzte Polizist brüllte weiter und flehte um Hilfe.

»Mein Gott, was für eine Sauerei!« sagte Chisholm. Sie hielt ihren Revolver mit beiden Händen fest und stieß nacheinander jede Leiche mit der Fußspitze an. »Holen Sie die beiden vom Dach hierher!«

Lorca sprach, seine Waffe auf die Toten gerichtet, in sein Funkgerät und beorderte die zwei Polizisten auf italienisch vom Dach ins Innere des Hauses. »Sie kommen runter und verständigen einen Krankenwagen«, teilte er Margaret auf englisch mit. »Außerdem ist Verstärkung unterwegs.«

Lorca, Chisholm und der Müllmann vergewisserten sich, daß alle tot waren. Dann kniete sich der Müllmann hin und versuchte die Blutung des Polizisten zu stillen und den Mann zu beruhigen.

Nachdem Sepsis gehört hatte, wie Lorca die Polizisten vom Dach nach unten rief, setzte er sich in Bewegung. Lautlos schlich er sich aus dem Badezimmer, seine Waffe auf die Küche gerichtet. Niemand sah ihn, als er durch den Gang huschte und in einem der leeren Schlafzimmer verschwand. Vorsichtig schloß er die Tür hinter sich, aber wiederum nur so weit, daß er noch hinaussehen konnte.

Chisholm drehte sich um, warf einen Blick durch den Gang bis ins Wohnzimmer und sah die drei geschlossenen Türen. Da sie den Lageplan des Hauses, den sie sich unmittelbar vor der Razzia angesehen hatten, noch im Kopf hatte, wußte sie, daß die zwei Türen neben dem Bad Schranktüren waren. Sie beschloß, sie zu überprüfen.

»Lorca«, sagte sie und deutete mit dem Lauf ihres Revolvers auf den Gang. Lorca gab ihr Feuerschutz, während sie die Schranktüren und, um ganz sicherzugehen, auch noch einmal die Badezimmertür öffnete, doch dort war nichts. Erst jetzt entspannten sich die beiden ein wenig und ließen zum erstenmal, seit sie das Haus betreten hatten, ihre Waffen sinken.

»So eine Scheiße!« sagte sie, während sie in die Küche zurückging.

Die beiden Polizisten vom Dach, die wie ihre Kollegen in der Küche kugelsichere Westen trugen, kamen durch die Hintertür in die Küche, erschraken über das Gemetzel, stiegen über die Leichen und hinterließen Fußabdrücke in dem gerinnenden Blut.

»Es ist zu voll, es sind zu viele Leute hier«, beschwerte sich Lorca auf italienisch. »Sie beide«, sagte er zu den Neuankömmlingen, »gehen in den Flur und sehen nach, ob die beiden toten Männer dort wirklich tot ist. Das übrige Haus ist bereits überprüft worden.«

Die beiden Polizisten befolgten den Befehl, zwängten sich an Chisholm und Lorca vorbei und marschierten in Richtung Eingangstür. Unterwegs kam ihnen Denton entgegen. Die Schlafzimmertüren beachteten die beiden Polizisten vom Dach nicht, doch Sepsis sah die zwei Männer ganz deutlich.

Denton hatte eigentlich draußen warten sollen, bis Chisholm und Lorca Entwarnung gäben, doch er hatte es nicht mehr ausgehalten. Er hatte das Haus betreten, war an der Schwelle, wo die Leichen von Barahona und dem anderen Müllmann lagen, erst einmal stehengeblieben, dann jedoch, völlig ahnungslos in bezug auf die drohende Gefahr, in die Küche gegangen.

»Verdammt, was haben Sie hier zu suchen?« fragte Chisholm, ohne ihn anzusehen. Der Schreck über die Leichen, die sich innerhalb so kurzer Zeit angehäuft hatten, war ihr gewaltig in die Glieder gefahren.

»Haben wir ihn?« fragte Denton, den Blick starr auf die vielen Toten in der Küche gerichtet. Daß Lorca und Chisholm einander einen vielsagenden Blick zuwarfen, bemerkte er nicht. Denton hatte genau die Frage gestellt, die den beiden schon die ganze Zeit auf der Zunge lag.

»Weiß ich nicht, die sind alle viel zu übel zugerichtet, als daß man das eindeutig sagen könnte. Was wollen Sie hier überhaupt? Sie sollten doch draußen warten wie ein braver Junge!«

»Der brave Junge war eben neugierig«, erwiderte Denton

ohne jeden Anflug von Ironie, völlig fassungslos angesichts des Blutbads im Flur und in der Küche.

Lorca schüttelte den Kopf. »Ein verdammt hoher Preis für sechs tote Terroristen: vier von meinen Leuten. Aber wenigstens haben wir Sepsis.«

»Zeigen Sie mir, welcher es ist, dann glaube ich es«, erwiderte Chisholm.

»Sie haben nicht ganz unrecht.« Auf den ersten Blick war keiner der Terroristen kenntlich.

»Was stinkt da so?« fragte Lorca, tat einen Schritt auf Gallardo zu und merkte erst jetzt, daß der Mann förmlich gebraten wurde. Er zog die Leiche vom Herd und drehte das Gas ab. »Mein Gott!« Mehr brachte er angesichts von Gallardos verkohltem Oberkörper und Gesicht nicht hervor. Lorca ließ den Blick über die Küche wandern, betrachtete alles genau und wandte sich schließlich an Chisholm.

»Margaret«, sagte er fassungslos, »ganz ehrlich – haben Sie jemals so etwas gesehen?«

Sie schüttelte den Kopf, in dem jetzt ohne Unterlaß ein starker Schmerz hämmerte, obwohl sie keine Schuld an all dem hatte, obwohl eigentlich niemand Schuld an all dem hatte. Der verletzte Polizist brüllte immer noch, was den Schmerz verstärkte. »Frederico, sagen Sie Ihrem Mann da, daß er Ruhe geben soll!«

Denton war in den Flur zurückgekehrt, wo die beiden Polizisten vom Dach neben den Toten knieten. Er wollte sie eigentlich nicht aus der Nähe sehen, doch irgend etwas zog ihn hin. Er ging um die beiden Polizisten herum und kniete sich neben die Leiche von Barahona, um sie zu betrachten.

In diesem Augenblick legte Sepsis los. Er verließ, seine Waffe auf die Küche gerichtet, das Schlafzimmer und ging ins Wohnzimmer. Denton und die Polizisten vom Dach knieten immer noch neben den Leichen und hatten keine Ahnung, was sich in ihrer unmittelbaren Nähe tat. Gerade Denton hätte ihn eigentlich bemerken müssen, denn von den drei Männern war er der einzige, dessen Blick auf das Innere des Hauses gerichtet war, dorthin, wo Sepsis herkam. Doch er bemerkte Sepsis erst, als der nur noch einen halben Meter von ihm entfernt war, und da war es bereits viel zu spät.

Sepsis schoß mit seiner schallgedämpften Waffe auf die beiden Polizisten und traf sie an der Schädelbasis, bevor sie etwas mitbekamen. Denton sprang auf. Er hob den Blick und sah Sepsis, der seine Waffe auf ihn richtete.

»Der Top-Killer – endlich steht er vor mir«, flüsterte er, den kalten, leeren Blick auf die nur wenige Zentimeter von seinem Gesicht entfernte Mündung des Laufs gerichtet. Weil der verletzte Polizist so schrie, bekam weder Chisholm noch Lorca mit, was sich im Hausflur abspielte. Denton wollte etwas sagen, doch Sepsis legte ihm einen Finger über den Mund, ohne den Lauf seiner Waffe von Dentons Gesicht zu abzuwenden.

Irgendwie machte diese Geste die Sache für Denton noch schlimmer. Beim Anblick der Waffe war ihm klar gewesen, daß er jetzt würde sterben müssen. Der Stillschweigen gebietende Finger aber gab ihm einen Hoffnungsschimmer, was das Ganze noch entsetzlicher machte.

Sepsis vergewisserte sich in aller Seelenruhe, daß Denton keine Waffe bei sich trug und auch in der Nähe keine herumlag. Er bedeutete ihm mit einer ruckartigen Bewegung seines Revolvers, von der Tür wegzutreten und sich an die Wand zu stellen. Denton zögerte keine Sekunde und gab Sepsis den Weg frei. Sepsis ging um die Leichen herum und auf die Haustür zu. Denton war sich immer noch nicht im klaren darüber, ob Sepsis ihn töten würde oder nicht, beschloß aber plötzlich, es nicht darauf ankommen zu lassen.

»Er ist hier, er hat eine Waffe, er ist HIER!« brüllte er und drückte sich an die Wand, so fest er konnte, als würde er dadurch unsichtbar.

Lorca rannte als erster los. Chisholm folgte ihm. Doch Lorca lief zu schnell, stürmte um die Ecke, direkt in Sepsis' Blickfeld. Sepsis schoß ihm ins Gesicht und in die Brust und tötete ihn auf der Stelle.

Chisholm beging nicht den gleichen Fehler, sondern schob nur ihre linke Hand mit dem Revolver vor und schoß, ohne

373

um die Ecke zu sehen. Sie verfehlte sowohl Sepsis als auch Denton um Haaresbreite.

»*Nicht schießen, um Gottes willen, erschießen Sie mich nicht!*« kreischte Denton und drückte sich so dicht wie nur möglich an die Wand. Sepsis überlegte, ob er in die Küche gehen und diese beschissene Chisholm töten sollte, doch dann waren plötzlich Sirenen zu hören.

Er verließ das Haus und trat in dem Augenblick auf die Straße, als zwei Streifenwagen um die Ecke bogen, an der Lorca und Chisholm ihr Auto abgestellt hatten. Vier Polizisten stiegen aus den beiden Autos, und Sepsis zögerte keine Sekunde – er schoß auf den ersten Beamten, der geistesgegenwärtig eine Waffe gezogen hatte; die Kugel flog knapp über den Fensterrahmen der offenstehenden Wagentür und durchbohrte die Brust des Polizisten. Seine drei Kollegen gingen in Deckung. Sepsis rannte los.

»*Er entkommt!*« brüllte Denton. Chisholm stürzte aus der Tür und verfolgte Sepsis die Straße hinunter; die drei Polizisten ließen ihre Wagen stehen und liefen zu Fuß hinter dem Killer her. Sie waren sicher, ihn einholen zu können. Denton ging zu Lorca hinüber, drehte ihn um und sah sofort, daß er tot war: Wo seine Nase gewesen war, klaffte ein blutiges Loch. Denton nahm Lorcas Waffe an sich und lief aus dem Haus.

Sepsis bog links um die Ecke und rannte zur nächsten Querstraße, an der sich rechter Hand ein kleiner Park hinzog, der ringsum von Bäumen und Gebüsch gesäumt war. Die drei Polizisten und Chisholm folgten ihm. Die italienischen Beamten wußten zwar nicht, wer Chisholm war, dachten sich aber, daß sie auf ihrer Seite sein müsse, wenn sie mit einer so großen Waffe hinter dem Mörder ihres Kollegen herrannte.

Sepsis schoß im Laufen, über die Schulter hinweg, ohne sich umzudrehen, nach hinten. Die Polizisten wagten es nicht, das Feuer zu erwidern, denn in dieser dichtbesiedelten Wohngegend hätte schon eine einzige verirrte Kugel größten Schaden anrichten können – und genau darauf baute Sepsis.

Als er durch das Gebüsch am Rande des Parks brach, sah Sepsis, daß er auf einem Kinderspielplatz mit viel Grün und

vielen Sitzbänken gelandet war. Die rechteckigen Rasen-
stücke waren von braunen Wegen aus festgetretener Erde
durchzogen; das Ganze machte einen etwas schäbigen Eindruck. Alle, Kinder, Familien und einzelne Spaziergänger, die
sich gerade in dem kleinen Park aufhielten, starrten Sepsis
an. Einige bemerkten, daß er eine Waffe hatte, den meisten
wurde aber erst klar, daß etwas nicht stimmte, als drei Carabinieri und eine rothaarige Frau in den Park stürmten und
hinter dem Mann herrannten.

»Weg hier, raus hier, weg, weg, weg!« schrien die drei Polizisten den Leuten im Park zu. Zwei von ihnen verlangsamten
ihre Schritte und zielten auf Sepsis, der in hohem Tempo
davonlief. Doch sie konnten nicht schießen, denn plötzlich
tauchte eine Frau mit einem Kinderwagen im Blickfeld der
Schützen auf und kreuzte Sepsis' Weg.

Die ahnungslose Frau hieß Carmela und war eine ziemlich
junge, dicke Mutter aus der Arbeiterschicht, die sich an diesem Samstagnachmittag überlegte, ob sie sich von ihrem
Mann trennen sollte oder nicht. Sie machte sich Sorgen
wegen des Geldes, fragte sich, wie sie sich und ihre sechzehn
Monate alte Tochter durchbringen sollte, wenn sie sich wirklich von ihrem Mann scheiden ließe. Er war kein schlechter
Mann, doch sie war schon lange nicht mehr glücklich in ihrer
Ehe. Und da sie für sich das Recht auf ein glückliches Leben
beanspruchte, glaubte sie, daß vielleicht nur die Scheidung
ihr ein solches Leben ermöglichen könnte. Diese Gedanken
gingen ihr durch den Kopf, als ein dünner, aber kräftiger junger Mann sie um den Hals packte und ihr eine Waffe an die
Wange hielt.

Etwas Besseres war Sepsis nicht eingefallen. Das Erscheinen der Verstärkung hatte ihn völlig überrascht, und er mußte Zeit gewinnen, um wieder klar denken zu können. Mit
dem linken Unterarm hielt er die schreiende Frau am Hals
fest, richtete die Waffe auf ihren Kopf und trat ihr mit dem
Knie ins Kreuz, damit sie mit dem Versuch aufhörte, sich seinem Griff zu entwinden.

»Zurück, oder ich knalle sie ab!« schrie er in einem bizarren Mischmasch aus Französisch und Deutsch den drei italienischen Polizisten und Chisholm zu, die, nur drei Meter von ihm entfernt, reglos dastanden und auf seinen Kopf zielten. Allen vieren war klar, daß sie möglicherweise die Frau treffen würden, und alle vier überlegten, wie sie Sepsis angreifen könnten, ohne daß sie selbst oder die Frau getötet würden. Und während sie mit vorgehaltenen Waffen dastanden, warfen sie sich gegenseitig, rasend vor Wut, die wüstesten Obszönitäten an den Kopf.

Keinem dieser Menschen, die einander in dieser für alle prekären Lage gegenüberstanden, war bewußt, was er da schrie, und schon gar nicht nahmen sie wahr, was die jeweils anderen brüllten. Die Polizisten schrien Sepsis auf italienisch an, Sepsis selbst wechselte, ohne es zu merken, zwischen seinen beiden Muttersprachen Französisch und Deutsch, während Chisholm ihm auf englisch androhte, sie werde ihn töten. Auch die unschuldige Frau schrie, sie schlug heftig um sich und sah entsetzt dem langsam davonrollenden Kinderwagen nach. Sie fürchtete natürlich um ihr eigenes Leben, doch mit jeder verstreichenden Sekunde wuchs auch ihre Angst, der Kinderwagen könnte umkippen und das Baby herausfallen.

Und als die Sekunden sich zu einer Minute anzuhäufen drohten, spürte Chisholm, wie sie etwas überkam, eine Woge, die sich ihr nahte, seit sie die kurze, entsetzliche Salve der Todesschüsse in dem Haus gehört hatte, eine Woge der Gewalt und des Mordes, die das grausige Hochgefühl kaschierte, ein Hochgefühl, das zum Anschwellen der Woge zusätzlich beitrug. Zum ersten Mal stand Sepsis vor ihr, direkt vor ihr. Gleich würde etwas sehr, sehr Schlimmes geschehen.

Er tat es aus … praktischen Gründen? Ja, vielleicht wirklich aus rein praktischen Gründen, denn das kreischende Weib versuchte sich seinem Griff so heftig zu entwinden, daß die Gefahr bestand, sie könnte sich losreißen, und dann hätte er ohne Deckung dagestanden. Deshalb schoß er ihr eines seiner Hartkerngeschosse in den Kopf. Sie war sofort tot.

Es war geschehen, ehe die drei Polizisten und Chisholm etwas davon mitbekamen. Die aus so nichtigem Grund getötete Frau hörte sofort auf, um sich zu schlagen. Sepsis hielt sie mit dem linken Unterarm wie einen Schild vor sich, während er seine Waffe mit der rechten Hand auf die drei Polizisten richtete und nacheinander jeden von ihnen mit einem einzigen Kopfschuß tötete und dann auf Chisholm zielte.

Er zielte auf sie, ehe ihr überhaupt bewußt geworden war, daß seine Geisel tot war, zielte direkt auf ihr Gesicht und drückte ab. Es machte nur leise *klick*.

Als er den Arm ausstreckte und die drei Polizisten erschoß, begann sich die Welle aufzutürmen. Sie wuchs rasch, doch sie brach sich nicht, als die Waffe auf Chisholm gerichtet wurde, denn zu diesem Zeitpunkt war Chisholm noch dabei, den Tod der jungen Mutter zu verarbeiten. Mit jeder Kugel, die er abgefeuert, mit jedem Polizisten, den er getötet hatte, war die Welle ein Stück höher geworden, genährt von einer immer breiteren, immer stärkeren Unterströmung, bis sie schließlich, als Sepsis die Polizisten getötet hatte, ihren Kulminationspunkt erreichte. Und noch nicht einmal in dem Moment, als er ihr mit der leeren Waffe ins Gesicht zu schießen versuchte, als es nur *klick* machte, brach sich die Welle, sondern erst eine Sekunde später.

Während dieser einen Sekunde betätigte Sepsis wieder und wieder den Abzug der leeren Waffe, und die Gedanken rasten durch seinen Kopf. Er hoffte, die Waffe habe eine Ladehemmung, obwohl er genau wußte, daß es nicht so war, denn der Auswerfer des Revolvers hatte die letzten Patronenhülsen herausgeschleudert, als er auf den letzten Polizisten schoß. Er hatte keine Munition mehr. Er starrte Chisholm an, drückte immer wieder auf den klickenden Abzug, und sah zu, wie die Welle tiefroter Wut in ihr sich brach und über ihn ergoß.

Chisholm hielt noch immer mit beiden Händen ihren Revolver, dessen Lauf keine zwei Meter von Sepsis entfernt war, und sie wußte, daß in ihrer Waffe noch vier Kugeln waren und sie noch zwei Schnellader in der Tasche hatte, doch daran dachte sie nicht, überhaupt nicht, sie dachte an gar nichts, sondern verlor so mühelos und angenehm wie bei einer Verführung das Bewußtsein von dem, was sie tat, und die Welle brach sich in ihr und um sie herum und überflutete sie tosend in dem Augenblick, als sie noch einmal, das letzte Mal, aus tiefster Brust Luft holte und auf Sepsis schoß.

Er hatte es vorausgesehen und war in dem Augenblick, als der laute Knall aus Chisholms Revolver die Welt erfüllte, hinter der Leiche der Mutter in Deckung gegangen.

Die vier Kugeln durchdrangen die Brust der Leiche und schossen auf Sepsis zu, er spürte sie wie Nadeln, die aus dem Fleisch der jungen Mutter zu ihm vordrangen, letztlich aber doch von ihrem Körper festgehalten wurden. Dann war Chisholms Waffe leergeschossen und klickte nur noch beim Abdrücken. Sepsis ließ die Leiche fallen und sah an sich herab.

Er war unverletzt. Keine Kugeln, keine Wunden, nicht einmal Abschürfungen spürte er, als er sich abtastete. Er hob den Blick zu Chisholm.

Sie sahen einander verblüfft an, jeder eine leere Waffe in der Hand, beide lebend und unversehrt.

Chisholm reagierte als erste. Sie wollte in die rechte Tasche ihrer Sportjacke greifen, schaffte es nicht gleich, die Taschenklappe hochzuschlagen, tastete schließlich nach einem der beiden Schnellader, die an ihre Hüfte schlugen. Sie brauchte ihn nur rauszuholen, und sie öffnete schon mal den Revolver.

Sepsis war sofort klar, was Chisholm tat. Er stürzte mit ausgestreckten Armen auf sie zu und stieß sie, mit jeder Hand eine ihrer Brüste umfassend, so kraftvoll und ruckartig nach hinten, daß sie die Balance verlor und hinfiel; doch noch ehe sie auf den Boden auftraf, war sie wieder auf den Beinen. Da sah Sepsis in der Ferne Denton zwischen den Bäumen hervorkommen und beschloß zu fliehen.

Er drehte sich um und lief aus dem Park, brach durch die Sträucher, die den Park einfaßten, und rannte mitten auf die Straße. Es waren nur wenige Autos unterwegs, und diese wenigen waren daran gewöhnt, daß die Leute Straßen an jeder beliebigen Stelle überquerten – eine üble Angewohnheit der italienischen Fußgänger –, und bremsten automatisch, als Sepsis über die Fahrbahn lief, auf eine Kreuzung zurannte und in die Querstraße einbog.

Als Chisholm durch das Gebüsch am Parkrand brach, sah sie gerade noch, wie Sepsis in der Ferne um die Ecke bog. Sie überquerte die Straße und versuchte dabei, ihre Waffe zu laden. Weil es mühsam war, sich gleichzeitig auf das Laufen und auf das Laden zu konzentrieren, wurde sie langsamer; schließlich ließ sie das Laden bleiben und rannte wieder los, auf die Ecke zu, hinter der Sepsis verschwunden war. Denton folgte ihr, aber seine Kondition war so schlecht, daß er rasch zurückfiel.

Sepsis und Chisholm rannten auf dem Gehsteig dahin, liefen durch das Fußgängergewusel, das in dieser Straße merkwürdigerweise wesentlich dichter war. Sepsis hatte keine Ahnung, warum sich so viele Leute dort aufhielten, doch er machte sie sich zunutze, indem er an einzelnen von ihnen zerrte, damit sie das Gleichgewicht verloren und Chisholm vor die Füße fielen, so daß seine Verfolgerin, wie er hoffte, ins Stolpern geriet. Doch Chisholm hatte seine Strategie erkannt, lief mitten in die wogende Menge hinein und stieß die Leute aus dem Weg.

Im orangeroten Licht der Sonne, in einem Licht wie am Spätnachmittag, rannten sie auf dem Gehsteig dahin. In der Fahrbahnmitte konnten sie nicht laufen, sie wären von den Autos überfahren worden. Plötzlich bog Sepsis scharf rechts ab und verschwand in einem Gebäude. Chisholm war ihm so dicht auf den Fersen, daß sie keine Sekunde lang daran dachte, er könnte sie in einen Hinterhalt locken. Sie bog ebenfalls rechts ab und betrat das Haus nur eine Sekunde nach ihm.

Es war ein altes, schmales Wohnhaus mit einem dunklen, holzgetäfelten Eingangsbereich, der tief in ein enges Treppenhaus ohne Hinterausgang führte. Links befand sich die Treppe, rechts waren zwei Aufzüge. In dem Augenblick, als Sepsis die erste Stufe nehmen wollte, stürzte sich Chisholm mit einem Hechtsprung auf ihn und schleuderte ihn an die gegenüberliegende Wand, wie ihre Brüder es ihr vor unendlich langer Zeit beigebracht hatten.

»Verdammte Fotze!« schrie Sepsis, packte Chisholm am Arm und schmetterte sie mit solcher Wucht gegen den Aufzug, daß an der Tür eine Delle entstand. Dann zog er sie wieder zu sich, um ihr einen Schlag ins Gesicht zu verpassen, doch Chisholm versetzte ihm mit ihrem modischen, an der Spitze leicht eckigen Schuh einen Tritt gegen das Schienbein.

Sepsis brüllte und ging fast zu Boden vor Schmerz. Er tastete sein Schienbein ab, das er für gebrochen hielt. Chisholm trat zwei Schritte von ihm zurück, um sich ein wenig Spielraum und Zeit zum Laden ihres Revolvers zu verschaffen.

Sie mußte weiter weg, wurde ihr klar, während sie geradezu hysterisch versuchte, ihre Hand in die Jackentasche zu stecken. Er war stärker als sie. Sie mußte weiter weg, um ihre Waffe laden und diesen Dreckskerl schnurstracks in die Hölle ballern zu können, denn andernfalls würde sie sterben.

»So, du Arschloch, SO, JETZT!« brüllte sie, ohne daß es ihr bewußt wurde. Endlich schaffte sie es, einen der beiden Schnelllader aus der Tasche zu ziehen.

Sepsis stürzte sich erneut wie von Sinnen auf sie und stieß sie weg, diesmal nicht so wuchtig, doch heftig genug, daß ihr der Schnelllader aus der Hand fiel. Sie packte ihren Revolver mit der rechten Hand am Lauf und zog Sepsis die Waffe über die Stirn – nicht nur mit aller Kraft, sondern sogar ein wenig zu schwungvoll, so daß er Zeit zum Ausholen hatte und ihr mit der linken Faust einen Schlag auf die Wange verpassen konnte. Sie sackte auf die Knie und fiel zu Boden.

»Jetzt bring' ich dich um, du verdammtes Miststück!« sagte er auf deutsch, einer Sprache, die sie nicht verstand. Unmittelbar darauf gelang es ihr, sich so weit hochzurappeln, daß sie mit dem Kolben ihres Revolvers gegen das Schienbein schlagen konnte, das sie zuvor getreten hatte. Sepsis schrie auf und hüpfte von ihr weg, so daß sie aufstehen und einen erneuten Angriff unternehmen konnte.

Doch er war stark. Er packte sie am Hals, zwang sie in die Knie und würgte sie, brachte ihr Gesicht näher an seines heran, indem er die Arme anwinkelte, so daß ihm Chisholm nicht die Augen auskratzen konnte. Sie kniete vor ihm, kratzte und versuchte, an seinen Unterleib heranzukommen, doch darauf war Sepsis vorbereitet – er krümmte sich so, daß sein Unterleib durch die dicken Oberschenkelmuskeln geschützt war. Chisholm gab es auf, sein Gesicht zerkratzen zu wollen, hieb statt dessen auf seine Schenkel ein und zerrte an seinen Armen. Noch hatte sie Kraft, doch je länger er drückte, um so schwächer wurde sie.

Zum ersten Mal sahen sie sich, nur wenige Zentimeter voneinander entfernt, in die Augen. Wie ein rotglühender Strahl schoß ihr Blick auf Sepsis zu, als wollte sie seinen Kopf damit durchbohren, als sollte dieser Blick sich in sein Hirn graben und es ihm aus dem Schädel saugen. Doch Chisholm spürte nur ein schwarzes Vakuum im Inneren dieses Mannes, eine pechschwarze Leere, die erst dann gefüllt sein würde, wenn ihr Körper zerrissen und zerfetzt wäre.

»*Hey!*« schrie Denton an der Eingangstür des Hauses und richtete eine Waffe auf sie. Sepsis warf Chisholm augenblicklich zur Seite und rannte die Treppe hoch. Sein Schienbein tat entsetzlich weh, es mußte gebrochen sein, doch er verbiß sich den Schmerz und stieg, immer zwei Stufen auf einmal nehmend, hinauf.

Denton kam ins Treppenhaus gelaufen. Mit pfeifendem Atem – es klang wie eine kaputte Maschine – kniete er sich neben Chisholm, die am Boden lag und sich allmählich wieder erholte. »Alles in Ordnung mit Ihnen?« fragte er keuchend.

»*Fangen Sie ihn!*« schrie sie, rappelte sich auf und lief selbst hinter Sepsis die Treppe hoch. Sie konnte zwar ihren Schritt nicht verlangsamen, um ihren Schnellader hervorzuholen und Sepsis endlich zu töten, doch sie konnte ihn verfolgen, und das tat sie auch. Sie lief und lief.

Denton, dem Raucher, war die Puste ausgegangen. Er blieb im Eingangsbereich stehen, beugte sich vor und stützte sich auf seine Knie. Er hätte Sepsis gern verfolgt, aber er war so kaputt, daß er sich nicht mehr vom Fleck rühren konnte. Doch was war mit der Aufzugtür, der Tür, die Sepsis mit Chisholms Körper eingedellt hatte? Sie öffnete sich. Ein älterer, völlig unbekümmerter Herr stieg aus, warf Denton einen gleichgültigen Blick zu und verließ das Haus. Denton trat in den Aufzug und drückte auf den obersten Kopf.

Chisholm und Sepsis rannten, durch eine halbe Etage voneinander getrennt, im Zickzack die Stufen hoch, rasten ein Stück durch den Gang und dann weiter, die nächste Treppe hinauf, immer weiter das dunkel getäfelte Stiegenhaus empor. Mehrere Hausbewohner traten aus ihren Wohnungen, um nachzusehen, was los war. Sie hörten den Mann und die Frau, die ihn verfolgte, rufen, schreien und ächzen. Doch weder Sepsis noch Chisholm vernahmen die Laute, die sie von sich gaben. Keiner von beiden war überhaupt noch in der Lage, bewußt zu denken. Sie erfaßten sich selbst nicht mehr mit Hilfe von Gedanken, sondern nur noch durch den Schmerz, den sie empfanden. Wieder einmal gab es zwischen ihnen nur einen leeren Raum, den jeder mit seiner eigenen Ausstrahlung füllte.

Im Gang in der sechsten Etage knickte Sepsis um, während er auf die nächste Treppe zulief, zuckte wegen des Schmerzes in seinem Schienbein zusammen und kam aus dem Tritt. Das war Chisholms Chance. Mit mehreren raschen, langen Schritten näherte sie sich ihm, sprang ihm zwischen die Beine und brachte ihn zu Fall.

Die Wucht des Aufpralls bewirkte, daß sie ihre Waffe verlor und Sepsis' Beine wieder loslassen mußte. Der Revolver schlitterte über den Boden des langen, dunklen Gangs im sechsten Stock, Sepsis rollte sich weg, rappelte sich schneller auf als Chisholm und trat ihr, als sie aufstehen wollte, so fest in die Magengrube, daß sie erneut auf dem Boden landete.

Er hätte kehrtmachen müssen. Er hätte kehrtmachen und laufen müssen, weglaufen. Doch er tat es nicht. Er machte ein paar Schritte nach vorn und trat sie noch einmal.

Diesmal erwischte sie sein Bein und drehte es blitzschnell. Er stürzte sofort. Sie griff nach ihrer Waffe, die kaum zwei

Meter von ihr entfernt lag, und gleichzeitig nach dem anderen Schnellader in ihrer Tasche.

Doch ehe sie den Revolver packen konnte, rappelte Sepsis sich hoch, trat sie noch einmal und schickte sie der Länge nach zu dem Fenster am Ende des Ganges. Chisholm sah Sepsis an wie das Kaninchen den Fuchs, der es gleich anfallen wird. Er würde Scheiße bauen, er würde sie ganz nach Belieben fertigmachen. Sie versuchte, auf die Beine zu kommen, doch er trat wieder nach ihr, und sie fiel rücklings hin und saß in der Falle. Durch das Fenster hinter ihr drang trübes Sonnenlicht herein.

Er kniete sich neben sie auf den Boden. Sie rang nach Luft. Er packte ihren Kopf an den Ohren und knallte ihn, so fest er konnte, ans Fensterbrett. Chisholm wehrte sich, leistete Widerstand, hielt sich mit der rechten Hand den Hinterkopf und versuchte mit der linken, sein Gesicht zu treffen, umsonst, es war zu spät, du Scheißkerl, es ist einfach zu spät, ich mach' dich fertig und werf' ...

Von irgendwoher ertönte Dentons Stimme. »*Halt! Ich habe eine Waffe!*«

Sepsis zögerte, drehte sich zu Denton um, der die Treppe herunterkam und in den dunklen Gang trat und tatsächlich eine Waffe hatte. Und Chisholm nahm die Chance wahr, die Sepsis' Unschlüssigkeit ihr bot.

Sie zog ihre rechte Hand unter ihrem Hinterkopf hervor, griff Sepsis damit zwischen die Beine und umfaßte mit der linken fest seinen Hals. Und mit aller Energie, die sie noch hatte, mit der Kraft, die eine Mutter in die Lage versetzt, ein brennendes Auto umzudrehen, wenn ihr Kind darin gefangen ist, hob Margaret Chisholm Sepsis hoch, warf ihn über ihre Schulter, schmiß ihn durch die zerspringende Glasscheibe, stieß ihn hinaus in den leeren Raum, der für Sepsis schwarz sein mußte, denn er verhieß ihm keine Rettung.

Sepsis schaute zu dem Fenster zurück, während er fiel, und hörte nicht, daß er schrie. Sein ganzes Blickfeld war ausgefüllt von Chisholms feixendem, haßerfülltem Gesicht, das sich immer weiter entfernte, in der Ferne verschwand, als würde nicht er hinunterstürzen, sondern sie in die Höhe entschwinden. Sein letzter bewußter Gedanke galt nicht ihm selbst oder seinem Leben oder seinem Tod, sondern ihrem glutroten Haar, dessen vom Wind zerfurchte Strähnen ihm entgegenzuzüngeln schienen.

Chisholm sah ihm bis zum Schluß nach, sah, wie Sepsis, den Blick starr auf sie gerichtet, sechs Stockwerke tief fiel, und die Sekunden dehnten sich wie ein Schleier, den jemand zu zerreißen versuchte. Er streckte ihr die Arme entgegen. In seinem Gesicht war alles rund, die Augen, der Mund. Sein Kopf fiel schneller als der restliche Körper. Sein Blick blieb auf ihr Gesicht geheftet, und der Schleier dehnte sich so sehr, daß er jeden Augenblick zerreißen mußte.

Er schlug unten auf. Sein Kopf klang beim Aufprall wie eine Bowlingkugel oder eine Wasssermelone, hohl. Der Schädel zersprang, Blut und Gehirnbrei quollen aus den Ohren und den Augenhöhlen. Knochensplitter durchstachen die Haut seines Gesichts und entstellten es, der Unterkiefer brach. Der übrige Körper zerbarst nicht, als er am Boden aufkam, sondern sprang noch einmal gut dreißig Zentimeter hoch; dann zog der zerschmetterte Kopf ihn wieder nach unten, wo er reglos liegenblieb und von den hinter ihm herabfallenden Glasscherben bedeckt wurde. Sepsis' Schrei aber hörte nicht auf, als er unten ankam, sondern ertönte noch den Bruchteil einer Sekunde danach und endete auch nicht abrupt, sondern verhallte langsam.

Das alles sah Margaret Chisholm mit an. Atemlos starrte sie, auf das Fensterbrett gestützt, zu der am Boden liegenden Leiche hinab. Noch hielt sie die Angst, den Haß und die Erleichterung zurück, doch diese Gefühle begannen jetzt in ihr aufzuwallen und ihr Bewußtsein zu wecken, ein Bewußtsein, das ihr sagte, daß nicht Sepsis noch am Leben war, sondern sie.

Das fiese Bewußtsein, dieser hinterhältige Teufel! Margaret versuchte sich darauf vorzubereiten, während sie Sepsis' unten liegende Leiche betrachtete, ließ die Bilder der Schießerei auf der Piazza wieder in sich aufsteigen, dachte an die toten Leute in der U-Bahn-Station, an Frederico Lorca und an das Leid, das sein Tod für seine Familie bedeutete. All das führte sie sich vor Augen, all diese Waffen gegen ihr Bewußtsein, die Nadel und den Faden, mit denen sie den Riß in dem Schleier nähen würde, doch sie merkte, daß es nicht reichen würde. Es reichte nie, wenn der Tod im Spiel war.

Denton lief zu ihr, steckte den Kopf aus dem Fenster und starrte keuchend und stocksauer auf die unten liegende Leiche. »Na wunderbar – die Chisholm-Methode, ja? Erst mal alle töten, um den Rest kann sich dann ja der liebe Gott kümmern!« sagte er wütend.

Chisholm hörte nicht, was er sagte. Sie begann am ganzen Leib heftig zu zittern, ihr Körper reagierte, wie auf ein Gift, mit Krämpfen – zuerst im Oberkörper, sie glaubte, ihr Herz werde explodieren, dann im Bauch, in den Armen. Sie bebte vor Entsetzen. Schlurfend entfernte sie sich von der zerborstenen Scheibe. Ihr erster klarer, logischer Gedanke, seit sie Sepsis aus dem Fenster geworfen hatte, war, daß sie möglicherweise »versehentlich« hinter ihm herstürzen könnte.

»Hilfe«, sagte sie matt. Es klang nur wie ein leiser Schluckauf, doch es veranlaßte Denton, den Blick von Sepsis' Leiche zu wenden.

Sie ging, ihm den Rücken zukehrend, davon. »Margaret?« sagte er, eilte auf sie zu, während sie zu torkeln begann, das Gleichgewicht zu halten versuchte und es doch verlor. Mit zwei raschen Schritten war er bei ihr und fing sie auf, ehe sie zusammenbrach, hielt sie, zog sie an sich. Sie zitterte so heftig, als fröre sie, wie noch nie ein Mensch gefroren hatte. Endlich war der Schleier für Margaret Chisholm zerrissen, und ihre Zweifel hatten ein Ende gefunden.

ERSTES GEBET

Schwester Marianne war allein in ihrem Zimmer in der Villa. Sie kniete nieder, nahm ihren Rosenkranz, flocht ihn sich durch die Finger und band so ihre Hände aneinander. Dann senkte sie den Kopf und betete für die Seele des Mannes, der sie hatte ermorden wollen.

An ihre Arbeit dachte sie nicht mehr. Sie hatte den ganzen Tag über, in Notizen und Berechnungen vertieft, mit Edmund im Arbeitszimmer gesessen. Ein bestimmtes, eigentlich eher belangloses Problem hatte ihre und Edmunds Konzentration so sehr in Anspruch genommen, daß sie beinahe das Klingeln des Telefons überhörten.

»Der Mann ist tot«, hatte Margaret ihr mitgeteilt, und als Marianne fragte, was geschehen sei, hatte sie nur gesagt, »Wichtig ist einzig, daß Sie jetzt in Sicherheit sind«, und aufgelegt.

Schon während sie sich entschuldigte und in ihr Zimmer hinaufging, um zu beten, fühlte sie eine ihr völlig unverständliche Niedergeschlagenheit, von der sie weder wußte, woher sie kam, noch, was sie bedeutete. Als sie zum Beten niederkniete und plötzlich zu weinen begann, glaubte sie, dies seien Tränen der Erleichterung darüber, daß nun den Unschuldigen kein Schaden mehr zugefügt würde und auch sie selbst nichts mehr zu fürchten hätte.

Doch es war keine Erleichterung. Als sie zu beten begann, wurde ihr klar, was es war: Trauer. Der Mann war tot, unerreichbar für das Heil. All die grauenhaften Dinge, die er getan hatte, konnten jetzt nicht mehr verziehen werden. Er konnte nichts mehr tun, er war in der Gewalt Gottes.

Sie betete. Sie betete zu Gott, nahm ihren ganzen Mut zusammen und bat ihn offen, dem Mann, der soviel Böses getan hatte, zu vergeben. Ohne zu zögern, widerrief sie alle anklagenden, wütenden Vorwürfe, die sie gegen ihn erhoben hatte, nahm all die Nächte zurück, in denen sie ihn wegen der Ermordung ihrer Mitschwestern verflucht hatte, erklärte ihr Flehen um Gerechtigkeit angesichts der vielen Unbeteiligten, deren Tod auf seinem Gewissen lastete, für ungültig, verwarf all ihre Vorhaltungen und Beschuldigungen, distanzierte sich davon, wies sie zurück. Alles nahm sie zurück und erbat – erflehte – von Gott, zu vergeben, bitte, nur Vergebung, ja, vergib ihm seine Schuld, wie du uns vergibst, daß wir die Lebenden um uns nicht gerettet haben ...

Die Kraft verließ sie. Sie sank zu Boden und weinte in ihre

Hände. Doch nicht für die Toten betete sie, wie ihr jetzt bewußt wurde – die Toten brauchten keine Gebete mehr. Sie betete gegen die verdammungswürdige Unversöhnlichkeit der Lebenden gegenüber den Lebenden.

Lange saß sie so da.

»Marianne?« Edmund klopfte an ihre Tür und steckte den Kopf herein.

»Ja?« Sie wandte sich zu ihm und merkte erst jetzt, daß es in ihrem Zimmer stockdunkel war.

»Kommen Sie!« sagte er.

14

Der Wille Gottes und der Menschenwille / Glaube

Margaret Chisholm lag angekleidet auf ihrem Bett, starrte an die Decke und wartete auf das Klingeln des Telefons.

Es war dunkel, gegen einundzwanzig Uhr; nur die Nachttischlampe brannte. Die Decke war vor kurzem gestrichen worden; Margaret sah die Abdrücke der Pinselschwünge, die im Lampenlicht feine, winzige Schatten warfen wie Kratzer von den Krallen einer Katze. Sie wartete und wartete, und es war das bisher Schlimmste überhaupt an diesem Tag. Der italienischen Polizei Bericht zu erstatten hatte ihr ebensowenig ausgemacht wie das lästige Verfassen ihres FBI-Berichts. Doch das Warten, das den Gedanken und Grübeleien Tür und Tor öffnete, war das Schlimmste. Das Zweitschlimmste.

Das Telefon klingelte. Maggie hob sofort ab.

»Chisholm.«

»Na, wie geht's meinem Mädchen?« fragte Mario Rivera, hörbar lächelnd.

»Es ist vorbei.«

Er seufzte. »Ich weiß, ich habe Ihren Bericht gelesen. Wie sind Sie nervlich drauf?«

»Ganz gut.«

»Und was war nun mit dem Kerl?« fragte er betont geschäftsmäßig in der Hoffnung, Maggie damit ein wenig abzulenken. »Warum wollte er die Nonne kaltmachen?«

»Die Antwort darauf nimmt er mit ins Grab«, sagte sie, und Rivera wunderte sich, daß es sie offenbar nicht einmal interessierte.

»Schade. Haben Sie irgendeine Erklärung?«

»Nicht mal ansatzweise.«

Mehr sagte sie nicht. Eine Zeitlang herrschte Schweigen.

»Ist alles in Ordnung?« fragte er sie schließlich, ehrlich besorgt.

»Ja, ja. Mario, ich glaube, das hier war mein letzter Außeneinsatz. Ich packe das einfach nicht mehr.«

Rivera unterdrückte seine aufsteigende Panik. »Ja, natürlich, wie Sie wollen. Vielleicht würden Sie gern in Quantico arbeiten? Sich ein bißchen um den Nachwuchs kümmern?«

»Mario ... Ich hätte ihn nicht erledigen müssen. Aber ich hab's getan. Und es hat mir *Spaß* gemacht. Es hat mir enormen Spaß gemacht ...«

»Schschsch, ich weiß, ich weiß, so was kommt ab und zu vor. Man ist so angespannt, das kann schon mal passieren. Sie kommen jetzt erst mal heim, dann nehmen Sie sich einen Monat frei oder auch zwei, so lange Sie wollen. Sie sind eine Heldin, Maggie!«

»Ich bin eine Mörderin«, erwiderte sie leise. »Eine eiskalte Killerin.«

»Maggie, Maggie, jetzt hören Sie mal zu: Sie sind keine Mörderin!« erklärte Rivera, dessen wachsende Verzweiflung sich langsam in Wut verwandelte. »Sie sind eine gute Agentin, die beste überhaupt. Sie fliegen noch heute abend zurück! Sie kommen sofort hierher, das ist ein Befehl. Sie haben hervorragende Arbeit geleistet, okay? Und es wird sich überhaupt nichts ändern, wir setzen uns zusammen und reden über die Sache, ja? Sie haben Ihre Arbeit getan. Wo ist Denton? Ich will mit Denton reden!«

Denton war unten im Arbeitszimmer, lag auf einer Ottomane, telefonierte und zappte zwischen CNN und einem Fußballspiel mit Beteiligung des SSC Napoli hin und her. Napoli führte zwei zu null.

»Wir fliegen in den nächsten Tagen zurück. Kannst du mich vom Flughafen abholen? Die Nachtmaschine wahrscheinlich«, sagte er und wandte den Kopf, als er Chisholm eintreten hörte.

»Warte mal, Baby, warte, ich kann jetzt gerade nicht sprechen, es ist etwas dazwischengekommen. Ich melde mich später noch mal, bis dann.« Er legte den Hörer auf die Gabel und schaltete den Fernseher aus, ohne hinzusehen. »Was ist?«

»Mario Rivera möchte mit Ihnen sprechen – am Apparat oben«, sagte sie müde.

Sie seufzte. Es ist vorbei, dachte sie. So ist das also. Man gibt seine Waffe ab, und dann redet man mit einem Therapeuten, und dann ist man draußen. Sie wußte nicht, ob sie entsetzt, gedemütigt oder letztlich doch erleichtert über das Ende war. »Wo ist Marianne?« fragte sie, Denton anblickend.

Denton hatte sich nicht vom Fleck gerührt. »Gettier und sie sind weggefahren. Was haben Sie? Sie sehen aus, als ob jemand gestorben wäre – was ist denn passiert?«

»Es ist alles in bester Ordnung. Wo wollten sie hin?«

»Ich weiß nicht, in den Vatikan, glaube ich. Was will Rivera von mir?« Er ging zur Tür, ohne Chisholm aus den Augen zu lassen.

»Was macht sie denn um diese Uhrzeit im Vatikan?«

»Irgendein architektonisches Problem, keine Ahnung...«

»Was?« unterbrach sie ihn stirnrunzelnd.

Denton starrte sie an. Aus ihrem Gesicht war alle Farbe gewichen. »Was ist denn?«

»O mein Gott«, sagte sie. »Die Nonne ist der Informant.«

Marianne bremste den Wagen vor dem Tor der Basilika ab. Die Schweizer Gardisten richteten ihre Taschenlampen auf Gettier und sie und überprüften ihre Ausweise mit peinlicher Genauigkeit, obwohl sie sowohl Marianne als auch Gettier gut kannten. Die Nachtkameras waren eingeschaltet und überwachten die Gardisten.

»Ziemlich spät, oder?« sagte ein Gardist auf italienisch.

»Ich habe eine Überraschung für Schwester Marianne«,

erwiderte Gettier. »Könnten mir vielleicht zwei Ihrer Leute helfen? Es befindet sich im Kofferraum, und ich glaube, für Schwester Marianne und mich ist es zu schwer.«

»Selbstverständlich, Professor Gettier«, sagte der Gardist lächelnd. »Ich selbst werde Ihnen helfen.«

Er gab dem Pförtner einen Wink, und der Wagen wurde durchgelassen. Der Gardist, ein breitbrüstiger, älterer Mann namens Sommers, folgte dem Auto auf den Parkplatz neben dem Tor.

»Was ist es denn?« fragte Marianne müde, aber um Begeisterung bemüht. Vielleicht würde ihr ein bißchen Arbeit jetzt ganz guttun, dachte sie. Nachts kam man immer am besten voran.

Doch Gettier spannte sie auf die Folter. »Das werden Sie gleich sehen«, sagte er, um sie aufzumuntern, und öffnete Sommers und einem anderen, jüngeren Gardisten den Kofferraum. »Schaffen Sie das? Sie ist schwer«, warnte er die beiden Männer, auf eine im Kofferraum liegende Kiste deutend, eine etwa einen Meter lange, zugenagelte Holzkiste mit Haltegriffen an den Seiten.

»Kein Problem«, sagte Sommers und hievte die Kiste zusammen mit Johansen, dem jüngeren Mann, mühelos heraus. Als Johansen den Kofferraum schließen wollte, hielt ihn Gettier davon ab.

»Augenblick, bitte, ich brauche noch etwas«, sagte er, hob den Bodenbelag des Kofferraums hoch, holte den Wagenheber heraus und ließ den Kofferraumdeckel zufallen.

»Was ist es denn nun?« fragte Marianne noch einmal, belustigt darüber, daß Gettier sie so auf die Folter spannte.

»Geduld, Geduld!« erwiderte er lächelnd, und die vier machten sich mit der Kiste auf den Weg.

Chisholm fuhr wie eine Wilde und blieb an keiner einzigen roten Ampel stehen, was in einer Stadt wie Rom dem totalen Wahnsinn gleichkommt.

»Langsamer, verdammt noch mal!« brüllte Denton, der gerade die Waffe lud, die er, den Vorschriften entsprechend, immer bei sich trug, wenn er im Dienst der CIA unterwegs war. Er stellte sich dabei wesentlich geschickter an, als Chisholm gedacht hätte, fast schon beängstigend geschickt.

»Seien Sie vorsichtig mit dem Ding!« sagte sie, mit den Gedanken ganz woanders.

»Ihrer Meinung nach ist also die Nonne die Informationsquelle, ja?« feixte Denton sarkastisch.

»Genau!« Margaret schrie fast, aber nicht vor Aufregung, sondern in Panik. »Marianne war die Informantin.«

»Na super.« Denton nickte feierlich. »Sie hat also Sepsis Informationen geliefert, damit er sie töten konnte.«

»Sie hören nicht zu, Denton«, erwiderte Margaret gereizt. »Sepsis war uns immer einen Schritt voraus. Er wußte, wo Marianne sich in Amerika aufhielt, und er wußte, wo sie in Rom war. Er wußte, daß wir alle gut sichtbar sein würden, als wir die Piazza überquerten, um zu Barberi zu gehen. Er mußte also eine Informationsquelle haben. Diese Quelle war die Nonne. Sie wußte alles. Aber nicht *sie* gab diese Informationen an Sepsis weiter, sondern Gettier.«

»Ach so, jetzt ist also plötzlich Gettier der Informant, aha, aha«, sagte Denton ironisch, und dann brüllte er unvermittelt los. »Das ist doch total verrückt! Warum sollte Gettier das tun? Wir haben ihn überprüft, und außerdem sind die Nonne und er ganz dicke Freunde. Und was ist mit heute? Wenn Gettier der Informant wäre, hätte Sepsis über unsere Razzia Bescheid gewußt.«

»Genau das hat mich auf Gettier gebracht. Gettier hat Sepsis nichts von der Razzia gesagt, weil *Marianne* nichts davon wußte. Sie waren eingeweiht, ich war es, Lorca auch. Doch Marianne war nicht eingeweiht, und daher wußte auch Gettier nichts davon. Deshalb konnten wir Sepsis total überrumpeln.«

Widerwillig begann Denton diese ziemlich haarsträubende Mutmaßung halb und halb zu glauben. »Okay, okay, okay, mal angenommen, Gettier hat Sepsis mit Informationen versorgt, warum hat er sich dann jetzt Marianne vorgenommen?«

»Mann, das weiß ich nicht! Ich weiß nur, daß die in Gefahr schwebt!« sagte sie, den Blick geradeaus gerichtet.

»Sie klingen, als wären Sie total durchgeknallt«, sagte er, sie von der Seite betrachtend.

»Ja, ja, schon gut. Jedenfalls will Gettier die Nonne jetzt aus demselben Grund von der Bildfläche haben, aus dem Sepsis sie die ganze Zeit hatte töten wollen. Rufen Sie den Sicherheitsdienst des Vatikan an und teilen Sie denen mit, was los ist. Können Sie mit dieser Waffe überhaupt umgehen?«

Denton ließ sich zu keiner Antwort auf diese Frage herab, sondern warf Chisholm nur einen kühlen, distanzierten Blick zu.

»Ich finde, Sie sollten anhalten«, schlug er ruhig vor, »und mal gründlich über das, was Sie da sagen und tun, nachdenken.«

Chisholm schoß ihm einen Blick zu – das erstemal überhaupt, daß sie ihn ansah, seit sie eingestiegen waren. »Wir haben ein Abkommen miteinander getroffen, Denton. Sie kümmern sich um den Geheimdienstaspekt, ich erledige die Außeneinsätze. So lautet unser Abkommen. Halten Sie sich gefälligst daran!«

Denton zuckte nicht mit der Wimper, sondern starrte Chisholm weiter kühl und abschätzig an. Dann zog er abrupt sein Handy hervor, wählte und murmelte dabei vor sich hin: »Wenn man der den kleinen Finger gibt, will sie gleich die ganze Hand.«

Gettier und Marianne beugten sich über Gettiers Arbeitstisch im Erdgeschoß und studierten die Pläne, während Sommers und Johansen die große Kiste anschleppten. Zu dieser nächtlichen Stunde war hier kein Mensch außer den vieren im Licht der auf dem Tisch stehenden Lampen.

»Brauchen Sie Hilfe?« fragte Gettier besorgt, doch die Gardisten lächelten.

»Nein, Professor«, erwiderte Sommers ächzend. »Ein bißchen Bewegung tut uns ganz gut.« Die beiden Männer hoben die Kiste hoch und hievten sie auf den Tisch.

»Vorsichtig!« ermahnte Gettier sie ein wenig überfürsorglich, wie es seine Art war, obwohl er im Grunde gar nicht befürchtete, daß die Gardisten den Inhalt der Kiste beschädigen könnten. Es gelang ihnen problemlos, die Kiste auf den Tisch zu stellen, nahe an der Kante, damit sie leicht zugänglich war.

»Sonst noch etwas, Professor?« fragte Sommers schnaufend.

»Bleiben Sie bitte noch einen Augenblick hier«, sagte Gettier, wandte sich lächelnd an Marianne und deutete auf die Pläne. »Das sind also die strukturell schwächsten, ja?« fragte er, auf mehrere Pfeiler zeigend.

»Ja, vor allem diese hier.« Marianne deutete auf die Pfeiler unter der Sixtinischen Kapelle. »Es wäre furchtbar, wenn die Kapelle einstürzen würde, nachdem man soviel Arbeit in sie investiert hat. Wenn wir die Pfeiler dort drüben nicht verstärken« – sie deutete auf eine andere Pfeilerreihe –, »kracht uns bei einem starken Erdbeben die ganze Basilika auf den Kopf.«

»Das wären also eins, zwei, drei …« Gettier zählte die am stärksten betroffenen Pfeiler ab. »Neun Pfeiler. Wenn die nicht als erste verstärkt werden, fällt der ganze Bau in sich zusammen?«

»Ja«, sagte Marianne.

»Ja.« Gettier lächelte die Gardisten an. »Bleiben Sie noch! Sie müssen mir noch mit etwas helfen.« Er trat vor die Kiste und wirbelte den Wagenheber in der Hand herum.

»Was konnte denn jetzt nicht bis morgen warten?« wollte Marianne wissen.

»Kaum zu glauben, wie ungeduldig Sie sind.« Gettier lächelte nachsichtig und versuchte, den Deckel der Kiste mit dem Wagenheber aufzustemmen. Johansen machte Anstalten, ihm die Arbeit abzunehmen, doch Gettier scheuchte ihn weg. »Das schaffe ich schon.«

Gettier brach die Kiste auf, steckte eine Hand hinein und kramte seelenruhig darin herum.

»Was ist es denn nun?« fragte Marianne lachend und voller Vorfreude.

Wieder lächelte Gettier sie an. Mit dem Rücken zu den Gardisten, winkte er sie zu sich. »Passen Sie auf!«

Er drehte sich zu den Gardisten um und zog seine rechte Hand hervor, in der er eine Automatik-Pistole mit Schalldämpfer hielt. Er schoß den Männern mitten ins Gesicht. Eine Kugel durchdrang den rechten Wangenknochen von Johansen, die andere den linken Augenbrauenbogen von Sommers. Die beiden Gardisten fielen sofort zu Boden und waren tot, bevor sie dort aufschlugen.

Mariannes Gesicht zerfloß förmlich. Das Lächeln noch auf den Lippen, wandte sie den entsetzten Blick auf die reglos zu Boden sackenden Leichen. Sie lief zu ihnen, wollte sie retten.

Gettier ignorierte ihre Bemühungen, öffnete die Kiste und begann kleine, kanisterförmige Behälter auszupacken, an deren Enden Kästchen angebracht waren. Die Kanister waren etwa zwanzig Zentimeter lang und hatten einen Durchmesser von zehn Zentimetern. Er stellte sie ordentlich auf den Tisch, während Marianne vergeblich versuchte, die beiden Gardisten wiederzubeleben.

Nach einiger Zeit wandte sie den Blick zu Gettier und schrie: »Was haben Sie getan?«

»Ich habe sie getötet«, erwiderte Gettier, ohne Marianne weiter zu beachten, und entnahm der Kiste eine Aktentasche. Dann zählte er rasch die Kanister, die er herausgenommen hatte, wobei er lautlos die Lippen bewegte. Es waren neun.

»Warum?« flüsterte sie. Es klang wie ein Schrei.

Gettier hob den Zeigefinger, ohne sie anzusehen, wie um ihr zu befehlen, sie solle seine Konzentration nicht stören. Er stellte die Kanister in die Aktentasche und zog den Reißverschluß zu. Erst dann wandte er sich an Marianne.

»Sie waren mir im Weg.« Er ging auf die noch immer kniende Marianne zu, packte sie am Oberarm, zog sie hoch und zerrte sie mit sich.

»Kommen Sie, Schwester, wir haben eine Menge Arbeit vor uns! Opus Demoni: Das Teufelswerk.«

Der für den nächtlichen Wachdienst verantwortliche Leutnant der Schweizer Garde, Hess, verstand zum Glück nicht nur Englisch, sondern erinnerte sich auch an Chisholm.

»Frederico Lorca hat uns miteinander bekanntgemacht«, sagte er, während er seinen zwanzig Mann starken Trupp zusammentrommelte.

»Das hatte ich ganz vergessen... Lorca ist tot.«

»Ja, ich weiß.« Er wandte sich an seine Männer und gab ihnen Anweisungen.

Die Schweizer Gardisten waren, wie ihre amerikanischen Pendants, schwarz gekleidet, trugen Helme und verfügten über die neueste Ausrüstung, waren allerdings mit Uzis bewaffnet, was Denton als große Ironie empfand – die Israelis bewaffneten den Vatikan.

Nachdem Hess seine Befehle ausgegeben hatte, verteilten sich seine Männer. Nur Hess und ein Gardist blieben bei Denton und Chisholm.

»Kommen Sie, wir gehen«, sagte er zu den Amerikanern. Sie eilten durch mehrere Korridore und landeten in einer dunklen Ecke einer riesigen Kapelle, die mühelos tausend Menschen Platz bot.

»Hauptmann«, flüsterte Hess dem anderen Gardisten zu und deutete zweimal auf den Haupteingang der Kapelle. Hauptmann lief los, um die Tür zu überprüfen.

»Mein Gott, ist das riesig!« flüsterte Denton, doch Chisholm achtete nur auf Hess, mit dem sie sich jetzt absprach. »Meine Männer sichern den Bereich und fordern Verstärkung an«, erklärte der Leutnant so ruhig wie möglich. »Sie wissen, daß wir einen Mann Anfang Sechzig und eine Nonne suchen, und haben Anweisung erhalten, keinem von beiden ein Haar zu krümmen. Sie wissen, daß Sie beide bei mir sind und werden nicht auf Sie schießen. Wir vier werden jetzt mit der Suche beginnen, bis die Verstärkung anrückt. Einverstanden?«

»Einverstanden«, sagte Chisholm, ihre Bedenken beiseite schiebend. »Denton!«

Die vier begannen sich im Erdgeschoß umzusehen.

Doch Gettier und Marianne waren nicht mehr im Erdgeschoß. Gettier befestigte gerade mit Hilfe einer Rolle Isolierband einen Kanister an einem Stützpfeiler in den Katakomben; er umklebte ihn zweimal und riß mit den Zähnen das Band ab.

»Ich bewundere Sie außerordentlich, Marianne. Ich hoffe, Sie wissen das«, sagte er. »Ich habe Sie selbstverständlich auch immer *gern gehabt*, natürlich, aber noch mehr habe ich Sie bewundert.«

Er rüttelte an der Kanisterbombe, um sich zu vergewissern, daß sie gut befestigt war. Dann wandte er sich mit einem Lächeln an Marianne. »Sie waren äußerst schwierig, muß ich sagen! Dreimal haben wir Sie gewarnt, aber Sie ließen sich nicht davon abbringen, wollten einfach nicht nachgeben. Ich hatte gedacht, der Bombenanschlag würde ausreichen, aber Sie wissen ja, wie die jungen Leute sind. Er glaubte, Sie bräuchten eine zusätzliche Warnung, deshalb schoß er auf Sie, als Sie im Polizeirevier waren. Und *trotzdem* sind Sie hierhergekommen! Da mußten wir Sie noch einmal warnen, auf der Piazza Colomo. Doch Sie machten weiter, als wäre nichts passiert. Eine solche Hartnäckigkeit trifft man wahrlich selten an.«

»*Sie* wollten mich töten?«

»Aber nein!« stieß er, ehrlich erschrocken, hervor. »Und keine Angst – ich werde Sie auch jetzt nicht töten.«

»Was bedeutet das alles, Edmund, was haben Sie getan?« fragte sie, als Gettier sie am Ellbogen packte und zu einem anderen Pfeiler führte, wobei er die dazwischen befindlichen Pfeiler sorgsam abzählte, um auch wirklich vor dem richtigen stehenzubleiben. »Sie haben zwei Menschen ermordet, haben vor Gott kaltblütig getötet ...«

»Bitte ersparen Sie mir Ihre frommen Sprüche«, sagte er mit müder Stimme, den Blick auf die Pfeiler gerichtet. »Der heutige Tag war sehr schwierig – ah, da ist er ja!«

Er löste sich von Marianne, ließ die Aktentasche zu Boden fallen, holte einen weiteren Kanister und das Isolierband heraus und befestigte die Bombe an dem morschen Pfeiler.

Die ganze Zeit über lächelte er, ohne Marianne anzusehen.

»Wissen Sie, was heute geschehen ist? Ich habe heute das ungewöhnlichste Gespräch meines Lebens geführt. Nachdem Sie, meine Lieblingsschülerin, in Ihr Zimmer gegangen waren, um mit Ihrem Gott zu reden, sprach ich mit der Mörderin meines Lieblingsschülers.«

Marianne war sprachlos. Sie starrte Gettier an, der jetzt wieder das Band mit den Zähnen abbiß und an der Bombe rüttelte, um sicherzugehen, daß sie nicht abfiel. Dann drehte er sich um und sah Marianne an.

»Wissen Sie, wie es ist, wenn einem die Mörderin seines Schülers von einer ›guten Nachricht‹ berichtet? Wissen Sie das? Nun gut, passen Sie auf: Stellen Sie sich vor, ich würde Ihnen erzählen, daß Ihr Lieblingsstudent – Dugan, nicht wahr? –, daß Dugan getötet worden sei. Stellen Sie sich vor, wie es Ihnen dann ginge. Ich würde es Ihnen so gern erklären, damit Sie es *wissen*. Aber ich kann es nicht erklären, es ist unbeschreiblich.«

Er wandte sich von ihr ab und legte das Isolierband in die Aktentasche. Doch Marianne machte keine Anstalten, zu fliehen.

»Hören Sie auf! Bitte, hören Sie auf!« flehte sie.

Gettier ergriff die Aktentasche. »Das kann ich nicht ... Und ich will es auch nicht.«

Vierzig Meter entfernt, oben an der Treppe, die zu den Katakomben führte, waren Hess, Hauptmann, Denton und Chisholm vor der Tür stehengeblieben. Hess gab Hauptmann einen kurzen Befehl, worauf dieser sich sofort entfernte; dann wandte Hess sich an Chisholm.

»Einer von Ihnen bleibt hier, der andere kommt mit mir mit. Wer von Ihnen beiden hat die größere Erfahrung?«

»Ich«, sagte Chisholm.

Hess holte einen kleinen Taschensender mit einer ausziehbaren Antenne hervor, schaltete ihn ein und drückte ihn Denton in die Hand. »Sie bleiben hier. Wenn irgend etwas ist, rufen Sie uns.«

Dann begannen Chisholm und Hess mit dem Abstieg in die Katakomben. Denton gefiel das alles ganz und gar nicht.

»Hey!« flüsterte er Chisholm zu, doch die sah ihn nur bitterböse an.

»Wir haben ein Abkommen«, fauchte sie und folgte Hess die Treppe hinunter.

Doch nicht dieses Fauchen erschreckte Denton, sondern ihre Angst. Zum ersten Mal hatte Denton in Chisholms Augen Angst gesehen.

Chisholm und Hess stiegen die Wendeltreppe hinab. Im Licht der Leuchtstofflampen wirkte die Dunkelheit unheimlich, geradezu teuflisch. Hess ging voran, die Uzi dicht an den Körper gepreßt, damit weder ihr Lauf noch ihr Schatten ihn verraten konnte. Chisholm folgte ihm.

»Sehen Sie diese Bomben?« Es war eine rhetorische Frage. Gettier hob demonstrativ die Aktentasche und zerrte Schwester Marianne weiter. »Mit neun dieser Bomben werde ich das Monument des katholischen Glaubens zum Einsturz bringen. Leider kann ich nicht mit den Fingern schnipsen, sonst würde ich es tun und Ihnen zeigen, wie schnell es gehen wird.«

»Tun Sie das nicht, Edmund, ich bitte Sie!« flehte sie ihn angstvoll an – doch ihre Angst galt nicht der Basilika. »Denken Sie an sich selbst, an Ihre See…«

»Genug jetzt!« sagte Gettier, blieb stehen und blickte ihr fast verächtlich in die Augen. »Sie sind der Wille Gottes, ich bin der Menschenwille. Sie bitten und flehen und versuchen zu feilschen. Sie beten sogar, als ob das irgend etwas ändern könnte. Ich dagegen – ich handle! Und wer erzielt die größere Wirkung? Na?« Er ging weiter und zog Marianne mit sich, während er die Pfeiler zählte, um den nächsten zu finden.

»Bitte! Bitte, ich flehe Sie an, hören Sie auf damit!« bat sie, zutiefst entsetzt, weil sie nichts anderes mehr sagen konnte, um ihn abzuhalten, erschüttert auch, weil er vielleicht recht hatte – mehr als flehentliche Bitten und Gebete hatte sie nicht.

Gettier achtete nicht mehr auf sie, sondern blieb vor einem Pfeiler stehen und brachte eine weitere Bombe an. Dann warf er Marianne wieder einen kurzen Blick zu, sah die Frustration in ihren Augen und empfand Mitleid mit ihr, als er daran dachte, daß sie einmal seine Studentin gewesen war.

»Als Sie aus der Deckung hervorbrachen, um diese Kinder zu retten, war ich sehr beeindruckt. Aber jetzt, wie Sie jetzt – Sie erniedrigen sich ja geradezu.« Er schnalzte tadelnd mit der Zunge, genau wie er es früher in Cambridge immer getan hatte. »Diese ewige Bettelei, ›bitte, bitte, bitte‹!« äffte er sie zynisch nach und schnalzte noch einmal mit der Zunge. »Hören Sie auf damit! Auf der Piazza waren Sie in wesentlich besserer Form.«

Marianne sah ihn an. Zum ersten Mal in ihrem Leben haßte sie ihn. So von ihm gedemütigt zu werden machte sie wütend. Sie drehte sich abrupt um und ging davon. Gettier ließ vor Schreck die Bombe fallen; sie sprang mehrmals rasch hintereinander auf dem Boden auf, richtete jedoch keinen Schaden an. Er stürzte hinter Marianne her und packte sie.

»Lassen Sie mich los!« schrie sie wütend.

»Ich sagte, ich würde Sie nicht töten, aber das bedeutet nicht, daß Sie gehen können, wohin Sie wollen. Nur mit Ihnen zusammen komme ich hier wieder raus.«

Fünfundsiebzig Meter entfernt, inmitten der verwinkelten Katakomben, hörten Hess und Chisholm die Nonne und warfen einander einen Blick zu. Sie hatten nicht verstanden, was sie sagte, doch es war eindeutig Marianne gewesen. Hess deutete nach vorn, und Chisholm nickte. Dann bahnten sich die beiden weiter ihren Weg durch die langen, engen Gänge.

Gettier und Marianne hatten sich nicht vom Fleck gerührt. Wie gelähmt standen sie da und blickten einander an.

»Warum hat er meine Mitschwestern getötet?« fragte sie, vor Zorn weinend. Das letzte Mal, daß sie wütend gewesen war, lag so lange zurück, daß sie sich nicht mehr daran erinnern konnte.

Gettier sah sie verärgert an, ließ sich jedoch zu einer Antwort herab. »Es tut mir leid, daß er sie getötet hat, das war nicht meine Idee gewesen. Es wollte mir damit eine Art Botschaft senden ...«

»Eine *Botschaft*!« schrie sie hemmungslos.

Er sah ihr in die Augen. »Jawohl.« Dann zerrte er sie weiter durch die Katakomben, zur Nordosttreppe. Im Gehen sagte er: »Ihnen sollte kein Haar gekrümmt werden – darauf hatte ich mich mit ihm geeinigt. Was immer passieren würde, Ihnen sollte kein Schaden zugefügt werden.«

»Kein Schaden? Er hat meine Mitschwestern getötet, die seit Jahren meine Freundinnen gewesen waren! Und die Schüsse im Polizeirevier? Und die Schießerei auf der Piazza?«

»Er wollte Sie nicht töten – hätte er Sie töten wollen, wären Sie jetzt tot.« Gettier blieb stehen und wandte Marianne das Gesicht zu. »Es war ganz einfach. Es ging ausschließlich um den Zugang zu den Katakomben des Vatikans. Sie selbst haben ja darauf hingewiesen, daß ein einziger starker Erdstoß ausreichen würde, um die ganze Basilika zum Einsturz zu bringen. Oder eben ein paar wohlplazierte Bomben. Wenn Sie nicht nach Rom hätten kommen können, hätte ich die Restaurierung allein geleitet und ungehinderten Zugang zur Basilika, insbesondere zu den Katakomben gehabt. Dann hätte ein ›Berater‹ – nämlich mein Schüler – hierherkommen und alle Bomben am hellichten Tag anbringen können, ohne Verdacht zu erregen. Wir hätten die Basilika in aller Ruhe zerstören können. Deshalb wurden Sie zu seiner Zielperson – er mußte erreichen, daß die Behörden um Ihre Sicherheit fürchteten und Ihnen nicht erlaubten, nach Rom zu fliegen.«

»Er hätte besser mich getötet als meine Mitschwestern«, sagte Marianne verbittert und senkte den Kopf.

Gettier strich ihr übers Gesicht und zwang sie, ihn anzublicken. »Das hätte ich nie zugelassen. Ich liebe Sie ebensosehr, wie ich ihn geliebt habe.«

Dann zerrte er Marianne die Treppe bis zur Tür hoch.

Denton war es langweilig, und er hatte Angst – ein Zustand, den er als ausgesprochen unangenehm empfand. Deshalb ging er ein wenig in der Basilika herum und steckte hin und wieder den Kopf in eine der vielen Türen, von denen manche abgesperrt, die meisten jedoch unverriegelt waren. Er streifte umher in der Hoffnung, auf einen Schweizer Gardisten mit einer großen Uzi zu stoßen.

Wieder gelangte er an eine Tür, eine kleine, schlichte, öffnete sie und erstarrte buchstäblich vor Verblüffung: Dahinter befand sich die Sixtinische Kapelle.

Sie war ziemlich klein, so klein, daß eine mittelgroße New-England-Gemeinde darin nicht vollständig Platz gefunden hätte. Ein wahres Farbgetümmel stürzte auf ihn ein, Farben von solcher Leuchtkraft und Intensität, daß er mehrere Sekunden lang überhaupt nicht erkannte, was die Fresken darstellten.

Die berühmte Darstellung Gottes, der Adams ausgestreckte Hand berührt, war über ihm, doch anders, als er sie in Erinnerung hatte. Nicht bräunlich-grau war der Himmel, sondern von einem kraftvollen, fast gewaltigen Blau, von dem sich in starken, dunklen Farben die Gestalt Gottes abhob, dessen Augen so »echt« wirkten, als wären sie wirklich Gottes Augen.

Ohne zu zögern trat Denton, die Tür offenlassend, ein und ließ sich in den Bann der Kapelle ziehen.

Das war Gott. Es war so mächtig, so monumental und dabei so einfach, es mußte Gott sein. Nicht das Werk Gottes, nein – Gott selbst. Wer außer Gott hätte so etwas erschaffen oder einem bloßen Menschen die Fähigkeit verleihen können, etwas derartiges hervorzubringen?

Diese Gedanken gingen Denton durch den Kopf. Er war so hingerissen, daß er die Stimmen erst hörte, als sie fast bei ihm waren.

»Alles, was ich bin, alles, was ich wußte, alles, was ich gelernt hatte, gab ich an ihn weiter, wie jeder Lehrer es tun sollte. Es gab nichts, was ich ihm nicht beibrachte, so, wie es nichts gab, was ich Ihnen nicht beigebracht habe.«

»*Sie* haben ihn ausgebildet?« fragte sie entsetzt, während sie, an zahlreichen offenstehenden Türen vorbei, durch einen

402

Korridor gingen. Marianne wunderte sich darüber, daß die Nachtmannschaft die Türen nicht, den Vorschriften entsprechend, geschlossen hatte.

»In allem, außer in Architektur – er haßte die Architektur«, erklärte Gettier wehmütig und ein wenig gekränkt.

»Sie sind Leh ... Sie sind ein ... Er war ein *Killer*!« schrie sie. »Wie konnten Sie einen Killer ausbilden?«

»Wie habe ich denn, Ihrer Meinung nach, *Sie* ausgebildet?« fragte er, während er sie weiterzerrte.

»Stehenbleiben!« rief Denton, seine Waffe auf Gettier richtend.

Gettier bewegte sich wie eine Katze, wie ein unglaublich wendiger Tänzer. Er wirbelte Marianne herum und hielt sie sich vor den Leib wie einen Schild, den Arm um ihren Bauch geschlungen. Und ebenso schnell drückte er ihr den Lauf seiner Waffe an den Kopf. Der größte Teil seines Körpers war durch sie geschützt.

»Lassen Sie Ihre Waffe fallen, Mr. Denton. Ich habe nichts gegen Sie, aber wenn Sie Ihre Waffe nicht fallenlassen, töte ich die Nonne.«

Er begann vorwärts zu gehen.

»Margaret, ich habe ihn!« rief Denton über die Schulter, ohne den Blick von Gettier zu wenden. An den Sender in seiner Tasche dachte er nicht mehr. Langsam ging er rückwärts in die Kapelle zurück. »Chisholm!«

»Ah, die berühmte Agentin Chisholm ist also auch hier, was?« sagte Gettier, weiter vorwärts gehend. Er überschritt die Schwelle und trat in die Sixtina. »Ausgezeichnet! Lassen Sie Ihre Waffe fallen, Mr. Denton. Lassen Sie Ihre Waffe ...«

Denton ließ sich total überrumpeln. Aber er war ja auch nur ein Bürokrat.

Gettier stieß Marianne in einer wirbelnden Bewegung, die einmal mehr an einen Tanz erinnerte, von sich und packte mit der linken Hand, die gerade noch die Nonne festgehalten hatte, Dentons ausgestreckte Hand, die Hand, in der er die Waffe hielt. Mit einer einzigen fließenden Bewegung verdrehte Gettier Dentons Handgelenk so heftig, daß nicht nur

Dentons Arm, sondern sein ganzer Körper herumwirbelte. Gettier hatte ihm das Handgelenk auf den Rücken gedreht und hielt es fest; Dentons Waffe war zu Boden gefallen, Gettiers Waffe wurde an Dentons Schläfe gedrückt.

»Das hätten Sie nicht tun sollen«, sagte Gettier ihm ins Ohr.

Rasche Schritte näherten sich. Gettier kickte Dentons fallengelassene Waffe weg, drehte Denton herum und hielt ihn wie einen Schild, zur Tür der Kapelle gewandt, vor sich. Hess trat als erster ein und zielte mit seiner Uzi auf Gettier…

Gettier war schneller. Hess war sofort tot.

»Nein …!« schrie Marianne. Ihre Stimme ging im Knall von Gettiers Waffe unter.

»Ich kriege Sie«, sagte Margaret Chisholm.

Sie stand vor der Kapellentür, doch so, daß nur ihr Gesicht und ihre Waffe sichtbar waren, und richtete ihren Revolver auf Gettier, der sich jetzt zu einem perversen Tanz mit Denton in Bewegung setzte, tiefer in die Kapelle hineinging, die Entfernung zwischen sich und Chisholm vergrößerte und so tänzelte und hüpfte, daß sie nicht zielen konnte.

»Kommen Sie, Agentin Chisholm! Ich weiß, daß Sie die Central Intelligence Agency nicht ausstehen können, aber können Sie sie so wenig leiden, daß Sie das Leben eines ihrer Mitarbeiter aufs Spiel setzen?«

»Erschießen Sie ihn!« rief Denton.

»Ruhe!« Gettier seufzte und sagte schulmeisterlich: »Wenn sie schießt, sind Sie tot – nicht wahr, Agentin Chisholm? Es wäre daher das beste, wenn Sie Ihre Waffe auf den Boden legen und sie mit einem Tritt zu mir befördern würden.«

Chisholm blinzelte. Und dann geschah etwas.

Den Lauf ihres Revolvers weiter auf Gettier richtend, kam Chisholm langsam aus der Deckung und ging auf ihn zu. Völlig ungeschützt, ohne jede Möglichkeit, sich zu verstecken, schritt sie durch die Kapelle auf Gettier zu. Er brauchte nur seine Waffe von Denton abzuwenden und auf Chisholm zu zielen, um sie auf der Stelle zu töten. Chisholm wußte das sehr wohl. Sie wußte, was sie tat. Sie wußte *genau*, was sie tat.

»Lassen Sie die Waffe fallen, dann werden Sie weiterleben«, sagte sie. In ihrer Stimme schwang kaum Aggressivität mit.

»Lassen Sie *Ihre* Waffe fallen, oder Denton stirbt.«

»Erschießen Sie ihn, Margaret, er blufft doch nur!« forderte Denton unklugerweise.

»Ach, wirklich?« sagte Gettier.

Blitzschnell senkte er seine Waffe und schoß Denton in die Wade. Man hörte, wie die Knochen brachen. Denton brüllte in Todesangst auf. Seine Beine gaben sofort unter ihm nach, doch Gettier zeigte erstaunliche Kraft: Er hielt ihn mit einer Hand aufrecht und zwang ihn, auf den Beinen zu bleiben, indem er sein Handgelenk fest umklammerte.

»Bei meinem nächsten Schuß bekommt sein Hirn Tageslicht zu sehen«, verkündete Gettier ungerührt. Er tänzelte ohne Unterlaß und bot Chisholm kein sicheres Ziel. »Legen Sie Ihre Waffe auf den Boden und befördern Sie sie zu mir!« wiederholte er.

Sie erwiderte, weiter auf ihn zielend: »Wenn ich meine Waffe aus der Hand lege, töten Sie mich.«

»Selbstverständlich«, sagte er, als wäre es das Natürlichste der Welt. »Hegen Sie auch nur den geringsten Zweifel daran?«

Chisholm ließ den Arm mit der Waffe unvermittelt sinken.

»Lassen Sie die Waffe fallen und kicken Sie sie zu mir«, sagte er geduldig.

Und das tat Margaret schließlich auch. Sie legte den Revolver auf den Boden, damit er nicht versehentlich losging, und schickte ihn mit einem Fußtritt über den Boden. Die Waffe blieb zu weit von ihr entfernt liegen, als daß sie sich auf sie hätte stürzen können; Gettier wußte sich in Sicherheit. Er ließ Denton los; der fiel zu Boden, rollte sich zusammen und versuchte, die Blutung am Bein zu stillen.

»Ich habe Sie gesehen, Agentin Chisholm. Vor meinem geistigen Auge sah ich, wie Sie meinen Schüler töteten«, sagte Gettier und kam, auf Chisholms Gesicht zielend, immer näher. »Legen Sie die Hände hinter den Kopf und knien Sie nieder!«

»Er hatte es verdient«, sagte sie, während sie in die Knie ging. Dann sprach sie auf fast furchteinflößende Weise weiter; ihre Augen funkelten böse, sie wirkte angewidert: »Wissen Sie, wie es war, als ich ihn tötete? Ich habe ihm dabei in die Augen geblickt. Ich habe zugesehen, wie er runterfiel, bis zum Schluß habe ich zugeschaut. Schade, daß Sie nicht da waren und es mitangesehen haben!«

Doch Gettier reagierte nicht schockiert, sondern lächelte nur. »Toben Sie sich ruhig aus!«

Plötzlich stürzte sie sich auf ihn, rascher, als sie es je für möglich gehalten hatte – aber Gettier war schneller, er sprang zurück, holte aus und schlug ihr mit aller Kraft die Waffe an die Schläfe. Sie stürzte zu Boden und blieb benommen liegen.

»Nicht schlecht. Aber von Ihnen hatte ich auch nichts anderes erwartet. So, jetzt noch einmal: Legen Sie die Hände hinter den Kopf und knien Sie vor mir nieder!«

Chisholm schüttelte den Kopf, um die Benommenheit zu verscheuchen. Dann rappelte sie sich langsam wieder auf die Knie und hob ebenso langsam die Hände. Dabei versuchte sie mit aller Kraft, Hoffnung auf eine zweite Chance zu schöpfen. Doch Gettier schätzte sie richtig ein, hielt Distanz zu ihr und amüsierte sich über ihre vergebliche Mühe.

»Ich durchschaue Sie, Agentin Chisholm«, sagte er, während er um die kniende Chisholm herumging und schließlich hinter ihr stehenblieb, die Waffe ohne Unterlaß auf sie gerichtet. »Alles, was Sie jetzt versuchen, habe ich schon vor vielen Jahren getan, als Sie noch ein Kind waren.«

Und dann brach wieder der professorale Unterton durch, er sprach wieder mit der typischen Dozentenstimme, die immer etwas Sadistisches hat. »Wissen Sie denn nicht, wer ich bin, Agentin Chisholm? Ich war der sogenannte ›unbekannte Terrorist‹, nach dem Sie gesucht haben. Ich habe die Bomben in den Autos und Flughäfen und Hotels und Cafés plaziert. Ich bin der Schemen, den man kaum sieht, dessen Existenz man aber ständig ahnt. Sie hatten Ihre Chance. Jetzt bin ich an der Reihe. Adieu, Agentin Chisholm.«

»Halt!« sagte die Nonne.

Alle wandten den Kopf zu ihr.

Die Nonne, diese einst so passive Figur, die menschliche Widerspiegelung des starren Glaubens, zu dem sie sich bekannte – sie hielt jetzt die Waffe in der Hand, Chisholms Revolver, und richtete ihn auf Gettier.

»Bitte hören Sie auf«, bat sie noch einmal.

»*Erschießen Sie ihn!*« schrie Denton. »Worauf warten Sie noch, erschießen Sie ihn!«

»Nein«, sagte Chisholm.

»Doch, erschießen sie mich«, erwiderte Gettier, den Blick auf Schwester Marianne gerichtet. Er trat von Chisholm weg, die ihn teilweise verdeckt hatte, und bot Schwester Marianne ein gutes Ziel. »Kommen Sie. Ich werde Sie nicht töten, ich verspreche es. Ich werde nicht einmal meine Waffe auf Sie richten. Und Sie wissen, daß ich mein Wort stets gehalten habe. Erschießen Sie mich.«

Doch Schwester Marianne blieb reglos stehen. Sie hielt die Waffe mit beiden Händen umfaßt und zielte auf Gettiers Herz. Sie stand da und weinte, denn plötzlich erkannte sie, welchen Preis sie für das von ihr gelebte Leben zu zahlen hatte.

»Bitte, Edmund, ich bitte Sie als meinen Freund«, flehte sie mit einer Stimme, die sich nicht über ein Flüstern hinauswagte. »Bitte, geben Sie auf.«

Gettier lächelte nur traurig. »Sie können mich nicht erschießen, nicht wahr? Nein, es wäre ja eine Sünde, mich zu erschießen, wenn es sich nicht um Notwehr handelt.«

Er deutete mit seiner Waffe auf Chisholms Kopf. »Wenn Sie mich erschießen, begehen Sie eine Todsünde. Doch wenn ich sie erschieße und Sie dann um Vergebung bitte, müssen Sie mir vergeben, oder? Das ist schließlich Ihre Aufgabe. Wenn Sie mich jetzt erschießen, begehen Sie eine Todsünde. Erschießen Sie mich aber, nachdem ich Sie gebeten habe, mir die Ermordung von Chisholm zu vergeben, ist das auch eine Todsünde. Sie können mich also nicht erschießen, ganz egal, was ich tue.«

Schwester Marianne hielt die Waffe; es sah aus, als würde

sie ihr jeden Augenblick aus den Händen gleiten. Doch Margaret Chisholm wußte, daß sie sie nicht loslassen würde, nie im Leben.

»Erschießen Sie ihn nicht«, sagte sie voller Bedacht zu Marianne. »Sie würden alles, an das Sie glauben, zerstören.«

Jetzt war es soweit – sie mußte sich entscheiden. Diese Entscheidung hatte sie stets wie ein Schatten begleitet, hatte immer über ihr gehangen als eine Wahrheit, schwierig wie der Glaube selbst. Jetzt konnte sie ihr nicht mehr entkommen. Wie hoch war der Preis für ihren Glauben?

Zum ersten Mal wandte Marianne den Blick von Gettier ab und sah zu Margaret hinüber. Wie immer, sprach auch jetzt die reine Wahrheit aus diesen glanzlosen braunen Augen, rein wie die Wahrheit in den Augen der Pythia. Es war keine tröstliche Wahrheit. Im Grunde war sie ... gleichgültig. Die Wahrheit konnte Mariannes Glaubenssätzen zuliebe geopfert werden. Die Wahrheit würde weiterbestehen, egal, ob Marianne nun daran glaubte oder nicht. Als sie Edmund wieder ansah, ihren Mentor, ihren Freund und Vater, sah sie, was er verkörperte – den Zweifel, den Schleier, hinter den zu blicken sie nie gewagt hatte. Bis jetzt. Denn hinter dieser Wand stand die einfache, schreckliche Frage: Glaubte sie die Wahrheit? Oder würde sie den mit angenehmem Zweifel erkauften Lügen und Ausflüchten Glauben schenken? Sie wußte nicht, was mehr weh tat: Den Schleier der verlockenden Lüge anzusehen oder die harte, grausame Wahrheit. Doch eben das würde ihr Glaube sie nun kosten. Entweder das eine oder das andere. Nicht beides zusammen.

»Geben Sie auf«, flüsterte sie so leise, daß niemand es hörte. Doch es war ausgesprochen.

Gettier betrachtete sie traurig, fast mitleidig. »Sie sind wahrlich der Wille Gottes – machtlos. Ich aber bin der Menschenwille.«

»Nein«, widersprach sie flüsternd.

»Ich handle«, sagte er und spannte den Hahn.

»*Nein!*«

Sie drückte dreimal kurz hintereinander ab, ohne mit der

Wimper zu zucken. Gettier wurde von allen drei Kugeln in die Brust getroffen und stürzte in hohem Bogen rücklings zu Boden. Die Waffe in seiner Hand ging los, richtete jedoch keinen Schaden an. Sie löste sich aus seinem Griff, während er durch die Luft flog, und landete weit von seiner zusammengesackten Leiche entfernt.

Doch noch bevor Gettier auf dem Boden aufschlug, lief Schwester Marianne zu ihm. Sie lief hin und kniete nieder, bettete seinen Kopf in ihre Arme und zog ihn an sich. Seine blicklosen Augen waren geöffnet, sein Gesicht war völlig unversehrt. Das Blut aus seiner Brust befleckte beide – seine Leiche und Mariannes Arme und auch den Boden um sie herum, tiefrotes Blut, als käme es aus der Erde selbst.

»Nein«, sagte sie zu ihm. Sie zog seinen Kopf an ihre Brust und sah zum Himmel auf, erbat – forderte – erflehte – einen Sinn für solche grauenhaften Entscheidungen, schrie immer nur das eine Wort.

Nein.

Die Waffe ließ sie nicht aus der Hand.

ZWEITES GEBET

Sie beteten alle. So weit der Blick durch diese abgeschiedene Welt reichte, knieten die Nonnen mit gesenktem Kopf, die Hände vor dem Oberkörper zum Gebet gefaltet, die Gedanken auf Jesus Christus, Unseren Heiland, den Sohn Gottes, Unseres Vaters, gerichtet. Alle Nonnen beteten zu ihm.

Die riesige, lichte, luftig-helle Kirche bildete einen starken Kontrast zu den schwarzgewandeten Nonnen. Sie schien sich zu strecken und endlos nach oben zu erweitern. Dabei war sie bis zum letzten Platz gefüllt mit Menschen, mit diesen so tief ins Gebet versunkenen, so tief im Gebet verwurzelten Schwestern. Und inmitten dieser Vielzahl von Bittenden war Schwester Marianne und bat, mit großer Mühe, wie immer, Gott um Erlaubnis, dazugehören zu dürfen.

Diese begünstigte Bittstellerin – sie war durch die Absolution von ihren Sünden erlöst und mit dem Sakrament versehen – betete dort, wo sie hingehörte, inmitten all ihrer Mitschwestern. Alle Rechnungen waren beglichen. Von jetzt an würde es für sie weder wahre Gnade noch wahre Unschuld geben. Das waren die in ihrem Leben angelaufenen Kosten.

Margaret Chisholm stand im hinteren Teil der riesigen Kathedrale, im Rücken all der Nonnen, und sah ihnen geduldig wartend zu. Sie wollte Abschied nehmen.

Sie lächelte ein wenig über die vielen in so gleichmäßigen Abständen voneinander knienden Nonnen, die alle gleich gekleidet waren, alle den Kopf gesenkt hielten und reglos und mit größter Konzentration beteten. Welchen Gott würde die furchterregende Ernsthaftigkeit dieser Bitten nicht beeindrucken, dachte sie. Doch gleich darauf fragte sie sich, wie nötig Gott es wohl hatte, so tief beeindruckt zu werden und so viel zu vergeben, und angesichts dieser bitteren, gehässigen Wahrheit zuckte ihr Mund, und ihr Lächeln schwand. Sie drehte sich um und ging zum Ausgang der Kirche. Sie wollte nicht gehen, doch sie wußte, sie würde es tun.

Sie warf einen letzten Blick auf die betenden Nonnen und dachte an Marianne, die auch dort irgendwo war in der Menge der Flehenden, deren Gebete um Vergebung und um Gnade vielleicht genauso verzweifelt waren wie die Hilferufe eines Menschen in Lebensnot oder eines Menschen, der hoffte, den Tod zu übertölpeln. Margaret betrachtete die Nonnen und murmelte ein letztes Adieu. Dann wandte sie sich ab.

»Die Mörderin in mir ist jetzt die Mörderin in dir.«

Sie zögerte, war kurz davor, in die Kirche zu laufen und schreiend Vergebung zu erflehen oder ihre kleine, schreckliche Bitte lautlos zu flüstern. Doch sie tat es nicht.

Sie drehte sich um und ging.

»Kommt sie denn nicht raus, um sich zu verabschieden?« fragte Denton und beugte sich auf dem Rücksitz des Wagens vor. Der Gipsverband an seinem Bein sah aus wie ein dicker Kniestrumpf.

»Nein«, sagte Margaret, setzte sich neben ihn und zog die Wagentür entschlossen zu. »Sie hatte zu tun. Fahren wir!«

15

»... um so größer das Unbekannte« /
Rechtfertigung

Nicholas Denton und Margaret Chisholm erwachten gleichzeitig, als das erste Sonnenlicht des Morgens durchs Fenster
drang – genauer gesagt, die holprige Landung des Flugzeugs
auf dem Dulles Airport schreckte sie auf. Margaret fand sich
sofort zurecht und begann zu überlegen, was sie nach ihrer
Rückkehr nach Washington D.C. als erstes tun mußte,
während Denton noch eine ganze Weile schläfrig überlegte,
wo, zum Teufel, er eigentlich war. Die durch die Flugzeugfenster fallenden stahlfarbenen Sonnenstrahlen empfand er
wie heiße Nadeln, die ihm ins Gehirn stachen – ein ausgesprochen unangenehmes Gefühl.

»Es war schön, mit Ihnen zusammenzuarbeiten, Denton«,
sagte sie, während sie ihren Bordkoffer aus dem Gepäckfach
über ihrem Sitz holte.

»Ja, es war schön – oh, verdammt!« rief Denton, der endlich aufgewacht war. »Wie spät ist es?«

»Halb sechs. Warum?«

»Werden Sie abgeholt?«

»Nein. Sanders hat gestern abend einen Wagen für mich
auf dem Flughafenparkplatz abgestellt. Sagen Sie bloß, Sie
haben keine Fahrmöglichkeit organisiert?«

Denton zuckte lächelnd mit der Schulter. »Würden Sie
mich mitnehmen?«

»Wo wohnen Sie denn?« fragte Chisholm nicht gerade begeistert.

»In Fairfax. Bitte!«

Chisholm dachte kurz nach und kam zu dem Schluß, daß es ja noch früh war und der ganze Tag vor ihr lag. »Okay. Aber den Gepäckträger bezahlen *Sie*.«

Keine Viertelstunde später waren sie auf dem Weg nach draußen. Da sie bei Bundesbehörden beschäftigt waren und sich im Dienst befanden, hatten sie nicht durch den Zoll zu gehen brauchen.

Die Fahrt zu Dentons Haus verlief sehr ruhig. Margaret überlegte, wie sie die Arbeit an Erzengel am besten wiederaufnehmen sollte, Denton war offenbar immer noch nicht ganz wach und gähnte ständig.

»Sie sind kein Morgenmensch«, bemerkte Chisholm.

»Absolut nicht. Halb elf im Büro ist für mich wie Tagesanbruch.«

Chisholm grinste. »Wie Sie das alles ungestraft durchziehen, ist mir ein Rätsel.«

Denton lächelte, schloß die Augen und döste vor sich hin, bis Chisholm ihn wachrüttelte.

»Denton! Ist es dieses Haus da?«

Sie standen auf einer leeren Landstraße in Fairfax County, vor dem Tor eines großen Anwesens. Etwa hundert Meter dahinter erhob sich ein kastenförmiges, riesiges Haus im Tudorstil.

»Trautes Heim, Glück allein«, sagte Denton gähnend, während Chisholm in die Zufahrt einbog. Sie parkte vor dem Haus, stieg aus und ging um den Wagen herum zur Beifahrertür, um Denton zu helfen, der allerdings ganz gut allein zurechtkam.

»Nur keine Umstände – aussteigen ist wesentlich einfacher als einsteigen.« Er richtete sich auf und griff nach seinem Gehstock. »Na, wie finden Sie's?« fragte er, mit dem Stock auf das Haus deutend. Er begann, seine Handschuhe anzuziehen.

Chisholm drehte sich um und betrachtete das Haus. Es war riesig, wirkte aber leer. »Es fällt mir schwer zu glauben, daß

Sie hier wohnen, Denton«, sagte sie voller Bewunderung. »Ich hatte mir eher eine Junggesellenbude vorgestellt als ein englisches Landhaus. Wieviel haben Sie bei der CIA unterschlagen, um die Hütte zu kaufen?«

Grinsend wandte sie sich zu Denton um.

Denton hielt eine Automatikpistole mit Schalldämpfer auf sie gerichtet.

»Komisch, daß ausgerechnet Sie das sagen, Margaret.« Er sah sie offen an, hellwach und irgendwie belustigt. »Wegen Unterschlagungen sind wir nämlich hier – Erzengel.«

»Was?« Mehr brachte sie nicht heraus. Sie verstand überhaupt nicht, was los war.

»Ich spreche von Unterschlagungen, Margaret. Wenn Sie gewußt hätten, was gut für Sie ist, hätten Sie sich nie mit Erzengel beschäftigt.«

Plötzlich war ihr alles klar. Margaret Chisholm tat einen Schritt nach vorn. »Sie Dreckskerl! Sie verdammter Dreckskerl!«

»Kommen Sie mir nicht zu nahe, Agentin Chisholm, ich habe nicht die Absicht, den Fehler, den ich bei Gettier gemacht habe, hier zu wiederholen – bleiben Sie, wo Sie sind! Es ist mir äußerst unangenehm, Sie mit einer Waffe bedrohen zu müssen, doch in Anbetracht meines Zustands läßt sich das leider nicht vermeiden. Ich warne Sie – ich werde von dieser Waffe Gebrauch machen, wenn es sein muß.«

Chisholm blieb unschlüssig stehen. Sie war ziemlich sicher, Denton angreifen und zu Fall bringen zu können, doch hinter seinem belustigten Lächeln erkannte sie eine große, tödliche Ernsthaftigkeit. In seinem Blick lag die Gewißheit, daß er sie wirklich erschießen würde, wenn es nötig wäre. Und dieses Risiko glaubte Chisholm nicht eingehen zu können. Nicht mehr.

Denton erriet ihre Gedanken, und sein Grinsen wurde noch ein bißchen breiter. Ohne den Blick von ihr zu wenden, hängte er den Gehstock in die Beuge seines rechten Arms ein, in dessen Hand er auch die Waffe hielt, und zog etwas aus der Manteltasche. Es waren Handschellen.

»Legen Sie die bitte an«, sagte er und warf sie ihr zu.

Sie machte keine Anstalten, sie zu fangen. Sie trafen ihre Brust und fielen auf den Boden zu ihren Füßen. Sie sah Denton unverwandt an. »Was soll das Ganze?« Ihr Revolver war in ihrem Gepäck, und selbst wenn sie darangekommen wäre – er war auseinandergenommen. Sie mußte also versuchen, Denton die Waffe zu entreißen. Vielleicht sollte sie sich nach den Handschellen bücken und sich dann auf ihn stürzen. Immerhin war sein halbes Bein in Gips.

Denton hatte ihre Gedanken offenbar schon wieder erraten, denn er trat einen Schritt zurück und sagte: »Bleiben Sie, wo Sie sind, und legen Sie bitte die Handschellen an.« Chisholm dachte nicht daran.

Denton schnalzte mit der Zunge. »Sie machen mir die Sache sehr schwer, Margaret. Ich will Sie weder erschießen noch verletzen, aber Sie legen jetzt diese Handschellen an, und zwar sofort! Es dient Ihrer eigenen Sicherheit«, fügte er kurioserweise hinzu.

Chisholm ging langsam in die Knie und hob die Handschellen auf. Dabei sah sie unverwandt Denton an, der zu weit weg stand, als daß sie sich auf ihn stürzen konnte, doch nah genug, um auf sie zu feuern, ohne danebenzuschießen. »›Meiner eigenen Sicherheit‹ – Ihrer Bequemlichkeit, meinen Sie wohl, Sie Arschloch! Ich dachte … ich dachte, ich könnte Ihnen vertrauen. Ich dachte, daß hinter diesem aalglatten Lächeln und diesen raffinierten Methoden doch ein anständiger Kerl steckt. Aber Sie sind ein Nichts, ein absolutes Nichts!«

Denton starrte Chisholm mit einem ausdruckslosen Blick an, der weder einen Gedanken noch eine Empfindung preisgab. »Legen Sie die Handschellen an, Margaret, bitte. Und die hier auch.« Er griff in dieselbe Tasche, in der auch die Handschellen gewesen waren, und warf ihr ein Paar Handschuhe zu. Sie fielen ihr vor die Füße. Keiner von beiden rührte sich vom Fleck.

Denton seufzte. »Wir können den ganzen Vormittag hier stehen und darüber diskutieren, ob Sie nun die Handschellen anlegen und die Handschuhe überstreifen, aber ich glaube, ehrlich gesagt, daß wir beide Besseres zu tun haben. Tun Sie jetzt bitte, was ich Ihnen gesagt habe. Ich möchte Ihnen etwas zeigen.«

Er machte eine lässige Bewegung mit der Waffe und bedeutete ihr mit einem gespielt schüchternen Blick, seinen Anordnungen Folge zu leisten. Widerwillig ließ sie die Handschellen um ihre Gelenke zuschnappen.

»Fester, wenn ich bitten darf.«

Sie machte sie um einen Zacken enger.

»Noch fester. So, wie sie jetzt anliegen, könnten Sie sie abstreifen. Fester.«

Sie verengte sie um einen weiteren Zacken. Jetzt konnte sie sie nicht mehr abstreifen, und ihre Augen verrieten, daß ihr das klar war. Denton lächelte und nickte befriedigt. Seine Waffe blieb auch jetzt auf sie gerichtet.

»Schon besser. Und jetzt die Handschuhe, bitte.«

Chisholm hob die Handschuhe auf und zog sie an. »Ich bringe Sie um, das schwöre ich, Denton.«

»Sie bringen mich nicht um, Margaret. Das packen Sie nicht mehr.« Er deutete mit seiner Waffe auf die Haustür. »Bitte klopfen Sie an.«

Chisholm ging, in Handschellen und mit Handschuhen, zur Tür. Denton humpelte vorsichtig aus dem Weg, um nicht in ihre Nähe zu kommen. Den Blick auf Dentons Augen gerichtet, klopfte Chisholm an die Haustür. Weil sie der Tür den Rücken zukehrte, sah sie erst, als er unmittelbar vor ihr stand, wer geöffnet hatte.

»Ah, Nicky. Und Agentin Chisholm ist auch mit von der Partie«, sagte Keith Lehrer zufrieden lächelnd. Er war im Schlafanzug und hatte einen Bademantel übergeworfen. »Treten Sie ein, treten Sie ein!« Er öffnete die Tür ganz weit.

Die drei saßen in Lehrers Arbeitszimmer.

»Es ist kalt heute morgen«, sagte Lehrer und warf ein Scheit ins Feuer. Er war sehr darauf bedacht, nicht zwischen Denton und Chisholm zu geraten.

Margaret saß in einem der beiden Ohrensessel und sah

Denton unverwandt an, mit einem Blick, aus dem die pure Wut sprach, eine so reine, konzentrierte Wut, daß Denton es nicht wagte, die Waffe von ihr zu wenden. Er saß ihr gegenüber in dem anderen Sessel und behielt sie im Blick, während er zu Lehrer sagte: »Ich konnte sie nicht loswerden und dachte mir, bringe ich sie wenigstens als Geschenk verpackt. Sie hat Sepsis getötet. Ich konnte es nicht verhindern.«

»Ja, ich weiß«, sagte Lehrer, stocherte noch ein wenig in den Flammen und ging dann um Dentons Sessel herum zu seinem Schreibtisch. »Rivera hat mir eine Kopie ihres Berichts geschickt. Schade. Wirklich ein Jammer.« Er setzte sich auf den Schreibtischstuhl. »Sepsis hätte uns enorm viel gebracht.«

Denton zog eine Zigarette aus seiner Jackentasche und zündete sie an. »Ja«, sagte er zwischen zwei Zügen, sehr darum bemüht, den Rauch nicht in die Augen zu bekommen. »Ich verfüge allerdings über Informationen, mit denen sie vollständig diskreditiert werden kann. Sie war nämlich allen Ernstes so dumm, eine Nutte in das überwachte Haus in Rom einzuschmuggeln«, sagte er, zog eine Braue hoch, grinste und ließ sich keine Sekunde lang anmerken, daß er wußte, wer Beckwith gewesen war.

»Dumme Pute«, sagte Lehrer und betrachtete Chisholm, als wäre sie ein Gegenstand; nicht weil sie eine Frau war oder weil sie fürs FBI arbeitete, sondern einfach weil sie ihm in die Quere gekommen war.

Denton hielt die Zigarette zwischen Zeige- und Mittelfinger seiner freien Hand und inhalierte tief. »Die Nutte allein reicht bereits aus, sie zu ruinieren«, erklärte er Lehrer, ohne den Blick von Chisholm zu wenden. Dann runzelte er, weiterhin lächelnd, fragend die Stirn. »Ach ja ... diese Nutte kam von Ihnen, nicht wahr, Keith?«

Lehrer zögerte. Denton hatte ihn sichtlich überrascht. »Wie kommen Sie darauf?« fragte er lässig.

»Wenn sie nicht in Ihrem Auftrag gekommen wäre, hätte sie sich nicht um Chisholm bemüht, sondern um mich. Ich war, wie soll ich mich ausdrücken? – der aussichtsreichere Kandidat für eine Nummer.«

Lehrer lachte, sagte jedoch nichts, sondern wartete ab.

»Wenn Chisholm von der Bildfläche verschwunden ist, gibt es keine Erzengel-Ermittlungen mehr«, fuhr Denton fort. Endlich lagen die Karten auf dem Tisch.

Chisholm erwiderte Dentons Blick. »Es ging die ganze Zeit nur um Erzengel, oder? Ihr verdammten Schweine...«

»Woher wußten Sie über Erzengel Bescheid?« warf Lehrer ein.

Denton dachte lächelnd an das Schattenarchiv in Alexandria. »Ich bin nun mal Berufsbürokrat, Keith, das habe ich Ihnen schon mal gesagt. Über meinen Schreibtisch wandern Papiere, Papiere und noch mal Papiere. Ich stolperte immer wieder über Verweise auf etwas mit dem Namen Lampenlicht. Dann fand ich heraus, daß Agentin Chisholm in einer merkwürdigen Unterschlagungssache ermittelte, die sie Erzengel getauft hatte. Lampenlicht und Erzengel verhielten sich spiegelbildlich zueinander, doch ich konnte mir erst einen Reim darauf machen, als Sie mich ausdrücklich anwiesen, Agentin Chisholm durch den Schmutz zu ziehen. Da wußte ich, daß es sich um ein und dieselbe Sache handelte.«

»Sie können gerne einsteigen«, sagte Lehrer leise.

Dentons Gesicht wurde von einem glückstrahlenden Lächeln erhellt. Die Luft im Arbeitszimmer war plötzlich dick und ölig. Denton hatte den Blick noch immer auf Margaret Chisholm gerichtet, doch er sah sie eigentlich gar nicht.

»Von welcher Summe reden wir?« fragte er.

»Fünfundsiebzig Millionen. Damit kann man einiges auf die Beine stellen«, antwortete Lehrer, den Blick auf Denton gerichtet. Er versuchte ihn abzuschätzen und kam zu dem Schluß, daß er mitmachen werde. Zumindest hoffte er es. Doch er war sich nicht ganz sicher.

»Wie viele Leute sind mit von der Partie?«

»Wir sollten sie hier nicht herumsitzen und zuhören lassen«, sagte Lehrer, der Chisholm nun doch als ein mit Sinnen ausgestattetes Wesen wahrnahm. Aber Denton war nicht seiner Ansicht.

»O doch, das sollten wir durchaus«, erwiderte er, verträumt lächelnd. »Irgendwie sind wir ihr das schuldig, finde ich. Immerhin hat sie Sie beinahe aufgedeckt. Noch zwei, drei Wochen, und Lampenlicht oder Erzengel oder wie immer Sie diese kleine Gesellschaft nennen wollen, wäre aufgeflogen. Wie viele sind dabei?«

Lehrer zögerte und sagte dann: »Nur ich, Direktor Farnham und Vize-Direktor Michaelus. Und jetzt auch Sie.«

»Farnham, Michaelus, Sie und ich. Eine traute kleine Vierer-Gesellschaft. Gefällt mir.«

»Das freut mich«, sagte Lehrer lächelnd.

»Aber eines müssen Sie mir noch erklären. Was wäre gewesen, wenn ich ihr nichts hätte anhängen können? Welchen Trumpf hatten Sie in der Hand?«

»Fotos.«

»Fotos?«

Lehrer schloß eine Schreibtischschublade auf und holte eine Aktenmappe hervor, nahm einen Stapel Fotos heraus und breitete sie vor Denton auf dem Tisch aus. Denton warf einen flüchtigen Blick darauf – mehr war nicht nötig – und verdrehte die Augen zum Himmel. Dann stieß er einen eher kümmerlichen Pfiff aus.

»Ich verstehe. Interessant. Die Frisur ist anders, aber sie ist es, ganz unverkennbar. Wer sind die anderen?« fragte er, den Blick wieder auf Chisholm richtend.

»Nach ihrer Scheidung ließ Agentin Chisholm sich unvorsichtigerweise mit einem Swinger-Pärchen ein. Die gaben uns die Fotos. Die FBI-Puritaner werden sie auf der Stelle feuern.« Lehrer sammelte die Fotos ein, lehnte sich zurück und sah sie beiläufig durch.

Denton drückte seine Zigarette aus und steckte sich sofort die nächste an, wobei er Chisholm keine Sekunde aus den Augen ließ. Chisholm weinte. Sie sah Denton an, ungebrochen, ungeschlagen, doch jetzt, am Schluß, mit einem entsetzlichen Gegner konfrontiert – eine unsichtbare Kraft, die endlich doch zum Erliegen gekommen war. Deshalb weinte sie; die Tränen rollten ihr über die Wangen, aber sie sandte keine Gebete zum Himmel. Und Denton erwiderte ihren Blick mit den leblosen Augen eines Hais. »Komisch, daß ausgerechnet eine Organisation, die von einem Homosexuellen gegründet wurde, Homosexuelle so haßt«, sagte er.

»Rivera wird die Erzengel-Ermittlungen des FBI abbrechen«, erklärte Lehrer schnippisch und schaute Chisholm siegessicher an. »Eine Ermittlung, die keine Ergebnisse vorzuweisen hat, ist es nicht wert, geführt zu werden, und schon gar nicht von einer in Mißkredit gebrachten Agentin. Wir werden alle undichten Stellen flicken, und alles wird wieder sein wie vorher.«

»Ihr Drecksäcke!« sagte Chisholm zu Denton. »Ich bring' euch um, ihr Drecksäcke, ich schwör's, ich bring' euch alle um!«

Wütend, entrüstet, gedemütigt machte Chisholm Anstalten, aufzustehen und sich auf Denton zu stürzen. Und sie hätte es getan, wenn er das Falsche gesagt hätte.

»Denken Sie an Ihr Kind, Margaret«, sagte er und sprach sie damit zum ersten Mal an. Er sah ihr in die Augen. »Wenn Sie von diesem Stuhl aufstehen, bin ich gezwungen, Sie zu erschießen. Was ist Ihnen lieber – eine unehrenhafte Entlassung aus dem FBI oder ein mutterloses Kind? Denken Sie nach! Eine tote Mutter zu haben ist wesentlich schlimmer als eine arbeitslose.«

»Ich bring' Sie um, Denton, ich schwör's, ich bring' Sie um.«

Wieder schoß sie ihm wilde Blicke zu, doch diesmal reagierte Denton darauf nicht mit einem nachsichtigen Lächeln. »Wir werden ja sehen«, sagte er finster. Dann wandte er sich an Lehrer; seine Stimme klang jetzt heiterer, doch er ließ Chisholm nicht aus dem Blick. »Das sind aber nur Abzüge, so was läßt sich fabrizieren. Haben Sie auch die Negative?«

Lehrer stöberte in der Aktenmappe und zog einen unbeschrifteten, strahlend weißen, unverschlossenen Briefumschlag hervor. Er öffnete ihn, warf einen kurzen Blick hinein und hielt ihn Denton hin, der ihn aber nicht nahm.

»Könnten Sie das hier mal halten, bitte?« bat er Lehrer und fuchtelte mit seiner Waffe herum.

»Natürlich«, erwiderte Lehrer. Chisholm versuchte sich zusammenzureißen. Lehrer war kein junger Mann mehr und konnte vielleicht nicht gut schießen. Den Blick weiter auf Denton geheftet, beobachtete sie aus den Augenwinkeln, wie Lehrer aufstand und um seinen Schreibtisch herumging, um die Waffe in Empfang zu nehmen und auf sie zu richten.

»Lassen Sie's lieber bleiben«, sagte Denton, der genau wußte, was ihr durch den Kopf ging. Er reichte Lehrer die Waffe. Es geschah zu schnell, und sie waren zu weit weg. Jetzt richtete Lehrer die Waffe auf sie.

»Fesseln Sie sie doch, dann kann sie sich nicht bewegen«, schlug Lehrer vernünftigerweise vor.

»Ich habe keine Handschellen mehr«, erwiderte Denton lässig, während er die Negative durchsah. Er hatte zwar sehr wohl noch ein Paar Handschellen in der Manteltasche, aber es war viel aufregender, Chisholm als eine ständig drohende Gefahr frei herumlaufen zu lassen. Obwohl er vor Angst und Anspannung fast umkam, hielt er die Negative scheinbar ungerührt gegen das Licht des Kaminfeuers und stieß noch einmal einen mickrigen Pfiff aus.

»Mann-o-Mann, die sind aber wirklich heiß. Da läßt sich nichts abstreiten, das ist mal sicher.«

Er sah Chisholm an, dann Lehrer, und das Arschloch besaß die Frechheit zu lächeln.

Ohne den Blick von Chisholm zu wenden, sagte Lehrer: »Sie sehen, selbst für den Fall, daß sie überlebte und Sie ihr nichts anhängen konnten, hatte ich noch etwas gegen sie in der Hand.«

»Ja, das kann man wohl sagen. Schlau. So, die können Sie mir jetzt wieder geben«, sagte Denton, den Blick auf Chisholm geheftet, und riß die Waffe so rasch und geschickt an sich, daß sie keine Chance hatte, etwas zu unternehmen. In diesem Moment wurde ihr klar, daß sie nie eine Chance kriegen würde.

»Ich hätte zulassen sollen, daß Gettier Sie tötet«, sagte sie zu Denton.

Der machte ein trauriges Gesicht. »Das ist aber gemein, Margaret.«

Die beiden Männer standen nebeneinander und sahen auf sie hinab, als wollten sie sich zum Herrn über sie aufspielen. Wieder huschte ein Lächeln über Dentons Gesicht.

»Mehr hatten Sie nicht?« fragte Denton Lehrer, ohne ihn anzusehen. »Als letzte Sicherheit, sozusagen?«

»Nein, nur die Fotos«, antwortete Lehrer zufrieden. »Aber die waren ja auch mehr als ausreichend … Eine gute Agentin.«

»Eine *sehr* gute Agentin sogar – sie hat Sie um ein Haar entlarvt!« sagte Denton mit einem sarkastischen Lächeln, das Chisholm galt.

Aber dann verlor sich plötzlich sein Blick, er sah durch sie hindurch. Auf seinem Gesicht lag noch immer die grausame, lächelnde Maske, doch seine Stimme klang tonlos.

»Ich steige ein, Keith«, sagte er träumerisch. »Ich steige ein bei Lampenlicht. Aber nur, wenn Sie mir eines sagen: Was wollen Sie dafür?«

Lehrer antwortete wie aus der Pistole geschossen: »Nichts, das …«

»Keith.« Denton unterbrach ihn mit scharfer, metallisch klingender Stimme. »Nichts ist umsonst. Was kostet es mich, bei euch mitzumachen«, fragte er im Tonfall einer Aussage. »Ich will es wissen, und zwar jetzt.«

Lehrer lehnte sich an die Schreibtischkante, zögerte, dachte nach, musterte Denton. Dann warf er einen Blick auf Chisholm und beschloß, sie sich zunutze zu machen. »Darüber können wir reden, wenn sie weg ist …«

»Nein«, unterbrach Denton ihn erneut, immer noch sein Totenlächeln auf den Lippen. »Sie sagen mir *jetzt*, was Sie wollen. Sie sagen es mir jetzt, oder wir vergessen das Ganze.«

Lehrer betrachtete Dentons Profil, senkte den Blick zum Teppich und überlegte. Nach einer Weile beugte er sich vor und sagte Denton, leise, fast flüsternd, ins Ohr: »Ich will wissen, was sich in dem Gebäude in Alexandria befindet.«

Denton grinste wie ein Honigkuchenpferd. Ihm war klar,

daß er erpreßt wurde. Darum also ging es Lehrer! Es war eine sehr nette Art von Erpressung – eher eine Form von Überredungskunst als reine Erpressung. Aber es war Erpressung.

Wenn er sich der kleinen Gesellschaft nicht anschlösse, würde Lehrer das Schattenarchiv auffliegen lassen. Das hatte Lehrer gegen ihn in der Hand. Denton und Arthur würden dann wahrscheinlich verhaftet werden, und obendrein war es sehr wahrscheinlich, daß das Schattenarchiv dann vorgeblich aufgelöst wurde, um an irgendeinem anderen Ort wiederaufzutauchen, dann aber unter Lehrers Kontrolle. Da hatte er Lehrer mit Hilfe der angedeuteten Drohung herumkommandiert, er werde Lampenlicht auffliegen lassen, und plötzlich setzte ihm *Lehrer* das Messer an die Kehle. Denton sah darin eine grandiose Ironie – schließlich galt doch *er* als der König der Erpresser. Sehr elegant gemacht von Lehrer, *sehr* elegant. »Ich kann also bei Ihnen und Farnham und Michaelus mitmachen, und dafür erhalten Sie Zugang zu dem Bürogebäude in Alexandria, ja?«

»Ja.«

»Nur Sie oder auch Farnham und Michaelus?«

»Nur ich.«

»Die wissen also nichts davon?«

Lehrer beantwortete die Frage nicht, und das war auch nicht nötig. Natürlich hatten die beiden keine Ahnung. Andernfalls wären *sie* auf ihn zugekommen und nicht Lehrer.

Denton grinste. Das Leben war mehr als nur schön – es war fast perfekt. Jetzt kannte er das Angebot, wußte, was es kosten würde, und woher der Druck kam, war ihm jetzt auch bekannt. Er grinste fröhlich; mit einem Schlag stand für ihn alles fest. Lehrer wartete darauf, daß er wieder das Wort ergriff, doch Denton sonnte sich in seinem Glück.

In tiefer Stille vergingen die Sekunden. Nach einer Weile machte die Warterei Lehrer nervös. Er wandte den Blick von Denton ab, ließ ihn über das Arbeitszimmer schweifen und heftete ihn schließlich auf die völlig gebrochene Chisholm.

Sie starrte Denton an, als hätte sie kein Wort des Gesprächs gehört, und weinte immer noch leise und mit weit geöffneten

Augen. Doch sie war gar nicht gebrochen, wie Lehrer jetzt bemerkte. Sie war ein gefährliches Tier im Käfig, ein Tier, das bei der erstbesten Gelegenheit angreifen würde. Lehrer betrachtete die Handschellen, mit denen sie gefesselt war, und zum ersten Mal fielen ihm die Handschuhe auf, die sie trug. Er wandte sich zu Denton um. Seine leichte Verblüffung milderte seine Nervosität wegen Dentons Schweigen.

»Nicholas«, sagte er, »warum trägt sie Handschuhe?«

Die Frage schreckte Denton aus seinen Träumen auf. Er grinste so breit, daß man seine Zähne sah, und blickte Chisholm an. Dieser Blick hätte selbst dem Teufel angst gemacht.

»Die Handschuhe? Die trägt sie, damit man keine Fingerabdrücke von ihr findet, wenn hier saubergemacht wird.«

Mit diesen Worten richtete Denton seine Waffe auf Lehrer und zielte direkt auf dessen Auge, bevor Chisholm oder Lehrer selbst es mitbekam. Er war viel zu schnell für Lehrer. Er drückte ab. Es war nicht lauter als ein Hüsteln. Die Kugel durchdrang Lehrers Augapfel, bohrte sich in sein Gehirn und blieb tief im Schädel stecken. Einen Augenblick lang blieb Lehrer, schon tot, stehen, dann gaben seine Beine unter ihm nach. Keith Lehrer fiel gegen den Schreibtisch, landete sitzend auf dem Teppichboden und war mausetot.

»Mein Gott!« japste Chisholm, stand reflexartig auf und betrachtete den Toten. Dann drehte sie sich um und starrte auf seinen Mörder.

Zum ersten Mal achtete Denton nicht auf Margaret Chisholm, sondern sah sich Lehrers Leiche an. Obwohl es ihm mit seinem verletzten Bein schwerfiel, bückte er sich und drückte Lehrer die Waffe in die Hand. Dann richtete er sich auf und begutachtete sein Werk.

»Ein sauberer Tod. Keine Sauerei«, murmelte Denton vor sich hin. Er sah Chisholm an, griff in seine Tasche und warf ihr einen Schlüsselbund zu.

»Was haben Sie getan?« fragte sie verdutzt. Denton blickte sie ehrlich erstaunt an.

»Na, was glauben Sie wohl? Ich habe Lehrer erschossen und muß es jetzt wie einen Selbstmord aussehen lassen.

Behalten Sie die Handschuhe an! Sie dürfen hier im Haus keine Fingerabdrücke hinterlassen!«

Er wandte sich wieder der Leiche zu und legte Lehrers Finger fest um die Waffe. Behutsam aktivierte er die Sicherung und plazierte Lehrers Zeigefinger um den Abzug. Als der Finger in dieser Stellung verharrte, entsicherte Denton die Waffe wieder und stand auf.

»Na, wie finden Sie's?« fragte er Chisholm, den Blick auf die Leiche gerichtet.

Chisholm wußte nicht, wie sie es finden sollte. Sie glotzte Denton an, der weiter an der Leiche herumzupfte und dann ein paar Schritte zurücktat, um sein Werk aus der Distanz zu begutachten. Offensichtlich war er damit zufrieden, denn er nahm die Aktenmappe vom Schreibtisch und ging zum Kamin.

»Sie müssen meine kleine Vorstellung entschuldigen«, sagte er und begann, ein Foto nach dem anderen in die Flammen zu werfen. »Ich wollte nur, daß er sich einmal ganz groß vorkam.«

Chisholm sah Denton schweigend an und nahm sich, mit den Gedanken weit weg, die Handschellen ab. Als Denton das Klickgeräusch hörte, drehte er sich zu ihr um.

»Die Handschuhe noch nicht ausziehen! Sie dienen, wie ich Ihnen bereits gesagt habe, Ihrem eigenen Schutz.«

Chisholm stand auf und ging langsam auf Denton zu. »Was ... was sollte das?«

Er wandte sich ihr lächelnd zu und warf das letzte Foto ins Feuer. Dann zündete er sich eine Zigarette an und lehnte sich an den Kaminsims.

»Ich wußte, daß Sie mit Sepsis fertig werden würden. Er agierte in Lehrers Auftrag. Das Bombenattentat auf den Vatikan diente dem völlig verrückten Vorhaben, uns in einen Krieg im Mittleren Osten zu verwickeln – total verrückt. Ein guter Plan, sehr ambitioniert, aber verrückt. Für meinen Geschmack jedenfalls. Deshalb habe ich zugelassen, daß Sie Sepsis ausschalten. An Erzengel durften Sie allerdings nicht zu nahe ran, Erzengel mußte ich selbst erledigen.«

Gerade Dentons Ruhe und Gelassenheit machten sie nervös. Er wirkte weder angespannt noch aufgeregt, noch ängstlich, nur belustigt.

»Aber ich hatte ja keine Ahnung, daß Lehrer darin verwickelt war. Ich wußte nicht mal, daß überhaupt jemand von der CIA etwas damit zu tun hatte. Ich wußte nur von vorgetäuschten Käufen und vorgetäuschten Zahlungen, sonst nichts. Rivera hätte mich in wenigen Wochen angewiesen, die Ermittlungen abzubrechen.«

Denton sah lachend ins Feuer und stieß mit der Schuhspitze die letzten Fotoreste in die Flammen. »Sie wußten ja gar nicht, wie nah Sie dran waren! Als Sepsis Sie in Ihrem Minibus angriff, ging es um Erzengel, nicht um die Nonne. Sie waren kurz davor, im Rahmen Ihrer Ermittlungen auf diese Machenschaften zu stoßen. Keines dieser Täuschungsmanöver hätte einer gründlichen Überprüfung standgehalten, und das wußte Lehrer. Wenn Sie drangeblieben wären, wie es von Ihnen zu erwarten war, hätte er Sie töten lassen. Ein, zwei Wochen später hätte es wieder eine Schießerei oder irgendeinen Unfall gegeben oder einen traurigen Schrotthaufen auf dem Highway. Der Bombenanschlag auf das Kloster war das reinste Glück für Sie, denn danach zog Rivera Sie von Erzengel ab und wies Sie an, Gegenspieler zu leiten. Ich weiß allerdings immer noch nicht, warum er das getan hat«, sagte er abschließend und wandte sich wieder dem Feuer zu.

Auch Chisholm richtete den Blick verträumt in die Flammen. »Rivera fand, ich sei ausgebrannt und bräuchte ein bißchen Urlaub.«

Denton lachte amüsiert auf. »O mein Gott! Als Ironie läßt sich das zwar nicht ganz bezeichnen, aber es ist auf jeden Fall köstlich. Wenn man an die Möglichkeiten denkt!«

»Denton«, sagte Chisholm und sah ihn offen an, »warum mußten Sie mich so ... so demütigen?«

Er hörte auf zu lächeln und erwiderte ihren Blick. »Das tut mir aufrichtig leid, Margaret, ich bedauere es von ganzem Herzen. Aber ich mußte herausfinden, was er gegen Sie in der Hand hatte. Lehrer war immer sehr verschwiegen. Ich mußte ihn in dem Glauben wiegen, er habe gewonnen, sonst hätte er mir nicht gesagt, was er gegen Sie in der Hand hatte. Es tut mir sehr leid.« Er lächelte wieder. »Ich hoffe sehr, Sie bringen mich jetzt nicht um!«

Da mußte Chisholm sein Lächeln erwidern.

Draußen war es früher Morgen, kurz vor sieben. Die beiden lehnten an Chisholms Wagen und sprachen miteinander, während Denton seine Zigarette zu Ende rauchte und mit seinem Gehstock spielte.

»Ich glaube, ich werde jetzt immer mit einem Stock herumgehen. Finden Sie nicht auch, daß mir das ein gewisses *Je ne sais quoi* verleiht? Andererseits könnte es in meinem Alter unter Umständen ein wenig prätentiös wirken.«

»Zurück zu Erzengel«, sagte Chisholm abrupt.

Denton seufzte. »Gut, zurück zu Erzengel. Ich schlage Ihnen eine Vereinbarung vor: Sie brechen die Ermittlungen über Erzengel ab und lassen mich die Akten darüber schließen. Mir würde es in keiner Weise schaden, wenn die Sache an die Öffentlichkeit käme, aber für die Agency wäre es in jedem Fall angenehmer, wenn dies nicht geschähe. Sie würden sich viele Freunde machen ...«

»Warum sind Sie nicht eingestiegen?«

Denton hielt den Blick auf seinen Stock gerichtet und überlegte, was er dieser merkwürdigen, faszinierenden Frau sagen solle. »Bei Erzengel?« fragte er, um Zeit zu gewinnen und auf eine Antwort zu kommen.

Doch Chisholm bewies Geduld. »Ja«, sagte sie und beobachtete ihn, während er sich den Kopf zerbrach.

»Ich hatte meine Gründe«, erwiderte er, geheimnisvoll lächelnd, den Blick ins Leere gerichtet.

»Welche Gründe waren das?« fragte sie mit sanftem Nachdruck. Sie wollte es unbedingt wissen.

Er sah sie an und schenkte ihr sein rätselhaftes Lächeln. »Sie kennen mich überhaupt nicht, was?«

Sie konnte es sich nicht verkneifen, auch zu lächeln. »Nein, überhaupt nicht.«

»Margaret, ich habe eine Familie, für die ich sorgen muß.«
Sie runzelte die Stirn. »Sie haben doch gesagt, Sie seien nicht verheiratet.«

»Das war gelogen.« Denton lächelte sie an, als wäre Lügen das natürlichste der Welt. »Sie werden es wahrscheinlich nicht glauben, aber meine Frau und ich, wir waren schon in der High-School miteinander befreundet. Sie ist eine ganz gewöhnliche Frau, Lehrerin von Beruf. Wir haben drei Kinder, die allesamt ebenfalls ganz durchschnittlich sind. Unser Haus ist von einem weißen Lattenzaun umgeben, ob Sie's glauben oder nicht. Meine Familie weiß, daß ich für die CIA arbeite, aber sie weiß nicht, was ich dort mache. Ich aber weiß, was ich mache. Ich lasse Leute töten. Ich ruiniere Menschen das Leben. Aber ich weiß auch, warum ich das mache, nämlich um meine Familie und Menschen, die so sind wie sie, zu schützen. Nicht zum eigenen Vorteil und schon gar nicht um des Geldes willen. Erzengel lag jenseits der Grenzen dessen, was ich zu tun bereit oder fähig bin.«

Sie sah ihn verschmitzt an. »Sie können gar nicht anders, als zu lügen, was?« sagte sie. Sie war auf der Hut vor seinem Gerede, aber sie war ihm nicht böse, sondern wartete geduldig weiter. »Das ist nicht der Grund. Es ist vielleicht ein Teil davon, aber der eigentliche Grund ist es nicht.«

Denton lächelte sarkastisch. Er wußte, daß sie recht hatte, er wußte aber auch, daß er es ihr nicht sagen würde, zumindest nicht alles. »Sie fahren jetzt besser«, meinte er, rührte sich aber nicht vom Fleck.

»Behalten Sie die Negative?« fragte Chisholm nach einer kurzen Pause, doch Denton verstand die Frage offenbar nicht.

»Welche Negative?« sagte er trocken, steckte sich die nächste Zigarette an und zog den Umschlag mit den Negativen hervor. Dann zündete er die Negative vorsichtig mit seinem Feuerzeug an, verbrannte sie und ließ das, was davon übrigblieb, auf den Boden fallen. Chisholm bückte sich danach.

Denton sah sie stirnrunzelnd an. Er war sichtlich verwirrt. »Was tun Sie da?«

»Das findet man doch, wenn hier wegen des Toten ermittelt wird.«

Denton lachte laut auf. »Sie haben Angst, Spuren zu hinterlassen, ja? Margaret, die Ermittlungen in Sachen Lehrers Tod werden unter *meiner* Leitung stattfinden! Und hier wird nichts gefunden, was ich nicht gefunden haben will!«

Chisholm richtete sich auf. Sie kam sich dumm vor. Plötzlich dämmerte es ihr. Sie sah Denton an. »Jetzt, nach Lehrers Tod, werden Sie Stellvertretender Direktor der CIA, oder?«

Denton humpelte lächelnd los und öffnete Chisholm galant die Fahrertür ihres Wagens.

»Sie werden sagen, Sie seien hergekommen, um ihn auf Erzengel anzusprechen, dann habe er eine Waffe auf Sie gerichtet, Sie hätten gestritten, und er habe sich selbst erschossen. Sie werden sich zieren und Lehrers Job schließlich ›widerwillig‹ annehmen. Und ob damit nun aufgeräumt wird oder nicht, Sie werden Lampenlicht und Erzengel oder wie immer Sie es nennen, dazu verwenden, um Direktor Farnham unter Druck zu setzen und natürlich auch den anderen Vize-Direktor, wie heißt er gleich …«

»Michaelus, Vize-Direktor der Abteilung Geheimoperationen, des sogenannten Sonderdirektorats.«

»Michaelus, genau. Sie werden die CIA aus der Sicherheit Ihres Berufsbürokraten-Büros heraus leiten.« Chisholm war schon mit einem Fuß im Auto, doch sie konnte sich immer noch nicht losreißen. »Und zwar so lange, wie es Ihnen paßt.«

Denton lächelte sie voller Sympathie an. »Fahren Sie vorsichtig, Margaret. Es war mir eine große Freude, mit Ihnen zusammenzuarbeiten.«

Er machte kehrt und ging zurück zum Haus.

»Denton?« rief sie. Er drehte sich zu ihr um.

»Ja?«

»Danke. Danke, daß Sie … Danke.«

Er lächelte sein Haifischlächeln. »Ich habe es Ihnen schon einmal gesagt, Margaret – ich erweise keine Gefälligkeiten, ich sammle Schulden. Sie tun gut daran, das in Zukunft stets zu bedenken, Agentin Chisholm. «

Er drehte sich um und verschwand humpelnd im Haus. Chisholm stieg in den Wagen und fuhr davon.

DIE LETZTEN GEBETE

Doch damit war es noch nicht zu Ende. So einfach hörte es nicht auf.

Chisholm fuhr an diesem frühen Morgen heim. Auf dem Beltway stauten sich die Autos bereits im Berufsverkehr. Erst um acht Uhr bog sie in die Auffahrt zu ihrem Haus ein.

Sie stieg aus und betrachtete ihr Haus, ein kleines, gepflegtes Haus wie die meisten anderen in dieser Straße auch. Sie ließ ihr Gepäck – und auch das von Denton, wie ihr plötzlich bewußt wurde – im Kofferraum und ging allein hinein.

Drinnen hatte sich nichts verändert. Keine Heinzelmännchen waren erschienen und hatten aufgeräumt oder geputzt oder Unordnung oder Schmutz gemacht. Es war dasselbe Haus, doch es erschien ihr fast fremd. Sie öffnete die Fenster und ließ frische Luft herein, lüftete den Mief weg, während sie ihr Gepäck reintrug.

Sie packte aus und legte alles an seinen Platz. Dann duschte sie, während die Waschmaschine die Sachen wusch, die sie nach Rom mitgenommen hatte. Um neun Uhr war sie sauber und frisch und sah sich im Haus nach Dingen um, die zu erledigen waren.

Doch es gab nichts zu tun. Es gab keine Falltüren mehr, in die sie den Kopf stecken konnte. Margaret Chisholm stand in ihrer Küche, ließ den Blick über das kalte, leere Haus schweifen und wartete darauf, gebraucht zu werden.

Auch Denton bemerkte, nachdem Chisholm weggefahren war, daß er sein Gepäck in ihrem Wagen vergessen hatte, doch das machte nichts. Er würde es durch jemanden vom Büro holen lassen. Wesentlich wichtiger war ihm jetzt, an ein Telefon zu kommen.

Ob er den einen bestimmten Anruf wirklich tätigen sollte, überlegte er, während er in Lehrers Haus Amalia Bersis Nummer wählte und sie bat, dafür zu sorgen, daß in Langley alle wegen Lehrers »Selbstmord« ausrasteten. Er wollte die Fundamente der CIA erschüttern und wußte, daß Amalia ihn nicht enttäuschen würde.

Während er auf das Erscheinen des CIA-internen Erkennungsdienstes wartete, überlegte er weiter, ob er das Risiko eingehen und den Anruf tätigen solle, und beschloß dann, es zu tun. Falls es sich als nötig erweisen sollte, würde er Matthew Wilson oder Arthur dazu überreden, die Telefonprotokolle zu bearbeiten.

Es dauerte eine Weile, bis die Verbindung zustande kam. Während er wartete, betrachtete er die Leiche, die neben ihm auf dem Boden lag, und dachte über die Gründe für das, was er getan hatte, nach, über die Gründe, die er Margaret Chisholm nicht offenbart hatte. »Siehst gut, aus, Keith«, sagte er zu dem Toten. »Besser, als Paula Baker ausgesehen hat, du mieses Schwein.«

»Hallo?« sagte jemand auf italienisch.

»Hallo?« erwiderte Denton auf englisch. »Ich bin's. Es ist erledigt. Lehrer hat von Anfang an alle Fäden gezogen, genau wie wir gemutmaßt hatten. Er spielt jetzt keine Rolle mehr ... Es ist wirklich besser, wenn ich Ihnen das nicht erzähle ... Ja, mache ich ... Verstehe. Gut. Ich melde mich wieder. Passen Sie auf sich auf, ja? ... Danke, Ihnen auch. Auf Wiederhören, Erzbischof Neri.«

Denton legte auf und zündete sich mit einem lächelnden Blick auf Lehrers Leiche eine Zigarette an. Zu schade, daß ihm keiner geglaubt hatte, als er die Wahrheit sagte: Schwester Alice hatte ihm wirklich jedesmal einen Vorgeschmack auf die Hölle gegeben, wenn sie ihm Hausarrest aufbrummte und ihm auf die Finger klopfte und schrie: »Du rauchst? Du *rauchst*? Tut das ein braver katholischer Junge?« O Mann, wie er die alte Schachtel vermißte! Obwohl das alles ein halbes Menschenleben zurücklag und er inzwischen ein erwachsener Mann war, betrachtete sich Nicholas Denton nach wie vor als einen braven katholischen Jungen. Als einen braven katholischen Jungen, der weiß, daß Rache immer noch das beste aller Motive ist.

Sie betet. Sie hat Gründe, den Glauben, zu dem sie sich bekennt, für gültig zu halten – sie weiß es. Trotzdem betet sie.

Sie betet für die Seele des Kindes, das sie einst hätte behalten können. Sie betet für die Seele ihres Mentors, des Mannes, den sie umgebracht hat. Sie betet für ihre Mitschwestern, für die Polizisten und für den Commissario, für die Unschuldigen und für die Toten, für deren Mörder, für Kardinal Barberi – Friede seiner Seele. Sie betet für alle Toten.

Aber es ist schwierig. Sie gibt sich Mühe, doch die Toten verblassen. Jetzt wendet sie sich mit ihrem Gebet den Lebenden zu. Sie kann nicht anders. Sie ist sich der Erlösung gewiß, wenn nicht ihrer eigenen, so doch der anderer. Sie weiß, daß Gott ihre Seelen kennt und zu ihm kommen lassen wird. Trotzdem betet sie.

Sie betete, als sie über das Kopfsteinpflaster der Piazza ging, setzte all ihre Kraft ein, um für die Toten zu beten. Doch in der Mitte des Platzes stieß sie auf sechs Studenten, ganz junge Männer und Frauen. Sie spielten afrikanische Trommeln, um ein bißchen Geld zu verdienen. Sie blieb vor ihnen stehen und betrachtete die Lebenden, und ehe sie sich's versah, hatte sie die Toten vergessen.

Sie lächelte die jungen Leute an, die ihre Trommeln schlugen. Sie war die einzige Zuhörerin. Sie mußte weiter, doch sie blieb noch, sah ihnen zu, fühlte sich von ihnen umgeben, während die Trommeltöne regelmäßig wie Herzschläge dröhnten. Am liebsten hätte sie die Augen geschlossen und wäre für immer so stehengeblieben, doch das ging nicht. Sie gab ihnen ein bißchen Geld, wünschte ihnen alles Gute und ging weiter.

Doch die Trommelklänge verschwanden nicht. Sie wurden leiser, das wohl, doch das Gedröhn blieb hörbar, erklang wieder und wieder in ihrem Kopf: ein komplizierter, aber gleichmäßiger Rhythmus, ein mystischer Rhythmus, ein dunkler, üppiger Klang.

Der Morgen nun bringt dieser Engel Lächeln,
das ich so lange liebte und dann doch verlor.